KAREN SWAN

Sterne über Rom

W0394789

GOLDMANN
Lesen erleben

Buch

Die Engländerin Francesca, die von allen nur Cesca genannt wird, arbeitet als Stadtführerin und zeigt Touristen die schönsten Orte Roms. Außerdem führt sie den erfolgreichen Blog *Römische Liebschaften*, eine Online-Hommage an die Ewige Stadt und das Dolce Vita. Als sie eine gestohlene Handtasche findet, macht sie Bekanntschaft mit der Besitzerin – bei der es sich um niemand Geringeren als die berühmte Viscontessa Elena dei Damiani Pignatelli della Mirandola handelt. Die beiden Frauen sind sich sofort sympathisch, und Cesca lauscht gebannt den Geschichten aus Elenas bewegtem Leben. Sie willigt sogar ein, Elenas Memoiren zu verfassen. Doch je mehr Zeit sie miteinander verbringen, desto mehr beschleicht Cesca das Gefühl, dass Elena ein großes Geheimnis verbirgt. Und als auf einer Baustelle ein Diamantring von unschätzbarem Wert gefunden wird, der angeblich Elena gehört, beginnt Cesca mithilfe des unverschämt attraktiven Archäologen Nico der Wahrheit auf den Grund zu gehen …

Weitere Informationen zu Karen Swan
sowie zu lieferbaren Titeln der Autorin
finden Sie am Ende des Buches.

Karen Swan

Sterne über Rom

Roman

Aus dem Englischen
von Gertrud Wittich

GOLDMANN

Die englische Originalausgabe erschien 2017 unter dem Titel
»The Rome Affair« bei Pan Books,
an imprint of Pan Macmillan, London.

Sollte diese Publikation Links auf Webseiten Dritter enthalten, so übernehmen wir für deren Inhalte keine Haftung, da wir uns diese nicht zu eigen machen, sondern lediglich auf deren Stand zum Zeitpunkt der Erstveröffentlichung verweisen.

Dieses Buch ist auch als E-Book erhältlich.

MIX
Papier aus verantwortungsvollen Quellen
FSC® C014496
FSC
www.fsc.org

Verlagsgruppe Random House FSC® N001967

1. Auflage
Deutsche Erstveröffentlichung März 2019
Copyright © der Originalausgabe 2017 by Karen Swan
Copyright © der deutschsprachigen Ausgabe 2019
by Wilhelm Goldmann Verlag, München,
in der Verlagsgruppe Random House GmbH,
Neumarkter Straße 28, 81673 München
Umschlaggestaltung: UNO Werbeagentur, München
Umschlagmotiv: plainpicture / Mihaela Ninic; FinePic®, München
Redaktion: Ann-Catherine Geuder
em · Herstellung: kw
Satz: GGP Media GmbH, Pößneck
Druck und Bindung: GGP Media GmbH, Pößneck
Printed in Germany
ISBN: 978-3-442-48778-3
www.goldmann-verlag.de

Besuchen Sie den Goldmann Verlag im Netz

Für Wol – den eigentlichen Verfasser dieses Buches

Prolog

Rom, November 1989

Darling?«

Er klopfte an die Tür ihrer Suite und lauschte, konnte aber nichts hören, weder Wasserrauschen aus der Dusche noch das gedämpfte Auf- und Zugehen von Schubladen oder das leise Vor-sich-hin-Summen, das verriet, dass sie beim Ankleiden war. »Elena?«

Er wartete noch einen Moment, ehe er eintrat. Die Vorhänge waren nicht zugezogen, aber die Nachttischlampe brannte, und eine kleine Vertiefung im Kissen verriet, wo ihr Kopf gelegen hatte.

Schmunzelnd wollte er sich schon abwenden, als sein Blick auf einen Gegenstand fiel, der nicht übersehen werden wollte und auch jetzt die gewünschte Wirkung erzielte. Er trat an die Frisierkommode und nahm den Ring zur Hand. Er war noch warm, sie konnte ihn noch nicht lange abgelegt haben, wahrscheinlich hatte sie vergessen, ihn nach der Morgentoilette wieder auf den Finger zu streifen. Er rieb mit dem Daumen über die Steine und küsste sie, dann schob er den Ring in seine Jackentasche und beschloss, in der Bibliothek nach ihr zu suchen.

Bestimmt war sie …

Der kleine Zettel lag unter einem Whiskyglas, das wie

ein Vergrößerungsglas wirkte. Er kannte diese Schrift. Erschrocken riss er den Zettel hervor, überflog ihn, schnappte nach Luft, als er begriff.

Dann rannte er los.

1. Kapitel

Rom, Juli 2017

»*Die Spatzen und der bernsteinfarbene Sonnenuntergang*, das hat sie geschrieben«, las Matteo vor und legte sein Handy beiseite.

»*Das* gefällt dir an Rom am besten? Im Ernst?«, fragte Alessandra ungläubig.

»Ja, und dieser Artikel hat sogar mehr Likes gekriegt als jeder andere, stellt euch vor!« Cesca warf lachend die Arme hoch.

»Also, die meisten Menschen würden sagen, das Kolosseum oder das Forum Romanum oder das Pantheon«, erwiderte Alé spöttisch. »Sogar die Rosenverkäufer an der Spanischen Treppe hätten mehr Chancen als die räudigen braunen Spatzen, die einem das Essen vom Teller picken.«

»Ja, aber die meisten Menschen sind eben einfallslos. Ich reihe mich nicht in die Masse ein. Ich bin kein Klischee. Vielleicht gefällt den Leuten ja deshalb mein kleiner Blog so gut.«

»Von wegen *klein*«, warf Matteo trocken ein. »Du hast ja mittlerweile so viele Follower, dass bald die Werbeindustrie anklopfen wird. Und dann machst du das große Geld.«

»Ach ja? Wenn sie sich bloß beeilen würden …«, meinte Cesca zynisch.

Aber es stimmte, ihr Blog, den sie »Römische Liebschaften« nannte, traf offenbar einen Nerv. Ihre Online-Hommage an die Wiege der Alten Welt, an Pecorino und *la dolce vita* fand immer mehr begeisterte Leser, Cesca konnte es selbst kaum fassen. Nach den ersten schüchternen Anfängen vor sieben Monaten hatte sie nun ihren Stil und ihren Ton gefunden. Sie schrieb über alles Mögliche, über die Bienenstöcke in den Bergen des Aventin, wo hervorragender Honig erzeugt wurde, über kleine Hinterhofläden, die sie begeisterten, und über das, was sie bei ihrer Arbeit als Fremdenführerin täglich erlebte.

Guido grinste, seine Glatze schimmerte im goldenen Laternenschein. »Na, jetzt wissen wir wenigstens, warum du deinen knochentrockenen Job als Rechtsanwältin aufgegeben und London verlassen hast. Niemand, der so poetisch über unser Rom schreibt, kann im Labyrinth des englischen Rechtssystems sein Glück finden.«

»Danke, Guido«, sagte Cesca und hob ihr Glas. »Darauf lasst uns anstoßen.«

Sie leerten ihre Grappagläser und lehnten sich mit einem entspannten Lächeln zurück. Es war eine samtig warme, sternenklare Nacht, in der Luft lag ein betäubender Duft von Jasmin. In dem Restaurant auf der kleinen Piazza war jeder Tisch besetzt. Sie hatten sich satt gegessen, an Meeresfrüchten und Pasta, und es war bereits nach zehn Uhr, aber das war für römische Verhältnisse noch nicht sehr spät. Auch für Cesca nicht, die sich inzwischen an den Lebensrhythmus angepasst hatte.

»Und was jetzt? Sollen wir ins Zizi gehen?«, schlug Alé vor und lehnte sich in ihrem Stuhl zurück. Sie hob ihre schlanken, nackten Arme und fasste ihr langes dunkles Haar zu einem Pferdeschwanz zusammen. »Heute spielt eine Rockband. Es ist die aus *Rock in Roma*, wir haben sie im Juni gesehen, wisst ihr noch?«

»Was, die mit diesen heißen Leadsängern?« Matteo beugte sich interessiert vor, wie stets, wenn die Rede auf attraktive Frauen kam.

»Ich fand *ihn* jedenfalls heiß«, sagte Alé lachend und ließ ihre Haarmähne wieder auf ihre Schultern fallen. »Aber dass du auch auf Bärte stehst, ist mir neu.«

Alle lachten und bewarfen Matteo, der betreten den Kopf hängen ließ, mit ihren Papierservietten. »Ich dachte, du meinst die …«

»Die drei Schwestern, ich weiß.«

»Also, ich hätte nichts gegen das Zizi einzuwenden«, meinte Guido. Er stand nämlich durchaus auf Bärte.

»Ohne mich, fürchte ich«, seufzte Cesca. Sie beugte sich zur Seite und griff nach ihrer Handtasche, die sie neben ihrem Stuhl abgestellt hatte. »Ich hab morgen früh um sechs eine Führung, was heißt, dass ich um fünf aufstehen muss.«

»Och, wie langweilig«, murrte Alé und sah zu, wie Cesca die Rechnung vom Teller nahm und, an ihrer Lippe kauend, ihren Anteil ausrechnete.

»Du sagst es«, erwiderte Cesca, als sie fertig gerechnet hatte, und verdrehte die Augen. »Aber die Miete will nun mal bezahlt werden.«

Alé schnalzte missbilligend. »Dass du für diese Bruchbude überhaupt was bezahlen musst, ist eine Frechheit!« Sie schenkte dem Kellner ein laszives Lächeln, der gerade mit einer weiteren Runde Verdauungsschnäpsen auftauchte.

»Also, ich finde meine kleine Bude charmant und gemütlich. Du würdest nicht glauben, was ich für das Gleiche in

London berappen müsste. Hier ist zumindest alles so …« Cesca überlegte stirnrunzelnd. »Was heißt eigentlich ›malerisch‹ auf Italienisch?«

Die Antwort erfolgte prompt im Chor.

»Ach, so nennt man das also.« Cesca nickte und kramte in ihrer Brieftasche den passenden Betrag zusammen. Ihr Italienisch ließ leider immer noch zu wünschen übrig, was hauptsächlich daran lag, dass ihre Freunde so gut Englisch sprachen und sie daher nur selten gefordert wurde. Eigentlich hätte sie sie bitten müssen, ausschließlich Italienisch mit ihr zu sprechen, damit sie vorankam. Aber vermutlich hätten sie dann nur halb so viel Spaß.

»Weißt du noch, dass dir nachts mal eine Kakerlake übers Gesicht gelaufen ist?«, erinnerte sich Alé mit Schaudern.

»Ja, aber das war nur ein Mal und auch nur in der ersten Woche. Vermutlich hab ich sie inzwischen verscheucht.«

»Das elektrische Licht flackert, wenn man im Raum auf und ab geht«, fügte Matteo hinzu. »Und da drin steht noch ein uralter Schwarzweißfernseher! Sicher der einzige, den es in Italien noch gibt.«

»In ganz Europa«, berichtigte Guido.

Matteo schaute ihn an. »Stimmt.«

»Außerdem riecht's wie in einem Pferdestall.« Alé kräuselte angeekelt die Nase.

»Dagegen gibt's schließlich Duftkerzen«, meinte Cesca ungerührt. »Und der Schwarzweißfernseher ist ein Designstatement, das findet jeder – so wie Guidos Craftbiere und sein Hipsterbart.« Sie kraulte grinsend Guidos Bart, als wäre er ein irischer Terrier. Sie kannte ihn nicht anders, konnte ihn sich rasiert gar nicht vorstellen. Er würde ihr geradezu nackt vorkommen. »Außerdem hab ich eine Badewanne und …«

»Igitt!« Matteo verzog das Gesicht. »Was findet ihr Engländer nur dabei, in eurem eigenen Schmutzwasser zu sitzen?«

»Es entspannt! Ich möchte dich mal in einem englischen Winter erleben, da würdest du mit Freuden in deiner eigenen Brühe sitzen! Ein heißes Bad war oft das Einzige, das mich warm gehalten hat, als ich noch auf der Uni war.« Sie holte tief Luft und sah, wie sich alle grinsend freuten, dass sie sich so aufregte. »Außerdem lebt ihr ja selbst nicht gerade in Luxuswohnungen, oder?«, schmollte sie, während sich die anderen bogen vor Lachen.

»Ach komm, bleib noch ein bisschen. Wenigstens noch auf einen Drink«, bat Alé.

»Nein, im Ernst, das ist unmöglich.« Cesca beugte sich vor und küsste sie der Reihe nach. »Ich hab in letzter Zeit schon zu oft geschludert, und ihr wisst ja, wie ich morgens bin.«

»Ich *wünschte*, ich wüsste es.« Matteo streckte sich und zeigte seine beeindruckenden Muskeln.

»Du bist einfach unverbesserlich«, erwiderte Cesca lachend. »Aber ich brauche diesen Job. Ich hab von der ganzen Lauferei schon Löcher in den Schuhen, und neue kann ich mir nicht leisten.« Wie zum Beweis hob sie ihre gelben Converse und zeigte ihnen die dünnen Sohlen.

»Aber den Wein im Restaurant kannst du dir offenbar schon noch leisten«, meinte Guido und legte demonstrativ eine der Flaschen, die auf dem Tisch standen, um.

»Na klar, es gibt schließlich Prioritäten, Baby«, scherzte sie.

»Ich dachte, deine Schuhe müssen so sein«, sagte Matteo. »Du weißt schon, sie passen zum Rest deiner Aufmachung.« Er beäugte sie skeptisch.

»He! Bloß weil du kein Auge für Vintage-Klamotten hast!«, sprang Alé ihrer Freundin solidarisch bei. »Bei dir muss doch immer alles brandneu und von Gucci sein, alles andere ist Müll für dich.«

Matteos Blick richtete sich vielsagend auf das Loch in der Seitennaht von Cescas weißer Belle-Époque-Rüschenbluse. Sie deckte es mit der Hand zu. »Du weißt ja, wie man sagt: nicht gebraucht, sondern geliebt.« Lachend setzte sie ihren ebenfalls schon ein wenig angeknabbert aussehenden Panamahut auf, der über der Sitzlehne gehangen hatte. Dann warf sie Handküsse in die Runde. »Bis dann, Freunde. Ihr seid die Besten! Man sieht sich!« Winkend ging sie davon. Die anderen diskutierten bereits lautstark darüber, wo es denn nun noch hingehen solle.

Der Heimweg war nicht lang. In Rom lag irgendwie alles in Fußnähe. Sie überquerte die Piazza San Cosima, an deren Rändern die Verkaufstische für den morgigen Markttag aufeinandergestapelt und mit Ketten gesichert worden waren, und tauchte ins Gewirr der schmalen Gassen und Gässchen ein mit ihren jasmin- und efeubewachsenen Fassaden. Überall schlenderten Menschen umher oder saßen vor den Restaurants und Kneipen, deren Tische an den Wänden klebten, damit die Airport-Limousinen noch durchkamen. Dazwischen standen, dicht an dicht wie Dominosteine, lange Reihen von Vespas und Scootern. Aus fast jedem offenen Fenster drang Musik.

Ihre kleine Wohnung lag im Centro Storico, versteckt im Labyrinth der Gässchen zwischen der Piazza Navona und dem Campo de' Fiori. Es war zwar nicht die feinste Gegend – nicht so schick wie die Apartments ihrer Freunde im hippen Trastevere, wo sich Künstler und Designer die Klinke in die

Hand gaben, wo es jede Menge Nachtclubs und Kneipen und trendige Pop-up-Lokale gab – und sie mochte allein durch ihre Anwesenheit den Altersdurchschnitt der Bewohner um vierzig Jahre hochgetrieben haben, aber es lag zentral, und das war für ihren Job äußerst praktisch. Sie war beruflich täglich so viel zu Fuß unterwegs, dass sie nicht auch noch einen langen Heimweg in Kauf nehmen wollte.

Außerdem lag es ihr nicht, sich den gängigen Strömungen anzuschließen, das hatte es noch nie. Ihre Vintage-Klamotten waren noch das wenigste. Sie hatte schon als Teenager gern Patti Smith und Carly Simon gehört, während ihre Altersgenossen auf McFly standen. Auch hatte sie sich rasch damit abgefunden, dass sich ihr ungebärdiges rotblondes Haar (okay, karottenrot) keinem Fashion-Diktat unterwerfen ließ, und mit ihren eins neunundsiebzig war sie sowieso zu groß, um in der Menge untertauchen zu können. Gut, sie hatte Kakerlaken in der Wohnung und zerfranste alte Stromleitungen, dafür aber auch türkisgrüne Fliesen im Bad, die original aus den Sechzigerjahren stammten. Und eine Zinnbadewanne. Von ihrer winzigen Dachterrasse aus – nicht größer als ihr Esstisch – hatte man einen fantastischen Blick über rote Ziegeldächer und nicht weniger als sieben Kirchtürme! Sie liebte es, am Sonntagmorgen zuzusehen, wie die Glocken wild durcheinanderschwangen. Am besten jedoch war vielleicht die Tatsache, dass ihr Haus an einem ruhigen kleinen Platz lag, abseits der belebten Piazza Angelica, auf dem sie obendrein alles fand, was sie zum Leben brauchte: in einer Ecke eine schattige kleine Osteria, gegenüber eine Take-away-Pizzeria und obendrein gleich nebenan, im Nachbarhaus, die beste Bäckerei von Rom. Neben der Osteria wuchs ein buschiger Feigenbaum, und in der Mitte des kleinen Platzes stand ein Olivenbäumchen, dessen Äste sich sanft wie eine Hulatänzerin in der Sommerbrise wiegten. Dieser Ort hatte sich vom ersten Moment an wie ein Zuhause für sie angefühlt.

Während sie durch eine lange Gasse ging, öffneten sich links und rechts immer wieder quadratische kleine Piazzas, die den Blick auf den sternenbeschienenen Himmel freigaben und die schläfrigen Fenster in silbriges Mondlicht tauchten. Lautlos ging sie in ihren schäbigen Turnschuhen übers mondbeschienene Kopfsteinpflaster, in Gedanken bei der morgigen Führung und den Anekdoten, die sie bereithalten musste, damit sie ein Erfolg wurde. Die Tatsache, dass sie jetzt hier lebte und diesen Job machte, war immer noch ein wenig ungewohnt, obwohl sich ihr altes Leben mittlerweile anfühlte wie ein ferner, unwirklicher Traum, eine Geschichte aus dritter Hand, die sie weder charakterisierte noch definierte.

Sie bog in ihren kleinen Platz ein, die Piazzetta Palombella, und passierte die immer gut besuchte Osteria, obwohl man dort nicht reservieren konnte und es auch weder eine Tageskarte noch überhaupt eine Speisekarte gab. Signora Accardo servierte einfach das, was ihr Mann an dem Tag in der Küche gezaubert hatte. Cesca hob grüßend die Hand, als sie an der Osteria vorbeikam, wo die Signora in der traditionellen bodenlangen schwarzen Kellnerschürze mit einem Armvoll schmutziger Teller in Richtung Küche eilte.

Vor der Pizzeria gegenüber hatte sich wie üblich eine Menschenschlange gebildet. Stimmengewirr, Applaus und anerkennende Pfiffe drangen heraus, denn dort wurde mit akrobatischem Geschick der Pizzateig in die Luft geworfen, ausgezogen und dann mit langen Brotschaufeln in den Ofen geschoben, aus dem ein dämonischer roter Schein auf den Platz fiel. Der Laden gehörte Franco Luciano, einem *pizzaiolo* der dritten Generation, dessen Geschäft nun von seinen sechs Söhnen geleitet wurde. Die sechs jungen Männer waren eine ebenso große Attraktion wie der berühmte Pizzateig der Lucianos. Cesca fiel es immer noch schwer, sie auseinanderzuhalten oder sich ihre Namen zu merken. Alle hatten dichtes schwarzes Haar, strahlend weiße Zähne, braune Augen und olivbraune Haut. In weißem T-Shirt und langer Schürze schlüpften sie mühelos durchs Gedränge, kneteten klatschend den Teig und warfen unter Gejohle die hauchdünnen Fladen mit wogenden Muskeln bis fast an die Decke. Cesca hatte den Verdacht, dass sie eher fließend Italienisch sprechen lernen würde, als die sechs auseinanderzuhalten. Die Brüder arbeiteten rein nach Instinkt, sie handhabten die drei Meter langen Brotschieber, als hätten sie nie etwas anderes gemacht. Hier erlebte Cesca zum ersten Mal, dass die traditionelle Herstellung der Pizza im Grunde eine Kunst war, vor allem was die Zubereitung und Verarbeitung des Teigs betraf.

Ricci, Francos Ältester, wuchtete gerade eine Abfalltonne nach draußen und rief einen lauten Gruß. Cesca winkte ihm zu. Sie freute sich über die warmherzige Selbstverständlichkeit, mit der sie hier aufgenommen worden war.

Dann erklomm sie die Steintreppe, die an der Hauswand zu ihrer Wohnung hinaufführte. Dabei musste sie den vielen Blumentöpfen voller blühender Geranien ausweichen, die ihre Hauswirtin, Signora Dutti, auf jeder Stufe verteilt hatte. Die Witwe bewohnte die Erdgeschosswohnung. In den letzten sieben Monaten war Cesca jeden Morgen davon erwacht, wie Signora Dutti um Punkt sieben Uhr vierzig die Stufen fegte und dabei die Tontöpfe anhob und wieder abstellte, ein melodiöses Klimpern, ähnlich dem Klappern der Teetassen daheim in England.

In ihrer kleinen Wohnung war es kühl und dunkel. Die schönen alten, handgefertigten Spitzenvorhänge hingen schlaff vor den zugeklappten Fensterläden. Sie öffnete die Läden, um die frische Nachtluft in den abgestandenen kleinen Raum hineinzulassen. Dann schlüpfte sie aus ihren Turnschuhen und schritt barfuß über die kühlen Terracottafliesen zu der winzigen Küchenzeile im hinteren Teil des Wohnraums. Sie schenkte sich ein Glas Wasser ein und schnitt sich auf einem Tellerchen einen Pfirsich auf. Dann schaltete sie den Fernseher ein und knipste sich durch die Kanäle, bis sie auf die Wiederholung einer alten Commissario-Montalbano-Folge stieß. Sie ging ins Bad und drehte den Hahn auf, um sich, wie jeden Abend, ein Bad einzulassen. Sollten sich ihre Freunde ruhig über sie lustig machen, aber das gehörte nun einmal zu ihrem abendlichen Ritual.

Auf der Sofakante sitzend aß sie entspannt ihren Pfirsich und schaute sich die Schießerei im Fernsehen an. Sie hatte den Ton abgedreht, damit sie das einlaufende Wasser hören konnte, dessen Geräusch mit zunehmender Menge dumpfer wurde. Sie konnte hören, wann genug Wasser eingelaufen war. Als es so weit war, ging sie und drehte den Hahn zu.

Mit dem Pfirsichkern auf dem nun leeren Teller ging sie zurück zur Küchenzeile, spülte den Teller unter laufendem Wasser ab und verknotete dann die Abfalltüte. Vorsichtig hob sie sie aus dem Eimer, denn sie war brechend voll und ziemlich schwer – offenbar war doch noch ein bisschen zu viel Milch in dem Müslirest gewesen, den sie heute Morgen aus der Schüssel in den Abfall gekratzt hatte –, und ging damit zur Haustür. Sie schlüpfte in ihre Turnschuhe, wobei sie die Fersen heruntertrat, um sie nicht extra auf- und wieder zuschnüren zu müssen, und warf einen Blick hinter sich. Ja, da war eine Spur aus dicken Milchtropfen, die sich über die Fliesen zog. Mit einem ungehaltenen Zungenschnalzen hob sie den Beutel wieder an und eilte so schnell sie konnte die Steinstufen hinab. Dabei stieß sie versehentlich mit der Mülltüte einen Blumentopf um, und Erde spritzte auf die Stufen.

Fluchend bog sie nach links in die schmale Gasse zwischen ihrem Haus und der Bäckerei ein. Sie schob den Deckel der großen Tonne hoch und hielt wegen des Gestanks die Luft an. Gerade als sie ihre Tüte hineinwuchten wollte, fiel ihr Blick auf etwas, das sie innehalten und den angehaltenen Atem wieder ausströmen ließ. Stirnrunzelnd stellte sie ihre Tüte neben sich ab, griff in die Tonne und holte eine Handtasche heraus. Eine brandneue Handtasche und teuer noch dazu, wie es aussah. Es war eine Art Clutch aus zartem pudergrauem Leder, mit steifen Seiten und einer Verzierung aus Schlingstichen an den Rändern. Sie war keine Fashion-Expertin, aber selbst sie konnte sehen, dass diese Tasche, mit ihrem Bambusverschluss, eine Gucci sein musste (daheim gehörte eine Handtasche von Gucci, Prada oder Celine – der Heiligen Dreifaltigkeit der Mode – zu den Statussymbolen der weiblichen Mitglieder der Anwaltskaste, zumindest der besser verdienenden, und wurde gerne über dem Unterarm getragen, da andere Statussymbole, wie Rolex, Maßanzug oder die vierzehntägige Auffrischung der Hersheson-Highlights unter Robe und Perücke verborgen blieben). Sie rieb mit dem Daumen übers Leder – es war ganz weich und zart, sicher Kalbsleder. Wie eine Imitation sah es nicht aus und roch auch nicht so, wie sie feststellte, als sie prüfend daran schnupperte. Was um alles in der Welt hatte so eine Tasche in einer Mülltonne zu suchen?

Der Grund wurde ihr schlagartig klar.

Sie vergaß den schweren, tropfenden Müllsack neben sich und ließ die Handtasche gespannt aufschnappen. Im Gegensatz zu ihrer, in der sich aller möglicher Plunder befand, war hier nur das Allernötigste vorhanden: eine Haarbürste (ohne ein einziges Haar zwischen den Borsten), ein Chanel-Les-Beiges-Gesichtspuder, eine Mini-Parfümflasche von Annick Goutal, eine silberne Geldspange mit Visitenkarten … aber weder ein Handy noch eine Geldbörse. Das war auffällig. Nun, der Dieb würde sich Letzteres geschnappt und den Rest des ihn belastenden Diebesguts so schnell wie möglich entsorgt haben, natürlich.

Und dennoch: Diese Tasche war auch ohne Bargeld oder Kreditkarten wohl an die tausend Euro wert. Aber wie die Besitzerin ausfindig machen, wenn es keine Identifizierung gab? Was tun? Bei der Polizei abgeben. Aber wäre die überhaupt in der Lage, die Besitzerin ausfindig zu machen? Oder die Tasche behalten? Sie hatte sie schließlich gefunden, nicht wahr? Obwohl so ein teures Stück eigentlich gar nicht zu ihr passte. Sie konnte sich nicht vorstellen, mit so einer Handtasche herumzulaufen. Die gehörte eher zu einer Frau, die sich täglich frisieren ließ und für die eine Maniküre zu den Lebensnotwendigkeiten gehörte, eine, die schon beim Frühstück Diamantringe trug. Ob sie sie vielleicht verkaufen sollte? Das Geld konnte sie jedenfalls gut gebrauchen und …

Plötzlich kam ihr ein Gedanke. Vielleicht hatte diese Tasche ja eine Art Seriennummer, mit der man sie zu ihrer Besitzerin zurückverfolgen könnte? So wie eine Rolex oder ein Auto? Eine Seniorpartnerin in der Kanzlei, in der sie gearbeitet hatte, besaß eine Hermès-Birkin-Tasche, zu der eine kleine Karte mit Authentifizierungsziffern gehörte. Vielleicht besaß diese Tasche ja etwas Ähnliches? Dann könnte sie sie zurückgeben, eine Lösung, mit der sie sich wohler fühlte, denn es widerstrebte ihr, vom Unglück anderer zu profitieren.

Sie öffnete den Reißverschluss der Futtertasche, obwohl es nicht so aussah, als ob sich etwas darin befände. Aber tatsächlich fand sie einen kleinen Briefumschlag. Sie nahm ihn heraus. Er bestand aus pastellblauem Briefpapier, war ungeöffnet und an den Rändern und Kanten abgegriffen und abgestoßen. Mit eleganter Handschrift stand darauf der Name *Elena*.

Cesca biss sich auf die Lippe. War das der Name der Frau, der die Tasche gehörte? Oder war das nur die Empfängerin des Briefes, aber nicht die Besitzerin der Tasche?

»Buona notte, Cesca.«

Sie hob den Kopf und erblickte Signora Dutti, die nun, da die Tageshitze nachließ, die durstigen Geranien wässerte. Sie trug wie üblich ihren dunkelblauen Hausmantel und ein Haarnetz über Lockenwicklern. Ihre Füße steckten in einem Paar bequemer alter Scholl-Sandalen.

»Buona notte, Signora«, erwiderte Cesca lächelnd und winkte der alten Dame ohne zu überlegen mit der Handtasche zu. Diese erregte prompt die Aufmerksamkeit ihrer Vermieterin.

»Ach.« Cesca lief rasch zu ihr. »Ich hab die hier gerade in der Mülltonne gefunden.«

Signora Dutti schüttelte mit einem missbilligenden Zungenschnalzen den Kopf. »Diese Diebe!« Sie stellte die Gießkanne beiseite und nahm Cesca die Tasche mit ihren altersfleckigen, faltigen Händen ab, die einen Kontrast zu dem glatten, weichen Leder der Tasche bildeten.

»Ja, und die Wertsachen haben sie natürlich mitgenommen: Brieftasche, Handy … Aber die Tasche selbst ist auch sehr wertvoll, irgendjemand wird sie bestimmt vermissen. Und dann hab ich auch noch das hier gefunden.« Sie hielt den Brief hoch.

Als Signora Duttis Blick auf den Namen fiel, veränderte sich schlagartig ihre Miene.

»Sie wissen wohl nicht zufällig, wer diese Elena sein könnte?« Cesca zog die Nase kraus. »Nein, das wäre ja so, als würde man eine Nadel …« Als sie die zufriedene, ja fast selbstgefällige Miene ihrer Vermieterin bemerkte, brach sie abrupt ab. »Sie wissen es tatsächlich? Im Ernst?«

Signora Dutti nickte. Dann hob sie ganz langsam den Arm und deutete mit ausgestrecktem Zeigefinger auf den blassblauen Palazzo auf der gegenüberliegenden Seite des kleinen Platzes. Er besaß hellbeige gestrichene Fensterläden, die sämtlich geschlossen waren. Es waren vierundzwanzig Fenster, sechs auf jedem Stockwerk. Und das war nicht einmal die Vorderseite, die wies auf die Piazza Angelica. Nein, dies hier war die rechte Seitenfront, und in den sieben Monaten, in denen sie schon hier lebte, hatte sie nie erlebt, dass auch nur ein einziger Fensterladen geöffnet worden war, zumindest nicht auf dieser Seite des Palazzos. Auch hatte sie noch nie jemanden daraus hervorkommen oder hineingehen sehen.

»Sie wohnt da drinnen?«

Signora Dutti nickte mit einem rätselhaften Ausdruck in ihren dunklen Augen. »Sie wohnt da drinnen.«

2. Kapitel

Auf der Piazza Angelica, der sie momentan den Rücken zuwandte, funkelten vereinzelte Lichtpfützen. Vespas standen in militärisch präziser Formation an den Seiten des großen Platzes. Die römische Jugend hatte sich in der Mitte um den prächtigen Springbrunnen versammelt, der sie anzuziehen schien wie Motten das Licht.

Cesca stand auf den Eingangsstufen des Palazzos und lauschte dem Bimmeln der Türglocke, das sich in den Tiefen des trutzigen Gebäudes verlor. Hier in seinem Schatten, das Gesicht nur einen halben Meter von der beeindruckenden Fassade entfernt, kam sie sich klein wie eine Ameise vor. Das war kein normales »Haus«, in dem man sich wohlfühlen konnte, Gebäude wie dieses beherbergten meist Ministerien oder Behörden. Wer wohnte heutzutage noch in so einem Palast? Darin hatten doch an die hundert Familien Platz, man konnte eine Schule daraus machen oder ein Krankenhaus. Irgendetwas Sinnvolles, Nützliches.

Die Handtasche nervös umklammert, schaute sie zum Türstock auf, der sich fünf Meter höher über ihr wölbte. Was für eine Eingangstür! Sie entdeckte eine auf sie gerichtete Überwachungskamera; ihre Nervosität wuchs. Sie wünschte, sie hätte sich die Zeit genommen, ihren Panamahut aufzusetzen, ohne den sie hier bei dieser Hitze fast nirgends hinging. Aus dem Augenwinkel sah sie Signora Dutti an der

Ecke neben dem Feigenbaum stehen und gespannt zu ihr herüberstarren. Die Neugier der Frau machte Cesca noch nervöser. Was war so interessant daran, hier zu klingeln und eine gestohlene Handtasche abzuliefern?

Als sich nichts rührte, wandte sie sich zum Gehen um. Sie blickte zu ihrer Nachbarin hinüber und zuckte die Schultern, als wolle sie sagen, »versucht habe ich's ja«. In diesem Moment ging die Tür auf, und sie sah sich mit einem Mann mittleren Alters in schwarzer Hose und weißer Hausjacke konfrontiert, ähnlich wie die eines Kochs. Er trug eine Schildpattbrille und verzog keine Miene. Sein unheimlich glattes Gesicht wirkte starr wie eine Totenmaske.

Er blickte Cesca fragend an; sein scharfer Blick registrierte sofort das kleine Loch in ihrer Bluse, die abgetretenen gelben Tennisschuhe, die plattgelatschten Hacken. Er wuchs sogleich um mehrere Zentimeter. »Sie wünschen?« Als sie nicht unmittelbar antwortete, fuhr er sie barsch an: »Es ist schon spät. Was wollen Sie?«

Cesca wurde erst jetzt klar, dass er recht hatte: Es war schon nach elf; sie musste dringend ins Bett, ihr blieben nur noch fünf Stunden Schlaf. »Ja, tut mir leid, aber ich dachte mir, Sie wollten die hier vielleicht so schnell wie möglich wiederhaben.« Sie hielt ihm die Gucci-Handtasche hin.

Der Mann wirkte zunächst verblüfft, dann zornig. Er packte sie beim Ellbogen und riss ihr die Tasche aus der Hand. Cesca schnappte erschrocken nach Luft.

»Sie haben ja keine Ahnung, was Sie angerichtet haben! Gehören Sie etwa auch zu dieser Bande?« Er trat hinaus auf die oberste Treppenstufe und blickte sich grimmig um.

»W-was?«, stammelte Cesca und versuchte sich aus seinem Griff zu befreien.

Sein Blick richtete sich wieder voller Verachtung, ja Ekel auf sie, der Griff um ihren Arm verstärkte sich noch. »Diese Bande, die diese Tasche gestohlen hat. Falls Sie glauben, Sie könnten noch mehr herausholen, indem Sie uns das zurückbringen, was Sie zuvor selbst gestohlen haben, dann …«

»Was? Nein!« Ihre Vehemenz überraschte nicht nur ihn, sondern auch sie selbst. Was fiel diesem Kerl eigentlich ein? Er hielt sie für eine Diebin! Er hielt ihren Vintage-Schick für Lumpen? »Wie können Sie es wagen! Ich wohne um die Ecke – und ich habe diese Tasche hier in meiner Mülltonne gefunden!« Sie riss sich mit einem Ruck los. »Signora Dutti, meine Vermieterin, sagte mir, dass hier eine gewisse Elena lebt, und da bin ich hergekommen, um die Tasche zurückzugeben, das ist alles.« Erzürnt fuhr sie fort: »Ich wollte Ihnen nur einen Gefallen tun!« Verbittert wandte sie sich ab und stapfte die Stufen hinab.

Sie war keine fünf Schritte weit gekommen, als er ihr nachrief: »Warten Sie!«

Sie wandte sich halb zu ihm um. Er hatte die – nun geöffnete Tasche – in den Händen. »Wenn Sie mir bitte folgen würden.«

Was? Wozu? Wohin ging er? Falls er glaubte, sie würde dieses Haus betreten …

He, Moment mal, wo war er hin?

Sie rannte wieder zur Eingangstür hinauf und starrte in die finstere, höhlenartige Eingangshalle. Der Mann war nirgends zu sehen.

»Hallo?«, rief sie hallend in den Raum hinein. Als niemand antwortete, trat sie über die Schwelle und rief erneut. Der Korridor erstreckte sich über sechzig Meter nach rechts und links in beide Richtungen. Es war hier um ganze fünf

Grad kühler als draußen. Die Hitze prallte an den dicken Mauern ab. Sie warf einen Blick zurück auf die lärmenden Jugendlichen am Brunnen. Ihre lachenden Gesichter erstrahlten in der bläulich schimmernden Beleuchtung. Deren Abend verlief zumindest ganz nach Programm.

Sie hörte die sich rasch entfernenden Schritte auf den Fliesen und eilte in diese Richtung. Eine lange Galerie erstreckte sich vor ihr, und sie sah den Mann weiter vorne gerade noch um eine Ecke biegen.

Ihr blieb keine Zeit zum Schauen, obwohl es wahnsinnig viel zu sehen gab. Der erfahrene Blick der Fremdenführerin erfasste dennoch im Vorbeilaufen etliche Details: die herrlichen Deckenfresken, die barocken goldenen Bilderrahmen und die Bilder selbst, eine wahre Pracht von Renaissance-Gemälden, die an Drähten an den Wänden hingen.

Sie bog um die Ecke und erblickte eine lange Steintreppe, die sie, zwei Stufen auf einmal nehmend, hinaufeilte. Bald schon geriet sie außer Atem – die Treppe zog sich über mehrere Stockwerke und war, trotz eines prächtigen Lüsters, der von der Decke hing, nur spärlich beleuchtet. Da sie auf ihre Fußspitzen achtete, um nicht ins Stolpern zu geraten, erblickte sie die schwarzen Lackschuhe, die sie oben erwarteten, erst in letzter Sekunde.

»Huch!« Sie prallte zurück und wäre um ein Haar rückwärts die Treppe hinuntergepurzelt, wäre der Arm des Mannes nicht vorgeschnellt und hätte sie erneut gepackt, diesmal jedoch in anderer Absicht. Als sie sich aufrichtete, sah der Mann sie mit unbewegter Miene an.

»Hier entlang.«

Er ging vor, die Handtasche unter dem Arm. Das sah irgendwie komisch aus, und Cesca musste grinsen, obwohl sie noch immer vollkommen verwirrt über den Gang der Ereignisse war.

Sie folgte ihm durch eine Reihe von weiteren langgestreckten Galerien, durch einen Salon nach dem anderen, alle mit geschlossenen Fensterläden. Sie konnte sehen, dass die Gemälde Museumswert hatten: Caravaggio, Raphael, Velázquez, Tizian. Sie schritt über kostbare Seidenteppiche, und auch die Wände waren mit Seidentapeten in kräftigen Farben bespannt: granatrot, Peridot, malachitgrün … Nicht ihr Stil, bestimmt nicht, aber nichtsdestotrotz beeindruckend. Das Innere des Palazzos war viel, viel prächtiger, als es die schlichte Fassade vermuten ließ.

Es gab viel zu sehen, aber nichts zu hören: Der ausgelassene Lärm von der großen Piazza wurde von den dicken, festungsähnlichen Mauern verschluckt, und auch die Hitze des Tages fand hier keinen Zutritt. Doch nach einiger Zeit drang ein anderes Geräusch wie Wellen an ihr Ohr: Musik. War das … war das nicht *La Traviata*?

Der Mann – der Butler, wie Cesca vermutete – hielt vor einer breiten, zweiflügeligen Tür an. Er wandte sich zu ihr um. »Wenn Sie bitte hier warten möchten.«

Cesca blinzelte verwirrt. Der Mann verschwand mit der Tasche unterm Arm in dem dahinterliegenden Raum. Ein herrlicher Sopran drang heraus, ehe sich die Tür hinter ihm schloss.

Cesca drehte sich einmal im Kreis und blickte sich in diesem »Vorzimmer« um. Die Wände waren, es ließ sich nicht anders beschreiben, in einem absinthgrünen Ton gehalten; an einer Wand hing das riesige Porträt eines Kardinals, und vor der gegenüberliegenden Wand standen auf Sockeln mehrere Marmorbüsten, daneben eine Sitzgruppe mit vergoldeten Stühlen und rubinroten Samtpolstern. Cesca war das Ganze einfach zu erdrückend in seiner Farbenpracht. Alles hier wirkte schwer, gediegen. Wo blieb die Leichtigkeit, wo das Licht? Sie sehnte sich geradezu nach einem leichten Baumwollstoff anstelle von schwerer Seide; nach hellem, luftigem Leinen statt dickem Samt. Sie kam sich regelrecht erdrückt vor von der Last der Geschichte, die auf diesem Palast ruhte wie etwas Lebendiges.

Sie schloss die Augen und nickte mit dem Kopf im Takt zur Musik – doch dann wurde ihr jäh klar, dass die Musik aufgehört hatte. Sie schlug die Augen auf und fuhr herum. Die Tür hatte sich erneut geöffnet, und der Butler stand reglos im Türstock und musterte sie.

Sie hörte auf zu nicken.

»Die Principessa wird Sie jetzt empfangen.«

... *Principessa?*

Er trat beiseite, was wohl die Aufforderung an sie sein sollte einzutreten. Nach kurzem Zögern gehorchten ihre Füße. Sie trat ein. Und blieb erneut abrupt stehen. Im Gegensatz zur opulenten, überladenen Farbenpracht der anderen Räume war dieser hier – man konnte ihn fast einen Saal nennen, er war drei Meter hoch und mindestens zehn Meter im Quadrat – geradezu schockierend schlicht. Hier herrschte ein brutaler Minimalismus: In der Raummitte standen zwei große weiße Leinensofas auf einem knöcheltiefen elfenbeinweißen Schaffell-Berberteppich, was wirkte, als schwebten sie auf einer Wolke. An den Wänden hingen drei riesige abstrakte Gemälde mit starken schwarzen Akzenten. Alles war übergroß: nicht nur die Sofas, auf denen bestimmt je acht Personen Platz gefunden hätten, auch der zwei Meter hohe Kamin, dessen Marmor-*Trumeau* bis zur Decke reichte.

Zwischen den deckenhohen Fenstern, die die zwei Längsseiten des Raumes zierten, standen große weiße Korallenskulpturen; einige wirkten wie Calla-Lilien, andere wiederum wie filigrane, auf einem Webstuhl gewebte Spitze, sich auffächernd wie Flügel.

Cesca merkte zwar, dass ihr der Mund offen stand, war aber zu verdattert, um ihn wieder zu schließen. Dieser Raum, nach all der Opulenz, war, als würde man nach der Sauna in ein kühles Becken springen.

»So geht es mir auch immer, meine Liebe.« Die Stimme mit der amerikanischen Aussprache war leise wie ein Hauch. Cesca drehte sich um und sah eine Frau, die zuvor an einer der Fensterfronten gestanden hatte, auf sich zukommen. »Wenn ich die Goldgalerie durchquere, muss ich jedes Mal meine Sonnenbrille aufsetzen, oder ich bekomme Pickel, stimmt's nicht, Alberto?«

Der Butler nickte, aber Cesca beachtete ihn nicht: Sie konnte die Augen nicht von der Frau abwenden, die auf sie zuschritt. Sie trug einen elfenbeinfarbenen Seidenpyjama und darüber einen khakifarbenen japanischen Seidenkimono. Sie war winzig wie ein Vögelchen und stützte sich auf einen Gehstock mit handgeschnitztem Griff. Ihr graues Haar war in weiche Wellen gelegt, und auf ihrer Nasenspitze saß eine diskrete kleine Halbmondbrille. Die Frau besaß das zarteste Knochengerüst, das Cesca je gesehen hatte, sie wirkte wie aus Glas gesponnen. Hohe Wangenknochen und eine schmale, stolze Nase rundeten das Bild ab. Das leise Beben der Nüstern verriet eine gewisse Hochmut und Arroganz. Die Haut um ihre Kieferknochen war straff und fest, wie bei einem jüngeren Menschen. Was Cesca jedoch am meisten beeindruckte, waren ihre Augen, nicht grün, nicht blau, sondern ein leuchtendes Seladongrün, wie ein philippinischer Bergsee.

Lautlos kam sie über den dicken Teppich auf Cesca zu, der Saum ihrer Pyjamahose streifte über den Flor. Sie reichte Cesca kaum bis zur Schulter. Die alte Dame streckte Cesca auf eine Weise die Hand entgegen, dass diese nicht wusste, ob sie sie küssen oder schütteln sollte. Sie entschied sich für die pragmatische Lösung und schüttelte sie. Zu ihrer Überraschung legte die Frau – nein, die Prinzessin! – ihre andere Hand voller Zuneigung auf Cescas. »Wie soll ich Ihnen je danken?«

Cesca klappte den Mund zu. Die Tasche. Sie meinte natürlich die Handtasche. »Ach, das ist doch nichts.«

Die Frau lächelte. »Oh doch. Sie haben mir einen größeren Gefallen erwiesen, als Sie ahnen können. Ich war den ganzen Tag lang vollkommen verzweifelt. Der Inhalt dieser Tasche ist mir unglaublich viel wert.«

Cesca runzelte die Stirn. Hatte der Butler ihr denn nicht erklärt, dass Brieftasche und Geld fehlten? »Aber … ich fürchte, die Tasche wurde ausgeplündert. Bargeld, Kreditkarten, Sie wissen schon …«

Die Frau lächelte, als spiele Geld keine Rolle. »Kommen Sie doch, setzen wir uns. Ich würde Sie gerne ein wenig besser kennenlernen. Möchten Sie etwas zu trinken?« Bevor Cesca antworten konnte, befahl sie dem Butler: »Alberto, bringen Sie uns bitte zwei Bellinis.«

Cesca und die Prinzessin machten sich auf den langen Weg (zumindest kam es Cesca so vor) zu den Sofas. Hinter ihnen ging mit einem dezenten Klicken die Tür zu.

»Sagen Sie mir doch bitte, wie Sie heißen«, forderte die Prinzessin sie auf und ließ sich dabei auf einem der Sofas nieder. Sie bat Cesca mit einer anmutigen Armbewegung, ebenfalls Platz zu nehmen.

»Francesca Hackett«, antwortete Cesca. Warum roch es hier nur so gut? Sie konnte nirgends Blumen oder Duftkerzen sehen. »Aber alle nennen mich Cesca, manchmal auch Chess.«

»Und ich bin Viscontessa Elena dei Damiani Pignatelli della Mirandola, aber alle nennen mich Elena. Manchmal auch Laney.« Sie lachte, ein ebenso verblüffender Laut wie die Tatsache, dass es in diesem Palazzo einen solchen Raum gab. Es war ein heiseres, sinnliches Lachen, das eigentlich zu einer doppelt so großen und halb so alten Frau gehört hätte, die außerdem Kettenraucherin war.

»Viscontessa? Aber Ihr Butler hat Sie als Prinzessin bezeichnet.«

»Ach ja?« Sie seufzte. »Ich wünschte, er würde damit aufhören. Sie müssen ihn auf dem falschen Fuß erwischt haben. Alberto kann ein bisschen stachelig werden, wenn man nicht weiß, wie man mit ihm umzugehen hat. Er ist viel großspuriger als ich. Ich bevorzuge den bescheideneren Titel Viscontessa. Denn wer will schon angeben?«

Cescas Augenbrauen schossen in die Höhe. »Wollen Sie damit sagen, dass Sie sowohl eine Viscontessa als auch eine Prinzessin sind?«

»Eine zweifache Prinzessin sogar! Hinzu kommen zwei Herzogtümer und fünf Markgrafschaften …« Sie verdrehte die Augen. »Ach, die Liste ist endlos. Wer soll sich das merken. Ich glaube, es sind insgesamt elf Titel.«

Cesca wurde sich bewusst, dass sie ihr Gegenüber schon wieder mit offenem Mund anstarrte. Jetzt wurde ihr allerdings klar, warum Signora Dutti über die Aussicht, dass sie den Palast betreten und dieser Frau begegnen würde, so erregt gewesen war. Eine Gucci-Tasche war in einem solchen Anwesen wohl nur eine bessere Plastiktüte. »Aber Sie sind Amerikanerin.«

»Das ist richtig. Ich habe in den römischen Hochadel eingeheiratet. Was tut man nicht alles aus Liebe, nicht wahr?« Ihr Tonfall war einladend und freundlich.

Cesca wusste nicht, was sie sagen sollte; sie selbst war noch nie wirklich verliebt gewesen. Sie lehnte sich zurück und ließ ihren Blick erneut durch den großen Raum schweifen. Jetzt fielen ihr Dinge auf, die sie eingangs übersehen hatte, wie zum Beispiel die Beistelltische neben den Sofas, die aus herrlich verdrehtem, poliertem Holz bestanden und mit funkelnden Halbedelsteinen besetzt waren; auf einer Sofalehne lag eine flauschige weiße Alpakadecke, und in einer Ecke stand in einem großen Topf ein blühendes Orangenbäumchen.

»Aber genug von mir, ich würde mich weit mehr für Sie interessieren.« Ihre Augen verengten sich nachdenklich. »Denn ich glaube, Sie sind doch tatsächlich das Mädchen mit dem Strohhut.«

»Wie bitte?« Cesca blickte Elena verblüfft an. Diese musterte sie mit großem Interesse.

»Sie haben doch gewöhnlich einen Panamahut auf.«

»Ja, das stimmt!«

Die Viscontessa, die ahnte, was in Cesca vorging, fuhr erklärend fort: »Ich bin nicht mehr so mobil wie früher; ich verbringe viel Zeit damit, von einem der Fenster dem Treiben auf der Piazza zuzuschauen.« Sie schmunzelte. »Ich habe Sie schon oft in Ihrem Hut vorbeilaufen sehen und mich gefragt, wie Sie wohl aussehen. Man konnte unter dem Hut ja nur Ihr Haar erkennen.«

Cesca rieb sich verlegen über ihre nackten, sommersprossigen Arme. Sie war noch fast genauso blass wie vor sieben Monaten, als sie an einem regnerischen Novembertag hier ankam. »Ich muss einen Hut tragen, meine Haut ist sehr empfindlich. Ich würde sonst einen fürchterlichen Sonnenbrand kriegen.«

»Das ist es wert. Sie sind einfach unübersehbar – wie eine lodernde Flamme. Man erkennt Sie gleich, wenn Sie auf die Piazza einbiegen.«

Cesca lächelte verlegen. »Das sagen meine Gruppen auch immer. Hat wohl doch seine Vorteile.«

»Ihre Gruppen?«

»Ich bin Fremdenführerin.«

»Ach, das überrascht mich.« Die Viscontessa musterte Cesca neugierig. »Machen Sie das gern?«

Cesca zuckte die Schultern. »Ich kann damit meinen Lebensunterhalt bestreiten. Und man begegnet mitunter einigen wirklich interessanten Menschen. Aber ich schreibe auch einen Blog. Das ist es wohl, was mich am meisten fesselt.«

»Ein Blog«, wiederholte die Viscontessa verständnislos.

»Das ist eine Art Online-Tagebuch, eine Art Internet-Journal. Ich nenne es *Römische Liebschaften*, und ich schreibe darin über alles, was mir so in der Stadt begegnet, was mich begeistert, was ich liebe. Rom ist eine historische Schatzkiste, voll faszinierender Geschichten und Bauten.«

»Ja, das stimmt. Wir brauchen uns ja nur hier umzusehen.« Die Principessa deutete mit einer ausholenden Armbewegung auf ihre Umgebung, den prächtigen Renaissance-Palast, in dem sie sich befanden. »Haben Sie denn viele Leser?«

»Dreiundvierzigtausend.«

»Ach du meine Güte! Und die antworten jedes Mal, wenn Sie etwas schreiben?«

»Nein, Gott sei Dank nicht!«, sagte Cesca lachend. »Aber so viele sind das eigentlich gar nicht. Die größten Blogs haben mehrere Millionen Follower. Oder Leser.«

»Ach, tatsächlich?« Die Viscontessa war sichtlich fasziniert. »Und wie oft schreiben Sie etwas?«

»Manche tun das täglich, um bessere Suchmaschinen-Resultate zu erzielen, aber ich poste nur einmal wöchentlich. Ich möchte mich nicht unter Druck setzen und mir Sorgen machen müssen, ob ich etwas zu schreiben habe oder nicht. Das Ganze ist als Hommage an Rom gedacht und an alles, was ich an dieser Stadt so liebe. Ich glaube, meine Leser wissen, dass es authentisch ist – sie wissen, dass ich nur dann über etwas schreibe, wenn ich aufrichtig davon überzeugt bin.«

»Dann sind Sie also in Wirklichkeit Schriftstellerin.«

Cesca ließ sich das einen Moment lang durch den Kopf gehen. Dann nickte sie. »Hm-ja, ich glaube das könnte man so sagen.«

Elena nickte. In diesem Moment tauchte Alberto mit den Getränken auf, die er auf dem sprichwörtlichen Silbertablett servierte. Cescas Blick huschte kurz zu ihm hin, als er ihren Bellini auf dem Tischchen neben ihr absetzte, das er zuvor mit einem sauberen Tuch abwischte. »Und was führt Sie nach Rom?«

Cescas Herz setzte, wie immer, wenn ihr jemand diese Frage stellte, einen Schlag lang aus. »Ach, Rom ist ganz einfach meine Lieblingsstadt. Ich hab mich als Kind in sie verliebt, nachdem ich den Film *Ein Herz und eine Krone* gesehen habe. Und als ich dann herkam, war es genau so, wie ich es mir immer erträumt habe.«

Die Viscontessa nickte lächelnd und musterte Cesca mit ihren außergewöhnlichen Augen, musterte das ungeschminkte Gesicht ihres Gegenübers, das wilde rote Haar, das sie, in Vorbereitung auf ihr Bad, hochgebunden hatte, ihre ungewöhnliche Kleidung.

»Und Sie«, erkundigte sich Cesca höflich, »arbeiten Sie auch?« Sie nahm einen Schluck aus dem kalten, mit Tropfen beschlagenen Glas.

»Ich?« Die Viscontessa schwieg einen Moment, als müsse sie erst überlegen. »Nun, man könnte wohl sagen, dass ich mich dieser Tage als Malerin bezeichne.«

»Ach ja? Welche Art von Malerei?«, erkundigte sich Cesca und nippte erneut an ihrem Bellini. Vor einer Stunde hatte sie noch mit ihren Freunden in einem In-Lokal in Trastevere gesessen, und jetzt nahm sie Drinks mit einer Prinzessin! Kaum zu fassen.

»Überwiegend Landschaften«, erwiderte die Viscontessa, und ihr Blick ließ ihren Gast dabei nicht los. »Gelegentlich auch Porträts. Sie gäben ein wundervolles Motiv ab. Dieses herrliche Haar.«

»Ach was …«, Cesca schüttelte verlegen den Kopf. Etwas Schlimmeres hätte sie sich kaum vorstellen können. »Sind das … haben Sie die gemalt?« Sie deutete auf die riesigen Leinwände.

»Leider nein. Ich wünschte, ich wäre so talentiert. Nein, ich bin einfach nur eine alberne alte Frau, die glaubt, sie könnte malen.«

Elenas Bescheidenheit war zwar charmant, aber auch ein wenig aufgesetzt, wie Cesca fand. Wahrscheinlich wollte sie damit erreichen, dass sich ihr Gast wohlfühlte. Wie alt war die Viscontessa eigentlich wirklich? Ihre Haut war noch ganz zart, wahrscheinlich das Ergebnis von aufwendiger, schon in der Kindheit begonnener Pflege. Anfang siebzig?

Die Hand der Viscontessa begann auf einmal heftig zu zittern, und ihr Getränk schwappte gefährlich nahe an den Glasrand. Cesca hielt unwillkürlich den Atem an: Diese Sofas vertrugen wirklich keine Flecken, der Teppich ebenso wenig. Aber Alberto war bereits herbeigeeilt und nahm der alten Frau behutsam das Glas ab.

»Ach, um Himmels willen«, brummte Elena verstimmt und wedelte den überfürsorglichen Alberto beiseite.

Cesca, die das Gefühl hatte, schon viel zu lange geblieben zu sein, erhob sich. »Ich sollte jetzt wirklich gehen. Es ist spät, und ich habe Sie schon viel zu lange aufgehalten.«

»Unsinn.« Elena lächelte zittrig, erhob sich aber ebenfalls. »Ich wünschte, ich hätte Ihnen mehr anbieten können, als nur ein Glas zu trinken. Wenn Sie früher gekommen wären, hätte ich Sie zum Abendessen einladen können.«

»Das ist wirklich nett von Ihnen, aber das wäre nicht nötig gewesen. Es tut mir nur leid, dass man Ihnen die Handtasche gestohlen hat, das ist alles. Ich hoffe, Sie haben Ihre Kreditkarten sperren lassen?«

Das winkte die Viscontessa erneut mit einer wegwerfenden Handbewegung beiseite. »Das Einzige, was mir etwas bedeutet hat, befand sich noch in der Tasche. Ein Brief von meinem geliebten verschiedenen Gatten, den er mir vor fünfzehn Jahren auf dem Sterbebett schrieb. Ich trage ihn seitdem immer bei mir.«

»Vor fünfzehn Jahren …« Cesca stockte verwirrt. »Verzeihen Sie mir, ich will nicht neugierig sein, aber ich hatte in den Seitentaschen einen Hinweis auf Ihre Identität gesucht und nahm den Brief heraus. Er ist noch ungeöffnet.«

»Oh, nun ja, ich habe ihn noch nicht gelesen«, erklärte die Viscontessa in einem Tonfall, als wäre ein solches Ansinnen vorschnell. »Ich behalte ihn seit fünfzehn Jahren bei mir und warte auf den richtigen Moment, um ihn zu öffnen. Ich weiß, das klingt albern, aber … ich fürchte, wenn ich ihn einmal geöffnet habe, wäre der letzte Rest einer Kommunikation zwischen uns vorbei. Auf diese Weise gibt es immer noch etwas Ungesagtes. Es gibt mir einen Grund, morgens aufzustehen. Jeden Tag frage ich mich, ob heute vielleicht der Tag ist, an dem ich ihn endlich öffnen werde.«

Cesca wusste nicht, was sie dazu sagen sollte. Sie trug seit fünfzehn Jahren einen Liebesbrief mit sich herum? »Aber vielleicht ist heute ja wirklich der Tag«, sagte sie achselzuckend. »Beinahe hätten Sie ihn verloren, ohne ihn gelesen zu haben. Ohne seine letzten Worte zu kennen.«

Die Viscontessa nickte. »Vielleicht haben Sie recht. Ich stehe in Ihrer Schuld, Miss Hackett.«

»O nein, ehrlich, keine Ursache.«

»Nun, ich bin froh, dass ich Ihnen zumindest eine kleine Entschädigung anbieten kann. Alberto?« Ihr Blick huschte über Cescas Schulter hinweg zu dem Butler. Cesca drehte sich um und sah den dicken Umschlag in der Hand des Mannes.

Eine Belohnung? Cesca riss die Augen auf, schüttelte jedoch gleichzeitig den Kopf. Wie dick der Umschlag war! »Das ist nicht nötig, ehrlich.«

»Ich möchte es aber gern.«

Cesca ebenfalls, aber sie durfte das nicht annehmen. »Es geht ums Prinzip. Man sollte keinen Menschen dafür belohnen, dass er einem anderen sein rechtmäßiges Eigentum zurückerstattet.«

Das verblüffte die Viscontessa. »Aber das sind fünftausend Euro. Die können Sie doch sicher gut gebrauchen?«

Cesca schlucke. Allerdings. Damit wäre ihre Miete auf Monate hinaus gesichert. Dennoch wusste sie, dass sie das Geld nicht annehmen konnte. So etwas lag ihr einfach nicht. »Nein, danke.«

Die Miene der Viscontessa veränderte sich unmerklich. »Menschen mit Prinzipien begegne ich nur selten.«

Cesca bot der Viscontessa die Hand, aber ohne Doppeldeutigkeit: Sie hielt ihre Handfläche vertikal, nicht horizontal, als wolle sie sie geküsst haben. Bei Cescas Händedruck wusste man, woran man war. »Es war mir eine Freude Sie kennenzulernen, Viscontessa.«

»Bitte, nennen Sie mich Elena«, entgegnete diese und musterte Cesca mit einer Mischung aus Verblüffung und Faszination.

»Sie haben ein wirklich schönes Heim«, fügte Cesca tapfer hinzu.

Elena lachte über diese Beschreibung, ein ebenso überraschendes Lachen wie vorhin. »Ja, ganz nett, oder?«, untertrieb sie. »Ich muss sagen, es freut mich sehr, Sie endlich kennengelernt zu haben.«

Alberto hielt die Tür auf. Jetzt musste sie sich auf den Rückweg machen, durch die endlosen Galerien und Salons mit ihren absinthgrünen Tapeten und güldenem Mobiliar. Ihr graute fast ein wenig davor. Dieser große Raum hier war leicht und luftig, ja meditativ. Aber der Rest des Palazzos verursachte Kopfschmerzen. Sie holte tief Luft, wie um sich zu wappnen für diese geschichtslastige Welt, wo die Vergangenheit die Gegenwart dominierte, eine Welt, errichtet aus Lügen und Geheimnissen.

3. Kapitel

Sie fuhr nach Atem ringend hoch wie eine Ertrinkende, als wäre sie von einem Schlag, einem Schuss getroffen worden. Es war ein gewaltsames Erwachen, als würde einem die Seele aus dem Leib gerissen werden. Sie saß aufrecht im Bett, das Laken um die Hüften gewickelt. Ihr Herz hämmerte wie ein panisch flatternder Vogel in einem Käfig, ihre Muskeln zitterten von dem jähen Schock, mit dem sie vom Schlummer ins Bewusstsein gerissen worden war.

Mit blinden Augen starrte sie auf die stumpfen Schatten, versuchte die schrecklichen Bilder vor ihrem inneren Auge zu vertreiben. Aber das war unmöglich; sie waren in ihr Bewusstsein eingebrannt wie eine Tätowierung, die man nicht mehr abbekam, egal wie heftig man daran rieb oder kratzte. Sie waren jetzt ein Teil von ihr, wie ein an die Fersen genähter Schatten, der jede Nacht, beim Aufgang des Mondes und sobald sie ihre Augen schloss, zum Leben erwachte.

Sie legte sich wieder hin, rollte sich auf die Seite und zog die Knie an, das Laken bis zu den Schultern hochgezogen. Es gab kein Entkommen von dieser Heimsuchung. In der Gewissheit, dass es bald wieder geschehen würde und dass das nur recht und billig war, schloss sie erneut die Lider.

Sie hatte es nicht anders verdient. Dies war die Strafe für das, was sie angerichtet hatte.

Das Geräusch des Besens, mit dem die Stufen gekehrt wurden, das Klirren der Geranientöpfe, war wirkungsvoller als jeder Wecker. Cesca fuhr erschrocken aus dem Schlaf. Sie musste nicht auf ihr Handy sehen, um zu wissen, dass es sieben Uhr vierzig war, tat es aber trotzdem. Als sie sah, dass der Weckalarm deaktiviert war, stieß sie einen spitzen Schrei aus.

»O nein! Nein, nein, nein«, wimmerte sie und warf die Decke zurück. Sie sprang aus dem Bett und schlüpfte in die Klamotten von gestern: Rüschenbluse, bodenlanger Blümchenrock, abgetretene gelbe Turnschuhe. Fürs Zähneputzen oder gar Kämmen blieb keine Zeit. Sie schnappte sich ihren Panama und war neunzig Sekunden, nachdem sie die Augen aufgeschlagen hatte, aus der Tür.

»*Buongiorno!*«, rief sie Signora Dutti im Vorbeigehen zu, während sie sich linkisch an ihr vorbeizwängte. Die alte Dame hob bei ihrem Auftauchen erwartungsvoll den Kopf. Cesca wusste, dass sie wild auf Neuigkeiten über ihre gestrige »Audienz« im Palazzo war, aber dafür blieb jetzt keine Zeit. »Tut mir leid, ich bin spät dran. Wirklich, wirklich spät dran!«, rief sie noch über ihre Schulter.

Sie flog nur so über die stille kleine Piazzetta Palombella. An der Pizzeria war noch die Metalljalousie runtergelassen, und vor der kleinen Osteria waren Tische und Stühle aufgestapelt. Nur aus der Bäckerei nebenan drang bereits ein himmlischer Duft. Mit einer Hand ihren Hut festhaltend sprintete sie über die Piazza Angelica. Für den blauen Palazzo hatte sie heute keinen Blick übrig. Auf dem Brunnen in der Mitte standen noch einige Bierflaschen, aber das waren die einzigen Überbleibsel der gestrigen Partynacht. Doch im Gegensatz zu ihrer winzigen Oase der Ruhe abseits des

Platzes herrschte hier bereits rege Geschäftigkeit. Ein Straßenfeger schob seinen Karren übers Kopfsteinpflaster, und zwei Carabinieri machten im mit Kordeln abgetrennten Fußgängerbereich um den Platz herum ihre Runde. Am lebhaftesten ging es jedoch in der Mitte zu, wo die Marktstände bereits wieder aufgebaut worden waren und Verkäufer ihre Blumentöpfe terrassenförmig anordneten, in offenen Schachteln bunte Nudeln in allen möglichen Farben und Formen feilboten oder Trauben von Chilischoten oder Ketten von Würsten an Schnüren über ihren Ständen aufhängten.

Sie hatte sich gleich zu Anfang, als sie herzog, in den geschäftigen Markt verliebt. Er war zwar jetzt ein gewohnter Anblick, aber in der ersten Zeit hatte sie kaum genug bekommen können von den Farben, dem bunten Lärm und den Gerüchen (einige himmlisch, andere weniger). Für sie war es der eigentlich überflüssige Beweis dafür, dass es die richtige Entscheidung gewesen war, ihr altes Leben hinter sich zu lassen und hier, in diesem fremden Land, wo alles so bunt und chaotisch und lebendig war und sich in keine Schublade zwängen ließ, einen Neuanfang zu wagen. Hier fand sie die Freiheit, die sie brauchte, die Chance, zu entkommen und jemand anderer zu werden. Jemand Besserer.

Sie flitzte mit ihren langen weißen Beinen von Schatten zu Schatten, bereits jetzt brannte die Sonne heiß herab. Sie sprang über niedrige Poller und Ketten, wand sich zwischen Scootern hindurch, von Piazza zu Gasse zu Piazza. Schließlich schoss sie auf die Via del Corso hinaus, auf der der Berufsverkehr wie ein Gewitter vorbeidonnerte. Keuchend tauchte sie in der Menge unter, raste zwischen Autos hindurch, die sich an Ampeln stauten, und verschwand erneut im Gassengewirr auf der anderen Seite. Sie ließ eine Mercedes-Airport-Limousine, die sich mit nur dreißig Zentimetern Seitenabstand durch ein Gässchen quälte, hinter sich und sprengte eine Gruppe von chinesischen Touristen auseinander, die alle identische rote Kappen trugen und von einem Fremdenführer dirigiert wurden. Als sie gerade in der Mitte einer Straße lief, bog ein Scooter um die Ecke und kam mit halsbrecherischer Geschwindigkeit auf sie zu.

Cesca quiekte erschrocken auf. Nach rechts konnte sie nicht ausweichen, weil dort ein Auto parkte, also blieb nur links, nur dass dort eine Kette war, die die den Gehsteig abgrenzenden Poller verband. Und so fiel sie plumpsend aufs Gesäß, wobei sie allerdings noch einen guten Blick auf den Fahrer erhaschte – Mitte dreißig, sportlich, marineblaue Cargoshorts und ein Poloshirt, das früher einmal weiß gewesen war. Sein Bizeps drohte die Ärmel zu sprengen. Dazu längliches, glattes braunes Haar, das unter seinem Helm hervorlugte. Am auffälligsten war jedoch der arrogante Blick, mit dem er sie im Vorbeifahren maß – als wäre es nur recht und billig, dass sie sich auf eine Kette warf, um ihn vorbeizulassen.

»He! Verdammter Hooligan!«, brüllte sie, automatisch in ihre Muttersprache verfallend. Die italienischen Flüche kamen ihr noch nicht so leicht von der Zunge, schon gar nicht in einer überraschenden Situation wie dieser. Aber der Kerl fuhr einfach weiter. »Nicht zu fassen«, murmelte sie seinem entschwindenden Scooter hinterher.

Sie blieb einen Moment lang verdattert auf dem Pflaster sitzen, das sich kühl unter dem Hintern anfühlte. Dann fiel ihr wieder ein, wohin sie unterwegs und warum sie so in Eile war. Sie hatte sich das Knie aufgeschlagen, es blutete, und sie hatte jetzt auch Seitenstechen, aber das war unwichtig. Darum konnte sie sich später kümmern. Los.

Ohne auf das schmerzhafte Pochen in ihrem Knie zu achten, rannte sie weiter, auch wenn es im Grunde keine Rolle spielte, ob sie jetzt noch ein, zwei Minuten länger brauchte. Sie war ganze zwei *Stunden* zu spät dran! Sie würde genau dann ankommen, wenn ihre Führung zu Ende ging. Natürlich wäre längst für Ersatz gesorgt worden.

Sie bog um die Ecke und überquerte die Piazza di Trevi mit dem berühmten Brunnen, dessen Wassermassen herabbrausten wie ein Wasserfall, aber auf dem Platz selbst war es noch relativ still. Aus diesem Grund waren die Sunrise-Touren eingeführt worden: Nur um diese Tageszeit konnte man die Monumente und Gebäude ungehindert von Touristenmassen, lärmenden Straßenverkäufern und sonstigem Volk bewundern. Sie rannte an den Stufen und an der mächtigen Neptun-Statue vorbei und weiter bis zu dem winzigen Gebäude gleich um die Ecke, an dem täglich Tausende achtlos vorbeigingen. Aber jetzt blieb keine Zeit für Schönheit, für Kunst, für …

Sonia saß bereits in ihrer Glasbox am Eingang, wo sie Tickets verkaufte. Bei Cescas atemlosem Auftauchen wies sie mit dem Kopf nach drinnen. »Er ist im Büro«, sagte sie mit einem mitfühlenden Blick.

»Danke, Sonia«, keuchte Cesca und joggte an dem kleinen Kino vorbei, bei dessen Errichtung man die verschütteten Ruinen überhaupt erst entdeckt hatte. Sie lief die gusseiserne Wendeltreppe hinab und betrat nun die Città dell' Acqua, wie der unterirdische Bereich genannt wurde. Er war gut ausgeleuchtet, man konnte deutlich den Kontrast zwischen den glatten Fundamenten der modernen Gebäude und den unregelmäßigen Ziegelmauern der uralten Behausungen erkennen – Behausungen, die selbst jetzt noch überall unter den Straßen von Rom existierten. Die wenigsten Römer, geschweige denn Touristen, hatten eine Ahnung, wie viel von der alten Architektur, die die Stadt geformt hatte, noch unter den Straßen vorhanden war. Durch Stollen und Bogengänge verlief ein uraltes Aquädukt, das Acqua Vergine, 19 v. Chr. vom römischen Staatsmann Marcus Agrippa erbaut. Seit über zweitausend Jahren belieferte es die Stadt mit reinem Trinkwasser, was kaum jemand von den Tausenden wusste, die jährlich den darüber gelegenen Fontana di Trevi besuchten. Sie schon. Sie liebte diese Stadt und kannte sie ober- und unterirdisch.

Cesca rannte leichtfüßig durch die schmalen terrassierten Gassen – uralte Straßen, die jetzt nirgendwo mehr hinführten –, hatte aber ausnahmsweise keinen Blick übrig für die flachen, handgefertigten Backsteine, mit denen einstmals Basiliken und Stadien errichtet worden waren – übriggebliebenen waren nur noch bröckelnde steinerne Bogen, die die unterirdischen Gassen überspannten. Ihr Blick war auf die offen stehende Tür des Büros gerichtet. Es schien fast, als würde ihr Chef sie bereits erwarten.

»Giovanni, es tut mir so schrecklich leid!« Sie hielt sich keuchend am Türrahmen fest. Dann nahm sie den Hut ab, damit er den zerknirschten Ausdruck auf ihrem Gesicht auch gut sehen konnte.

Er musterte sie mit einem traurigen Dackelblick, und seine Miene zeigte womöglich noch mehr Bedauern als ihre. »Francesca, schau, wie spät es ist. Schau, wie spät es ist!« Seine runden Augen musterten sie vorwurfsvoll, und er tippte auf seine Uhr.

»Ich weiß, und es tut mir schrecklich leid, aber ich kann nichts dafür. Ehrlich«, stammelte sie und kam atemlos in den Raum gestolpert. »Ich werde die nächste Führung übernehmen, okay? Wer ist für mich eingesprungen? Ich kann ja dessen Schicht übernehmen.«

Er schüttelte den Kopf. »Fran…«

»Nein, warten Sie, ich werde gleich zwei Schichten übernehmen.« Sie ließ sich kraftlos auf einen Klappstuhl sinken. »Das ist das Mindeste, was ich tun kann.«

»Es ist zu spät, Francesca.«

»Ich weiß, und es tut mir schrecklich leid. Aber jetzt bin ich ja da. Ich werde es wiedergutmachen, versprochen. Sagen Sie mir, was ich tun kann.«

»Sie hätten schon vor zwei Stunden hier sein sollen.«

Cesca bekam Angst. Gewöhnlich war er leichter zu beschwichtigen. Er hatte zwar mit achtzehn geheiratet und liebte (und fürchtete) seine Frau über alles, aber Cesca wusste, dass er eine kleine Schwäche für sie hatte. Es lag an ihrem Haar. Sie stach heraus wie ein Polarfuchs am Mittelmeer. »Ich weiß, aber meine Vermieterin, wissen Sie, sie … sie ist gestürzt.« Cesca warf ihr Haar in den Nacken.

Er verfolgte die Bewegung wie in Zeitlupe. »Was, zwei Stunden lang?«

»Ja, ich … ich musste sie ins Krankenhaus bringen.«

Er musterte sie prüfend. »Und da konnten Sie nicht mal anrufen?«

Cesca presste die Hand aufs Herz. »Ich hab kein *Wort* rausgebracht, all das Blut … einfach schrecklich.«

Giovanni zog skeptisch die Brauen hoch. »Aber jetzt hat sie sich wie durch ein Wunder wieder erholt? Wie nach dem Brand?«

Cesca schluckte. »Ach, das war nur ein kleines Feuer …«

»Sie sagten, das ganze Gebäude hätte niederbrennen können.«

»Ja, *können*, Giovanni, *können*. Aber ich hatte ja noch gerade rechtzeitig den Kerzenrauch gesehen und konnte das Feuer löschen, ehe es noch mehr um sich griff.«

Arme Signora Dutti: Wenn sie wüsste, was für ein aufregendes Leben sie dem Anschein nach auf der jenseitigen Seite der Via del Corso führte. In Wahrheit war sie nicht unterzukriegen, standhaft wie das Pantheon, und verließ die Piazzetta so gut wie nie, außer um zum Markt auf der benachbarten Piazza zu gehen. Das Highlight ihres Tages bestand darin, am späten Nachmittag vor ihrem Häuschen zu sitzen, ein gemütliches Schwätzchen mit Signora Accardo zu halten und sich dabei die vorbeikommenden Touristen anzuschauen.

Giovanni seufzte. »Cesca …«

»Bitte, Giovanni«, rief Cesca, die jetzt in Panik geriet, weil er noch immer kein Erbarmen zeigte. Es stimmte ja, sie hatte es in den letzten Wochen ein wenig übertrieben – hatte vergessen ihr Handy aufzuladen oder auf den letzten Limoncello zu verzichten. Ihre Nächte waren ohnehin kurz und wurden überdies immer wieder von Albträumen gestört. Außerdem war sie, wenn sie ehrlich war, vom zunehmenden Erfolg ihres Blogs abgelenkt gewesen und hatte ihrem Job nicht die nötige Aufmerksamkeit geschenkt. Aber sie brauchte ihn dringend. Die Rechnung war einfach: keine Führungen – keine Miete – kein Blog. Keine *Römischen Liebschaften*. Kein Rom mehr.

»Cesca, das ist jetzt das dritte Mal in diesem Monat.«

»Ich weiß, aber ich kann doch nichts dafür.«

»Das können Sie ja nie. Ihre arme Vermieterin ist innerhalb von drei Wochen gleich dreimal fast zu Tode gekommen: Da haben wir zunächst die Geschichte mit der Duftkerze; die beinahe tödliche Kollision mit einem Pizzalieferwagen; und jetzt ist sie angeblich auch noch gestolpert ...« Er hob die Augenbrauen. »Wie ist das eigentlich genau passiert?«

»Sie ist über eine Topfpflanze gestürzt. Eine Geranie.«

»Der Sturz über die Geranie, soso«, wiederholte er in monotonem Tonfall. »Entweder ist sie der größte Pechvogel, den es gibt. Oder der größte Glückspilz, weil sie sich nie ernsthaft verletzt.« Er schnalzte missbilligend und musterte sie traurig. »Sie gehören zu den besten im Team. Ihr Geschichtswissen ist fantastisch. Und die Touristen vergöttern Sie. Aber wenn Sie nicht zur Stelle sein können, wenn *sie* zur Stelle sind, spielt es keine Rolle, wie gut Sie sind. Ich brauche Mitarbeiter, auf die ich mich verlassen kann.«

Cesca presste die Hand aufs Herz und sagte in einem Ton, als wolle sie gleich die Nationalhymne anstimmen: »Das können Sie von jetzt an auch, ich schwöre es.«

»Astrid musste heute für Sie einspringen.«

»Astrid?« Cesca ließ empört die Hand sinken. »Aber die spricht doch kaum Italienisch.«

Giovanni zog vielsagend die Augenbrauen hoch. »Ich weiß.«

»Und sie verwechselt Augustus ständig mit Nero.«

»Sie sagen es. Die reinste Katastrophe. Aber ich hatte keine Wahl. Sie war die Einzige, die kurzfristig zur Verfügung stand.«

Cesca merkte selbst, dass sie sich in eine Zwangslage gebracht hatte. Ein Gewicht legte sich auf ihre Brust. »Also gut, ich will ehrlich sein: Ich habe ganz einfach den Wecker überhört«, erklärte sie hastig. »Ich schlafe nicht besonders gut und …«

»Tut mir leid, Cesca, aber das ist der dritte Vorfall. Und Sie kennen unsere Regeln.«

Sie schluckte, konnte kaum glauben, was geschah. Wo war sie denn hier? In einer Erziehungsanstalt? »Wollen Sie damit sagen, dass Sie … mich rauswerfen?«, flüsterte sie, und ihr hochrotes Gesicht wurde leichenblass. Sie hatte noch genau zweihundertsechsundachtzig Euro auf dem Konto. Ihre Rente, die nächste Woche fällig wurde, betrug neunhundertneunzig Euro, aber sie hatte bis dahin elf Führungen. Mit achtzig Euro pro Führung wäre sie gerade so hingekommen. Das gestrige Dinner, zur Feier von Guidos fünfundzwanzigstem Geburtstag, hatte sie sich eisern zusammengespart. Mein Gott, wieso hatte sie die Belohnung gestern Abend abgelehnt? Fünftausend Euro für die Rückgabe einer Handtasche! Da wäre sie jetzt fein raus gewesen. Wie konnte sie sich Prinzipien leisten, aber keine Lebensmittel?

»Es macht wohl keinen Unterschied, wenn ich Ihnen sage, dass ich mich auf dem Weg hierher verletzt habe?«, versuchte sie es ein letztes Mal. »Ich wäre fast überfahren worden!«

Giovanni zog entnervt die Augenbrauen hoch, er hatte genug von ihren Geschichten.

»Doch! Da, schauen Sie nur mein Knie!« Sie hob ihren Rock und zeigte ihm ihr blutig aufgeschürftes Knie.

»Cesca, bitte!«, sagte er und musterte sie mit den wässrigen Augen eines Bluthunds. »Ich kann nichts mehr für Sie tun.«

»Aber Sie sind doch der Boss!«

»Ich weiß. Tut mir leid, dass es so enden muss.«

Er ließ sich nicht erweichen. Sie blieb einen Moment lang sitzen und überlegte, ob ihr noch etwas einfiel. Aber sie hatte alles ausprobiert: unmögliche Lügengeschichten, ein ehrliches Geständnis, Flehen und Betteln … Sonst gab es nichts mehr. Sie hatte einfach einmal zu oft verschlafen.

»Ciao, Francesca«, sagte Giovanni so grimmig wie ein Richter in schwarzer Robe. »Sonia wird dir beim Rausgehen den Rest deines Lohns ausbezahlen.«

Cesca erhob sich seufzend und machte sich schleppend auf den Weg nach draußen. Ihr Knie tat weh, und sie versuchte es mit einem mitleiderregenden Hinken in der Hoffnung, dass er sie vielleicht zurückrief, aber hinter ihr tat sich nichts. Die einzigen Füße, die die gusseiserne Wendeltreppe zurück ins Licht erklommen, waren ihre.

Sonia hielt den Umschlag schon bereit. »Tut mir leid, Cesca«, sagte sie zerknirscht und reichte ihn ihr.

»Nein, es ist meine Schuld. Das habe ich nur mir selbst zuzuschreiben«, seufzte Cesca. Die Anspannung fiel von ihr ab, und sie merkte auf einmal, wie müde und erschöpft sie war.

Sie trat hinaus in die brütende Sonne, wo sich scharfe schwarze Schatten abzeichneten und der Tag ohne sie seinen Lauf nahm.

4. Kapitel

Rhode Island, Juni 1961

Das wässrige Licht der Poolbeleuchtung flackerte über die Decken und Wände des mit pfirsichfarbenen Seidentapeten ausgeschlagenen Schlafzimmers, aber das war das Einzige, was sich im Raum regte. Laney saß stumm auf dem Bett und lauschte dem Partylärm, der von unten zu ihr heraufdrang. Alle diese Leute warteten auf sie. Sie saß auf dem Bett, ihren rosaroten Tüllrock um sich herum ausgebreitet, als habe ihn der berühmte Norman Parkinson selbst für Fotoaufnahmen drapiert.

Sie konnte sich im deckenhohen Spiegel an der Wand gegenüber bewundern. Ihre Haut, noch nicht von der Sonne bronziert, leuchtete milchig im dezenten Licht der Zimmerlampen. Ihre nackten Schultern und Arme, der schlanke Hals erhoben sich aus dem himbeerroten, eng anliegenden Samtmieder, das jetzt, wo sie es anhatte, fast herzförmig aussah. Ihr braunes Haar – nicht dunkel genug und immer ein wenig schlaff herabhängend – war aufwendig frisiert und mit Haarspray fixiert worden. Die Haarspitzen wiesen kess nach außen, der Stirnteil war ein wenig aufgebauscht und wurde mit einem Haarband zurückgehalten, um die großen Perlenohrringe, die sie beim Dinner von ihrer Mutter als Geschenk zu ihrem sechzehnten Geburtstag bekommen hatte, hervorzuheben. Laney selbst wäre etwas Dezentes lieber gewesen, etwas Unauffälliges, ihrem Alter Angemessenes. Aber Understatement war ein Konzept, das ihre Eltern nicht verstanden oder nicht verstehen wollten.

Ihr Gesicht … Sie trug zum ersten Mal Make-up, und der Compactpuder fühlte sich dick und ungewohnt auf ihrer Haut an, und die kirschrot geschminkten Lippen stachen zu sehr hervor, selbst die schwarz umrandeten Augen konnten nur schwer damit konkurrieren. Der Anblick war ebenso fremd wie faszinierend: halb Püppchen, halb Geisha, halb Hollywood-Sirene. Wen sie in so einer Aufmachung darstellen sollte, wusste sie selbst nicht so genau. Was sie allerdings wusste, war, dass sie diese wie auch immer geartete Rolle heute ausfüllen musste, wenn sie nicht alle enttäuschen wollte.

Das schrille Gelächter einer Frau – nicht ihrer Mutter – durchbrach die sternenklare Nacht. Laney riss sich von ihrem Spiegelbild los. Man erwartete sie unten. Sie erhob sich mit raschelndem Rock. Der Tüllstoff fühlte sich ein wenig rau an ihren Seidenstrümpfen an. Das Mieder lag eng an ihrem Oberkörper und beeinträchtigte ihre Atmung.

Sie öffnete ihre Zimmertür und trat auf die breite Balustrade hinaus, schaute auf das Meer ergrauter und teilweise kahl werdender Köpfe hinab: weiße Dinnerjackets mit Satinaufschlägen bei den Herren, steife Seidenkleider und jede Menge Schmuck bei den Damen. Laney wusste, dass ihre Mutter ihr neues Kleid von Schiaparelli tragen würde, es war vor drei Tagen in einer großen Schachtel eingetroffen: ein fließendes, langes Silberlamé-Plisseekleid, schulterfrei, trägerlos, in seiner Schlichtheit überwältigend. Die anderen Frauen würden sich wie gackernde Hühner darum scharen, denn es würde das einzige seiner Art im Meer bauschiger, steifer, überladener Seidenkleider sein. Was natürlich der Sinn der Sache war. Ob sie die Rubine dazu tragen solle, die Vater ihr letztes Weihnachten geschenkt hatte, oder doch lieber die Larchford-Smaragde, die sie von ihrer Großmutter mütterlicherseits geerbt hatte, war in den letzten Tagen immer wieder Gesprächsthema gewesen. Darüber hinaus galt es zu entscheiden, ob man die Schwäne auf dem großen Teich passend zu Laneys Sweet-Sixteen-Party pink färben sollte (was man tat) und ob es nicht doch zu übertrieben wäre, jeder Auster auf dem Buffet eine Perle beizugeben (war es offenbar nicht).

Sie wurde bemerkt, und ein Aufkeuchen ging durch die Menge, die sich daraufhin, wie im sprichwörtlichen Bibelgleichnis, mit lauten Ohs und Ahs vor ihr teilte. Sie kam – unter Applaus – schüchtern die Treppe hinab. Laney war das schrecklich peinlich, sie hätte sich am liebsten bei Winnie, ihrem Kindermädchen, verkrochen, neben ihr auf dem Sofa gesessen, Popcorn gegessen und die Ed Sullivan Show angesehen.

»Darling, du bist wunderschön.«

Das war ihr Vater, dessen weiß durchsetztes blondes Haar und der blonde Schnurrbart einen attraktiven Kontrast zu seiner Jachtbräune bildeten. Er selbst sah umwerfend aus im Smoking, dessen Stickerei Mutter extra zu diesem Anlass mit Goldfäden neu hatte machen lassen. Und Laney musste zur Abwechslung zugeben, dass es sich gelohnt hatte: Es war diskret und majestätisch zugleich.

Er gab ihr einen Kuss auf die Wange und nahm zwei Gläser exquisiten Champagner vom Tablett eines bereitstehenden Kellners. Sie nahm rasch einen Schluck – was für eine herrliche blassgelbe Farbe der Champagner hatte und wie hübsch die kleinen Blasen auf der Zunge perlten – und spürte, wie ihre Nervosität in seiner beschützenden Gegenwart ein wenig nachließ. »Komm, ich möchte dich vorstellen. Alle wollen dich kennenlernen.«

Laney wünschte, sie hätte ihren Geburtstag mit ihm allein feiern können, nur sie beide. Sie hätten zum Strand runtergehen, die Schuhe ausziehen und über das reden können, was ihnen am Herzen lag: die Zukunft des Gestüts, jetzt wo sich der Zuchtrappe eingewöhnt hatte. Die neue Jacht (obwohl sie nicht schwimmen konnte und eine Heidenangst vor Wasser hatte). Sie hätten die Beine im Pool baumeln lassen und, mit Servietten um den Hals, den Hummer, den das Küchenpersonal zuvor zubereitet hatte, mit bloßen Fingern verspeisen können. Sie hätte einen Wiener Walzer mit ihm tanzen und ihm zeigen können, dass sich all die Mühe, die sie in die Tanzstunden investiert hatte, damit er stolz auf sie sein konnte, gelohnt hatte. Denn sie war ja jetzt sechzehn und kein Kind mehr, sondern eine junge Dame, wie er ihr immer wieder einschärfte. Sie war nicht mehr sein kleines Mädchen, auch wenn sie alles dafür gegeben hätte, es bleiben zu dürfen, war nicht mehr das Kind, das, vor der Öffentlichkeit geschützt, hinter bewachten Mauern aufwuchs. Da draußen wartete eine Welt auf sie, wie man ihr immer wieder versicherte, die sie, Amerikas kleine Millionenerbin, unbedingt kennenlernen wollte.

»Charles und Miranda Stowcroft, darf ich Ihnen meine Tochter Elaine vorstellen?«

Laney nickte höflich. »Guten Tag.«

»Sehr erfreut.« Der hochgewachsene Mann ergriff ihre Hand und gab ihr einen dezenten Handkuss.

»Guten Tag«, antwortete Miranda. Ihr graues Haar war in feste kleine Löckchen gedreht, sie hatte runde blaue Augen, rougerote Wangen und trug ein senfgelbes Kleid. »Sie sehen einfach bezaubernd aus, meine Liebe. Und diese Perlen! Die sind ja fast so groß wie Golfbälle!«

Laney bedankte sich mit einem artigen Lächeln, dann führte sie ihr Vater am Ellbogen zum nächsten Pärchen. Laney sah mit Schrecken, dass sich eine lange Schlange gebildet hatte; offenbar wollte ihr jeder die Hand schütteln oder küssen.

Fast jeder, jedenfalls. Draußen auf der Terrasse ertönte ein perlendes Gelächter, das Laney nur zu gut kannte und das bei vielen ähnlichen Gelegenheiten vom Abendwind an ihr Ohr getragen worden war, denn ihre Eltern liebten es, Partys zu veranstalten. Als Kind hatte sie oft im Bett gelegen und dieses überschäumende, perlende Lachen gehört, dem meist verärgertes Getuschel und nicht selten zornige Worte und Scherbenklirren folgte. Heute jedoch sah sie nur den Schimmer eines silbernen Kleids durch die Terrassentüren und das Aufblitzen von Rubinohrringen zwischen langen rabenschwarzen Tressen.

Als ihr Vater das Lachen hörte, umklammerte er Laneys Arm unwillkürlich fester und schien einen Moment lang zu vergessen, wo er sich befand, wer vor ihm stand und mit eingefrorenem Lächeln darauf wartete, seiner Tochter vorgestellt zu werden.

»… bitte entschuldigen Sie«, sagte er und setzte mit einem Ruck sein strahlendes Lächeln auf, von dem die Zeitungen behaupteten, dass es der Grund für seinen Reichtum sei. Was natürlich nicht stimmte: Er hatte sein Milliardenvermögen von seinem Vater, einem Straßenbaumagnaten geerbt.

»Larry und Dinah Stanford. Meine Tochter Elaine.«

Laney lächelte. Back to Business. »Freut mich sehr, Sie kennenzulernen.«

Der Mann gab ihr einen Handkuss. »Das Vergnügen ist ganz meinerseits.«

»Sie sehen heute Abend einfach umwerfend aus, Elaine«, fügte Dinah mit einem schüchternen kleinen Lächeln hinzu. »Was für eine tolle Sweet-Sixteen-Party – Sie sind ein richtiges Glückskind!«

»Ja, Daddy ist der Beste!«, bestätigte Laney und klammerte sich an den Arm ihres Vaters. Sie selbst hatte sich so eine Party gar nicht gewünscht, am allerwenigsten vierhundert Gäste, von denen sie höchstens fünfzig vom Sehen kannte. Aber das spielte auf einmal keine Rolle mehr, denn sie begriff, wie der Abend verlaufen würde: dass sie am Arm ihres Vaters stolz und sicher sein konnte, egal wie vielen Fremden sie die Hand schütteln musste. Außerdem war es ohnehin offensichtlich, dass niemand wirklich an *ihr* interessiert war. Sie wollten nur von ihrem Vater bemerkt werden. Und dabei bemerkt werden, wie sie von ihrem Vater bemerkt wurden.

Sechs Paare waren wieder in der Menge abgetaucht, nachdem sie auf sechs verschiedene Arten dasselbe gesagt hatten, als plötzlich erneut dieses perlende Lachen erklang, wie das spöttische Echo einer Nachtigall, ein stichelnder Hinweis darauf, dass die eigentliche Party woanders stattfand, jenseits der gediegenen alten Glastüren. Der Blick ihres Vaters richtete sich sogleich nach draußen, die Konversation geriet ins Stocken, Namen waren schlagartig vergessen.

Als er sie wieder ansah, war sein Blick umwölkt. Laney spürte, wie etwas in ihr den Halt verlor, als würden sich die Schnüre ihres Mieders eine nach der anderen auflösen …

»Würden Sie mich bitte einen Moment entschuldigen?«, stieß er tonlos hervor. »Ich … ich muss etwas erledigen. Laney, kümmere dich bitte um unsere Gäste, ja?«

»Aber Daddy …«

Doch er war bereits verschwunden, hinterließ ein Vakuum, in dem das bis vor Kurzem noch so große Interesse an ihr verpuffte. Die Warteschlange löste sich in schwatzende Grüppchen auf, und Laney stand isoliert mitten im Saal. Sie blickte ihrem Vater nach, dessen Haar im Schein des Kronleuchters aufschimmerte, ehe er in der Nacht untertauchte. Es gab etwas, das George Valentine als Vater, Mann und Gatte, trotz seines Charismas, seiner Intelligenz und seiner Menschenfreundlichkeit nie begreifen würde: dass sie zwar alles Geld der Welt hatten, aber nie genügend Zeit miteinander.

»Sie sehen traurig aus.«

Laney zuckte zusammen. Die Stimme kam von links, aus der Dunkelheit unter der Buche. Das Haus, das in einiger Entfernung hinter ihr lag, war von Lichtkaskaden umgeben wie von einem Nimbus. Sie hatte gehofft, in den Nischen und Senken des tiefer gelegten Gartens Frieden und Abgeschiedenheit zu finden. Hier drang die Musik nur gedämpft ans Ohr, wie aus einer Musikbox. Das jähe Eindringen eines anderen Menschen erschreckte sie zutiefst.

»Wer ist da?«, fragte sie und hasste das Beben in ihrer Stimme, vor allem aber, dass sie jemand hier entdeckt hatte.

Ein großer, langbeiniger, breitschultriger Schatten tauchte aus dem Dunkel unter der Buche auf, eine rot glimmende

Zigarette in einer Hand. Die Spitze funkelte wie ein Glühwürmchen am Nachthimmel. »Die Frage ist doch eher, was für einen Grund Sie haben könnten, traurig zu sein? Sind Sie denn nicht das glücklichste Mädchen auf der ganzen Welt?«

Sie blinzelte verwirrt. Sein Gesicht konnte sie zwar nicht erkennen, aber den Anflug von Verachtung in seinem Ton hörte sie sehr wohl heraus. Nun, Geld macht kugelsicher, oder etwa nicht? »So heißt es jedenfalls.«

»Sie müssten sich großartig fühlen. Was für eine Wahnsinnsparty. Ihre Eltern verstehen wirklich was davon, oder?«

»Und Sie? Hat man Sie eingeladen? Oder sind Sie einfach über die Mauer geklettert?« Wenn sie eins von ihrer Mutter gelernt hatte, dann die Kunst des hochmütigen Abkanzelns.

Er gluckste vergnügt, und sie sah, wie seine Zigarette zum Mund wanderte, wie das Ende kurz aufglühte und dann wieder gesenkt wurde, wie der Rauch in der Dunkelheit weiß seinem Mund entströmte. »Bei all den Wachhunden, die hier überall die Umgrenzung kontrollieren? Wohl kaum. Kein Mädchen ist es wert, ein solches Risiko einzugehen, nicht mal ein so hübsches wie Sie.«

Sie wusste nicht, was sie dazu sagen sollte. War das ein Kompliment oder eine Beleidigung? Oder beides? Sie richtete sich zu ihrer vollen Größe von ein Meter achtundfünfzig auf und fragte in ihrem arrogantesten Tonfall (wenn ihre Mutter ihn benutzte, zuckte sie immer zusammen): »Kennen wir uns?«

»Noch nicht.« Er machte keine Anstalten sich vorzustellen.

»Wer sind Sie? Ich bestehe darauf, dass Sie sich vorstellen, oder ich lasse die Hunde auf Sie hetzen. Ich habe einen Rufmelder in meiner Tasche. Sie können in dreißig Sekunden hier sein, egal wo sie sich gerade auf dem Grundstück aufhalten. Es wäre unmöglich für Sie zu entkommen.«

»Da haben Sie sicher recht.« Sie hörte das Schmunzeln in seiner Stimme und wusste, dass er ihr kein Wort glaubte. »Wissen Sie was? Ich sag Ihnen, wer ich bin, wenn Sie mir sagen, warum Sie sich vor Ihrer eigenen Geburtstagsparty drücken.«

»Ich ›drücke‹ mich doch nicht!«, rief sie empört.

»Ach nein? Unterhalten Sie sich immer aus zwei Kilometern Entfernung mit Ihren Gästen?«

Sie musste zu ihrer eigenen Überraschung lachen.

»Was für ein hübsches Lachen. Sie sollten es öfter benutzen.«

Sie trat zögernd einen Schritt näher, um ihm zu beweisen, dass sie sich nicht vor ihm fürchtete, aber auch, weil sie jetzt unbedingt sein Gesicht sehen wollte. »Sagen Sie mir, wie Sie heißen.«

»Sagen Sie mir, warum Sie so traurig sind.«

»Ich bin nicht traurig.«

»Im Gegenteil – Sie sind der erbärmlichste Anblick, der mir untergekommen ist, seit mein Hund von einem Platzregen erwischt wurde. Freut es Sie denn gar nicht, dass Sie sechzehn geworden sind?« Er ging jetzt, immer noch im Schutz der Dunkelheit, um sie herum, umschlich sie wie ein Kater einen verletzten Vogel.

»Ist doch egal. Das ist doch bloß eine Zahl.«

»O nein, ganz im Gegenteil, Miss Valentine. Nicht, wenn man so aussieht wie Sie.«

Das – diesmal eindeutige – Kompliment raubte ihr wie eine jähe Windböe den Schneid. »Ich muss zurück.« Sie wandte sich zum Gehen.

»Warum denn?« Er trat aus den Schatten heraus und stellte sich ihr in den Weg. Im bleichen Licht des Halbmonds, der auf sein Gesicht herabschien, sah sie, dass er blondes Haar hatte, im Nacken und an den Seiten kurz geschnitten, aber am Oberkopf fiel es ihm füllig in die Stirn. Seine blauen Augen leuchteten im Kontrast zu seiner gebräunten Haut. Er besaß ein gut geschnittenes, kantiges Gesicht mit einer geraden Nase und einem starken Kinn mit Grübchen. Er sah aus wie ihr Schwarm, der Hollywoodstar Tab Hunter. Ihre Mutter war ihm ein paarmal auf Partys begegnet und hatte versprochen, ihn ihr vorzustellen, aber allzu viele Hoffnungen machte sich Laney nicht, denn die Versprechungen ihrer Mutter waren notorisch unzuverlässig.

»Ich muss gehen.«

Er warf die Zigarette zu Boden und trat sie mit der Schuhspitze aus. Dann machte er einen Schritt auf sie zu und blieb dicht vor ihr stehen. »Hat überhaupt jemand bemerkt, dass Sie verschwunden sind?«

Sie schluckte. Sie war noch nie mit einem Jungen allein gewesen, vor allem nicht im Dunkeln und noch dazu mit einem, der so aussah wie er. »Das werden sie aber.«

»Nein, werden sie nicht. Und wissen Sie auch, wieso?« Er schaute mit blitzenden Augen auf sie hinab. »Weil es verdammte Idioten sind, die nur eins im Kopf haben: Wie sie Ihrem Vater in den Hintern kriechen können.« Er hob mit einem angewinkelten Zeigefinger ihr Kinn, sodass sie ihn ansehen musste. Seine Augen tasteten sie ab wie mit Fingern. »Süße sechzehn sind Sie geworden, aber das schert keinen. Es geht gar nicht um Sie, das tut es nie, oder? Die merken nicht mal, dass das schöne Mädchen, das alles besitzt, was man sich nur wünschen kann, die traurigsten Augen auf der Welt hat.«

Sie versuchte wegzusehen, aber sein Griff war unnachgiebig, und ihr Blick kehrte wie unter Zwang wieder zu ihm zurück. »Aber ich kann es sehen.« Er schwieg, und sie spürte, wie ihr mit jeder Sekunde, in der er sie ansah, der Atem knapper wurde, als würde er wie ein Goldfaden auf eine Spule gerollt. »Mehr noch, ich weiß ganz genau, was dagegen zu tun ist.«

5. Kapitel

Rom, Juli 2017

Eigentlich konnte sie sich das nicht leisten. In den Cafés auf der Piazza Angelica, wo man einen guten Blick auf den Markt hatte, kostete der Cappuccino ein Heidengeld. Die Touristen schienen sich das leisten zu können, aber nicht die Einheimischen – und zu denen gehörte sie ja, zumindest vorübergehend. Die gingen auf einen morgendlichen Espresso in die kleine Bar Luca's, wo sie sich ein paar Minuten lang lärmend und gestikulierend mit ihren Nachbarn unterhielten, ehe sie sich auf den Weg zur Arbeit machten. Sie war in der ersten oder zweiten Woche mal von Alé dorthin verschleppt worden, aber es hatte noch gut einen Monat gedauert, ehe sie den Mut fasste – und sich auch, was ihr Italienisch betraf, zuversichtlich genug fühlte –, allein hineinzugehen und sich dort ein wenig die Zeit zu vertreiben.

Aber heute brauchte sie einen Sitzplatz. Sie war stundenlang ziellos durch die Stadt gewandert, und nun wollte sie in Ruhe irgendwo sitzen und nachdenken, was sie jetzt tun sollte. Und tun musste sie etwas, und zwar rasch, oder sie wäre in drei Wochen wieder zurück in England. Den Cappuccino hatte sie in drei großen Schlucken ausgetrunken gehabt – zu 1,80 Euro pro Schluck – und hielt sich nun schon seit einer Stunde an ihrer leeren Tasse fest.

Soweit sie es beurteilen konnte, hatte sie drei Möglichkeiten. Sie konnte sich selbständig machen und selbst Führungen anbieten. Aber dafür bräuchte sie eine Website und müsste Broschüren drucken lassen, und dafür fehlte ihr das Geld. Außerdem gab es bereits viel zu viele derartige Anbieter, die Stadt war voll von geführten Touren und Scharen von Touristen, die unter der Ägide eines Fremdenführers die Sehenswürdigkeiten, das Forum, das Pantheon oder die Spanische Treppe und das Kolosseum abklapperten.

Sie könnte Englisch unterrichten – es gab zahlreiche Sprachenschulen in der Stadt, und sie hatte ja bereits Erfahrung im Umgang mit Menschengruppen. Oder sie könnte kellnern. Vielleicht brauchte Signora Accardo ja eine Aushilfe, sie wirkte jedenfalls immer gehetzt, wenn man sie sah.

Am liebsten jedoch hätte sie einfach nur ihren Blog geschrieben. Aber das war – noch – utopisch. Matteo meinte es gut, aber man brauchte mindestens eine halbe Million Follower, ehe man auf brauchbare Werbekunden hoffen konnte.

Der Kellner erschien und nahm ihr demonstrativ die Tasse aus der Hand. Das war der Wink mit dem Zaunpfahl: Sie musste gehen, man brauchte den Tisch.

Sie erhob sich und wanderte, ohne etwas wahrzunehmen, an den herrlichen Blumenständen mit den kaskadierenden Pfingstrosen, Tulpen und Prärie-Enzianen vorüber; sie achtete auch nicht auf die müßig herumschlendernden Touristen mit ihren Rucksäcken vor den Bäuchen, was weniger ein Fashion-Statement war als vielmehr eine Kriegserklärung an die zahlreichen Taschendiebe in der Ewigen Stadt. Was sie dann aber doch hörte, war das Brummen von Riccis Vespa (der älteste der sechs Pizzabäcker-Brüder), der, wie immer ohne einen Helm aufzusetzen, zur Piazzetta fuhr, um die Pizzeria aufzumachen.

Wie viel sich seit dem letzten Hallo gestern Abend geändert hatte. Für ihn war inzwischen nur der Teig aufgegangen, den er in der Nacht angesetzt hatte, für sie jedoch stand auf einmal die gesamte Existenz auf dem Spiel.

Sie ging langsamer, und ihr Blick huschte ein paarmal zum Palazzo, der die gesamte Breitseite des Platzes einnahm. Die vielen beigen Fensterläden waren alle geschlossen, um Hitze (und neugierige Blicke) abzuhalten. Die schlichte eisblaue Fassade verbarg täuschend die barocke Opulenz im Innern. Sie musste erneut an die langgestreckten Galerien mit ihren hohen Deckengewölben denken und erinnerte sich an die latente Energie, wie ein Pulsschlag, ein Widerhall der Menschen, die dort über die Jahrhunderte zwischen Seidenteppichen und Gemälden und güldenem Mobiliar gelebt hatten. Mit einem Schaudern dachte sie an die zierliche kleine Alte, die nun ganz allein darin wohnte, allein in diesem großen weißen Zimmer.

»Verdammte Prinzipien«, murmelte sie. Ob sie noch einmal in die Mülltonnen schauen sollte? Aber so viel Glück hatte keiner.

Sie bog um die Ecke in die Piazzetta ein. Nichts hatte sich dort seit ihrem überstürzten Aufbruch am frühen Morgen verändert, nur dass der Feigenbaum jetzt in der Sonne stand. Die harte Schattengrenze zog sich immer weiter zurück, bis gegen Mittag, rechtzeitig zum Essensbetrieb, die Osteria in der Ecke in der Sonne baden würde. Jetzt hatte sie schon das Olivenbäumchen erreicht und auch ihre sauber gefegte Treppe.

Cesca lief rasch die Stufen hinauf, sie wollte Signora Dutti entgehen, die sicher immer noch jede Menge Fragen über gestern Abend und über ihre adelige Nachbarin hatte. Und die sicher wissen wollte, warum sie schon so früh nach Hause käme und ob sie ihre Miete bezahlen könn…

»Oh!«

Sie blieb wie angewurzelt auf dem kleinen gekachelten Quadrat vor ihrer Tür stehen, denn diese stand überraschenderweise offen. Staubflocken tanzten im schräg hereinfallenden Licht.

An ihrem kleinen Küchentisch saß auf einem der schmalen, hartlehnigen Stühle – Elena Damiani.

»Ich hoffe, es macht Ihnen nichts aus.«

»… nein, überhaupt nicht«, antwortete Cesca, als sie sich wieder gefangen hatte. Sie stellte ihre Tasche ab. Verlegen wünschte sie, sie würde nicht die Kleidung von gestern tragen. Elena hatte natürlich Seidenpyjama und Kimono durch Tageskleidung ersetzt. Sie trug eine frische Bluse und eine schmal geschnittene, knöchellange Hose und sah darin so schick aus, dass es Cesca nicht gewundert hätte, wenn sie nachher zu einer Audienz beim Papst eingeladen gewesen wäre (der sich angesichts dieser Eleganz sicher auch ein wenig altbacken gefühlt hätte).

»Was für ein *charmantes* Apartment Sie hier haben. Sie freuen sich sicher sehr darüber, dass Sie es mieten konnten.«

»Ähm …« Cesca schaute sich unwillkürlich in der winzigen Wohnung um und sah sie plötzlich mit den Augen ihrer Freunde: die veraltete Ausstattung, die spärliche Möblierung, der Schimmelfleck an der Decke, weil sich ein Dachziegel gelockert hatte. Wahrscheinlich sah es hier aus wie in einer der Besenkammern im Palazzo.

»Ich habe mich immer gefragt, wie es hier drinnen wohl aussehen mag, und es ist sogar noch reizender, als ich dachte. So authentisch«, schwärmte Elena und deutete mit einem zierlichen Ballerinaschuh auf die gediegenen alten Fußbodenfliesen.

Cesca sagte nichts. Sie fragte sich, wie lange diese Frau wohl schon hier saß und wann sie wieder gehen würde. Wenn Cesca ihre Führung gemacht hätte und nicht zu spät gekommen wäre, dann hätte diese Frau ewig auf sie warten müssen, da sie den ganzen Vor- und Nachmittag lang für Führungen gebucht gewesen war. Wäre die Viscontessa dann stundenlang hier sitzen geblieben und hätte auf sie gewartet? Sie nahm sich vor, ein ernstes Wörtchen mit ihrer Vermieterin zu reden über Fremde in ihrem Apartment. »Darf ich Ihnen etwas zu trinken anbieten? Einen Tee vielleicht? Oder ein Glas Wasser?«

»Das wäre schön, aber ich bin leider um eins zum Lunch verabredet. Schade, aber wenn die Pflicht ruft …« Sie gab einen ergebenen Seufzer von sich, und Cesca fragte sich unwillkürlich, ob sie vielleicht tatsächlich mit dem Pontifex verabredet sein könnte.

»Dann … Was kann ich für Sie tun?«, kam Cesca mit einem höflichen Lächeln zur Sache.

»Ich habe Sie auf der Piazza Angelica in einem Café sitzen sehen. Sie machten auf mich einen recht geknickten Eindruck.«

»Ach, na ja, ich hatte einen ziemlich anstrengenden Vormittag«, wich Cesca aus. Aus welchem der vielen Fenster war sie von der Viscontessa beobachtet worden?

»Ja, so etwas habe ich mir schon gedacht. Sie sahen aus, als ob Ihnen der Weltuntergang bevorstünde …«, fischte

Elena nach Informationen. Als Cesca daraufhin schwieg, fuhr sie fort: »Ich könnte Ihnen vielleicht behilflich sein.«

Cesca hob den Kopf. Die Belohnung? Die fünftausend Euro wären der Puffer, den sie bräuchte, um sich neu zu orientieren. Zur Hölle mit den Prinzipien! Der Mensch muss schließlich essen!

»Es war seltsam, Sie dort zu sehen, denn ich wollte ohnehin mit Ihnen sprechen. Ich habe gestern Abend noch lange über unser Treffen nachgedacht.« Sie musterte ihr Gegenüber. »Ich mag sie.«

»Äh … Danke«, antwortete Cesca skeptisch.

»Ich denke, Sie und ich, wir könnten gute Freunde werden.«

Cesca musste an sich halten, damit ihre Augenbrauen nicht in die Höhe schossen. Was hatte sie schon mit einer siebzigjährigen Prinzessin gemein, die mit den Reichen und Schönen verkehrte? »Okay … Äh, ich meine, danke … Ich Sie auch.«

Elena lachte laut auf. »Sie sind eine ganz miserable Lügnerin! Aber keine Sorge, mir ist klar, dass das schwer vorstellbar ist. Aber ich versichere Ihnen, dass ich innerlich nicht älter bin als Sie: Auch ich fühle mich noch, als wäre ich Mitte zwanzig und hätte das Leben und die Liebe noch vor mir. Es ist nur der Spiegel, der mir zeigt, dass es nicht so ist. In meinem Kopf fühlt es sich anders an. Wenn ich Sie mir so ansehe, eine selbstbewusste, anständige, intelligente junge Frau, dann habe ich, trotz des großen Altersunterschieds zwischen uns, eine verwandte Seele vor mir.«

»Danke, das ist sehr nett.«

»Um zur Sache zu kommen: Ich habe Ihnen einen Vorschlag zu machen.«

»Einen Vorschlag?«

»Ja. Ich würde gerne mit Ihnen zusammenarbeiten.«

Cesca sah, dass Elena sie bei diesen Worten nicht aus den Augen ließ, dass sie jede noch so kleinste Regung ihres Gesichts registrierte. Also doch kein leichtes Geld? Nicht die fünftausend, die sie sich ja bereits »verdient« hatte?

»Ich wollte eigentlich schon gestern Abend fragen, aber Sie sagten ja, dass Sie eine Stellung hätten ...« Sie hob eine sorgfältig gezupfte Braue, als warte sie auf eine Art Bestätigung von Cesca.

Cesca ließ die Schultern hängen. »Tja, erstaunlicherweise habe ich es geschafft, diesen Job in der Zwischenzeit zu verlieren.«

»Das ist ja wundervoll!« Elena klatschte entzückt in die Hände. »Das hatte ich gehofft! Ihr Verlust ist mein Gewinn!«

Cesca machte ein skeptisches Gesicht.

»... denn sehen Sie, ich suche nämlich jemanden mit schriftstellerischem Können. Und das haben Sie.«

»Na ja, ich schreibe einen Blog. Ich weiß nicht, ob man das als ›schriftstellerisches Können‹ bezeichnen kann.«

»Nonsens. Natürlich sind Sie Schriftstellerin. Sie schreiben Geschichten, und die Leute lesen sie. Sie nehmen Anteil daran. Dreiundvierzigtausend Menschen nehmen Anteil daran.«

»Ja, schon ...«, sagte Cesca zögernd. »Was soll ich denn für Sie schreiben?« Ihre Gedanken rasten. Einen Blog über den Palast? Eine Website?

»Ein guter Bekannter von mir besitzt einen Verlag, und er liegt mir seit Jahren in den Ohren, ich solle doch ein Buch über mein Leben schreiben. Ich versuche ihn ständig auf

Bekannte und Freunde anzusetzen, die nur auf so eine Chance warten, aber … Er besteht darauf, dass ich es sein muss. Außerdem, was habe ich sonst schon zu tun? Das sagt er jedenfalls.«

»Das ist aber nicht sehr diplomatisch.«

»Vielleicht nicht, aber er hat ja recht. Ich versuche mich seit einiger Zeit mit dem Gedanken anzufreunden, dass ich meine Angelegenheiten in Ordnung bringen muss. Ob's mir gefällt oder nicht, ich muss ja irgendwann auf das hören, was mir der Spiegel verrät.«

»Sie sind doch eine sehr attraktive Frau«, bemerkte Cesca und achtete sorgfältig darauf, das »immer noch« wegzulassen.

Aber Elena, die wusste, wann man ihr nur schmeicheln wollte, lächelte wegwerfend. »Den endgültigen Entschluss habe ich gefasst, nachdem wir uns gestern kennengelernt haben. Denn sehen Sie, das Verfassen einer Biografie ist ein sehr intimer Prozess. Ich muss Ihnen Einblick in Privatfotos gewähren und darf keine Details auslassen, wenn ich Ihnen über mein Leben berichte … Sie können sich sicher vorstellen, dass mir das nicht leichtfällt. Ich muss der betreffenden Person unbedingt vertrauen können. Und dass Sie, Francesca, absolut vertrauenswürdig sind, haben Sie ja bereits bewiesen.«

»Sie wollen also, dass ich Ihre Biografie schreibe?«, hakte Cesca nach.

»Das ist gar nicht so schwierig, wie Sie jetzt vielleicht denken«, meinte Elena, die Cescas Miene richtig deutete. »Ein großer Teil der Vorarbeit ist bereits gemacht. Ich hatte vor einigen Monaten einen Archivar beschäftigt, der meine Privatfotos durchforstet und, soweit möglich, chronologisch geordnet hat. Aber danach ist mir irgendwie die Luft ausgegangen. Die Schriftsteller, die mir vom Verlag vorgeschlagen wurden, mochte ich nicht. Und selbst hatte ich keine Ahnung, wie ich jemand Geeigneten finden sollte.« Sie zuckte die Schultern. »Jedenfalls nicht, bis Sie bei mir aufgetaucht sind. Ich habe mir Ihren Blog angesehen, nachdem Sie weg waren.« Sie lächelte. »Sie haben jetzt dreiundvierzigtausend und einen Follower.«

Cesca lachte geschmeichelt. »Danke.«

Elena reichte ihr einen zusammengefalteten Scheck. »Das will der Verlag bezahlen. Falls es nicht genug sein sollte, kann ich jederzeit anrufen. Ich bin sicher, dass es nicht am Geld scheitern wird.«

Cesca las die Summe, die auf dem Zettel stand, und klappte den Mund auf. Damit konnte sie *ein Jahr lang* die Miete bezahlen. Und hätte noch genug übrig für eine kleine gebrauchte Vespa. Es war mehr, als sie in ihrem ersten Jahr in der Kanzlei verdient hatte.

»Es soll bis Anfang September fertig werden, Sie müssten dem Projekt also Ihre ganze Zeit widmen. Die Vorgabe lautet: ›die Frau hinter dem Enigma‹«, sagte Elena trocken. Sie schmunzelte. »Das sind deren Worte, nicht meine. Also, was sagen Sie dazu?«

Cesca starrte die Frau und ihre makellose Erscheinung an. Cartier-Armbanduhr, marineblaue Valentino-Hose, Perlenohrringe, dezentes Facelifting: einen größeren Gegensatz zu ihr selbst konnte man sich gar nicht vorstellen. Sie war arm, Elena war reich. Sie war jung, Elena alt. Sie trug abgerissene Secondhandklamotten, Elena nur die teuerste Designer-Garderobe. Trotzdem fühlte sie sich zu dieser Frau hingezogen. Ob es an einem ähnlichen Intellekt lag oder einer gewissen zynischen Weltanschauung, ließ sich nicht sagen, aber Elena hatte recht: Auch sie hatte das Gefühl, dass sie ein gutes Team wären.

»Unter einer Bedingung …«, hob Cesca an. Ihr war eine Idee gekommen, womit sich dieses Projekt auch auf längere Sicht für sie als nützlich erweisen könnte.

Elena hob eine Augenbraue. »Ach ja?«

»Dass Sie mir einen Exklusivbericht für meinen Blog gewähren.«

»Meinen Sie ein Interview? Denn ich spreche aus Prinzip nicht mit Journalisten.«

»Ich bin aber keine Journalistin«, entgegnete Cesca gelassen. »Und ich würde Ihnen natürlich ein Vetorecht einräumen.«

Elena machte eine skeptische Miene. »Worum sollte es dabei gehen?«

»Weiß ich noch nicht. Aber es gibt doch bestimmt irgendetwas in Ihrem herrlichen Palazzo, das für meine Leser interessant wäre. Das Sie gerne mit der Öffentlichkeit teilen würden. Vorausgesetzt, es hat bis dahin noch niemand davon gehört oder gelesen. Etwas Aufsehenerregendes, das die Leute auf meine Website locken würde.«

»Ach so, verstehe.« Elena musterte Cesca abschätzend, sie hatte offenbar Probleme mit dem Gegenvorschlag, aber dann nickte sie. »Nun gut, wir finden sicher etwas, das Ihnen nützlich sein kann.«

Cesca strahlte. »Fantastisch!« Sie bot der anderen ihre Hand. »Wann sollen wir anfangen?«

Alé rang verblüfft nach Atem und prostete Cesca zu. »Du bist ja wie die sprichwörtliche Katze!«

»Wieso? Weil ich einen langen Schwanz habe?«

»Weil du immer auf den Füßen landest!«, erwiderte sie lachend.

»Na ja, so viel Glück hab ich normalerweise auch nicht. Ich hab jedenfalls noch nie einen Job verloren und noch am selben Tag einen neuen gefunden.«

»Für dreimal so viel Geld!«, rief Matteo kopfschüttelnd. Er hatte seit drei Jahren keine Gehaltserhöhung mehr bekommen.

»Das erwähnst du jetzt schon zum sechsten Mal. Ihr hofft wohl, dass ich heute Abend die Zeche übernehme, was?«

Alé zwinkerte Cesca neckisch zu. »Au ja, bitte!« Als junge Lehrerin verdiente sie gerade mal genug, um ihre Miete bezahlen zu können, und musste im Sommer Ferienkurse geben, um ihr mageres Gehalt aufzubessern. Matteo war Geschäftsführer in einem exklusiven Herrenbekleidungsgeschäft an der Via Condotti, aber da verdiente er nicht viel, auch wenn er immer tadellos gekleidet war. Und Guido war Grafikdesigner in einer großen Firma. Er träumte davon, sich eines Tages selbstständig zu machen, hatte aber noch nicht das nötige Kapital dafür.

»Dabei hast du dich gestern extra früher von uns verabschiedet, weil du deinen kostbaren Job nicht riskieren wolltest …«, meinte Matteo ironisch.

»Das wollte ich ja auch nicht. Aber ich musste dringend Schlaf nachholen.«

»Hast du aber nicht. Stattdessen bist du in einem Palast gelandet und hast mit einer reichen Millionenerbin um Mitternacht Bellinis geschlürft.«

Cesca zuckte die Schultern. »Und jetzt arbeite ich für sie. Sehr seltsam, oder?«

»Wenn nicht sogar schicksalhaft«, intonierte Guido in dramatischem Tonfall.

»Und – wie ist sie so?«, wollte Alé wissen. »Meine Mutter wird es umhauen, wenn sie das erfährt. Sie hält die Viscontessa für die schickste Frau in Rom.«

»Ja, sie ist wirklich sehr schick. Sie hat diese Aura der Superreichen, ihr wisst schon, was ich meine. Bei denen alles immer so locker-luftig-leicht ist.«

»Ja, weil sie sich nie selbst die Hände schmutzig machen müssen. Dafür haben sie Leute wie uns«, meinte Matteo bitter.

»Und sie ist wirklich *unglaublich* zierlich. Als hätte sie seit 1987 nichts mehr gegessen. Ich komme mir in ihrer Gegenwart vor wie ein Trampeltier. Sie würde glatt in meine Jackentasche passen, echt!«

»Da würde sie leider durch die Löcher unten wieder rausfallen«, beklagte Matteo mit einem tragikomischen Gesicht.

Cesca streckte ihm die Zunge raus.

»Aber mal im Ernst, Cesca«, unterbrach Guido. »Die Bezahlung ist fantastisch, und es hätte zu keinem besseren Zeitpunkt kommen können, aber findest du nicht auch, dass du dich damit nicht unbedingt verbesserst? Ich meine, du warst früher Rechtsanwältin. Du hast was Besseres verdient, als dir die Memoiren einer reichen alten Frau diktieren zu lassen.«

Das sollte zwar ein Kompliment sein, aber Cesca empfand es nicht so. »Das ist auch nicht schlechter, als in der brütenden Mittagshitze Touristenhorden von einem Monument zum anderen zu treiben, oder? Außerdem, wer sagt, dass ich gut in meinem Job war? Ich hätte ja auch eine ganz schlechte Rechtsanwältin sein können.«

»O nein, das glaube ich nicht«, entgegnete er. »Intelligenz lässt sich nicht verbergen. Und du hast sie.«

In diesem Moment tauchte Signora Accardo mit ihren Vorspeisen auf, den Arm voller Teller, vom Handgelenk bis zum Ellbogen. Sie setzte sie vor ihnen ab und griff nach der Flasche, um nachzuschenken. Da merkte sie, dass sie bereits leer war.

»Schon leer? Ihr trinkt ja wie die Kamele!« Sie schnalzte missbilligend, obwohl sie im Grunde davon profitierte.

»Es gibt was zu feiern, Signora. Ich habe einen neuen Job gefunden.«

Die schwarzen Augen der Signora erhellten sich. »Ach ja? Was für eine Arbeit?«

»Ich bin jetzt im Palazzo Mirandola beschäftigt. Ich arbeite bei der Viscontessa.«

Die Alte erstarrte förmlich. »Was?«

»Ich soll ihre Biografie schreiben. Ich bin jetzt eine richtiggehende Schriftstellerin.«

»Sie wird dir Lügen erzählen, das ist alles«, zischte Signora Accardo grimmig. »Sie ist ein Teufel, diese Frau.«

Cesca glaubte sich verhört zu haben. »Wie bitte?«

»Halt dich von ihr fern, Francesca.«

»Aber das kann ich nicht. Ich brauche diesen Job. Ich verstehe nicht, warum …?«

»Sie ist ein schlechter Mensch. Schlimme Dinge passieren, da wo sie ist.« Signora Accardo schüttelte den Kopf und musterte Cesca fast angeekelt, als habe sie sich bereits infiziert, womit auch immer. »Halt dich von ihr fern. Ich weiß, was ich sage.« Und damit stakste sie davon, die teigigen Hände zu Fäusten geballt. Die leere Flasche ließ sie stehen.

»Was sollte das denn?«, flüsterte Cesca erschüttert. Die

anderen saßen ebenfalls da wie vom Donner gerührt. »Als wäre die Viscontessa eine böse Hexe!«

Guido und Matteo zuckten ratlos mit den Schultern.

»Na ja, die Viscontessa war früher, also ehe sie hierherkam, so an die sieben Mal verheiratet«, gab Alé kenntnisreich zu bedenken – die Online-Klatschblätter waren ihre Bibel –, »und sie hat in streng konservative, katholische Kreise eingeheiratet. Ich wette, das ist reiner Snobismus – sie gehört zwar zum Club, aber nicht wirklich, weil sie ja nur ›angeheiratet‹ ist, versteht ihr? Die alteingesessenen Familien schauen auf sie herab.«

Guido zog eine Augenbraue hoch. »Und weshalb regt sich Signora Accardo dann so auf? Sie gehört doch wohl kaum zu den oberen Kreisen, oder?«

Alé überlegte einen Moment lang mit angehaltenem Atem, dann ließ sie ihn wieder ausströmen. »Nö, keine Ahnung.«

»Ach, zum Teufel mit allen Snobs dieser Welt.« Cesca wischte den unangenehmen Vorfall resolut beiseite und griff zum Besteck. »Ich finde sie jedenfalls ganz nett. Außerdem bezahlt sie mir ein Vermögen für den bequemsten Job, den ich je hatte.« Sie strahlte in die Runde. »Was mich betrifft, ist sie die personifizierte gute Fee.«

6. Kapitel

Alberto setzte ihr eine Tasse Jasmintee vor. Die hereinfallende Sonne schimmerte durchs hauchdünne weiße Porzellan. »Ihre Gnaden wird gleich bei Ihnen sein.«

»Danke.«

Sie war in einen Raum gebracht worden, der, angesichts der Tatsache, dass sie diesmal die linke Abzweigung von der Haustür aus genommen hatten, auf der entgegengesetzten Seite von Elenas monochromem Apartment liegen musste. Es war ein riesiger, im Erdgeschoss gelegener Saal und besaß eine bemalte Gewölbedecke, auf der sich feiste Putten zwischen rosa Wölkchen tummelten. Auch die Wände bestanden aus rosa Marmor, mit zahlreichen Erkern und Nischen voller Statuen. Aber im Vergleich zu den anderen überladenen Sälen und Gängen war es hier relativ licht und schlicht, und dafür war Cesca dankbar. Sie hatte einen Brummschädel. Wieder einmal zu viel Wein und zu wenig Schlaf (auch heute war sie frühzeitig von Albträumen aus dem Schlaf gerissen worden). Würde sie es je lernen?

Vor einer Wand stand ein wuchtiger Schreibtisch mit Sessel, der in dem riesigen Raum allerdings fast puppenhaft klein wirkte. Darum herum stapelte sich in wackeligen Türmen eine Vielzahl von Schachteln. Eine eigenartige Umgebung für ein Büro; in einem prächtigen Saal wie diesem wirkte es irgendwie improvisiert, provisorisch. Was war sein ursprünglicher Zweck gewesen? Ein Ballsaal? Eine Kegelbahn? Wie auch immer, als moderner Büroraum funktionierte er nicht so richtig. Ob man innerhalb dieser dicken Marmorwände überhaupt einen guten Internet-Empfang hatte? Sie bezweifelte es.

An ihrem Tee nippend ging sie zur Fensterfront und schaute hinaus auf den gegenüberliegenden Palastflügel, wo sich irgendwo im dritten Stock Elenas Räume befinden mussten. Aber die blanken Fenster verrieten nichts. Ihr Blick fiel nun zum ersten Mal auf einen herrlichen Garten, den sie nicht hier erwartet hätte. Sie hatte mit einem gepflasterten Innenhof gerechnet. Aber obzwar sich am gegenüberliegenden Gebäude eine schattige Kolonnade befand, wuchsen zwischen einem kunstvollen Mosaik aus Kieselsteinen herrliche Orangen- und Zitronenbäumchen. Und wenn sie nach links schaute und den Hals reckte, sah sie Treppenstufen und eine Mauer, hinter der offenbar ein weiterer Garten lag – Cesca konnte Grüppchen von hohen Zypressen erkennen. Unfassbar! In einer so eng bebauten, uralten Stadt wie dieser, wo die Häuser zwischen schmalen Gässchen beinahe übereinanderpurzelten, einen so großen Garten, ja Park, zu besitzen! Der Ausblick erinnerte an eine Landschaft in der Toskana.

»Fantastisch, nicht wahr? Wenn mich meine Bekannten fragen, warum ich weiterhin allein in so einem großen Palast lebe, dann zeige ich ihnen immer meinen Garten.«

Cesca wandte sich um, überrascht, dass sie Elena nicht hatte hereinkommen hören, obwohl diese mit ihrem Gehstock unterwegs war. Ihre Gastgeberin trug eine ärmellose khakifarbene Leinentunika und dazu eine Hornkette im afrikanischen Stil und zahlreiche Oberarmbänder, die ihre schlanken Arme hervorhoben. Sie besaß milchweise, ein wenig sommersprossige Haut, und ihr Gesicht wirkte so frisch und rosig wie das eines jungen Mädchens. Frischer jedenfalls, als Cesca selbst aussehen musste, die immerhin vierzig Jahre jünger war, aber was konnte man nach nur sechs Stunden Schlaf erwarten? Und einem gewaltsamen Erwachen, eingeholt von der Vergangenheit?

»Dieser Garten ist eine wundervolle Überraschung. So etwas hatte ich hier gar nicht erwartet, ich meine ... ich hatte eine Art Hinterhof erwartet oder die Fassade des Nachbarhauses. Unglaublich, dass Sie hier, mitten in der Stadt, über ein so großes Grundstück verfügen.«

»Das haben wir dem Vater meines verstorbenen Mannes zu verdanken. Es ist ihm gelungen, das Anwesen zusammenzuhalten und zu bewahren, nachdem Mussolini es im Zweiten Weltkrieg requiriert hatte.« Sie lächelte warmherzig. »Ich hoffe, Sie sind heute von einem entgegenkommenderen Alberto in Empfang genommen worden?«

»O ja, er war reizend«, schwindelte Cesca. Der arrogante Alte hatte sie mit möglicherweise noch mehr Misstrauen empfangen als am Abend zuvor, als er noch glaubte, sie wäre ein besonders hinterhältiges Mitglied einer üblen Diebesbande. Sie ging zurück in die Mitte des Raumes und stellte ihre Teetasse auf einem Tischchen ab.

»Gut. Ich fürchte, dass seine Großspurigkeit mit dem Alter immer mehr zunimmt. Wenn es so weitergeht, werde ich ihm bald den Kaffee servieren müssen, nicht umgekehrt.«

Cesca lächelte höflich, konnte sich so etwas aber nicht vorstellen. Elena besaß eine ganz besondere, majestätische Grazie; sie würde immer Menschen haben, die sie bedienten.

Cesca deutete auf die Schachteln. »Und das hier ist also das Material für das Buch?«

»Hm?« Elena blickte nach unten. »Ach ja, das sind die Fotografien, die der Archivar sortiert hat. Mein Leben in Bildern, wenn Sie so wollen. Es sollte alles stimmen – die Daten stehen sowohl außen auf den Schachteln als auch auf der Rückseite der Fotos. Der Himmel weiß, wie es ihm gelungen ist, sie mit solcher Präzision zu ordnen. Nun, dafür ist er schließlich bezahlt worden, nehme ich an. Er hielt sich für einen Historiker, wissen Sie. Er hat bestimmte Details ausgewertet, zum Beispiel die jeweilige Mode – Kleidung und Frisuren. Oder er hat eine Zeitung, die in einem der Fotos zu sehen war, ausschnittsweise vergrößert und so das genaue Datum festgestellt.«

»Wow«, sagte Cesca. Dasselbe hatte sie früher bei der Auswertung von Beweisfotos gemacht. Sie zählte insgesamt vierzehn Schachteln.

»Es sollte eigentlich alles hier sein – von meiner Kindheit auf Graystones bis jetzt.«

»Graystones, das liegt in Amerika, oder?«

»Ja. Das elterliche Anwesen auf Rhode Island.«

»Aha.« Ein »Anwesen« also. Den Begriff hörte Cesca nicht oft, wenn die Leute ihre Behausungen beschrieben. »Und seit wann leben Sie schon in Rom?«

»Im August werden es siebenunddreißig Jahre. Kaum zu glauben, nicht wahr?«

»Meine Güte. Sie sind doch inzwischen sicher eine Römerin, zumindest ehrenhalber.«

»Ich weiß nicht, ob man mich inzwischen ganz akzeptiert hat. Weiß Gott, ich habe oft genug versucht, von hier wegzuziehen, aber es ist mir irgendwie nie gelungen.«

Cesca nickte. Sie dachte an Alés Worte gestern Abend im Restaurant.

»Ich konnte es nicht mehr länger hier aushalten, nachdem mein geliebter Vito gestorben war. Zum Glück haben wir viele Ausweichmöglichkeiten, das ist ein echter Segen: die Toskana, London, Aspen, New York, Bel Air. Ich habe alle ausprobiert – sogar in Marrakesch habe ich eine Weile gelebt. Ich hoffte, die Betriebsamkeit und Farbenpracht würden mich ablenken. Aber irgendwie bin ich immer wieder hier gelandet. Es gelingt mir nur hier, wirklich zur Ruhe zu kommen. Ich fürchte, ich habe mein Herz nicht nur an meinen Mann verloren, sondern auch an die Stadt, in der er aufwuchs.«

»Das kann ich gut verstehen – das mit Rom, meine ich.«

»Wann sind Sie zum ersten Mal nach Rom gekommen?«, erkundigte sich Elena. Sie musterte ihr Gegenüber fasziniert. Überhaupt war sie eine sehr gute Zuhörerin. Bei ihr hatte man den Eindruck, die interessanteste Person im Raum zu sein, mehr noch: die interessanteste Person, der die Viscontessa je begegnet war. Cesca konnte sich gut vorstellen, dass man sich dieser Frau oft und gerne anvertraute.

»Im Dezember, als ich neun wurde. Meine Eltern haben mir und meinem Bruder das Pantheon gezeigt, und wir durften durch den Oculus, die Öffnung in der Kuppeldecke, den herabfallenden Schnee betrachten.«

Elenas Gesichtszüge wurden weich. »Ach ja, der Oculus. Ich fand schon immer, dass er zu den romantischsten Orten der Stadt gehört.«

»Damals habe ich mich jedenfalls in diese Stadt verliebt. Meine Freunde redeten immer davon, nach New York oder

Paris reisen zu wollen. Ich dagegen wollte immer nur nach Rom. Ich wollte schon eher zurückkehren, aber … na ja, das Leben ist mir dazwischengekommen. Schule, Jurastudium … irgendwie war nie genug Zeit – oder Geld – vorhanden.«

»Sie haben Jura studiert?« Elena pickte mit dem Scharfblick eines Adlers die Nadel aus dem Heuhaufen.

Cesca erbleichte. Hätte sie das doch bloß nicht erwähnt! »Ach … äh … ja. Ich bin – ich war – Rechtsanwältin. Aber mir ist sehr schnell klar geworden, dass das nichts für mich ist«, beeilte sie sich hinzuzufügen, um weitere Fragen abzublocken. »Als mir das klar war, wusste ich auch, dass ich dringend einen Tapetenwechsel brauchte, um mein Leben neu zu überdenken. Deshalb bin ich hergekommen und lebe jetzt hier.«

»Aber das lange Studium, die unzähligen Stunden über den Büchern …«

Cesca, die bereits bereute, überhaupt den Mund aufgemacht zu haben, zuckte achtlos mit den Schultern. Es war immer dasselbe: Die Leute konnten kaum glauben, dass sie einem Beruf den Rücken kehrte, für den sie so hart hatte arbeiten müssen. »Es war ein Lebensabschnitt, nichts weiter. Der mich hierhergeführt hat. Das könnte ich gar nicht bereuen, selbst wenn ich wollte.«

Elena musterte Cesca, als spürte sie, dass mehr dahintersteckte, Dinge, die unerwähnt geblieben waren. »Aber was sagen denn Ihre Eltern dazu? Unterstützen sie Ihre Entscheidung?«

»Sie möchten natürlich, dass ich glücklich bin.«

Elena nickte. »Ja, das kann ich verstehen. Ich bin selbst Mutter.«

»Ah, Sie haben also Kinder?« Cesca war froh, sich wieder auf sicherem Terrain zu befinden.

»Ja, einen Sohn, Giotto. Er lebt in London, mit Frau und drei Kindern. Wir haben ein sehr enges Verhältnis.«

»Wie schön.« Cescas Blick huschte zu den Schachteln. Sie sollte sich allmählich an die Arbeit machen. »Gut. Also, ich habe zwar leider noch nicht mit den Background-Recherchen über Sie begonnen, aber...«

»Background-Recherchen?«

»Ja. Ein paar Stunden im Internet dürften genügen, um ein Gesamtbild von Ihnen zu erhalten. Und dann können wir in Einzelgesprächen ins Detail gehen.«

»Nein.«

Cesca stutzte. »Wie bitte? Was meinen Sie?«

Elena verzog schmerzlich das Gesicht. »Es wäre mir wirklich lieber, wenn Sie mich nicht *googeln* würden, falls es das ist, was Sie meinen. Jedenfalls nicht gleich zu Anfang.«

»Aber ...«

»Francesca, über mich sind im Laufe der Jahre viele Lügen verbreitet worden; aufgrund unseres Reichtums war ich nahezu von Geburt an eine Zielscheibe. Aber das ist *meine* Biografie. Ich will meine Lebensgeschichte erzählen – aber das kann ich nur mithilfe Ihrer Stimme. Wenn Sie jetzt schon alle bösen, hinterhältigen, ja rufschädigenden Klatschgeschichten lesen würden, die über mich in Umlauf sind, würde ich zu einer Comicfigur für Sie werden – und das würde sich ganz gewiss auch in dem niederschlagen, was Sie schreiben.«

Cesca unterdrückte einen Seufzer. Es stimmte, sie wusste praktisch nichts über ihr Studienobjekt: Mutter eines Sohnes, dreifache Großmutter, geboren in Amerika, lebt aber seit siebenunddreißig Jahren in Italien, vor fünfzehn Jahren verwitwet, umfangreicher Immobilienbesitz auf der ganzen Welt und ein Geschmack, der vom Üppig-Barocken bis zum Karg-Minimalistischen reicht. Elena wünschte sich jemanden, der unvoreingenommen war, ein unbeschriebenes Blatt, und das hatte sie in ihr, Cesca, gefunden.

»Okay, dann werde ich mich vorerst vom Internet fernhalten«, gab sie sich geschlagen. »Ich werde mit der ersten Schachtel beginnen – ich werde sie durchgehen und die relevantesten Bilder herauspicken. Und dann können Sie mir meine Fragen dazu beantworten. In Ordnung? Es wird dann mehr wie eine Unterhaltung werden und nicht wie ein Verhör.«

Elena lächelte erleichtert. »Eine wundervolle Idee. Es klingt ganz einfach, wenn Sie es so ausdrücken.«

Cesca erkannte schon nach den ersten zehn Fotos, dass Elena aus vermögendem Hause kam. Aus *sehr* vermögendem Hause. Die Graystone-Box war die erste, die sie öffnete, und sie quoll geradezu über von Schwarzweißfotos, auf denen das Treiben der Reichen und Schönen abgebildet war: Dressurreiten, Jagdsport, Segeln, Wasserskifahren, ja selbst Laientheater auf opulenten, mit Statuen gespickten privaten Freiluftbühnen …

Elena war ein molliges Kind gewesen, mit schulterlangem braunem Haar, das mit einer Samtschleife zusammengehalten wurde. Auf den meisten Fotos trug sie weiße Söckchen und schwarze Schnallenschuhe, oft auch weiße Handschuhe und einen Strohhut; dazu Tweedmäntel mit Samtkragen und gesmokte Kleidchen.

Cesca erschien das alles furchtbar steif. Auch fiel ihr auf, dass Elena auf fast keinem Foto lächelte. Das lag zweifellos daran, dass sie meist von Erwachsenen umgeben und das einzige Kind in der Gruppe war. Cesca fragte sich, wie eng das Verhältnis des Kindes zu den glamourösen Eltern, die es auf einigen Fotos flankierten oder bei der Hand hielten, tatsächlich gewesen sein mochte.

Die Mutter war schmal und dünn wie eine Degenklinge und trug nur die allerfeinste Designermode. Sie besaß blauschwarz gefärbtes, in elegante Wellen gelegtes Haar und wunderschöne mandelförmige Augen, die ihr eine feminine, katzenhafte Note verliehen. Mit ihrer schlanken Figur und dem winzigen Busen konnte sie vor allem körpernahe oder eng anliegende Kleider hervorragend tragen, Kleider im Schrägschnitt, beispielsweise, die sich um die Figur drapierten. Auf den meisten Fotos trug sie Abendkleider – dies waren nun mal die Anlässe, an denen Fotos gemacht wurden, nicht der »ganz normale Alltag«. Viel Pelz gab es obendrein und kostbare Seide. Oft sah man sie umgeben von Männern in Abendanzügen und mit öligem Haar.

Am meisten beeindruckte Cesca aber Elenas Vater. Selbst jetzt noch, siebzig Jahre später, wirkte seine Erscheinung zeitlos schön. Er war einfach ein umwerfender Mann gewesen und das physische Gegenstück zu seiner zierlichen Frau: sonnengebleichte blonde Locken, eine tiefe Gesichts- und Körperbräune, hellgraue Augen und ein athletischer Körperbau. Nach den Fotos zu schließen beherrschte er zahlreiche Sportarten: Rudern, Segeln, Reiten (Jagd und Polo), Skifahren (auf Schnee und auf Wasser) und Boxen. Man konnte sehen, dass Elena die hellgrauen Augen und die aristokratische Nase von ihm geerbt hatte und von ihrer Mutter die zierliche Figur und das strahlende Lächeln, das jede Arroganz vorübergehend fortwischte.

Cesca verspürte unwillkürlich einen Anflug von Neid. Elena war nicht mit einem silbernen Löffel im Mund geboren worden, sondern sogar mit einem goldenen. Sie hatte nicht nur die Genpool-Lotterie gewonnen, sondern auch noch unglaublichen Reichtum. Das Anwesen – Graystones, wie sie vermutete – sah so prächtig aus wie das Weiße Haus, nur größer, mit Balkonen und Säulengängen. Es gab eine Luftaufnahme von dem Anwesen, auf der man erkennen konnte, wie weitläufig das Grundstück und die Gebäude waren: Ställe, Polofeld, Tenniscourt, Swimmingpool, ein See und ein elaborierter Barockgarten, alles umrahmt von Wäldern und Wiesen und auf einer Seite begrenzt vom Meer. Jetzt verstand Cesca Elenas beinahe königliche Ausstrahlung. Sie musste nicht erst einen Prinzen heiraten, um eine Prinzessin zu werden. Sie war bereits eine gewesen, auch ohne Titel.

Cesca fiel ein ganz bestimmtes Bild ins Auge. Darauf war die kleine dreiköpfige Familie auf einer weiteren Party zu sehen: Elenas Mutter in einem hellen, fließenden Plisseekleid, ihr Vater in einem weißen Seidenjackett. Obwohl es sich um eine Schwarzweißaufnahme handelte, wirkte Elena ganz besonders strahlend. Sie trug ein Tüllkleid mit einem herzförmigen Samtmieder und sah irgendwie anders aus als bisher – reifer, erwachsener. Cesca erkannte, dass es daran lag, weil sie zum ersten Mal geschminkt war.

Die drei standen auf einer Terrasse, hinter ihnen drängte sich eine Menschenmenge. Die Bäume waren mit Lichterketten geschmückt, und vom unteren Bildrand kam ein halbmondförmiger Schimmer – eine Geburtstagstorte? Alle schienen spontan zu lachen, mit offenen Mündern und funkelnden Augen. Der Blick der Eltern ruhte zärtlich auf ihrer Tochter.

Cesca seufzte. Allmählich wurden ihr der schiere Glanz und die Perfektion dieses Lebens ein wenig zu viel. Elena schien wahrhaftig das glücklichste kleine Mädchen der Welt gewesen zu sein.

7. Kapitel

Rhode Island, August 1961

»Gefällt es dir, Mutter?«

Die Schneiderin trat einen Schritt zurück, damit Whitney Valentine einen ungehinderten Blick auf ihre Tochter bekam.

Whitney legte die zusammengelegten Fingerspitzen beider Hände an ihre Lippen. »Darling, es ist einfach göttlich! Grace von Monaco hat dir rein gar nichts voraus. Es war absolut richtig, dass wir uns für den Seidentüll entschieden haben, nicht wahr, James?«

Der Couturier nickte. »Sie haben wie immer den richtigen Blick gehabt, Mrs Valentine. Zibeline wäre zu steif gewesen.«

»Genau.« Whitney klatschte kurz in die Hände, wie eine Richterin, die den Hammer hinabsausen ließ. Das Urteil war gesprochen. Zibeline wäre zu steif gewesen, das Kleid aus Seidentüll war die richtige Entscheidung. »Es muss fließend und leicht sein wie eine Feder. Laney muss geradezu zum Altar schweben.« Whitney machte eine federleichte Geste mit ihrer schlanken Hand. »Sie ist schließlich eine moderne junge Frau.«

Laney war nach ihrem Debüt mit sechzehn zu einem It-Girl für all diejenigen geworden, die die Gesellschaftsseiten lasen, und ein äußerst gefragter Gast auf Partys – und das, obwohl sie gar nicht mehr zu haben war.

Die sechzehnjährige Braut musterte sich im Spiegel. Es stimmte, das Kleid war ein Traum – wenn auch der Traum ihrer Mutter. Es besaß ein schräg geschnittenes, eng anliegendes Tülloberteil, das sich bis über die Hüften schmiegte und dann in einen weiten Tüllrock auslief, der mit schneeweißen Daunenfedern besetzt war, die beständig in der Brise zitterten. Lange weiße Handschuhe und ein extravaganter Schleier vervollständigten das Bild. In diesem Kleid würde sie also Mrs Jack Montgomery werden.

»Glaubst du, es wird ihm gefallen?«

»Kätzchen, wie sollte es ihm *nicht* gefallen? Er betet dich an.«

Ihre Eltern waren hocherfreut über die Verlobung. Ein weiterer »großer Anlass«, der sich mit einer rauschenden Party feiern ließ. Ihre Mutter war sogleich zur Tat geschritten und hatte sich die Dienste von James Galanos gesichert, einem der bekanntesten Modeschöpfer der Zeit. Die steifen elfenbeinfarbenen Einladungskarten wurden zum begehrtesten Artikel der Saison. Es nicht unter die vierhundert geladenen Gäste zu schaffen kam für die Elite Manhattans einem gesellschaftlichen Exil gleich.

Es gab zwar ein paar hochgezogene Augenbrauen – wegen der überstürzten Verlobung, mehr noch aber über die relative Mittellosigkeit des Bräutigams, der aus Vermont stammte, wo seine Familie einen kleinen, aber aufstrebenden Holzbaubetrieb besaß. Kein Vergleich jedenfalls zum atemberaubenden Vermögen der Valentines. Aber das war nicht anders zu erwarten. Das waren alles Heuchler und Snobs, die an der Vergangenheit klebten. Ihre Mutter hatte recht: Sie war eine moderne junge Frau. Sie heiratete aus Liebe und nicht, um Einfluss und Vermögen zu mehren. Die letzten sieben Wochen waren die glücklichsten ihres bisherigen Lebens gewesen, wie aus dem Märchen. Mit Jack lernte sie ein freieres, ungezwungeneres Leben, jenseits der schützenden Mauern des großen Valentine-Anwesens, kennen. Sie liebte nichts mehr, als neben ihm auf den Klippen zu sitzen und ihm beim Fliegenfischen zuzusehen. Ihm nachzuwinken, wenn er durch den *Block Island Sund* schipperte (er hatte versprochen, ihr das Schwimmen beizubringen, damit sie ihre Angst vor dem Wasser und vor Booten ablegte). Oder seine Würfel zu küssen, wenn er einen Abend am Blackjack-Tisch verbrachte.

Jack brachte frischen Wind in die abgestandene Luft ihres Bekanntenkreises, er bezauberte ihre Freunde, und alle fanden, er sei Tab Hunter »wie aus dem Gesicht geschnitten«. Tatsächlich haute er jeden um, bis auf ihre geliebte Winnie, aber das zählte nicht, denn für ihr Kindermädchen war, was ihren kleinen Liebling anging, sowieso keiner gut genug.

Laney dankte Gott jeden Tag dafür, dass er ihr Jack gesandt hatte. Ihr Instinkt war richtig gewesen – er hatte sich tatsächlich auf die Geburtstagsparty eingeschlichen, nur war er nicht so dumm gewesen, es über die Mauern zu versuchen. Ein Kommilitone von der Brown University hatte eine der kostbaren Einladungen besessen, weil sein Vater ein wichtiger Klient von Mr Valentine war. Als er jedoch am Morgen der Party mit Magenverstimmung erwachte, hatte Jack die Gunst der Stunde genutzt und sich die Einladung unter den Nagel gerissen. Und es hatte gereicht, sie am streng bewachten Tor vorzuweisen. Man hatte ihn problemlos eingelassen, trotz Patrouillen und Wachhunden. Danach verbrachte er den Abend damit, den Gästen ihres Vaters die Hände zu schütteln und darauf zu warten, dass Laney sich endlich zeigte. Der Ruf ihrer Schönheit sei ihr vorausgeeilt, versicherte er ihr, und er sei neugierig gewesen auf dieses Mädchen, das einer ganzen Generation den Kopf verdrehte – obwohl er eigentlich eher auf Blondinen stehe. Und obwohl ihm reiche Erbinnen eigentlich auf die Nerven gingen, da sie mehr Mühe machten, als sie es wert waren. Er habe sich einen Spaß daraus machen wollen, sie zu verführen. Nur hatte er nicht damit gerechnet, dass er dabei sein Herz verlieren würde.

Er war kühn, streitlüstern und unberechenbar. Eine *Wild Card*. Und er war furchtlos, im Gegensatz zum katzbuckelnden Freundeskreis ihrer Eltern. Als Laneys heimliches Verhältnis aufflog, lud man den jungen Mann kurzerhand zum Mittagessen aufs Anwesen ein, in der Absicht, ihn gründlich einzuschüchtern und in die Flucht zu treiben. Aber dann flirtete er unverfroren mit ihrer Mutter und schlug ihren Vater beim Backgammon. Anschließend bat er um Laneys Hand. Die meisten Männer waren in George Valentines Gegenwart eingeschüchtert, aber selbst ihr Vater musste zugeben, dass Jack Montgomery bereits im zarten Alter von einundzwanzig Jahren nicht wie andere Männer war.

Sie hörte noch den Nachhall der Glocken und musste an die Zeremonie denken, an die bewundernden Gesichter der Gäste, die sie unter dem Schleier nur schemenhaft wahrgenommen hatte.

Jetzt hing ihr Kleid schlaff über einer Stuhllehne, und der prächtige, gefiederte Rock wirkte zerzaust, da sich etliche Daunen gelöst hatten. Auch das Tülloberteil war ziemlich welk. Ob Zibeline nicht vielleicht doch besser gewesen wäre? Auf der Ankleide lag zusammengeballt der zerrissene Schleier.

Sie streckte sich dankbar auf den zerknitterten Laken aus. Endlich war sie das enge Korsett los. Das Einzige, was ihr jetzt noch fehlte, war ihr frisch angetrauter Ehemann. Sie war nervös und freudig erregt zugleich. Seine Hände waren zuvor schon öfters auf Wanderschaft gegangen, in seinem Auto oder im Bootshaus, aber sie hatte sie immer weggeschoben, selbst wenn sie eigentlich gern nachgegeben hätte. Selbst als seine geflüsterten Liebesschwüre immer drängender wurden. Aber jetzt waren sie verheiratet, sie waren Mann und Frau und konnten machen, was immer sie wollten und wann immer sie es wollten. Worauf wartete er? Es war ihr unbegreiflich, warum er diesen Moment noch länger hinauszögerte als unbedingt nötig. Wie oft hatte er sie in den letzten Wochen angefleht, hatte gesagt, sie seien doch »ohnehin so gut wie verheiratet«. Und jetzt war er derjenige, der sie warten ließ … Das Würfelspiel im Nebenzimmer war offenbar noch immer nicht zu Ende, und seine Freunde, die bei der Hochzeit noch höflich und zuvorkommend gewesen waren, herausgeputzt in Cut und Flanellhose, saßen nun hemdsärmelig am Spieltisch und wurden immer lauter und immer betrunkener.

Eine Stimme näherte sich der Verbindungstür, und Laney zog erschrocken die Decke ans Kinn. Aber sie entfernte sich wieder, unter Frotzeleien und Gelächter. Stille trat ein – ein neues Würfelspiel begann.

Ihre Augen hingen wie gebannt an der Tür. Das war besser, als sich das »Hotel« genauer anzusehen, in das er sie für ihre erste gemeinsame Nacht gebracht hatte, kaum zwei Meilen von ihrem alten Zuhause entfernt. Sie hatte ihre Überraschung kaum verbergen können, als sie das flackernde Hotelschild erblickte, die klapprigen Fenster, die Plastikblumen an der Rezeption. Aber es kam ihr nicht in den Sinn, sich zu beschweren, das wollte sie gar nicht. Sie bekam ja das, was sie sich schon immer gewünscht hatte: ein echtes Leben, in der realen Welt, und nicht mehr ein künstliches, hinter Glas, wie eine Puppe in einem Puppenhaus. Er wollte damit ein Statement abgeben, wollte der Welt – und auch der Presse, die sich vor den Kirchenstufen gedrängelt hatte – beweisen, wie wenig ihm an Geld lag, ob es nun seins war oder ihrs. Er liebte sie, war nicht hinter ihrem Geld her. Und dafür liebte sie ihn umso mehr. Es war egal, wie sie lebten und wo sie schliefen. Sie war sechzehn, und sie war jetzt Mrs Jack Montgomery. Sie hatte den schönsten Mann geheiratet, den sie je gesehen hatte.

Im Übrigen war es weniger die Ausstattung der Zimmer oder die ungebügelte Bettwäsche, die ihr zu schaffen machte, als die Tatsache, dass jetzt keine Winnie mehr da war, die für sie sorgte. Sie hatte sich heute Abend zum ersten Mal im Leben allein auskleiden müssen. Aber sie hatte es geschafft, obwohl die vielen kleinen Knöpfe am Hochzeitskleid ganz schön knifflig gewesen waren, ebenso die steifen Korsettstäbchen. Und nun lag sie erwartungsvoll im Bett, in einem roséfarbenen Seidennachthemd und mit glänzend gebürstetem, offenem Haar.

Sie drehte sich zur Seite, bog das rechte Bein über das linke, um ihre noch nicht ganz entwickelten Kurven besser in Szene zu setzen, und fächerte ihr frisch gefärbtes blauschwarzes Haar über dem Kissen auf. Ihre Gedanken wanderten zurück zur Hochzeitsparty, die ohne sie weiterging.

Ob sie dort noch immer feierten? Ob sich überhaupt jemand Gedanken machte, wie es ihr erging? Es war ein begeisterter Abschied gewesen. Unter einem Schauer von Blütenblättern waren sie Hand in Hand zu dem brandneuen Bentley gelaufen, ein Hochzeitsgeschenk ihres Vaters, in dessen Kofferraum sich bereits ihr Honeymoon-Trousseau befand. Sie machte die Augen zu und stellte sich tanzende Paare in duftigen Sommerkleidern vor, begleitet von den schmissigen Melodien der Bigband, die vom Wind bis nach Newport getragen wurden und sich dann über dem Meer verloren.

War es der grobe Griff, mit dem er sie weckte? Oder sein keuchender Atem? Etwas schob sich unverfroren zwischen ihre Beine, stieß sie auseinander, kämpfte mit dem Nachthemd, das sich um ihre Hüften gewickelt hatte. Das Bettlaken war von ihr heruntergerissen und zu Boden geworfen worden.

»Jack …?«

Sie versuchte den Kopf zu heben, über ihre Schulter zu blicken, wurde aber sofort mit dem Gesicht ins Kissen gedrückt, dessen abgestandener Geruch ihr mehr über die Hygiene des Hotels verriet, als sie wissen wollte.

»Still!«, zischte er. Sein Atem stank nach Bourbon, und er lag mit seinem ganzen Gewicht auf ihr, drückte ihr die Luft aus der Lunge. Das kalte Leder seiner Schuhe presste sich gegen ihre nackten Fußsohlen und schob ihre Füße auseinander, während er mit seiner freien Hand an seinem Hosenstall herumhantierte.

Sie versuchte panisch, sich loszureißen, Luft zu bekommen, ihn abzuwerfen. Sie bekam ihren Kopf frei und riss ihn hoch, rang nach Luft wie eine Ertrinkende. Keuchend, ausschnittsweise nahm sie ihre Umgebung wahr, die rosa Borte am Schirm der Nachttischlampe, den anbrechenden Morgen, der durch einen Vorhangspalt hereinfiel, ihr Kleid, das verloren über dem Stuhl hing, die Drahtbügel, die wie Skelette im offen stehenden Schrank baumelten. Aber er war zu stark für sie, obwohl er sturzbetrunken war. Mit der Handfläche an ihrem Hinterkopf presste er sie wieder zurück ins Kissen, hielt sie dort fest wie ein Entomologe einen aufgespießten Schmetterling.

»Nicht …«

Sie wusste, was jetzt kam, sie ahnte es. Ihre Mutter hatte sie heute Morgen kurz darauf vorbereitet. »Versuch dich zu entspannen und stillzuhalten«, hatte sie geraten. Er rammte sich in sie hinein. Heiße Tränen, die nirgendwo hinkonnten, sammelten sich in ihren Augen, ihr Gesicht verzerrte sich. Sie riss den Mund auf, aber ihr Aufschrei wurde im Kissen erstickt. Hinter ihren geschlossenen Augenlidern zuckten weiße Blitze.

Das konnte nicht sein, das durfte nicht passieren, nicht so. Sie liebten sich doch. Sie waren miteinander verheiratet. Sie gehörte jetzt ihm. Was hatte sie falsch gemacht?

Er bewegte sich jetzt schneller, ihr Blut machte es ihm leichter, es wirkte wie ein Gleitmittel. Sie hörte auf, sich zu wehren – es wurde dadurch nur schlimmer. Er nahm es mit einem anerkennenden Grunzen zur Kenntnis, nahm es als Einverständnis und drang tiefer vor, bewegte sich schneller, heftiger, härter. Sie zwang sich, ganz still zu liegen und es irgendwie zu überstehen.

Drei Minuten später war es vorbei. Er gab ein letztes gutturales Stöhnen von sich, das in ihrem Brustkorb vibrierte, in ihren Ohren dröhnte. Dann zog er sich aus ihr zurück und ließ sich neben sie auf den Rücken fallen. Stille breitete sich im Raum aus. Scham und Stille. Die Scham durchdrang sie, sickerte aus ihr heraus wie ihr Blut auf die Matratze. Sie regte sich nicht, konnte keinen Muskel bewegen, stand unter Schock. Starr lauschte sie seinen Atemzügen, die sich allmählich verlangsamten. Durch einen Tränenschleier blickte sie ihn an, wie ein Taucher, der vom Grund eines tiefen Teichs zur Oberfläche hinaufblickt. Er starrte mit offenen Augen zur Decke, ohne die Haarrisse im Putz wahrzunehmen. Dann wandte er ihr sein Gesicht zu und schaute sie mit Augen, die von roten Äderchen durchzogen waren, an. Seine Lippen waren kirschrot, die Wangen vom Alkohol gerötet. Ein hereinfallender Sonnenstrahl ließ sein Haar golden aufleuchten. Schläfrig hob er die Hand und ließ sie schwer auf ihren nackten Po klatschen, tätschelte ihn.

»Schlaf gut, Mrs Montgomery.«

8. Kapitel

Rom, Juli 2017

Sie blickte durch die Wolkenkronen der Kiefern hinauf zum strahlend blauen Himmel. Hin und wieder kreuzte eine Taube ihr Gesichtsfeld. Das Gras fühlte sich kühl unter Cescas bloßen Armen an, die Schaumstoff-Yogamatte war feucht und klebrig von ihrem Schweiß. Vom See her drang das Platschen von Paddelschlägen an ihr Ohr und das Geplapper der Touristen, die den Park und die Villa Borghese erkundeten.

Alessandra, die neben ihr lag, begann gelangweilt zu schnarchen.

»Lass das!« Cesca rammte ihr kichernd den Ellbogen in die Rippen.

Alessandra musste lachen. Sie rollte sich zur Seite und stützte ihren Kopf auf den angewinkelten Arm. »Du weißt, wie langweilig ich diesen Teil finde.«

»Du solltest versuchen, dich auf deinen Atem zu konzentrieren, das ist schließlich der Sinn der Übung.«

»Ich würde mich lieber auf diesen Typen im Zizi neulich konzentrieren«, wisperte Alé und lachte dreckig. »Da ist dir echt was entgangen, weißt du.«

»Mag sein. Aber einer von uns musste ja mal vernünftig sein.«

»Und was hat's gebracht? Man hat dich gefeuert. Ich hoffe, du hast deine Lektion gelernt.« Alé warf sich grinsend auf den Rücken und starrte zum Himmel. Unter ihrem Khakirippenhemd schaute ein roter BH-Träger hervor, und an ihren Zehennägeln war der orangerote Nagellack teilweise abgeblättert. Ihre Freundschaft war ganz spontan entstanden, eine »Pop-up-Freundschaft«, wie sie es gerne nannten, mobil wie eine Campingausrüstung, die sich überall aufschlagen und rasch wieder einpacken ließ. Sie hatten sich auf dem Glastonbury-Musikfestival kennengelernt, beim Anstellen vor den Toiletten, und sich auf Anhieb verstanden, wozu natürlich auch die Tatsache beigetragen hatte, dass sie beide betrunken gewesen waren. Alé war sich sicher, dass sie beide zwei alte Seelen seien, die einander aus einem früheren Leben kannten. Cesca war jedenfalls froh, dass sie zur selben Zeit angestanden hatten. Alessandra hatte ihr später den Umzug nach Rom schmackhaft gemacht, nachdem Cesca ihr heulend anvertraut hatte, sie habe ihren Job hingeschmissen und stünde vor dem Nichts. Und Alé hatte ihr auch geholfen, sich natürlich auszudrücken, nachdem ihr Italienisch-Audiokurs dazu geführt hatte, dass sie sich anhörte wie aus einem anderen Jahrhundert. Alé hatte ihr in Rom die Türen geöffnet, hatte sie ihren »Brüdern« vorgestellt – den beiden Jungs, die sie seit ihrer Kindheit und Schulzeit kannte, Matteo und Guido – und ihr die kleine Dachwohnung an der Piazzetta vermittelt; Signora Dutti war eine Bekannte ihrer Großmutter.

Cesca fielen die Augen zu. Nach einer erneut unruhigen Nacht hatte sie acht Stunden lang im Palast verbracht und bis fünf Uhr nachmittags winzige Schwarzweißfotos sortiert. Es war ein schwindelerregender Einblick in ein privilegiertes

Leben, man bekam fast den Eindruck, Elenas Kindheit in Echtzeit mitzuerleben, denn alles war dokumentiert worden, einfach, weil alles dokumentierenswert gewesen war. Wie auch nicht, wenn beinahe jeder Moment besonders war, umgeben von Spielsachen, Ponys, Kaninchen, Hunde- und Katzenbabys? Wenn der Spielplatz das beste Anwesen an der gesamten amerikanischen Ostküste war?

Aufgemuntert von zweistündigen Intervallen, in denen Alberto Tee und Kuchen oder Kekse brachte, hatte sie sich durch die erste Kiste vorgearbeitet, und dabei hier und da ein Foto, das ihr als besonders bemerkenswert oder besonders typisch erschien, herausgepflückt, angefangen mit den üblichen Kinderwagen-Babyfotos übers Kleinkindalter und schließlich durch den Rest der Kindheit bis zu Elena als Teenager. Stehengeblieben war sie schließlich bei Elenas Debütparty mit sechzehn. Eine ziemlich beeindruckende Tagesleistung, fand Cesca. Danach war sie die aussortierten Fotos noch einmal durchgegangen und hatte sich Notizen dazu gemacht, Fragen, die sie Elena stellen wollte, zum Beispiel wer diese Frau war, die auf fast allen Fotos zu sehen war. Und wie dieses Pony geheißen hatte.

Elena hatte ihr mitgeteilt, der Verlag stelle sich ein dreihundertseitiges Manuskript mit zunächst zweihundert Fotos vor. Angesichts der Tatsache, dass allein die erste Schachtel über tausend enthalten hatte, war das keine leichte Aufgabe. Cesca würde gnadenlos aussortieren müssen. Sie konnte verstehen, dass Elena jemanden für diese Arbeit haben wollte, der absolut objektiv war. Immerhin musste ein bereits über siebzig Jahre andauerndes Leben auf einige wenige Fotos und Schlüsselmomente reduziert werden. Aber Cesca sah sich der Aufgabe gewachsen. Als Rechtsanwältin war sie es gewöhnt, schwere Akten und noch schwerere Kartons voller Beweismaterial zu sichten, Hunderte von Zeugenaussagen durchzugehen und in all dem Wust den roten Faden zu finden, der alles durchzog. Denn es gab immer einen roten Faden, wenn man ihn nur lange genug suchte. Darin würde sich auch Elenas Leben nicht von anderen unterscheiden.

»Und wie lief es heute mit ›der Teufelin‹?«, erkundigte sich Alé theatralisch.

Cesca grinste. »Um ehrlich zu sein, hab ich sie kaum zu Gesicht gekriegt. Bin bis zu den Ohren in Fotos versunken. Ihr Leben ist echt unglaublich. Sie hatte ein Spielzeugsegelboot, das groß genug war, um damit am America's Cup teilzunehmen!«

Alé schnalzte missbilligend.

»Und sie hatten Pfauen! Ordinäre Tauben kamen denen nicht in den Garten.«

»Tja, so ist's nun mal, wenn man als Valentine geboren wird.«

»*Valentine?*«, hakte Cesca verdattert nach. Dieser Name hatte einen ganz besonderen Klang, so wie Oppenheimer, Rockefeller und Rothschild. Die Valentines verfügten über einen geradezu märchenhaften Reichtum.

»Die einzige noch lebende Erbin, sagt meine Mutter«, erwiderte Alé. Als sie Cescas Überraschung bemerkte, fügte sie perplex hinzu: »Das wusstest du nicht?«

»Der Name ist mir natürlich bekannt. Aber dass sie von denen abstammt, nein, das wusste ich nicht.«

»Du scheinst deine Recherchen ja ziemlich ernst zu nehmen«, neckte Alé sie grinsend.

»Elena hat mich ausdrücklich gebeten, zunächst mal *keine*

Background-Recherchen zu machen. Ich soll ihr Leben aus ihrem eigenen Munde erfahren, vorurteilslos und ohne vorgefasste Meinungen.«

Das ließ sich Alé einen Moment lang durch den Kopf gehen. »Hm, das ist verständlich. Die Klatschblätter *lieben* sie. Wenn du alles glauben würdest, was über sie gesendet oder gedruckt wurde, könnte sie dir kaum weiter die Principessa vorspielen, oder?«

Cesca sagte nichts. Wie passte diese zarte, elegante alte Dame mit dem öffentlichen Bild zusammen, das die Klatschblätter von ihr zeichneten? Das Partygirl, die »Teufelin« ... Was hatte sie nur angestellt, um sich einen solchen Ruf einzuhandeln, der in so krassem Gegensatz zu dem Image stand, das sie nun repräsentierte?

»Wie ist es denn so in diesem Palazzo?«, wollte Alé wissen, die sich, zappelig wie immer, auf den Bauch warf und die Plankenstellung einnahm. Sie bevorzugte das Intervalltraining an den Montagabenden. Yoga im Park fand sie dagegen langweilig. Aber sie musste sich, im Gegensatz zu Cesca, ja auch keine Bräune zulegen.

Cesca schüttelte sich. »Bah, nicht so mein Ding – diese endlos langen Galerien und überall Goldstuck.«

»Was? Es gefällt dir nicht? Das ist eine der ersten Adressen Roms.«

»Architektonisch kann ich das auch nachvollziehen, aber *wohnen* möchte ich da nicht. Das ist kein Zuhause, das ist ein Mausoleum. Ich kapiere nicht, wie sie da leben kann – noch dazu ganz allein! Ich meine, der Garten ist toll, klar, und man kann von den Superreichen natürlich nicht erwarten, dass sie sich mit einem kleinen Reihenhäuschen begnügen, aber ...«

Alé lachte ein wenig atemlos. Sie bekam allmählich ein rot erhitztes Gesicht.

»Vielleicht liegt's ja am Jetsetting und dem Leben in Luxushotels?«, meinte Cesca. »Die kennen nichts anderes als Marmorfußböden und harte kleine verschnörkelte und vergoldete Stühle. Keine Toastbrösel in der Küche, kein durchgesessenes Ikea-Sofa im Wohnzimmer, keine Tierhaarflusen in den Ecken.«

»So sieht es wohl bei euch zu Hause aus, was?«

Cesca wurde klar, dass das tatsächlich so war. Auch wenn Slipper, ihr Border Terrier, mittlerweile fast so kahl war wie ihre Großmutter und die Hundehaarflusen in den Ecken entsprechend nachgelassen hatten. »So ungefähr.«

»Klingt nett. Und überall Teppichboden, was?«

»Das versteht sich doch von selbst.« Cesca wusste, dass sich Alé über ihre englischen Landsleute und ihre unverbrüchliche Liebe zu Teppichböden lustig machte.

Ein Lachen kam unter den Haaren hervor, die Alés nach unten weisenden Kopf umflossen. »Du bist so komisch.«

»Danke.«

Eine kurze Stille. »Hast du denn kein Heimweh?«

»Was, nach England?«

Alé rollte sich mit einem Ächzen zur Seite. Die Hände auf dem Brustkorb abgelegt blickte sie ihre Freundin an. »Ja, nach deinem Zuhause.«

Cesca weigerte sich, die Augen zu öffnen. »Nein, gar nicht. Ich bin jetzt hier zu Hause.«

»Aber was ist mit deiner Familie … mit deinem Beruf, deiner Karriere. Du hast alles hinter dir gelassen.«

»Ich hab gar nichts hinter mir gelassen. Meine Eltern waren doch erst letzten Monat zu Besuch hier.«

»Du weißt, was ich meine. Wieso willst du nie darüber reden?«

Cesca spürte Alés Hand auf ihrem Arm.

»Ich weiß, dass was Schlimmes passiert sein muss.«

Cesca setzte sich auf und streifte auf diese Weise Alés Hand ab. Sie zog ihre Knie an die Brust und ließ die Arme darüber baumeln. Eine Frau mit Kinderwagen ging vorbei, neben ihr lief ein Kleinkind, das ein Eis schleckte. »Gar nichts ist passiert. Ich hatte mich einfach für den falschen Beruf entschieden. Ich bin nicht dafür geschaffen, ich bin nicht tough genug, verstehst du? Man muss schon ein detailverliebter Perfektionist sein, um sich da wohlzufühlen.«

Alé zog skeptisch die Augenbrauen hoch. »Aber du liest dir doch vor jedem Onlinekauf die AGB durch.«

»Wie es jeder Mensch tun sollte.«

»Was nur beweist, dass du sehr wohl der Anwaltstyp bist.«

»Bin ich nicht. Kein anständiger Anwalt trägt Vintage-Unterwäsche. Als Tagesklamotten.«

Alé lachte.

»Außerdem bin ich hier glücklich und zufrieden. Ich hab Freunde, ich hab ein Luxusapartment« – Alé lachte noch lauter –, »und ich wohne in der Stadt meiner Träume. Ich fühle mich hier so frei wie noch nie.« Sie blickte hinauf zu den hellen Sonnenflecken, die sich zwischen den Baumkronen abzeichneten, und dann auf das kurz geschorene grüne Gras, das tapfer der Hitze trotzte wie strammstehende Soldaten. Sie erblickte eine Gruppe junger Männer, die mit nacktem Oberkörper auf einer Wiese Fußball spielten. Rom war ein permanentes Fest der Sinne: der allgegenwärtige Duft von Jasmin, das Knattern der Roller auf den Wegen um die Außengrenze des Parks herum, das auf sie ebenso entspannend wirkte wie das Summen von Bienen. Sie atmete tief und wohlig ein, als wolle sie ihre Aussage unterstreichen.

»Aber ist das wirklich Freiheit?«

»Was denn sonst?«

Alé zuckte die Schultern. »Eine Flucht?«

Cesca tat, als würde sie die Sommersprossen auf ihren Armen mustern, die wie kleine braune Blümchen auf ihrer weißen Haut sprossen. »Mein Leben ist doch kein Krimi«, entgegnete sie leise und legte sich wieder auf den Rücken, mit den Handflächen nach oben, die Arme ganz leicht vom Körper abgespreizt, ganz auf ihren Atem konzentriert. Aber das war nur ein Ablenkungsmanöver, um ihre Freundin von der Spur abzubringen, um weitere Fragen abzublocken – denn sie wusste, dass diese Fragen nur auf eins hinausliefen: dass Blut an ihren Händen klebte.

Endlich ein Teppichboden – beinahe zumindest. Es blieb ein Rand von etwa fünf Zentimetern um die Peripherie des Raums, die von dem seidigen Bodenbelag frei gelassen wurde. Die Rattansofas dagegen waren so üppig gepolstert, dass Cesca fast fürchtete, nicht mehr aus ihren Tiefen hervorzukommen – zumindest nicht ohne einen Kran. Auf sämtlichen Beistelltischen lagen Tischdeckchen mit Fransen, an denen Münzen funkelten, und auf jedem Tisch stand eine dekorative Lampe. Es gab zwar keine Fensterläden, dafür aber Vorhänge mit demselben cremeweiß-grünen Gittermuster wie die Tapeten. Ein gemütlicher, ein wenig altmodischer Raum war es, eine Hommage an die Achtzigerjahre. Cesca fühlte sich sofort wohl: kein Marmor weit und breit, keine Statuen und auch keine Gipsputten an der Decke (nur einige dezente Stuckrosen, mit denen sie leben konnte).

Und kein einziger überflüssiger antiker, hartlehniger Stuhl. Endlich ein Raum in diesem »Palazzo der tausend Zimmer« (wie sie von Alberto auf dem Weg hierher erfahren hatte), in dem man sich ein wenig zu Hause fühlen konnte.

Es war das Gartenzimmer im Erdgeschoss des Westflügels. Elena saß ihr gegenüber und hatte ihre zierlichen Fußgelenke anmutig überkreuzt. Kleine Bräunungsschäden an ihren Schienbeinen verrieten ein Leben auf sommerlichen Jachten. Sie trug ein kornblumenblaues Blusenkleid, das in der Taille mit einem Ledergürtel zusammengehalten wurde, dazu eine Schildpatt-Lesebrille auf der Nasenspitze, mit der sie die auf dem Sofatisch ausgebreiteten Fotos studierte. Es war noch nicht die Endauswahl für das Buch, sondern sollte erst mal nur das Gespräch über Elenas Leben in Gang bringen.

Cesca hielt ihr Aufnahmegerät griffbereit zur Rechten. Man wartete nur noch darauf, dass Alberto mit dem Einschenken des Tees fertig war – es handelte sich diesmal um Lapsang Souchong. Cescas Blick glitt müßig hinaus in den Garten und blieb an einem Gärtner mit Hut und Schürze hängen, der einen Rosenstrauch beschnitt, wie sie durch die verglasten Bogenfenster beobachten konnte.

»Hätten Sie sonst noch Wünsche, Euer Gnaden?«

»Nein, vielen Dank, Alberto.«

Er verneigte sich. »Dürfte ich noch an Ihre Verabredung in einer Stunde erinnern? Sie wollten sich mit …«

»Mit Christina treffen, ja, ja, schon gut. Als ob ich das vergessen könnte. Danke, das wäre alles, Alberto.«

Er verneigte sich und ging.

»Also wirklich«, sagte Elena, leise wie ein Windhauch, und zupfte einen Faden von einem Kissen, »was für einen

Wirbel sie deswegen macht! Man könnte meinen, es handele sich um eine Krönungsfeier und nicht um eine schlichte Benefizgala.« Als sie Cescas fragenden Gesichtsausdruck bemerkte, fügte sie hinzu: »Die Stiftung meines Mannes hat soeben ein fünfjähriges Projekt zur Restaurierung von Massimos Forum beendet. Anfang September soll eine Galaveranstaltung zu seinen Ehren stattfinden. Er hat so viel für sein geliebtes Rom getan.«

»Und Christina ist …?«

»Oh, eine alte Bekannte. Sie ist mit Vito und seinem Bruder aufgewachsen, betrachtet sich sozusagen als ihre Schwester ehrenhalber. Wir sind zusammen im Vorstand der Stiftung. Diese Gala war ihre Idee.«

»Ach so.« Cesca überlegte einen Moment lang. »Es würde sich vielleicht lohnen, auch einmal mit ihr zu sprechen. Für die Biografie?«

Elena runzelte die Stirn. »Wieso?«

»Es wäre gut, ein wenig Einblick in Ihre Wohltätigkeitsarbeit zu erhalten, das gibt Ihrer Biografie noch mehr Charakter und Tiefgang.« Ein in Glück und Reichtum verbrachtes Leben würde den Lesern nach ein paar Hundert Seiten ohnehin zum Hals raushängen. Aber das sagte sie natürlich nicht laut.

Elena ließ es sich einen Moment lang durch den Kopf gehen. »Ja, verstehe«, sagte sie langsam. »Nun gut, warum nicht? Ich werde sie heute darauf ansprechen; sie kann sich dann selbst mit Ihnen in Verbindung setzen. Obwohl ich bezweifle, dass Sie viel von ihr erfahren werden. Sie wird sicher kein besonders entgegenkommender Interviewpartner sein.«

»Wieso nicht?«

»Sie gehört zur *nobilità nera*, zum ›Schwarzen Adel‹ – so nennt man die Fürsten, die vom Papst in den Adelsstand erhoben wurden, im Gegensatz zum ›weißen‹ Adel, der seine Titel, nach der Einnahme des Vatikanstaats 1870, von der italienischen Regierung erhielt. Sie haben den Begriff noch nie gehört?«

Cesca schüttelte perplex den Kopf. »Äh …«

»Man bezeichnet damit allgemein den ganz alten Adel, ›altes Geld‹ im Gegensatz zu neuem. Die *nobilità nera* besteht überwiegend aus konservativen Traditionalisten. Sehr verschwiegen, sehr zurückhaltend, keine Skandale. Kein *Spaß*.« Ihre Augen funkelten amüsiert. »Christina ist ideal, wenn es um eine Pressemitteilung über eine gute Sache geht. Aber das wäre auch schon alles.«

»Verstehe.« Cesca nickte lächelnd und stellte unauffällig ihr Aufnahmegerät an. Es konnte losgehen. »Sie stammen doch auch aus einer Art Aristokratie – zumindest das, was man in Amerika darunter versteht.«

Elena lehnte sich zurück. »Nun, wenn Sie die Aristokratie des Reichtums meinen, dann ja. Aber ›alt‹ sind wir nicht, unser Reichtum stammt aus zweiter Generation. Mein Vater hat ein Milliardenvermögen von seinem Vater geerbt, das er noch einmal verdoppelt hat. Er war unglaublich charismatisch, und das Geschäftemachen ist ihm immer leichtgefallen. Er war ein reizender Mann. Attraktiv und intelligent – die Menschen fühlten sich zu ihm hingezogen, ob sie wollten oder nicht. Mutter hat ihn immer damit aufgezogen, dass ihm die Leute ihr Geld nachwarfen, nur um in seiner Nähe sein zu dürfen.«

»Ihre Mutter war auch eine sehr schöne Frau.«

»O ja, sie gehörte zu den schönsten Frauen ihrer Generation. Und diese Schönheit zusammen mit den Starqualitäten meines Vaters machte sie zu äußerst gesuchten Leuten. Man könnte sie wohl als ›*power couple*‹ bezeichnen, obwohl dieser Begriff damals noch nicht in den Klatschblättern kursierte.«

»War es eine glückliche Ehe?«

Elena schwieg einen Moment. »Nun, es war jedenfalls eine leidenschaftliche Ehe. Und solche Ehen können recht schwierig sein, denke ich. Aber sie liebten einander zweifellos, man könnte vielleicht sogar sagen, ohne Rücksicht auf alles andere.«

Cesca hörte das Ungesagte: ohne Rücksicht auf *sie*, ihr einziges Kind. Oder war das die Juristin in ihr, die überall etwas Verdächtiges wittert? Versteckte Motive? Opferszenarien? »Sie waren ein Einzelkind, ja? Es scheint auf den Fotos keine anderen Kinder zu geben.« Ihr Blick huschte wie zum Beweis noch einmal über die Bilder, auf denen nirgends ein Spielkamerad oder eine Spielkameradin zu entdecken war, was sie natürlich bereits wusste. Derartige Details entgingen ihr nie, sie hatte schließlich gelernt, »Tatortfotos« mit forensischem Blick zu begutachten.

»Ja. Meine Mutter hatte es in dieser Hinsicht sehr schwer. Sie hatte bereits mehrere Fehlgeburten erlitten, bevor sie mit mir schwanger wurde. Sie musste aus Sicherheitsgründen fünf Monate lang das Bett hüten. Mir hat sie dadurch zwar das Leben gerettet, aber sie selbst hat es beinahe in den Wahnsinn getrieben, wie sie mir später erzählte. Meine Mutter liebte das Leben, war immer in Bewegung, wollte immer etwas unternehmen, und diese erzwungene Bettruhe war schlecht für ihr Gemüt. Sie sagte hinterher, das könne sie unmöglich noch einmal durchmachen. Mein Vater hätte sich sehnlichst mehr Kinder gewünscht, das weiß ich, aber ich weiß auch, dass ihm das Glück und die Gesundheit seiner Frau über alles gingen.«

»Das kann nicht leicht für die beiden gewesen sein«, bemerkte Cesca mitfühlend.

»Nein.«

»Und für Sie?«

Elena machte ein überraschtes Gesicht. »Was meinen Sie?«

»Das einzige Kind, in einem so großen Anwesen? Haben Sie sich nie Geschwister gewünscht, mit denen Sie hätten spielen können?«

»Doch, natürlich, welches Einzelkind träumt nicht ab und zu davon? Aber ich war ja nie allein. Ich hatte meine Winnie, mein geliebtes Kindermädchen. Sie hat mich überallhin begleitet. Ich ertrug es nicht, auch nur einen Moment lang von ihr getrennt zu sein. Sobald sie den Raum verließ, fing ich schrecklich an zu weinen und nach ihr zu rufen.«

»Ist das Winnie?« Cesca beugte sich vor und nahm ein Schwarzweißfoto zur Hand, das sie aus den ausgebreiteten Bildern herauspickte. Darauf war ein Baby in einem prächtigen alten Kinderwagen abgebildet. Es trug ein Samtmäntelchen und ein dazu passendes Samthütchen. Über seine Beine war ein Spitzendeckchen gebreitet. Daneben stand eine kräftige, untersetzte Frau in schwarzer Nanny-Uniform, mit Häubchen und Umhang und schwarzen Schnürstiefeln.

»Meine liebe, liebe Winnie!«, rief Elena entzückt aus und betrachtete das Foto aus der Nähe, musterte liebevoll die breiten, teigigen Gesichtszüge der Frau. Sie nickte. »Ja, genau so habe ich sie in Erinnerung. Ernst und streng. Sie hat nie gelächelt – außer für mich, vielleicht –, aber sie hatte eine

Stimme wie ein Bach, der über ein steiniges Bachbett plätschert. Es war ihr irischer Dialekt, wissen Sie. Sie stammte aus dem Süden von Irland, aus Waterford, glaube ich. Ach, ich mochte es so sehr, wie sie sich ausdrückte. Selbst heute noch bleibe ich stehen, wenn ich einen irischen Akzent höre, und lausche mit geschlossenen Augen. Es transportiert mich direkt zurück in meine Kindheit.«

»Sie scheinen sie sehr gemocht zu haben.«

»O ja, das habe ich, wirklich sehr. Sie war der Mittelpunkt meines Lebens.«

»War Ihre Mutter denn nie eifersüchtig auf Ihre enge Beziehung zu Ihrer Nanny?«

»Ach, nein! Mutter war froh, wenn sie nichts von mir hörte. Sie müssen verstehen, meine Eltern waren immer sehr beschäftigt. Ich bin in einer recht ungewöhnlichen Familie aufgewachsen. Mein Vater musste ständig Geschäftsleute auf Graystones empfangen, und das Anwesen war ja so groß, dass auch Mutter immer damit zu tun hatte: Sie musste ein Auge aufs Personal haben, für frische Blumen sorgen und nach den Pferden sehen. Sie war eine leidenschaftliche Reiterin, wissen Sie. Deshalb waren Winnie und ich meistens allein, aber wir mochten das. Meine Räume befanden sich oben im Dachgeschoss, das hatten wir ganz für uns, und Winnies Zimmer lag gleich neben meinem. Da hatten wir jede Menge Platz.«

Cesca nickte. »Hatte Winnie auch Mann und Kinder?«

Elena schüttelte den Kopf. »Nein. Obwohl Mutter mir einmal erzählt hat, dass der Verwalter sie heiraten wollte. Er machte ihr den Hof und hat dann bei meinem Vater um ihre Hand angehalten.« Ihre Augen funkelten vergnügt beim Gedanken daran.

»Er hat bei Ihren Eltern um ihre Hand angehalten? Aber das ging doch eigentlich nur die beiden etwas an.«

»O nein, nicht, wo Winnie so eine wichtige Rolle in meinem Leben spielte. Winnie selbst hätte auch nie etwas getan, was mir geschadet hätte.«

Cesca war platt. »Und was haben Ihre Eltern gesagt?«

»Mutter musste es natürlich ablehnen.« Elena legte das Foto mit einem Schulterzucken auf den Tisch und lehnte sich zurück. »Ich war noch ein Kleinkind, und ich hing inzwischen zu sehr an Winnie. Sie hätten es sich nicht leisten können, sie zu verlieren.«

»Aber hätten Sie sie denn dadurch wirklich verloren?«

»Doch, natürlich. Sie hätte bestimmt eine eigene Familie gründen wollen. Das hätte ihre Aufmerksamkeit im besten Fall halbiert. Und im schlimmsten Fall hätte ich sie ganz verloren.«

Cesca blinzelte zweimal, wie immer, wenn sie schockiert war. »Und was ist aus ihr geworden?«

»Aus Winnie? Ach, ich weiß nicht. Sie hat sich wohl eine neue Stelle gesucht, als ich mit sechzehn aus dem Haus ging. Es gab ja nichts mehr für sie zu tun.«

»Und wie alt war sie da?« Cesca konnte nicht anders, sie musste es wissen. Ihr Gerechtigkeitssinn, den sie nie ganz abschütteln konnte, drängte sie dazu, beide Seiten der Geschichte zu erfahren, sich ein Gesamtbild zu machen.

Elena überlegte. »Mitte vierzig? Ich weiß nicht genau. Wenn man jung ist, kommt einem jeder über dreißig alt vor.«

»Wissen Sie, wo sie danach hinging? Sind Sie in Verbindung geblieben?«

Elena schüttelte traurig den Kopf. »Nein, und das bereue

ich bis heute. Ich war damals im egoistischsten Alter überhaupt – mit sechzehn. Alles, was ich wollte, war, mein Elternhaus endlich verlassen zu können. Ich wollte endlich erwachsen sein, endlich selbst über mein Leben entscheiden. Und Winnie war der Inbegriff meiner Kindheit, die ich ja so verzweifelt abzustreifen versuchte. Ich habe sie nie wieder gesehen, nachdem ich Graystones verließ.« Sie hielt den Blick auf ihre Hände gesenkt, kleine bleiche, von dicken blauen Adern durchzogene Hände. »Jedenfalls nicht bis zu ihrer Beerdigung«, fügte sie hinzu, als ob das signifikant wäre. »Sie starb 1978. An Tuberkulose.«

Cesca nickte. Sie erkannte, was Elena nicht zu sehen schien: dass Winnie ihre (nicht unbedingt einzige, gewiss aber letzte) Chance auf eine eigene Familie, ein eigenes Kind, für sie aufgegeben hatte. Nur um entlassen zu werden, als sie zu alt war, um noch selbst Kinder zu bekommen, vergessen von ihrem über alles geliebten Schützling. Und einen einsamen Tod zu finden.

»Ich bin manchmal immer noch traurig darüber. Aber ich muss mich damit trösten, dass Mutter ihr ein ausgezeichnetes Zeugnis ausgestellt hat, bevor sie ging.«

Cesca nickte. Ihr fehlten die Worte. Dabei war das erst das erste Foto.

9. Kapitel

Rhode Island, Januar 1962

»Wie man sich bettet, so liegt man.« Whitney Valentine schenkte gelassen Tee ein, ihre Tochter dagegen war den Tränen nahe. »Kein Mann ist so, wie er auf den ersten Blick zu sein scheint. Als dein Vater und ich uns kennengelernt haben, versuchte er mir weiszumachen, er könne sogar Krebs heilen! So sind sie nun mal.« Sie betrachtete ihre Tochter unter dick getuschten Wimpern. »Vergiss nicht, meine Liebe, dass die größte Schwäche aller Männer die Schönheit ist – sie würden alles tun, um dich zu kriegen. Was macht es schon, dass Jack ein wenig übertrieben hat, was seine Mittel betrifft? Du hättest ihn doch sonst wohl kaum angesehen. Du hättest jeden haben können. Außerdem ist das sowieso unwichtig. Mit deinem Erbe könnte er es ohnehin nicht aufnehmen. Seine Unabhängigkeit und seine Findigkeit sind es ja gerade, die dein Vater so an ihm bewundert.« Sie stellte die Kanne ab und reichte Laney ihre Tasse mit Untertasse.

Laney nahm sie mit zitternder Hand entgegen. »Aber Mutter, es geht nicht nur um die Lügen, mit denen könnte ich leben. Ich kann verstehen, warum er es nötig fand, sich ein bisschen besser darzustellen, als er ist. Aber das ständige Glücksspiel …«

»Ja, ja – Poker, Bourbon und zweifellos auch andere

Frauen.« Whitney seufzte ungehalten. »Werd endlich erwachsen, Laney. Du bist keine Unschuld mehr. Du bist jetzt Ehefrau und zweifellos auch bald Mutter. Du musst die Augen aufmachen und die Welt so sehen, wie sie wirklich ist. Das Leben ist nicht wie im Film. Kein Mensch ist perfekt, auch du nicht. Man muss ein tapferes Gesicht aufsetzen und das Beste draus machen.« Sie hielt inne und fuhr dann mit gesenkter Stimme fort: »Außerdem hält dich ja nichts davon ab, dir auch deine kleinen privaten Zerstreuungen zu suchen, solange du diskret bist, natürlich.«

Whitney nippte mit vielsagend hochgezogenen Brauen an ihrem Tee. Sie sah fabelhaft aus, in einem senffarbenen Seidenkleid mit grünbraunem Gürtel und einem farblich passenden Seidenturban, der ihre markanten Wangenknochen hervorhob.

»Du hast natürlich recht«, sagte Laney nach einer kurzen Pause und starrte auf ihre Teetasse, die in ihren Händen zitterte. »Vielleicht bin ich einfach bloß müde, wir sind in letzter Zeit ständig unterwegs.«

Aber in den Armen eines anderen Mannes Trost zu suchen lag Laney fern. Nicht, solange ihre finanzielle Situation mit Jack derart prekär war. Der Bentley war längst weg, ebenso die Perlenkette, die sie an ihrem sechzehnten Geburtstag von ihrem Vater bekommen hatte. Selbst das Armband aus massivem Sterlingsilber, das sie von ihrer Oma geerbt hatte, hatte sie verpfänden müssen. Sie hatte schreckliche Angst, dass diese Kerle wieder auftauchen und Jack ernstlich wehtun würden. Aber wie sollte sie an hundertzwanzigtausend Dollar herankommen? Jack – der genau gewusst hatte, wie er die Einwilligung ihres Vater zur Heirat gewinnen konnte – hatte darauf bestanden, dass sie nach der

Hochzeit von seinen Einkünften leben würden, womit er andeuten wollte, dass er ein vermögender Mann sei, der Stolz und Integrität besaß. Aber das war, bevor er erfuhr, dass sie ihr Erbe erst mit einundzwanzig antreten würde. So viel Zeit hatten sie leider nicht, denn die Gläubiger – und Schlimmeres – rannten ihnen bereits die Türen ein. Sie waren umgeben von Geld, auf das sie aber keinen Zugriff hatten. Er hatte sie mit seinen cleveren Prahlereien in eine unmögliche Zwangslage gebracht.

Sie stellte ihre Teetasse ab und knetete nervös die Hände, um zu verbergen, wie sie zitterten. »Apropos Diskretion«, begann sie. »Ich wollte dich um etwas bitten.«

»Ja?«

»Jack hat bald Geburtstag – er wird zweiundzwanzig –, und ich dachte, es wäre doch schön, wenn ich ihn mit einer neuen Jacht überraschen könnte.«

»Was für eine wundervolle Idee! Dein Vater liebt die *Andante*, selbst nach so vielen Jahren. Und obwohl sie allmählich ein bisschen schäbig wirkt. Sie ist immer noch seine Lieblingsjacht.«

»So etwas wäre viel zu groß. Ich hatte an etwas Kleineres gedacht. Eine Fünfundzwanzig-Meter-Jacht?«

»Ach du meine Güte, ist das nicht ein wenig mickrig?«

»Na ja, er segelt lieber allein.«

Whitney zuckte verblüfft mit den Schultern. Der Gedanke, ohne Personal segeln gehen zu wollen, war für sie unvorstellbar. »Ich weiß nicht, ob unser Broker auch so etwas auf Lager hat, aber wir könnten ja mal …«

»Ach, nicht nötig«, warf Laney hastig ein. »I-ich habe bereits eine im Auge. In Boston.«

»In Boston?«

»Ja. Jack und ich waren vor ein paar Wochen dort. Er hatte ein Treffen mit einem wichtigen Klienten und hat mich mitgenommen, damit dessen Frau und ich uns kennenlernen. Wir waren beim Dinner, und danach haben wir einen Spaziergang zum Hafen unternommen. Jack hat die Jacht so sehr bewundert, dass ich am nächsten Tag noch einmal hingegangen bin, um zu fragen, ob sie vielleicht zu verkaufen wäre. Der Besitzer sagte nein, aber als ich ihm ein Angebot machte, da …« Sie zuckte die Schultern und hoffte inständig, dass ihre Mutter ihr nicht anmerkte, dass sie log.

»Na, ich hoffe, du kriegst sie zu einem anständigen Preis«, meinte Whitney, sowohl überrascht als auch beeindruckt. »Wusste er, wer du bist? Denn wenn sie merken, dass man mit Nachnamen Valentine heißt, hängen sie meist noch eine Null dran.«

Laney schüttelte den Kopf. »Nein, ich glaube nicht.«

»Nein, natürlich nicht. Jetzt, wo du eine Montgomery bist, kannst du wahrscheinlich auch ein bisschen anonymer bleiben.«

»Ja.« Laney schluckte und krallte ihre Hände so fest ineinander, dass das Blut aus ihrer Haut wich. »Die Sache ist die, ich kann mein Erbe ja erst in viereinhalb Jahren antreten, aber wenn ich das Geld von Jacks Konto nähme, wäre ja die Überraschung verdorben. Was für einen Sinn macht es, ihm eine Jacht zu schenken, wenn es keine Überraschung ist?«

»Stimmt.«

»Ich muss ständig daran denken, wie sehr er sich freuen würde, wenn ich mit ihm runter zum Wasser schlendere, und da liegt sie auf einmal vor Anker und wartet nur auf ihn: sechzig Meilen von dem Ort entfernt, an dem er sie zum ersten Mal bewundert hat.«

Ihre Mutter lächelte. »Ja, das ist wirklich eine wundervolle Idee, Darling. Wie viel brauchst du?«

Laney schluckte. Ihre Erleichterung war so groß, dass ihr übel wurde. »Hundertzwanzig.«

Whitney griff sogleich zum Telefon und befahl, die entsprechende Summe auf das Konto ihrer Tochter zu überweisen.

Danach war sofort wieder die Teetasse in ihrer Hand. »Aber jetzt lass uns über Palm Beach reden. Wir wollen eine Party veranstalten, und wir dachten, wir geben ihr ein Thema. Was hältst du von *Carnevale* …?«

April 1962

Laney saß im Auto neben Jack. Er hatte den Wagen absichtlich in der entferntesten Ecke des Parkplatzes abgestellt. Dennoch drang das aufgeregte Stimmengewirr aus dem kleinen Rathaussaal – dem einzigen Saal in dem bescheidenen Gebäude – bis zu ihnen. Die Umrisse der Anwesenden tauchten wie Scherenschnittsilhouetten an den Fenstern auf, während sie einander begrüßten und sich angeregt miteinander unterhielten, schließlich ihre Sitzplätze einnahmen und vom Fenster verschwanden.

Sie holte tief Luft, um sich Mut zu machen. Sie würde das schon durchstehen.

»Das ist doch Blödsinn«, brummelte Jack und sah zu, wie sie sich fertig machte, wie sie einen letzten Blick in den Schminkspiegel warf. Man wartete drinnen auf sie. »Das hat doch keinen Sinn. Wozu soll das gut sein?«

»Du willst doch auch, dass wir uns hier einleben. Ein bisschen unter die Leute gehen, uns bekannt machen. Wie sollen wir sonst Freunde finden?«

»Aber doch nicht solche«, stieß er verächtlich hervor und musterte eine Frau mit Pferdegebiss und Dutt, die über etwas lachte, das jemand sagte.

Laney starrte entschlossen geradeaus. Ihr war zum Heulen zumute. Die Ironie! Festgenagelt durch seinen eigenen Stolz war er nun weder willens noch in der Lage, »Almosen« von ihrem Vater anzunehmen, wie er es nannte – Geld, das sie dringend benötigten. Andererseits betrachtete er es als unter seiner Würde, sich mit Menschen seines sozialen Standes abzugeben. Aber es wagte ohnehin keiner, sich ihnen zu nähern, der Valentine-Name wirkte zu einschüchternd. Infolgedessen waren sie mittlerweile total isoliert und ohne Freunde. Laneys alter Bekanntenkreis hatte sich nach und nach von ihr zurückgezogen – eingeschüchtert durch Jacks Trunksucht und von den Gerüchten über seinen Ärger mit Casinobossen. Ihre Freundinnen waren nach wie vor unverheiratet und tanzten ständig auf irgendwelchen Partys und Bällen. Natürlich zerriss man sich hinter ihrem Rücken das Maul und hielt sie als Paradebeispiel für eine überhastete, unkluge frühe Eheschließung hoch.

»Sei nicht so ein Snob«, sagte sie so leichtherzig wie möglich. »Die Frauen sind bestimmt total nett. Sie tun so viel für die Gemeinde, sammeln Spenden, tun was für wohltätige Zwecke. Es ist nur gut und richtig, dass ich ebenfalls versuche, mich zu engagieren und etwas zurückzugeben.«

»Die werden dich nie akzeptieren. Für die bist du doch bloß ein Freak. Die werden dich begaffen wie ein Zootier. Sie wollen sehen, ob du aus Fleisch und Blut bist, so wie sie, oder ob du Tränen aus purem Gold weinst.«

»Das stimmt doch gar nicht. Ich bin jetzt schließlich eine von ihnen.«

Er packte sie beim Handgelenk – zornig, gereizt. »Was soll das heißen? Meinst du, arm? Wie sie?«

»Nein, so meine ich das doch nicht.«

»Ach nein? Was dann?«

»Das weißt du ganz genau. Ich will doch nur ein normales Leben, Jack. Als deine Ehefrau. Ich möchte nicht ständig unter einer Glasglocke stecken wie ein kostbares Ausstellungsstück. Ich will ganz normale Sachen – einen Mann, ein Heim, einen Freundeskreis.«

Er stieß ein verächtliches Schnauben aus, hielt sie aber nicht zurück, als sie die Tür öffnete und aus dem Auto stieg. »Ich warte hier auf dich.«

»Das ist nicht nötig. Ich kann zu Fuß …«

»Ich warte hier«, wiederholte er drohend.

Sie nickte ergeben, und er ließ sie ziehen. Sie nahm die Staubschutzhülle mit dem Mantel vom Rücksitz und schritt auf den lärmenden Saal zu, seinen Blick bohrend im Rücken, dann die Blicke der Anwesenden von vorne auf sich gerichtet, sobald sie den Saal betrat. Mary-Beth Erskine, die Vorsitzende der Newport Ladies' Guild, trat unter den vierundfünfzig Anwesenden vor, um sie zu begrüßen. Es war die Frau mit dem Dutt und dem Pferdegebiss. Sie wirkte erleichtert, sie zu sehen.

Im Saal trat Stille ein.

Die Ältere strahlte. »Ah, Mrs Montgomery.« An der Kopfseite des Saals, neben Mary-Beth, stand eine unbekleidete Schaufensterpuppe, mit angewinkeltem Arm und einer elegant erhobenen Hand, als wolle sie Konversation machen. »Wir wollten gerade anfangen.«

»Verzeihen Sie meine Verspätung«, sagte Laney und ließ den Blick kurz über die Anwesenden schweifen. Sie war mit Abstand die Jüngste, obwohl es sich hier um die *Young Wives Division* der Ladies' Guild handelte, den Unterverband der jungen Ehefrauen. Aber »jung« bedeutete hier offenbar mindestens vier Jahre älter als Laney.

»Keine Ursache, keine Ursache! Wir hatten gerade angemerkt, wie rege das Interesse an Ihrem Vortrag ist! Wir sind heute Abend beinahe vollzählig, ist das nicht wundervoll?«

Laney klopfte das Herz bis zum Hals. War es die Treue zum Verband oder die schiere Neugier, die heute so viele hierhergeführt hatte? Mit glühenden Wangen trat sie auf die Tribüne. Sie spürte die neugierigen, neidischen Blicke, die sie von oben bis unten musterten, den Schnitt ihres Rockes, den teuren Seidenstoff ihrer Bluse, ihr Make-up und den großen Diamantring an ihrem Finger. Ihre Frage war damit wohl beantwortet. Jack hatte recht: Sie wollten nur die Milliardärstochter begaffen, die sich dazu herabließ, mit dem gemeinen Volk zu verkehren.

Das Gesicht abgewandt sammelte sie ihren Mut zusammen und nahm den Pelzmantel aus der Staubhülle. Sie drapierte ihn über die stumme Schaufensterpuppe.

»Meine Damen, darf ich Ihnen unser neuestes Vereinsmitglied vorstellen: Mrs Elaine Montgomery«, verkündete Mary-Beth voller Stolz. »Elaine wird heute einen Vortrag für uns halten und ihr Fachwissen über Pelze und deren Lagerung in den Sommermonaten mit uns teilen. Elaine?«

»Vielen Dank, Mary-Beth.« Laney starrte auf das Meer von Gesichtern. Neben ihr hing geisterhaft der Nerzmantel, den sie von ihrer Großmutter väterlicherseits zum sechzehnten Geburtstag bekommen hatte. In der Hoffnung, dass dies der Beginn einer vielversprechenden neuen Zukunft sein würde, räusperte sie sich und begann. »Ich danke Ihnen, dass Sie heute Abend so zahlreich erschienen sind, und hoffe, mein kleiner Vortrag wird Ihnen hilfreich sein.«

»Könnten Sie ein wenig lauter sprechen?«, rief es von hinten.

Laney errötete und räusperte sich erneut. »Also, äh … das Frühjahr ist natürlich die beste Zeit, unsere Pelzmäntel für die Lagerung im Sommer fertig zu machen. Das Wichtigste ist, sie vorher gründlich zu reinigen und von Staub zu befreien. Denn wenn sich Staub in den Fasern ablagert, könnte er sich mit den natürlichen Ölen im Pelz verbinden, und dann wirkt er wie ein Schwamm und zieht die Feuchtigkeit aus dem Pelz. Die Haut wird dann brüchig. Es ist also sehr wichtig, den Pelz vorher gründlich zu reinigen. Dann …«

Jemand hob die Hand.

»Ja?«

In einer der hinteren Reihen erhob sich eine Frau. »Und wie reinigt man Pelz?«

Laney blinzelte verwirrt. Das hatte Winnie immer erledigt. Oder besser gesagt, sie hatte die Pelze zur Reinigung gebracht. »Also … man schüttelt sie aus. Und dann klopft man sie behutsam mit einem Paddel oder Staubklopfer aus.« Das hatte sie als Kind jedenfalls mal eins der Dienstmädchen tun sehen, mit einem der Pelze ihrer Mutter.

»Soll man den Pelz feucht abwischen?«, erkundigte sich eine andere.

Laney fiel blitzartig das Entsetzen ihrer Mutter ein, als sie einen Zobel in einer Schublade fand, der noch feucht dort abgelegt worden war. Wasser sei »Gift für einen Pelz«, hatte sie gesagt. »Nein, keine Feuchtigkeit, kein Wasser.«

Die Frau nickte zufrieden und setzte sich wieder.

Laney, der das Herz nach dieser Fragenkanonade bis zum Hals klopfte, schluckte und setzte ihr Referat fort. »Falls der Pelz nach Nikotin oder Parfüm oder etwas Ähnlichem riechen sollte, fügen Sie am besten gemahlene Kaffeebohnen hinzu, wenn Sie ihn in die Staubhülle packen. Die Bohnen sollten jeden Tag ein wenig aufgeschüttelt werden, dann sind die Gerüche in ein paar Tagen aufgesogen.«

Abermals meldete sich jemand. »Aber dann riecht der Pelz doch sicher nach Kaffeepulver?«

»Ja, aber wenn Sie ihn anschließend an einem kühlen, luftigen Ort aufhängen, wird auch dieser Geruch nach ein, zwei Tagen verschwunden sein.«

Die Frau nickte sichtlich beeindruckt.

»Ich persönlich bewahre meine Pelze immer in Schutzhüllen aus Seide auf, aber Baumwolle geht genauso. Man sollte nur keine synthetischen Hüllen verwenden.«

Abermals ein Handzeichen.

»Ja?«

»Wie viele Pelze besitzen Sie eigentlich?«

Laney blinzelte verwirrt. Was hatte das mit ihrem Referat zu tun? »Ich weiß nicht genau.«

»Sie wissen es nicht? Dann müssen es ja ganz schön viele sein«, bemerkte die Frau, eine attraktive Brünette.

»Wie *alt* ist sie eigentlich?«, flüsterte jemand in den vorderen Reihen vernehmlich.

»Siebzehn?«, riet eine andere.

»Sieht aber jünger aus.«

»Acht. Ich habe acht Pelze«, sagte Laney entschlossen über das sich ausbreitende Gezischelfeuer hinweg. »Äh, nun jedenfalls …« Wo war sie stehen geblieben? »Die ideale Temperatur für die Lagerung liegt zwischen fünf und zehn Grad Celsius, bei einer Luftfeuchtigkeit von fünfzig Prozent. Das Schlimmste wäre, wenn der Pelz austrocknen und die Haut rissig werden würde. Der Pelz könnte dann sehr leicht einreißen. Am besten kühl und dunkel aufbewahren und vor Sonnenlicht, aber auch elektrischem Licht schützen. Einen gepolsterten Kleiderbügel benutzen und genug Abstand – fünf Zentimeter – zu anderen Kleidungsstücken halten, damit der Pelz nicht zerdrückt wird.«

Ein Handzeichen. »Was ist mit Motten? Sollte man nicht Duftsäckchen benutzen? Zeder, zum Beispiel?«

»Das Problem mit Duftsäckchen, besonders Zeder, ist, dass sie stark riechen und der Pelz diesen Geruch aufnimmt. Ich persönlich würde davon abraten. Eine gründliche Reinigung vor der Aufbewahrung in einer Staubschutzhülle sollte reichen.«

Eine Meldung. »Um noch mal auf Ihre acht Pelze zurückzukommen: Was für welche sind es denn genau?«

Laney verstummte. Sie bemerkte das gierige Funkeln in den Augen der Frauen. Als würde ihnen das Wissen um den Inhalt ihrer Garderobe einen Einblick in ihr Leben verschaffen und wie es sein musste, sie zu sein. »Da müsste ich erst nachsehen«, antwortete sie verschüchtert. Ihr Blick huschte zu den Fenstern. Sie selbst konnte Jack zwar nicht sehen, wusste aber, dass sie für ihn deutlich sichtbar sein musste, auf der erhellten Tribüne des Saals, vor diesen aufgeputzten Hyänen.

»Nur ungefähr«, beharrte die Frau. »Ich meine, Sie müssen doch eine ungefähre Vorstellung haben. Nerz? Zobel?«

Laney schluckte und schrumpfte förmlich zusammen. Auf einmal wünschte sie sich sehnlichst, Winnie wäre hier. »Also, das hier ist ein Nerz«, sagte sie leise und hielt sich am Ärmel des Mantels fest wie an einem Rettungsring.

»Ist das Ihr neuester?«

Sie nickte. Daraufhin trat eine erwartungsvolle Stille ein, vibrierend vor Neid und Bewunderung und Vorurteilen. »Ich habe einen Luchs, einen Goldfuchs, einen Weißfuchs, einen Zobel, einen Chinchilla …«

»Sie ist doch noch ein halbes Kind«, sagte eine Frau in der vorderen Reihe missbilligend zu ihrer Nachbarin.

»Diese Gören sind ja so verwöhnt. Was soll sie in ihrem Alter mit so vielen Pelzen anfangen? Sie hat ja mehr, als die Woche Tage hat.«

Ein missbilligendes Zungenschnalzen. »Bei so viel Geld hat sie wahrscheinlich einen monatlichen Kleiderplan.«

Missbilligung breitete sich in den vorderen Reihen aus.

Laney, die die Fassung zu verlieren begann, ließ den Kopf hängen. Es war ein Fehler gewesen hierherzukommen, zu glauben, es könnte funktionieren. Sie hatte gehofft, sich ihnen mit ihrem Vortrag annähern zu können, nicht, sich noch mehr abzusetzen.

»Sie haben ja so ein Glück«, sagte eine jüngere Frau mit einem freundlichen Lächeln und erhob sich halb aus ihrem Sitz.

Aber Laney, der jetzt die Tränen kamen, konnte nur den Kopf schütteln. »Nein …«

»Doch, doch! Es muss wundervoll sein, so wie Sie leben zu können!« Die junge Frau begann zu klatschen, ein paar andere schlossen sich an.

Laney schüttelte den Kopf, sie wollte, dass sie aufhörten. Sie wollte das nicht, genau das hatte sie vermeiden wollen. Jack hatte es vorausgesehen. Man würde sie nie akzeptieren.

Sie würde immer eine Außenseiterin bleiben. Immer allein. »Bitte, nicht …« Aber der Applaus nahm zu, und nun flossen ihre Tränen wie ein Sturzbach. Man reckte die Hälse, um sie besser sehen zu können: War sie aus Fleisch und Blut oder aus einem anderen, kostbareren Material? Sie beneideten eine Vorstellung, eine Vision von ihr, wussten aber nichts über sie.

»So weinen Sie doch nicht«, rief eine. »Wieso weinen Sie? Sie sind doch das glücklichste Mädchen auf Erden!«

10. Kapitel

Rom, Juli 2017

»Ich war das glücklichste Mädchen auf Erden, ehrlich«, sagte Elena, die in demselben Sessel saß wie gestern. Sie musterte die heutige Auswahl an Fotos, über die Cesca mit ihr diskutieren wollte. Es war später Nachmittag, und die Sonne fiel diesmal von links in den großen, luftigen Raum. Sie warf ihren Schein auf die Papiere auf Cescas Schoß und bleichte die Notizen aus, die sie sich für das heutige Gespräch gemacht, die Fragen, die sich im Lauf eines arbeitsreichen Tages angesammelt hatten: Wer war dieser Mann? Wie hieß dieser Hund? Wo befand sich dieses Haus? Ihr früherer Job, das Herumführen von Touristenhorden in der heißen Sommerhitze, war wie ein ferner Traum, fast vergessen. In nur vier Tagen hatte sie sich vollkommen in Elenas Leben versenkt und einen Arbeitsrhythmus gefunden, mit dem sie sich wohlfühlte. Der Schock über das kolossale Vermögen der Valentines legte sich, und sie begann diesen Lebensstil als etwas Normales zu akzeptieren. Nicht nur das, sie war mittlerweile froh um die dreißig Meter langen Räume, zu denen auch ihr »Büro« gehörte, denn sie hatte begonnen, die ausgewählten Fotos auf dem Boden auszubreiten. Alberto musste mittlerweile aufpassen, wo er hintrat, wenn er ihr Tee brachte. »Ich hatte eine goldene Kindheit.«

»Letztes Mal haben wir uns näher über Ihre Beziehung zu Ihrer Nanny unterhalten.«

»Ja.«

»Heute würde ich gerne mehr über Ihr Verhältnis zu Ihren Eltern erfahren.«

Elena neigte mit einem freundlichen Lächeln den Kopf zur Seite. »Was möchten Sie denn wissen?«

»Nun, Sie sagten, Ihr Vater habe sein Vermögen geerbt, dass er in eine reiche Familie hineingeboren worden war. Aber wie steht es mit Ihrer Mutter?« Cesca stellte ihr Aufnahmegerät an.

Elena überkreuzte die Fußknöchel. »Meine Mutter wurde in Connecticut geboren, in eine portugiesische Einwandererfamilie der zweiten Generation. Sie war das dritte von sechs Kindern, und ihr Vater arbeitete in den Ford-Werken. Sie waren nicht arm, aber auch nicht wohlhabend. Bei den Mahlzeiten gab es selten einen Nachschlag, zu Weihnachten nur ein Geschenk pro Kind, und man trug die Kleidung der Geschwister auf. Aber mein Großvater war ein stolzer Mann; er arbeitete hart und fleißig und schaffte es am Ende bis zum Vormann, ehe er plötzlich verstarb.«

»Ach, was ist denn passiert?«

»Sein Arm geriet in eine Maschine und wurde glatt vom Rumpf getrennt. Er ist verblutet, ehe der Notarzt eintraf«, erzählte sie mit grimmiger Sachlichkeit.

»Grundgütiger.«

Elena nickte seufzend. »Meine Großmutter hat sich nie richtig von dem Schock erholt.«

»Kann ich mir gut vorstellen.«

»Sie war nie eine besonders starke Frau, und meine Mutter, die damals erst fünfzehn war, erkannte sofort, dass sie von nun an für die Familie würde sorgen müssen. Ihre ältere Schwester war bereits verheiratet und nach Indiana gezogen, der ältere Bruder war lernbehindert und konnte also auch nicht zum Lebensunterhalt beitragen. Es lag an Mutter, das Auskommen zu sichern.«

»Wie hat sie das angestellt?«

»Sie wurde Fotomodell. Sie begann als Hausmodell für einen örtlichen Modellschneider und wurde von einem Fotografen entdeckt, der sie für eine Zeitschrift namens *Ladies' Home Journal* einsetzte, was ihr die Türen für ähnliche Arbeiten öffnete. Als sie meinem Vater zum ersten Mal ins Auge fiel, war sie bereits *Vogue*-Modell.«

»Ihr Vater hat sich also in ein Foto in einer Zeitschrift verliebt?«

»Ja. Ich weiß nicht, ob man es auf den Schwarzweißfotos so gut erkennt, aber meine Mutter war eine ganz besondere Erscheinung. Sie hatte sehr dunkles Haar und olivbraune Haut, dazu leuchtend hellgrüne Augen. Das portugiesische Erbe eben. Mein Vater hatte noch nie eine Frau wie sie gesehen.«

»Wow. Und wie hat er's geschafft, sich mit ihr bekannt zu machen?«

»Er hat sich bei dem Modehaus einen Termin geben und die ganze Kollektion vorführen lassen – unter der Bedingung, dass sie die Kleider modelt. Er kaufte jedes einzelne Kleid und schenkte ihr alle. Noch am selben Abend führte er sie zum Dinner aus. Innerhalb eines Monats hatten sie sich verlobt.«

»Dann war es also tatsächlich Liebe auf den ersten Blick?«

»Ja. Die beiden waren bis zum unerwarteten Tod meines Vaters 1979 ganz vernarrt ineinander. Es war ein Sturz vom Pferd«, fügte sie hinzu, die Frage vorwegnehmend.

Was Cesca verstörte, war die emotionslose Art, in der Elena das alles berichtete: das Gute wie das Schlechte, alles im selben flachen Tonfall, als habe sie es auswendig gelernt. Oder schon so oft erzählt, dass es auf dasselbe rauskam. »Und wie kam Ihre Mutter mit dem frühen Tod Ihres Vaters zurecht? Sie war doch wahrscheinlich noch ziemlich jung.«

»Ach, auf ihre eigene Art und Weise. Sie war nicht wie Großmutter; sie hat sich noch im selben Jahr wieder verheiratet – mit dem Hollywoodproduzenten Artie Schaffer.«

»Ach so«, sagte Cesca überrascht. Den Namen kannte sie, hatte aber kein Gesicht dazu parat. »Und wie war er so?«

»Keine Ahnung, ich bin ihm nie begegnet. Ich wurde per Telegramm von der Hochzeit informiert. Damals lebte ich in New York, und sie wollten wohl jeden Wirbel vermeiden.« Elena lachte zynisch und fügte hinzu: »Will heißen, Mutter wollte Schlagzeilen vermeiden.«

»Dann ist sie also nach Kalifornien gezogen?«

»Ja. Pacific Palisades.« Elena stieß ein zartes Schnauben aus. »Ich habe sie nie dort besucht – das Klima ist mir zu dürr und trocken.«

Cesca überlegte, was diese Entwicklung wohl für das Verhältnis der beiden bedeutet haben mochte: Die leidenschaftliche Ehe der Eltern, in der nicht mal das einzige Kind Platz hatte, und dann die erneute Heirat der Mutter, kaum ein Jahr nach dem Tod des Vaters. Das eine schloss das andere doch aus, oder? Sie musste an die steife Haltung von Eltern und Kind auf den Fotos denken, das ernste Gesicht, mit dem das Mädchen in die Kamera blickte, an die Hand der geliebten Nanny geklammert. Fürchtete Whitney Valentine eine Verurteilung durch die Presse? Wollte sie deshalb Schlagzeilen vermeiden? Falls ja, konnte das bedeuten, dass möglicherweise bereits vor dem Ende der Ehe ein Verhältnis bestand? War Leidenschaft Trumpf, im Valentine-Haushalt, aber nicht die Liebe? Gab es überhaupt ehrliche, aufrichtige Gefühle bei diesen Leuten, oder war alles bloß Show, so wie das andere Drumherum, die Rassepferde und die chromglänzenden Karossen? Cesca konnte sich des Gefühls nicht erwehren, dass es in dieser Familie nie wirklich einen Zusammenhalt gegeben hatte, dass man vielmehr auf dem großen Anwesen nebeneinanderher lebte, ohne sich je richtig wahrzunehmen. »Würden Sie sagen, dass Sie und Ihre Mutter sich nach dem Tod Ihres Vaters auseinandergelebt haben?«

Elenas Lächeln erstarrte ein wenig. »Nein, aber nähergekommen sind wir uns auch nicht. Man könnte wohl sagen, dass wir wie zwei Kompassnadeln waren, die sich immer im selben Abstand voneinander bewegten, nicht näher, aber auch nicht ferner.«

»›Wie zwei Zwillingskompasse sind wir, deine Seele so fixiert wie meine. Bewegt sich nur, wenn ich es tue‹«, zitierte Cesca lächelnd.

Elena zog beeindruckt die Augenbrauen hoch. »John Donne, wenn ich mich nicht irre. Einer meiner Lieblingsdichter. Sie sind gut belesen, Cesca.«

Cesca wollte ihre Arbeitgeberin lieber nicht noch einmal darauf aufmerksam machen, dass sie ein Studium absolviert und sogar noch promoviert hatte. An Bildung fehlte es ihr gewiss nicht – aber dieses Thema wollte sie tunlichst vermeiden. Dennoch, ihre juristische Spürnase hatte Witterung aufgenommen. Sie senkte den Blick auf ihre Notizen. Sie war es gewohnt, mit Zeugen und Verdächtigen zu sprechen, das gehörte zum Beruf, und sie hatte gelernt, Lügen zu durchschauen. Nun, Lügen waren es wohl nicht direkt, aber man erzählte ihr hier auch nicht gerade die Wahrheit. Worin bestand die Wahrheit, wenn die junge Elena auf nur zehn von tausend Kinderfotos zusammen mit ihrer Mutter abgebildet war? Auf fast allen Bildern war das Kind mit Winnie zu sehen, gelegentlich auch mit dem Vater. Cesca vermutete, dass die beiden Frauen einander schon immer emotional fremd gewesen waren. Hatte Whitney Valentine die eigene Tochter etwa als Rivalin um die Gunst ihres Mannes betrachtet?

Die Sonne hatte sich ein wenig verschoben und beschien nun das Foto auf dem Tablett zwischen sich und Elena, das sie am liebsten mochte: George Valentine, Elenas Vater, saß auf einem prächtigen Pferd. Er trug hellbraune Reithosen, eine Tweedweste und ein cremeweißes Halstuch. Der Fotograf hatte ihn von der Seite getroffen, wie er den Kopf wandte, den Mund zum Gespräch oder zum Lachen geöffnet. Sein Haar war aus der Stirn gekämmt, und er hatte erhitzte Wangen und leuchtende Augen. Das Bild stand, von ihr aus betrachtet, auf dem Kopf, war aber deswegen nicht weniger beeindruckend.

»Reden wir noch ein bisschen über Ihren Vater. Ich habe den Eindruck, dass Sie Papas Mädchen waren, stimmt das?«

Elena räkelte sich wie eine Katze in der Sonne. »Ja, auf jeden Fall. Er hat mir alles bedeutet und ich ihm. Er nannte mich immer sein kleines Lämmchen.«

»Wie süß.«

»Ja, er war wirklich ein wundervoller Mann.«

»Dieses Foto von ihm mag ich besonders gern.« Cesca tippte auf das entsprechende Bild. »Das kommt definitiv für die Endauswahl in Frage.«

Elena lehnte sich nach vorne und nahm das Bild bedächtig zur Hand. »Ja, das hat mir auch immer besonders gut gefallen. Darauf sieht Daddy so golden aus, finden Sie nicht?«

»Ja, ›golden‹ ist ein wirklich treffender Ausdruck.«

»Damals war es natürlich Mode, ständig sonnenverbrannt zu sein. Man nannte es noch nicht ›bräunen‹, und Daddy hat auch nie Sonnenlotion benutzt, das fand er weibisch. Er war nicht eitel, was das betraf, sondern eben nur ständig draußen im Freien. Alle anderen haben natürlich alles Mögliche angestellt, um braun zu werden, aber nicht Daddy. Der spielte einfach Polo oder war stundenlang auf dem Golfplatz.«

»Glauben Sie, er wusste, wie gut er aussah?«

»Er muss es wohl gewusst haben, aber er hat nie eine große Sache draus gemacht.«

»Er wurde wohl sehr umschwärmt, oder? Von den Frauen?«

»Wenn überhaupt, dann nur aus der Ferne«, entgegnete Elena frostig.

»Entschuldigung, ich wollte nicht andeuten, dass …« Cesca verstummte. Sie war vielleicht doch ein bisschen zu direkt gewesen. Das war schließlich kein Verhör; Elena brauchte sich nicht zu rechtfertigen. Sie hatte hier keine Verdächtige mit einem Vorstrafenregister vor sich, deren Alibi es auf die Probe zu stellen galt. Es war auch nicht ihre Aufgabe, nach versteckten Wahrheiten zu suchen, sondern die Tatsachen so zu akzeptieren, wie Elena sie darstellte. Aber alte Gewohnheiten ließen sich eben nur schwer überwinden. Ein wenig vorsichtiger fuhr sie fort: »Er wurde in eine Dynastie hineingeboren?«

»Ja. Ursprünglich Kaffee und Tabak, aber als mein Vater geboren wurde, hatte man das Unternehmen längst auf Printmedien und Telekommunikation ausgeweitet. Als erster Sohn hat er natürlich das Unternehmen und den Großteil des Vermögens geerbt; ich glaube, das hat ihm meine Tante nie ganz verziehen.«

»Kann ich verstehen«, meinte Cesca unbedacht. Als sie Elenas starre Miene sah, fügte sie hastig hinzu: »Aus heutiger Sicht, natürlich.«

Noch eine frostige Pause. »Diese Gesetze haben nicht ohne Grund für Generationen Gültigkeit gehabt«, entgegnete Elena bestimmt. »Ich bin nicht gegen die Emanzipation, aber wenn es um so große Unternehmen und Vermögen geht, sieht es doch wohl anders aus.«

Cesca riss den Mund auf, um hitzig zu widersprechen. Glaubte Elena etwa, dass man Frauen kein großes Vermögen anvertrauen konnte? Wenn Elena nun selbst einen kleinen Bruder gehabt hätte, der alles unter ihrem Hintern vermacht bekommen hätte? Würde sie dann noch genauso darüber urteilen, oder war sie nur deshalb so blasiert, weil ihr als Einzelkind, als Alleinerbin, nie Gefahr gedroht hatte? Aber angesichts Elenas eisiger Miene hielt sie sich zurück. Sie wollte ihre Arbeitgeberin nicht erzürnen. Tatsächlich gewann sie allmählich den Eindruck, dass Elena grundsätzlich etwas gegen Widerspruch hatte.

Ihr Gegenüber entspannte sich wieder, wie eine Kobra, die eine Attacke doch nicht für nötig hielt. »Im Übrigen war das ja nicht Vaters schuld, so war das damals eben üblich«, fuhr Elena entschieden fort. »Er war ein Produkt seiner Zeit und wurde in der Vorstellung erzogen, das väterliche Unternehmen eines Tages zu übernehmen; er kannte es nicht anders, und er hat dafür gesorgt, dass meine Tante immer gut versorgt war. Er war ein sehr großzügiger Mensch.«

Cesca, um Diplomatie bemüht, nickte. Von »großzügig« konnte bei Winnies Entlassung allerdings nicht die Rede gewesen sein. Das treue Kindermädchen, das für ein fremdes Kind auf die eigene Familie verzichtet hatte, war mit einem »guten Zeugnis« in die Wüste geschickt worden. Und ohne einen Gedanken an den Schmerz, den ihr die jähe Trennung von ihrem geliebten Schützling vermutlich bereitet hatte. »Ja, sicher«, murmelte sie.

»Ach ja?«, meinte Elena herausfordernd. »Es hört sich aber ganz so an, als würden Sie am guten Charakter meines Vaters zweifeln.«

»Nein, das ist es nicht.«

»Was dann?«

Cesca biss sich auf die Lippe. Konnte sie es wagen, den Punkt näher anzusprechen, oder riskierte sie einen Rausschmiss? »Um ehrlich zu sein, ich kann mir keinen rechten Reim aus Ihrer Kindheit und aus Ihrem Verhältnis zu Ihren Eltern machen. Einerseits hatten die beiden offenbar nur Augen füreinander, was selbst Sie ausschloss. Und ich spüre da eine … eine Distanz zwischen Ihnen und Ihrer Mutter. Lag das vielleicht an Ihrer engen Beziehung zum Vater? Fühlte sie sich ausgeschlossen? Aber das erscheint mir wiederum unwahrscheinlich, da sie ja kurz nach seinem Tod wieder geheiratet hat. Irgendwie passt das alles nicht zusammen.« Cesca verstummte. Sie bemerkte das zornige Aufblitzen in Elenas Augen. »Und man sieht Ihre Eltern auch kaum mit Ihnen auf den Kinderfotos.«

Elena blinzelte ein paarmal. »Das muss wohl daran liegen, dass Vater die meisten Fotos gemacht hat.«

»Aber wäre es nicht natürlicher gewesen, wenn man Winnie die Fotos hätte machen lassen? Was hatten Ihre Eltern denn davon, dass auf den meisten Fotos von Ihnen die Nanny drauf war? Ich meine, ich will natürlich nichts andeuten, ich … verstehe das nicht. Ich versuche mir nur ein Gesamtbild zu machen, das ist alles.«

Eine zähe Stille legte sich über sie. Elenas Gesicht war zur Maske erstarrt. Sie wirkte zornig und … zutiefst gedemütigt. »Meine Eltern haben mich geliebt. Es hat mir an nichts gefehlt.«

Das war zwar nicht das, was sie gefragt hatte, aber Cesca nickte.

»Haben Sie schon die Fotos mit meinen Pferden gesehen? Miss Midnight, hier zum Beispiel …« Elena deutete auf eins der von Cesca ausgesuchten Fotos. Sie stand – im Reiterdress – stolz neben einer hübschen kleinen schwarzen Stute, die eine Preisrosette am Halfter hatte. »… sie stammte von einem dreifachen Olympiasieger ab. Wenn ich auf ihr saß, hatte ich das Gefühl, auf einem Regenbogen zu reiten. Ich war erst elf.«

»Meine Güte, toll«, murmelte Cesca und betrachtete gehorsam das Foto, wie Elena es offenbar wünschte. Aber ihre Miene war anscheinend nicht überzeugend genug, denn Elena erhob sich abrupt.

»Das genügt für heute. Ich bin müde«, verkündete sie. Beim Aufstehen fiel ihr das Foto ihres Vaters vom Schoß und flatterte zu Boden. Sie ließ es liegen. Irgendjemand würde es schon aufheben. »Ich muss mich ausruhen. Ich habe heute noch etwas vor.«

»Ja, selbstverständlich.« Cesca erhob sich ebenfalls. Sie wusste, dass sie – trotz ihrer Vorsätze – zu weit gegangen war.

Sie war zu offen gewesen, zu unverblümt. »Ich werde die Fotos weiter durchgehen. Vielleicht könnten wir uns ja in ein paar Tagen wieder treffen.«

»Ja. Vielleicht.« Elena rauschte zur Tür. »Ich schicke Alberto mit frischem Tee vorbei.«

»Ach, das ist doch nicht nö…«

»Guten Tag.«

Cesca starrte noch eine Weile auf die Tür, die sich hinter Elena geschlossen hatte. Das Herz klopfte ihr nach diesem subtilen Schlagabtausch heftig in der Brust. Sie senkte den Blick auf die am Boden liegenden Fotos: der fesche George Valentine auf seinem Hengst und die elfjährige Elena, die stolz neben ihrer preisgekrönten Stute stand. Dass Elena, die sich bis dahin fast übertrieben bescheiden verhalten hatte, auf einmal mit dem Stammbaum ihres Pferdes angab, konnte nur einen Grund haben: Sie wollte vom Thema ablenken, der Frage der Vaterliebe.

Hör schon auf damit, schalt sich Cesca und hob die Fotos auf. Sie ordnete sie in den Stapel der Bilder, die sie bereits herausgesucht hatte. Warum konnte sie die Dinge nicht einfach so nehmen, wie Elena sie darstellte? Dass sie ihre Eltern geliebt hatte und von ihnen geliebt worden war. Dass sie das glücklichste Mädchen in ganz Amerika gewesen war.

Aber Cesca konnte nicht anders: Sie spürte es einfach, wenn man ihren Blick in eine ganz bestimmte Richtung zu lenken versuchte.

»Echt, es war ganz seltsam. Sie sprang plötzlich auf und stürmte davon.«

Sie und Guido saßen mit einem Bier in der Hand und der Sonne im Gesicht oben auf der Treppe, auf dem kleinen

Quadrat vor dem Eingang zu ihrer Wohnung. Unten auf dem Platz sorgte ein Jazztrio im Schatten des uralten Olivenbaums für kostenlose musikalische Untermalung: ein Saxofonist, ein Bassist und ein Gitarrenspieler.

Cescas Blick ruhte auf der Seitenwand des Palazzos, dessen Fensterläden wie immer geschlossen waren. Sie nahm einen Schluck. Elenas heftige Reaktion verstörte sie noch immer. Wenn das ihre Einstellung war, würde die Zusammenarbeit sehr schwierig werden. Elena hatte selbst betont, wie wichtig Vertrauen war, aber das galt auch andersherum. Wie sollte Cesca ihren Job erledigen, wenn schon ein behutsames Nachhaken dazu führte, dass Elena alles hinwarf?

»Ich versteh's auch nicht. Was ist ihr Problem?«, wollte Guido wissen. »Und wieso hat sie dich dann überhaupt engagiert? Darum geht es doch: Ein Superhirn wie du, vollkommen überqualifiziert für den Job, soll die Memoiren einer törichten alten Diva schreiben.«

»Jetzt übertreib mal nicht«, rügte sie ihn und gab ihm einen Klaps auf den Arm. »Als sie mich engagiert hat, wusste sie ja noch gar nicht, dass ich früher mal Rechtsanwältin gewesen bin. Sie dachte, ich wäre Schriftstellerin.«

»Tja, da hast du dich jedenfalls auf was eingelassen«, erwiderte Guido lakonisch. »Die sind doch alle gleich, die Reichen und Schönen: selbstsüchtig und verwöhnt, arrogant und ichbezogen. Privilegiert. Die sind unfähig, über den Tellerrand hinauszuschauen, einfach, weil sie es nie mussten. Sie ist es nicht gewöhnt, dass man ihr widerspricht.«

»Du hättest ihr Gesicht sehen sollen, als ich es wagte, die heiligen Bräuche des männlichen Erstgeburtsrechts infrage zu stellen. Sicher hält sie mich jetzt für eine militante Feministin.«

»Die hält dich schon für eine militante Feministin, wenn du mal ein Waxing verpasst.«

Cesca lachte laut auf, aber dann stöhnte sie. »O Mann, das ist nicht gut, das ist gar nicht gut. Dabei war das erst unser zweites Gespräch – und wir sind noch beim ersten Kapitel!«

»Wie viele Kapitel sollen's denn werden?«

Cesca zuckte die Schultern. »Ein paar hundert. Jedenfalls, wenn man von der Anzahl der Fotos ausgeht. Es scheint keine einzige Stunde im Leben dieser Frau zu geben, die *nicht* dokumentiert wurde.« Sie ließ den Kopf in die Hände sinken; Guido tätschelte tröstend ihr Bein. »Guido, ich darf nicht zwei Jobs in einer Woche verlieren. Das geht einfach nicht.«

»Du wirst den Job schon nicht verlieren«, tröstete er sie.

»Ach nein? Und wie soll ich sie interviewen, wenn ich wie auf Eierschalen gehen muss? Wie wird das noch werden, wenn sie schon bei so einer Kleinigkeit ausflippt?«

»Sie ist eben empfindlich. Sensibel. Vielleicht hatte sie das Gefühl, du würdest sie verurteilen.«

»Ich hab sie bloß auf Widersprüchlichkeiten in ihrer eigenen Darstellung hingewiesen. Ich war ehrlich. Das ist schließlich eine Gemeinschaftsarbeit. Oder sollte es zumindest sein. Ich bin doch auf ihrer Seite!«

»Schon, aber es ist bestimmt nicht einfach, wenn das eigene Leben von einem Fremden zerpflückt wird. Vielleicht war ihr Vater ja wirklich ein Frauenheld. Und ihre Mutter hat ihn nur wegen des Geldes geheiratet?« Er zuckte die Achseln. »Vielleicht muss sie jetzt feststellen, dass diese Arbeit schwerer ist, als sie es sich ursprünglich vorgestellt hat.«

Cesca nickte. »Ja, du hast recht.«

»*Ich* würde mich jedenfalls nicht gerne von dir auseinandernehmen lassen.«

»Du hast doch nicht etwa Leichen im Keller?«, neckte sie ihn.

»Ich hab meinen *ganzen Keller* schon vor Jahren begraben«, lachte er.

»Das stimmt!«

»Aber lass dich bloß nicht feuern, ehe du ihre Kronjuwelen gesehen hast.«

Cesca runzelte die Stirn. »Ich hoffe doch sehr, dass das jetzt kein Euphemismus war.« Sie setzte die Flasche an und nahm einen Schluck.

Er lachte. »Nein. Sie hat eine der beeindruckendsten Schmucksammlungen der Welt. Angeblich soll sie den Schmuck von Elizabeth Taylor nach deren Tod ersteigert haben.«

»Ach, tatsächlich?« Das war höchst interessant. Das ließe sich sicher als Buchkapitel verarbeiten – oder vielleicht als Exklusivstory für ihren Blog, die Elena ihr ja zugesagt hatte.

»Ja. Allein eine der Halsketten soll angeblich achtzehn Millionen Dollar wert sein.«

Auf dem Platz gegenüber, zu Cescas Rechten, wuselte Signora Accardo geschäftig zwischen den Tischen hin und her, beide Arme voller Teller. Sie hatte einen grün-orange gemusterten Schal um ihr weißes Haar gewickelt, und der Rock ihres marineblauen Blusenkleids wurde von der knöchellangen Kellnerschürze bedeckt. Rund wie ein Apfel und mit einem markanten Hinken – sie litt in ihrer Jugend an Kinderlähmung – bediente sie dennoch mühelos die Tische. Und ihre Stimme war ganz sicher nicht in Mitleidenschaft gezogen worden – sie schallte oft über den kleinen Platz, wenn die Signora ihren Mann wieder einmal zur Schnecke machte.

»Und, was treibt Matteo so?«, wechselte Cesca das Thema.

»Der hat ein Date«, antwortete Guido.

»War ja klar.«

»Vielleicht, aber das ist schon das dritte. Mit derselben Frau, meine ich.«

»Uuh, muss ja was Ernstes sein.«

»Und Alé?«, erkundigte sich Guido.

»Die trifft sich mit ihrem Mystery-Man. Der, den's angeblich gar nicht gibt.«

»Und woher willst du das wissen?«

»Weil sie fast der Schlag getroffen hätte, als sie gestern im Restaurant einen Anruf bekam. Hätte ihr Handy beinahe in ihrer Minestrone versenkt, bloß damit ich keinen Blick auf seinen Namen werfe.«

»Dann ist er wahrscheinlich verheiratet.« Guido seufzte.

Cesca ebenfalls. Guido hatte gerade eine schmerzhafte Affäre mit einem verheirateten Mann hinter sich. »Und du? Hast du deinen schwedischen Adonis mal wieder gesehen? Den vom Film? Den mochtest du doch so.«

»Hans? Er arbeitet als Grip beim Film, das stimmt … Ah, Mann, und was für einen *grip* der hatte!« Er grinste anzüglich, doch dann verdüsterte sich seine Miene. »Leider nein. Er hat mich benutzt und dann weggeworfen wie ein gebrauchtes Handtuch. Die Crew ist weitergezogen, für Dreharbeiten in Tunesien. Tja. Aber ein paar Tage mehr wären schon schön gewesen.«

»Vielleicht kommt er nach den Dreharbeiten in Tunesien ja wieder zurück nach Rom und sucht nach dir. Man kann nie wissen.«

Guido lachte ungläubig auf. »Wohl kaum. Er hat gekriegt, was er wollte. Wieso sollte er wiederkommen?«

Cesca verzog theatralisch das Gesicht. »Dieser Zynismus! Und das bei so einem jungen Menschen wie dir!«

Er tätschelte ihre Hand. »Wir können nicht alle unverbesserliche Romantiker sein, so wie du.«

»Ich? Eine Romantikerin? Spinnst du?«

»Cesca, du bist der Inbegriff einer Romantikerin. Schau dich doch an! Du kleidest dich in viktorianische Unterwäsche und wallende Blümchenkleider. Und dazu die wilde rote Haarmähne. Ganz zu schweigen von dieser unmöglichen Kopfbedeckung!«

»Na, da lass dich bloß nicht täuschen!«, lachte sie und tätschelte den geschmähten Strohhut, den sie an ihr angewinkeltes Knie gehängt hatte. »In meiner Patti-Smith-Phase hab ich achtzehn Monate lang nur Männerklamotten getragen. Und bei Gericht drei Jahre lang eine schwarze Robe und eine weiße Perücke. Kleidung ist doch nur ein Deckmantel, ein Statement, sie verrät nicht unbedingt, wer du bist.«

»Und wieso kleidest du dich dann wie Lady Chatterley in der Wildnis?«, wollte Guido wissen.

Cesca machte ein empörtes Gesicht. »Einspruch! Unstatthafte Bemerkung!«

Er lachte. Cesca lehnte ihren Kopf an die ockergelbe Hauswand und schloss genießerisch die Augen. Wie schön es war, im bernsteinfarbenen Licht der untergehenden Sonne zu sitzen und mit einem guten Freund abzuhängen. Kleine zerzauste braune Spatzen hüpften frech zu ihren Füßen umher, auf der Jagd nach Chipskrümeln aus ihren Tüten. Das graue, regnerische London war weit, weit weg. Kein Blaulicht, keine

Polizei mit knisternden Funkgeräten. Kein Leichensack, der mit den Füßen voran in einen Sanka verladen wurde.

In Momenten wie diesen konnte sie beinahe glauben, dass das alles einer anderen passiert war, dass es nicht ihre Schuld war.

In Momenten wie diesen konnte sie fast so tun, als ob es nie geschehen wäre.

11. Kapitel

Sie spürte die Erschütterungen im Schlaf, die Erdstöße durchdrangen ihren Körper, aber sie wurde nicht davon wach. Später, beim Frühstück, auf der Schwelle vor ihrer Wohnung, bemerkte sie zwar den Aufruhr, der vom großen Platz bis hierher drang, maß ihm aber keine Bedeutung bei. Bloß ein Schwarm Touristen. Aber als sie dann um die Jasminhecke in den Platz einbog, bemerkte sie sofort die vielen kleinen Lieferwagen, die in der Fußgängerzone vor dem Palast standen. Sie bemerkte die Carabinieri, die mit grimmigen Mienen dort patrouillierten. Und das gewöhnlich verschlossene Eingangstor des Palazzos stand ausnahmsweise weit offen! Fachleute in Helmen und Signalwesten gingen dort ein und aus, neugierig begafft von Passanten. Von welcher Behörde sie stammten, konnte Cesca auf den ersten Blick nicht sagen. Alberto, der vor dem Eingang Posten bezogen hatte, war ausnahmsweise froh, sie zu sehen, und winkte sie sogleich an den beeindruckten Gaffern vorbei ins Innere.

»Alberto, was ist los? Ist Elena etwas zugestoßen?«, erkundigte sie sich, während sie atemlos hinter ihm hereilte. Er führte sie durch die langen Gänge und war ihr wie immer einen halben Schritt voraus, vorbei an den kostbaren Kunstschätzen und Gemälden, die sie mittlerweile nur noch am Rande wahrnahm, vorbei auch an ihrem Arbeitszimmer.

»Der *Viscontessa*«, sagte er missbilligend, »geht es so weit gut. Sie hat allerdings einen leichten Schock erlitten. Ein Wunder, dass niemand getötet wurde.«

»Wie – *getötet*?«

Aber mehr wollte er nicht sagen. Sie musste warten, bis sie das geräumige Gartenzimmer erreichten, in dem Cesca gestern so erfolglos versucht hatte, Elena zu befragen. Auf einer Seite standen die Terrassentüren offen, und eine laue Brise wehte herein. Eine Gruppe von Menschen hatte sich im Garten vor einem mit gelbem Signalband abgetrennten Bereich versammelt.

»Eine Sinkhöhle. Das ist eine Erdabsenkung.«

Cesca warf Alberto einen verblüfften Blick zu und schaute dann wieder hinaus in den Garten. Tatsächlich hatte sich, nur wenige Meter von ihren Beinen entfernt, in der Mitte des Gartens ein klaffendes Loch im Erdboden aufgetan – mehrere Orangenbäumchen waren verschluckt worden, der aufwendig angelegte Garten war zerstört. Sie erschauderte. An der gleichen Stelle hatte gestern noch der Gärtner an den Rosenbüschen gearbeitet! Wenn er da hineingestürzt wäre … nicht auszudenken. Sie wurde erneut von einem Schauder erfasst.

»Wie tief ist es denn?«

»Zwanzig Meter.«

»Um Gottes willen.« Sie presste die Finger auf die Lippen und sah zu, wie ein Mann, auf dem Bauch liegend, bis zum Rand des Lochs robbte und etwas hineinrief. Elena stand ein wenig abseits und lauschte interessiert den Ausführungen eines Mannes in Schutzhelm und Overall. Sie hatte einen Arm gelassen angewinkelt, mit der anderen Hand stütze sie sich auf ihren Gehstock. Die Viscontessa trug ein himmelblaues Negligé über einem weißen Leinenpyjama, dazu ein Paar weißer Lederpantoffeln. Ihre Lesebrille saß vorn auf ihrer Nase. Irgendwie schaffte sie es dennoch, besser angezogen auszusehen als ihr Gegenüber. »Es ist doch niemand verletzt worden?«

»Nein. Aber das hätte sehr leicht geschehen können. Wir hatten Glück, dass es heute Morgen um kurz nach sechs passiert ist; es war niemand im Garten.«

»Haben Sie den Einsturz gehört?«

»Sie etwa nicht?«, entgegnete er. »Sie wohnen doch ganz in der Nähe.«

»Ja, ich glaube, ich habe etwas mitbekommen. Aber ich bin nicht davon aufgewacht. Es hat sich irgendwie mit meinem Traum verbunden.« Sie zog die Nase kraus.

Er hob die Augenbrauen, sagte aber nichts weiter. Was gut war, denn er war der Letzte, mit dem sie über ihre Albträume hätte reden wollen. Beide wandten ihre Aufmerksamkeit wieder dem Betrieb im Garten zu.

»Elena muss ja ganz außer sich sein. Ihr wunderschöner Garten – ruiniert.«

»Ja. Aber im Moment ist sie wohl einfach bloß froh, dass niemand verletzt wurde.«

Es schien, als ob bereits einer oder mehrere in den Krater hinabgelassen worden waren, denn es kam Bewegung in die Gruppe, und jemand wurde heraufgezogen.

Da schellte es laut an der Haustür. Alberto schnaubte. »Sicher wieder die Presse«, bemerkte er und stapfte gereizt davon.

Cesca schaute ihm nicht nach. Sie trat hinaus in den Garten, der um diese Zeit im Schatten lag, und schlich neugierig näher. Wie tief waren zwanzig Meter eigentlich? Sie umkreiste unauffällig die versammelte Gruppe, und als sie eine freie, unbeobachtete Stelle fand (Elena unterhielt sich gegenüber noch immer mit dem Mann im Overall), trat sie so nahe sie konnte an den Abgrund und spähte ins bodenlose schwarze Loch. Bloß, dass es nicht so bodenlos oder schwarz war, wie sie es sich vorgestellt hatte. An einer Seite türmten sich Steinplatten und Bäume auf wie ein Gemisch in einer Teigschüssel; es reichte bis wenige Meter unter den Rand des Kraters. »Ach du meine Güte …!«

»He! Was haben Sie hier zu suchen? Wie sind Sie in den Palast reingekommen? Verschwinden Sie!«

Sie riss erschrocken den Kopf hoch und sah den Mann im Arbeiteroverall auf sich zustürmen. Den kannte sie doch …? Ihre Bauchmuskeln zogen sich zusammen. *Allerdings* kannte sie den Kerl! Das Gesicht würde sie so schnell nicht vergessen!

»Das ist Sperrgebiet!«, rief er aufgebracht. *Er* schien sie offenbar nicht wiederzuerkennen. »Los, zurücktreten! Haben Sie eine Erlaubnis, hier zu sein?«

»Sie schon wieder!«, rief Cesca erbost aus. »Was haben *Sie* hier zu suchen?«

Der Mann machte ein verblüfftes Gesicht. »Was?«

»Francesca!«

Sie blickte auf und sah Elena auf sich zukommen. »Ist das zu fassen?«, rief sie beim Näherkommen aufgeregt aus.

»Äh, na ja …« Cesca verstummte verblüfft, weil Elena sie überraschenderweise auf beide Wangen küsste. Als wären sie alte Bekannte. Als ob es den gestrigen Vorfall überhaupt nicht gegeben hätte.

»Drei Meter weiter rechts, und der Ostflügel wäre eingestürzt. Ich hätte im Schlaf begraben werden können!«

»Höchst unwahrscheinlich, Viscontessa«, meinte der Mann grimmig. Elenas überschwängliche Begrüßung von Cesca nahm seiner Feindseligkeit ihr gegenüber den Wind aus den Segeln, zumindest ein wenig. »Aber es stimmt, so etwas könnte dem alten Gebäude ernsten Schaden zufügen. Ob größere Schäden verursacht wurden, können wir leider erst sagen, wenn wir diese Sinkhöhle näher untersucht haben. Ausschließen lässt es sich momentan noch nicht. Es könnte auch zu einer weiteren Erdabsenkung kommen.«

Elenas Augen wurden kugelrund. »Müssen wir evakuieren?«

»Momentan nicht. Aber wir halten Sie auf dem Laufenden.«

Elena, die Cescas verwirrte Miene bemerkte, sagte: »Ich bitte um Entschuldigung, Cesca, haben Sie Signore Cantarelli schon kennengelernt? Er ist der *Soprintendenza Archaelogica di Roma*. Signore Cantarelli, das ist Francesca Hackett, meine Biografin.«

Einen solch klingenden Titel hatte Cesca nicht erwartet. Es war doch nur ein Übergangsjob.

»Signorina.« Er bot ihr seine Hand. Als ob er sie nicht noch vor wenigen Sekunden angebrüllt und ihr den Rausschmiss angedroht hätte!

Cesca starrte ihn erbost an. Glaubte er wirklich, dass sie *ihm* die Hand geben würde! Er hätte sie beinahe überfahren! Sie hatte geblutet! Der Schorf am Knie war der Beweis! Aber Elena war anwesend, Elena beobachtete alles. Und sie war ihr Boss.

Zögernd nahm sie seine Hand. »Wir sind uns bereits begegnet«, sagte sie mit zornig blitzenden Augen.

»Ach ja?«, erwiderte er stirnrunzelnd. »Das wüsste ich. Ihre Haare sind ja … ziemlich auffällig.«

Was sollte das schon wieder heißen? Wollte er sie etwa beleidigen? Sie schluckte ihren Zorn herunter. »Letzte Woche, beim Trevi? Sie hätten mich fast mit Ihrem Roller überfahren.«

Er machte ein verständnisloses Gesicht (oder tat zumindest so). In seinen dunkelbraunen Augen zeigte sich keine Regung, kein Anzeichen des Wiedererkennens. »Sie müssen mich mit jemandem verwechseln.«

Cesca richtete sich empört auf. Wie konnte er das vergessen haben? Er hatte ihr doch frech ins Gesicht geschaut! »Im Gegenteil, ich würde nie …«

»Sie entschuldigen mich.« Er stapfte davon. Cesca starrte ihm mit offenem Mund hinterher. Er hatte es schon wieder getan! Was bildete er sich eigentlich ein? Sie einfach links liegen zu lassen. *Schon wieder*. Sie sah, wie er zu dem Mann trat, den man soeben aus der Sinkhöhle gezogen hatte und der sich jetzt aus seinem Kletterharnisch befreite. Seine Helmlampe war noch angeknipst.

»Seltsam, aber seine Mutter ist eine gute Bekannte von mir. Obwohl ich ihn nicht mehr gesehen habe, seit er ein kleiner Junge war«, bemerkte Elena und beobachtete die beiden Männer, die sich angeregt unterhielten. »Ich muss sagen, er wirkt äußerst kompetent.«

Er wirkt äußerst grob und arrogant, dachte Cesca, sprach es aber nicht aus. Cantarelli und der andere Mann traten jetzt an einen Laptop und begutachteten, was immer es dort zu sehen gab.

»Sie können sich meinen Schrecken bestimmt vorstellen«, fuhr Elena fort.

Cesca riss ihren Blick los und schaute die Viscontessa an. »Ja, das muss schrecklich gewesen sein.«

Elena nickte. »Erst dachte ich, es ist ein Erdbeben. Ich traute meinen Augen nicht. Wir hatten keine Ahnung, ob es das jetzt war oder ob sich das Loch noch vergrößern würde. Alberto war wie immer einfach fabelhaft. Er hat alles in die Hand genommen und die Behörden alarmiert. Sie waren innerhalb kürzester Zeit hier; sie begreifen natürlich die historische Bedeutung des Palazzos.«

»Ja, klar«, murmelte Cesca. Ihr Blick war zu Cantarelli zurückgekehrt.

»Er hatte für einen solchen Fall offenbar längst Vorkehrungen getroffen. Alberto, meine ich. Er fing sogleich mit der Bergung der wertvollsten Gegenstände aus den Galerien an. Er alarmierte sämtliche Gärtner und Hilfsgärtner, und zusammen haben sie alles Wichtige weggetragen, falls der Gebäudeflügel einstürzen sollte.«

»Das nenne ich Geistesgegenwart. Wo haben sie die Sachen hingebracht?«

»In den Nordflügel. Er ist am weitesten vom Garten entfernt, es erschien uns also am vernünftigsten.«

Cesca blickte am Ostflügel hinauf. Elenas Gemächer befanden sich ganz oben, im dritten Stock, am Ende des Flügels. Sie konnte von dort aus direkt auf die Sinkhöhle hinabschauen. Falls es zu einer weiteren Absenkung kommen sollte, könnte der gesamte Gebäudeflügel einstürzen. Ihre herrlichen schneeweißen Zimmerfluchten …

»Ja, mir geht's ähnlich«, meinte Elena erschaudernd. Sie war Cescas Blick gefolgt. »Mehr können wir im Augenblick leider nicht tun. Wir müssen abwarten, bis die Behörden mit ihren Vermessungen und Untersuchungen fertig sind. Je schneller sie alles abhaken, desto eher kann diese schreckliche Grube wieder geschlossen werden. Und ich bekomme meinen schönen Garten wieder zurück.«

»Und wie wollen sie das machen? Den Krater wieder schließen, meine ich?«

»Mit Mörtel oder Zement, glaube ich. Das ist die sicherste Methode und schließt eine Wahrscheinlichkeit, dass es nochmal passieren könnte, praktisch aus.«

»Aha.«

»Nun gut, ich werde mich jetzt wohl besser ankleiden. Wie ich aussehe! Da stehe ich im Pyjama vor all diesen fremden Leuten.« Sie musterte Cesca mit schief geneigtem Kopf. »Um welche Zeit wollten wir uns wieder treffen?«

Cesca war vollkommen verdattert. Elena hatte doch nicht wirklich die gestrige Auseinandersetzung vergessen? »Ähm … das hatten wir noch nicht ausgemacht.«

Das schien sie zu überraschen. »Nun gut, was halten Sie von heute Nachmittag um vier?«

Cesca nickte. »Ja, wunderbar. Dann werde ich bis dahin alles vorbereiten.«

»Prima, bis dann. Sie leisten wirklich gute Arbeit, Francesca.«

»Äh … danke.« Verblüfft schaute sie Elena nach. Auch die Männer blickten kurz von ihren Tätigkeiten auf, als sie beinahe königlich in ihrem Pyjama an ihnen vorbeischritt und im Ostflügel verschwand, dessen Terrassentüren mit denen auf der Westseite identisch waren.

Cesca kehrte ins Gartenzimmer auf der Westseite zurück und von dort aus durch die endlos langen Gänge zu ihrem Arbeitszimmer. Sie war jetzt schon erschöpft. Dabei hatte ihr Arbeitstag noch nicht einmal begonnen.

Der blonde Mann schien von Bedeutung zu sein. Er war zwar offensichtlich weder Elenas Vater noch ihr Bruder, besaß aber dasselbe unverschämte Selbstbewusstsein und den Filmstar-Glamour eines Valentines. Er war auf fast jedem Foto irgendwie in Bewegung. Auf einem schwang er an der Takelage einer Segeljacht. Er trug weiße Shorts und einen dunkelblauen Pulli. Die Ärmel hatte er hochgekrempelt, und man sah seine muskulösen, gebräunten Unterarme. Sein Lachen enthüllte eine Reihe gleichmäßiger schneeweißer Zähne. Auf einem anderen Foto stand er neben einer Propellermaschine. Er trug eine dunkle Hose und einen dicken Fliegerpulli mit Schalkragen, dazu eine verspiegelte Pilotenbrille. Sein Charisma war selbst auf den Schwarzweißfotos unübersehbar. Er sah so fantastisch aus wie ein Hollywoodschauspieler, überlegte Cesca. Und er liebte offenbar das Scheinwerferlicht. Elena war auf fast keinem seiner Fotos zu sehen. Vielleicht hatte sie ja die meisten Aufnahmen gemacht, so wie ihr Vater bei ihren.

Die Hochzeitsfotos waren beeindruckend. Ein eher bescheidenes, mit weißgestrichenen Holzbrettern verkleidetes Kirchlein im New-England-Stil, aber der Blumenschmuck machte das mehr als wett. Elena hielt ein herrliches Brautbouquet in Händen, aus dem sich zahlreiche Casablanca-Lilien in einer Kaskade nach unten ergossen, und das Kirchentor war mit weißen Rosen und Schleierkraut verziert. Ihre Eltern sahen aus, als würden sie an einer Regatta teilnehmen: George Valentine in heller Flanellhose und dunklem Blazer, Whitney in einem hellen Plisseekleid, eine Weißfuchsstola um die Schultern. Elena sah umwerfend aus, in einem Traum von Brautkleid, dessen bauschiger Rock mit Daunenfedern besetzt war wie bei einer Ballerina aus *Schwanensee*. Ihre

Augen hinter dem duftigen Schleier leuchteten hell, und ihre noch kindlich weiche Figur war mit einem Korsett zusammengeschnürt, das ihr eine Wespentaille verlieh. Auf fast allen Fotos blickte sie strahlend oder offen lachend in die Kamera. Ihre Körpersprache war aufgeschlossener, als Cesca sie bis dahin gesehen hatte. Jetzt, wo sie einen Vergleich hatte, fiel ihr auf, wie ernst und steif das Kind auf den Fotos dagestanden hatte, eng an die treue Nanny geschmiegt, als habe es der Fotograf so arrangiert. Aber auf den Fotos hier, auf denen sie neben ihrem umwerfend attraktiven Bräutigam stand, wirkte Elena überglücklich. Und unglaublich jung.

Stirnrunzelnd betrachtete sie sich die Fotos genauer. Wie alt war sie da? Achtzehn? Neunzehn? Schwer zu sagen. Damals sahen die meisten ja schon mit Ende zwanzig aus, als wären sie vierzig. Nun gut. Sie war offenbar rasend verliebt und hatte ihr ganzes Leben noch vor sich. Der amerikanische Traum war noch nicht ausgeträumt.

12. Kapitel

Boston, September 1962

Laney rührte in ihrer Tasse. Normalerweise tat sie keinen Zucker in den Kaffee, aber Winnie hatte ihr immer welchen reingetan, wenn sie nach einem Sturz oder Unfall unter Schock stand. Sie stand jetzt tatsächlich unter Schock.

»Mr Charles, wollen Sie damit sagen, dass ich sämtliche intimen Details meiner Ehe vor der Öffentlichkeit ausbreiten muss, wenn ich mich von Jack scheiden lassen will?«

Der Rechtsanwalt musterte sie über den Rand seiner Nickelbrille hinweg. Sie saßen sich in einem Geräuschkokon gegenüber. Das Gelächter, Geschwätz und Porzellangeklapper von den anderen Tischen war ebenso unpassend für den Ernst der Lage, als würde eine Can-Can-Tänzerin auf ihrem Tisch die Beine schwingen.

»Irgendwas müssen wir leider angeben, meine liebe Laney, das schreibt das Scheidungsrecht nun einmal vor. Die gebräuchlichsten Gründe sind seelische – oder körperliche – Grausamkeit, böswilliges Verlassen und Untreue.«

»Aber Mr Charles«, hob sie erneut an. »Wenn die Presse von einem solchen Grund Wind bekäme, wäre das wie ein rotes Tuch. Es würde in sämtlichen Klatschblättern Schlagzeilen machen. Die würden keine Ruhe geben, ehe sie die

Wahrheit herausgekriegt hätten. Böswilliges Verlassen ist mein geringstes Problem: Er würde nie gehen, und das würde er der Presse auch bereitwillig auf die Nase binden. Untreue? Das wäre der Startschuss für eine Hetzjagd auf jede Frau, die mit ihm in Kontakt kommt, ob Schwester oder Sekretärin oder sonst wer. Und Grausamkeit ...« Ihre Stimme versagte. Sie wandte hastig den Blick ab und schaute zur Garderobe, wo soeben ein Gast seinen Mantel abgab. Es war sehr windig und hatte offenbar auch noch zu regnen angefangen, denn der Gast zog einen kleinen Kamm aus seiner Brusttasche und kämmte sein feuchtes Haar zurück.

Mr Charles beugte sich vor. Laney bemerkte den Glanz seiner pomadisierten weißen Haare und bekam einen Hauch seines Rasierwassers in die Nase. Er senkte die Stimme. »Ich wäre Ihnen dankbar, wenn Sie mir vielleicht einen kleinen Einblick in die Gründe, warum Sie die Ehe nicht mehr länger fortsetzen können, geben würden. Ich versichere Ihnen, dass alles, was Sie mir anvertrauen, mit größter Verschwiegenheit behandelt wird.«

Laney lehnte sich zurück und schaute sich in dem geschäftigen Raum um. Jeder Tisch war besetzt. Kellner wuselten mit identischen Tabletts zwischen den runden Tischen umher und brachten den Gästen die bestellten Cocktails. Sie richtete ihren Blick wieder auf den Anwalt. Stanley Charles war der Familienanwalt der Valentines, seit sie zurückdenken konnte. Sie war praktisch mit ihm aufgewachsen, hatte ihn mit ihrem Vater Golfspielen gesehen, Backgammon mit ihrer Mutter. Sie kannte ihn als freundlichen Hüter der Familieninteressen, an den man sich immer und jederzeit wenden konnte, wenn Not am Mann war. Er war für sie fast wie ein Großvater. Genau das war der Grund, warum sie nicht in die intimen Details ihrer Ehe mit ihm gehen konnte. Wenn er wüsste, wenn auch nur irgendwer wüsste …

»Ich kann einfach nicht weitermachen, Mr Charles«, entgegnete sie entschlossen. »Sie müssen sich eben etwas einfallen lassen.«

Er musterte sie lange, und sie hielt seinem Blick stand. Niemand sah ihr an, wie sehr Jack ihr wehtat, aber letzte Nacht war am allerschlimmsten gewesen. Noch einmal konnte sie so etwas nicht ertragen.

Ob Mr Charles etwas davon in ihren Augen sah, wusste sie nicht, aber schließlich nickte er. Und in der Art, wie er sie nun ansah, erkannte sie, dass er jetzt mehr in ihr zu sehen begann als lediglich die siebzehnjährige Tochter seines Klienten.

»Gut, wir können das machen. Aber es wird kostspielig. Und es wird Gerede geben, egal welche Gründe wir nennen. Das liegt leider in der Natur der Menschen. Sie sind neugierig.«

Sie wandte den Kopf ab. Ihr war sehr wohl bewusst, was für eine Schande diese Scheidung für sie werden würde, nicht nur vor der Presse, auch vor ihresgleichen. Ihre Eltern würden enttäuscht sein und schmallippige Missbilligung darüber bekunden, dass sie es einfach nicht schaffte, den Anschein zu wahren, wie man es von jemandem ihres Standes erwarten konnte. Die wenigen Freundinnen, zu denen sie noch Kontakt hatte, würden sie zum Lunch einladen, aber nicht zum Dinner. Zum Tennis, aber nicht auf Bälle. Denn eine geschiedene Frau war die gefährlichste Konkurrentin, die es gab.

»Sollen sie doch.«

Er nickte. »Gut, ich schlage vor, wir finden ihn mit einer einmaligen Zahlung ab, einem einmaligen Angebot, das er nicht ausschlagen kann. Als Scheidungsgrund geben wir böswilliges Verlassen an, das ist nicht ganz so heikel wie die anderen Optionen. Eine Demütigung für Sie zwar, aber daran lässt sich nichts ändern.« Er atmete tief ein und musterte sie mit besorgter Miene. »Wenn die Dinge wirklich so schlimm stehen, wie ich vermute, sollte es auch in seinem Interesse liegen, dass die Wahrheit nicht ans Licht kommt.«

Ihre Wangen röteten sich, und sie blinzelte die aufsteigenden Tränen zurück. »Aber wenn ihm das egal ist?« Ihre Stimme zitterte, obwohl sie sich so fest vorgenommen hatte, sich nichts anmerken zu lassen. »Wenn er sagt, das kümmert ihn nicht? Wenn er mehr Geld verlangt? Er könnte uns erpressen.«

Mr Charles betrachtete sie mit einem so gütigen Ausdruck, dass sie beinahe doch in Tränen ausgebrochen wäre. »Laney, hat er … hat er Dinge getan, für die man ihn vor Gericht bringen könnte, *falls* es zur Anzeige käme?«

Laney schwieg eine Zeitlang, dann nickte sie zögernd. »Ich … ich weiß nicht … Ich glaube, ja.«

Er tätschelte ihre Hand. »Dann werden wir das als Druckmittel benutzen. Auch wenn es mir gegen den Strich geht, dass er überhaupt etwas bekommen soll. Aber es ist wohl das Beste, wenn diese Ehe so schnell und so skandalfrei wie möglich beendet wird. Die Drohung, ihn vor Gericht zu bringen, sollte eigentlich genügen, um ihn zum Einlenken zu bewegen. Aber so weit wird es hoffentlich gar nicht erst kommen – er wird vernünftig sein und einsehen, dass er ein besseres Angebot nicht bekommen wird.«

»Wenn man bedenkt, dass er ohne einen Cent in die Ehe gekommen ist …«, bemerkte sie bitter.

Mr Charles drückte ihre Hand. »Das Wichtigste ist jetzt, dass wir ihn so schnell und so unauffällig wie möglich wieder loswerden.«

Sie atmete tief ein. »Sie haben recht, ich …«

»Stan!«

Beide blickten auf. Ein Mann war an ihren Tisch getreten, derselbe Mann, der vorhin an der Garderobe seinen Mantel abgegeben hatte.

Mr Charles lehnte sich erfreut zurück. »Leo Znowski, da soll mich doch … Ich dachte, Sie wären dieser Tage nur noch an der Westküste zu finden.«

»Stimmt. Aber zur Bar-Mizwa meines Neffen musste ich doch mal wieder herkommen.« Er legte den Kopf schief. »Geschäftliches nicht völlig ausgeschlossen …«

»Überrascht mich nicht«, lachte Mr Charles. »Leo, darf ich Ihnen einen ganz besonderen Menschen vorstellen? Laney Mont…«

»Laney Valentine.« Sie bot ihm entschlossen ihre Hand.

Leo ergriff sie und gab ihr einen galanten Handkuss, wie sie es sonst nur von den Verehrern ihrer Mutter kannte. »Eine Freude, Sie kennenzulernen, Miss Valentine.«

Er hielt ihre Hand ein wenig länger als nötig fest, dann erst durfte sie sich wieder zurücklehnen. Er war älter, als es aus der Entfernung den Anschein gehabt hatte. Ende dreißig? Anfang vierzig? Er hatte rabenschwarzes Haar und einen kurzen Bart, der seine weißen Zähne hervorhob, wenn er lachte. Seine Nase sah aus, als wäre sie mehrmals gebrochen gewesen, und unter seinem Dreireiher hatte er eine kräftige, untersetzte Statur, nicht so und anmutig wie die von Jack.

»Leo ist der beste Sportagent, den ich kenne«, erklärte Mr Charles.

»Ach ja?« Sie musterte ihn jetzt unverblümt, mit hochgezogenen Brauen. Er verströmte eine beruhigende Freundlichkeit, wie ein Beschützer – und er lächelte gern. Mit seinem Blick schien er sein Gegenüber richtig wahrzunehmen und nicht nur oberflächlich zu streifen. Auch hatte die Erwähnung ihres Mädchennamens keine Reaktion bei ihm hervorgerufen.

»Ich bin der *einzige*, den Sie kennen«, erwiderte Leo lachend.

»Stimmt.« Mr Charles lachte ebenfalls. »Er hat acht der besten zehn NBA-Player unter Vertrag. Und alle bereits in ihren College-Mannschaften angeworben. Es gibt einen Grund, warum sie ihm alle treu bleiben.«

»Ja, und der heißt Nichtausstiegsklausel«, scherzte Leo. Sein Blick kehrte immer wieder zu Laney zurück. »Mögen Sie Basketball, Miss Valentine?«

»… ja, sehr sogar.« Jetzt jedenfalls schon.

»Und welcher Mannschaft drücken Sie die Daumen?«

»Den Boston Celtics.« Den Namen hatte sie irgendwann gehört.

Das freute ihn. »Sie spielen diese Saison besonders gut. Könnten es bis ins Endspiel schaffen.«

»Vertreten Sie dort auch Spieler?«

»Sam Jones.«

Sie lächelte. »Wie wundervoll. Das ist mein Lieblingsspieler.«

»Wenn Sie ihn gerne kennenlernen möchten, das ließe sich einrichten. Bei einem Dinner, vielleicht …?«

Eine Pause trat ein. Laney bemerkte aus den Augenwinkeln, wie Mr Charles' Blick zwischen ihnen hin und her wechselte. Leo verströmte etwas, einen Sog, der ans sichere Ufer führte, wo sie aufgehoben sein würde.

»Wie nett. Ja, sehr gerne.« Sie versuchte sich ihre Aufregung nicht anmerken zu lassen.

»Dann werde ich Stan um Ihre Nummer bitten und etwas in die Wege leiten, ja?« Er trat einen Schritt zurück. Laney studierte geflissentlich die Speisekarte, um ihn nicht anzustarren, während er sich von Mr Charles verabschiedete. Dann war er fort.

Mr Charles räusperte sich. »Laney, hören Sie, Leo ist ein guter Mann, aber er ist viel zu alt für …«

»Sollten wir nicht allmählich bestellen, Mr Charles?«, unterbrach sie ihn. Sie fühlte sich auf einmal besser als seit Monaten. »Ich sterbe vor Hunger. Irgendwie ist mir der Tag zwischen den Fingern zerronnen. Mutter schwärmt ständig von dem tollen Krabbensalat, den man hier serviert. Haben Sie ihn schon mal probiert?«

13. Kapitel

Rom, Juli 2017

»Sie haben mit *sechzehn* geheiratet?«, fragte Cesca entsetzt. Sie warf einen Blick auf das Hochzeitsfoto, das Elena bis jetzt nur flüchtig gestreift, aber nicht, wie die anderen, zur Hand genommen und mit einer fast wehmütigen Sehnsucht betrachtet hatte.

»Ja, das erscheint einem heute als viel zu jung. Wir waren praktisch noch Kinder.«

»Aber Ihre Eltern müssen doch sicher …« Cesca verstummte. Das Thema »Eltern« hatte gestern zum Desaster geführt. Aber Elena musste doch selbst einsehen, wie eigenartig es war, dass ihre Eltern einer Sechzehnjährigen die Einwilligung zur Heirat gegeben hatten?

»Das war damals eine ganz andere Zeit. Man hat ohnehin von mir erwartet, zu heiraten und Kinder zu bekommen«, erklärte Elena, die ihre Gedanken erriet. »Auf die Idee, dass ich mir ›eine Arbeit‹ suchen sollte, ist jedenfalls keiner gekommen. Wozu auch? Wir hatten mehr Geld, als wir in hundert Menschenleben hätten ausgeben können.« Sie seufzte, ihr Blick ruhte auf einem Caravaggio, der neben Cescas linkem Ohr an der Wand hing. »Außerdem, ich hatte eine so außergewöhnliche Kindheit – wir hatten Präsident Eisenhower zu Gast, wir verbrachten fast jeden Sommer ein paar

Wochen in Aris Villa –, da war ich ehrlich gesagt schon mit sechzehn eine Dreißigjährige.«

Cesca nickte. Mit »Ari« war vermutlich Aristoteles Onassis gemeint. Sie kannte die Bilder von Klein-Elena, die sich bei Filmpremieren an die in kostbare Pelze gehüllte Mutter klammerte, wie sie schmuckbeladen von einer unter vollen Segeln stehenden Jacht sprang, in einer Miniaturausgabe eines Bugatti-Sportwagens auf dem Gelände des Anwesens herumkurvte. Nein, eine normale Kindheit war das gewiss nicht.

»Und wie war der Präsident so?«

»Sehr nett. Ich erinnere mich noch daran, dass er mich nach dem Namen meiner Puppe fragte. Er und mein Vater haben viel Zeit auf unserem privaten Golfplatz auf Graystones verbracht.«

Einen Golfplatz im eigenen Garten? Und ein Präsident, der dort einlochte? Kein Vergleich jedenfalls zu ihrer eigenen Kindheit, fand Cesca. Wie hatte sie sich gefreut, als sie und ihre beiden Brüder ein Trampolin von ihren Eltern geschenkt bekamen, auch wenn es praktisch die Hälfte ihres kleinen Reihenhausgärtchens eingenommen hatte.

Aber darum ging's nicht, ermahnte sie sich und versuchte sich wieder auf das Hier und Jetzt zu konzentrieren. Hinter diesen dicken Palastmauern war »normal« etwas anderes. »Gut, dann erzählen Sie doch mal. Wie haben Sie sich in Jack Montgomery verliebt?«

Elena seufzte. »Darling Jack. Was für ein lieber Junge. Aber vielleicht ein wenig zu attraktiv, als gut für ihn war«, fügte sie mit einem trockenen Lächeln hinzu.

»Ja, er sieht wirklich unglaublich gut aus«, bestätigte Cesca. »War es Liebe auf den ersten Blick?«

»Meine Güte, nein. In den ersten fünf Minuten habe ich ihn gehasst.«

Cesca grinste. »Und danach? Haben Sie sich dann in ihn verliebt?«

»O ja. Er konnte wundervoll küssen.« Sie seufzte. »Wir liebten uns, er und ich.«

»Wie haben Sie sich kennengelernt?«

Elena, die an diese Zeit zurückdachte, atmete tief ein. »Er hat sich auf meine Sweet-Sixteen-Geburtstagsparty eingeschlichen. Das war gar nicht so einfach, kann ich Ihnen versichern. Vater hatte eine Todesangst vor Entführungen. Das Anwesen war deshalb zu allen Zeiten hervorragend abgesichert.«

»Und wie ist er reingekommen?«

»Ach, ich glaube, er hat die Einladung eines Kommilitonen benutzt, ich erinnere mich nicht mehr so genau. Aber sobald er drin war, benahm er sich, als würde er dazugehören. Keiner kam auf den Gedanken, ihn zu hinterfragen.«

Cesca war beeindruckt von seiner Kühnheit. Er hatte es nicht nur in das Anwesen hineingeschafft, sondern auch, dort zu bleiben. Es erfordert Mut und Geschick, sich unter die Reichen und Schönen zu mischen, als ob man dort hingehörte, besonders angesichts des Kalibers der Hausgäste … wahrscheinlich die Sorglosigkeit der Jugend, vermutete Cesca. »Er hat sich also reingeschwindelt. Und was dann?«

»Unsere erste Begegnung fand unten am See statt. Ich brauchte ein wenig Ruhe vom Trubel. Jeder wollte mit mir reden, und ich hatte den ganzen Abend lang getanzt – ich brauchte einfach ein wenig Abstand. Ich weiß bis heute nicht, ob uns der Zufall dort zusammenführte oder ob er mir ganz einfach gefolgt ist. Das Bootshaus war meine Zuflucht, ich wusste, dass mich niemand dort suchen würde, denn es war allgemein bekannt, dass ich Angst vorm Wasser hatte.«

Sie zuckte die Achseln. »Wie auch immer, in den ersten fünf Minuten hat er mich beschimpft und beleidigt, und dann hat er mich bei der Hand gepackt und ins Wasser gezogen. Ich konnte nicht schwimmen, aber er hat mich sicher gehalten. Ach, mein wunderschönes Kleid! Meine Frisur! Es war unglaublich aufregend. Mit ihm habe ich mich frei gefühlt.« Sie seufzte. Cesca lachte überrascht auf. »Ehrlich, ich glaube, von diesem Moment an hat sich mein Leben von Grund auf verändert. Ich hatte einen kurzen Einblick in eine ganz andere Welt erhalten, die nicht von Geld und Ansehen regiert wird. Und ich war danach einfach verrückt nach ihm – wir haben uns heimlich getroffen, wann immer wir konnten. Allerdings nicht oft, denn Winnie ist mir bald auf die Schliche gekommen. Vor ihr konnte ich noch nie etwas verbergen.« Sie schüttelte schmunzelnd den Kopf. »Ach, ich war so wütend, als sie mich bei meinen Eltern verpetzt hat, für mich war es ein schwerer Verrat. Wir waren bis dahin immer ein Herz und eine Seele gewesen: Wir gegen den Rest der Welt. Oder zumindest gegen meine Eltern.«

»Was haben Ihre Eltern getan?«

»Was sie immer tun, wenn sie jemanden loswerden wollen: ihn zu sich einladen.«

Cesca stieß ein überraschtes Lachen aus. »Wie das?«

»Um ihn einzuschüchtern. Meinem Vater ging der Schutz seiner Familie über alles. Er hat jeden durchleuchtet, der mir nahe kam. Vater war ein ausgezeichneter Menschenkenner, er wusste immer sofort, wenn's jemand nur auf mein Geld abgesehen hatte.«

»Aber Jack hat die Prüfung bestanden?«

»Mit Pauken und Trompeten! Er hat Vater im Backgammon geschlagen, anstatt ihn gewinnen zu lassen wie die meisten, bloß um wieder eingeladen zu werden. Und er hat mit Mutter geflirtet, was das Zeug hält. Bevor er ging, bat er dann gleich noch um meine Hand. Und hat sie erhalten.«

»Nicht im Ernst!«

Elena warf den Kopf in den Nacken und lachte schallend. »Ja, meine Eltern mochten ihn auf Anhieb. Ich glaube sogar, sie sahen in ihm den Sohn, den sie nie hatten. Er war wie eine jüngere Ausgabe meines Vaters: sportlich und kompetitiv. Beide segelten für ihr Leben gern und gingen oft zusammen auf die Jagd.«

»Das scheint eine schöne Zeit gewesen zu sein.«

»Ja, das war es, das war es wirklich. Ich hatte so ein Glück, dass ich ihn gefunden hatte!« Sie strahlte.

»Ja, es hilft, wenn man die Zustimmung der Eltern besitzt.«

»In der Tat. Es war seltsam, wissen Sie, man könnte fast sagen, er hat mich meinen Eltern nähergebracht – *noch* näher, meine ich, natürlich. Nach der Heirat wurde Mutter mehr wie eine Freundin, womit sie sich viel wohler fühlte. Ich glaube, die Mutterrolle hat ihr nie richtig gepasst.«

»Hm-hm«, machte Cesca, obwohl sie das eigentlich sehr traurig fand. »Und haben Sie und Jack dann auf Graystones gelebt?«

»Himmel, nein! Ich wollte doch von zu Hause weg, darum ging es ja schließlich.«

Cesca hob überrascht den Kopf. »Deshalb haben Sie ihn geheiratet?«

»Ich meine, wir haben uns natürlich geliebt, natürlich haben wir das. Aber wie gesagt, ich war noch sehr jung, gerade erst sechzehn. Ich konnte es nicht abwarten, von zu Hause wegzukommen und mein eigenes Leben zu leben. Ich glaube, mir war damals schon klar, dass mir eine Heirat das ermöglichen würde. Das Letzte, was ich wollte, war weiter dort festzuhängen. Ich wollte raus und die Welt sehen.«

Cesca konnte sich gut vorstellen, wie abgeschnitten das Leben auf Graystones gewesen sein musste, umgeben von Sicherheitsbeamten und hohen Mauern und doch nie allein, immer unter dem wachsamen Auge des Personals, versteckt vor der Neugier Amerikas – ganz zu schweigen vor möglichen Kidnappern. Sie hatte dort keine Privatsphäre, keine Freiheit, nichts Spontanes. Ob das den ganzen Reichtum, die ganzen Spielsachen, all die glamourösen Partys wert war?

»Und was ist passiert?«

»Wie meinen Sie das?«

»Nun, Sie haben Ihren Mann erwähnt, und Sie nannten ihn ›Vito‹. Und Jack ist … eben Jack. Es handelt sich offensichtlich nicht um denselben Mann? Die Ehe muss also gescheitert sein.«

Elena starrte Cesca einen Moment lang stumm an. »Sie haben wirklich nichts im Internet über mich nachgelesen, stimmt's?«

»Nein, Sie hatten mich doch darum gebeten.« Cesca schluckte. War das falsch gewesen? War sie jetzt irgendwie durchgefallen? »Hätte ich denn?«

»Nein.« Elena schüttelte den Kopf. »Es überrascht mich bloß immer wieder, wenn ich jemandem begegne, dem tatsächlich zu trauen ist. Man hat über die Jahre so viele schreckliche Dinge über mich geschrieben – alle unwahr! –, und ich würde es schlimm finden, wenn Sie sich aufgrund dieses Schmutzes eine Meinung über mich bilden würden.«

Elena blickte hinaus auf die Arbeiter, die in orangeroten Leuchtwesten an dem großen Loch arbeiteten. »Die Wahrheit ist, Jack und ich, wir haben uns sehr geliebt. Aber wir waren einfach noch zu jung für die Ehe. Er war der erste Mann, den ich je geküsst habe. Er hätte mein *boyfriend* sein sollen, nicht mein Ehemann.«

»Können Sie mir vielleicht ein bisschen was über Ihr Eheleben erzählen?«

Elena senkte seufzend den Blick auf ihre Hände. Cesca bemerkte, dass sie sie so fest umklammert hielt, dass ihre Knöchel weiß hervortraten. »Nun, wir sind nach Newport gezogen, das lag nur dreizehn Meilen von Graystones entfernt. Wir wohnten in einem wirklich entzückenden kleinen Häuschen, nichts Besonderes, aber gemütlich.« Elena lächelte, aber an ihrer Stirn pulste eine dünne blaue Ader, wie Cesca zum ersten Mal auffiel. »Jack weigerte sich, Geld von meinem Vater anzunehmen, er sagte, er wolle selbst für mich sorgen, wie es einem Ehemann zusteht. Und Vater respektierte das.«

Cesca wählte ihre Worte sorgfältig. »Aber hatte Ihr Vater denn keine Angst um Ihre Sicherheit? Sie sagten, er fürchtete Entführungen …«

»Ja, und das hätte mich schon damals stutzig machen sollen. Aber ich dachte, ich wäre endlich frei, endlich entkommen …« Sie stieß einen schweren, erschöpften Seufzer aus. »Vater hatte, ohne unser Wissen, sämtliche Nachbarshäuser heimlich aufgekauft und seine eigenen Leute dort installiert. Das wurde mir erst klar, als ich einen von ihnen mit seinem persönlichen Bodyguard, Davis, sprechen sah. Weder Jack noch ich hatten bis dahin auch nur eine Ahnung davon.«

»Waren Sie ihm deswegen böse?«

»Ja, aber ich habe es auch irgendwie verstanden. Damit war ich schließlich aufgewachsen. Es war wohl naiv von mir anzunehmen, ich könnte jetzt ein ganz normales Leben führen, in einer Kleinstadt auf Long Island.«

»Aber daraus wurde nichts?«

»Doch. Versucht habe ich es jedenfalls. Ich war so stolz darauf, meinen eigenen kleinen Haushalt führen zu können, alles sauber zu halten und das Essen auf dem Tisch zu haben, wenn Jack nach Hause kam. Das war für mich natürlich eine ganz neue Erfahrung, ich musste praktisch alles lernen: kochen, putzen, nähen, all die Dinge, die einen unabhängig machen und die für die meisten Leute selbstverständlich sind. Mein Leben lang hatten andere alles für mich erledigt, und ich sehnte mich danach, Hausfrau zu sein, selbst für meinen Mann zu sorgen. Ich kann Ihnen gar nicht sagen, wie herrlich es war, Bügeln zu lernen, Jacks Hemden zu bügeln und erleben zu können, wie er diese Hemden am nächsten Tag anzog. Es war das erste Mal, dass ich so etwas machen durfte. Für mich war es wie ein Abenteuer. Es war schön, auf diese Weise für ihn sorgen zu dürfen.«

Cesca versuchte sich das vorzustellen: die behütete Tochter aus reichem Hause, die Hausfrau spielt. Cesca hatte dieses Spiel selbst gespielt, allerdings im Kindergartenalter. Mit dem Schuleintritt hatte sie das hinter sich gelassen. »Sie mussten also kochen lernen, Wäsche waschen?«

Elena nickte.

»Hat Ihnen Winnie das denn nicht beigebracht?«

»Himmel, nein! Sie fand das alles unter meiner Würde. Ich glaube, sie war sehr enttäuscht von meiner Heirat.«

»Ihre Eltern aber nicht …«

»Na, die hatten doch auch aus Liebe geheiratet. Für Winnie

dagegen war nur ein Prinz gut genug für mich.« Auf einmal musste sie lachen. »Und sie hat wie immer recht behalten!« Sie deutete lachend um sich, auf den luxuriösen Palazzo, in dem sie saßen. »Jetzt sehe ich natürlich ein, dass mein Leben mit Jack nur ein Wunschtraum war – mein Leben als Hausfrau. Ich hatte ja gar nicht das Rüstzeug dafür; ich hatte keine Ahnung, worauf ich mich eingelassen hatte.«

»Könnten Sie mir ein Beispiel nennen?«

»Nun, ich versuchte zum Beispiel die Gerichte nachzukochen, die man uns zu Hause vorgesetzt hat, aber das war natürlich Haute Cuisine. Von null auf hundert! Dabei hatte ich in meinem Leben noch nicht einmal Wasser aufsetzen müssen.« Sie lachte. »Einmal habe ich versucht, eine Ente à l'Orange zu machen, nur war es am Ende alles andere als eine Ente à l'Orange, das kann ich Ihnen versichern! Aber ich habe mein Bestes versucht, und als ich das Geflügel dann nach stundenlanger Mühe auf den Tisch brachte und Jack vorsetzte, wurde mir plötzlich klar, dass ich überhaupt nicht wusste, wie man es tranchiert!«

Cesca musste bei der Vorstellung grinsen. »Was haben Sie gemacht?«

»Wir mussten es direkt von der Platte essen, wir haben uns Stücke davon abgehackt, wie Neandertaler. Es war einfach schrecklich und gleichzeitig urkomisch. Ich musste ständig daran denken, was meine Eltern von uns halten würden, wenn sie uns so sähen. Und Winnie. Die arme Winnie. Jahrelang hatte sie versucht mir beizubringen, wie man anständig zu Tisch sitzt, und da hockten wir wie zwei Wilde um den Braten herum und rissen Stücke davon ab.« Sie lachte.

»Das scheint eine befreiende Zeit für Sie gewesen zu sein.«

»Ja, das war es. Ich habe im Ort gute Bekanntschaften gemacht, ich bin der Ladies' Guild beigetreten, wir trafen uns vierzehntägig.«

»Wusste man, wer Sie waren? Eine Valentine, meine ich.«

Elena zögerte. »Nun, wenn man es wusste, dann ist man damit sehr diskret umgegangen. Mich hat man es nie spüren lassen, und ich wusste das sehr zu schätzen. Ich war ja nun auch eine Hausfrau, so wie sie.«

Cesca nickte. »Und wann ist es dann schiefgegangen, mit Ihnen und Jack?«

»Ach, das lässt sich gar nicht so genau sagen«, meinte Elena vage. »Wir haben uns einfach entfremdet, denke ich, es war wirklich traurig.«

»Wer … wer hat wen verlassen?«, erkundigte sich Cesca mitfühlend.

Elena verstummte. »Er hat mich verlassen.«

»Das tut mir so leid … Dürfte ich fragen, wieso? Gab es vielleicht eine andere?«

»Ach nein, nichts dergleichen. Jack wusste nur einfach nicht, wann er geschlagen war, das ist alles. Er war ein wirklich guter Kartenspieler, er und mein Vater haben oft bis spät in die Nacht gespielt. Aber er konnte nie aufhören, wenn ihn das Glück verließ, er hat dann immer höhere Einsätze gemacht, weil er glaubte, alles zurückgewinnen zu können.«

»Stattdessen wuchsen seine Schulden?«, vermutete Cesca.

»Sie haben wohl Erfahrung mit Glücksspielern?«

»Nicht ganz – mein Vater hatte nur mal eine Zeit lang eine Schwäche fürs Lottospielen. Er hat in seiner schlimmsten Zeit bis zu vierzig Pfund pro Woche verpulvert.«

»Ach was«, meinte Elena perplex. Eine kurze Stille trat ein, in der sie sich in den dunklen Korridoren ihrer Vergangenheit verlor. »Er hat noch am Hochzeitstag den schönen

Bentley verspielt, den uns mein Vater zur Hochzeit geschenkt hatte. Er war am Boden zerstört deswegen«, gestand sie mit leiser, hohler Stimme. Ihr Blick war leer auf den Caravaggio gerichtet.

Sie gab sich einen Ruck. »Nun ja, ich hätte die Anzeichen wohl früher erkennen müssen. Aber ich dachte, ich könnte ihm helfen, wissen Sie. Wie alle jungen Menschen dachte ich, die Liebe löse alle Probleme. Ich hielt mich für unbesiegbar, glaubte, ihn vor seinen Dämonen retten zu können. Unser Vermögen hat mich immer von der harschen Realität abgeschirmt. Was für eine Ironie es doch ist, dass Verarmung schließlich zu unserem Stolperstein wurde. Aber er geriet nach einiger Zeit bei den Casinobossen in die Kreide, und das war dann das Ende.«

»Hätten Ihre Eltern ihm denn nicht helfen können?«

»Doch, natürlich – wenn sie eine Ahnung gehabt hätten. Aber Jack wollte nichts davon hören. Er war auf seine Art sehr stolz. Die gute Meinung meines Vaters bedeutete ihm alles.«

»Dann … was? Sie sagten, er habe Sie verlassen. Hat er eines Tages seine Koffer gepackt?«

»Mhm … Er sagte, er wolle in die Stadt fahren, und ist nie wieder aufgetaucht.«

»Ach, wie schrecklich.«

»Ja.«

»Haben Sie ihn je wiedergesehen?«

»Einmal. Bei einem Baseballspiel. Ich hatte inzwischen wieder geheiratet. Er saß auf der gegenüberliegenden Seite der Halle, mit einer dunkelhaarigen Frau an seiner Seite. Ich weiß noch, wie ich damals dachte, dass sie mir ein wenig ähnlich sieht …«

»Wie lange hat die Ehe denn gehalten?«

»Siebzehn Monate. Mit sechzehn geheiratet. Mit siebzehn schon wieder geschieden. So hatte ich mir mein junges Erwachsenenleben nicht vorgestellt.«

Cesca ließ sich traurig ins Sofa zurücksinken. »Nein, natürlich nicht.«

Sie musste an ihr eigenes Leben als Erwachsene denken und wie unwahrscheinlich es doch war, dass sie hier in einem prächtigen Palazzo saß und mit einer amerikanischen Prinzessin Tee trank, während draußen im Garten Männer ein riesiges Erdloch zuzustopfen versuchten. Das hätte sie sich als Teenager, in ihrem Zimmer in Wycombe, jedenfalls nicht vorstellen können. Ja, eigentlich noch nicht einmal vor einem Jahr um diese Zeit.

14. Kapitel

Malibu, August 1968

Das Meer brach sich spritzend wie zersprungenes Glas zu ihren Füßen, ehe es sich über den Sand ergoss und, Blasen werfend, versickerte. Laney warf ihr nasses Haar zurück und stapfte mit dem Kurzbrett unter dem Arm durch die Brandung ans Ufer, den Blick hinauf zu Leo gerichtet. Ihr Mann stand oben auf der Terrasse ihres Hauses und blickte zu ihr hinab. Er war früher gekommen, sie hatte ihn eigentlich erst in zwei Tagen zurückerwartet.

Mit keuchendem Atem und brennenden Oberschenkelmuskeln joggte sie über den Strand, der sich im warmen Licht eines kalifornischen Sonnenuntergangs spiegelte. Dies gehörte jetzt zu ihrer täglichen Routine, aber wenn er zu Hause war, war es immer etwas Besonderes. Sie liebte es, wenn er ihr von der Balkonbrüstung aus zusah, wie sie übers Wasser schoss und auf den Wellen ritt, dann kam sie sich talentiert vor und clever und sexy. Die Tage, als sie nicht schwimmen konnte und Angst vorm Wasser hatte, lagen weit zurück. Am Ende war es Leo gewesen, der ihr das Schwimmen beigebracht hatte, und nicht Jack. Noch ein Versprechen, das ihr erster Ehemann nicht eingehalten hatte.

Sie hob den Arm und winkte ihm zu. Er winkte zurück, hatte aber das Telefon am Ohr. Das verdammte Telefon!

Wieder einmal genoss sie nur seine geteilte Aufmerksamkeit.

Ein anderer Surfer kam auf sie zugejoggt. Er blieb vor ihr stehen und stieß sein Langbrett in den Sand, was bedeutete, dass er sich mit ihr unterhalten wollte. »Du gibst doch nicht etwa schon auf, Laney?«, fragte er.

»Ich würde ja gerne länger bleiben«, meinte sie achselzuckend, »aber Leo ist wieder da.«

»Ich dachte, er wollte erst am Wochenende heimkommen?«

»Dachte ich auch«, entgegnete sie glücklich. »Bis dann, Cliff.«

»Ja.« Er schaute ihr nach. Sie lief die Holztreppe zum Haus hinauf.

Leo beobachtete, wie sie ihr Board ans Geländer lehnte. Er wies mit einem Kopfrucken auf den Strand und auf den Kerl, mit dem sie sich unterhalten hatte. Sie warf achtlos die Hände hoch, als wolle sie sagen: »Ist nichts.« Dann rannte sie zu ihm hin und schlang die Arme um seinen Oberkörper. Sie schmiegte ihr Gesicht an seine breite Brust und sog genießerisch seinen Geruch ein, lauschte dem verlässlichen Schlag seines Herzens unter dem marineblauen Polohemd.

Er machte sich von ihr los und musterte stirnrunzelnd den dunklen Fleck, den sie mit ihrem nassen Kopf auf seinem Hemd hinterlassen hatte, dann sah er sie an und verdrehte die Augen, wie um sie darauf hinzuweisen, was sie angestellt hatte. Sie zuckte die Schultern, achtlos und glücklich – was spielte es schon für eine Rolle? –, und haschte nach dem Telefon in seiner Hand. Er wich gereizt zurück und verschwand durch die Terrassentür im großen Wohnzimmer ihres Hauses.

Laney seufzte. Er war immer gereizt, wenn er telefonierte, andererseits telefonierte er ständig, und seine Telefonate schienen immer wichtig zu sein. Sie folgte ihm ins Haus. An der Zimmerdecke drehten sich bedächtig die großen Paddel der Ventilatoren und bliesen kühle Luft über ihren Körper. Leo zog sich, ohne sein Telefonat zu unterbrechen, das Hemd aus und knüllte es mit einem bezeichnenden Blick in ihre Richtung zusammen, warf es in eine Ecke. Laneys Blick huschte dorthin; sie wusste, dass er sauer war.

Aber dagegen gab es ein Heilmittel. Sie schlüpfte aus ihrem nassen Badeanzug, knüllte ihn ebenfalls zusammen und warf ihn in dieselbe Ecke.

Dann stellte sie sich mit hochgezogener Braue nackt vor ihm in Pose. Leo blieb das Wort im Hals stecken, seine Augen weiteten sich, sein Blick kroch über ihren Körper, insbesondere über die weißen Stellen, die sich von den gebräunten unterschieden und die nur für seine Augen bestimmt waren: die hübschen kleinen weißen Brüste mit ihren rosa Nippeln, das Dreieck ihrer Intimzone.

Schmunzelnd wartete sie darauf, dass er den Anrufer – ein Feldspieler? Ein Clubeigner? – vertröstete und auflegte.

Stattdessen hob er den Finger, als wolle er sagen: »Moment noch!«, kehrte ihr den Rücken zu – und redete einfach weiter!

Laney verharrte mehrere Sekunden lang, geschockt und gedemütigt. Er wies sie ab? Wegen eines blöden Telefonats? Beschämt lief sie aus dem Raum und verbarrikadierte sich im Badezimmer.

Es dauerte fast eine Viertelstunde, ehe er kam und an die Tür klopfte.

15. Kapitel

Rom, Juli 2017

Obwohl Cescas neue Arbeitsumgebung in diesem Palazzo üppiger nicht hätte sein können, fühlte sie sich vom prächtigen Ambiente des *Hotel de Russie* einigermaßen eingeschüchtert. Dass ihr der steife, kantige Stil des Restaurants überhaupt nicht gefiel, trug nicht eben zur Beruhigung bei. Ihre geliebten gelben Converse-Turnschuhe hatte sie allerdings zu Hause gelassen und trug stattdessen knöchelhohe braune Riemchensandalen, dazu ein wadenlanges gelbes Baumwollkleid aus den Sechzigern mit tiefem Halsausschnitt und kurzen, engen Flügelärmeln. Auf ihren Strohhut dagegen konnte sie natürlich auch heute nicht verzichten, hatte ihn beim Erreichen des Hotels allerdings abgenommen und verdeckte nun die am schlimmsten zerfransten Stellen mit den Händen.

Sie ließ sich vom Oberkellner zu ihrem Tisch führen, wo sie bereits von ihrer Gesprächspartnerin erwartet wurde. Christina, Elenas Bekannte, war groß und schlank, breitschultrig und schmalhüftig. Ihr schulterlanges silbergraues Haar besaß einen teuren Stufenschnitt. Sie trug kostbare, aber fast übertrieben dezente Kleidung in weichen Taupetönen: einen duftigen Leinencardigan über einem Rippenhemd aus Seide, eine schmal geschnittene 7/8-Hose und Pumps von Ferragamo. Sie war das völlige Gegenteil von »auffällig«.

»Miss Hackett.« Die Dame erhob sich lächelnd und bot Cesca ihre schmale, gepflegte Rechte.

»Freut mich sehr, Sie kennenzulernen.« Cesca drückte ihrem Gegenüber mit einem entschlossenen Lächeln die Hand.

»Setzen Sie sich doch«, wurde sie von Christina aufgefordert. Dann bat diese den Oberkellner um »eine Flasche vom üblichen, Renato«. Sie setzte sich und musterte ihr Gegenüber. »Moment, ich hoffe doch sehr, dass Sie nicht zu diesen Langweilern gehören, die mittags keinen Alkohol trinken?«

»Nein, gehöre ich nicht«, antwortete Cesca lachend. Dass die Dame Humor hatte, linderte Cescas Nervosität ein wenig.

»Ausgezeichnet. Und eisgekühlte Gläser, bitte«, befahl sie dem enteilenden Kellner. Dann richtete sich ihr Blick wieder auf Cesca. Sie fächelte sich anmutig Luft zu. »Wir haben bereits Juli, und ich bin immer noch hier in Rom, kaum zu glauben.«

»Ja, das ist heute wirklich eine Affenhitze«, bestätigte Cesca. Die Temperaturen würden laut Wettervorhersage am Nachmittag bis auf sechsunddreißig Grad klettern.

»Ist es nicht sehr schwer für Sie, mit diesen Temperaturen zurechtzukommen?«, erkundigte sich Christina. Sie musterte ohne jede Scheu Cescas blütenweiße Haut, die Sommersprossen, das leuchtend rote Haar.

»Na ja, um ehrlich zu sein, bewege ich mich dieser Tage nur noch auf der Schattenseite der Straßen«, scherzte Cesca.

Christina schmunzelte. »Sehr klug von Ihnen.«

Ein weiterer Kellner tauchte auf, und Cesca sah zu, wie er ihr Wasserglas füllte. »Kommen Sie gut voran mit der Gala?«

»Nicht unbedingt, es läuft alles sehr schleppend.« Sie warf Cesca einen ironischen Blick zu. »Die Cateringfirma kann offenbar nicht genügend Trüffel für die *primi piatti* auftreiben, wir werden unter Umständen eine andere Lösung finden müssen. Das wiederum wirkt sich auf die Weinsorte aus, die wir zum Aperitif reichen wollten, und möglicherweise auch auf die *secondi* … Außerdem ist das halbe Gebäude noch eingerüstet. Das muss alles erst weg, bevor wir Beleuchter engagieren können.« Sie seufzte. »Natürlich alles bloß Kleinigkeiten – ›First-World-Problems‹, wie mein Sohn sagen würde. Wir Frauen dagegen wissen, dass der Teufel im Detail steckt.«

»Elena ist Ihnen sicher sehr dankbar, dass Sie diese Gala für sie organisieren. Ein wundervoller Tribut an ihren verstorbenen Mann.«

»Ja, das will ich hoffen. Dieses Restaurationsprojekt ließ sich nur unter großen Anstrengungen realisieren, es ist nur recht und billig, dass diese Mühen mit einer Feier gebührend gewürdigt werden. Außerdem, wer feiert nicht gerne eine Party? Und der September ist immer so ein frischer Monat, finden Sie nicht? Der Sommer vergeht, und das Leben kehrt zur Normalität zurück.«

Cesca fragte sich unwillkürlich, wie eine solche »Normalität« für diese Frau aussehen musste. Ob sie ebenfalls in einem Palazzo lebte? Schmuck im Wert von mehreren Millionen besaß? »Dann sind Sie und Elena also alte Freundinnen?«

»Nun, wir kennen uns seit Jahren, länger als eine von uns zugeben möchte, denke ich.« Christina schmunzelte. »Wann war es? Ja, ich glaube 1979 haben wir uns kennengelernt. Wir verstanden uns auf Anhieb, wir brauchten keine lange Vorgeschichte, um zu begreifen, wie die andere tickte. Es war fast ein Urinstinkt, mit dem wir einander ›wiedererkannten‹. Wenn Sie verstehen, was ich meine?«

Cesca nickte. »Ja, allerdings.« Ihr ging es genauso mit Alé.

»So was ist sehr selten im Leben«, fuhr Christina fort. »Ihren Mann dagegen kannte ich natürlich schon viel länger. Vito und ich – und sein Bruder Aurelio –, wir sind praktisch zusammen aufgewachsen.«

»Ach ja? Sie waren Kindheitsfreunde?«

»Wir sind verwandt, aber nur sehr entfernt – fünften Grades? Ich weiß nicht genau. Jedenfalls, ich selbst habe keine Geschwister und verbrachte die meiste Zeit bei den Brüdern im Palazzo. Wir haben das alte Gemäuer regelrecht auf den Kopf gestellt! Ich erinnere mich selbst jetzt noch gerne daran. Wir hatten einen solchen Spaß.«

»Kann ich mir denken. Das muss wirklich toll gewesen sein.«

»Aber erzählen Sie doch – wie haben Sie und Elena sich eigentlich kennengelernt?«, erkundigte sich Christina neugierig.

»Ja, also das war eine ganz eigenartige Geschichte – ich habe eine kostbare Handtasche in meiner Mülltonne gefunden, die ihr gestohlen wurde, und sie ihr noch am selben Abend zurückgebracht. Ich wohne nämlich gleich um die Ecke von ihrem Palazzo.«

»Ach so. Und wie … wie kam es dann dazu, dass Sie mit diesem Buchprojekt für Elena anfingen?«, fragte Christina verwirrt.

»Sie bot mir etwas zu trinken an, und wir kamen miteinander ins Gespräch. Ich erzählte ihr von meinem Blog und …«

»Ein Blog?« Daraus konnte sich Christina ebenso wenig einen Reim machen wie Elena.

»Das ist so etwas wie ein Onlinetagebuch. Ich berichte darin über alles, was ich in Rom erlebe und was ich an Rom liebe.«

»Faszinierend. Das interessiert mich. Wie nennt sich Ihr Blog?«

»Römische Liebschaften.«

»Was für ein aufregender Titel! Ich werde bestimmt mal im Internet danach stöbern.«

»Danke.«

»Ja, und dann? Sie haben Elena von Ihrem Blog erzählt …«

»Ja. Nun, am nächsten Morgen habe ich prompt verschlafen – ich schlafe nicht besonders gut – und bin zu spät zur Arbeit gekommen. Ich war Fremdenführerin, wissen Sie. Und ich verlor meinen Job. Aber wie es das Glück will: Als ich heimkam, wartete bereits Elena in meiner Wohnung auf mich! Und hat mir dieses Projekt angeboten.«

Christina legte eine Hand auf den Tisch. Sie trug einen Aquamarin am Zeigefinger, der ein ganzes Fingerglied bedeckte. »Moment – wollen Sie damit sagen, Sie haben Ihren Job an dem Tag, nachdem Sie Elena kennenlernten, verloren? Und dass sie bei Ihrer Rückkehr bereits auf Sie wartete und Ihnen einen neuen Job anbot?«

»Ja! Unglaublich, nicht? Was für ein glücklicher Zufall! So was passiert mir normalerweise nicht.«

»Ja, wirklich ein eigenartiger Zufall.« Christina musterte Cesca durchdringend, nahm dann ihre Serviette vom Teller und breitete sie auf ihrem Schoß aus. Der Satz hing noch in der Luft.

Aber Cesca war anderer Meinung. Sie wusste, dass sie es

allein sich selbst und ihrem ständigen Zuspätkommen zuzuschreiben hatte, dass sie entlassen worden war.

»Und wie kommen Sie mit ihr aus?«

»Sehr gut. Sie ist der faszinierendste Mensch, der mir je begegnet ist.«

»Ja, sie hat ein ganz außergewöhnliches Leben hinter sich, nicht wahr? Ich muss sagen, es hat mich sehr überrascht, als sie mir von diesem Buchprojekt erzählte. Sie ist normalerweise ein sehr verschlossener Mensch, zumindest was ihr Privatleben angeht. Sie redet praktisch nie über die Zeit, bevor sie nach Rom kam.«

»Ach nein? Nicht einmal mit guten Freunden?«

»Nun, sie macht nicht direkt ein Geheimnis daraus, verstehen Sie mich recht, sie reagiert nur sehr … ausweichend. Vielleicht ist ihr ihre ›wilde Jugend‹ ja einfach ein wenig peinlich?« Christina lehnte sich zurück und stützte beide Ellbogen auf die Lehne, legte die Hände über dem Bauch zusammen. In diesem Moment tauchte der Oberkellner wieder auf. Er brachte einen mit Eiswürfeln gefüllten Metallkübel, aus dem zwei Gläser hervorragten, sowie eine Flasche Bollinger. Die Gläser waren so kalt, dass sie rauchten, als hätten sie in Trockeneis gelegen.

Cesca lehnte sich ebenfalls zurück und sah zu, wie Renato fachmännisch die Goldfolie von der Champagnerflasche entfernte und den Korken herausspringen ließ. Unten, in der Stravinsky-Bar, navigierte eine schlanke Frau in einem eng anliegenden Cocktailkleid mit hohen Absätzen geschickt übers Kopfsteinpflaster des Innenhofs. Ihr Schatten war bleistiftdünn, ganz im Gegensatz zum kugeligen Schatten der Orangenbäumchen, die man dort gepflanzt hatte. Umfasst wurde der malerische Innenhof von weiß abgesetzten pastellrosa Wänden. Auf einer Seite führte über einem tunnelartigen Durchgang eine breite, zweiflügelige Freitreppe mit weiß gestrichenem Steingeländer zu einer Art Garten oder Park hinauf, der terrassenförmig mit dichtem Grün bepflanzt war: Zypresse, Platane, Eukalyptus, Affenbrotbaum. Efeu hing in dichten Strängen von den Terrassen herab, dazwischen gewaltige Jasminbüsche. Der Hof war mit runden Tischen ausgestattet, auf denen kleine Buchsbäumchen in Metalltöpfchen als Tischschmuck dienten. Sämtliche Tische waren mit weißen Decken gedeckt, und schmale, gepflegte Kieswege führten durch dieses Freiluftrestaurant. Runde Sonnenschirme warfen ihre Schatten über die Tische. Das Ganze war nicht nur eine grüne Oase – es war ein regelrechter Dschungel. Und das inmitten einer Großstadt. Ebenso unerwartet wie Elenas Garten.

Renato verschwand. An den Champagnergläsern mit ihrem prickelnden Inhalt bildete sich sofort Kondensflüssigkeit, die in kleinen Tröpfchen an der glatten Oberfläche herablief.

»Sie wussten sicher bereits einiges über sie, ehe Sie mit dem Projekt begannen?«, wollte Christina wissen und hob anmutig das Glas zum Toast.

Cesca tat es ihr gleich. »Ganz ehrlich? Nein, gar nichts.«

»*Gar nichts?* Wirklich? Das ist kaum zu glauben.« Sie war ebenso fassungslos wie Alé, als ob der Gedanke einfach lächerlich sei.

»Ich meine, ich hatte natürlich schon von den Valentines gehört. Ich wusste, dass sie zu den reichsten Familien Amerikas gehörten, wie die Vanderbilts und Rockefellers. Aber speziell von Elena? Nein.« Sie schüttelte den Kopf.

»Nun gut, Sie sind jung, eine ganz andere Generation«,

sinnierte Christina. »Aber ich kann Ihnen versichern, dass sie vor vierzig Jahren zu den berühmtesten Amerikanerinnen der Welt gehörte. Sie war mit den prominentesten Persönlichkeiten ihrer Zeit bekannt – oder verheiratet! Wall-Street-Bossen, Hollywoodschauspielern, Rockstars … Sie war die Hüterin ihrer Geheimnisse, die Vertraute der Reichen und Schönen. Sie wurde auf Schritt und Tritt beobachtet, fotografiert.«

War das Antipathie, die Cesca vonseiten ihrer Gastgeberin Elena gegenüber spürte? Sie hatte zuvor schon diesen Eindruck erweckt. »Aber das änderte sich, als sie nach Rom kam? Hier sind die Dinge anders, wie ich gehört habe«, bemerkte Cesca unbefangen. Wenn der Schwarze Adel wirklich so diskret war, wie Elena behauptete, hatte das sicherlich zu Reibungen zwischen den Frauen geführt. Beide schilderten das Leben der anderen als genauen Gegensatz zum eigenen.

Christina neigte den Kopf leicht zur Seite. »Ja, doch, schon. Aber das bewirkt nun mal die Transformationskraft der wahren Liebe, nicht? Elena hat sich zu einer würdigen Patriarchin des Damiani-Clans entwickelt. Sie ist jetzt eine wahre *romana di Roma*, eine römische Römerin.«

»*Romana di Roma*, das muss ich mir merken«, sagte Cesca. Es schien das größte Kompliment zu sein, das man Elena machen konnte. »Und Sie beide arbeiten eng an den Stiftungsprojekten zusammen?«

»O ja. Ich würde sagen, ich habe immer ein Auge auf alles, was Elena tut.«

Christina lächelte, und Cesca lächelte ebenfalls, aber insgeheim lief ihr ein Schauder über den Rücken.

Bei jeder anderen Person, an jedem anderen Ort hätte sich das angehört wie eine Drohung.

16. Kapitel

Malibu, November 1969

Jay, wie nett!« Überrascht machte sie die Tür ein wenig weiter auf.

»Wie geht's denn so, Laney?« Er schob sich kurzerhand an ihr vorbei ins Haus. Sie trat verblüfft einen Schritt zurück und bemerkte die Weinflasche in seiner Hand.

»Äh …«

Er wandte sich zu ihr um, und sie lächelte ihn perplex an. »Ist ja so still hier – sagen Sie bloß nicht, ich bin der Erste?«

»Äh … doch. Die Dinnerparty ist erst morgen.«

Eine Pause trat ein. »Was?«

»Die Dinnerparty findet morgen statt. Leo ist noch in Chicago.«

Jay schlug die Hände vors Gesicht. »Mein Gott, wie konnte ich nur so blöd …«

»Das macht doch nichts«, sagte sie lachend. »Ehrlich.«

Er machte eine zerknirschte Miene. »Wirklich?«

»Nein, natürlich nicht!« Sie blinzelte perplex, doch dann bemerkte sie seinen erwartungsvollen Gesichtsausdruck. »Ich würde Ihnen ja gerne eine Kleinigkeit kochen, aber ich habe später noch Pläne …«

»Ja, ja, natürlich, natürlich haben Sie das«, wiederholte er, peinlich berührt. »Ich bin so ein Idiot.«

»Nein, wirklich, das macht nichts.«

Erneut trat ein Moment der Stille ein.

»Tja dann … Aber wir könnten doch zumindest ein Gläschen miteinander trinken, oder? Wo ich schon mal hier bin …« Er zuckte die Achseln.

Laney zögerte. Leo konnte sehr besitzergreifend sein – er mochte es nicht, wenn sie mit den anderen Surfern unten am Strand verkehrte. Sie wusste, woran das lag: Es war der Altersunterschied, der ihn verunsicherte. Aber Jay war schließlich sein Freund, er war in demselben Alter wie er; sie kannten sich seit dem Studium an der Stanford University. Er würde bestimmt nicht wollen, dass sie ihn wieder wegschickte.

»Ja, gern.« Sie schloss die Tür hinter sich und führte ihn in den großen, offenen Wohnraum.

»Wo, sagten Sie, ist Leo gerade?«

»In Chicago. Walt Bellamy hat ein Formtief; sie haben sich zu einem Krisengespräch getroffen.« Sie verdrehte die Augen und holte zwei Weingläser aus dem Schrank, stellte sie auf die Anrichte und reichte Jay einen Korkenzieher. »Ich weiß nicht, irgendwer hat immer eine Krise. Manchmal denke ich, Leo ist mehr Kummerkasten als Sportagent.«

Jay hob mitfühlend die Brauen und schenkte Merlot in beide Gläser. »Er ist wohl ziemlich oft fort, was?«

»Eigentlich immer. Zumindest hab ich das Gefühl.« Sie hob seufzend ihr Glas und stieß mit ihm an.

»Warum begleiten Sie ihn nicht auf seinen Reisen?«, erkundigte sich Jay und folgte ihr zu den weißen Ledersofas, die in Hufeisenform vor den Panoramascheiben standen, von wo man einen herrlichen Blick auf Strand und Meer hatte. Um diese Zeit sah man natürlich nur schwarze Nacht und ihre eigenen Spiegelbilder im Glas.

Laney zog die Beine aufs Sofa und wandte ihm ihren Oberkörper zu. Sie schüttelte den Kopf. »Das bin ich früher auch, aber ich störe dabei nur. Es ist schließlich sein Job. Leo ist entweder bei einem Spiel dabei oder beim Training. Und hinterher, bei den Mahlzeiten, reden sie auch nur über Basketball. Ich meine, ich hab nichts gegen Sport, aber …«

Jay lachte. »Aber das Leben hat mehr zu bieten als Sport, was? Kann ich gut nachvollziehen.«

»Sage ich ja! Aber er begreift's einfach nicht«, erwiderte sie lachend. Endlich einmal jemand, der das verstand. Sie nahm einen Schluck Wein – ein guter Jahrgang. »Aber genug davon. Wie sind die Dinge in der akademischen Welt?«

»Staubig.«

Sie lächelte. »Und Barbara? Ich hab sie schon eine Weile nicht mehr gesehen.«

»Auch staubig.«

Sie lachte. »Die arme Barbara!«

Er grinste. »Sie ist zurzeit in Pasadena. Schon seit Monaten, um ehrlich zu sein. Ihre Mutter ist gestürzt und braucht Pflege.«

»Ach, wie dumm. Ich hoffe, sie erholt sich gut?«

»Sogar zu gut. Scheucht Barbara ständig herum.«

»Die Arme. Waren Sie auch schon zu Besuch?«

»Ich bin so eingespannt, ich hab ja kaum Zeit zum Schlafen. Geschweige denn, mich um meine Schwiegermutter zu kümmern.«

»Na ja, immerhin ist Ihr Job sicher. Leo hat ständig Angst, seine Klienten könnten ihn fallen lassen, wenn er nicht auf jeden Mucks von ihnen reagiert.«

Jay stellte sein Glas ab. »Sehen Sie uns doch nur mal an. Ein feines Paar sind wir, was? Beide Strohwitwer, einsam und allein zu Hause …« Sein Blick war mit einem Mal direkt und unverfroren auf sie gerichtet. Stille trat ein, die diesen Eindruck noch verstärkte. Laney spürte, wie sich ihr Magen zusammenzog, wie ihr die Gallenflüssigkeit hochzuschießen drohte. Sie versuchte seine Anspielung mit einem Lächeln abzutun. Jetzt war ihr klar, dass sein Auftauchen kein Zufall war.

»Nun, einsam würde ich nicht sagen, Jay …« Sie lächelte noch immer, behielt die Maske auf dem Gesicht. Wenn sie eins von ihrer Mutter gelernt hatte, dann den Anschein zu wahren.

Aber mit Subtilität kam man bei ihm nicht weit. Mit Ablehnung ebenso wenig.

»Es wäre doch die perfekte Medizin, nicht wahr? Wir könnten ein bisschen harmlosen Spaß miteinander haben …« Sein Blick war auf ihre Spiegelbilder in der großen Scheibe gerichtet.

Laney war das Lächeln vergangen. Sie stellte ihr Glas ab. »Nein, wohl kaum, Jay.« Aber ihre Stimme hörte sich seltsam klein, ja eingeschüchtert an. Sie wollte, dass er wieder ging.

Er schaute sie an. »Wieso nicht? Am Altersunterschied kann's nicht liegen. Ich weiß, dass du auf ältere Männer stehst.« Sein Achselzucken gab ihr zu verstehen, dass er ihre perfekte Ergänzung sei: Er mochte die jungen Dinger.

»Weil ich Leo liebe.«

»Und ich liebe Barbara. Aber was hat das damit zu tun? Wir sind beide allein, beide einsam.« Seine Hand, die bisher auf seinem Oberschenkel gelegen hatte, wanderte zu ihrem.

Sie versuchte sie wegzuschieben, aber je mehr sie sich mühte, desto fester packten seine Finger zu.

»Bitte nicht, Jay«, bat sie mit hoher, weinerlicher Stimme. Aber das hatte auch bei Jack nie funktioniert. Und Gegenwehr machte es nur noch schlimmer, das wusste sie aus bitterer Erfahrung. Sie gab ihren Widerstand auf und ließ seine Hand los.

»Laney, Laney«, sprach er beruhigend auf sie ein, und seine Hand streichelte dabei über ihr Bein, als wolle er ein nervöses Pony beschwichtigen. »Ich hätte dich nie für prüde gehalten. Doch nicht ein so freisinniges, lebenslustiges Mädchen wie du. Das ständig mit Leos Freunden flirtet …«

»Ich flirte mit niemandem.«

»Komm, jetzt hör schon auf, die Unschuld zu spielen.« Er lächelte, aber der Blick in seinen Augen war kalt, ließ jeden Vorwand fahren. Er hatte sich nicht »im Tag geirrt«. Beide wussten, wie das hier ausgehen würde. Sie war allein, der nächste Nachbar war mehrere Hundert Meter entfernt, die Brandung würde ihre Schreie übertönen. »Das kaufe ich dir nicht ab. Du hast mich vom ersten Moment an der Nase herumgeführt. Du weißt ganz genau, dass du mir absichtlich den falschen Tag genannt hast. Du hast mich hergelockt. Also tu jetzt nicht so, als ob du's auf einmal nicht mehr willst.«

In Laney fiel eine Tür zu, etwas in ihrem Innern verschloss sich. Er rutschte näher und beugte sich zu ihr hin. Sie sah ihre Silhouetten in der Scheibe, Jay, der ihr auf die Pelle rückte und …

War das Leo? Sie sah Leo im Glas, der sie mit schreckensweiten Augen anstarrte, eine Reisetasche in der Hand, den Mantel über dem Arm. Konnte er es wirklich sein? Ihr Leo? Der Mann, der sie aus ihrem alten Leben gerettet hatte? War er wirklich schon zurück? Oder spielte ihr ihre Fantasie einen Streich?

Ihre Blicke begegneten sich sekundenlang in der Scheibe, und die Zeit schien stillzustehen, ihre Figuren zu erstarren und sich einen Moment lang auf dem Fleck zu drehen wie ein Mobile über einem Kinderbett.

Und dann kehrte die Realität zurück. Jay wurde das allerdings erst klar, als ihn Leos Faust am Kinn traf. Dann wurde er beim Kragen gepackt, zur Tür geschleift und in hohem Bogen rausgeworfen.

»Leo! O Leo!« Laney warf sich schluchzend an seinen Hals. »Ich konnte ihn nicht aufhalten. Er wollte nicht auf mich hören.« Es war vorbei. Gott sei Dank, es war vorbei.

Leo sagte nichts, sein Körper hatte sich versteift. Sie hob den Kopf, schaute fragend zu ihm auf.

»Leo?«

Aber ein Blick in sein Gesicht genügte. Es war noch nicht vorbei.

»Warum lügst du mich an?«, brüllte er. »Er ist mein *Freund*. Ich kenne ihn seit der Uni! So was würde er nie tun …« Er starrte sie an, seine Brust hob und senkte sich mit seinen Atemzügen, die obersten Knöpfe seines Hemdes standen offen, die Krawatte hatte er irgendwo auf dem Weg von oder zur Haustür verloren. »Was hast du angestellt, Laney? Du musst was getan haben. Allein würde er doch nie auf den Gedanken …«

»Ich hab nichts getan!«

»Das glaube ich nicht! Ich sehe doch, wie du mit diesen Herumtreibern am Strand flirtest. Hältst du mich für blind?«

»Leo, das sind doch bloß Freunde«, versuchte sie ihm entnervt zu erklären. »Ich muss doch auch mal mit jemandem reden, wenn du die ganze Zeit weg bist. Du bist doch nie da!

Wenn ich mit keinem reden kann, verliere ich noch den Verstand! Aber ich war dir nie, *niemals* untreu. Es gibt doch nur dich, das weißt du!«

Aber er schüttelte den Kopf, die Hände in die Hüften gestemmt. »Nein, du hast ihn aufgereizt. Du hast mit ihm geflirtet, wie du's immer tust, und bist zu weit gegangen.«

Wie sie es immer tat? Dass er das glaubte, war für sie wie eine Ohrfeige. »Es ist nicht meine Schuld«, beharrte sie still, fast flehend.

Aber er glaubte ihr nicht. Hörte sie gar nicht. »Was hast du angestellt?«, wiederholte er mit skeptisch hochgezogenen Brauen. Als würde er sowieso nicht davon ausgehen, dass sie ihm die Wahrheit sagte.

»Ich habe ihm aus Höflichkeit einen Drink angeboten. Weil er dein Freund ist, und weil ich wusste, dass du das von mir erwarten würdest. Weil ich wollte, dass du stolz auf mich bist.«

»Stolz?«, höhnte er. »Du glaubst, ich bin stolz auf eine Frau, die in meiner Abwesenheit andere Männer empfängt? Die sich für unangreifbar hält, bloß weil sie in Geld schwimmt? Du bist meine Frau! Meine!« Er war mit wenigen Schritten bei ihr, packte sie beim Handgelenk. »Sag mir jetzt, was du getan hast!«

Aber sie konnte nichts mehr sagen – als habe er ihr einen Korken in die Kehle gerammt. Wortlos starrte sie zu ihm auf. Er würde ihr nicht glauben, weil er ihr noch nie geglaubt hatte. Es war immer derselbe alte Streit, dieselbe Auseinandersetzung. Das hier war nicht neu, aber auch noch nicht richtig alt.

Das Gefühl, das sie gehabt hatte, als sie auf dem Sofa saß und ihn auf einmal in der Glasscheibe erblickte, keimte erneut in ihr auf, stärker, farbiger. Als wäre ihr bis dahin geradlinig verlaufenes Leben zum Stillstand gekommen, als hätte der Zug jäh das Gleis gewechselt. Als hätten die Schauspieler auf der Bühne neue Skripts erhalten und müssten neue Rollen einüben. Das war also aus ihnen geworden.

Es war vorbei.

17. Kapitel

Rom, Juli 2017

Erneut bebte die Erde, aber alle waren nach Hause gegangen, die Spezialisten in ihren Signalwesten hatten ihre Schicht beendet, hatten für heute Schluss gemacht. Cesca wurde am ganzen Körper durchgeschüttelt, und ihre Teetasse ratterte auf dem Unterteller. Sie hatte die lauten Abschiedsrufe der Grubenarbeiter schon vor einer ganzen Weile gehört. Das Loch im Boden lag verlassen da, ebenso groß und gähnend wie beim ersten Mal. Elena empfand die Arbeiter mittlerweile als Belästigung, die Grube als »Schande für die Augen«; sie wollte ihren schönen Garten wiederhaben, sie bekam Migräne, war es leid, dass alle diese Leute »wie Ameisen« auf ihrem Grundstück herumwuselten.

Cesca selbst hatte die Arbeiten in der vergangenen Woche immer wieder vom Sonnenzimmer aus beobachtet, war während ihrer Teepausen zur Terrassentür geschlendert und hatte das Tun und Treiben am »Loch« verfolgt, wo Männer hinabgelassen und wieder heraufgeholt wurden. Sie fragte sich, wie man ein Loch von dieser Größe wieder auffüllen wollte. Indem man tonnenweise frische Erde heranschaffte? Elena hatte erwähnt, dass man es mit Beton füllen wolle, aber die Menge, die dazu benötigt wurde, war schier unvorstellbar.

Obwohl es nicht den Eindruck machte, als ob man es mit dem Auffüllen besonders eilig hatte. War das vielleicht der Grund? Weil man wusste, dass es zu Nachbeben kommen würde? Dass sich das Loch noch vergrößern könnte? Sie hielt den Atem an und wagte es nicht, auch nur ein Fingerglied zu rühren. Ihr Blick huschte besorgt zur Gewölbedecke, doch sie konnte keine neu entstandenen Risse oder herabgefallenen Putz entdecken, die einen bevorstehenden Zusammensturz andeuteten. Auch der Marmorfußboden war glatt wie immer, die Sinkhöhle schien sich also auch nicht in diese Richtung ausgeweitet und den Palazzo instabil gemacht zu haben. Ob es nicht trotzdem sicherer wäre, so schnell wie möglich aus diesem Raum, ja dem ganzen Gebäudeflügel zu verschwinden?

Aber alles blieb still. Es hatte nur wenige Sekunden lang gebebt, ja eigentlich konnte man es gar kein richtiges Beben nennen, eher ein kleines Erzittern der Erde. Sie erhob sich zögernd und ging ängstlich zu den Terrassentüren, warf einen vorsichtigen Blick nach draußen. Alles wirkte unverändert – die Sinkhöhle sah nicht größer aus als zuvor. Vielleicht tiefer? War möglicherweise eine weitere Ebene eingebrochen?

Sie wartete, aber es blieb still. Kein Beben, keine Vibrationen. Man konnte fast meinen, dass sie sich das Ganze bloß eingebildet hatte.

Schließlich siegte ihre Neugier. Es war ja niemand außer ihr und Alberto da, denn Elena war übers Wochenende auf einer Hochzeit in Florenz. Und selbst der sonst so steife Butler nahm es in Abwesenheit der Principessa – und angesichts der derzeitigen Hitze, die in der Stadt herrschte – ein wenig lockerer. Das Wochenende winkte schon: Cesca freute sich auf die freitäglichen Drinks und Vergnügungen mit ihren Freunden. Eine lange, anstrengende Woche lag hinter ihr. Da waren die unvorhersehbaren Stimmungsschwankungen ihrer Gastgeberin, das ein wenig unheimliche Lunchtreffen mit Christina und natürlich das ermüdende Durchforsten von Fotostapeln. Gar nicht zu reden von den Anstrengungen, die sie unternahm, um Elenas Aussagen zu überprüfen. Sie hatte beispielsweise eine Kopie der Heiratsurkunde aus Amerika angefordert und auch einen Abstammungsnachweis der preisgekrönten Stute, Miss Midnight. Das war zwar ein wenig übertrieben, aber es entsprach nun einmal Cescas gewissenhafter Art – ob es sich nun um einen Sofatisch-Wälzer handelte oder um einen juristischen Fall. Ihr professioneller Stolz ließ es nicht zu, auf ihrer Suche nach der Wahrheit auch nur einen Stein unberührt zu lassen.

Ein Sonnenstrahl schien zwar noch in eine Ecke des Raumes, aber der Garten selbst lag bereits im Schatten. Sie trat vorsichtig ins Freie und huschte auf die Absperrung zu, duckte sich unter ihr hindurch und trat an den Rand des Loches. Beim Anblick des gähnenden Abgrunds, der sich vor ihr auftat und in dem sich, wie von einer Riesenhand aufgetürmt, geborstene Wasserrohre, gerissene Versorgungsleitungen, Betonplatten, Schutt und Vegetation häuften, krampfte sich ihr Magen zusammen. Die Szenerie besaß etwas Apokalyptisches: der Nachhall einer Naturkatastrophe oder eines von Menschenhand verursachten Krieges, eine Wunde in diesem Idyll, eine Mahnung, dass sich die Natur niemals wirklich zähmen ließ.

Sie trat einen Schritt zurück. Es sah nicht anders aus als bei ihrem ersten unerlaubten Blick in die Tiefe, und sie wollte nicht länger bleiben als unbedingt nötig, der Anblick machte sie frösteln. Eine beinahe urwüchsige Bedrohung ging von dem Loch aus. Elena hatte recht – je eher es wieder aufgefüllt wurde, desto besser.

Sie wandte sich ab, es reichte ihr für heute. Es wurde Zeit, sich für den Abend umzukleiden und …

»Hallo?«

Sie erstarrte. Die Stimme klang dumpf, wie aus weiter Ferne, wie von jenseits der dicken Mauern, von der Straße. Aber das war es nicht. Denn die Stimme drang von unten herauf, aus den Tiefen der Erde.

»Ist da jemand?«

Sie hastete zum Grubenrand zurück und spähte erneut in die schwindelerregende Tiefe. Panisch huschte ihr Blick über Schutthaufen, aufgebrochene Erde, abgebrochene Betonplatten und ausgerissene Bäume – aber nirgends ein Anzeichen von menschlichem Leben, weder ein Gesicht noch ein Stiefel oder Schutzhelm. Doch da, an einer Stelle schien sich die Erde zu heben, ein wenig aufzuwerfen, als würde jeden Moment ein Maulwurf seine Nase aus der Erde recken und Witterung aufnehmen.

Mit wild klopfendem Herzen stand sie da und wartete ab, was geschah. Es hätte sie nicht einmal verwundert, wenn ein feuerspeiender Drache seine roten Nüstern aus dem Schutt gereckt hätte. Was jedoch erschien, war ein Finger – ein staubiger, erdverkrusteter Finger.

Sie keuchte entsetzt auf. »Mein Gott!« Da unten war jemand, verschüttet unter zwei Metern Erde. Es war rötliche, feuchte Erde, anders als die trockenen, ausgebleichten Erdbrocken, die bereits seit einer Woche dem Sonnenlicht ausgesetzt waren. Jetzt wusste sie plötzlich, was geschehen war: Es musste einen Erdrutsch in dem Loch gegeben haben!

Reinspringen konnte sie nicht, dafür war die Höhlung zu tief. Außerdem hätte sie dabei möglicherweise einen weiteren Erdrutsch auslösen können. »Mein Gott, Hilfe! Hilfe!«, schrie sie und sprang auf die Füße, schaute sich hektisch um.

Aber es war niemand zu sehen.

Nichts, das ihr helfen konnte.

Bis auf …

Ihr Blick fiel auf das Klettergeschirr, das neben dem Loch auf dem Gras ausgebreitet lag, als habe man es zurechtgelegt, um sofort wieder hineinschlüpfen zu können. Es war mittels eines Karabiners an einem der Seile befestigt, die in die Tiefe hingen.

Es blieb keine Zeit zum Überlegen. Sie trat ins Geschirr hinein. Zuvor musste sie allerdings ihren langen Rock in ihre Unterhose stopfen, was lächerlich aussah, wie eine überdimensionale Windel. Sie ließ die Verschlüsse einrasten und zog mit einem prüfenden Ruck am Seil. Es hielt. Dann ließ sie sich ins Loch hinab, so gut sie konnte. Sie hatte keine Ahnung vom Abseilen, tat es aber so, wie sie es im Fernsehen gesehen hatte: mit ein wenig zurückgeneigtem Oberkörper und vorgestreckten Beinen. Und es funktionierte – obwohl sich der Grubenrand nach innen wölbte und sie sozusagen frei schwebend in der Luft hing.

Mit vor Angst zitternden Händen – bekam der Verschüttete da unten überhaupt noch Luft? – ließ sie sich bis zum Grund hinab. Sie zuckte zusammen, als ihre Fußspitzen den Boden berührten. Das Letzte, was sie jetzt gebrauchen konnte, war eine weitere – von ihrem Gewicht! – verursachte Absenkung. Dann löste sie sich kurzerhand zusammen mit dem Klettergeschirr vom Seil – das war einfacher, als sich umständlich daraus zu befreien – und stolperte zu der Stelle, wo sie vorhin den Finger gesehen hatte. Aber wo genau war das nochmal gewesen? Hier unten, aus der Nähe, sah alles ganz anders aus, umgeben von Schutt- und Erdhügeln, aus denen Kabel ragten oder Tonrohre mit scharfzackigen Kanten, verdrehte Metallrohre, ja der Schutt von Jahrhunderten römischer Besiedlung: Topfscherben, Tüten … und dieser Gestank nach Abwässern, nach fauliger Erde. Ihr wurde speiübel, und sie hatte Mühe, sich nicht zu übergeben.

Da hörte sie etwas und wandte sich um. An einer Stelle liefen Erdrinnsale und Kieselsteinchen von einer Erhebung herab und sammelten sich am Fuß des Aufwurfs. Aus einem Finger wurden vier.

»Ich bin hier! Hier bin ich!«, rief sie auf Italienisch und lief stolpernd hinüber, wobei sie über den breiten Wurzelstock eines Orangenbäumchens klettern musste, das es in die Tiefe gerissen hatte, und sich dabei an den Zweigen ihre nackten Beine aufkratzte. »Hören Sie mich?« Sie tastete nach den Fingern, packte sie. Die Finger packten sie ebenfalls. Sie drückte sie tröstend, dann ließ sie sie wieder los. »Keine Angst, ich hole Sie hier raus«, versprach sie fast schreiend, damit man sie auch gewiss hörte.

Das tat man offenbar, denn die Hand reckte zustimmend den Daumen, dann verschwand sie.

Cesca begann hektisch zu graben, wie ein Eichhörnchen, das versuchte, an seinen Wintervorrat heranzukommen. Die Erde war rasch beiseitegeschafft. Doch dann stieß sie auf einen Geröllhaufen, der alles bedeckte wie eine Schlammlawine. »Mein Gott«, flüsterte sie. Betonplatten türmten sich über dem Loch auf, teilweise größer als sie. Jetzt, wo die Erde weg war, konnte man einen – überraschend muskulösen – Arm sehen, der aus einem Spalt zwischen den Platten bis fast zum Ellbogen hervorragte. Der Rest des Körpers steckte jedoch hinter den Betonplatten fest wie in einem Mausoleum.

»Keine Sorge, ich komme«, sagte sie in aufmunterndem Ton, der jedoch nicht dem entsprach, was sie fühlte. Sie hätte erst mal Hilfe rufen sollen, anstatt sich überstürzt ins Loch hinabzulassen. Oder wenigstens Guido oder Matteo verständigen, schließlich lagen ihre Arbeitsplätze nicht weit von hier entfernt. Sie warf einen Blick nach oben: Man konnte nur noch ein Stück vom obersten Stockwerk des Palazzos erkennen. Der Himmel färbte sich bereits pfirsichfarben, hin und wieder flatterte eine Taube auf dem Weg zum Nachtquartier vorbei. Wie sollte sie hier überhaupt selbst wieder rauskommen?

Sie schickte hastig eine SMS an die beiden Freunde und bat sie, so rasch wie möglich herzukommen. Dann wandte sie sich wieder dem Arm zu. »Kriegen Sie auch genug Luft? Können Sie da drin atmen?«, erkundigte sie sich besorgt.

»Ja«, sagte die Stimme, die jetzt nicht mehr ganz so fern und hohl klang.

»Da sind ein paar ziemlich große Betonbrocken, die ich erst aus dem Weg schaffen muss. Das könnte eine Weile dauern. Aber ich werde Sie schon da rausholen, okay? Hilfe ist im Anmarsch, versprochen«, versicherte sie zittrig.

»Keine Sorge, ich habe hier ein wenig Bewegungsfreiheit.«

Nervös kroch sie den Schuttberg hinauf – sie hatte Angst, ihn möglicherweise zum Einsturz zu bringen und den Mann noch tiefer zu vergraben – und schlang die Arme um den nächstbesten Brocken. Ächzend gelang es ihr, ihn umzustoßen und herabrollen zu lassen. Da sie nicht schnell genug beiseitesprang, schürfte sie sich an der Innenseite ihrer Arme die Haut auf. Eine dicke Staubwolke wallte auf, als der Block unten ankam und federnd zur Ruhe kam.

Das wäre immerhin einer, dachte sie und schaute sich befriedigt um.

Abermals warf sie sich mit ihrem ganzen Gewicht gegen einen der scharfen Betonbrocken und versuchte ihn ächzend aus dem Gleichgewicht zu bringen. Diesmal gelang es ihr, rechtzeitig zurückzuweichen, bei den nun folgenden nicht immer. Wenig später war sie vollkommen zerkratzt und in grauen Staub gehüllt, doch der Brockenhaufen nahm immerhin ab, und der Schutt rieselte nach unten. Lücken öffneten sich in der Verschüttung, und sie konnte zu ihm hineinblicken. Sie erkannte einen grau gepuderten Lockenschopf, stolze, nun allerdings gedemütigte dunkle Augen, ein ehemals makelloses, nun zerrissenes T-Shirt und starke Muskeln, mit denen er in seiner Lage aber nichts ausrichten konnte.

»Fast geschafft«, keuchte sie und konnte nur hoffen, dass sie sich zuversichtlich anhörte. »Nur noch ein letzter Brocken.«

Das war allerdings auch der schwerste, und er war anders als die anderen. Er besaß eine glatte Seite, denn es war ein Stück von der Steinterrasse, die mit dem Rest in die Tiefe gerissen worden war und das Loch, in dem er steckte, nun wie eine Tür verriegelte. Sie stemmte sich mit der Schulter dagegen und stieß und schob, bekam die Platte aber nicht von der Stelle, sondern rutschte auf dem Schutt immer wieder mit den Füßen ab. Sie versuchte es erneut. Nichts. Und noch einmal.

»O Gott.« Sie stemmte keuchend die blutig aufgeschürften Hände auf die ebenso blutigen Knie. Seit zwanzig Minuten ackerte sie jetzt schon herum und war am Ende ihrer Kräfte. Aber der Mann saß ja noch immer fest. Allein schaffte sie das nicht. »Ich krieg ihn nicht von der Stelle«, keuchte sie. »Ich muss Hilfe holen.«

»Warten Sie!« Die Stimme des Mannes klang schon viel näher. Kräftiger.

Sie richtete sich hoffnungsvoll auf. Er hörte sich auch gar nicht ängstlich an, eher autoritär, befehlshaberisch. »Da, sehen Sie diesen Spalt?« Sie schaute hin. Seine Finger zappelten an besagtem Spalt. »Gibt es hier irgendwas, das sich als Hebel einsetzen ließe?«

»Ein ... ein Hebel ...«, wiederholte sie verwirrt. Sie schaute sich hektisch um. Da waren die zerborstenen Rohre, aber die waren aus Ton; Baumstämme, aber die waren zu lang und viel zu schwer. Da fiel ihr Blick auf ein Metallrohr von der Art, wie es beim Bau als Verstärkung benutzt wurde. Es ragte nur wenige Meter entfernt aus dem Erdreich. Ein Ende war abgerissen und scharfzackig, aber das andere war mit einer Art Betonzylinder abgedeckt.

Mit klirrendem Klettergeschirr kroch sie dorthin. »Ich hab das hier gefunden.« Sie zeigte ihm schwer atmend die Stange.

Er blinzelte. »Versuchen Sie's damit.«

Sie versuchte die Stange in den Spalt zu schieben. Sie passte.

»Okay. Und jetzt stellen Sie sich dahinter und ziehen Sie so kräftig, wie Sie können.«

Cesca zog. Nichts geschah. Ihre blutverschmierten Hände rutschten immer wieder an dem glatten Metall ab. »Ich versuch's andersrum. Mit Stoßen, das ist leichter für mich.« Sie duckte sich unter der Stange hindurch und warf sich dann mit ihrem ganzen Gewicht darauf. Einen Moment lang geschah gar nichts. Ihre Füße kratzten und rutschten über den Schutt. Und dann …

Die Stange kippte nach vorne, und Cesca fiel mit dem Gesicht voran in den Schutthaufen. Die Steinplatte löste sich krachend und rutschte mit einem dumpfen Rumpeln und Poltern den Hügel hinab, traf mit einem Aufprall auf dem Schutt auf, dass die Erde bebte. Über der Sinkhöhle erhob sich eine Staubwolke wie ein Atompilz, und Cesca hustete und würgte sich die Lunge aus dem Leib.

Sie spürte ein Paar Hände auf ihrem Rücken. »Alles in Ordnung mit Ihnen?«

Aber sie konnte nicht aufhören zu husten, der Staub brannte in ihrer Lunge und auch in ihren Augen. Ihre Wange brannte ebenfalls. Mit den Fingern ertastete sie ein paar neue, tiefe Kratzer. Sie hob den Kopf und erblickte das grau gepuderte Gespenst aus der Tiefe. Ob sie genauso aussah wie er? Doch dann …

»Sie schon wieder!«, keifte sie. Mit klirrendem Geschirr sprang sie ungeschickt auf. Es war nicht einfach, auf dem unebenen Grund die Balance zu behalten. »Wenn ich gewusst hätte, dass Sie das sind, dann …«, keuchte sie und starrte ihn grimmig an.

»Was?« Das Weiße in Cantarellis Augen bildete einen starken Kontrast zu seiner bestäubten Haut, den stark geröteten Lippen und den dunklen, beinahe schwarzen Augen, die ihren Zorn nicht zu begreifen schienen.

Aber sie konnte ihren Satz nicht beenden. So wütend sie auch war, sie hätte ihn trotzdem nicht im Stich lassen können.

»Sie haben da …« Er berührte seine Wange. Sie tat es ihm

nach und bemerkte Blut an ihren Fingerspitzen. Deshalb brannte ihre Wange also. »Kommen Sie, die Wunde muss gereinigt werden.«

»Machen Sie sich mal um mich keine Sorgen«, entgegnete sie brüsk. So leicht würde sie sich nicht ablenken lassen und ihm erlauben, die Kontrolle über die Situation an sich zu reißen – als ob *sie* das Opfer wäre und nicht er. »Ich war's ja nicht, der gerettet werden musste.«

Seine Augen blitzten auf, er wurde offenbar nicht gern an seine hilflose Lage erinnert. Dann musterte er sie auf diese verstörend direkte Art. »Nun, dafür danke ich Ihnen …«

Er hörte sich an wie ein Kleinkind, dem man den Eisbecher wegzunehmen versuchte.

»… aber ich hätte es auch allein geschafft.«

Cesca fiel die Kinnlade herunter. »Wie bitte?!«

»Sie hätten sich die Mühe sparen können. Ich wäre auch von selbst wieder rausgekommen.«

»Ach ja, glauben Sie?«, meinte sie sarkastisch. Sie wies auf das Loch, das sie buchstäblich mit bloßen Händen freigekratzt hatte, auf die Betonplatten, die sie weggestemmt hatte und die sich nun am Fuß des Erdhügels auftürmten, darunter ein ganzes Stück Terrasse. »Dann haben Sie wohl bloß aus Spaß um Hilfe gerufen, was?«

Er sagte nichts, aber seine ergrimmte Miene sprach Bände. Das gefiel ihr. Er wusste ganz genau, dass er in ihrer Schuld stand.

»Was haben Sie überhaupt ganz allein da unten zu suchen gehabt?«, fuhr sie fort. »Dagegen gibt's doch sicher Vorschriften.«

»Ich weiß, was ich tue.«

»So hat es aber nicht ausgesehen.« Sie stemmte die Hände

in die Hüften. »Ihnen ist schon klar, dass niemand mehr hier ist, oder? Alberto hätte Sie im Haus nie hören können. Und Elena ist übers Wochenende weg. Sie können von Glück reden, dass ich noch da war.«

Er zog skeptisch eine Augenbraue hoch. »Ach ja?«

Cesca rang empört nach Luft. »Sie hätten sterben können!«

»Nein.«

»… was?«

»Hätte ich nicht. Es gab noch einen anderen Ausgang.« Er deutete auf das Loch, aus dem er – mit ihrer Hilfe! – rausgekrabbelt war. Dahinter befand sich, wie sie jetzt erst bemerkte, ebener, glatter Boden.

Cesca trat mit offenem Mund näher und spähte hinein. Ein Gang tat sich vor ihr auf, der sich nach rechts zum Westflügel und auch nach links zum Ostflügel erstreckte. An den Wänden befanden sich in regelmäßigen Abständen kleine Nischen, in denen man in früheren Zeiten zur Beleuchtung Kerzen abgebrannt hatte, was man oben an den schwarzen Rußspuren erkennen konnte. Höchstwahrscheinlich befanden sich an den Enden des Ganges Türen, die zurück in den Palazzo führten.

Sie schaute ihn mit wachsendem Zorn an. Hatte sie sich etwa ganz umsonst für ihn in Gefahr gebracht? Sie hatte Schürfwunden am ganzen Körper! Sie warf einen Blick auf ihre nackten Arme und ihre blutig zerkratzten Beine, ihren hochgebauschten Rock, der hoffnungslos ruiniert war. Und er war nicht mal dankbar! Es war ganz umsonst gewesen. »Warum zum Teufel haben Sie dann nicht diesen Ausgang benutzt?«

»Das darf ich nicht sagen. Das ist vertraulich.«

Cesca fiel erneut der Unterkiefer runter. Sie war so frustriert, dass sie ihn am liebsten mit einem Hagel von Schlägen und Tritten eingedeckt hätte. Wie konnte er es wagen, sich so zu benehmen, wo sie doch nur versucht hatte, ihm zu helfen? »Das ist alles, was Sie zu sagen haben? Nach all der Mühe, die ich mir gegeben habe, um Sie rauszuholen? Ich hatte Angst, Sie würden ersticken! Sie würden sterben! Und Sie können mir nicht mal den Grund dafür nennen, weil es angeblich ›vertraulich‹ ist?«

Er registrierte ihre fast ohnmächtige Wut, die rot geränderten Augen, die bebenden Lippen, die blutigen Knie, die aufgeschürften Fingerknöchel. Sie bemerkte, wie sich seine rechte Hand über etwas schloss. »Und dafür danke ich …«

»Was ist das?« Sie deutete auf seine Faust.

»Das ist vertraulich.«

»Ach, ist das etwa der Grund, warum Sie nicht nur Ihr eigenes, sondern möglicherweise auch *mein* Leben in Gefahr gebracht haben?«

»Es bestand für niemanden eine Gefahr.«

Sie richtete sich auf. Es reichte ihr jetzt. Es reichte ihr mit ihm und mit seiner blöden Heimlichtuerei. »Zeigen Sie mir sofort, was Sie da haben. Oder ich werde Ihrem Vorgesetzten von dem Vorfall berichten. Mir ist egal, was Sie sagen. Ich glaube kaum, dass es die Sicherheitsbestimmungen dieses Landes zulassen, dass sich jemand ganz allein in so einem Loch aufhält.«

Er funkelte sie böse an. Dabei war er immer noch so von Staub bedeckt, dass er aussah wie eine Statue; nur der Zorn in seinen Augen verlieh ihm etwas Lebendiges. Langsam und mit sichtlichem Widerwillen öffnete er seine Handfläche.

Cesca erblickte eine winzige Mosaikscherbe. »Ist das alles?«

Er zuckte die Schultern, seine Lippen waren grimmig zusammengepresst.

»Heda!«

Beide blickten auf und sahen drei Gesichter über den Rand der Grube spähen: Alberto, Guido und Matteo.

»Was geht hier vor?«, fragte Alberto verärgert.

Matteo grinste. »Ist das eine Privatparty, oder darf man mitmachen?« Aber bei Cescas Anblick verging ihm das Grinsen. »He, Baby, was ist passiert?«

»Chess, alles in Ordnung?«, erkundigte sich Guido, ganz der Beschützer.

Sie konnte nur den Kopf schütteln. Beim Anblick der geliebten Freunde kamen ihr fast die Tränen. Sie hatte genug von diesem Mann. Ein undankbarer, grober, arroganter Klotz war er. Seinetwegen blutete sie schon wieder! Was das erst für einen Schorf geben würde!

»Helft mir hier raus, bitte.« Sie stolperte über die Schutthaufen zu dem Seil zurück und versuchte mit zitternden Fingern, den Karabiner wieder daran zu befestigen. Cantarellis Blicke spürte sie dabei wie Laserstrahlen auf ihrem Rücken.

18. Kapitel

New York, Dezember 1977

Ihr Silberlamé-Kleid – das sie an ein Kleid ihrer Mutter erinnerte, aber das war schon eine halbe Ewigkeit her – blitzte im Stroboskoplicht der Diskothek. Die schlanken, gebräunten Arme hochgereckt wiegte sie sich zum Takt eines Songs von Donna Summer. Ihr dunkles, welliges Haar ergoss sich wippend über ihren Rücken. Steve saß in einer Nische mit Andy Warhol zusammen, beide beobachteten aber nicht sie, sondern etwas – oder besser jemand – anderen. Steves tief liegende Augen blickten brütend vor sich hin, er hatte einen Arm lässig über die Sofalehne geworfen, zwischen den Fingern hielt er eine Zigarette. Laneys Blick hing träge an ihrem Liebsten. Er sah selbst hier in dieser Umgebung aus wie ein Filmstar. Die obersten drei Knöpfe seines Hemdes standen offen, das dunkle Haar fiel in einer dicken Locke in seine Stirn und musste immer wieder von ihm zurückgestrichen werden, was den Gaffern Gelegenheit bot, seine fantastischen Wangenknochen zu bewundern, die auch die Kameras so an ihm liebten. Sein neuer Film war gerade herausgekommen und hatte in kürzester Zeit die Kinokassen erobert, ja, er stellte sogar den neuen John-Travolta-Film in den Schatten. Steve war inzwischen so begehrt, dass sie manchmal mitten in der Nacht aus dem Schlaf fuhr und bis Sonnenaufgang nicht mehr einschlafen konnte. War ihr Leben denn nicht schon verrückt genug?

Mit ihm verheiratet zu sein war, als würde man in unmittelbaren Nähe der Sonne leben. In dieser Umgebung jedoch waren alle gleich – jedenfalls die, die es durch die Absperrung hereinschafften – obwohl, selbst dort waren einige gleicher als andere. Sagte man das nicht so? Mick Jagger war hier, mit seiner neuen Flamme, dem Fotomodell Jerry Hall. Liza befand sich bereits auf dem Tanzboden, und Laneys Freundin Elsa Peretti, die Schmuckdesignerin, saß mit Halston und Truman Capote zusammen. Auch die neue Teen-Sensation Brooke Shields hatte vorhin in Begleitung ihrer Mutter reingeschaut. Es wurde viel getuschelt über ihren neuen Film *Pretty Baby*, der zwar noch nicht erschienen war, aber innerhalb der Filmindustrie bereits für Aufheben sorgte. Das Zentrum des Sogs war jedoch Steve. Frauen in hautengen, glänzenden schwarzen Leggins drängten sich zu ihm an den Tisch und warfen lachend das Haar zurück, ließen lässig einen Träger von einer Schulter herabrutschen …

Sie sah, wie sich eine große Blondine – wahrscheinlich ein Fotomodell – neben ihn auf die Sitzbank gleiten ließ. Sie trug ein schulterfreies neonblaues Kleid, das sich eng an ihre schmale Figur schmiegte und das ihre nackten, glänzenden Schultern hervorhob. Sie schienen einander zu kennen: Steve streckte den Arm aus, um ihr aus der Flasche Champagner einzuschenken, eine Gefälligkeit, die er durchaus nicht jedem erwies. Mit blitzenden weißen Zähnen prosteten sie einander zu.

Laney, die genug von dem Anblick hatte, kehrte ihnen den

Rücken zu und ließ ihren Unterleib rotieren, denn jetzt gab es die Bee Gees: *Staying Alive*. Jemand nahm sie bei den Händen und tanzte mit ihr, wirbelte sie herum. Laneys Herz klopfte wie wild. Es war fürchterlich heiß hier drinnen, obwohl draußen dicker Schnee lag. Instinktiv betastete sie ihre Nase, das war mittlerweile fast zu einem Tick geworden, um sicherzugehen, dass nichts von dem weißen Pulver mehr dort klebte.

Der Mann tauchte in der Menge unter, und sie sah sich auf einmal von einem Meer fremder Gesichter umgeben, einer wogenden Masse, die sie bedrängte und die ihre Freunde, ihre Clique zurückschob. Sie fühlte sich allein und verlassen und bekam Angst, denn ihr war von klein auf eingetrichtert worden, sich vor Menschenmengen, vor Fremden zu fürchten. Deshalb wandte sie sich erneut zu Steve um, einem Anker in dieser wogenden See.

Die schmale Hand der Blondine ruhte auf seinem Oberschenkel, er hatte ihr den Kopf zugeneigt und flüsterte ihr etwas ins Ohr. Sie strich sich das Haar zurück und legte ihren Schwanenhals frei, der mit elegantem Schwung in die Schulterpartie überging. Andy, der danebensaß, stierte wie immer ein wenig verwirrt durch seine dicken Brillengläser; sein Haar wirkte im Stroboskoplicht wie eine aufblitzende weiße Flamme.

Laney konnte sich kaum sattsehen an ihrem Mann. Selbst wenn die Blondine sich Illusionen machen sollte – Steve gehörte ihr, ihr ganz allein. Er würde sie nie verlassen, denn ihr Name öffnete ihm zu viele Türen. Selbst sein Millionenverdienst konnte nicht mit ihrem Vermögen mithalten. Zusammen waren sie Dynamit, ein Power Couple. Mehr als die Summe ihrer Teile.

Sie brauchten einander.

Sie behielt ihn im Auge, tanzte aber weiter. Am liebsten wäre sie hingegangen und hätte das Mädchen aus der Nische gezerrt und Steves Hände um *ihren* Körper gelegt. Aber ihre Silbersandalen wollten sich nicht von der Tanzfläche bewegen. Sie hingen fest in diesem Spiel, und wann es begonnen hatte, konnte sie nicht sagen, es ging schon so lange. Auch wie es begann, wusste sie nicht mehr. Sie erinnerte sich überhaupt nur noch an sehr wenig – seit wann waren sie getrennt glücklicher als zusammen? Seit sie eine Familie gegründet hatten? Aber das ergab keinen Sinn. Ein Kind brachte ein Paar einander doch näher, oder nicht?

Sie schloss die Augen und ließ sich von der Musik tragen. Eigentlich hätte sie etwas fühlen müssen, vor allem angesichts ihrer Situation, aber sie fühlte nichts, gar nichts. Sie war unverwundbar. Sie war kugelsicher.

Hände legten sich an ihre Hüften, und sie wurde an einen Körper gezogen, dessen Rhythmus sie sich bereitwillig anpasste. Sie fühlte sich gut, sehr gut. Alles war so weit weg … Der Mann drehte sie zu sich herum, zog sie an sich. Sein Gesicht kam ihr bekannt vor, aber sein Name wollte ihr nicht einfallen. Ihre kurz gerunzelte Stirn glättete sich wieder. Was spielte es für eine Rolle? Solche Details waren irrelevant. Es gab nichts als das Jetzt, als diesen Moment. Den heutigen Abend.

»Ich brauche mehr Champagner!«, brüllte sie dem Burschen ins Ohr. Ehe er antworten konnte, hatte sie ihn bei der Hand gepackt und zog ihn von der Tanzfläche. Als sie bei ihrer Sitznische erschien, rückte das Model ein wenig von Steve ab. Laney streckte sich über die gesamte Länge des Tisches und angelte sich ihr Sektglas. »Hey, Baby, hast du

Spaß?«, erkundigte sie sich und schwankte leicht, weil sie so plötzlich zu tanzen aufgehört hatte.

»Es macht dir doch nichts aus, oder, Laney?« Steve drückte einen dürren Oberschenkel der Blondine. »Du scheinst ja selbst ziemlich beschäftigt zu sein.«

»Bin ich auch.« Sie blickte achselzuckend zu ihrem Tanzpartner auf. Wie hieß er noch mal? Sie war ihm schon irgendwo über den Weg gelaufen, so viel war sicher. Ach, es gab einfach zu viele Leute … Wie sollte man sich die ganzen Gesichter merken? Das Gelächter, das Gehopse, der Geräuschpegel, all das verursachte ihr auf einmal Kopfschmerzen. Sie war plötzlich zutiefst erschöpft. Eine andere Welt – ein anderes Leben – blitzte kurz vor ihrem inneren Auge auf, grell, laut, überwältigend. Sie ließ sich mit einer Pobacke auf die Tischplatte plumpsen und trank ihr Glas in einem Zug leer. Steve flüsterte der Blondine etwas ins Ohr. Die schmunzelte ihn an diesem so öffentlichen Ort auf intime Weise an, und beide erhoben sich. Ihr Ehemann griff zu seiner Jacke und schwang sie über eine Schulter. »Dann bis morgen, Babe«, sagte er zu Laney, blieb vor ihr stehen und gab ihr einen Kuss auf den Mund. Ihre Blicke verhakten sich einen Moment lang – noch ein privater Moment, der mit der Öffentlichkeit geteilt wurde.

Sie nickte und blickte ihnen nach, sah die Hand ihres Mannes auf dem knochigen Hinterteil des Models ruhen. Die Menge teilte sich vor den beiden und bildete eine Gasse, die bis zum Ausgang reichte.

Ihr fast vergessener Tanzpartner trat einen Schritt näher, schenkte ihr leeres Glas voll und nahm selbst einen tiefen Schluck daraus, ehe er es an ihre Lippen führte. Die prickelnde Flüssigkeit lief ihr aus beiden Mundwinkeln. Er beugte sich vor und schlürfte sie von ihrer Haut. In Laney regte sich etwas wie Abscheu, ja Ekel. Aber es war ein theoretisches Gefühl, tatsächlich spürte sie gar nichts. Sie schloss die Augen: Sie fühlte sich gut, sie fühlte sich entrückt. Sie war mitten im Geschehen, sie war das It-Girl in der It-Crowd. Glücklich wie immer.

19. Kapitel

Rom, Juli 2017

Selbst bei Tage war die Helligkeit des weißen Zimmers eine Überraschung. Der Raum verströmte eine wohltuende Ruhe, trotz des für diese Jahreszeit unerwartet grauen Himmels und des zerstörten Gartens vier Stockwerke tiefer. Elena befand sich noch in ihrem Schlafzimmer und kleidete sich an. Alberto hatte sie auf Bitten der »Principessa« – wie er sie Cesca gegenüber jetzt wieder hoheitsvoll und abweisend nannte (sie hatte sich mit ihrer Eskapade am Freitag in der Sinkhöhle nicht gerade bei ihm beliebt gemacht) – hier heraufgeführt, da sich Elena nach dem Wochenende nicht besonders wohlfühlte und sich lieber ein wenig fernhielt vom Lärm und der Geschäftigkeit des Gartens.

Cesca stand am Fenster und spielte mit ihrem Haar, das sie zu einem langen Zopf geflochten hatte, der ihr über eine Schulter hing. Ihr Blick war auf das Treiben unten im Garten gerichtet. Von hier oben hatte man einen guten Überblick, man konnte direkt ins Loch hineinsehen, das jetzt um einiges größer und tiefer war, als es die Arbeiter am Freitagabend zurückgelassen hatten. Sie hatte das Eintreffen der ersten von ihnen beobachtet, hatte gesehen, wie sie zunächst stutzten und dann erschraken, wie sie ihre Messgeräte hervorholten und mit Laserstrahlen die neuen Dimensionen ausmaßen.

Als kurz darauf Cantarelli eintraf, mit einem hässlichen Kratzer am Unterarm und zwei geschienten Fingern, gab es einen großen Aufruhr, man warf die Arme in die Höhe und bombardierte ihn mit Fragen. Cesca fragte sich unwillkürlich, ob er zugeben würde, ganz allein unten gewesen zu sein. Und wann hatte er sich eigentlich die Finger gebrochen? Beim Einsturz oder bei der Befreiung? Er hatte zu dem Zeitpunkt jedenfalls nichts erwähnt und sich auch nicht anmerken lassen, dass er verletzt war. Andererseits hatte sie ihm ja kaum eine Gelegenheit dazu gegeben. Die Jungs hatten sie den ganzen Freitagabend lang deswegen aufgezogen, hatten erzählt, wie komisch es ausgesehen habe, als sie über den Rand der Grube spähten und sie sich da unten zankten wie ein altes Ehepaar. Sie sei praktisch am Seil hochgeschossen, nur um wieder rauszukommen, und das in dem Rock, der aussah wie eine dicke Windel.

Seufzend versuchte sie diese peinliche Vorstellung zu verdrängen, während er unten herumlief, als ob er hier der Herr wäre. Dieser Mann war nicht ihr Problem. Nächstes Mal sollte er sich gefälligst selbst ausbuddeln. Oder den Hinterausgang nehmen.

»Guten Morgen, Francesca«, kam Elenas Stimme beinahe singend von der Tür. »Verzeihen Sie, dass Sie warten mussten. Ich hoffe Sie hatten ein schönes Wo…« Sie schnappte erschrocken nach Luft. »Du meine Güte, was haben Sie denn angestellt?«

»Wie meinen Sie das?« Doch dann bemerkte Cesca Elenas entsetzten Blick, der an ihrer Wange haftete. »Ach, das.« Ihre Hand flog zu dem Kratzer. »Ich bin gestürzt.«

»Von einer *Klippe*?«, fragte Elena lachend, aber immer noch ziemlich erschüttert.

Cesca lachte ebenfalls, wollte aber nicht weiter darüber reden. Sie wandte sich vom Fenster ab, warf aber zuvor noch einen letzten Blick nach unten. Da stellte sie fest, dass Cantarelli, der auf dem Rasen stand, direkt zu ihr hinaufblickte! Das Lachen erstarb auf ihren Lippen.

Sie wich rasch vom Fenster zurück und trat weiter in den hellen Raum hinein. »Wie war die Hochzeitsfeier?«, erkundigte sie sich, um abzulenken. Sie ging um das Sofa herum, auf dem sie an jenem ersten Abend, der jetzt bereits zwölf Tage her war (sie konnte es selbst kaum glauben), gesessen hatte. Ihr kam es eher wie ein paar Monate vor.

»Ach, einfach himmlisch. Ich liebe Florenz. Ich übernachte dann immer im Medici. Die sind da so nett und geben mir immer meine gewohnte Suite.«

»Wer hat denn geheiratet?«

»Eins von Vitos Patenkindern. Er kannte ihre Eltern seit der Kindheit. Ich versuche, wenn möglich, die Verbindungen aufrechtzuhalten, weil ich weiß, dass er sich das gewünscht hätte. Ich habe ihr als Hochzeitsgeschenk einen Besuch im Atelier von Valentino geschenkt, damit sie sich dort ihr Hochzeitskleid aussuchen kann. Ich bin Stammkundin, und man tut mir gern einen Gefallen. Natürlich hat sie himmlisch ausgesehen, wie Sie sich denken können.« Da bemerkte sie, dass Cesca noch immer stand. »Aber so setzen Sie sich doch, setzen Sie sich. Macht Alberto uns einen Tee?«

»Ja. Jasmin, glaube ich, sagte er.«

»Gut. Der ist ein wenig leichter und besser geeignet, wenn man nicht ganz auf dem Posten ist …«

Cesca sah, wie Elena auf dem Sofa gegenüber Platz nahm. Sie wirkte blasser als sonst, zerbrechlicher. Unter ihrer pergamentenen weißen Haut traten feine blaue Adern hervor.

»Es war eine rauschende Hochzeit, aber all die Gesichter, meine Güte, all die Namen und all die alten Geschichten, die hervorgekramt wurden … ich fühle mich völlig ausgelaugt.«

Cesca nickte verständnisvoll. Aber jetzt musste Elena selbst in ihrer Vergangenheit graben. Wie würde es ihr damit ergehen? Sie beugte sich vor und fächerte die wenigen Fotografien auf, die sie für die heutige Sitzung herausgesucht hatte. Auf den meisten davon war ein untersetzter, kräftiger dunkelhaariger Mann zu sehen, man konnte ihn zwar nicht attraktiv im herkömmlichen Sinne nennen, aber er hatte etwas Vitales, Vertrauenerweckendes. Und ein sympathisches Lächeln. Auf den meisten Fotos, auf denen beide abgebildet waren, hing Elena auf irgendeine Weise an ihm, sie war ihm entweder um den Hals gefallen oder sie kuschelte sich auf seinen Schoß oder ritt auf seinen Schultern oder ließ sich von ihm Huckepack nehmen.

»Ich dachte, wir könnten heute mit diesem Mann hier anfangen?« Sie deutete auf die Fotos, dann lehnte sie sich zurück und schaltete ihr Aufnahmegerät an.

Elena beugte sich ihrerseits vor und betrachtete stumm die Fotos, dabei tippte sie rhythmisch mit dem Finger an ihre Lippen wie ein Pulsschlag. Sie schwieg geraume Zeit, ganz versunken. Dann sagte sie: »Ja, Darling Leo, ein guter Mann.« Sie hob den Kopf und blickte Cesca an. »Mein zweiter Ehemann. Wir haben uns in Boston kennengelernt, über einen gemeinsamen Bekannten.«

»Und wann war das?«

»Kurz nachdem Jack mich verlassen hatte.«

»Dann waren Sie … siebzehn?«

»Ungefähr.«

»Er sieht um einiges älter aus als Sie«, bemerkte Cesca diplomatisch.

Elena zuckte die Achseln. »Ja, es war ein ziemlicher Skandal. Meine Eltern waren alles andere als begeistert von der Heirat. Sie haben meine Trennung von Jack nie recht verwunden.«

»Aber haben Sie ihnen denn nichts von seiner Spielsucht erzählt?«

»Doch, natürlich.« Sie seufzte. »Aber Mutter hatte sich nun mal in den Kopf gesetzt, wie wundervoll er sei. Also musste die Schuld bei mir liegen. *Ich* war eine schlechte Ehefrau. *Ich* hatte ihn irgendwie enttäuscht …«

In diesem Moment erschien Alberto mit dem Tee.

»Das finde ich unfair.«

»Ach, es war einfacher, sie in ihrem Glauben zu lassen und mit alldem abzuschließen. Ich habe während der Ehe mit Jack vieles gelernt, ich wurde erwachsener. Leo war genau das, was ich brauchte – auch wenn meine Eltern das nicht sehen konnten. Aber ich wusste es.«

Cescas Blick fiel auf die Fotografien, besonders auf jene, auf der Leo mit Elena auf dem Rücken am Strand umherlief. »Er war wohl so etwas wie ein Vaterersatz für Sie?«, hakte sie nach.

»Nun, so *unverblümt* hätte ich es damals nicht ausgedrückt«, meinte Elena ein wenig brüskiert, »aber er bot mir Sicherheit, und das war mir am wichtigsten.«

Cescas Antennen stellten sich sogleich auf – sie war nicht umsonst Rechtsanwältin. »Brauchten Sie denn Sicherheit?«

Elena erstarrte wie ein kleines Tier im Unterholz, das nicht bemerkt werden will. »Man hat mich dazu erzogen, die Welt und die Menschen zu fürchten, Francesca. Ich bin nicht wie andere. Der Reichtum meiner Familie machte mich zur Zielscheibe. Ich musste früh lernen, Menschen zu durchschauen, zu entscheiden, wem man trauen konnte und wem nicht. Und Leo war ein Mensch, dem man unbedingt vertrauen konnte. So wie Sie.«

Cesca errötete geschmeichelt. Sie hätte gar nicht erwartet, sich in einem so illustren Zirkel wiederzufinden. »Dann … dann war er also eine Art Beschützer für Sie?«

»Ganz genau. Er war selbst ein sehr erfolgreicher Geschäftsmann – er hatte sein eigenes Vermögen und war nicht auf meines angewiesen. Er hatte sich nichts mehr zu beweisen.«

Draußen erklang plötzlich ein Schrei, gefolgt von Rufen. Beide Frauen zuckten zusammen und blickten zum Fenster. Cesca wäre gerne aufgestanden, um zu sehen, was los war, aber da Elena sitzen blieb, fühlte sie sich ebenfalls verpflichtet, keine Neugier zu zeigen. »Vermutlich wieder irgendein Knochen-Haarkamm«, bemerkte Elena gelangweilt.

Cesca nickte und überlegte, wo sie stehengeblieben waren.

»Und wurde er von Ihren Eltern auch zum Dinner eingeladen?«, erkundigte sie sich nach kurzer Überlegung.

Elena lachte. »Nein! Sie wussten wohl, dass sie bei ihm damit nicht weit gekommen wären. Wir sind einfach nach Santa Barbara gefahren und haben in aller Stille geheiratet. Erst danach haben wir Bescheid gegeben.«

»Ich habe gar keine Hochzeitsfotos gefunden.«

»Die gibt es auch gar nicht, glaube ich. Meine erste Hochzeit war so übertrieben aufwendig, ich wollte einfach nur eine ganz bescheidene Zeremonie, nichts weiter. Wir haben zwei Passanten gebeten, unsere Trauzeugen zu sein, und danach sind wir nach Big Sur raufgefahren und haben am Meer gefeiert – mit Hot Dogs und Champagner. Es war einfach perfekt.« Lächelnd blickte sie auf die Fotos. Cesca fiel auf, dass sie ganz anders reagierte als auf ihre erste Ehe. Sie hatte in Bezug auf Jack zwar Ausdrücke wie »lieb« und »charmant« und »Freiheit« benutzt, aber ihre Stimme hatte hohl geklungen, ihr Blick war verhangen gewesen, als würde sie diese Erinnerungen mechanisch, wie eingelernt wiedergeben, sie aber nicht wirklich empfinden. Bei der Erinnerung an Leo dagegen stand ein sanfter Glanz in ihren Augen, eine Zuneigung, die die Jahre überdauert hatte.

»Was war das Beste an Ihrer Beziehung mit ihm?«

»Ach, das Fehlen jeglicher Anmaßung. Wir haben ein ganz normales Leben geführt. Wir haben uns ein Haus am Strand von Malibu gekauft, und wir hatten, bis auf eine Haushälterin, die aber nicht im Haus wohnte, überhaupt kein Personal. Wir haben Grillabende gefeiert und hatten Freunde zu Gast. Wir surften im Meer … na gut, ich jedenfalls.«

»Sie hatten Ihre Angst vor dem Wasser also überwunden?«

»Ja, Leo hat mir geholfen, obwohl er selbst eigentlich gar keine Wasserratte war. Ich dagegen konnte gar nicht genug davon kriegen, nachdem ich meine Ängste erst einmal überwunden hatte. Ich kann's bis heute kaum fassen, dass es überhaupt so lange gedauert hat. Leo jedenfalls hat lieber zugeschaut, als selbst zu surfen. Er hat mich vom Strand aus auf die besten Wellen aufmerksam gemacht.« Sie lachte beim Gedanken daran. »Wenn mir eine zu groß und zu bedrohlich erschien, ließ ich sie einfach links liegen und tat, als hätte ich ihn nicht gehört.«

Cesca schmunzelte. »Nehmen Sie's mir nicht übel, aber ich kann Sie mir nur schwer auf einem Surfbrett vorstellen.«

»Ja, das kann ich verstehen. Ich sehe ja mittlerweile wohl kaum aus wie eine leidenschaftliche Wellenreiterin, was? Meine Frisur …« Sie tätschelte ihren sorgfältig frisierten und geföhnten Bob. »Und seit dreißig Jahren benutze ich Sonnencremes mit dem höchsten Lichtschutzfaktor …«

Es stimmte: Ihre Würde und Haltung vertrugen sich kaum mit dem Bild einer sonnenverbrannten, salzverkrusteten Surferin.

»Nein, seitdem habe ich mich sehr verändert«, seufzte sie. »Aber die Welt doch auch! Das waren die späten Sechziger. Malibu war *der* Sehnsuchtsort der damaligen Zeit! Und dieser wundervolle Film *The Endless Summer* lief in den Kinos. Ach, es war eine herrliche Zeit. Wissen Sie was? Ich glaube, ich habe noch immer eins meiner Lieblingskleider aus dieser Zeit. Leo hat es geliebt. Ich könnte es heraussuchen und Ihnen zeigen.«

»O ja, gern! Lebt Leo noch?«

»Nein, er ist schon vor vielen Jahren gestorben. Er kam 1982 bei einem Hubschrauberabsturz mit einem seiner Basketballspieler ums Leben, unweit von Chicago. Ich war am Boden zerstört, einfach am Boden zerstört.« Sie hatte wässrige Augen und presste eine Hand auf ihre magere Brust. »Er fehlt mir selbst jetzt noch.«

»Dann wurden Sie also Witwe?«

Elena schüttelte den Kopf. »Himmel, nein. Wir waren zu dem Zeitpunkt schon seit ein paar Jahren geschieden. Seit 1975, um genau zu sein.«

Cesca kam nicht mehr ganz mit. »Aber Sie scheinen ihn noch immer zu lieben. Was ist passiert?«

»Ach, das Traurigste und Dümmste, was man sich nur vorstellen kann: Es war seine Eifersucht.« Sie schüttelte bekümmert den Kopf. »Er konnte und wollte nicht glauben, dass er der einzige Mann in meinem Leben war und ich keinen anderen ansehen wollte. Er war beruflich viel unterwegs, also stellte er sich die merkwürdigsten Szenarien vor, die jeder Grundlage entbehrten. Und wenn er dann heimkam, tat er alle möglichen lächerlichen Dinge.«

»Was denn zum Beispiel?«

»Er sah beispielsweise nach, ob zwei Weingläser im Spülbecken standen; oder er roch an der Bettwäsche, um zu überprüfen, ob sie nach einem fremden Aftershave roch. Oder er durchwühlte die Schmutzwäsche, um zu sehen, ob ich am Vortag ein sexy Abendkleid getragen hatte – oder Reizwäsche. Das war alles so ... so erniedrigend.« Sie schluckte. »Ich konnte es einfach nicht mehr ertragen mit anzusehen, wie er sich selbst herabsetzte und kleiner und kleiner machte. Und sich so kleinkariert benahm, so lächerlich.«

»Dann haben Sie ihn also verlassen?«

»Das musste ich, um unser beider willen. Er wurde nicht jünger und das Problem nicht geringer, im Gegenteil. Es war der einzige Ausweg aus dieser festgefahrenen Situation.«

»Hat er sich je wieder verheiratet?«

»Nein.« Ihr Mund wurde ganz schmal. »Aber wir sind Freunde geblieben, soweit es ging, jedenfalls. Wir schrieben uns gelegentlich eine Karte, zu Weihnachten und so. Ich weiß, dass ich ihm das Herz gebrochen habe, ja, das weiß ich. Und es lastet mir bis heute auf der Seele.«

Cesca wandte blinzelnd den Blick ab. Sie wusste, was es hieß, einen anderen Menschen zu zerstören. »Ich würde gerne noch ein wenig mehr über ...«

Ein plötzliches Klopfen an der Tür ließ die beiden Frauen aufschrecken. Ein untersetzter kleiner, staubiger Mann streckte den Kopf herein. Er trug einen Schutzhelm und Stahlkappenschuhe. Beim Anblick des weißen, minimalistischen Raums fielen ihm fast die Augen aus dem Kopf, so stark war der Kontrast zur barocken Pracht der anderen Räume.

»Ja?«, fragte Elena mit einem höflichen Lächeln, das ihre Augen nicht erreichte.

»Bitte vielmals um Entschuldigung, Principessa«, stammelte der Mann und nahm ergeben seinen Helm ab. »Aber es gibt da etwas, das Sie unbedingt sehen müssen.«

»*Muss* ich?«, wiederholte Elena. Sie fand diese Aufforderung, die fast wie ein Befehl klang, offenbar unverschämt.

Er verbeugte sich zerknirscht, wobei sein Blick noch immer voller Ehrfurcht und Verwunderung durch den Raum huschte. »Signore Cantarelli besteht darauf.«

Elena seufzte. »Nun, wenn Signore Cantarelli nun einmal darauf besteht, müssen wir wohl gehorchen.« Sie erhob sich wie eine Königin. »Sollen wir, Francesca?«

Cesca blinzelte verwirrt. »Sie möchten, dass ich mitkomme?«

»Ich bin nicht mehr so gut zu Fuß wie noch vor ein paar Jahren und wäre Ihnen dankbar, wenn Sie mir Ihren Arm leihen würden.«

»Ah ja, selbstverständlich.«

Der staubige kleine Mann rannte voraus. Alberto bekam fast einen Tobsuchtsanfall, als er die Putz- und Erdbrocken bemerkte, die der unglücksselige Mensch auf seinen kostbaren Teppichen hinterließ. Elena hakte sich bei Cesca unter, und beide gingen mit majestätischen Schritten durch die endlos langen Galerien in Scharlachrot und Smaragd, in Magenta und Türkis, vorbei an den blinden Augen von Hunderten von Marmorstatuen, vorbei an Spiegeln in vergoldeten

Rahmen, die größer waren als Gartentore und die so hoch hingen, dass man nicht einmal hineinsehen konnte.

Das dezente Klappern von Elenas Absätzen war der einzige Laut in der Stille. Cesca ging mühelos neben der Viscontessa her – mit ihren langen Beinen musste sie nur einen Schritt machen, wo die winzige Adelige zwei brauchte. Ein Windstoß fuhr durch ein offenes Fenster herein und bauschte ihren braun-blauen Siebzigerjahre-Prärierock auf.

»Warum steht dieser Thron dort mit der Sitzfläche zur Wand?«, erkundigte sich Cesca, als sie einen besonders prächtig ausgestatteten Saal durchquerten, in dem ein abblätternder vergoldeter Thronsessel ihnen den Rücken zukehrte.

»Das ist die päpstliche Suite, und das dort ist der päpstliche Thronsessel. Er wird immer nur dann umgedreht, wenn der Papst zu Besuch kommt.«

»Ach so.« Cesca starrte den Thron an. Wie seltsam es aussah, dass er so zur Wand wies. »Und wann ist der Papst das letzte Mal zu Besuch gekommen?«

»1873!« Elena warf den Kopf in den Nacken und lachte schallend. Es schien fast, als habe sie gehofft, dass Cesca fragen würde. »Dieser Sessel steht seit hundertvierundvierzig Jahren verkehrt herum! Diese albernen alten Traditionen bringen mich nochmal um den Verstand!«

Sie schwebten die herrliche Freitreppe ins Erdgeschoss hinab. Dabei wurde der Geräuschpegel aus dem Garten immer lauter. Von der zur Piazza gelegenen Seite drangen Geschäftigkeit und Verkehrslärm durch die offen stehenden Fenster des Treppenhauses herein. Stereobeschallung, dachte Cesca trocken. Sie folgten Alberto durch die Erdgeschoss-Galerien in den Ostflügel und von dort in den Garten.

Cantarelli führte sich wieder einmal auf, als wäre er hier zu Hause, und verschreckte alle mit seinem finsteren, misslaunigen Gesicht, während er barsch mit Befehlen um sich warf. Kein Wunder eigentlich, dass er so undankbar auf ihre Rettungsmission reagiert hatte. Der Mann war ein Kontrollfreak. Es musste ihn fürchterlich geärgert haben, auf ihre Hilfe angewiesen gewesen zu sein.

Cesca blieb mit grimmig verschränkten Armen stehen und sah zu, wie er vor der Prinzessin den Anschein von Höflichkeit wahrte. Er führte sie zu einer Leiter, die man in die Sinkhöhle hinabgelassen hatte.

»Sie wollen, dass ich *da* runterklettere?« Elena schüttelte energisch den Kopf. »Ausgeschlossen.«

»Aber Signora …«

»Signore Cantarelli, wie Sie sehen, brauchte ich schon die Unterstützung meiner Begleiterin, um auch nur in den Garten zu gelangen. Eine Leiter hinabzuklettern kommt nicht in Frage. Was immer es auch sein mag, ich bin sicher, Sie können es mir einfach schildern. Oder herbringen.«

»Das ist nichts, das ich Ihnen bringen könnte, Signora. Wir haben eine bedeutsame Entdeckung gemacht. Sie sollten es sich wirklich selbst ansehen.«

Aber Elena zog nur die Augenbrauen hoch. Dann richtete sich ihr Blick unversehens auf Cesca. »Dann müssen Sie es eben *ihr* zeigen.«

Cesca ließ verblüfft die Arme sinken. »Wie bitte?«

»Francesca kann meine Augen und Ohren sein. Sie besitzt mein absolutes Vertrauen.«

Davon war Cantarelli zwar nicht gerade angetan, wies aber doch mit einem gleichgültigen Achselzucken auf die Leiter. Cesca trat mit einem frustrierten Seufzer näher und spähte über den Rand. Beim Anblick des gähnenden Abgrunds bekam sie eine Gänsehaut. Sie musste daran denken, wie sie gestern mit bloßen Händen Schutt und Betonplatten weggeräumt hatte – und das auch noch völlig überflüssigerweise.

Cantarelli reichte ihr einen Helm mit Grubenlampe und hatte wenigstens so viel Anstand, die Lider niederzuschlagen, als sie mit auf die oberste Sprosse trat und ihn dabei wütend ansah. »Es geht hoffentlich nicht nur wieder um ein Mosaiksteinchen, oder?«, fragte sie finster. »Denn wenn das der Fall sein sollte…«

»Ach, nicht schon wieder diese verdammte Karte«, brummte Elena verärgert. »Die entwickelt sich zu einem regelrechten Fluch.«

Cesca wusste zwar nicht, was Elena damit meinte, aber da sie auf der obersten Sprosse einer ziemlich langen Leiter stand, hielt sie sich nicht weiter damit auf. Vorsichtig stieg sie Sprosse für Sprosse hinab.

»Ach, verdammt nochmal«, murmelte sie, sobald Elena außer Sicht war. Wie war es bloß dazu gekommen, dass sie ihre weiße Anwaltsperücke für einen Schutzhelm mit Grubenlampe eingetauscht hatte? Aber sie wusste ja genau, wie es dazu gekommen war, deshalb verdrängte sie den Gedanken rasch wieder.

Cantarelli folgte ihr, sobald sie unten angekommen war. Er schoss die Leiter hinab wie ein Feuerwehrmann und sprang die letzten Meter nach unten, ohne die Sprossen zu benutzen. Dann wies er mit einer ruckartigen Kopfbewegung auf einen Behelfstunnel, den man an der Stelle, an der er zuvor verschüttet worden war, in eine Seitenwand der Sinkhöhle gegraben und mit Holzplanken und Stützbalken verstärkt hatte.

»Hier entlang.«

Die ersten paar Meter war es ein mühsames Vorankommen. Der Tunnel war eng und niedrig und erschreckend bröselig, wie ihr schien. Sie musste über Schutt und Betonplatten kraxeln. Wie hatte er nur davon ausgehen können, Elena hier hinabzubekommen?, fragte sich Cesca, während sie dem wippenden Schein seiner Grubenlampe folgte.

Aber bald schon weitete sich der Durchgang, und sie betraten einen von Menschenhand geformten Tunnel, der quer zwischen den beiden Gebäudeflügeln verlief. Es war der Tunnel, auf den sie am Freitag, nachdem sie seinen erbärmlichen Hintern gerettet hatte, einen Blick erhascht hatte.

Es war ein schmaler, klaustrophobischer Tunnel: Sie konnte leicht beide Seiten mit ausgestreckten Armen berühren, und hoch war er höchstens eins achtzig. Kerzen flackerten in den regelmäßig angebrachten Nischen, in denen sie die Rußspuren aus Jahrhunderten jetzt deutlicher erkennen konnte. Selbst Wachsspuren sah sie.

»Wow«, flüsterte Cesca. Sie konnte nicht anders. In geheimnisvollen unterirdischen Tunneln flüstert man nun mal. Es kam ihr vor, als wäre sie direkt in einer Enid-Blyton-Geschichte gelandet. Oder in einem Thriller von Dan Brown …

Cantarelli bot ihr seine Hand, um ihr hineinzuhelfen, und sie ergriff sie dankbar, vergaß sogar, ein finsteres Gesicht zu machen. »Hier, Sie knipsen die jetzt besser an.« Er hob die Hand und schaltete ihre Grubenlampe selbst ein.

Cesca versuchte nicht zusammenzuzucken, als er so dicht vor ihr stand. Sie hielt den Blick stur auf seine linke Schulter gerichtet. Schlimm genug, dass sie ihn ertragen musste, aber bitte nicht auch noch in völliger Dunkelheit.

»Das wollten Sie ihr doch bestimmt nicht zeigen, oder? Das hatten Sie doch neulich schon gefunden«, meinte sie trotzig.

Er ging nicht auf ihre Stichelei ein. »Nein, sie kennt diesen Tunnel«, erwiderte er. »Das ist der Personaltunnel, der die beiden Gebäudeflügel miteinander verbindet. Aber die Principessa sagt, er würde schon seit Jahren nicht mehr benutzt werden, da man ihn aufgrund der Feuchtigkeit zugemauert hat.«

»Ach! Zugemauert, sagen Sie?«, hakte Cesca begeistert nach. Er hätte also doch nicht auf einem anderen Wege rausfinden können! Der Tunnel war *zugemauert.* Er war auf ihre Rettung angewiesen gewesen.

Sie musste es nicht aussprechen, er verstand auch so, wie sie an seiner finster-trotzigen Miene bemerkte. »Kommen Sie, es geht hier entlang.«

Cantarelli wandte sich nach links, wo sich der Ostflügel befand, und ging voran. In vielen Nischen flackerten jetzt Kerzen, die ihren Weg erhellten. »Es geht nicht nur um den Lichtschein der Kerzen, wir können auf diese Weise auch feststellen, ob in dem jetzt abgeschlossenen Gang noch genug Sauerstoff vorhanden ist, wenn wir hier arbeiten«, bemerkte er über die Schulter gewandt.

»Sehr sinnvoll«, murmelte sie. Wenigstens gingen seinetwegen keine Kanarienvögel drauf.

Sie folgte ihm und lauschte auf seine Atemzüge, auf seine dumpfen Schritte. Sie musste sich davon abhalten, mit den Fingern über die Gewölbewände zu streichen. Nach einer weiteren Minute blieb er urplötzlich stehen. Cesca wäre beinahe in ihn hineingerannt.

»Was? Was ist?«

»Da.« Er deutete auf den Fußboden und rieb mit der Stiefelspitze darüber. Am Rande des staubigen Betonbodens ragte ein andersartiger Untergrund in den Gang hinein: abgetretenes altes Kopfsteinpflaster! »Das ist uns aufgefallen.«

Cescas Aufregung wuchs. Sie ging in die Knie und schaute sich die Stelle genauer an, betrachtete sie im Schein ihrer Stirnlampe. »Sie glauben, dass sich etwas hinter dieser Mauer verbirgt?«

Er betrachtete sie selbstsicher. »Wir wissen es sogar. Wir haben es mit eigenen Augen gesehen.«

Cesca starrte die Wand verblüfft an, versuchte sich den Gang vorzustellen, der sich dahinter befinden musste. »Aber … wie?« Sie klopfte die Wand auf hohle Geräusche ab, aber es war eine solide, dicke Steinwand, und ihr Klopfen war kaum zu vernehmen. Sie drückte sich an die Oberfläche, suchte sie nach Haarrissen ab, die eine Geheimtür vermuten ließen. Eine Tür, die sich knirschend öffnete, wie in einem Roman von Agatha Christie, und hinter der sich ein Raum befand, in dem Colonel Mustard an einem Schreibtisch saß. Aber sie fand nichts. Nur soliden Felsen.

Ratlos wandte sie sich zu Cantarelli um.

Er grinste, was sie sehr überraschte. Und zeigte zur Decke. Erstaunt blickte sie nach oben. Und entdeckte ein rundes Loch in der Felswand, das an beiden Seiten von Eisenstangen begrenzt wurde. »Unglaublich! Das muss ein Scherz sein«, murmelte sie ehrfürchtig. Dunkelheit und rauer Untergrund hatten sie davon abgehalten, sich genauer umzusehen – es gab ja kaum etwas zu sehen. Wenn er nicht hier angehalten hätte, wäre sie glatt an der Öffnung vorbeigegangen.

Cantarelli musste lachen, als er ihr Gesicht sah. Cesca glaubte ihren Augen nicht zu trauen. Dass er lächeln konnte, hatte sie schon verblüfft, aber lautes Lachen? Sein Gesicht sah aus wie verwandelt. »Wollen Sie mal sehen?«

»Was mich interessieren würde, ist, wie Sie annehmen konnten, die Viscontessa je da hinaufzubekommen …« Sie betrat die Ausbuchtung und spähte zu dem Loch hinauf.

»Wir haben Teleskopspiegel. Ein Periskop. Aber Sie können selbst raufklettern und es sich ansehen.«

»Nein! Wie soll ich denn … Ich meine, wie soll ich denn da raufkommen?«

Cantarelli verwob seine Finger und formte ein Trittbrett für sie. »Ich helfe Ihnen rauf. Sie halten sich an den Eisenstangen fest und ziehen sich durch.«

»Aber das geht doch nicht …«

»Doch, ich werde Ihnen einen Schubs geben.« Er senkte auffordernd die verschränkten Hände.

»Aber wie wollen Sie selbst raufkommen?«

Die Frage schien ihn zu verblüffen. »Na, ich ziehe mich rauf. Wie sonst? Los jetzt.«

Cesca setzte den Fuß auf seine Handflächen und schoss wackelig nach oben. Sie packte die Eisenstangen und stellte fest, dass sie mühelos mit Kopf und Schultern durchpasste. Es war überraschend leicht, sich in den niedrigen kleinen Tunnel hineinzuziehen, der nach links abzweigte. Glücklicherweise hatte sie einen langen Rock an und nicht einen kurzen.

»Und jetzt kriechen Sie auf dem Bauch vorwärts«, befahl Cantarelli mit hallender Stimme. »Wenn Sie das Fallloch sehen, drehen Sie sich am besten so, dass Sie mit den Füßen zuerst landen.«

Cesca mochte gar nicht, was sie da hörte – er hatte ja keine Ahnung, wie schwer ihr schon das Rückwärtseinparken fiel –, aber sie musste feststellen, dass es genug Platz zum Manövrieren gab. Wenige Augenblicke später ließ sie sich durch das Loch auf der anderen Seite nach unten fallen.

Sie war noch nicht ganz zu Atem gekommen, als Cantarelli auch schon neben ihr landete.

»Unfassbar, nicht?« Er wies mit einer ausholenden Armbewegung auf ihre Umgebung. Dieser Tunnel war fast doppelt so breit wie der Verbindungstunnel und gewiss dreißig Zentimeter höher. Er bestand ganz aus den niedrigen roten Backsteinen, mit denen fast alle frühen römischen Gebäude erbaut worden waren. Weiter hinten, in etwa zwanzig Metern Entfernung, teilte sich der Tunnel in vier Zugänge auf. »Momente wie dieser sind die Höhepunkte in meiner Karriere.«

Cesca drehte sich einmal um die eigene Achse und schaute sich staunend um. Kaum zu glauben, dass sie vor zwanzig Minuten noch in einem weißen Saal gesessen, Jasmintee getrunken und sich mit einer amerikanischen Millionenerbin über ihre zweite Ehe unterhalten hatte – wie oft war sie eigentlich verheiratet gewesen? –, und jetzt stand sie hier unten in einem uralten, beinahe makellos erhaltenen Untergrundtunnel.

»So was hab ich noch nie gesehen«, stieß Cesca atemlos hervor. »Wie alt ist der Tunnel, was glauben Sie?«

»Wir denken, er datiert aus der Hadrianszeit – er dürfte also fast zweitausend Jahre alt sein.«

Cesca staunte. »Aber das ist um vieles älter als der Palazzo.« Nach ihrer eigenen Schätzung – und ihrer Erfahrung als Fremdenführerin –, vermutete sie, dass der Palazzo aus dem vierzehnten Jahrhundert stammte, älter war er gewiss nicht.

»Stimmt. Dieses Gangsystem wurde demnach für ein Vorgängergebäude angelegt.«

»Und der Tunnel, aus dem wir kommen? Der ist aber neueren Datums?«

»Der wurde wahrscheinlich zur gleichen Zeit angelegt wie das jetzige Gebäude darüber. Als der Ost-West-Verbindungstunnel angelegt wurde, war dieser alte Tunnel entweder bereits teilweise verfallen oder wurde einfach für den neuen demoliert, und der Zugang zum alten Verlauf wurde zugemauert. Das ist es jedenfalls, wovon wir ausgehen.«

Cesca dachte an das Kopfsteinpflaster, das in den neuen Tunnel hineinragte. Ganz zerstört konnte der alte Tunnel ja nicht gewesen sein, wenn er bis an den neuen heranreichte. »Ist es nicht seltsam, dass man die Verbindung zum alten Tunnel mittels dieses Kriechgangs herstellte? Und nicht einfach eine Abzweigung offen gelassen hat wie dort hinten?« Sie deutete auf die sich verzweigenden Gänge. »Warum den Zugang verschließen, sich aber trotzdem noch dieses Hintertürchen offen halten?«

Cantarelli zuckte die Achseln. »Weil diese Tunnel möglicherweise die Sicherheit des Palastes gefährdet hätten. Die Damiani-Kunstsammlung ist unschätzbar. Durch das Abblocken des Tunnels wäre jeder, der sich heimlich Zugang zu verschaffen hoffte, abgeschreckt worden. Er hätte aufgeben und umkehren müssen.«

»Hmm«, überlegte Cesca und setzte sich in Bewegung. »Haben Sie schon in diese Gänge hineingesehen? Wissen Sie, wohin sie führen?«

»Noch nicht«, sagte er und hielt sie am Ellbogen fest. »Zuerst müssen wir sie scannen und genau untersuchen, um sicherzugehen, dass sie nicht einsturzgefährdet sind.«

»So sehen sie aber nicht aus.«

»Das kann man nie wissen. Mehrere Tausend Jahre Bautätigkeit, Hochwasser, moderner Autoverkehr, das alles könnte die Fundamente marode gemacht haben. Ein Husten könnte möglicherweise alles zum Einsturz bringen.«

Cesca wich zerknirscht zurück. Wenn er's so ausdrückte … »Und wie wollen Sie sichergehen, dass alles hält?«

»Wir verfügen über ferngesteuerte Roboter mit Laserscannergeräten und Kameras.«

Cesca schaute beeindruckt zu ihm auf. Und sie hatte geglaubt, sie würden nur sinnlos im Erdboden herumbuddeln! »Es ist einfach unglaublich hier unten. Ich finde es fantastisch.«

Cantarelli schmunzelte. »Ja. Und diese Untergrundsysteme verraten uns viel über das Leben unserer Vorfahren. Nach dem Zusammenbruch des alten Imperiums verfielen die meisten großen Villen oder wurden wegen ihres Baumaterials geplündert. Die Untergrundsysteme dagegen blieben weitgehend intakt. Je komplexer das Netzwerk, desto großartiger die antike Villa, die sich einst darüber befand. Durch diese Tunnel wurden die Sklaven geschleust, die ein Anwesen versorgten, ohne dass ihre Herren sie zu Gesicht bekommen mussten. Auf Caracalla, zum Beispiel, reicht das Tunnelsystem fünf Stockwerke tief.«

»Großer Gott!« Cesca nickte verwundert. Jetzt war sie froh, ihre Anwaltsperücke gegen einen Schutzhelm eingetauscht zu haben. Doch dann wurden ihre Augen schmal. »Moment mal, was hat das alles überhaupt mit diesem kleinen Mosaiksteinchen zu tun, dessentwegen Sie neulich Ihr Leben riskiert haben?«

Er sagte nichts.

»Raus mit der Sprache, jetzt kommen Sie schon.«

Aber Cantarelli starrte sie nur an.

»Ach, um Himmels willen, wenn Sie's mir nicht sagen wollen, dann frage ich eben Elena«, meinte sie entnervt. »Sie sagt mir nämlich alles, sie vertraut mir. Ich bin ihre Biografin. Ich begreife nicht, was an einem Mosaiksteinchen so Besonderes sein soll.«

»Na gut. Aber nur bei einer Pizza.«

Sie hätte nicht verblüffter sein können, wenn er vorgeschlagen hätte, sie sollten Stepptanzen gehen. »*Pizza?*«

»Sie essen doch Pizza?«

»Klar esse ich Pizza. Jeder isst Pizza.«

»Nicht, wenn er eine Glutenallergie hat.«

»Wie bitte? Halten Sie mich etwa für eine Allergikerin?«

Er musterte sie ernst, aber in seinen Augen stand ein belustigtes Funkeln. »Sie sind ziemlich kratzbürstig.«

»Das sagen gerade Sie!«

Er seufzte. »Soll das ein Ja sein?«

Cesca riss den Mund auf – und klappte ihn wieder zu. »Natürlich ist das ein Ja. Ich bin hungrig, und ich bin neugierig.«

»Auf was? Das Rätsel um das Mosaiksteinchen?«

»Ganz genau.«

20. Kapitel

New York, Mai 1978

Die Schublade wäre ihr fast auf die Zehen gefallen, weil sie sie so hastig herausgerissen hatte. »Verdammt!«, stieß Laney zwischen zusammengebissenen Zähnen hervor. Eine Flut von duftigen Bekleidungsstücken ergoss sich über den Fußboden und gesellte sich zu den anderen, die sie in ihrer Hast zu packen verworfen hatte, während sie von Zimmer zu Zimmer hetzte, um alles Nötige zusammenzubekommen, was sie brauchten, bis sie eine neue Bleibe gefunden hatten.

Matilda war ausgeschickt worden, um Klein-Stevie aus der Kinderkrippe zu holen. Steve hielt sich zwar momentan in L. A. auf, aber man durfte ihn nie unterschätzen. Er hatte geschworen, ihr den gemeinsamen Sohn niemals zu überlassen, und sie glaubte ihm. Seine kalten Worte klangen ihr jetzt noch in den Ohren. Nach langem Zögern hatte sie ihm schließlich doch angekündigt, sich von ihm scheiden zu lassen, nachdem sie heute Morgen die Schlagzeilen über das Baby in den Klatschblättern gelesen hatte, aber er hatte den Spieß sogleich umgedreht und zurückgeschossen. Er hatte sie mit einem Bild von sich selbst konfrontiert, das sie so nicht teilte, aber dennoch wiedererkannte. Partygirl bei Nacht und It-Girl bei Tage, immer eine Story wert. Sie sei nichts weiter als eine millionenschwere Drogenabhängige, hatte er sie angezischt, eine Society-Hure, als Mutter völlig untauglich. Dass das alles seine Schuld war, *sein Plan*, von Anfang an, spielte keine Rolle. Dass er es war, der sie mit Champagner bedrängt und dazu überredet hatte, Charlie zu nehmen, damit sie in den Clubs »was hermachte«, nur um ihr zu Hause verschreibungspflichtige Beruhigungsmittel aufzuschwatzen, damit sie wieder »runterkam« und »Ruhe gab«. Aber das würde das Gericht nie zu hören bekommen, ganz einfach weil die Zeitungen nicht darüber schrieben. Die Story vom lebenslustigen, promiskuitiven Partygirl machte eben mehr her. Ihre öffentliche Schande war immer eine Schlagzeile wert.

Er hatte sie sich ganz offen, vor aller Augen, zu Willen gemacht, selbst vor ihren eigenen. Der Mann war schließlich Schauspieler, ein meisterhafter Manipulator von Menschen, er hatte sie mithilfe von Drogen unter seine Kontrolle gebracht, ihren Ruf zerstört und ihr Selbstwertgefühl zertrampelt. Er hatte recht – welcher Richter würde *ihr* den gemeinsamen Sohn zusprechen? Sie hatte eine ganz schöne Show abgezogen, und ganz Amerika hatte dabei zugesehen. Dagegen konnte selbst Stanley Charles nicht viel ausrichten.

Aber das Privatflugzeug stand aufgetankt bereit, die Route war durchgegeben und bestätigt worden. Sie rannte zum Safe und holte ihre Pässe heraus. Panisch drehte sie sich um die eigene Achse. Was hatte sie vergessen? Was benötigten sie noch? Gewöhnlich packte Fatima ihre Sachen, aber dafür war heute keine Zeit geblieben.

Ihr Blick fiel auf die Zeitung, die aufgeschlagen auf dem Bett lag. Ach, wie sehr sie sich nach einem Bett sehnte, nach Schlaf und danach, diesem Albtraum zu entkommen. Die

Laken waren noch warm von ihrem Körper, aber sie hatte nicht gut geschlafen. Ihr Schlaf war schon seit Jahren kein erholsamer mehr. Nichts nährte mehr: weder Schlaf noch Essen noch Trinken.

Sie hielt einen Moment inne und versuchte, ihre Panik in den Griff zu bekommen und seine Drohungen, seine Propaganda zu durchschauen. Er hatte sie absichtlich in Panik versetzt – das konnte er gut, selbst wenn er sich auf der anderen Seite des Kontinents aufhielt. Aber Moment mal: Was würde das ungeborene Kind für *seinen* Ruf bedeuten? Seine Karriere war nur deshalb in Gang gekommen, weil sie ihm durch die Heirat Profil verschafft hatte. Er war immer vorsichtig gewesen mit seinen zahllosen Affären, hatte sich immer nur im engen Freundeskreis »bedient«, bei Frauen, denen es nicht im Traum einfallen würde, öffentliche Bekenntnisse abzulegen, oder mit Fotomodellen, denen man ohnehin nichts glaubte.

Aber jetzt war Steve ein Fehler unterlaufen: Dieses Kind änderte alles. Was zuvor lediglich Gerüchte gewesen waren, erwies sich nun als Tatsache. Aber er riss sie mit sich in den Abgrund. Mit dem Anschein der glücklichen Ehe, der glücklichen Familie war es jetzt vorbei, da half auch kein Hochglanzartikel in *Harper's Bazaar* oder der *Cosmopolitan*. Gegen ein Kind mit einer anderen kam keine private Idylle an, und wenn sie noch so verlogen war.

Sie hatte sich gerade aufs Bett sinken lassen, als sie das melodiöse Klingeln des Lifts hörte. Das musste der Portier sein, der die Koffer abholen kam. Matilda war angewiesen worden, im Wagen unten zu warten, sie wollte nicht, dass der kleine Stevie dieses Chaos mitbekam. Auch hatte sie keine Sekunde Zeit verlieren wollen.

Sie richtete sich auf, holte tief Luft und erhob sich. Sie war schon ruhiger. Immer eins nach dem anderen. Zunächst mal musste sie Mr Charles anrufen. Vielleicht gab es mehr Hoffnung, als Steve sie glauben lassen wollte. Vielleicht wollte er sie mit seinen Drohungen bloß manipulieren, so wie er sie während ihrer ganzen Ehe manipuliert hatte. Eine Scheidung war heutzutage keine große Sache mehr. Der Gouverneur von Kalifornien, Ronald Reagan, hatte neue Gesetze eingeführt. Jetzt musste man keine Schuldgründe mehr angeben, »unüberwindliche Abneigung« genügte. Oder einfach Entfremdung. Es lief alles auf dasselbe hinaus: Ihre Ehe ließ sich so leicht zerreißen wie das Papier, auf dem sie gedruckt stand.

Sie verließ das Schlafzimmer und eilte den Gang entlang – doch dann blieb sie abrupt stehen. Drei Polizeibeamte kamen auf sie zu. Fatima eilte mit hilflos flatternden Händen hinterher. Laney bemerkte das Dokument in der Hand des uniformierten Sergeants, das das Hausmädchen daran hinderte, sie aufzuhalten.

»Mrs Easton?«, erkundigte er sich, obwohl er offensichtlich wusste, wer sie war.

»Ja?« Sie versuchte, sich nicht von neu aufkommender Panik überwältigen zu lassen.

»Sergeant Delaney, von der New Yorker Drogenbehörde. Es besteht Grund zur Annahme, dass hier Drogen der Klasse A aufbewahrt werden.«

»Was?«, rief sie aufgebracht aus. »Was für eine Unverschämtheit! Wie können Sie es wagen! Wie um alles in der Welt kommen Sie auf den Gedanken …«

»Zu den Schlafzimmern geht's wohl hier entlang?« Der Sergeant deutete in die Richtung, aus der sie soeben gekommen war.

»Ja, aber …«

Er wies die anderen beiden Beamten an, sich aufzuteilen und die übrigen Räume zu durchsuchen. »Sie entschuldigen«, sagte er und schob sich an ihr vorbei. Er warf einen Blick in die beiden Gästezimmer – die sauber und unberührt waren –, hielt sich ein wenig länger im Türstock der Master Suite auf und musterte das Chaos, das sie angerichtet hatte. Er zog die Augenbrauen hoch und warf ihr einen Blick zu, als würde der Zustand des Zimmers ihre Schuld bestätigen. »Wollten Sie verreisen, Mrs Easton?«

Laney richtete sich hochmütig auf und ließ sich ihre Angst nicht anmerken. »Was geht Sie das an, wenn ich fragen darf?«

Er antwortete nichts darauf – noch nicht. Zunächst wollte er den Beweis, nach dem er suchte. Er wandte sich ab und schritt den Korridor entlang bis zu seinem Ende – bis zu Stevies Kinderzimmer.

»Moment! Was haben Sie da zu suchen?«, rief sie laut und rannte aufgebracht hinter ihm her. Es schien fast, als habe er es von Anfang an auf dieses Zimmer abgesehen gehabt. »Sergeant!«

Aber er war nicht im Kinderzimmer, als sie es betrat, sondern im angrenzenden Bad. Er hatte das Licht angeknipst, war in die Hocke gegangen und nestelte unter dem Waschbecken herum. Als ob er genau wüsste, dass sich dort etwas befand.

»Das können Sie nicht machen! Das ist das Zimmer meines Sohnes!«, protestierte sie, voll wilder Panik. Sie war kreidebleich und spürte einen scharfen Stich in der Herzgegend. »Sie können doch nicht wirklich glauben, dass …«

Aber die Worte blieben ihr im Hals stecken. Er blickte triumphierend zu ihr auf und hielt einen kleinen Elizabeth-

Arden-Toilettenbeutel hoch, den sie vor ein paar Wochen verloren hatte. Das Klebeband, mit dem er unter dem Waschbecken befestigt gewesen war, hing schlaff daran herunter. Sie wusste sofort, was sich darin befinden würde.

Sie hatten vorher gewusst, wo sie suchen mussten. Und dass sie derart schnell mit einem Durchsuchungsbefehl aufgetaucht waren … Nichts, was Steve tat, war Zufall. Er hatte keinen Fehler gemacht. Er hatte gewusst, dass die Schlagzeile erscheinen würde. Nicht er hatte sich kalt erwischen lassen, sondern sie. Es würde sich alles ganz genau so abspielen, wie er es vorausgesagt hatte. Partygirl. Drogensüchtige.

Als Mutter ungeeignet.

21. Kapitel

Rom, Juli 2017

He, Cesca!«, rief Silvano erfreut aus, als sie die kleine Pizzeria betraten. »Wo steckst du immer? Hab dich lange nicht mehr gesehen.«

»Zu viel zu tun«, gestand sie und lehnte sich lachend an die Theke, hinter der sein Bruder Luciano den Teig hochwarf. »He, Luciano.«

»*Ciao, bella*!«, rief Luciano und warf den Teig ihretwegen extra hoch.

»Du bist hungrig, *no*?«, erkundigte sich Silvano und verteilte fachmännisch Passata auf dem hauchdünnen Teig.

»Wie immer.«

»Sag nichts: *salsiccia e friarielli*, stimmt's?«, riet er und begann den Pizzaboden, ohne ihre Antwort abzuwarten, mit Wurstscheiben und Broccoli zu belegen, dazu frischer Fenchel, Basilikum und roter Chili.

»Du kennst mich zu gut«, erwiderte sie lachend. Sie war nun mal ein Gewohnheitstier. »Und was möchten Sie, Signore Cantarelli?«, erkundigte sie sich und drehte sich zu ihm um. Er machte wieder einmal ein finsteres Gesicht, das fröhliche Geplänkel der Brüder mit ihr gefiel ihm offenbar nicht.

»*Ciao, Silvano*«, brummelte er. »*Margherita con bufala.*«

»*Ciao.* Wusste gar nicht, dass ihr *Freunde* seid«, sagte Silvano mit einem anzüglichen Zwinkern. Seine Hände bedienten sich automatisch aus den Schüsseln mit den vorbereiteten Zutaten. Er musterte Cantarelli. »Wie ist es Ihnen gelungen, unsere Renaissance-Schönheit zu erobern?«

»Wir sind nicht befreundet«, entgegnete Cantarelli finster.

»Ja, aber *Feinde* sind wir doch auch nicht …«, stammelte Cesca betreten. Ihr Blick huschte zwischen Cantarelli und Silvano hin und her. »Wir sind … wir sind so was wie Kollegen und …«

»Wir arbeiten im selben Gebäude, das ist alles«, meinte Cantarelli abweisend.

»Okay, okay.« Silvano bereute es bereits, gefragt zu haben. Er schob die Pizzas mit einem langen Brotschieber in den Holzofen.

Eine verlegene Stille trat ein. Cesca wandte verletzt den Blick ab. Wieso hatte er sie eingeladen, wenn er dann so unhöflich und feindselig war? Sie hätte nicht einwilligen sollen. Ihre spontane gemeinsame Freude über die unterirdischen Entdeckungen hatte sich im Sonnenschein ohnehin rasch wieder in Luft aufgelöst. Grimmig hatte er zugehört, wie sie Elena von seinen unglaublichen Entdeckungen erzählte. Er selbst mischte sich erst ein, als sich die Viscontessa unbeeindruckt zeigte. Er betonte die immense archäologische Bedeutung des Fundes – aber es war klar, dass Elena einfach nur ihren Garten zurückhaben wollte. Was kümmerten sie verborgene Tunnel, wenn ihre geliebte Oberfläche zerstört war? Und als sie sich hinterher zusammen zum Lunch aufmachten und ihnen einige Arbeiter anzüglich hinterherpfiffen und alberne Bemerkungen machten, besserte das seine Laune natürlich auch nicht. Falls die anderen glaubten, dass es eine romantisch motivierte Einladung war, irrten sie sich gewaltig.

Silvano lehnte den Brotschieber an die Wand und stemmte die Hände in die Hüften. »Haben Sie das Spiel gestern Abend gesehen?«, erkundigte er sich bei Cantarelli.

Während die beiden sich über Fußball unterhielten, blickte Cesca nach draußen auf die kleine Piazza. Signora Accardo lief mit einer Glaskaraffe und Gläsern zwischen den Tischen umher, und Signora Dutti, die auf dem Weg zum Markt war, um Pasta und Kräuter einzukaufen (was ihre Einkaufszeiten und -gewohnheiten betraf, war Signora Dutti ein ebensolches Gewohnheitstier wie Cesca mit ihrer Pizza), blieb kurz bei der niedrigen Jasminhecke stehen, die die Außenbestuhlung des Restaurants abgrenzte, um ein kurzes Schwätzchen mit Signora Accardo zu halten. Der Morgenschatten hatte sich zurückgezogen, und die Mittagssonne brannte auf den kleinen Platz: die Rattanmarkise, die das kleine Restaurant beschirmte, nahm ihren Dienst auf.

Die beiden Frauen setzten sich oft auf einen langen Schwatz zusammen, wenn es im Restaurant gerade ruhig war und Signora Dutti ihre Hausarbeit erledigt hatte. Die Touristen beachteten die alten Damen so gut wie nie, sie starrten lieber die Seitenfassade des großen Palazzos an oder bewunderten den malerischen Blumenschmuck an den Häusern. Natürlich warfen alle einen Blick in die Auslage der Bäckerei, und nur die wenigsten konnten vorbeigehen, ohne eine Papiertüte mit *Bomboloni* oder *Cannoli* erworben zu haben. Cesca aber bemerkte die Frauen immer – sie war mehr an Menschen als an Gebäuden interessiert, und sie fand es toll, dass man hier im großen Rom an einem so kleinen, geschützten Ort sein ganzes Leben verbrachte und sich von klein auf kannte.

Drei Minuten später, die beiden Signoras waren noch in ihr Schwätzchen vertieft, waren die Pizzas fertig – papierdünner Teig mit perfekt verkohlten Blasen und zerlaufenem Mozzarella.

Aber als Cantarelli bezahlen wollte, wies Silvano das Geld zurück. »Geht aufs Haus«, sagte er. »Cescas Blog hat unser Geschäft fast verfünffacht!«

»Ach, das freut mich aber!«, rief Cesca entzückt aus. »Und ihr habt es wirklich verdient. Ganz ehrlich: zu geheim sollte ein Geheimtipp nie sein, das macht geschäftlich keinen Sinn! *Ciao, Silvano.*« Und sie nahm ihre Schachtel entgegen.

»*Ciao, Cesca* – und sag Matteo, dass er mir zehn Euro fürs gestrige Spiel schuldet!«

»Mache ich«, erwiderte sie grinsend und schlenderte auf den Platz hinaus.

»Sollen wir uns dorthin setzen?« Sie deutete auf ihre Treppenstufen. Cantarelli sagte nichts. Er war noch schweigsamer geworden. Irgendwas schien ihn verärgert zu haben. Schon wieder.

Cantarelli schüttelte den Kopf. »Nein, die Treppe ist privat.« Er wies mit dem Kopf auf das niedrige Mäuerchen, das den in der Mitte des Platzes wachsenden Olivenbaum umschloss.

»Nun ja, da es meine Treppe ist …«

Cantarelli machte ein derart überraschtes Gesicht, dass er ihr fast leidtat. »Aber wir können uns auch aufs Mäuerchen setzen, wenn Ihnen das lieber ist.«

Er wirkte einen Moment lang unschlüssig. »Nein, die Treppe ist in Ordnung.«

Sie führte ihn zwischen den Geranien nach oben und nahm unter dem nächstbesten Topf ihren Hausschlüssel hervor.

»Das ist aber ganz schön leichtsinnig«, bemerkte er missbilligend.

»Ich weiß«, erwiderte sie und zog eine Grimasse, während sie die Tür aufschloss. »Andererseits gibt's bei mir eigentlich nichts zu stehlen. Meistens lasse ich die Tür sowieso einfach offen. Und meine Hauswirtin lässt jeden rein, der mich besuchen will, auch wenn ich nicht da bin.« Sie dachte an den Tag, als sie ihre Wohnung betreten und die Viscontessa im Halbdunkel sitzen gesehen hatte. Sie zuckte die Achseln. »Ein Bier?« Sie durchquerte den Raum und ging stracks zum Kühlschrank. Die Fensterläden waren wie immer geschlossen, die Fenster selbst aber offen, damit es kühl blieb; die Vorhänge bewegten sich leicht in der Brise.

Cantarelli war unschlüssig im Türstock stehen geblieben, als traute er sich nicht hinein. Auf die Frage nach dem Bier nickte er. Seine Silhouette zeichnete sich vor dem hereinströmenden Licht wie ein Scherenschnitt ab.

»Sie können gern reinkommen und sich ein wenig frisch machen, wenn Sie wollen«, forderte sie ihn auf. Sie selbst stand bereits vor der Spüle und ließ sich kaltes Wasser über die verstaubten Arme laufen, spülte sich das erhitzte, verstaubte Gesicht ab. Wie staubig es da unten in den Gängen war, merkte man erst, wenn man wieder oben war und sich im Tageslicht sehen konnte.

Cantarelli kam herein und spülte sich ebenfalls Gesicht und Hände ab. Cesca beobachtete ihn und sah, wie unter der grauen Schicht wieder seine Bräune hervorkam. Er war eigentlich ein gutaussehender Kerl – wenn er nur nicht immer so abweisend und staubig wäre. Sie öffnete beide Flaschen und reichte ihm eine davon. »Hier, bitte. Kommen Sie, wir essen draußen auf der Treppe.«

»Ich wusste nicht, dass Sie hier wohnen.«

»Wie sollten Sie auch?« Sie trat nach draußen und nahm auf der obersten Stufe Platz, lehnte sich mit dem Rücken an die warme Hauswand, von wo aus man einen guten Überblick über die kleine Piazza hatte. »Ich weiß ja auch nicht, wo Sie wohnen.« Sie zog ihren langen Rock hoch und entblößte ihre Beine. Sie wurde allmählich braun, wie sie feststellte, wenn auch nur für ihre Begriffe. Mit den Römern konnte sie sich natürlich nicht messen. Die Kratzer von ihrem letzten Zusammenstoß mit Cantarelli waren noch frisch.

»Ich meine nur, wenn ich gewusst hätte, dass Sie hier wohnen, hätte ich nicht diese Pizzeria vorgeschlagen«, erklärte Cantarelli und gesellte sich zu ihr auf den kleinen quadratischen Vorplatz. »Wir hätten auch woanders hingehen können. Aber es liegt in der Nähe und …«

»Und bei Franco gibt's nun mal die beste Pizza der Stadt.« Sie grinste und biss herzhaft in ihre Pizza. Der Käse zog lange Fäden, die selbst dann nicht abrissen, als ihr Arm vollkommen ausgestreckt war. »Ich esse nur noch die Pizza von Franco, die anderen können mir gestohlen bleiben«, nuschelte sie mit vollem Mund.

»Er sagte, Sie schreiben einen Blog?« Cantarelli beobachtete ein wenig befremdet ihren Kampf mit der Pizza. Sie versuchte die Käsefäden jetzt aufzuwickeln wie eine Garnrolle. Römische Mädchen stellten sich wahrscheinlich nicht so blöd an.

»Ja, ich nenne ihn ›Römische Liebschaften‹, weil ich darin über alles schreibe, was ich an Rom liebe, was mir so begegnet, meine Entdeckungen und Erlebnisse.«

»Hm.« Doch dann schreckte er auf. »Sie werden doch hoffentlich nichts über unsere Exkavationsarbeiten erzählen? Die neuen Tunnel? Das dürfen Sie nämlich nicht.«

»Natürlich mache ich das nicht«, erwiderte sie stöhnend. »Wofür halten Sie mich?«

Er musterte sie, als sei er sich da selbst nicht ganz sicher.

»Sie haben es nicht weit zur Arbeit«, bemerkte er dann und lehnte sich ebenfalls zurück, den Blick auf den Palazzo gerichtet.

»Stimmt.« Cesca warf ihm einen Seitenblick zu. Bei ihm war man nie sicher, ob er etwas einfach nur so sagte oder ob es eine Anschuldigung war. Aber er beobachtete kauend die Piazzetta, wo gerade eine Frau mit Einkaufstüten vorüberging, deren zwei Kinder lärmend vorausliefen. »Und wo wohnen Sie?«

»In Parioli.«

Sie zog erstaunt die Augenbrauen hoch. »Nobel, nobel.«

»Ach, nicht wirklich. Ich bin da aufgewachsen. Es ist mein Zuhause.«

»Wie lange brauchen Sie zur Arbeit?«

»Zehn Minuten mit dem Scooter.«

Sie fragte sich, für wie viele Ausgrabungen er wohl zuständig sein mochte. »Erzählen Sie mir mehr. Ich weiß immer noch nicht so genau, was Sie eigentlich machen. Worin Ihre Aufgabe besteht.«

»Dasselbe kann ich von Ihnen behaupten. Ich glaube nämlich nicht, dass Sie wirklich Schriftstellerin sind.«

»Wieso denn nicht?«

Er zuckte die Achseln. »Weiß nicht, ist nur so ein Gefühl.«

»Na gut, sagen wir, ich bin *vorübergehend* Schriftstellerin, okay?« Er musterte sie skeptisch, und sie wusste nicht recht, ob sie beleidigt sein sollte, weil er ihr das mit der Schriftstellerin nicht abkaufte, oder ob sie seinen Spürsinn bewunderte. »Aber ich habe zuerst gefragt. Haben Sie's nur mit Sinkhöhlen zu tun? Sind Sie ein Sinkhöhlen-Stopfer?«, scherzte sie.

»Nein, ich bin urbaner Speläologe, also Höhlenforscher«, entgegnete er ernst. »Ich bin zur Stelle, wenn es irgendwo zu Erdeinbrüchen oder Erdabsenkungen kommt, aber das ist nicht meine alleinige Aufgabe. Immer wenn irgendwo in der Stadt Ruinen aufgedeckt werden – entweder bei Bauarbeiten oder Restaurierungsarbeiten –, werde ich gerufen. Es ist meine Aufgabe, den Fund zu untersuchen und zu prüfen, ob er von archäologischem Wert ist. Rom wurde, wie Sie sicher wissen, auf den Ruinen Roms erbaut.«

»Nein, wusste ich nicht. Ich komme ja aus London«, entgegnete sie, obwohl sie es natürlich wusste. Aufgrund ihrer Tätigkeit als Fremdenführerin wusste sie tatsächlich mehr über Roms Geschichte als viele andere. Aber sie mochte es nicht, wenn man ihr besserwisserisch kam.

»Doch, es ist so. Wussten Sie beispielsweise, dass sich unter der Piazza Navona ein antikes griechisches Stadion befindet?«

»Ach nein!« Tja, das hatte sie wirklich nicht gewusst.

»Doch. Die Geschichte Roms ist vor allem eine vertikale. Sie lässt sich von den Felsen, auf denen sie erbaut wurde, über die Gründung der Republik, das Entstehen des Imperiums und das Mittelalter bis zur heutigen modernen Großstadt nachvollziehen. Rom wurde buchstäblich aus dem

Stein erbaut, auf dem es nun steht. Unter der Stadt befinden sich riesige unterirdische Steinbrüche.«

»Direkt unter der Stadt?«, unterbrach sie ihn erschrocken. Was für eine Vorstellung!

»Ja. Anfangs ist man noch vorsichtig vorgegangen und hat nur schmale Einkerbungen im Fels hinterlassen, aber spätere Generationen waren offenbar leichtsinniger und gieriger. Und das bedeutet, dass heutzutage hohe mehrstöckige Gebäude über diesen Aushöhlungen stehen. Rom steht tatsächlich auf einer Art gigantischen Wabe oder, besser gesagt, einem löchrigen Schwamm.«

Cesca verzog das Gesicht. »Das ist ja beängstigend.«

»Schon.«

»Wie viele Sinkhöhlen gibt es denn so pro Jahr?«

»Ungefähr achtzig, aber die Zahlen nehmen sprunghaft zu. Und wenn wir etwas Bedeutsames in so einem Loch finden, darf es erst zugeschüttet werden, wenn alles erforscht und gesichert beziehungsweise geborgen wurde.«

»Jetzt verstehe ich, warum Elena so sauer reagiert hat, als wir ihr von der Entdeckung der antiken Tunnel erzählt haben.« Cesca war zunächst überrascht über die heftige Reaktion ihrer Geldgeberin gewesen. Elena hatte einen Wutanfall bekommen und war praktisch davongestürmt. »Wahrscheinlich hat sie gehofft, Sie würden sie mit einem kostbaren Artefakt überraschen, nicht mit ein paar feuchten Tunneln.«

Er nickte. »Ihre Reaktion ist nicht ungewöhnlich. Die Leute wollen diese Löcher so schnell wie möglich wieder aufgefüllt haben und nicht weiter davon gestört werden. Sie halten mich für denjenigen, der dem im Weg steht. Sie werden sehen, je länger sich das Ganze hinzieht, desto unbeliebter werde ich bei der Principessa werden.«

Cesca sah, wie er den Spatzen, die unten auf der Treppe herumhüpften, ein paar Bröckchen von seinem Pizzateig zuwarf. Diese Geste machte ihn ihr gleich um einiges sympathischer. Sie liebte die zerzausten kleinen Piepmätze. »Da braucht man sicher eine dicke Haut.«

Er warf ihr einen Blick zu. »Ich kümmere mich nicht darum, was andere von mir denken, falls Sie das meinen. Ich habe eine Aufgabe zu erledigen. Sie haben von dem U-Bahn-Bauprojekt gehört?«

»Allerdings. Hat inzwischen schon vier Milliarden Euro verschlungen, und nach zehnjähriger Bauzeit ist noch immer kein Ende in Sicht!« Sie stöhnte. »Ja, ich höre jeden Abend davon, wenn ich mit Freunden ausgehe. Kaum fangen sie irgendwo zu graben an, stoßen sie auf irgendwelche Ru…« Cesca schnappte nach Luft. »Mein Gott, das sind Sie, oder? Sie sind der, der immer alles zum Halten bringt?«

»Ist nun mal mein Job«, meinte er achselzuckend.

»Da fühlen Sie sich sicher ähnlich wie die Politessen: die meistgehassten Berufe …«

Cantarelli sagte nichts.

»Sie wissen, was ich meine«, ergänzte Cesca ein wenig beschämt.

Beide nahmen einen Schluck Bier und beobachteten die wenigen Touristen, die sich von der großen auf die kleine Piazza verirrten, deren Zugang durch den krummen Feigenbaum zusätzlich verdeckt wurde.

»Und wieso nimmt die Anzahl der Sinkhöhlen zu?«, nahm sie den Gesprächsfaden wieder auf.

»Dafür gibt es mehrere Gründe: heftige Regengüsse und wenn der Tiber mal wieder über die Ufer tritt, seismische Erschütterungen und dann natürlich die von Menschen verursachten Störungen: undichte oder zerborstene Wasserrohre, das Verlegen immer neuer Versorgungsleitungen … all das führt dazu, dass der Schwamm sozusagen immer poröser wird. An manchen Stellen ist die Membran zwischen Ober- und Unterwelt so dünn, dass man fast alles mitbekommt, was oben vorgeht.« Seine tiefliegenden Augen richteten sich mit einem vielsagenden Ausdruck auf sie. »Einmal habe ich sogar ein Pärchen gehört, das … Sie wissen schon«, bemerkte er diplomatisch.

»Sie machen Witze!« Cesca vergaß zu kauen. »Und das …?«

»Das Bett?«

»Ja, das Bett … das befand sich direkt über so einem Hohlraum?« Was für ein schrecklicher Gedanke!

»Tja …« Er lächelte nachsichtig. »Schauen Sie nicht so ängstlich drein. Wir arbeiten seit Jahren an der Absicherung der größten Gefahrenstellen. Ich habe einen Lageplan der größten Höhlungen entworfen und deren … wie sagt man? Einsturzgefahr? Einsturzpotenzial?«

»Ja, so was in der Art«, stimmte sie ihm zu.

»Die Behörden verfügen nun über eine komplette 3D-Karte der Stadt, in der alle oberen und unteren Strukturen abgebildet sind. Man weiß jetzt, wo die Gefahrenzonen liegen.«

»Gibt es denn viele davon?«

»Innerhalb der Ringstraße befindet sich ein vierzig Quadratkilometer großer Bereich, in dem die höchste Gefahrenstufe gilt. Die Wahrscheinlichkeit von Absenkungen ist hier am größten.«

Cesca erschauderte. »Dann hätte ich gerne eine Kopie von dieser Karte …«

Cantarelli lachte, dann betrachtete er sie prüfend. »Tatsächlich ist es eine andere Karte, hinter der ich her bin«, gestand er. Er schob sich das letzte Stück Pizza in den Mund und zog die Beine an, ließ die Arme über den Knien baumeln. »Die *Forma Urbis Romae*?«

»Nie davon gehört«, sagte sie und versuchte einen klebrigen Käsefaden loszuwerden.

»Das ist ein gigantisches Mosaik aus dem dritten Jahrhundert, das sich im Templum Pacis befand und angeblich eine gesamte Wand bedeckte. Zweihundertfünfzig Quadratmeter groß, heißt es. Darauf war der Grundriss der gesamten Stadt Rom abgebildet, in allen Einzelheiten, jedes Haus, ja sogar die Treppen. Diese Karte wäre natürlich ungeheuer wichtig für uns – was immer wir noch davon finden könnten, ließe sich durch Untergrund-Expeditionen verifizieren.«

»Moment, hab ich Sie richtig verstanden? Es gibt offenbar eine Karte, auf der der gesamte Grundriss des Roms der Antike abgebildet ist?«

»Genau.«

»Und dieser Grundriss lässt sich unterirdisch verfolgen?«

»Mithilfe dieser Karte, ja.«

»Mann, das ist vielleicht cool!«, rief Cesca aufgeregt aus. »Und Sie haben ein Stück davon unter dem Palazzo gefunden?«

»Ja. Die Fragmente sind über die ganze Stadt verteilt – das Mosaik wird sich nie vollständig wiederherstellen lassen. Nur noch zehn Prozent dürften heutzutage davon übrig sein.«

»Ach, wie schade! Was ist damit passiert?«, fragte Cesca stirnrunzelnd. Sie hatte ihre Pizza jetzt auch geschafft und leckte sich die Finger ab.

»Der Großteil wurde im Mittelalter zerstört. Man verwendete den Marmor zur Herstellung von Materialien wie Kalk und Gips. Und das, was noch übrig war, wurde in der Renaissance recycelt – Maler und Stuckateure verwendeten die Rückseiten als Wanddekoration.«

Cesca betrachtete ihn erstaunt. »Wollen Sie damit sagen, dass sich diese Karte an den Wänden verschiedener Palazzos befinden könnte?«

»Könnte sein, ja. Aber das werden wir wohl nie erfahren. Manchmal haben wir Glück, und es findet sich ein Stück. Die Suche nach dieser Karte ist eine ganz besondere Leidenschaft von mir.«

»Und Sie glauben, Sie könnten noch mehr davon im Palazzo finden?« Ihr Blick richtete sich unwillkürlich auf die einschüchternde Seitenfassade des Gebäudes mit ihren stets geschlossenen Fensterläden. Ihr Instinkt war also richtig: Dieser Ort barg Geheimnisse. Aber es mussten nicht unbedingt böse Geheimnisse sein.

»Das hoffe ich jedenfalls. Die Chancen stehen nicht schlecht. Das Alter des Gebäudes wäre richtig.« Sein Blick war ebenfalls auf den Palazzo gerichtet.

»Und Elena weiß von der Karte und dem Mosaikstein?« Ihr fiel der sarkastische Kommentar ein, den die Principessa gemacht hatte, ehe sie Cesca die Leiter hinabsteigen ließ.

»Ja, ich hab sie informiert, aber sie bat mich, die Informationen vertraulich zu behandeln. Alles, was ich Ihnen heute erzählt habe, ist vertraulich, verstehen Sie.«

»Ja, natürlich. Aber was ist, wenn Sie noch mehr finden? Wem gehört es? Der Stadt oder Elena?«

»Alles, was wir in der Sinkhöhle finden, gehört der Stadt. Das, was wir unter den Palastmauern finden, gehört der

Principessa – beziehungsweise da sind wir bei der Übernahme auf ihren guten Willen angewiesen.«

»Ach, sie wäre sicher großzügig, sie kann es sich ja leisten.«

»Wir werden sehen. Die Freude an der Bewahrung archäologischer Schätze nimmt meist rapide ab, wenn das eigene Heim auf den Kopf gestellt wird.«

»Oder unterhöhlt wird«, witzelte Cesca.

Er schaute sie an. »Genau. Nun, zumindest haben wir durch die Entdeckung dieses alten Tunnelsystems ein wenig Zeit gewonnen. Ich kann noch ein wenig länger nach der *Forma Urbis Romae* suchen.«

»Scheint, als wären Sie noch ein Weilchen gut beschäftigt«, meinte sie. Wie aufregend das war! Und es spielte sich buchstäblich unter ihren Füßen ab, unter dem Gebäude, in dem sie saß und arbeitete. Ob er sie wohl mal wieder mit nach unten nehmen würde? Ob sich das hier wiederholen ließe?

Er sagte, als habe er ihre Gedanken erraten: »Tja, also, ich muss jetzt wieder an die Arbeit.«

»Ach, wirklich? Schon?«, rief sie enttäuscht aus. Zu ihrem Erstaunen war dies eine … höchst interessante Mittagspause gewesen. Cantarelli hatte eine erfrischend andere Sicht auf die Welt. Als Anwältin – als *ehemalige* Anwältin, besser gesagt – war sie darin geübt, verschiedene Sichtweisen einzunehmen. Aber sie hatte noch nie jemanden kennengelernt, der sich die Gegenwart hauptsächlich durch die Vergangenheit erklärte, der das Verborgene weit mehr schätzte als das für alle Augen Sichtbare.

Und das galt auch für ihn selbst, dachte sie. Unter dieser brüsken, abweisenden Fassade befand sich tief, tief im Innern eine sanfte, weiche Seite, eine Seite, die Spatzen fütterte und nach Schatzkarten suchte. Und dessen Augen leuchteten, wenn er ihr Geheimtunnel zeigte …

Er erhob sich und schaute auf sie hinab. Sie machte Anstalten, ebenfalls aufzustehen, aber er winkte ab. »Nein, bleiben Sie ruhig sitzen und genießen Sie Ihre restliche Mittagspause.«

Cesca wusste nicht recht, was sie sagen sollte. »Danke für die Pizza.«

Er nickte. »Das war das Mindeste, was ich für Sie tun konnte. Sie retten mir das Leben. Ich lade Sie auf eine Pizza ein.«

Sie brauchte eine Sekunde, ehe sie in Gelächter ausbrach – mit diesem Anflug von Humor hatte sie nicht gerechnet. Und es war wohl auch so was wie ein Dankeschön, eine Anerkennung.

»… und danke für das höchst interessante Gespräch«, rief sie ihm nach. Er hatte fast den Fuß der Treppe erreicht und hob grüßend die Hand.

»Und für die Tunnelführung!«, rief sie und blickte ihm nach, wie er über den Platz ging, in staubigen Shorts und Stahlkappenschuhen, die unter den zahlreichen Flip-Flop-Trägern besonders auffielen. Aber diesmal drehte er sich nicht mehr um, und ihr fiel auch nichts mehr ein, was sie noch sagen könnte, um ihn noch ein wenig länger aufzuhalten. Außerdem war er ohnehin bereits um die Ecke verschwunden.

22. Kapitel

Ischia, August 1980

Sie konnte durch die Bullaugen ihrer Suite die malerischen roten Ziegeldächer und weiß gekalkten Häuser von Casamicciola erkennen, die in der Mittagssonne funkelten. Laney bürstete ihr Haar zurück, das feucht vom Schwimmen war, aber sie wollte es in dieser Hitze nicht trocken föhnen. Make-up trug sie ebenfalls nicht auf; für sie war es eine Art stiller Protest, wenn sie in den Sommermonaten auf Glamour und Schminke verzichtete, ein hochgereckter Mittelfinger in Richtung der Park-Avenue-Brigade.

Sie warf die Bürste auf die buntseidene Steppdecke ihres Betts, zupfte ihren eng anliegenden blauen Frottee-Shorts-Jumpsuit zurecht und bewunderte sich im Spiegel: Sie hatte in drei Tagen vier Pfund abgenommen! Und das dank der neuen Grapefruit-Diät, die derzeit in aller Munde war. Man musste allerdings sehr diszipliniert sein, um sie durchzuhalten. Sie selbst fühlte sich oft schwach und schwindelig und vergaß, was sie gerade sagen wollte. Und sie schlief viel, auch tagsüber. Trotzdem, das war es ihr wert. Sie wollte schließlich nicht vor ihrer ultraschlanken Gastgeberin, Allegra Santi, zurückstecken. Jetzt war ihre Bikinifigur jedenfalls beneidenswert.

Mit hochgerecktem Kinn und ihrer kastigen Chloé-

Sonnenbrille auf der Nase verließ sie ihre Kabine und erklomm die Stufen der schönen Mahagonitreppe, die zum Deck der herrlichen Jacht *Serena* führte. Die gestreifte Markise war ausgefahren, und die gepolsterten Sitzbänke lagen im Schatten. Überall standen Platten oder Schalen mit zurechtgeschnittenem und dekorativ angerichtetem Obst, farbenfroh wie Blumenschmuck. Alle hatten bereits geduscht und sich umgezogen und saßen nun gemütlich auf Sesseln und Polsterbänken, unterhielten sich angeregt und tranken Margaritas. Sie waren dreizehn – eine außergewöhnlich große Gruppe. Die meisten davon kannte sie bereits von anderen Urlaubsaufenthalten – die Mongiardinos vom Skifahren in St. Moritz, die Packfords aus einem Wohltätigkeitsverein in Palm Beach, dem sie ebenfalls angehörte, Yves Saint Laurent und seine Muse, Loulou de la Falaise, aus Paris, natürlich. Die zwei restlichen Pärchen, die ihr unbekannt waren, konnte sie während der acht Tage dauernden Kreuzfahrt wohl ertragen.

»Laney!« Adolfo Santi begrüßte sie mit der üblichen Begeisterung. Sein Blick kroch über ihre Figur. Er drückte ihr einen eisgekühlten Cocktail in die Hand und forderte sie mit einer Geste auf, sich neben ihn zu setzen. »Ich hatte mich schon gefragt, wo du steckst. Sieh dich an – atemberaubend wie immer. Du bist eine kleine Wassernymphe, dein Haar wird gar nicht mehr richtig trocken.«

»Ich wurde im Sternzeichen Krebs geboren, Darling, Wasser ist mein Element. Und außerdem – wer kann dem hier schon widerstehen?« Sie wies um sich, auf die türkisgrünen Wogen des Mittelmeers. »Einfach göttlich.«

»Es freut mich sehr, dass du dich endlich mal entschlossen hast, meine Einladung anzunehmen und es mit eigenen

Augen zu sehen. Ich hatte es dir ja schon immer gesagt. Aber du wolltest mir nicht glauben.« Er zog eine dunkle Augenbraue hoch. »Dachtest wohl, ich würde das alles erfinden.« Sie hatte seine Einladungen tatsächlich zahllose Male abgelehnt, sich mit Reisen nach Marrakesch oder Kenia herausgeredet.

Laney schmunzelte. Sie wusste ganz genau, warum sie bisher immer Nein gesagt hatte. Adolfos Absichten ihr gegenüber konnten nicht deutlicher sein: Sie hatte sich vor Jahren einmal kurz auf ihn eingelassen, und er hatte Blut geleckt, war seitdem hinter ihr her. Aber sie hatte ihren kleinen Sohn verloren, und alles war nun anders. Ihr Lebenswandel war ein anderer – als könne sie ihren Trennungsschmerz mit Askese bewältigen. Funktionieren tat es nicht, aber etwas Besseres fiel ihr nicht ein. Steve hatte alle Register gezogen, und sie hatte den Scheidungskrieg und den Streit um das Sorgerecht verloren. Das Urteil des Richters war eine Verdammung, eine endgültige Rufzerstörung, mit der sie nun täglich leben musste, denn sie wurde in jedem Klatschblatt, in jedem Artikel, ja mit jedem Foto von ihr wiederholt. Sie war jetzt eine Gejagte, sie war auf der Flucht vor den Menschen, die sie erkannten und glaubten, sie beurteilen zu können, ohne auch nur das Geringste darüber zu wissen, wie sie wirklich war.

Aber sie konnten es ja nicht wissen, hatten es noch nie gewusst. Für sie war Laney Valentine eine Vorstellung, ein Fantasiegebilde. Niemand scherte sich darum, dass man ihr das Herz gebrochen hatte, dass es erstarrt war wie ein Eiszapfen. Dass die Welt sich gegen sie gewandt hatte, mit einer unerträglichen, ungerechten Strafe. Sie fühlte sich jetzt immer einsam und allein, vor allem wenn sie unter Menschen war.

Ihr war kalt in der Sonne, sie war wach, wenn sie schlief, Übelkeit ersetzte den Appetit, sie hungerte sich zu Tode. Als sie Klein-Stevie das erste Mal verloren hatte, war es, als würde man ihr bei lebendigem Leib die Haut abziehen und ihre Nerven bloßlegen, eine Berührung, ja, ein Blick, ein Geräusch genügten. Ihn bei der Gerichtsverhandlung auch noch ein zweites Mal zu verlieren war wie der Tod. Alles in ihr war abgestorben, sie war wie taub, haltlos, knochenlos, als hätte man sie entgrätet wie einen Fisch.

War sie deshalb hier? Um überhaupt wieder etwas fühlen zu können? »Ich würde dein Urteilsvermögen doch nie anzweifeln, Dolfi. Du hast einen erlesenen Geschmack, wie jeder weiß.«

»Dann hoffe ich, dass du noch viele, viele Male zu uns kommst. Die *Serena* steht dir zur Verfügung, wann immer du willst – ein Wort genügt.« Sein Blick bohrte sich förmlich in sie hinein.

»Wie lieb von dir, Darling.«

»Warst du schon in der Tintenfisch-Bucht?«

Sie schüttelte den Kopf und nippte an ihrem kalten Drink.

»Dann machen wir das heute Nachmittag, unbedingt. Wir nehmen das Schnellboot und gehen tauchen. Carlo soll es für uns auftanken.«

Sie musterte ihn. Uns? Meinte er etwa nur sie beide?

Er schnippte mit den Fingern nach mehr Cocktails, aber Laney deckte ihr Glas ab. »Ich werde heute mal brav sein und nur das eine Glas trinken. Wenn wir heute noch tauchen gehen wollen …«

»Aber erst mal gibt es ein gutes Mittagessen, ja? Du schaffst das schon, keine Angst. Ich werde gut auf dich aufpassen. Ich bin schließlich ein erfahrener Taucher.«

Laney wandte den Blick ab. Der Tequila stieg ihr schon nach dem ersten Schluck zu Kopf. Sie fühlte sich schwach, und sie sehnte sich nach einer herzhaften Mahlzeit – nach Fisch, nach Pasta, nach gesunder, *nahrhafter* Kost. Auch wenn alles wieder nach nichts schmecken würde, wie Asche auf ihrer Zunge. Sie befürchtete manchmal, sie könnte eines Tages vom Wind davongetragen werden wie ein Luftballon. Jedenfalls fühlte sie sich so entrückt von ihrer Umgebung, ihrem Leben.

Aus der Ferne drang das Schnurren eines Bootes zu ihnen, das sich über die Bucht näherte. Ihre Jacht war die einzige, die weiter draußen, im tiefen Wasser ankerte. In der flachen Bucht selbst wippten zahlreiche kleinere Boote und Jachten wie vom Himmel gefallene Wölkchen. Sie sah zu, wie es näher kam, bemerkte den prächtigen Wimpel, der hinten im Heck flatterte. Freudige Erregung breitete sich unter den Anwesenden aus, denn es war klar, dass das Boot direkt auf sie zuhielt.

»Frischfleisch zum Lunch?«, bemerkte Laney auf ihre träge, ironische Art. Als sie sah, wie die anderen zur Reling stürzten, zog sie lediglich die Braue hoch.

Adolfo zündete sich eine Zigarette an und stützte einen nackten gebräunten Fuß an die Tischkante, dicht neben ihren. »Ein alter Freund der Familie, Gianvito Damiani«, sagte er mit einem Achselzucken. »*Prinz* Gianvito Damiani, um genau zu sein.«

»Muss man einen Knicks machen?«

»Nein. Aber freuen würde es ihn, wenn du's tätest. Er hält sehr viel auf alte Traditionen. Kein Wunder, er ist ein waschechter Römer.«

»Aha.« Laney spähte mit schmalen Augen zur Reling, wo

sich die anderen vor der Anlegetreppe drängelten. »Werde ich ihn mögen?«

»Er ist ansehnlich, das lässt sich nicht bestreiten. Aber viel zu steif und langweilig für dich, Laney Darling.«

»Zu schade.« Sie seufzte. Als würde sie auch nur einen Deut darum geben. »Du hast ihn wohl eingeladen, um unsere Zahl vollzumachen, wie? Ich weiß, wie unangenehm es für euch sein muss, dass ich ohne Begleitung erschienen bin. Das bringt Allegras heilige Sitzordnung bestimmt vollkommen durcheinander.«

»Du weißt, ich würde mich nie zwischen meine Frau und ihre *heilige* Sitzordnung drängen«, erwiderte er amüsiert, »aber mir persönlich ist es lieber so.«

»Wie meinst du das? Weil ich allein und ohne Begleiter hier bin?«

Er musterte sie mit einem wölfischen Grinsen und knetete unauffällig ihren Oberschenkel. »Ohne Begleiter vielleicht, aber nicht allein, Darling.«

Sie blinzelte mehrmals. Sie war es gewohnt, von Männern begehrt zu werden. Es gab viele, die sie gern zur Mätresse gehabt hätten.

Sie sah zu, wie das Boot, das bis dahin in schnurgerader Linie auf sie zugehalten hatte, nun eine elegante Kurve beschrieb und mit aufspritzender Gischt direkt neben der Jacht landete.

»Wow!«, hörte sie Sylvia Ginsberger ausrufen. Sylvia war zum ersten Mal auf einer Jacht und rief oft »wow«. Ihr Gatte war ein großes Tier an der Börse, obwohl beide aus einer Kleinstadt in Minnesota kamen – sie waren seit Kindertagen ein Paar. Obwohl das Tony offensichtlich nicht davon abhielt, sich in den Clubs von Manhattan auszutoben, wie sie bei der Massage vorhin »vertraulich« von Allegra erfahren hatte.

Der Fahrer drosselte den Motor und ankerte neben der *Serena*, wo sie ihn von ihrem Platz aus nicht mehr sehen konnte. Sie machte sich allerdings nicht die Mühe, den Hals zu recken – es reichte schon, dass die anderen es taten.

»Solltest du nicht deinen Gast begrüßen?«, forderte sie Adolfo auf. Sie nahm ihm die Zigarette weg und setzte sie sich selbst an die Lippen. Er beobachtete sie hungrig, ihren gespitzten Mund, die anmutigen Wangenknochen …

»Bin gleich wieder da.«

Natürlich. Er würde so lange wiederkommen, bis sie nachgab. Sollte sie? Es wäre jedenfalls die einfachste Lösung.

Sie nahm noch einen Zug, dann noch einen und noch einen und versank in ihrer Stille. Auch die Umgebungsgeräusche verklangen. Alkohol und jetzt auch noch Nikotin machten sie schwindelig, hinzu kam der Hunger. Sie schloss die Augen. Es dauerte ein paar Minuten, ehe sie sie wieder aufschlug.

Vor ihr stand Prinz Gianvito Damiani und blickte auf sie herab.

Ja, er war in der Tat mehr als ansehnlich, in einem marineblauen Poloshirt und einer weißen Shorts. Er besaß ein kantiges Kinn, leicht schrägstehende, ein wenig eingesunkene braune Augen, eine stolze Adlernase und einen breiten Mund. Auf sie wirkte er eher griechisch als römisch.

Und sie fühlte sich sofort auf eine überwältigende Weise zu ihm hingezogen.

»Hallo, ich bin Laney«, sagte sie schlicht und legte lässig den Arm auf die Sitzlehne. Sie musterte ihn interessiert. Zum ersten Mal seit Monaten war sie hellwach.

Das kleine Schnellboot tuckerte in die Bucht hinein, das Wasser schwappte an den Bootsrand, und sie konnte unter ihren baumelnden Füßen Felsbrocken in der smaragdgrünen Tiefe erkennen. Silbrige Fische flitzten durchs Wasser. Adolfo stand am Steuer, und sie dirigierte ihn gewissenhaft.

»Halt!«, rief sie kurz darauf, weil sich das Wasser aufhellte, da, wo es seichter war. Der Anker fiel platschend in die Tiefe, und die Ankerkette entrollte sich rasselnd.

Sie zog die Beine an und sprang auf, schritt mit hochgereckten Armen wie eine Tänzerin auf die anderen zu, auf Adolfo, Allegra, Gianvito und die Ginsbergers. Es waren nun doch mehr geworden, denn Laney hatte alle begeistert zu diesem Tauchgang eingeladen. Adolfos finstere Miene sprach Bände: sein kleines Verführungsszenario fiel buchstäblich ins Wasser.

Weil die Ginsbergers nicht tauchen konnten, war man übereingekommen, Schnorcheln zu gehen, damit sie sich nicht ausgeschlossen fühlten. Laney schälte sich aus ihrem knappen Frottee-Anzug und stellte ihre überschlanke Bikinifigur zur Schau – die Aufregung um Gianvitos Eintreffen hatte ihr prompt den Appetit geraubt, und sie hatte beim Lunch kaum einen Bissen runtergebracht – und setzte Taucherbrille und Schnorchel auf.

Sie war als Erste im Wasser. Mit einem eleganten Kopfsprung tauchte sie fast geräuschlos und ohne Spritzer ab und Sekunden später mit einem strahlenden Lächeln wieder auf. »Kommt rein! Es ist herrlich!«

Adolfo, Allegra und Tony sprangen ihr ohne Zögern nach. Sylvia dagegen ließ sich ängstlich an der Leiter hinab und sank mit den Füßen zuerst ins Wasser, wo sie mit ausgestrecktem Hals herumpaddelte wie ein Hund, damit ihr Haar nicht nass wurde.

»Prinz Damiani?« Laney blickte auffordernd zu ihm hinauf. »Kommen Sie nicht ins Wasser?«

»Bitte, nennen Sie mich Gianvito.« Er hatte nur einen ganz leichten Akzent, da er drei Jahre in Oxford studiert und danach mehrere Jahre in London verbracht hatte. Sie hatten am Mittagstisch nicht nebeneinandergesessen – offenbar hatte Adolfo doch in Allegras Sitzordnung eingegriffen – und konnten nicht mehr als ein paar höfliche Bemerkungen austauschen, aber sie sprach ihn absichtlich jedes Mal mit seinem Titel an, weil ihr auffiel, dass ihm das unangenehm war. Er hatte sie bereits mehrmals aufgefordert, ihn doch »einfach Gianvito« zu nennen.

»Aber ich mag Sie nun mal nicht Gianvito nennen«, stichelte sie ihn.

»Wieso denn nicht?«

»Es ist zu … zu umständlich.«

Er blickte forschend auf sie hinab. Ihm schien gar nicht bewusst zu sein, wie teuflisch attraktiv er in der knappen weißen Badehose aussah, mit seinem muskulösen Körper und der dicht behaarten Brust. »Dann nennen Sie mich eben Vito.«

Das ließ sie sich durch den Kopf gehen. »Und wer nennt Sie sonst so?«

»Nur meine engsten Freunde.«

»Werden wir denn enge Freunde werden?«, fragte sie provozierend.

Er starrte sie an, und sie konnte sehen, wie ihn ihre direkte amerikanische Art, sich über Adelstitel lustig zu machen, verwirrte. Er schien nicht zu wissen, wie er damit umgehen sollte, mit *ihr* umgehen sollte. Seine formelle, steife, höfliche Art perlte einfach an ihr ab.

Er sprang nun ebenfalls ins Wasser und mindestens ebenso elegant wie sie. Dicht vor ihr tauchte er wieder auf. Laneys Herz klopfte wild, sie bewunderte seine Kraft, seine Athletik, die seine zurückhaltende Art Lügen strafte. Seine Nähe erregte sie, auch wenn ihre Körper unter dem Wasser verborgen waren. Sie sahen sich einen Moment lang tief in die Augen, in die nassen Gesichter.

»Kommen Sie, schwimmen wir«, sagte er.

Er kraulte los und verschlang die Distanz zwischen ihnen und den anderen. Laney blickte ihm perplex und frustriert nach. Sie wurde ebenso wenig schlau aus ihm wie er aus ihr. Er spürte das Knistern zwischen ihnen, die überwältigende Anziehungskraft, da war sie sicher, aber er war nicht wie andere Männer, die sie kannte. Ihr Reichtum verschaffte ihr ihm gegenüber keinen Vorteil, im Gegenteil, seine Titel und seine Herkunft wogen schwerer. Es war klar, er war ein Produkt seiner Erziehung und nicht seiner Ambitionen.

Sie schwammen und schnorchelten fast den ganzen Nachmittag lang herum, und die Sonne brannte ihnen dabei auf den Rücken. Mit ihren Tauchmasken erforschten sie die Unterwasserwelt. Wie von Adolfo versprochen, gab es jede Menge Tintenfische, aber auch Schwertfische, Aale und sogar einige Seesterne.

Vito blieb in der Nähe, aber nie nahe genug, unterhielt sich mit Sylvia und Allegra. Doch immer wenn die anderen abgelenkt waren – was oft vorkam –, huschte sein Blick zu ihr hinüber. Adolfo markierte den großen Mann und tauchte bis zu zwölf Meter tief, um Schätze für die Damen heraufzuholen – bunte Muscheln – oder um ihnen einen besonders schönen, leuchtend blauen tropischen Fisch zu zeigen.

Laney hielt sich bedeckt. Sie konnte spüren, wie beide Männer sie umkreisten, wie sie einander scharf im Auge behielten, sich der Konkurrenz des anderen sehr wohl bewusst waren. Als die Gruppe schließlich an Land ging, legte sich Laney ein wenig abseits allein ins seichte Wasser und wartete, wer von den beiden zuerst auftauchen würde. Zu ihrer Enttäuschung war es Adolfo. Unter dem Vorwand, Sanddollars für sie im seichten Wasser suchen zu wollen, strich er um sie herum. Zum Glück pfiff ihn Allegra bald wieder zurück.

Laney schlenderte allein ein Stück am Strand entlang und suchte Schatten unter einigen Klippen. In der Bucht wuchsen hohe Zypressen und auch Olivenbäume, aber es gab weit und breit keine Spur von menschlicher Besiedlung. Bestimmt war das auch ein Grund, warum Adolfo mit ihr hierher gewollt hatte.

Sie ließ sich im Schatten einiger überhängender Felsen nieder und lehnte sich müde, erhitzt und erschöpft an den kühlen Stein. Die Haut auf ihrem Rücken fühlte sich heiß an und spannte. Das kleine Boot (mit den Trinkflaschen) dümpelte weiter draußen auf dem Meer, als sie zunächst angenommen hatte. Sie hätte zum Lunch nicht so viele Margaritas trinken sollen; sie hätte besser auf der Jacht bleiben und sich kurz hinlegen sollen. Es war ein langer Tag gewesen – und ein noch längeres Jahr. Das Summen eines Insekts drang an ihr Ohr, und sie wedelte es träge beiseite. Warum spielte sie mit diesem Mann? Was dachte sie sich nur dabei?

Aus dem Summen wurde jäh ein wütendes Gebrumm. Was zum …?

Sie sprang auf. Ein Schwarm Sandfliegen schien sich aus

einem Felsspalt zu ergießen, aber für Sandfliegen waren sie eigentlich zu groß … Es waren Bienen!

Sie wurde gestochen. »Au!« Sie sprang zurück und rieb ihren Arm, wurde nochmal gestochen, diesmal an der Schulter, und stolperte rückwärts, nach draußen in die Sonne.

Sie kreischte. »Mein Gott!«

Dann begann sie zu laufen, wurde aber erneut gestochen, in den Oberschenkel. Der dunkle Schwarm verfolgte sie über den Strand. Aus den Augenwinkeln sah sie, wie die anderen aufmerksam wurden.

»Bienen!«, schrie sie. »Lauft! Ins Wasser!«

Man hatte sie offenbar verstanden, denn alle sprangen auf und liefen aufs Wasser zu. Tony Ginsberger packte seine kleine Frau und zog sie mit sich, Adolfo und Allegra waren mit ihren langen Beinen als Erste am Wasser. Nur Vito blieb zurück – und kam stattdessen auf sie zugelaufen.

Der Bienenschwarm hatte sie eingeholt. Sie konnte nichts mehr sehen, schlug wie wild um sich, wurde zahllose Male gestochen. Er erreichte sie und packte sie beim Arm, zog sie mit einem Ruck zum Wasser, und sie folgte ihm blind.

Sieben Schritte und ihre Füße tauchten in die Brandung – Vito zog so heftig, dass sie kaum mitkam. Dann legten sich seine Hände um ihre Hüften, er hob sie hoch und warf sie ins tiefe Wasser.

Sie versank wie ein Stein und war den Schwarm sofort los. Das Wasser war herrlich kühlend, sie blickte nach oben und stieß einen Strom Luftblasen aus. Und nun durchbrach auch Vito die Wasseroberfläche wie einen Spiegel. Sie sah, wie er sich heftig wand und aufbäumte. Auch er war mehrmals gestochen worden, wie sie an den kleinen roten Beulen erkannte.

Als sich das Wasser wieder beruhigt hatte, konnte man sehen, dass der Schwarm abgezogen war. Sie schoss an die Oberfläche und tauchte nach Luft ringend auf. Eine Sekunde später war Vito neben ihr.

»Sind Sie okay?«, wollte er wissen. »Lassen Sie mich sehen.« Er packte sie bei den Armen und besah sich ihre Stiche.

»Danke«, stieß sie mit klappernden Zähnen hervor, obwohl die Sonne heiß herunterbrannte.

Er untersuchte sie fürsorglich wie ein Vater sein Kind. »Sie müssen sofort zurück zur Jacht.«

Adolfo und die anderen waren bereits an Bord des Schnellbootes. Adolfo warf den Motor an und brachte das Boot zu ihnen. Heldenhaft packte er Laney bei den Armen und zog sie mit einem Schwung aus dem Wasser. Sie landete zappelnd wie ein Fisch auf den Planken und wurde sogleich besorgt umdrängt. Sylvia sagte jedes Mal »wow«, wenn sie wieder einen Stich entdeckten. Und es waren viele Stiche.

Vito hievte sich wortlos an Bord, und Adolfo trat aufs Gas. Das kleine Boot durchschnitt das Wasser, und der Fahrtwind klatschte ihnen das nasse Haar ins Gesicht. Es ging in Höchstgeschwindigkeit zurück zur Sicherheit und Geborgenheit der großen Jacht.

Sie starrte mit Tränen in den Augen durch die Bullaugen ihrer Suite auf das kleine Städtchen Casamicciola. Ihr Kissen war nass geweint, sie hörte die anderen oben an Deck herumlaufen, was ihre Einsamkeit nur noch vertiefte.

Laney wollte schlafen, war aber viel zu aufgedreht, um ein Auge zutun zu können. Ihr Körper fühlte sich heiß und geschwollen an. Sie hatte hundertvierzehn Stiche abbekommen. Natürlich waren alle sehr lieb und fürsorglich. Adolfo hatte das Beiboot losgeschickt, um aus dem Städtchen einen Arzt zu holen. Der *Dottore* hatte sie untersucht und die zahlreichen winzigen Stacheln aus ihrer Haut gezogen. Dann hatte er ihr ein Antibiotikum verschrieben und sie mit einer antiseptischen Salbe bestrichen. Und Bettruhe verordnet.

Erschöpft schloss sie die Augen. Sie fühlte sich so gedemütigt. Sie wollte nur noch nach Hause – aber sie wusste nicht, wo ihr Zuhause war. Nicht Graystones – dort war sie seit neunzehn Jahren nicht mehr gewesen. Und auch nicht Newport oder Malibu oder New York. Seit sie Stevie verloren hatte, lebte sie aus dem Koffer, zog von Ort zu Ort, von Stadt zu Stadt, von Kontinent zu Kontinent, immer der Karawane der Feiernden nach, der Reichen und Schönen, einer Welt, wo sie sich hinter hübschen Kleidern und Martinis verstecken konnte.

Das Klopfen an der Tür war so leise, dass sie es zunächst überhörte, aber er kam trotzdem rein. Die Matratze senkte sich unter seinem Gewicht, und er blickte mit seinen klaren, direkten Augen auf sie hinab.

Sie wollte sich aufsetzen, aber er hielt sie mit einer Hand auf ihrer Schulter davon ab und schüttelte den Kopf. »Ich wollte mich nur verabschieden. Ich muss leider gehen.«

Laney starrte ihn an, in seinem marineblauen Polohemd und den weißen Shorts, und fragte sich, warum ihr diese Nachricht so wehtat. »Hallo und Adieu an ein und demselben Tag«, sagte sie leise. »Seltsam, aber ich hatte gehofft, dass wir mehr Zeit miteinander hätten.«

Er musterte sie, als wolle er etwas sagen, doch dann senkte er den Blick auf seine Hände. Ihr Blick folgte ihm, als könne sie dort Antworten finden. Da bemerkte sie, dass auch seine Hände zerstochen waren.

Sie setzte sich auf und ergriff seine Hände, untersuchte sie. Im fleischigen Teil, unter dem Daumen, steckte noch ein Stachel – und es war nicht der einzige.

»Haben Sie denn nicht mit dem Arzt gesprochen?«, fragte sie und untersuchte stirnrunzelnd seine Stiche.

»Ach, das macht mir nichts aus.«

»Aber das sollte es. Schauen Sie, da steckt noch der Stachel drin. Der muss entfernt werden.«

Er folgte interessiert ihrem Blick, aber ehe er etwas tun konnte, hob Laney seine Hand an ihre Lippen und saugte den Stachel aus dem Daumenballen. Seine Haut schmeckte salzig und ein wenig bitter.

Sie nahm den Stachel von ihrer Zunge und zeigte ihn vor. »Da, sehen Sie?«

Aber der Stachel interessierte ihn nicht. Er musterte sie mit einem Blick voll unendlicher Sehnsucht. So war sie noch nie von einem Mann angesehen worden. Ihr stockte der Atem. Im nächsten Augenblick riss er sie an sich und küsste sie.

Was er nicht sagen konnte – oder wollte –, drückte er mit dem Kuss aus. Als sie sich wieder losließen, hatte sich ihre Welt um hundertachtzig Grad gedreht.

»Komm mit mir nach Hause«, bat er.

Sie lächelte. *Nach Hause*. Mit Vito. »Ja.«

23. Kapitel

Rom, Juli 2017

Den Rest der Woche saß Cesca während ihrer Mittagspause auf den Stufen vor ihrer Wohnung und bräunte sich beim Essen (und Spatzenfüttern) die Beine. Den Rest der Woche arbeitete sie bis spät in den Abend hinein, ging tausende Fotos durch, tippte die Gesprächsaufnahmen ins Reine und begann mit einer Zeitlinie der wichtigsten Ereignisse in Elenas Leben, die ihr dabei helfen sollte, die einzelnen Kapitel aufzusetzen und den Fluss der Geschichte in Gang zu bringen. Sie blickte auf, wann immer draußen im Garten Bewegung in den Arbeitertrupp kam, aber sie sah ihn die ganze restliche Woche kein einziges Mal mehr.

Sie wusste, dass Cantarelli immer noch dort arbeitete – Elenas zunehmende Irritation und das Absichern des Lochs mit Leitern, Brettern und Stützpfählen sowie das Herablassen von Scanning-Equipment an einer Winde verrieten es ihr. Sie ärgerte sich über sich selbst, über ihre Enttäuschung darüber, dass er sich nicht mehr meldete, dass er seine Einladung seitdem nicht mehr wiederholt hatte. Offenbar hatte sie sich das Knistern zwischen ihnen bloß eingebildet – oder die Anziehung bestand nur von ihrer Seite. Sie kam sich albern und idiotisch vor. Dabei konnte sie den Kerl eigentlich gar nicht ausstehen.

»Du hörst dich gereizt an«, meinte Alé, deren Stimme aus dem Lautsprecher von Cescas Handy drang. Cesca saß in einer bauschigen viktorianischen Rüschen-Unterhose, die sie als Shorts benutzte, im Schneidersitz auf dem Fußboden, vor sich eine Schachtel mit Fotos, in denen sie mürrisch herumkramte. Immerhin: Die Akustik in der Galerie war fantastisch.

»Ich bin nicht gereizt«, bestritt sie, »ich bin … bloß ein bisschen überarbeitet.«

»Armes Häschen. Muss ganz schön hart sein, in so einem Palast zu arbeiten, was?«, wurde sie von Alé geneckt. »Du solltest mal einen Tag bei mir in der Schule verbringen. Meine vierzehnjährigen Schüler würden dir zeigen, was echter Frust ist.«

»Hast ja recht. Du bist eine Heilige, und ich bin eine Versagerin.«

Eine Pause entstand, dann: »So, das reicht. Wir gehen heute Abend aus.«

»Aber ich kann nicht. Ich hab noch zu tun.«

»Du kennst die Regeln: beim ersten Anzeichen von Sarkasmus? Tequila.«

»Alé …«

»Keine Widerrede. Es ist ohnehin Freitagabend. Was willst du denn sonst machen? Wir treffen uns in zwanzig Minuten in der Bar.«

Sie legte auf.

Cesca warf einen Blick hinaus in den Garten. Er war verlassen, die Schutzhelme lagen fein säuberlich nebeneinander im Gras wie eine Kolonne von Plastikenten. Alle waren ins Wochenende gestartet; nur oben im dritten Stock bei Elena brannte noch Licht. Aber sie hatte jetzt wirklich keine Lust auf eine weitere Erörterung von Elenas fabelhaftem Jet-Set-Leben. Alé hatte recht. Was wollte sie überhaupt noch hier? Warum wartete sie auf einen Mann, der sie nicht mehr sehen wollte? Mit der Pizza hatte er sich bloß für ihre Hilfe revanchieren wollen, mehr nicht. Dieser Mann ging ihr so was von auf die Nerven! Aber er faszinierte sie beinahe noch mehr. Dabei kannte sie nicht mal seinen Vornamen. Nun gut, es war Freitagabend, sie war siebenundzwanzig Jahre alt, und sie würde jetzt um die Häuser ziehen, Frust hin oder her.

Ein blauer Lichtschein fiel aus der offenen Tür der Bar, erhitzte Körper standen davor und suchten in der lauen Nacht Abkühlung. Alé hatte einen Tisch ganz hinten, bei den Toiletten, ergattert, was zwar nicht ideal war, aber wenigstens konnten sie sitzen. Die Jungs wollten vielleicht später noch kommen, aber die Mädchen wussten, dass das nur der Fall sein würde, wenn sich dort, wo sie sich gerade befanden, nichts Besseres ergab.

Sie waren seit einer Stunde hier und beim vierten Shotglas, als Alé auf den Punkt kam.

Sie beugte sich vertraulich über den Tisch. »Du, ich muss dir was sagen.« Ihre Pupillen waren geweitet, der Alkohol zeigte offenbar auch bei ihr bereits Wirkung. Ihre lange buschige Mähne hatte sie wie immer am Hinterkopf zu einem nachlässigen Knoten zusammengebunden. Ein türkisfarbener BH-Träger schaute unter ihrem weißen Trägertop hervor, und man konnte den weißen Futterstoff ihrer Gesäßtaschen unter ihren ultrakurzen Jeansshorts hervorblitzen sehen. Sie war die heißeste Lehrerin, die die Schüler je zu Gesicht bekommen hatten, dessen war sich Cesca sicher. Und sie bildete einen starken Kontrast zu Cescas Erscheinung als viktorianische Lolita mit Rotzopf, »Bloomers« und ärmellosem weißem Rüschenhemd.

»Schieß los.« Cesca hob ihr Shotglas und stürzte den Inhalt in einem Zug hinunter. Hinterher rülpste sie zufrieden.

Alé öffnete den Mund, schien aber noch mit sich zu kämpfen. Schließlich platzte sie heraus: »Ich hab eine Affäre.«

Cesca klappte der Unterkiefer herunter – nicht vor Überraschung über das Geständnis, sondern weil Alé offenbar keine Ahnung hatte, dass sie das längst wusste.

»Aber das ist noch nicht das Schlimmste, nee«, fuhr Alé lallend fort und ließ Cesca nicht zu Wort kommen, »… ich hab 'ne Affäre mit dem *Schulrektor.*«

»Ach du meine Güte, Alex, wieso denn das?«, jaulte Cesca auf und klatschte sich mit der flachen Hand an die Stirn. Ihr wurde vage bewusst, dass auch sie offenbar nicht mehr ganz klar im Kopf war.

»Weil ich's mal mit einem älteren Typen machen wollte. Die sollen ja so erfahren sein … du weißt schon.« Sie wackelte vielsagend mit den Augenbrauen.

»Nö, ich meine, wieso ausgerechnet er?«

Alé zuckte die Schultern. »Weiß nicht. Weil er da war?«

Cesca kräuselte die Lippe. »Wie alt ist er denn?«

»Vierundfünfzig.«

»Igitt!« Cesca musste lachen. Alé packte ihre Hand und drückte sie. Beide begannen zu kichern.

»Und … stimmt es?«

»Ja!«

Sie warfen sich brüllend vor Lachen in die Stuhllehnen.

»Na ja, das ist immerhin etwas!« Cesca musterte kopfschüttelnd ihre wilde, unbezähmbare Freundin. Dann füllte sie beide Gläser aus der Flasche, die auf dem Tisch stand, mit Tequila auf, obwohl dabei eine ganze Menge danebenging.

»Ey, ich mag dich echt gern, Alé«, lallte Cesca. »Was hätt' ich im letzten Jahr bloß ohne dich angefangen.«

»Ich mag dich auch, Süße«, antwortete Alé. »Weiß nich', wie ich früher ohne dich Party gemacht hab. Wir sind 'n Superteam.«

»Nee, nee, das isses gar nich'.« Cesca schlug mit der Handfläche auf die Tischplatte, um ihren Worten Nachdruck zu verleihen. »Ich bewundere dich, Alé. Ich wünschte, ich wär mehr wie du.«

»Wieso das denn?«

»Weil du frei bist. Du bist authentisch. Du tust, was du willst. Und du kriegst, was du willst. Weil du dafür sorgst. Ich dagegen kann nicht mal einen Raum durchqueren, ohne meine Meinung zu ändern.«

»Das stimmt doch gar nicht.«

»Doch.« Cesca schüttelte traurig den Kopf. »Nicht mal, wenn ich richtig sauer bin, kann ich lang böse bleiben!«

»Aber wieso solltest du?«

Cesca ließ die Schultern hängen. Ja, wieso sollte sie?

Der stampfende Bass der Musik ließ den Fußboden vibrieren. Cesca blickte besorgt zu Boden. »Wusstest du, dass Roms Untergrund löchrig wie ein Schwamm ist? Dass wir hier möglicherweise mitten über einem riesigen alten Loch sitzen? Und der Fußboden jeden Moment einstürzen kann? Wuusch, alles futsch!« Sie warf dramatisch die Arme hoch.

Alé machte ein entsetztes Gesicht. »Nein!«

»Doch!« Cesca schüttelte ernst wie einer der Weisen von Mittelerde den Kopf. »Diese Bassvibrationen könnten alles Mögliche auslösen.«

»Aber nicht hier«, unterbrach eine Stimme. »Das ist hier nur eine Gefahrenzone der Kategorie eins.«

Cesca blickte auf und fand sich Nase an Nase mit dem Höhlenforscher, der an ihren Tisch getreten war, ohne dass sie es bemerkt hatte, und sich nun zu ihr hinbeugte.

»Cantarelli!« Cesca kippte fast vom Stuhl. »Was … was machen *Sie* denn hier?« Dass *er* in einer Bar abhing, war für sie unvorstellbar.

»Ich trinke ein Bier mit Freunden.« Er wies mit dem Kopf auf eine Gruppe von Männern an der Bar, doch sein Blick blieb an ihr haften, musterte sie prüfend und schätzte ihren Zustand offenbar auf Betrunkenheit der Kategorie vier.

»*Sie* haben Freunde?«

»Na, na, das ist unhöflich.« Aber er *grinste*, ja tatsächlich. Zweifellos handelte es sich hier um Off-Duty-Cantarelli. »Ja, ich habe tatsächlich Freunde.«

»Sie sind …« Sie wollte alles Mögliche sagen. Attraktiv. Sexy. Faszinierend. Misslaunig. Vergesslich. Bossy. »… ja gar nicht staubig«, endete sie lahm.

Erneut blitzte ein Grinsen auf seinem kantigen Gesicht auf. Er fand ihren Zustand offenbar erheiternd. »Nö. Hab geduscht.«

»Ach!« Das wollte sie sich lieber nicht so genau vorstellen. Ihre Selbstkontrolle war momentan etwas prekär.

Er warf Alé einen entschuldigenden Blick zu. »Verzeihen Sie«, sagte er auf Italienisch, »ich wollte nicht stören.«

»Aber nicht doch, bitte machen Sie ruhig. Ich finde das alles höchst faszinierend. Ich bin übrigens Alessandra. Aber nennen Sie mich doch Alé.«

»Hallo, Alé. Ich bin Nico.«

»Setzen Sie sich doch zu uns.«

»Na gut, aber nur kurz. Danke.«

»*Nico*?«, wiederholte Cesca perplex. »Also, das ist mir neu.«

Er musterte Cesca, dann warf er Alé einen Blick zu und zog die Augenbrauen hoch. »Sie sind wohl schon ein Weilchen hier?«

»Wie man's nimmt. Cesca wollte gerade erzählen, wieso sie niemandem lange böse sein kann.«

Cesca hickste. »Was?«

»Hört sich interessant an. Auf wen sind Sie denn derzeit böse?« Er musterte sie eingehend.

Sie wünschte, er würde das nicht tun. Sie ansehen. Da konnte sich ja kein Mensch richtig konzentrieren. »Auf niemanden.«

Sein Blick wurde bohrend. »Glaube ich Ihnen nicht.«

»Ach, es ist bloß … bloß jemand, der …«

»Ja?« Nico grinste. Er schien sich von Minute zu Minute mehr zu amüsieren.

»Der *total nervt*«, beendete sie ihren Satz. Und musste prompt erneut hicksen.

»Und warum nervt er so?«, erkundigte sich Alé und beugte sich besorgt vor.

»Weil er so gemein ist. Und dann ist er auf einmal *nett*.« Ihre Stimme kletterte beim letzten Wort fassungslos in die Höhe. »Ich meine, da will man jemanden von Herzen hassen – und dann lässt er einen nicht! Ich meine, wenn ich jemanden hassen will, dann soll er mich das auch gefälligst lassen. Und nich auf einmal nett und sexy sein. Er soll gefälligst ein Stinkstiefel bleiben!«

»Aha, es handelt sich also um eine männliche Person, ja?«, meinte Nico, der sie keine Sekunde lang aus den Augen ließ.

»Ja, darum handelt sich's gewöhnlich«, seufzte Alé. »Aber wenn mir einer zu nervig wird, ist er weg vom Fenster! Das ist meine Regel. Ich sag meinen Männern immer: Verliebt euch bloß nicht in mich! Das kann ich nicht leiden.«

»Alé hat 'ne Affäre!«, vertraute Cesca Nico an. »Mit einem älteren Mann.«

»Schön für Sie«, antwortete Nico diplomatisch. »Wie viel älter ist er denn?«

»Fünfundzwanzig Jahre.«

»Äh … okay.«

»Ich wollte sehen, ob es stimmt, was man sagt, dass …«

»Ja, ja, weiß schon«, wiegelte Nico verlegen ab.

»Wie alt sind *Sie* denn?«, wollte Alé wissen.

»Sechsunddreißig.«

Die Italienerin machte große Augen. »Er ist auch ein älterer Mann, Chess!« Dass Nico das mitbekam, war ihr offenbar egal.

»Alé!«, rief Cesca empört und verlegen.

»Sie vergessen, dass Cesca erst noch mit dem Mann klarkommen muss, der so nervt«, warf Nico ein.

»Ach ja, stimmt.« Alé zog eine Schnute. »Schade. Sie sind nämlich ziemlich heiß.«

Er grinste. »Danke.« Dann bemerkte er, wie Cesca ihn anstarrte. »Was ist?«

Sie studierte ihn stirnrunzelnd. »Hab ich Sie eigentlich je ohne Schutzhelm gesehen?«

Er lachte. »Klar. Als ich Sie zum Lunch ausgeführt habe, wissen Sie nicht mehr?«

Daran konnte sich Cesca tatsächlich nicht mehr erinnern. Sie konnte überhaupt kaum noch denken. »Nein, ich glaube nicht. Ich dachte, der Helm wäre an Ihrem Kopf festgewachsen.«

»Aber er sieht gut aus, ohne Helm«, warf Alé lachend ein. »Tolles Haar.« Sie griff über den Tisch und fuhr ihm durch die braunen Locken. Dann lehnte sie sich zurück und musterte ihn. »Alles toll, wenn du mich fragst. Das ganze Paket.«

»Sie sehen gut aus, ohne Helm«, fand auch Cesca.

»Danke. Sie ebenfalls. Sie haben so schönes Haar.«

»*Rot* ist es, vor allem *rot*. Haben Sie selbst gesagt«, meinte Cesca schmollend.

»Rot *und* schön.«

»Also, Sie nerven.« Cesca stützte seufzend das Kinn in die Hand, weil ihr Kopf auf einmal viel zu schwer wurde.

Nico musterte sie blinzelnd.

»Cesca hat ihr schönes Haar bis vor Kurzem immer unter einer staubigen alten Perücke verstecken müssen, ist das zu fassen?«, warf Alé ein.

»Eine Perücke?«

»Ja, sie war früher Rechtsanwältin.«

Nico starrte Cesca fassungslos an. Aber die war vorübergehend eingenickt, das Kinn in die Hand gestützt. »Was machen Sie dann hier? Und lassen sich von dieser albernen Frau irgendwelche Märchen aufbinden?«, fragte er erbost. Er hörte sich fast an wie Guido. Da war er offenbar wieder, der alte, misslaunige Cantarelli. »Wie konnten Sie so einen Beruf aufgeben?«

Sie sagte nichts, hob aber die schweren Lider und blickte blinzelnd ins viel zu helle Kneipenlicht. War das ein Glas, das da vor ihr stand, oder waren es zwei?

»Hab ich halt nun mal«, meinte sie achselzuckend. Ihre Lider sanken wieder herab.

»Aber wieso?« Er schüttelte ihren Arm, damit sie wach

blieb. »Cesca? Sind Sie verrückt geworden? Wie kann man so was aufgeben?«

»Das würden Sie auch, wenn Sie jemanden getötet hätten«, nuschelte sie verschlafen.

Seine Hand zuckte zurück, seine Körperwärme verließ sie. »*Was?*«, flüsterte er fassungslos. »Sie haben doch nicht …?«

Cesca war sich vage bewusst, dass gerade etwas Schreckliches passiert war, aber sie hatte nicht mehr die Kraft zu empfinden. Sie hatte das Gefühl zu schweben … davonzuschweben …

Eine lange Stille trat ein. Nicht einmal Alé hatte etwas zu sagen.

»Kommen Sie, sie muss ins Bett«, meinte Nico.

»Ich bringe sie nach Hause«, erbot sich Alé und kam schwankend auf die Beine.

»Nein, Sie gehören selbst ins Bett.«

»Was ist hier los? Alé? Cesca?«

War das nicht Matteos Stimme? Ganz sicher war sich Cesca nicht.

»Die beiden sind betrunken. Sie müssen nach Hause gebracht werden.« Das war Nicos Stimme.

Eine kurze Pause trat ein. »Wir machen das«, kam Matteos Stimme, »das können Sie uns überlassen.«

»Ich werde ein Taxi rufen«, sagte Guidos Stimme, ein wenig weiter entfernt.

»Es macht mir nichts aus, Cesca nach Hause zu bringen. Ich weiß, wo sie wohnt«, meinte Nico.

»Ach ja?« Matteo hörte sich gereizt an, fand Cesca. »Nein danke, aber das schaffen wir schon.«

»Na gut, ich wollte bloß helfen.«

Cesca spürte, wie sich ein Arm um ihre Taille legte und sie hochzog. Sie schlug die Augen auf. Matteo hielt sie um die Taille und hatte sich einen ihrer Arme um die Schultern gelegt. »Geht's, Cesca? Wir bringen dich jetzt nach Hause.«

»Matti?«

»Ja. Ihr habt wohl schon ohne uns angefangen zu feiern.«

Er setzte sich mit ihr in Bewegung. »Wo … wo ist Nico?«

»Hier bin ich.«

Sie sah ihn etwas abseitsstehen, die Hände grimmig in die Hosentaschen geschoben. Alter Miesepeter.

Sie zeigte mit dem Finger auf ihn. »Sie können … Sie können richtig nervig sein!«

Er nickte. »Das sagten Sie bereits.«

»Ja?« Sie zog eine Schnute. Daran konnte sie sich gar nicht mehr erinnern. Matteo führte sie zum Ausgang. Nicos Blick folgte ihnen, bis sie außer Sicht waren.

24. Kapitel

Rom, August 1980

Der Palast war selbst für ihre Begriffe prächtig. Seine himmelblau gestrichene Front mit den eleganten elfenbeinfarbenen Fensterläden wies auf die majestätische Piazza Angelica hinaus. Das Gebäude war ein urbanes Landhaus, eine Festung inmitten von Cafés: ein Hort der Sicherheit. Ihrem Vater hätte das gefallen. Aber er würde es nie mehr erfahren. Sie hatte seinen plötzlichen Tod vor achtzehn Monaten noch nicht überwunden und würde ihn auch so schnell nicht überwinden. Sie konnte nicht fassen, dass sie ihn nie mehr wiedersehen würde.

Sie hatte den Palast in ihrer ersten Woche zusammen mit Maria, der Haushälterin, erforscht, wann immer Vito geschäftlich zu tun und keine Zeit für sie hatte. Sie versuchte sich die Bezeichnungen der wichtigsten Säle einzuprägen: die päpstliche Suite, die Flüstergalerie (deren Wände komplett mit Onyx verkleidet waren), die Spiegelgalerie … Die geradezu schamlose barocke Pracht der Zimmer und Säle schockierte sie, kollidierte mit ihrer praktischen amerikanischen Nüchternheit. Die Tatsache, dass hier alles noch so war wie vor sechshundert Jahren, war ein völlig neues Konzept für sie und nur schwer zu begreifen, für jemanden, der im Grunde aus Koffern lebte und die eigenen Häuser zweimal im Jahr von einem Innendekorateur neu gestalten ließ.

Vitos Privatbereich bestand aus zehn Zimmern oben im dritten Stock des Ostflügels. Mehr Platz brauche er nicht, meinte er. Laney mochte seine Bescheidenheit – sie beide waren Überfluss gewohnt, aber ihr gefiel dieser Ansatz des »nur was nötig ist«. Es sah in diesen Räumen kaum anders aus als in den anderen, bloß dass die Möbel hier braun waren und nicht vergoldet. Und natürlich befanden sich hier Familienfotos, von sich und seinen Eltern, die meisten natürlich Schwarzweiß. Außerdem lag am Fußende seines wuchtigen Himmelbetts eine weiße Leinentasche mit Monogramm, in der sein Pyjama untergebracht war. Das waren die einzigen Hinweise darauf, dass diese Räume privat genutzt wurden. Laney stand in der ersten Zeit häufig am Fenster und blickte hinab auf das lebhafte Treiben auf der Piazza und auf die Farbenpracht des Marktes, und dann ging sie meist hinüber auf die andere Seite des Raumes und blickte auf den großen, stillen Garten hinunter. Sie wusste dann, dass sie eine Zuflucht gefunden hatte. Endlich die ersehnte Zuflucht.

Der Garten, der etwa zwei Hektar groß war, besaß Terrassenstufen und war formell angelegt, mit schlanken Zypressen und konisch zugeschnittenen Buchsbaumhecken, dazwischen, wie Spiegelflächen, glänzende Teiche. Am hübschesten fand sie jedoch den Teil, der sich zwischen Ost- und Westflügel schmiegte: Er war mit Orangen- und Zitronenbäumen bepflanzt und wurde von einem Säulengang eingerahmt. Wann immer sie darauf hinabblickte – was sie jedes Mal tat, wenn Vito in einem Meeting oder am Telefon war –, stellte sie sich vor, wie sie darin lustwandelte und in einem flachen Korb Blumen fürs Haus sammelte; sie konnte sich die Partys vorstellen, die sie und Vito dort abhalten würden – wie ihre Eltern auf Graystones –, sie konnte ihre Kinder dort herumtoben sehen … Ein ganz neues Leben entfaltete sich vor ihren Augen, sie spürte es kribbelnd am ganzen Körper. Nach den vielen Fehlstarts, dem Kummer, den Tränen, den Fröschen, die sie küssen musste, hatte sie nun endlich ihren Prinzen gefunden, ihre ganz große Liebe. Von jetzt an würde sich ihr Leben hier abspielen. Sie würde Vitos Gemahlin werden, die Principessa Elena dei Damiani Pignatelli della Mirandola (Elena sei doch viel eleganter als Laney?, hatte Vito argumentiert).

Zum ersten Mal im Leben hatte sie tatsächlich das Gefühl, das zu sein, was man ihr praktisch von Geburt an eingetrichtert hatte: ein Glückskind.

September 1980

»Sie ist meine älteste Freundin, du wirst sie ganz bestimmt mögen. Sie war früher selbst ganz schön wild, so wie du. Wir sind als Kinder immer durch den Palazzo getobt, wie ein Wolfsrudel, und haben im Ballsaal Fußball gespielt.« Er tippte mit dem Zeigefinger auf ihre Nasenspitze. »Als Maria Callas zu Gast war, hat sich Christina in ihr Zimmer geschlichen und ihr einen Frosch ins Wasserglas getan.«

Laney schlang schmunzelnd die Arme um seine Taille. »Gut, dann mag ich sie jetzt schon.«

»Ihr werdet bestimmt die besten Freundinnen werden, du wirst sehen. Ihr werdet so viel zu beschwatzen haben, dass du kaum noch Zeit für mich haben wirst.«

Sie klammerte sich fester an ihn und stützte ihr Kinn an sein Smokinghemd, blickte mit großen Augen zu ihm auf. Sie würde es nie müde werden, in dieses attraktive Gesicht zu blicken. »Ausgeschlossen.«

»Ich hab ihr alles über dich erzählt; sie kann es kaum erwarten, dich kennenzulernen.«

»Sag, wie heißt nochmal ihr Mann?«

Er lächelte. »Das hab ich dir doch schon mindestens fünfmal gesagt. Sigmundo. Er ist der Graf von Carbonana.«

»Es gefällt mir einfach, wie du das sagst. Sigmundo, Graf von Carbonana«, wiederholte Laney in ihrem besten italienischen Akzent. Sie nahm seit einem Monat Italienisch-Stunden, doch das mit der Betonung gelang ihr noch nicht so recht. Sie betonte meist die falschen Silben und ging mit der Stimme rauf, wo das eigentlich falsch war. Auch konnte sie die Aussprache von »cc« und »ch« nie auseinanderhalten.

»Er ist Wirtschaftsattaché an der US-Botschaft, hat aber Aussicht auf einen Posten als Botschafter in Madrid.«

»Weiß er über die wilde Vergangenheit seiner Frau Bescheid?«, neckte sie ihn und bog den Oberkörper zurück, um ihn besser ansehen zu können. Da bemerkte sie, dass ihr Kinn einen Make-up-Fleck an seinem Hemd hinterlassen hatte. »Ach, wie dumm, warte … Ich mache das rasch raus …«

»Nein, überlass das Maria.« Er zog am Glockenstrang, der mit dem Personaltrakt verbunden war, und knöpfte sich derweil das Hemd auf, nahm sich ein neues vom Bügel; Maria erschien wenige Minuten später.

»Würden Sie sich bitte darum kümmern, Maria?«, bat Vito und hielt ihr das Hemd hin.

Laney durchquerte den Raum und blieb vor ihrer Ankleide stehen. Sie steckte sich die neuen Smaragdohrringe von Bulgari an, die sie, zusammen mit einem herrlichen Collier und einem breiten Armband, als Verlobungsgeschenk von Vito geschenkt bekommen hatte. Bei der Halskette handelte es sich um ein Sautoir, bestehend aus einer mit Smaragden, Rubinen und Diamanten besetzten Kette und einem zentralen hexagonalen Smaragd-Anhänger mit beinahe 45 Karat. »Darling, würdest du bitte …?« Sie hob auffordernd ihr Haar und entblößte ihren Nacken.

»Nein, nicht die Halskette«, meinte Vito, der gerade seine spiegelblanken Abendschuhe zuschnürte; sie glänzten sogar mehr als die meisten Spiegel, die sie gesehen hatte.

»Aber ich habe deshalb extra ein Kleid mit tiefem Ausschnitt gewählt …«

»Es wäre zu viel, Elena, nicht dezent genug. Die Armfessel genügt. Du willst doch nicht protzig auftreten, oder?«

»Nein, natürlich nicht.« Laney musterte das Schmuckensemble in seinem schwarzen Samtbett. Die Juwelen von Bulgari waren das Gegenteil von »dezent«, selbst wenn man nur einen oder zwei Teile davon trug. Anders als das Goldkettchen aus dem Designstudio ihrer guten Freundin Elsa Peretti, das sie den ganzen Sommer lang kaum abgelegt hatte. Diese eigenartige Auffassung von »dezent« und »protzig« verwirrte Laney, sie konnte sie nicht ganz nachvollziehen.

Vito erhob sich vom Bett und nahm das prächtige Smaragdarmband aus der Schmuckschatulle, legte es ihr ums Handgelenk. Dann gab er ihr einen Kuss auf den Pulspunkt und musterte sie stolz. »Man wird dich lieben, mein Paradiesvögelchen, so wie ich dich liebe.«

Christina war all das, was sie nicht war: eine große, schlanke, südländische Schönheit, mit kurzem, dunklem Haar, das sie aus dem Gesicht gekämmt hatte, was ihre exquisiten Wangenknochen noch unterstrich. Elena kam sich neben ihr dürr und mickrig vor und nicht elegant und zierlich, wie es eigentlich hätte sein sollen. Sie wünschte, sie hätte mehr Zeit auf ihre Bräune verwendet.

Eins hatten sie jedoch gemeinsam, und das überwog die Unterschiede: ihre Liebe zu Vito.

»Ich *liebe* deine Ohrringe«, schwärmte Elena, als sie einander vorgestellt wurden. Christina begrüßte sie mit dem strahlenden Lächeln eines Bond-Girls.

»Meine Güte, Elena, du siehst einfach *atemberaubend* aus«, rief Christina überschwänglich. Sie hielt sie mit ausgestreckten Armen von sich, um sie besser bewundern zu können. »Als Vito mir erzählte, er hätte sich Hals über Kopf in diese entzückende Amerikanerin verliebt, konnte ich es kaum glauben. Mein lieber, lieber Freund hat endlich sein Herz verloren? Ich begann schon zu fürchten, dass das nie passieren würde«, fügte sie lächelnd hinzu. »Ich konnte es kaum abwarten, dich kennenzulernen.«

»Mir geht es ebenso. Er hat mir so viel von dir erzählt, dass ich das Gefühl habe, wir sind jetzt schon Freundinnen.«

»Wie lieb von ihm, dir zu Ehren diese kleine Party zu veranstalten, nicht wahr?« Christina wies auf den prächtigen Spiegelsaal, in dessen reflektierenden Oberflächen sie sich zusammen mit hundert Gästen spiegelten. Sie wurden von Grüppchen umkreist wie von Satelliten. Alle warteten darauf, mit ihr bekannt gemacht zu werden.

»Es ist unsere Verlobungsparty«, präzisierte Vito. »Außerdem wollte ich ein bisschen mit ihr angeben.« Er streichelte stolz ihre Hand. Das war der einzige öffentliche Liebesbeweis, den sie erhalten würde, wie Elena wusste, aber sie konnte das verstehen. Nach dem Leben mit Steve war diese Zurückhaltung eine Neuheit, die sie durchaus zu schätzen wusste.

Ein Mann, der eine rote Schärpe über dem Smoking trug, kam heran, und Christina hakte sich bei ihm ein. »Elena, darf ich dir meinen Mann Sigmundo vorstellen. Er ist Attaché an der amerikanischen Botschaft.« Sie beugte sich vertraulich vor und fügte hinzu: »Er hat bereits seine Kontakte spielen lassen. Du wirst in Zukunft keine Schwierigkeiten mehr mit deinem Visum bekommen.«

Elena erstarrte, aber Christina lachte, als habe sie einen Scherz gemacht. Sie hatte tatsächlich Probleme mit dem Visum: Steves Anschuldigungen in Bezug auf ihren Drogenkonsum hatten sie nicht nur das Sorgerecht für ihr Kind gekostet, sondern schlugen höhere Wellen als gedacht. Elena lachte unbehaglich.

»Freut mich sehr, Sie kennenzulernen.« Sigmundo verbeugte sich höflich. »Wir waren sicher, das Vito übertreibt, als er Sie uns schilderte, aber wie ich jetzt sehe, übertreffen Sie seine Schilderungen sogar noch.«

»Ach, vielen Dank, sehr nett von Ihnen«, sagte Elena und entspannte sich wieder ein wenig.

»Erzähl doch bitte nochmal, wie ihr euch kennengelernt habt«, forderte Christina sie auf. Ihre dunklen Augen über dem Weinglas funkelten interessiert. »Vito erwähnte etwas von Killerbienen?«

Elena lachte. »Kaum zu fassen, was? Einen ungewöhnlicheren Beginn einer Liebesbeziehung kann man sich kaum vorstellen!« Sie blickte bewundernd zu ihrem gutaussehenden Verlobten auf und hakte sich bei ihm unter. »Mein Retter. Die anderen dachten nur an ihre eigene Haut. Er war der Einzige, der auf mich und auf den Bienenschwarm *zulief* und sich selbst in Gefahr brachte, um mir zu helfen.«

»Unser Held!«, strahlte Christina und musterte ihren Freund stolz. »Ein guter Mann. Der beste.«

»Ja, das ist er«, musste ihr Elena beipflichten. »Ich bin ein richtiger Glückspilz.« Ihr Blick heftete sich wieder auf Christina. »Und ich würde zu gerne mehr Zeit mit dir verbringen und alles über seine Kindheit erfahren. Du hast bestimmt interessante Geschichten zu erzählen. Ihr scheint ja eine idyllische Kindheit gehabt zu haben.«

»Ja, das hatten wir, das hatten wir wirklich.« Christina blickte sich wehmütig in der Spiegelgalerie um. »Weißt du noch, wie wir um Mitternacht hierherschlichen und Gespenster gespielt haben?«

»Kurz vor dem Sommeraufenthalt in der Toskana, als sie sämtliche Möbel mit weißen Staubtüchern abgedeckt hatten? Ja, klar erinnere ich mich«, erwiderte Vito lachend. Er sah Elena an und fuhr fort: »Einer von uns versteckte sich unter den Tüchern, und der andere musste dann den Spießrutenlauf antreten … man wusste nie, wo jemand hervorspringen und einen zu Tode erschrecken würde.« Er lachte. »Meine armen Eltern wurden von unseren Schreien aus dem Schlaf gerissen.«

»Die arme Maria, würde ich eher sagen! Sie hätte mehrmals fast einen Herzanfall gekriegt!«, fügte Christina hinzu. »Obwohl ich glaube, dass deine Mutter im Grunde nichts dagegen hatte … Wir brachten Leben in die Bude, machten aus diesem Palazzo ein echtes Zuhause …«

Elena fuhr ein Stich ins Herz, sie musste an ihren Sohn

denken. »… und sie hatte ja nicht unrecht. Man fühlt sich hier sehr schnell wie in einem Mausoleum.«

»Wo sind Sie aufgewachsen, Elena?«, erkundigte sich Sigmundo.

»In Newport, auf Rhode Island, an der Ostküste der USA. Das ist eine ganz andere Welt.«

»Ach ja?«

»Ja. Hier atmet alles eine jahrtausendealte Geschichte, sie lastet förmlich auf den Schultern der Menschen. Aber zu Hause in den Staaten musste ich mich schon schämen, wenn ich eine Handtasche zwei *seasons* in Folge getragen habe. Das galt dann bereits als Antiquität.«

Christina lachte. »Dann gefällt es dir hier? Würdest du dauerhaft bleiben wollen?«

»Ja, auf jeden Fall. Ich habe Rom schon immer geliebt. Aber ich hätte nie damit gerechnet, dass ich mal das Glück hätte, es zu meiner Heimat zu machen.«

»Nun, wir fühlen uns jedenfalls geehrt, unsere wunderschöne Stadt mit dir teilen zu dürfen. Ich hoffe, du wirst mir erlauben, dich all meinen guten Bekannten und Freunden vorzustellen. Die römische High Society kann mitunter … ein wenig undurchlässig sein. Man findet hier nur sehr schwer Aufnahme. Gehörst du irgendwelchen Wohltätigkeitsvereinigungen an? Vito hatte, glaube ich, eine Familienstiftung erwähnt?«

»Damit habe ich direkt nichts zu tun. Sie wird von meiner Mutter geleitet.«

Christina runzelte die Stirn. »Ich glaube, ich bin ihr sogar schon einmal über den Weg gelaufen – auf einer Wohltätigkeitsgala in Beverly Hills, für *Tusk Force*, dieser Elefantenschutzverein, weißt du noch, Darling?«, sagte sie an ihren

Mann gewandt. »Sie bemalen die Stoßzähne der Elefanten in grellen Farben, das schreckt Wilderer ab, weil das Elfenbein dadurch unbrauchbar wird«, erklärte sie Vito, den diese Vorstellung zu alarmieren schien. »Wie war noch der Nachname deiner Mutter, wenn ich fragen darf …?«

»Meine Damen, ihr entschuldigt uns bitte, ich möchte Sigmundo einem Geschäftsfreund vorstellen«, unterbrach Vito die Unterhaltung. Er drückte tröstend Elenas Arm und vergewisserte sich mit einem tiefen Blick in ihre Augen, ob es in Ordnung sei, wenn er sie jetzt verließe. Sie schenkte ihm ein aufmunterndes Zwinkern.

»Ja, natürlich, geht ihr nur und kümmert euch um eure Geschäfte.« Christina scheuchte die beiden Männer mit einem gutmütigen Lächeln fort. »Und überlasst die Damen ihren Lunch-Planungen, damit dieser hübsche Paradiesvogel hier eine der unsrigen werden kann.« Ihr Blick kehrte zu Elena zurück. »Was sagtest du noch, wie war der Name deiner Mutter?«

»Ach, Whitney Valentine«, antwortete Elena. In Kürze zwar Whitney Shaffer, aber diesen Namen würde sie nie akzeptieren.

»Ach, ja, Valentine, natürlich. Valentine.«

Sie sagte es mit einer seltsam ominösen Betonung, und Elena, die noch den beiden Männern nachblickte, richtete ihren Blick jetzt wieder auf ihr Gegenüber.

»Ich frage mich, warum du diesen Namen nicht längst wieder angenommen hast«, fuhr Christina sinnend fort. »Nach deiner letzten Scheidung? Wie alle Welt weiß, war die Trennung von deinem letzten Ehemann ja nicht gerade einvernehmlich.«

Ihr *letzter* Ehemann? Elena richtete sich gekränkt auf.

Steves Nachname fühlte sich zwar tatsächlich an wie eine Dornenkrone, aber sie hatte ihn behalten, weil das nun mal auch der Nachname ihres Sohnes war und sie ihm wenigstens auf diese Weise nahe sein konnte.

Aber Christina hatte sie sicher nicht absichtlich kränken wollen. Bestimmt hatte sie sie nur falsch verstanden. Vielleicht war ihr Englisch ja nicht so gut, wie es den Anschein hatte?

Christina beugte sich mit einem verschwörerischen Lächeln vor. »Eins musst du mir verraten: Wie kann man so tief sinken, dass das Gericht der eigenen Mutter das Sorgerecht entzieht und es stattdessen einem promiskuitiven, von Drogen benebelten Schauspieler zuteilt?«

Wie bitte?

»Mir tut vor allem das Kind leid, der arme kleine Junge. Hat alles und doch nichts. Er sollte kein solches Leben führen müssen, das ist nichts für Kinder. Ich hab geweint, als ich es las; so was hätte niemals passieren dürfen. Man muss schon eine *furchtbare* Mutter sein, wenn sie einem das eigene Kind wegnehmen. Hättest du als Mutter auch nur *das Geringste* getaugt, wäre das nie passiert. *Niemals.*«

Elena hatte das Gefühl, als habe sie einen Tritt in die Magengrube erhalten. Ihr wurde schwindelig, alles drehte sich um sie. All die fremden Gesichter, die sie anstarrten, sie beurteilten, *verurteilten* … die *wussten* … Christina hatte ihr Gesicht jedenfalls zuordnen können, sie kannte jedes schmutzige Detail, das durch die Presse gegangen war. Und bald würden es auch jene wissen, die bis jetzt noch im Dunkeln über sie waren.

»Du glaubst doch nicht im Ernst, dass ich diese Hochzeit zulassen werde? Dass ich danebenstehen und zuschauen werde, wie du meinem ältesten und besten Freund das Herz stiehlst und seinen guten Namen in den Schmutz ziehst?«

Elena konnte kaum atmen. Christina dagegen bewahrte ungerührt ihre freundliche Fassade, niemand konnte ahnen, was sie ihr in Wirklichkeit ins Gesicht schleuderte.

»Christina … es stimmt nicht, was die Zeitungen schreiben. Das sind alles Lügen und Verleumdungen.«

»Von wegen! Sigmundo kennt den Richter.«

»Aber Steve hat gelogen, er hat eine vorsätzliche Falschaussage gemacht. Er hat das alles inszeniert, um mir wehzutun.«

»Ja, klar, was sollst du auch sonst sagen. Wie solltest du sonst einen guten Mann wie Vito davon überzeugen, dass du kein Monster bist?«

»Weil ich es nicht bin. Vito weiß alles, ich habe ihm alles erzählt. Er kennt die Wahrheit. Und er glaubt mir.«

Es stimmte, sie hatte ihm von Steves Lügen erzählt: Wie er ihren Kokainverbrauch übertrieben hatte – dabei hatte sie nie mehr genommen als alle anderen, die sie kannten. Wie er seinen eigenen Vorrat in Klein-Stevies Bad versteckt und behauptet hatte, es sei ihrer. Sie hatte ihm auch gestanden, dass sie sich nur deshalb auf andere Männer eingelassen hatte, weil ihr eigener Mann es gewollt hatte – damit er sich nicht für seine eigenen Affären zu rechtfertigen brauchte und sie als Hure beschimpfen konnte.

Was sie Vito jedoch nicht gestand, war, dass sie nicht sicher sein konnte, was Wahrheit und was Unwahrheit war. Diese ganze Zeit war ihr nur noch verschwommen in Erinnerung, sie hatte immer wieder Blackouts gehabt. Wer wusste schon, was sie in dieser Zeit angestellt hatte. Womöglich war mehr von dem wahr, was Steve behauptete, als sie wusste. Zu ihrer großen Schande konnte sie nicht wirklich sicher sein, ob es Lügen waren …

Aber Vito … Vito war lieb und gut, er hatte sie gerettet, und sie hatte sich geändert. Er gab ihr Hoffnung, er war ihr Leitstern in der tiefsten, schwärzesten Verzweiflung über den Verlust ihres kleinen Sohnes.

»Es spielt ohnehin keine Rolle«, fuhr Christina verächtlich fort. »Dein Ruf ist für immer ruiniert, und das ist alles, was zählt. Vito gehört zu den einflussreichsten Familien Roms. Er wurde geboren, um Großes zu erreichen. Er darf nicht mit deinen schmutzigen Skandalen assoziiert werden. Du magst ihm mit wer weiß was für Tricks den Kopf verdreht haben, *Elena*«, sagte sie lächelnd, als ob nichts wäre, »aber das wird sich rasch ändern, dafür werde ich sorgen. Vito weiß, was er seinem Namen schuldig ist; sein Pflichtgefühl wird sich als stärker erweisen als seine vorübergehende Vernarrtheit in dich.«

»Christina, ich bitte dich, wir sind glücklich miteinander. Ich mache ihn glücklich.«

»Nein, du wirst ihn zerstören, und du sollst wissen, dass ich das nicht zulassen werde.« Christina neigte liebenswürdig den Kopf zur Seite. Es sah aus, als würde sie Elena ein Kompliment machen. »Wir sollten uns jetzt besser unter die Gäste mischen. Aber ich bin froh, dass wir Gelegenheit zu diesem kleinen Gespräch hatten. Wir verstehen uns, denke ich.«

Ihre Blicke bohrten sich ineinander, dann blinzelte Christina einmal kurz und wandte sich ab. Elena blieb allein zurück, allein in einem Saal voll Fremder, die sich bereits von ihr abzuwenden begannen, da sie jetzt, wo sie allein stand, von keinem Interesse mehr für sie war. Ihre Augen füllten sich mit Tränen. Das hatte sie doch schon einmal erlebt, vor neunzehn Jahren – die ganze Verzweiflung, der Schmerz und die Lügen der dazwischenliegenden Jahre hatten sie anscheinend kein Stück weitergebracht.

25. Kapitel

Rom, August 2017

»Mich haut's um«, staunte Cesca. »Das ist kein Safe: Das ist der reinste Hochsicherheitstrakt.«

»Nun ja, wenn man in einem Gebäude wohnt, das eine der größten privaten Kunstsammlungen des Landes beherbergt, darf man, was Sicherheit betrifft, nicht geizen. Es wird einfach erwartet.« Elena betrat den mit einem Stahlpanzer umgebenen großen Raum und näherte sich der deckenhohen Glasvitrine, die eine gesamte Wand einnahm. Dabei ging automatisch das Licht an. »Drucksensitive Fußbodenplatten«, erklärte Elena.

Cesca bewunderte die atemberaubende Schmucksammlung, die hinter dem Vitrinenglas blinkte und blitzte. »Ich dachte, für so was braucht man bewaffnetes Wachpersonal. Oder ein Rudel Bulldoggen.« Ihr Blick huschte ehrfürchtig über die Saphire, Rubine, Smaragde und Diamanten, die Perlen und Aquamarine … Sie kam sich vor, als würde sie im Asprey's in der Bond Street stehen oder bei Tiffany's in der Fifth Avenue oder …

»Ich weiß, es ist wie bei Bulgari in der Via Condotti«, meinte Elena schmunzelnd. Sie machte ein Türchen auf und hob behutsam eine Kette mit tropfenförmigen Smaragden aus ihrem schwarzen Samtbett. »Bulgari behauptet immer, ich besäße mehr Schmuckstücke als sie in ihrer eigenen Privatsammlung. Sie würden liebend gerne die besten Stücke zurückkaufen, sie liegen mir ständig damit in den Ohren.« Sie seufzte. »Ich weiß nicht, vielleicht werde ich das auch machen. Ich habe ja keine Tochter, der ich den Schmuck vererben könnte.«

»Nein? Aber was ist mit Ihrer Schwiegertochter?«

»Sie ist eine *Liberale.*« Ihr Tonfall ließ Cesca vermuten, dass »Radikale« wohl die treffendere Bezeichnung gewesen wäre. »Sie hält es für ›unethisch‹, so viel Geld für Juwelen auszugeben. Was sie nicht begreift – oder nicht begreifen *will* –, ist, dass Schmuck eine ebenso gute Wertanlage ist wie Gemälde, Wein oder Immobilien. Aber sie ist schließlich Biochemikerin; sie schaut lieber in ein Mikroskop, als sich dies hier anzusehen.«

»Aber eins muss das andere doch nicht ausschließen«, wandte Cesca ein. »Schade eigentlich, dass sie so denkt.«

»Genau das sage ich auch immer, Francesca! Ich habe noch nie begriffen, warum man sein ›Bestes für den Sonntag aufheben‹ soll. Schönheit ist etwas Erhebendes, finden Sie nicht auch? Man sollte jeden Tag ›Sonntagskleidung‹ tragen und versuchen, sein Schönstes zu zeigen.«

»Ich werde versuchen daran zu denken, falls ich je wieder die Gelegenheit haben sollte, etwas auch nur ansatzweise so Schönes bewundern zu dürfen – was natürlich ausgeschlossen ist.«

Elena bemerkte die sehnsüchtigen Blicke, mit denen Cesca die Kostbarkeiten bewunderte. »Probieren Sie doch mal was an.«

»Was?« Cesca schüttelte entsetzt den Kopf. »O nein, ausgeschlossen, ich kann doch nicht … ausgeschlossen.«

»Aber wieso denn?«

»Weil diese Dinge einfach viel zu kostbar sind.« Cesca verbarg sicherheitshalber lachend die Arme hinter dem Rücken. Sie wollte sich nicht noch mehr in Versuchung bringen.

Elena wandte sich um und trat auf sie zu. »Für eine so schöne junge Frau wie Sie? Unsinn. Kommen Sie, legen Sie die hier mal an.«

Elena musste sich strecken – und Cesca ein wenig in die Knie gehen –, damit sie ihr den kostbaren Halsreif anlegen konnte.

»Mein Gott, der ist einfach Wahnsinn«, hauchte Cesca und betastete das kalte Metall an ihrem Hals.

»Von Tiffany. Platin, mit 32-karätigen Diamanten.«

»Kennen Sie denn den Wert eines jeden Schmuckstücks?«, erkundigte sich Cesca verwundert.

»Selbstverständlich. Jedes Teil erzählt eine Geschichte. Dies hier, zum Beispiel, hat meine Mutter von meinem Vater zur Silberhochzeit bekommen.« Sie trat ans offene Schrankregal und hob eine Halskette aus Smaragden, Diamanten und Rubinen mit einem einzelnen Diamant-Anhänger heraus. »Und die hier hat mir Vito zur Verlobung geschenkt – 44,90 Karat. Das ist wirklich ein ganz besonderes Stück. Für den Hausgebrauch trage ich gewöhnlich nur den Armreif.«

Für den *Hausgebrauch*? Wie ein Freundschaftsarmband oder so etwas?

Elena nahm ein Saphirarmband zur Hand. »Und das hier gehörte meiner lieben, guten Freundin Elizabeth Taylor.«

»Wow«, hauchte Cesca. Sie wagte es nicht, das Armband anzufassen. Guido hätte seinen rechten Arm gegeben, wenn er jetzt an ihrer Stelle hätte hier sein können. »Ich bin auf ein paar Fotos von Ihnen mit Elizabeth Taylor gestoßen. Die sollten wir unbedingt ins Buch aufnehmen.«

»Ja, ich bin ganz Ihrer Meinung. Elizabeth ist eine Augenweide. Sie wurde von allen gern betrachtet.«

»Welches ist Ihr liebstes Stück?«, erkundigte sich Cesca und machte den Halsreif widerwillig wieder ab. Er hatte sich bereits an ihre Körpertemperatur angepasst, und es war unklug, sich zu sehr an solche Dinge zu gewöhnen.

»Gute Frage.« Elena wich einen Schritt zurück und blickte sich in ihrer begehbaren Schmuckschatulle um. Cesca konnte sich kaum vorstellen, wie viel allein das, was hier in diesem Raum lagerte, wert sein musste. »Sie glauben vielleicht, dass es mir schwerfällt, das zu beantworten, aber da täuschen Sie sich. Es ist das hier.« Sie trat an ein Regal und deutete auf eine Halskette, die so schlicht war, dass Cesca sie bisher übersehen hatte: eine kleine Halskette aus blassrosa Perlen, die am Halsansatz anlag.

»Die hier?«, fragte Cesca verblüfft. Um sie herum gab es gelbe Diamanten, rosa Saphire und schwarze Perlen, aber Elenas Lieblingsstück war diese bescheidene kleine Perlenkette?

»Es ist nicht das wertvollste Stück. Tatsächlich« – Elena blickte sich um – »vielleicht sogar das am wenigsten wertvolle … Aber es bedeutet mir sehr, sehr viel.« Sie hob die Kette aus dem Samtkästchen. »Ich habe sie von Vito bekommen. Ich trug sie jeden Tag, solange wir verheiratet waren.« Sie reichte sie Cesca. »Würden Sie mir vielleicht …?«

Cesca legte ihr die Kette an. Beide bewunderten ihre schlichte Schönheit im bodenlangen Spiegel. Sie war unter allen vorhandenen Stücken jenes, das auch am meisten Cescas Geschmack entsprach.

»Opal«, sagte Elena leise und berührte sie zärtlich. »Seltsam, aber viele Menschen sind abergläubisch, was Opale angeht. In Osteuropa beispielsweise werden sie so gut wie gar nicht angeboten, weil man dort glaubt, sie brächten Unglück für eine Ehe. Die Römer dagegen waren entgegengesetzter Meinung: Die Cäsaren machten sie ihren Frauen als Glücksbringer zum Geschenk. Es heißt sogar, dass ein Senator namens Nonius lieber ins Exil ging, als Marcus Antonius die Opalkette seiner Frau zu überlassen, die dieser seiner Geliebten, Kleopatra, zum Geschenk machen wollte.« Sie zuckte die Schultern. »Und die Griechen wiederum glaubten, Opale verliehen einem das Zweite Gesicht.«

»Hellseherische Fähigkeiten?«

»Mhm. Aber ich finde sie einfach nur wunderschön.« Elena nahm die Kette lächelnd wieder ab und legte sie mit einem Kuss auf die Ablage zurück.

»Und was wollen Sie heute Abend tragen?«, erkundigte sich Cesca und ließ sich auf das elfenbeinfarbene Seidensofa sinken, das in der Raummitte stand. Sie stützte ihr Kinn in die Hand und blickte zur Viscontessa auf.

»Signore Armani war so freundlich, mir ein austernfarbenes Kostüm anzufertigen, also denke ich … das hier.« Sie hob eine Kette mit goldenen Perlen heraus. »Die stammen aus der Südsee, und sie schmeicheln der Haut ungeheuer. In meinem Alter, Francesca, ist weniger definitiv mehr.«

»Sie sind atemberaubend.« Cesca bewunderte sie verträumt. Nicht in einer Million Jahren würde sie je wieder so viel Schönheit zu Gesicht bekommen.

Elena hielt inne. »Sie sollten Smaragde tragen.«

»Ich?« Cesca lachte. »Tja, nun, ich rechne nicht mit der Qual der Wahl, was das betrifft.«

»Mit Ihrem Haar und mit Ihrem Hautton ist das der ideale Stein für Sie.«

»Das ist nett, dass Sie das sagen, aber …«

»Versuchen Sie das mal.« Elena hob ein dramatisches Stück heraus, das weniger Schmuck als fast Bekleidung war: eine aufwendige Gitterstruktur, die eng am Halsansatz anlag und sich dann über Schultern und Brust auffächerte wie eine Halskrause.

»Gute Güte, nein, unmöglich«, wehrte Cesca entsetzt ab.

»Aber wieso denn?« Elena musste über ihre Reaktion lachen. »Jetzt kommen Sie schon, das wird Sie nicht umbringen.«

»Aber …«

»Keine Widerrede. Ich bestehe darauf.«

Cesca hob ihren Zopf an, und Elena legte ihr das Prachtstück um.

»Das trägt man aber nicht mit Zopf«, bemerkte sie und löste Cescas Schleife. Sie fächerte ihr Haar auf. »So, schon besser.«

Cescas rotes Haar umrahmte flammend das prächtige Halsgebinde. »So was … so was … hab ich im Leben noch nicht gesehen«, stammelte sie und betastete ehrfürchtig die Steine.

»Ich auch nicht.« Elena musterte sie nachdenklich. »Man müsste etwas ganz Schlichtes dazu tragen. Trägerlos.«

»Schwarz?«

»Nein, besser weiß.« Sie musterte Cesca im Spiegel, ihre Blicke begegneten sich. »Warten Sie hier.«

Cesca blickte Elena mit offenem Mund nach. Da stand sie hier mit Schmuck im Wert von mehreren Millionen Pfund um den Hals (und ausgelatschten Turnschuhen an den Füßen), und Elena war einfach mal kurz verschwunden?

Kurz darauf kam sie wieder. »Es ist alles geregelt. Signore Valentino wird es rüberschicken.«

»Was will er schicken?«

»Ihr Kleid für heute Abend.«

»Heute Abend?«

»Die Bulgari-Party.«

»Aber ich bin doch gar nicht eingeladen.«

»Natürlich sind Sie das. Sie kommen als meine Begleiterin, Francesca. Es ist nur recht und billig, dass Sie mich begleiten. Jede Frau sollte wenigstens einmal im Leben eine Nacht lang eine Vier-Millionen-Dollar-Halskette tragen dürfen.«

»Aber …« Vier Millionen Dollar? Das war ja noch schlimmer als befürchtet. Sie würde Begleitschutz brauchen.

Elena nahm ihr das gute Stück schmunzelnd ab. »Worauf warten Sie noch? Gehen Sie heim und duschen Sie. Ihr Kleid wird in vierzig Minuten an Ihre Adresse geliefert werden. Machen Sie sich fertig und seien Sie in einer Stunde wieder hier, um die Kette anzulegen. Wegen der Versicherung, Sie verstehen.«

»Ich weiß nicht, was ich sagen soll.«

»Es gibt nichts zu sagen.« Elena tätschelte Cescas Schulter. »Wir beide haben in letzter Zeit hart gearbeitet. Wir haben uns ein wenig Spaß verdient.«

Das Kleid allein war mehr wert als ihr klappriger zwölf Jahre alter Golf zu Hause, der ächzte, wenn sie sich hineinsetzte, und bei dem man vom dritten in den fünften Gang schalten musste, ohne Umweg über den vierten. Bodenlang, mit weißer Spitze und einer schwarzen Samtschleife an der Taille, die ihrer Figur eine Form gab, wie sie sie noch nie gesehen hatte. Sie hatte sich ausnahmsweise die Mühe gemacht, ihr Haar zu föhnen und ihre Augen mit grauem Kholstift und Wimperntusche betont, dazu ein dezentes farbiges Lipgloss für die Lippen.

Sie stand in ihrem spärlich möblierten kleinen Apartment vor dem Spiegel und betrachtete sich: der Saum des Kleids streifte die alten, abgetretenen Terrakottafliesen. Ihre Zehen spitzten aus den schwarzen Wildleder-Pumps hervor, die zusammen mit dem Kleid geliefert worden waren – und die ihr ebenfalls auf wundersame Weise wie angegossen passten. Hoffentlich störte sich niemand daran, dass sie keine Zeit gehabt hatte, ihre Zehennägel zu lackieren.

Nun, darüber konnte sie sich jetzt nicht weiter den Kopf zerbrechen, sie musste los. Sie holte tief Luft und zog die Haustür hinter sich zu. Dann hob sie den Saum ihres Kleides an und stieg vorsichtig zwischen den frisch gegossenen Geranien nach unten.

Verlegen trippelte sie in den hohen Schuhen und dem fantastischen Kleid, den Saum ein wenig hochgerafft, damit er nicht übers Kopfsteinpflaster schleifte, über den kleinen Platz. Sie wünschte, es gäbe hier einen Seiteneingang zum Palazzo, durch den sie unauffällig verschwinden könnte, denn die Leute starrten bereits zu ihr her. Sie kam sich viel zu groß vor in den hohen Absätzen, und ihr Haar leuchtete lodernd wie eine Flamme in der untergehenden Sonne.

»Francesca!«

Sie blieb abrupt stehen. Signora Accardo kam aus der Osteria geschossen und ließ ihre Gäste im Stich, die jetzt natürlich neugierig zu ihr hingafften. Der kleine graue Dutt der alten Dame wackelte keinen Millimeter, als sie in ihrer weißen Schürze auf sie zuhastete. Dabei rang sie die Hände, als wolle sie den Himmel preisen – oder verdammen. »*Carina, carina*, wo willst du hin? Du siehst aus wie eine Prinzessin.«

»So fühle ich mich auch«, gestand Cesca scheu. Sie bemerkte, dass sogar Signore Accardo aus der Küche hervorkam, um sie zu bewundern, wobei er sich die Hände an der langen weißen Schürze abwischte. Sie musste ja wirklich fantastisch aussehen, denn der kleine Mann ließ sich nur selten außerhalb seiner Küche blicken.

»Ich bin auf die Bulgari-Vernissage an der Via Condotti eingeladen«, berichtete sie, »eine Vorführung der neuen Kollektion. Oder so etwas.«

»Du bist wunderschön.« Signora Accardo ging bewundernd um Cesca herum. »*Mia cara, mia cara*«, seufzte sie. »Wo ist Signora Dutti?«

»Ich weiß nicht, sie …«

»Sie muss dich unbedingt sehen. Otto!«, brüllte sie ihrem Mann über den Platz zu. »Hol sie! Hol sie!« Sie deutete mit wedelnden Armen auf die Haustür im Erdgeschoss von Cescas kleinem Häuschen.

»Ach, wissen Sie, ich muss los, ich …«

Aber Signora Dutti, die die Aufregung auf der Piazzetta offenbar mitbekommen hatte, kam bereits aus dem Haus und eilte auf sie zu.

»*Mia cara, mia cara*«, rief auch sie aus und drückte die Hände auf den bebenden Busen. Beide bewunderten lautstark Cescas Aschenputtel-Ballkleid. Cesca erwähnte nichts von der Vier-Millionen-Dollar-Halskette, die sie in Kürze dazu tragen würde.

»Entschuldigen Sie, aber ich muss jetzt wirklich weiter.« Cesca wies mit dem Daumen auf den Palazzo. »Oder ich verspäte mich noch.«

»Du gehst mit deinem Kavalier?«, erkundigte sich Signora Dutti, überwältigt von der Romantik der Situation.

»Nein, mit meiner Chefin, der Principessa.«

Die Mienen der beiden Frauen verdunkelten sich.

»Pah.«

»Tz.«

»Sie ist eine schlimme, schlimme Frau, Francesca. Warum gehst du mit ihr?«, wollte Signora Dutti wissen.

»Weil das mein Job ist. Ich brauche nun mal einen Job. Ich kann nicht verstehen, was Sie beide gegen sie haben. Sie ist ganz in Ordnung.«

Aber Signora Accardo schüttelte stur den Kopf. »Sie taugt nichts, Francesca. Sie ist *problema.*«

Cesca, die wusste, dass die beiden es nur gut meinten, nickte geduldig. »Nett, dass Sie sich so um mich sorgen, aber es geht mir gut, ehrlich. Es ist nur ein Job. Aber trotzdem, danke. Ich muss jetzt wirklich gehen. Danke … okay …«

Sie riss sich von den beiden los und rannte nun fast hinaus auf die Piazza Angelica und zum Palast. Sobald sie die oberste Treppenstufe erreichte, ging die Tür auf: Alberto hatte sie schon erwartet.

Elena ebenfalls: Sie saß auf einem gepolsterten Bänkchen und hielt den Halsschmuck für sie bereit. Drei Minuten später saßen sie in einer kugelsicheren schwarzen Limousine und wurden von zwei Sicherheitsbeamten auf Motorrädern begleitet. Die Finger an der Halskette, schaute Cesca versonnen durch die getönten Scheiben auf die Ewige Stadt, die an ihr vorbeizog: Mussolinis prächtige Denkmäler, die bröckelnden Ruinen des alten Imperiums, die geflügelten Engel des Castel Sant'Angelo und die Säulenheiligen der Vatikanstadt – heute Abend würde sie an einem anderen Rom teilhaben, an einem prächtigen, glanzvollen Rom, in dessen Pomp man fast vergessen konnte, dass man hier auf gigantischen Höhlen und Steinbrüchen stand und jeden Moment der Boden unter den Füßen nachgeben konnte.

26. Kapitel

Venedig, Oktober 1980

Der höfliche Applaus des Standesbeamten musste als Ersatz für ein feierliches Glockengeläut ausreichen. Auch der Brautstrauß bestand nicht aus ihren Lieblingsblumen – Blanche-de-Belgique-Rosen –, sondern einem Strauß hellrosa Tulpen, die sie kurz zuvor auf dem Markt erworben hatten. Sie trug ein schlichtes weißes Schlauchkleid, und die einzige Zierde bestand in einem kurzen, duftigen Taufschleier, den Vitos Patenkind beziehungsweise dessen Eltern – Trauzeugen und gleichzeitig die einzigen Gäste bei dieser heimlichen Hochzeit – beigesteuert hatten. Niemand sonst wusste Bescheid.

Es ließ sich nicht anders machen.

Als der Beamte die förmliche Feier zum Abschluss brachte, blickte Elena durch den feinmaschigen Schleier zärtlich zu ihrem frischgebackenen Ehemann auf. Ihr war schwindelig vor Erleichterung. Sie hatte es geschafft. Sie hatte Christina einen Strich durch die Rechnung gemacht. Die andere hatte, wie angedroht, eine hässliche Flüsterkampagne gegen sie losgetreten. Man war scheinbar freundlich zu ihr, wenn Vito in der Nähe war, doch sobald er ihr den Rücken kehrte, wandte man sich hochmütig, ja, hasserfüllt von ihr ab. Christina verstand sich perfekt darauf, die Balance zwischen Loyalität und

Verrat zu wahren. Wann immer Vito nachhakte, wieso Dinner- und Partyeinladungen ausblieben, redete sie sich mit Verpflichtungen hinaus, die sie angeblich auf ihrem Landgut festhielten. Elena dagegen wusste genau, was vorging. Man zeigte ihnen die kalte Schulter, und früher oder später würde das auch Vito klar werden, und er würde sich entscheiden müssen.

Es war ihr gelungen, ihn davon zu überzeugen, dass angesichts ihres »Vorstrafenregisters« von drei gescheiterten Ehen eine heimliche Hochzeit die beste Lösung sei, schon im Interesse seines bekannten Namens. Sie wolle ihn nicht in Verlegenheit bringen, hatte sie behauptet, und er hatte geantwortet, er *könne* sich gar nicht für sie schämen und wäre stolz, sie zur Frau zu bekommen, aber nachgegeben hatte er dann trotzdem. Für sie war das der Beweis, dass Christina recht hatte: Der Ruf seiner Familie ging ihm über alles.

Als Vito jetzt ihren Schleier zurückschlug, ihr Gesicht zärtlich in beide Hände nahm und ihr einen sanften Kuss auf die Lippen gab, war sie daher von einem Gefühl schwindelerregenden Triumphes erfüllt. Auch wenn diese Biester sie nicht ausstehen konnten, auch wenn sie ihren immensen Reichtum mit Neid und ihre wilde Vergangenheit mit Verachtung bestraften – jetzt war sie in Sicherheit, endlich. Als Vitos Ehefrau, als Principessa dei Damiani Pignatelli della Mirandola, verheiratet mit dem Oberhaupt und Erben einer der bedeutendsten »schwarzen« Adelsfamilien Roms, war sie praktisch unangreifbar.

Wieder einmal war sie das Glückskind. Sie hatte gewonnen.

»Schön, nicht? Das musst du doch jetzt selbst zugeben, oder?« Elena schritt neben ihrem Ehemann durch die langen Säle des Palazzos. In jedem Fenster stand eine hohe, dicke Bienenwachskerze und warf ihren warmen, flackernden Schein hinaus auf die Piazza.

»Was ich zugebe, ist, dass dies die größte Brandgefahr seit achthundert Jahren darstellt«, entgegnete Vito, nur halb scherzend, doch dann drückte er zärtlich ihre Hand. »Aber es sieht wundervoll aus.«

»Maria und Julio haben sich solche Mühe gegeben, es rechtzeitig hinzukriegen. Es ist richtig romantisch, findest du nicht? Und ein wunderschöner Anblick von der Piazza aus.« Sie seufzte behaglich.

»Extravagant, vielleicht.«

»Deine Mutter wäre bestimmt meiner Meinung gewesen. Du sagst doch selbst, sie hätte immer versucht, diesen riesigen Kasten in ein gemütliches Heim zu verwandeln.«

Vito blieb stehen und blickte sie an. »Ich weiß, worum es dir wirklich geht, Elena. Mach dir bitte keine Sorgen, es wird ihm bestimmt gefallen. Und auch du wirst ihm gefallen.« Er drückte beruhigend ihre Hand.

Aber für Elena war das keineswegs ein Trost – hatte er dasselbe nicht auch von Christina behauptet? Würde Aurelio sie nicht hassen, weil sie ihm das wichtigste Amt, das ein Bruder haben konnte (das Amt des Trauzeugen), durch ihre Heimlichkeit verwehrt hatte? Würde er sie nicht ebenso verachten wie alle anderen? Eine geschmack- und kulturlose Amerikanerin, mit viel Geld, aber ohne jede Klasse? Ihr Triumph über Christina hatte sich jedenfalls als Pyrrhussieg erwiesen. Zwar erhielten sie mittlerweile wieder Einladungen zu Dinner- und Cocktailpartys, zu Bällen und Opern – genügend jedenfalls, um Vito davon zu überzeugen, dass man seine Heirat, trotz der schockierenden Heimlichkeit, in der sie vollzogen worden war, akzeptiert hatte. Aber Elena kannte ihre Geschlechtsgenossinnen, sie spürte die unterschwelligen Strömungen, die fast unmerklichen Signale der Ablehnung: das schmallippige Lächeln, der kalte Blick, das leicht abgewandte Gesicht, das Getuschel, die bedeutsamen Blicke. Für Außenstehende schien es, als sei sie am oberen Ende der sozialen Leiter angekommen, aber die Enklave selbst ließ keinen Zweifel daran, dass sie nie eine der ihren werden würde.

Aber war das nicht eigentlich schon immer so gewesen? Für sie, jedenfalls? Seit sie zurückdenken konnte, war sie eine Außenseiterin: Von der Mittelklasse Newports wurde sie wegen ihres Geldes geschnitten; in Leos Kreisen akzeptierte man sie aufgrund ihrer Jugend nicht; und in Steves Freundeskreis passte sie aufgrund ihrer Mutterrolle nicht mehr hinein. Und jetzt war es wieder das Gleiche.

Wenn Vito weniger verschlossen gewesen wäre, wenn er seine Zuneigung zu ihr ein wenig offener zeigte, würde sie sich ja sicherer fühlen. Sie wusste, dass er sie liebte – wahrscheinlich mehr, als er je einen Menschen geliebt hatte –, aber seine Gefühle kamen an zweiter Stelle. Er war, ebenso wie sie, ein Produkt seiner Erziehung, davon konnte auch er sich nie ganz freimachen. Ihr hatte man beigebracht, dass sie etwas Besonderes sei, dass sie mit gewöhnlichen Menschen nichts gemein hatte – und gerade deshalb hatte sie sich ihr Leben lang danach gesehnt, die Kluft zu überbrücken, was natürlich vergebens war. Vito dagegen war als ältestem Sohn und Erben von klein auf eingetrichtert worden, dass seine Pflichten über allem standen und dass seine Gefühle sekundär waren. Es war zu einem Automatismus geworden, es war ihm gar nicht mehr bewusst, dass er ein Opfer brachte, indem er immer versuchte, »das Richtige« zu tun.

Das Resultat war, dass er oft distanziert und schwer erreichbar wirkte. Händchenhalten in der Öffentlichkeit kam für ihn nicht infrage. Auch bestand er auf dem alten aristokratischen Brauch von getrennten Schlafzimmern – selbst wenn er fast jede Nacht zu ihr kam. Und obwohl er theoretisch ein guter Liebhaber war, so fiel ihm spielerische Leichtigkeit schwer. Wenn sie auf seinem Schoß saß und an ihm herumknabberte und Maria kam herein, schob er sie immer sogleich weg. Er mochte es nicht, wenn sie sich zu sexy oder aufreizend kleidete, wenn der Rock nicht mindestens bis zum Knie reichte – oder wenn sie sich mit Schmuck behängte. Bescheidenheit war für ihn mehr als eine Tugend: Es war eine unbedingte Notwendigkeit.

Heute Abend dagegen trug sie ein eng anliegendes schwarzes Samtwickelkleid von Yves Saint Laurent, das nur knapp bis zum Knie reichte und daher die Regeln ein wenig testete. Es besaß lange Ärmel, dafür aber auch einen Ausschnitt, der fast bis zum Bauchnabel reichte – und das Tragen eines BHs unmöglich machte. Er hatte zwar nichts gesagt – es war schließlich nur eine private Familienfeier –, aber sie würde den Rücken gerade halten müssen, wenn sie am Tisch saß und den verlorenen Sohn, der endlich heimkehrte, unterhielt.

Es war nicht Nervosität über das bevorstehende Treffen, was ihr zu schaffen machte, auch wenn Vito das annahm. Der Grund war vielmehr, dass Aurelio alles war, was Vito *nicht* sein konnte – und dafür hasste sie ihn, gerade weil sie ihren Mann so liebte. Er war nicht der Erbe, er hatte nicht die Last der Verantwortung für den gigantischen Besitz und das Vermögen zu tragen, er musste nicht den Betrieb führen und den Ruf der Familie wahren. Man hatte ihn stattdessen nach Strich und Faden verwöhnt, vor allem seine Mutter, und er durfte, im Gegensatz zum Bruder, frei und ungebunden aufwachsen.

Vito hatte ihr erzählt, sein Bruder sei mit siebzehn ausgerissen, um an der *Mille Miglia* von 1957 teilnehmen zu können. Er habe einen Alfa Romeo 750 Competizione aus der Sammlung seines Vaters geklaut und damit das Rennen bestritten. Allerdings sei er nicht am Ziel angekommen, sondern habe den Wagen kurz vor Rimini geschrottet. Mit neunzehn hatte er während eines Polo-Aufenthalts in Argentinien in einem Kaffeelaster die Flucht ergreifen müssen, weil ihm wegen einer Indiskretion mit der Tochter eines Drogenbarons die argentinische Mafia auf den Fersen war. Und so ging es auch später im Großen und Ganzen weiter, bis zum Tod ihres betagten Vaters 1974, der ihn ein wenig zur Vernunft zu bringen schien. Für kurze Zeit schien er Verantwortung übernehmen zu wollen und stand seinem Bruder bei der Betriebsführung beiseite. Jedenfalls bis er ankündigte, eine Woche auf Safari nach Kenia gehen zu wollen – und einfach nicht mehr zurückkehrte. Das war vor vier Jahren. Und mit jedem Jahr, das verging, ohne dass er sich meldete, wuchs Vitos Wut und Kummer. Kein Wunder, dass kein Foto von seinem Bruder in seinen Zimmerfluchten zu finden war. Und nun hatte der lang Vermisste sich mit einem kurzen Telegramm überraschend zum Weihnachtsfest angemeldet. Sie wussten nicht recht, was sie davon halten sollten.

Immerhin war dies Vitos und ihr erstes Weihnachtsfest als Ehepaar – ihr erstes gemeinsames Weihnachten –, und sie konnte nur hoffen, dass Aurelio, Nomade der er nun einmal war, sich in seiner identischen Zimmerflucht im Westflügel (die momentan abgeschlossen war) verschanzen und bald wieder abreisen würde. Sie wollte mit Vito allein sein, denn sie hoffte, so schnell wie möglich schwanger zu werden. Vito brauchte einen Erben, und sie brauchte ein Kind, das sie in den Armen halten konnte, wenn Stevie schon für sie verloren war.

Der Christbaum in der privaten Suite war gigantisch: vier Meter hoch und fast ebenso breit. Maria hatte ihn mit roten Samtschleifen geschmückt. Unter dem Baum lagen bereits mehrere Päckchen bereit, eingepackt und mit Schleifchen verziert. Insbesondere eins davon würde sie ihm erst überreichen, wenn sie allein und ungestört waren. Sie hatte die Lampen abdecken lassen, sodass alles in einem weichen, gedämpften Licht lag, und über jeden Türstock dicke Mistelzweige hängen lassen, einen Brauch, den er nicht kannte, der ihr aber Gelegenheit gab, mit ihrem eigenen Mann zu flirten.

Es schellte an der Haustür, und Vitos Blick huschte instinktiv zu ihr hin. Sie bemerkte auf einmal seine Nervosität und erkannte, dass es nicht sie selbst gewesen war, die er vorhin hatte beruhigen wollen.

»Darling, so mach dir doch keine Sorgen!« Sie lief lachend zu ihm, nahm sein Gesicht in ihre Hände und gab ihm einen Kuss auf die Lippen. »Er ist dein Bruder. Natürlich werde ich ihn gernhaben.«

Er nickte ein wenig steif – seine Gefühle verschwanden wieder einmal hinter einer unbeweglichen Fassade. Ein Schwall Liebe wallte bei diesem Anblick in ihrem Herzen auf. Ja, er liebte seinen Bruder, aber es war eine komplizierte, schwierige Liebe.

»Ich lasse euch erst mal ein paar Minuten allein, ja? Du nimmst ihn in Empfang. Ich verschwinde kurz, um mir die Nase zu pudern.« Sie drückte seine Hand und ging.

Im Bad blickte sie dann prüfend in den bodenlangen Spiegel. Sie trug ihr – mittlerweile wieder schwarz gefärbtes – Haar in einem glänzenden Nackenknoten und hatte purpurroten Lippenstift aufgetragen. Sie frischte rasch noch ihren bronzenen Lidschatten auf, dann hüllte sie sich in eine Wolke Shalimar.

Mit einem abschließenden zufriedenen Blick wandte sie sich ab und holte tief Luft. Dann trat sie hinaus auf den Gang.

Sie konnte ihre Stimmen hören, als sie sich mit klackenden Absätzen übers Parkett und still über die mit Teppichen belegten Strecken näherte.

Die beiden Brüder standen im Smoking, eine Hand lässig in die Hosentasche geschoben, einen Whisky in der anderen, unweit des großen Kamins. Vitos Gesicht hellte sich auf, als er sie erblickte. Elena fiel ein Stein vom Herzen. Offenbar war das Wiedersehen der Brüder gut verlaufen. Nun, Vito war kein nachtragender Mensch. Dann wollte sie das auch nicht sein.

Sein Bruder kehrte ihr den Rücken zu.

»Aurelio«, sagte sie.

Beinahe aufreizend langsam wandte er sich zu ihr um, und sie blickte ins Angesicht des einzigen Menschen, der ihr Vitos Liebe streitig machen konnte. Er besaß ein kantiges Kinn, leicht schrägstehende, ein wenig eingesunkene braune Augen, eine stolze Adlernase und einen breiten Mund. Auf sie wirkte er eher griechisch als römisch.

Und sie fühlte sich sofort auf eine überwältigende Weise zu ihm hingezogen.

»Darling, du isst ja gar nichts«, bemerkte Vito. Sie hatte das Essen auf ihrem Teller tatsächlich kaum angetastet.

»Nein, tut mir leid … Es war ein langer Tag. Ich bin wohl müder, als ich dachte.« Sie legte lächelnd Messer und Gabel beiseite und gab es auf, so zu tun, als habe sie auch nur den geringsten Appetit.

»Vom Anzünden der Kerzenkolonnen, nehme ich an«, bemerkte Aurelio trocken. Er nahm einen Bissen Baccalà auf die Gabel. »Habe die Festbeleuchtung schon von der Piazza aus bemerkt.«

»Es ist stimmungsvoll«, warf Vito loyal ein. »Elena wollte, dass auch die Menschen jenseits der Palastmauern etwas davon haben.«

»Ach ja?«

»Vito hat erzählt, wie sich eure Mutter immer bemüht hat, es hier heimelig zu machen«, bemerkte sie, ohne auf seinen zynischen Unterton einzugehen. »Ich habe schon viele Geschichten über euch gehört, wie ihr als Jungs mit Christina im Palast herumgetobt seid und in den Sälen Fußball gespielt habt.«

»Christina?« Aurelio musterte seinen Bruder. »Wie geht's ihr? Ist sie immer noch mit diesem staubigen alten Langweiler verheiratet?«

»Manche von uns mögen Sigmundo«, entgegnete Vito steif.

»Aber manche eben nicht«, bemerkte Aurelio scharf. Er nahm einen Bissen Kabeljau. »Wie hat Christina das Ganze aufgenommen? Ist sie dir eine gute Freundin, Elena?«

»Die allerbeste. Sie hat mich mit offenen Armen empfangen.«

Aurelio musterte sie durchdringend, ließ sich aber nicht anmerken, ob er wusste, dass sie log. »Hm …«, sagte er nur.

»Also … Kenia«, bemerkte Vito in die eingetretene Stille. »Wie war dein kleiner Ausflug?«

Aurelio, dem der sanfte Nasenstüber seines Bruders nicht entgangen war, lachte leise. Laut Maria hatte Aurelio Kenia fluchtartig verlassen müssen, nachdem er vom Gatten seiner neuesten Flamme angeschossen worden war. Mit einer Flinte. »Sehr schön, danke der Nachfrage. Die Massai sind ein wirklich hochinteressantes Volk, ihr solltet sie mal besuchen.«

»Das mache ich vielleicht.« Vito hielt inne. »Wenn ich je die Zeit dazu habe.«

»Ach, komm schon. Du kriegst doch sicher auch ab und zu mal einen Freigang, Bruderherz? Wegen guter Führung?«, neckte Aurelio, der nicht bereit zu sein schien, auf den Vorfall mit der Flinte und die nachfolgende lebensrettende Operation einzugehen. »Wie habt ihr beiden euch eigentlich kennengelernt?«

Vito seufzte. »Auf Ischia. Ich habe den Santis einen Besuch abgestattet.«

Aurelio verschluckte sich fast am Wein. »Meine Güte, gibt's die auch noch? Die gehen doch bestimmt schon am Stock. Wie heißt sie nochmal? Dieses Model, das er geheiratet hat?«

»Allegra. Und vom Stock kann nicht die Rede sein.« Vitos Blick huschte kurz in Elenas Richtung. »Sie besitzen eine neue Jacht, die *Serena*. Das Leben meint es gut mit ihnen, wie's scheint.«

Aber Aurelio wirkte wenig überzeugt. Er musterte Elena, und in seinen Augen glimmte fast so etwas wie Feindseligkeit auf. »Und du warst wohl auch auf der Jacht zu Gast, Elena?«

»Ja. Ich bin von New York aus hingeflogen. Wir haben viele gemeinsame Bekannte.«

»Kann ich mir denken«, bemerkte er trocken. »Ihr seid euch also auf der Jacht begegnet – bei gekochtem Hummer, was?«

Vito gluckste. »Nein, so einfach war's auch wieder nicht. Ich musste Elena erst vor einem Schwarm Killerbienen retten, damit sie mich überhaupt zur Kenntnis nahm.«

»Darling, ich hatte dich längst zur Kenntnis genommen!«, protestierte Elena.

»Da waren wohl mehr als nur Killerbienen hinter ihr her, was?« Aurelio betrachtete seinen Bruder mit hochgezogenen Augenbrauen. Dies war Elenas erster Einblick in die enge Verbindung zwischen den Zwillingsbrüdern, die, wie Eisberge, bei denen auch der Großteil unter der Oberfläche lag, offenbar auch das Ungesagte verstanden.

»Kannst du laut sagen«, bemerkte Vito knapp. »Aber glücklicherweise haben mich die Bienen tatkräftig unterstützt. Und so war Elena gezwungen, mich aus schierer Dankbarkeit zu heiraten, weil ich ihr das Leben gerettet hatte.«

»Es war Liebe auf den ersten Blick, das weißt du ganz genau«, sagte Elena schmollend. Dann lachte sie und betrachtete ihren Ehemann mit einem zärtlichen Ausdruck.

Aurelio griff wortlos zur Weinflasche und schenkte die Gläser wieder voll, vor allem jedoch seins.

»Und was hältst du vom Palazzo? Ganz schön einschüchternd, was?«

»Ach nein, so schlimm ist es nun auch wieder nicht«, meinte Elena mit einem Achselzucken.

»Elena ist eine geborene Valentine, sie ist in einem mindestens ebenso großen Haus aufgewachsen.«

»Allerdings nicht ganz so alt«, wehrte Elena bescheiden ab, wie immer, wenn die Rede auf ihren Reichtum kam.

»Ah, eine *Valentine*, verstehe. Dann ist es also tatsächlich eine Liebesheirat? Sie hat dich nicht wegen deines Geldes geheiratet?«, bemerkte Aurelio zynisch.

»Aurelio, das gehört sich nicht«, sagte Vito scharf.

»Ach nein? Ich finde es nur gut und richtig, das zu sagen. Die Gefahr, dass wir nur wegen des Geldes geheiratet werden, ist schließlich allgegenwärtig. Wir sind ein Magnet für einen bestimmten Frauentyp, das weißt du selbst.«

»Aber Elena gehört nicht dazu. Wenn überhaupt, dann sollten mich die Leute beschuldigen, sie wegen *ihres* Geldes geheiratet zu haben, nicht umgekehrt.«

»Na, das wäre der Hammer, oder?«, meinte Aurelio grinsend. Er schob seinen Teller von sich und lehnte sich entspannt zurück. »Nun, es freut mich sehr zu hören, dass es eine echte Liebesheirat war. Willkommen in der Familie, Schwesterherz.«

Er sagte es fast höhnisch, als lauere er auf ihre Reaktion, den Blick durchdringend auf sie gerichtet.

»Danke«, erwiderte sie schlicht.

Maria erschien, um die Teller abzuräumen. Schweigen trat ein. Elena behielt ihr Lächeln tapfer auf dem Gesicht, den Blick jedoch auf die Tischplatte gesenkt. Sie nahm aus den Augenwinkeln wahr, dass Vito seinem Bruder einen zornigen Blick zuwarf.

Als Maria weg war, klatschte Aurelio unternehmungslustig in die Hände. »Du weißt sicher, dass es bei uns der Brauch ist, zumindest ein paar Geschenke schon am Weihnachtsabend auszupacken?« Er blickte Elena fast herausfordernd an, als wolle er sie zwingen, ihn anzusehen.

»Nein, das wusste ich nicht.«

»Macht man das in Amerika denn nicht?«

Sie schüttelte den Kopf.

»Wartet, dann werde ich rasch …«

Er verließ die Tafel. Vito ergriff die Gelegenheit, seiner Frau aufmunternd zuzulächeln. Kurz darauf tauchte sein Bruder mit zwei Geschenken unter dem Arm wieder auf. Elena nahm das ihre entgegen.

»Danke.«

»Du musst es jetzt gleich öffnen, ich bestehe darauf. Du auch, Vito.«

Er nahm Platz und sah zu, wie sie die Schleifen aufzogen, das Papier auseinanderschlugen. Sie hob den Deckel der Schachtel an und nahm erst einmal die darin befindliche Karte heraus, auf der stand: *Für meine geliebte Elena, in Liebe, dein Vito.*

»Von Vito?«, fragte sie verblüfft. »Ich dachte, es wäre …«

»Von mir?«, meinte Aurelio. »Wie denn? Wir haben uns doch vorhin erst kennengelernt. Wie sollte ich dir da das richtige Geschenk mitbringen? Ich musste dich erst mal sehen.«

Elena, die seinem Blick kaum mehr standhalten konnte, blickte hastig wieder weg. Sie schlug das Seidenpapier auseinander und stieß auf eine silberne Spieluhr in Form eines reizenden kleinen Kinderkarussells.

»Ach Vito! Die ist einfach wunderschön!«

»Sie spielt ›Mockingbird‹, wenn man sie aufzieht. Du hast

erwähnt, dass dir das deine Eltern vorgesungen haben. Falls du also mal Heimweh bekommen solltest …«

»Darling, ich liebe es! Ein so einfühlsames Geschenk!« Sie sagte es möglichst warmherzig, um Aurelio auszuschließen und ihm einen Stüber für seinen beißenden Sarkasmus zu versetzen.

»Und jetzt deins, Bruder«, forderte Aurelio Vito auf, während Elena ihre Spieluhr wieder in die Schachtel setzte und diese behutsam neben ihrem Stuhl auf den Boden stellte.

Sie richtete sich wieder auf. Und rang erschrocken nach Luft. »Nein, warte…!«

Aber es war zu spät. Er hatte das Seidenpapier bereits zurückgeschlagen und hob ein Nichts von einem schwarzen Negligé heraus, dessen Stoff eher durch Nichtvorhandensein glänzte. Beiden Brüdern fiel die Kinnlade herunter.

»Das wollte ich dir erst geben, wenn wir allein und ungestört sind«, rief Elena mit brennenden Wangen. Sie blickte Vito flehend an, um ihm zu verstehen zu geben, dass das nicht so beabsichtigt gewesen sei. Aurelio saß wie erstarrt, den Blick auf sie fixiert, während Vito das Teil hastig wieder einpackte und unter dem Seidenpapier zu verstecken versuchte.

»Menschenskind, Aurelio!«, fauchte Vito. »Musstest du dich einmischen?«

»He, das konnte ich doch nicht ahnen.«

»Es war alles so schön vorbereitet.«

»Ja, das ist mir klar«, sagte er gedehnt. Etwas Erhitztes ging von ihm aus.

Maria erschien mit den *dolci*, und die drei schwiegen erneut, bis sie den Raum verlassen hatte.

»Ist das nur ein Kurzbesuch … oder wirst du jetzt für

immer bleiben?«, erkundigte sich Elena wie nebenbei. Sie stach mit dem Dessertlöffel in ihre *struffoli*.

»Wieso? Bin ich euch etwa im Weg?«

»Aurelio, das reicht«, fauchte Vito. »Das ist bloß eine höfliche Frage, sie meint es nicht böse. Außerdem ist es ja nicht unvernünftig, sich nach deinen Plänen zu erkundigen.«

»Ist der Palast etwa nicht groß genug für drei?« Stille trat ein, dann lachte er plötzlich laut auf. »Beruhige dich, Bruder, die Antwort lautet: Ich weiß es noch nicht. Vielleicht bleibe ich ein Weilchen, aber vielleicht gehe ich auch bald wieder, wenn es hier zu … eng wird. Oder wenn sich was anderes ergibt …« Er zuckte die Achseln.

Elena starrte ihn verwirrt an. Er war ein Herumtreiber, heimatlos wie ein vom Baum gerissenes Blatt, das vom Wind hierhin und dorthin getragen wird, nie lange an einem Ort verweilt. Sie wusste nicht, was sie mehr erschreckte: der Gedanke, dass er hierblieb. Oder dass er wieder gehen würde.

27. Kapitel

Rom, August 2017

Es war ein einziger Farbenrausch, nicht nur wegen des ausgestellten Schmucks, vor allem auch wegen der Abendkleider, die die Frauen trugen: roter Chiffon, mitternachtsblaue Seide, pfauenblauer Samt, pfingstrosa Satin. Cesca hatte schon befürchtet, dass sie mit ihrem Kleid und dem atemberaubenden Halsschmuck *de trop* sein würde – vor allem im Vergleich zur Principessa im minimalistischen Armani-Kostüm –, aber sie irrte sich. Zu ihrer Verblüffung fiel sie hier, wenn man das überhaupt so sagen konnte, überhaupt nicht auf. Diese Leute trugen offenbar regelmäßig Schmuck im Wert von Immobilien, und das auch noch an einem ganz gewöhnlichen Dienstag.

Von Blitzlichtgewitter begleitet legten sie die kurze Strecke zwischen Limousine und Eingang zurück. Cesca warf einen Blick zur Seite und bemerkte weiter hinten, am Ende der Straße, die Spanische Treppe. Sie wurden ohne Weiteres vom Sicherheitspersonal durchgewinkt. Cesca glaubte, dass man sie in diesem Aufzug wahrscheinlich auch ohne die illustre Begleitung der Principessa durchgelassen hätte: Ihr Schmuck war sozusagen ihre Eintrittskarte.

Sie bekamen Champagnerflöten in die Hand gedrückt. Elena machte sich mit majestätischen Schritten auf den Weg ins Zentrum der Ausstellung, Cesca wie ein elegantes Kreuzfahrtschiff im Schlepptau. Links und rechts wurden Köpfe vorgereckt, man tauschte hier und dort ein Küsschen, wechselte in gedämpftem Ton Nettigkeiten.

Cesca achtete nicht auf das Gesagte. Da sie fast einen Kopf größer war als die meisten Anwesenden, hatte sie einen guten Überblick. Interessiert schaute sie sich um. Da waren Carla Bruni, Carine Roitfeld, Monica Bellucci … und, mein Gott, war das etwa *Sophia Loren*? Sie erwartete nicht, hier auch nur eine einzige Person zu kennen, außer natürlich aus Zeitschriften und Klatschpresse.

Aber wieder irrte sie sich.

Nico Cantarelli stand bei einem Grüppchen, das sich neben einer Glasvitrine versammelt hatte, die an einem Draht von der Decke hing. Ohne seinen typischen misslaunigen Gesichtsausdruck hätte sie ihn vermutlich nicht wiedererkannt, und ohne seinen ungebärdigen Lockenschopf. Nico im Smoking! Er passte fabelhaft, wie angegossen. Überhaupt war die gesamte römische Männerwelt im maßgeschneiderten Smoking erschienen, wie es ihr vorkam – das musste eine italienische Besonderheit sein. Cantarelli wirkte mehr wie ein Filmstar (James Bond?) als ein … was war das noch mal? Speläologe?

Sie wandte sich hastig ab, damit er sie nicht bemerkte. Sie konnte sich kaum an den Freitagabend erinnern – tatsächlich war sie sich nicht hundertprozentig sicher, ob sie ihm begegnet war. Vielleicht hatte sie das bloß geträumt? Aber sie hatte das dumpfe Gefühl, dass irgendetwas an dem Abend passiert sein musste. Deshalb versteckte sie sich auch seitdem vor ihm. Sie war am Montag bereits frühmorgens im Gartenzimmer eingetroffen und sogleich in die Bibliothek im zweiten Stock des zentralen Nordflügels übersiedelt, unter dem Vorwand, Ruhe vor den Ausgrabungsarbeiten im Garten zu suchen. Es gab fast tausend Zimmer im Palazzo, er würde stundenlang nach ihr suchen müssen, wenn er sie finden wollte – was natürlich nicht der Fall war, aber sie ging lieber auf Nummer sicher.

Und jetzt tauchte er ausgerechnet hier auf!

Was hatte er hier zu suchen? Tagsüber sah er aus wie ein x-beliebiger Bauarbeiter! Und hier stand er, in diesem sexy Smoking, mit einem Champagnerglas in der Hand, das er auch noch korrekt anfasste. Mit einer brünetten Schönheit an seiner Seite, wie ihr jetzt erst auffiel.

Sie riskierte einen zweiten Blick – und musste feststellen, dass er ebenfalls hersah. Er erkannte sie sogleich, und ihm klappte verblüfft der Unterkiefer herunter.

Sie wandte sich hastig wieder ab. Warum, warum nur hatte sie nochmal hinsehen müssen? Sie schloss entnervt einen Moment lang die Augen.

»Alles in Ordnung, Francesca?«, erkundigte sich Elena besorgt.

Cesca schlug die Augen wieder auf. »Es ist nichts, keine Sorge. Ich … ich bin bloß ein bisschen müde.«

»Sie sehen blass aus.«

»Mir ist auch ein wenig heiß«, redete sie sich heraus.

»Viscontessa. Signorina Hackett.«

Da war er schon, und seine Nähe umhüllte sie wie eine warme Decke. Sie verspürte wieder dieses Ziehen in der Magengegend, diese unerklärliche Anziehungskraft. Es war ihr unbegreiflich. Obwohl, kannte sie ähnliche Phänomene nicht aus Gerichtsverfahren? Frauen, die auf schlimme Männer hereinfielen, sich von ihnen in eine Abhängigkeit treiben ließen, aus der sie sich nicht mehr befreien konnten. Sie wurden misshandelt und missbraucht und bekamen gerade genug Aufmerksamkeit, um hechelnd mehr zu ersehnen. War es das, was mit ihr geschah? Eine Einladung auf eine Pizza und ein charmantes Lächeln, und schon war's um sie geschehen?

»Signore Cantarelli«, begrüßte ihn Elena forsch und erlaubte ihm einen Wangenkuss, als wären sie gute alte Bekannte und nicht Gegner im Kampf um ihren schönen Garten. »Ist Ihre Mutter auch hier?«

»Ich fürchte nein. Sie hält sich derzeit in der Toskana auf. Ich bin sozusagen als Vertretung hier.«

»Das ist aber sehr nett von Ihnen.«

»Francesca«, sagte er und wandte ihr jetzt seine Aufmerksamkeit – seinen bohrenden Blick – zu. Cesca tat es ihrer Chefin gleich und hielt ihm die Wange zum Kuss hin, als wäre er ein guter alter Bekannter und nicht der Grund, warum sie sich in einem Palast mit tausend Zimmern vor ihm versteckte.

»Was halten Sie von unserer Cinderella?«, erkundigte sich Elena mit delikat hochgezogener Braue. »Die Schönste auf dem Ball, finden Sie nicht?«

Nico musterte Cesca beeindruckt. »Als ich sie sah, konnte ich es zunächst kaum glauben. Aber ihr Haar ist natürlich unverkennbar. Keine Römerin hat so …«

Cesca versteifte sich und wartete auf das Wort »rot«.

Er bemerkte ihre Miene und sagte: »… außergewöhnliches Haar, von dieser Farbe.«

»Und wie finden Sie ihr Kleid?«

Cesca wand sich innerlich. Jede Frage von Elena zielte darauf ab, dass er sie ansah, begutachtete, dabei wollte sie sich ja eigentlich vor ihm verstecken, *nicht* gesehen werden. Was war letzten Freitag geschehen? Was hatte sie gesagt? Sie erinnerte sich einfach nicht mehr. Aber der Gedanke verfolgte sie wie ein ausgehungerter Wolf, also musste etwas passiert sein.

»Es ist von Valentino«, fuhr Elena stolz fort. »Das Atelier war so freundlich, uns das Kleid für den heutigen Abend zur Verfügung zu stellen. Es war mir bei der letzten Couture-Schau aufgefallen, und da Cesca ohnehin Model-Maße hat, dachte ich, es könnte ihr passen. Sie sieht einfach exquisit aus, finden Sie nicht? So ungewöhnlich, sie einmal in ganz neuer Kleidung zu sehen. Und in etwas, das tatsächlich passt.«

»Stimmt.« Nico nickte Elena zu, dann heftete sich sein Blick sogleich wieder auf Cesca. »Ich verstehe ihre Kleidung einfach nicht.«

»Und ich nicht Ihre!«, schoss Cesca zurück und musterte seinen makellosen Abendanzug. Er sollte den Job wechseln. Er sollte etwas tun, was ihn zwang, sich jeden Tag so zu kleiden.

Er bemerkte ihr Unbehagen. »Ich wollte damit sagen, dass Sie wunderschön sind. Alle starren Sie an.«

»Tja, ich will aber gar nicht angestarrt werden.« Sie senkte den Kopf und blickte zu Boden, strich sich verlegen das Haar hinters Ohr.

Eine kurze Stille trat ein. »Wenn ihr mich entschuldigen würdet«, sagte Elena, »ich sehe gerade Paolo Bulgari. Ich muss unbedingt mit ihm reden.« Und schon glitt sie davon.

Cesca blickte ihr panisch hinterher. Sie konnte sie doch nicht einfach allein lassen? Und ausgerechnet mit *ihm*?

»Gefällt Ihnen die Party?«, fragte er nach kurzer Pause.

»Schon«, antwortete Cesca und blickte sich vage unter den Berühmtheiten um. Wieso nur hatte sie sich von Elena überreden lassen mitzukommen? Viel lieber säße sie jetzt mit einer Pizza auf dem Schoß auf ihrer geliebten Treppe und würde mit Guido ein Bier trinken. »Und wie kommen Sie hierher?«

Er blinzelte gekränkt. »Ich bin eingeladen, natürlich.«

Cesca fiel ein, dass er erwähnt hatte, er sei in einem der nobelsten Stadtviertel Roms aufgewachsen. Aber es war trotzdem überraschend und so … so *unpassend*, ihn hier zu sehen, noch dazu in diesem Aufzug. Wo blieb der verstaubte Overall? Der Schutzhelm? Der klirrende Werkzeuggürtel? Das Seil, an dem er sich in Höhlen und Gruben hinabließ?

»Cesca, wegen neulich Abend …«

O Gott, das war's. Sie wandte sich erschreckt halb von ihm ab. »Ich hatte einfach ein bisschen zu viel getrunken. Tut mir leid, falls ich was Peinliches gesagt haben sollte …«

»Nein, das ist es nicht …«

»Ich wollte bloß mal ausspannen.«

»Das ist es nicht. Aber Sie haben da etwas gesagt …«

Plötzlich fiel es ihr wieder ein. Sie hatte gesagt, dass er sie nerve. Dass er ein nervtötender Mann sei. Das war das Letzte, woran sie sich erinnerte, bevor sie praktisch von Matteo rausgetragen werden musste. Mein Gott, wie hatte sie nur so unhöflich sein können!

»Es tut mir leid. Sie sollten nicht auf mich hören, wenn ich betrunken bin. Dann sage ich alles Mögliche, das ich gar nicht so meine. Ich würde Ihnen sogar auf die Nase binden, dass ich der Papst bin …«

»Nein …«

In diesem Moment tauchte die Brünette neben ihm auf, die sie schon zuvor an seiner Seite gesehen hatte, und berührte ihn an der Schulter. Er fuhr herum.

»Ach, Isabella, das ist Francesca. Wir … wir arbeiten in demselben Gebäude.«

»Freut mich sehr, Sie kennenzulernen«, log Cesca. Von wegen. Isabella war der Typ rassige südländische Schönheit, neben der sie als nordischer Typ mit heller Haut und hellem Haar immer irgendwie blass und ausgewaschen wirkte.

»Was für ein wundervolles Collier«, bemerkte Isabella lächelnd. Sie trug selbst ein ziemlich beeindruckendes Diamant-Halsband. »Ich habe es schon die ganze Zeit bewundert.«

»Es gehört mir nicht, leider. Ist nur geborgt.«

»Ach, da sind Sie hier in guter Gesellschaft, glauben Sie mir«, lachte Isabella. »Entschuldigt, dass ich unterbreche.« Sie blickte zu Cantarelli auf. »Könnte ich kurz deinen Schlüssel haben?«, fragte sie leise.

»Klar.« Er tastete seine Jackentaschen danach ab und fischte ihn heraus.

Cescas Magen krampfte sich unwillkürlich zusammen. Sie versuchte einen Blick auf Isabellas linke Hand zu erhaschen, um zu sehen, ob an ihrem Finger ein Verlobungsring – oder ein Ehering? – funkelte. Aber sie konnte die Hand von ihrer Position aus nicht sehen, ohne sich den Hals zu verrenken, was natürlich nicht in Frage kam.

»Wenn Sie mich entschuldigen würden, ich bin sicher, Elena vermisst mich bereits. Sie fühlt sich zurzeit nicht besonders wohl«, sagte Cesca.

»Aber …«, hob Cantarelli an.

»Es war nett Sie kennenzulernen, Isabella«, sagte sie. »Bis dann.«

Und eilte davon.

Ihre – seine? – Blicke im Rücken verließ sie den Hauptraum und hastete in den Nebensaal. Das Herz schlug ihr bis zum Hals, und sie schaute sich erregt nach Elena um. Am liebsten wäre sie sofort gegangen. Normalerweise hätte sie das auch getan, aber das ging nicht, weil sie ja Schmuck im Wert von vier Millionen Dollar um den Hals hatte. Damit haute man nicht einfach ab.

Sie fand ihre Chefin inmitten eines Grüppchens von Auserwählten, das sich um den Juwelier scharte. In den Schaukästen daneben lagen funkelnde Schmuckstücke ausgestellt, und in der Mitte des Raums, auf dem blitzenden rotbraunen Parkettboden, stand eine kleine Sofagruppe. An den Wänden hingen große Schwarzweißposter von Hollywood-Stars oder Society-Größen in Bulgari-Juwelen. Elizabeth Taylor als Kleopatra und daneben Elena in einer weißen Luchsstola und mit einem prächtigen Diamantgebinde. Eine beeindruckende Fotografie, wie Cesca fand. Sie konnte verstehen, warum Elena zur Elite der damaligen Gesellschaft gehört hatte, und fragte sich unwillkürlich, ob es eventuell möglich wäre, dieses Bild in die Biografie aufzunehmen.

»Ah, da ist sie ja. Francesca, kommen Sie, ich möchte Ihnen meinen lieben Freund, Signore Bulgari, vorstellen. Ich berichte gerade von Ihrer wundervollen Arbeit für mich«, rief Elena in demselben munteren Ton, mit dem sie Nico begrüßt hatte.

»*Piacere.*« Paolo Bulgari machte eine höfliche Verbeugung und gab Cesca einen Handkuss. »Sie sehen einfach umwerfend aus, Signorina. Und Sie tragen eine von unseren schönsten Kreationen! Was mich natürlich ganz besonders freut. Aller Augen ruhen heute auf Ihnen, meine Liebe. Wir werden uns noch wochenlang damit brüsten, fürchte ich.«

»Danke, aber ich muss das Lob an die Principessa weitergeben. Ich habe das alles nur ihrer Großzügigkeit und ihrem guten Auge zu verdanken.«

»Wir sagten gerade, wie gespannt wir Ihr wundervolles Buch erwarten. Es wird gewiss – wenn auch unbeabsichtigt – eine wundervolle Werbung für das Haus Bulgari.«

»Ja, bestimmt. Ich hatte erst heute Nachmittag die Ehre, mir die private Schmuckkollektion der Principessa ansehen zu dürfen. Ich bin selbst jetzt noch ganz geblendet«, spielte Cesca das Spiel mit.

»Wir können uns in der Tat glücklich schätzen: Die Principessa ist eine unserer treuesten Kundinnen.«

»Nicht nur ich, auch Elizabeth. Was hat ihr Mann immer gesagt?«

Signore Bulgari, der sofort wusste, was Elena meinte, blickte Cesca an, und sie war sicher, dass sie diesen Scherz schon zahllose Male gemacht hatten. »Richard Burton sagte immer: *Das Einzige, was meine Frau auf Italienisch sagen kann, ist Bulgari!*«

Alle lachten, Cesca ebenfalls, wenn auch gekünstelt, weil sie ständig nach Nico Ausschau hielt. Aber er befand sich noch immer im Hauptsaal. *Mit Isabella.*

»Nun, wenn man *ein* italienisches Wort kennen sollte …«, bemerkte sie lächelnd. »Ihre Kreationen sind unglaublich.« Sie wies auf einen funkelnden blauen Saphirring. »Ich meine, sehen Sie sich nur mal diese Farbe an. Einfach sensationell.«

»Ja, das ist ein besonders rarer blauer Diamant«, erklärte er. »Eine unserer speziellen Kostbarkeiten.«

»Ach, das ist ein *Diamant*?«

»Ja. Der *Vivid Blue* ist einer der begehrtesten Steine, aber unglaublich rar, vor allem heutzutage. Man findet ihn kaum noch in dieser Größe, also über zehn Karat.« Sein Blick heftete sich auf Elena. »Wenn ich mich recht entsinne, besitzen Sie den schönsten von allen. Den Blauen Bulgari.«

Cesca bemerkte aus den Augenwinkeln, wie Nico den Saal betrat. Isabella war bei ihm und redete auf ihn ein, aber sein Blick suchte und fand sie sogleich und blieb an ihr haften, als ob er ihr nachgegangen wäre.

»Erzählen Sie mir mehr davon«, forderte Cesca hastig ihren Gastgeber auf.

»Nun, es ist ganz einfach. Der Blaue Bulgari ist einer der berühmtesten Diamanten der Welt. Das GIA hat ihn als *Fancy Vivid* eingestuft, das ist die höchste Ehrung. Nur ein Stein unter zehn Millionen erhält eine so hohe Wertung.«

»Das GIA?«, hakte Cesca nach. Sie fühlte förmlich, wie sich Nico allmählich näherte. Er und Isabella wurden häufig aufgehalten und wechselten ein paar Worte, sahen sich dies und jenes Ausstellungsstück an.

»Das Gemological Institute of America, eine Organisation, die sich mit der Prüfung und Einstufung von Gemmen befasst. Der Ring der Principessa besitzt tatsächlich zwei Steine – einen makellosen, farblosen Diamanten von 9,87 Karat und einen blauen Diamanten von 10,95 Karat. Ihr Gatte schenkte ihn Ihnen zur Geburt Ihres Sohnes, wenn ich mich nicht irre?«

»Ja, das stimmt.« Elena seufzte wehmütig. »Vito war so ein romantischer Mann! Was für ein Glück ich mit ihm hatte. Er war immer freizügig mit kleinen Gesten wie diesen.«

Kleine Gesten? Cesca bezweifelte, dass auch nur irgendetwas »Kleines« an dieser Geste gewesen war. Der betreffende Ring musste dem Gegenwert einer mittleren Jacht entsprechen. Ganz zu schweigen von einem Haus voller Millionenschmuck.

Nico stand ihr jetzt genau gegenüber. Wenn sie den Blick anheben würde, müsste sie ihm direkt ins Gesicht sehen.

»Tragen Sie den Ring oft?«, erkundigte sie sich und wandte sich resolut Elena zu. »Vielleicht hätten Sie ihn heute Abend anstecken sollen.«

»Ach du liebe Güte, nein«, wehrte Elena ab. »Da müsste ich ja die halbe Schweizer Garde mitbringen. Nein, er ist zu kostbar, um ihn hier aufzubewahren. Er liegt in einem Bankfach in der Schweiz.«

Cesca musste an das abgesicherte Gewölbe denken mit seiner dreifachen Stahlverkleidung und der vierzehn Tonnen schweren Brandschutztür, mit Hygrostat und Bodensensoren. Es verfügte über eine Direktleitung zum Polizeirevier und ein Zwei-Wege-Überwachungskamerasystem. Elena hatte erwähnt, dass man ihn notfalls auch als Panikraum benutzen konnte – auch wenn das natürlich noch nie geschehen war. Aber wenn das nicht ausreichte, um einen kleinen Ring aufzubewahren, und wenn er noch so kostbar war, dann wusste sie wirklich nicht.

»Ach.« Elena schwankte plötzlich, als habe sie einen Schwächeanfall.

»Elena? Alles in Ordnung?« Cesca streckte besorgt die Hand aus. Die alte Dame schien jeden Moment umzukippen.

»Es geht mir gut, es geht mir gut. Ich bin bloß ein wenig erschöpft. Ich hätte nicht an einem Tag nach London und wieder zurück fliegen sollen. Aber ich wollte mir unbedingt den *Lesedi La Rona* ansehen, bevor er bei Sotheby's versteigert wird.« Elena, die mit dieser Aussage geschickt von sich ablenkte, richtete sich würdevoll auf. »Was halten Sie von dem Stein, Paolo?«

Cesca hatte davon gelesen – der zweitgrößte Rohdiamant, der je gefunden worden war.

»Wir haben ihn natürlich in Augenschein genommen«, bemerkte er in diskretem Tonfall. »Er ist *magnifico.*«

»Werden Sie versuchen, ihn zu ersteigern?«, erkundigte sich Elena.

Er lächelte. »Wenn Sie mir sagen, dass wir etwas ganz besonders Schönes daraus für Sie fertigen sollen … Dann ganz gewiss.«

Elena lachte. »Ah, Sie sind ein ganz Raffinierter, Paolo! Nein, ich fürchte, diese Zeiten sind vorbei. So etwas sollte ohnehin nur von einem liebenden Mann für seine Frau gekauft werden.« Sie lächelte traurig. »Darling Vito.«

Signore Bulgari tätschelte mitfühlend ihre Hand. »Wir vermissen ihn auch. Ein wundervoller Mann.«

»Der beste.«

Elena erbleichte erneut und begann am ganzen Leib zu zittern. Cesca packte sie und versuchte sie zu stützen. »Sollten wir jetzt nicht besser gehen?«

»Sie haben recht«, stimmte Elena zu. »Paolo, würde es Ihnen sehr viel ausmachen, wenn wir uns jetzt schon verabschieden?«

»Im Gegenteil, es war mir eine Ehre, Sie heute Abend bei uns zu haben, Principessa. Treffen wir uns doch bald wieder einmal zum Lunch.«

»Ja, das machen wir.«

Signore Bulgari wandte sich Cesca zu. »Und es war mir

ein besonderes Vergnügen, Ihre Bekanntschaft zu machen, junge Dame. Ich wünschte, wir hätten Sie noch ein wenig länger bewundern können. Eine solche Schönheit in unserer Mitte!«

Cesca wehrte bescheiden ab. »O nein, diese Cinderella hier muss jetzt wieder zu ihrer Kutsche, ehe sie sich in einen Kürbis zurückverwandelt.«

Mit Elena am Arm wandte sie sich ab und durchschritt die Menge. Elena nickte auf dem Weg nach draußen grüßend nach links und rechts.

»Bis morgen, Signore Cantarelli«, bemerkte Elena, als sie an Nico und Isabella vorbeikamen, und ihr Tonfall war eine Spur kühler als bei der Begrüßung.

»Bis morgen, Signora«, antwortete er, aber sein Blick haftete dabei auf Cesca – und aus der Art, wie er sie ansah, ging klar hervor, dass selbst tausend Zimmer nicht mehr ausreichen würden, um sich vor ihm zu verstecken.

28. Kapitel

Rom, Silvester 1980

Die Räume pulsten vor Leben, vor Energie. Fremdartig, exotisch. Männer in Smoking und weißer Fliege und Frauen in extravaganten, gewagten Kleidern, die offenbar nur auf einen solchen Anlass im Schrank gewartet hatten. Elena beobachtete das Ganze hinter ihrer gefiederten Gesichtsmaske. Sie stand am Rand der Tanzfläche und ließ ihren Blick über die Feiernden schweifen. Dies war ihr größter Triumph – ein Ball, über den man noch Generationen später reden würde. Selbst jene, die nicht eingeladen worden waren, verschafften sich Zugang, notfalls mit den Ellbogen. Draußen hatte sich eine große Zuschauermenge versammelt, die mit offenen Mündern die illustren Gäste bestaunte. Andere reckten die Hälse und versuchten, durch die Erdgeschossfenster zu spähen, hinter denen sich die Schönen und Reichen im Tanz drehten. Dies war Christinas endgültige Niederlage. Aurelios Rückkehr hatte Roms Blut in Wallung gebracht, und die Frauen – die Ehefrauen – hielten sich nicht länger an die Anweisung der »Patin«, Einladungen aus dem Palazzo zu ignorieren. Sie alle wollten nur eins: wenigstens eine Nacht lang mit dem begehrtesten Junggesellen der Stadt flirten, nur einen Tanz mit ihm ergattern, in seinen Armen übers Parkett schweben.

Sie hatten kaum eine Woche Zeit für die Planung gehabt. Aurelio hatte den Vorschlag wie nebenbei am Weihnachtsmorgen gemacht – er gehörte zu den Männern, die glaubten, so ein Ball könne einfach mal aus dem Ärmel geschüttelt werden. Aber sein Ruf war derart magisch, derart verlockend, dass ganz Rom alle bereits gemachten Pläne über den Haufen warf, nur um dabei sein zu können. Vorherige Zusagen wurden zurückgezogen, den enttäuschten Gastgebern eine kurze Entschuldigung geschrieben, und eine Flut von Einladungsbestätigungen brach über den Palazzo herein, als wäre der Tiber selbst über die Ufer getreten.

Vito war natürlich zunächst skeptisch gewesen. Es war eine überstürzte Entscheidung aus dem Bauch heraus, dabei musste das alles erst einmal organisiert werden. Aber durch den Palast war ein Ruck gegangen, das gesamte Personal hatte die Ärmel aufgekrempelt und sich an die Arbeit gemacht. Spiegel wurden gewienert, Vergoldungen poliert, die Treppen geputzt, Marmorbüsten abgestaubt – und der ganze sich ausbreitende Wahnsinn war genau das, was das Trio brauchte, um miteinander auszukommen, um ein Zusammenleben unter einem Dach doch möglich zu machen. Das hatte Elena sofort erkannt, als sie Aurelios verrückte Idee hörte: dass dies der Weg war, der einzige Weg, um einen Krieg zu verhindern. Oder Schlimmeres.

Noch nie hatte sie härter gearbeitet, mehr Einsatz gezeigt. Sie stieg bei Sonnenaufgang aus dem Bett und ging erst schlafen, wenn der Mond schon lange am Himmel stand. Sie kümmerte sich um jede Kleinigkeit. Vito bekam seine Frau kaum mehr zu Gesicht, sein Bruder erst recht nicht. Sie hastete kilometerlange Strecken durch den Palast und gab Maria ihre Anweisungen: Dieser Lüster müsse tiefer gehängt werden, jene Stühle verrückt, jener Teppich aufgerollt werden. Jede Nacht sank sie vollkommen erschöpft ins Bett und fiel sofort in einen tiefen, traumlosen Schlaf, außer Reichweite ihres Mannes und seines Bruders, der einen so langen Schatten warf.

Eine Woche lang hatte es funktioniert. Aber was jetzt?

Sie sah Christina beim Tanzen zu und empfand dabei wahrscheinlich die größte Befriedigung, die ihr dieser Anlass verschaffen konnte. Die andere hatte gar keine Wahl gehabt, als die Einladung anzunehmen. Ganz Rom war gekommen, und ihre Abwesenheit hätte Fragen aufgeworfen, die sie lieber vermeiden wollte, wie Elena sehr wohl wusste. Ihr Krieg war keiner, der offen ausgetragen werden konnte.

»Siehst du, wie sie vor dir in die Knie geht?«, fragte eine dunkle Stimme leise an ihrem Ohr, und ein Duft von Zimt und Leder wehte wie ein zarter Nebel in ihre Nase.

Elena richtete sich auf und rückte schützend ihre Gesichtsmaske zurecht. Tiefliegende, leicht schrägstehende dunkelbraune Augen blitzten hinter einer schwarzen Samtmaske hervor, aber er konnte sich nicht vor ihr verstecken, sie würde ihn überall erkennen. In diesem und in jedem anderen Leben.

»Ich weiß nicht, wovon du redest«, wehrte sie ab.

»Ja, klar. Ein überaus liebenswürdiger Mensch. Hat dich sofort unter ihre Fittiche genommen und dir alle Türen geöffnet, was?«

Elena antwortete nicht. Woher wusste er so gut Bescheid? Christina war seit seiner Rückkehr nicht im Palazzo gewesen. Außer … hatte er womöglich das üble Gerede über sie aufgeschnappt?

»Bravo, Schwesterherz. Sie ist endgültig besiegt.«

Elenas Herz flatterte wie ein in einem Käfig eingesperrter Vogel. »Ich bin die Frau deines Bruders«, antwortete sie, so energisch, wie sie konnte.

Er starrte sie an, und seine Gesichtszüge verhärteten sich. Dann blickte er mit kaltem Schweigen auf die Tanzenden. Auch sie richtete ihren Blick wieder auf das Partytreiben.

»Wo steckt Vito überhaupt? Hab ihn den ganzen Abend noch nicht gesehen.«

»Händeschütteln, nehme ich an. Der perfekte Gastgeber, wie immer.«

Ob er die Bitterkeit in ihrem Ton heraushörte? Sie bemerkte aus dem Augenwinkel, dass er sie scharf ansah. »Er hat noch gar nicht mit dir getanzt?«

»Noch nicht, nein.« Sie blickte ihn kurz an. »Aber das macht nichts. Er stellt seine Gefühle nun mal nicht gern zur Schau. Ich kann das gut verstehen.«

»Ja, ihr macht das lieber im Privaten ab, was?«, zog er sie auf. Seine Anspielung galt natürlich ihrem heiklen Weihnachtsgeschenk für Vito.

»Hör sofort auf damit«, zischte sie. Ihre Kehle war wie zugeschnürt. Sie hatte das Negligé bisher noch kein einziges Mal getragen, und ihre Verführungspläne waren auch erst mal auf Eis gelegt. Sie hatte so schnell wie möglich schwanger werden wollen, aber auch das hatte sich erst mal zerschlagen. Heute Nacht, vielleicht? Sie konnte Vito nicht ewig abweisen. Auch wenn ihr bei dem Gedanken, das Teil anzuziehen, während sich Aurelio in seiner Zimmerflucht gegenüber im Westflügel aufhielt und hier bei ihnen das Licht brannte, ganz anders wurde.

»Der Ball ist jedenfalls ein großer Erfolg«, wechselte er anständigerweise das Thema. »Darüber werden sie noch in

Jahren reden. Es ist dein Werk. Und sogar noch besser als Capotes Party in New York, damals.«

»Der *Black and White Ball*, meinst du? Ich war dort.« Sie blickte mit zugeschnürter Kehle zu ihm auf, wagte kaum die Frage zu stellen. Nichts schien mehr sicher zu sein. Ihr Herz setzte einen Schlag lang aus. »Du etwa auch?«

Sie bemerkte das Pulsen seines Wangenmuskels, die sich blähenden Nasenflügel, das Aufblitzen in seinen schokoladenbraunen Augen. »Ja. Ein Wunder eigentlich, dass wir uns nicht schon damals begegnet sind.«

Seine Stimme war sardonisch, der Gedanke erdrückend, deprimierend. Wenn sie einander nun tatsächlich schon vor vierzehn Jahren begegnet wären? Vor Vito. Vor Steve. Kurz bevor sie Leo geheiratet hatte. Wenn sie diesem Zwilling als erstem begegnet wäre? Wie anders doch ihr Leben verlaufen wäre!

»Ja«, sagte sie und wandte hastig den Blick ab – ihn bloß nicht mehr ansehen müssen! »Du hast recht, es ist ein Wunder«, fügte sie so gleichgültig wie möglich hinzu.

Er griff jäh nach ihrer Hand. »Elena …«

»Aurelio!« Eine Dame in einer dramatischen roten Federmaske und einem Mieder, aus dem ihr üppiger Busen hervorquoll, kam auf sie zu, die Hand nach Aurelio ausgestreckt. Er ließ Elenas Hand los, und auch sie neigte grüßend das Haupt.

»Aurelio, Sie müssen unbedingt mit mir tanzen!« Sie machte einen koketten Hofknicks.

»Das wäre keine gute Idee, Signora Bertorelli«, entgegnete er. »Wir haben ja bereits miteinander getanzt – was würde Ihr Gatte sagen?«

Die Frau ließ ihren Arm enttäuscht sinken. Sie konnte

nicht verbergen, wie geschockt sie über diese unverhohlene Abfuhr war, obgleich ihre Maske ihre Gesichtszüge verbarg. Sie raffte ihr purpurrotes Kleid zusammen und rauschte mit einem Aufschluchzen davon.

»Du Bastard«, zischte Elena. »Du hättest sie nicht derart demütigen müssen.«

Sie hörte, wie er nach Luft schnappte, und bemerkte, dass er sie mit blitzenden Augen ansah. »Im Gegenteil, sie war auf dem besten Weg, sich selbst zu erniedrigen. Ich bin unverheiratet, sie nicht. Ihr Mann hätte mich noch heute Mitternacht zum Duell gefordert.«

»Er wird nicht der Einzige bleiben. Du bist heute Abend in Hochform. Sämtliche verheirateten Frauen Roms liegen dir zu Füßen.«

Sie konnte ihren Zorn und ihre Eifersucht kaum verbergen. Er hatte vom ersten Tanz an mit jeder Frau geflirtet, die ihm vors Gesicht kam, hatte sie mit seinen Scherzen zum Lachen und mit seinem intensiven Blick zum Beben gebracht. War es ein Wunder, dass sie nicht genug davon bekommen konnten?

»Ich bin erstaunt, dass du das überhaupt bemerkt hast.«

»Hab ich auch nicht«, entgegnete sie lässig. »Ich hab in der Umkleide ein paar Frauen darüber reden gehört. Du bist Stadtgespräch.«

Er musterte sie mit einem Blick, der ihr die Röte in die Wangen trieb. »Du musst gerade reden.«

Sie schnappte empört nach Luft. »Was hast du gesagt?«

Aber er packte sie beim Handgelenk und zog sie mit einer geschmeidigen Bewegung hinter die dicke Säule, vor der sie standen. Die Musik verklang, der Partylärm entschwand in weite Ferne. Seine Augen waren nur noch wenige Zentimeter von ihren entfernt. Ihre Gesichter lagen hinter Masken, aber die Wahrheit ließ sich dennoch nicht länger verbergen. Die Zeit dehnte sich, Welten prallten aufeinander.

»Er ist mein Mann, Aurelio«, flüsterte sie mit brechender Stimme. »Und ich liebe ihn.«

Sein Blick war auf ihre Lippen geheftet. »Ich doch auch.«

Sie lag in einem Liegestuhl im Garten, unter dem bleichen Schatten des Orangenbaums, und hatte sich in eine warme Decke gewickelt. Tiefe Schatten lagen unter ihren Augen. Sie hatte die ganze Nacht nicht geschlafen, hatte angekleidet auf dem Bett gelegen und zur Decke gestarrt. Hatte Vito ausgesperrt und hin und her überlegt, was sie tun sollte, welche Möglichkeiten ihr überhaupt noch blieben. Eigentlich nur noch eine.

Eine Bewegung hinter einem der großen Fenster erregte ihre Aufmerksamkeit. Sie sah Vito – der bereits angezogen war – durch Galerien und Säle streifen und die Schäden der letzten Nacht begutachten. Die Party hatte bis drei Uhr morgens gedauert, die Legendenbildung bereits begonnen. Aurelio hatte recht: Man würde noch in Jahren von diesem Ball reden. Christina konnte ihr jetzt nichts mehr anhaben.

Christina. War sie wirklich bis vor Kurzem ihr größtes Problem gewesen? Wie lange das jetzt her zu sein schien.

Sie sah, wie Vito mit missbilligendem Kopfschütteln eine Paillettenmaske von der Marmorbüste Neros nahm, wo sie jemand achtlos hingehängt hatte. Mit seinen langen, eleganten Fingern fegte er Glitter von der ehrwürdigen alten Büste.

Er war ein guter Mann. Ein standfester, ehrenwerter Mann. Loyal und prinzipientreu.

Er hatte etwas Besseres verdient.

Sie wandte den Blick von ihm ab und wieder auf den Garten, auf das harte, froststarre Gras, auf die Silhouetten der akkurat geschnittenen Buchsbaumhecken, die aus dem wabernden Morgennebel auftauchten, und auf die hohen, bauschigen Kiefern, die sich vor dem verblassenden dunkelblaurosa Nachthimmel abzeichneten. Ein lautes Krah-Krah ließ sie zusammenschrecken, und ihr Blick fiel auf ein paar Krähen in den Bäumen. Vögel waren frei, sie konnten jederzeit fliegen, wohin sie wollten.

Könnte sie das nicht auch? Sie könnte gehen. Könnte ein neues Leben anfangen. Sie besaß genügend Mittel und auch genügend Immobilien auf der ganzen Welt.

Ein Flugzeug flog hoch am Himmel vorüber und zog eine weiße Dampfspur hinter sich her. Ja, sie könnte überall hin. Wieder dort anknüpfen, wo sie war, ehe sie den Fuß auf diese Jacht setzte. Es wäre nicht das erste Mal, dass sie die Flucht ergriff. Ein Anruf an Mr Charles' Nachfolger genügte – und ein Flugticket. So lief es gewöhnlich. Wohin diesmal? Nach Paris? Berlin? St. Moritz? London?

Aber der Gedanke an Vito und was sie zu ihm sagen sollte, ließ sie nicht los. Sein Gesicht, wenn sie es ihm zu erklären versuchte … Er würde nicht begreifen. Wie sollte er auch? Die Wahrheit konnte und durfte sie ihm ja nicht verraten.

Irgendwo drinnen knallte eine Tür, und ein zorniger Ruf ertönte. Sie blickte hastig nach oben. Vito befand sich im dritten Stock des Westflügels und riss soeben zornig ein Fenster auf.

»Nicht zu fassen«, rief er wutentbrannt zu ihr hinab. Sein Gesicht war rot angelaufen, so zornig hatte sie ihn noch nie erlebt. »Er hat's schon wieder getan!«

Elena fuhr erschrocken hoch, die Decke rutschte von ihren Schultern. »Was denn, Vito? Wovon redest du?«

Aber sie ahnte es bereits. Ein heftiger Stich fuhr ihr durchs Herz. Sie wusste es.

»Er ist fort.«

29. Kapitel

Rom, August 2017

Irgendwie lächerlich, mit einer ordinären Tasse Tee durch eine Marmorgalerie zu wandeln. Ein Glas Champagner und Jimmy Choos wären eher angebracht, nicht English Breakfast Tea und löchrige gelbe Converse, aus denen schon die Zehenspitze rausschaute. Trotzdem, hier war sie wieder, wenn auch nicht ganz in alter Frische: Das Aschenputtel hatte sich wieder in seine abgetragenen Kleider gehüllt, die letzte Nacht war nur noch ein ferner Traum, wenn auch kein besonders guter. Durch die offenen Fenster strich Wind herein und fuhr ihr durchs Haar, drückte ihr den langen Rock ihres Holly-Hobbie-Patchworkkleids aus den Siebzigern gegen die Beine. Sie hatte es sich erst letztes Wochenende in ihrer Lieblingsboutique an der Piazza Navona gekauft, wo es die besten Vintage-Klamotten gab. Alé hatte ihr ebenfalls zugeredet, ihr gefiel vor allem, wie sich die Träger auf dem Rücken kreuzten, sie fand das sexy.

Elena dagegen würde wieder einmal Mühe haben, ihr Befremden über den eigenwilligen Aufzug ihrer Biografin zu verbergen, wenn sie sich heute Nachmittag zu einem weiteren Gespräch zusammensetzten. Und was Cantarelli anging – wie hatte er es gestern Abend ausgedrückt? »Ich verstehe ihre Kleidung nicht.«

Ha! Was sollte das eigentlich heißen? Warum musste man Kleidung überhaupt »verstehen«? Sie würde wetten, dass er keinerlei Probleme hatte, Isabellas Kleidung zu verstehen. Sie war die Art Frau, die nur in aufeinander abgestimmter sexy Unterwäsche unter die Leute ging, die sich für Männer anzog und nicht für sich selbst.

Nicht dass sie überhaupt die Absicht hatte, sich bei ihm blicken zu lassen. Nein, er würde gar nicht die Gelegenheit bekommen, ihr heutiges Kleid »verstehen« zu müssen. Erneut fuhr ein Windstoß herein. Sie schloss kurz die Augen und verdrängte den Mann energisch aus ihren Gedanken. Nein, dieser Palast war ja wohl groß genug, um ihm aus dem Weg zu …

Sie stieß mit etwas Hartem zusammen, prallte davon ab. Dabei schüttete sie Tee über ihre Hand und über den Fußboden. Sie jaulte auf. »Mist!« Sie stellte rasch ihre Tasse beiseite und tupfte sich mit einem Zipfel ihres Kleids die Haut ab, um Verbrühungen zu vermeiden.

Nico tat dasselbe und hielt sich das feuchte Poloshirt vom Bauch weg. Besorgt verfolgte er ihr Treiben. »Alles okay?«

Sie hob den Kopf und starrte ihn fassungslos an. Echt jetzt? Ausgerechnet er schon wieder? »Ja, danke«, antwortete sie gepresst.

»Sie haben nicht aufgepasst, wo Sie hingehen.«

Sie hörte auf, an ihrem Arm herumzutupfen, und funkelte ihn wütend an. »Ach ja? Hauptsache, wir haben geklärt, wer die Schuld trägt.« Sie hob ihre Tasse wieder auf und stakste an ihm vorbei.

»So hab ich das nicht … Cesca, so warten Sie doch!«

Aber sie blieb nicht stehen. Ihr rauschte das Blut in den Ohren. Was war das bloß mit diesem Mann?

»Cesca, warten Sie.« Er hielt sie am Arm fest.

»*Was ist?* Ich hab zu tun.«

»Ich dachte, wir könnten reden.«

»Wir haben gestern geredet, wissen Sie noch? Sie, ich und *Isabella*?«

O Gott, warum hatte sie das jetzt gesagt? Sie bemerkte seine Verwirrung, doch dann klärte sich seine Miene. »Ja, richtig.« Er schob eine Hand in seine Hosentasche. »Und meine *Schwester* hat sich sehr gefreut, Sie kennenzulernen.«

»Ihre Schwester …?« Da blieb Cesca die Spucke weg.

Er musterte sie durchdringend, als wolle er sie förmlich röntgen, aber man konnte sehen, dass er nicht schlau aus ihr wurde. Sie war ein unlösbares Rätsel für ihn. »Schade eigentlich, dass Sie Ihren *boyfriend* nicht dabeihatten. Wir hätten ein hübsches Quartett abgegeben.«

Jetzt war sie es, die nichts kapierte. »Was für einen *boyfriend*?«

»Matteo, so heißt er doch? Er hat Sie am Freitag heimgebracht. Haben Sie ihm Silvanos Nachricht eigentlich ausgerichtet?«

»Matteo und ich, wir sind doch nicht zusammen!«, spottete sie. »Er ist der typische italienische Weiberheld, das sieht man doch. Wir sind Freunde, das ist alles. Nur Freunde.«

»Ah, verstehe.« Nico nickte belustigt. Ihr wurde klar, dass er nur auf eine Gelegenheit gewartet hatte, diese Frage zu stellen. Was guckte er so? *Flirtete* er etwa mit ihr?

»Ich kann ihn ja Ihrer Schwester vorstellen, wenn Sie …«

»Nein, danke. Nicht nötig.« Nico schüttelte den Kopf, aber mit diesem amüsierten Funkeln in den Augen.

Cesca geriet in Verlegenheit. Musste er sie so ansehen? Und was spielte sich eigentlich ab?

»Ich hab Sie gesucht, weil …«, begann er.

Sie erstarrte. Er hatte schon beim letzten Mal über Freitag reden wollen – über das, was sie zu ihm gesagt haben mochte, was immer es auch war. Noch konnte sie sich beim besten Willen nicht daran erinnern, aber es nagte an ihr.

»… wir den ersten Tunnel jetzt endlich erforscht haben.«

»Ach!«

»Möchten Sie ihn sehen?«

»Äh, ich …« Der Gedanke, im Dunkeln mit ihm allein zu sein, war … erschreckend und herrlich zugleich.

»Jetzt geht es natürlich nicht, der Bereich ist abgesperrt. Aber ich könnte Sie heute Abend runterführen.«

»Ach, ich weiß nicht.« Sie musterte unschlüssig ihre Aufmachung, das teebespritzte Kleid. »Ich bin gar nicht dafür angezogen.«

Er musterte ebenfalls ihr Kleid. »Nein.« Eine perplexe Stille trat ein, dann sagte er: »Ich könnte einen Blaumann für Sie organisieren, einen Arbeitsoverall?«

Sie überlegte. Wie würde sie darin aussehen?

»Das wird Ihnen gefallen …«

Was denn? Der Blaumann oder der Tunnel?

»Treffen wir uns heute Abend um sechs am Loch. Da sind alle weg.«

Er wartete ihre Antwort gar nicht erst ab, sondern wandte sich zum Gehen und war innerhalb von Sekunden um die nächste Ecke verschwunden.

»Das wäre dann wohl ein Date«, murmelte sie verdattert und lauschte seinen sich entfernenden Stiefelschritten, die hier ebenso unpassend waren wie sie mit ihrem Tee.

»… was die Leute verstehen sollten, ist, dass ich nicht leichtfertig viermal geheiratet habe und dreimal geschieden worden bin, Francesca«, erklärte die Viscontessa. »Ich wollte mich nie scheiden lassen, ich hatte immer geglaubt, meine Ehen würden halten. Aber ich war damals blutjung, ich habe Fehler gemacht, wie andere Menschen auch. Wenn ich jetzt zurückblicke, erkenne ich durchaus ein Muster: Erst habe ich zu jung geheiratet, dann bin ich ins andere Extrem verfallen und habe einen zu alten Mann geheiratet. Und als auch das nicht funktioniert hat, gab ich es auf, außerhalb des Lebens heiraten zu wollen, in das ich hineingeboren worden war. Ich heiratete jemanden, der war wie ich: reich und berühmt, aber auch ebenso isoliert und marginalisiert. Steve und ich wären ein Traumpaar gewesen. Bis auf eine Sache: Ruhm und Reichtum waren ihm nicht in die Wiege gelegt worden, so wie mir, er hatte sich das hart erarbeiten müssen. Er bewegte sich zwar jetzt in denselben Kreisen, aber das war nicht immer so. Das ist mir jetzt klar. Ich war müde und hatte das alles satt – aber er wollte mehr und immer mehr davon, er konnte gar nicht genug kriegen. Geld und Ruhm – das war wie eine Droge für ihn. Er wollte ständig mit den richtigen Leuten und auf den angesagtesten Partys gesehen werden. Wir verbrachten kaum einen Abend daheim, Himmel nein, das kam gar nicht in Frage. Wir hatten von vorneherein vollkommen konträre Interessen.«

Elena stand vor einem Bücherregal und blickte sich zu Cesca um. Sie wirkte heute älter, gebrechlicher, ihre Augen waren blass, wässrig. Sie schüttelte bekümmert den Kopf. »Dabei hab ich mich so bemüht. Die Scham, die ich beim Scheitern meiner dritten Ehe empfand, war immens. Mein

Vater war erst kürzlich gestorben, ich war einsam und verlassen und zutiefst verzweifelt.«

Sie holte tief Luft, füllte ihren Körper mit Sauerstoff – mit Leben – und begann auf und ab zu gehen. Cescas Blick folgte ihr vom Sofa aus.

»Aber es gab auch viel Positives, sehr viel. Steve war … ein sympathischer Mann. Brillant und talentiert, natürlich, aber das wurde leider oft übersehen. Redford hatte dasselbe Problem. Er hatte gerade den Oscar als bester Nebendarsteller in *City Lights* gewonnen, als wir uns kennenlernten, aber danach wurden ihm immer nur dieselben Parts angeboten: der Lover, der sexy Kellner. Dabei wollte er mehr sein als nur attraktive Staffage. Das hat ihn enorm frustriert, und er hat schon damals zu überlegen angefangen, irgendwann einmal hinter der Kamera zu arbeiten. Anders wäre er wohl nie ernst genommen worden.«

Cesca hatte sich die Zeit genommen, diese Periode in Elenas Leben gründlich zu studieren. Steve Easton war ein Name, den sie natürlich gehört hatte, aber ein Gesicht dazu hatte sie nicht parat, da er in ihrer Zeit nur noch als Regisseur arbeitete. Aber es war klar, dass die Kamera ihn liebte: Er war womöglich der attraktivste von Elenas bisherigen Ehemännern. Dennoch – es lag etwas Hartes, Arrogantes in dem Blick, mit dem er, meist direkt, in die Kamera blickte. Als wolle er den Zuschauer – oder den, der das Foto machte – irgendwie herausfordern.

»Haben Sie in Hollywood gelebt?«

»O nein, das war nicht gerade meine Welt. Außerdem hatte Steve einen längeren Vertrag am Broadway. Die meiste Zeit unserer Ehe verbrachten wir also in New York. Das war damals ohnehin der Ort, an dem alles stattfand. Studio 54,

Madison Square Garden … unsere Ehe zerbröckelte vor unseren Augen, aber es war eine tolle Zeit, das lässt sich nicht leugnen. Ironisch, oder?«

Der Meinung war Cesca auch. Die Fotos aus dieser Zeit – Ehe und Scheidung Nummer drei – gehörten zu den aufregendsten der ganzen Sammlung. Cesca hatte sofort erkannt, als sie sich über die Schachtel mit der Aufschrift *New York 1975–79* hermachte, dass dies genau das Material war, nach dem sich Verleger die Finger leckten. Sämtliche großen Namen waren zu sehen, einige mehrmals: die Studio-54-Clique um Andy Warhol, Mick und Bianca Jagger, Liza Minelli, Calvin Klein und Halston; Rock-Giganten, wie die Rolling Stones, die Eagles und Fleetwood Mac (einige Fotos waren Backstage aufgenommen worden, vor oder nach Konzerten). Hinzu kamen Studioaufnahmen von John Lennon und Yoko Ono, Manhattan-Royalty wie Jackie Onassis mit ihrer berühmten Sonnenbrille, Truman Capote und Rudolf Nurejew; und Hollywood-Stars wie Barbra Streisand, John Travolta, Jane Fonda, Robert Redford …

»Wie war Warhol eigentlich so?«, erkundigte sich Cesca, mehr aus Neugier als aus professionellem Pflichtgefühl. Sie waren mittlerweile in eine behagliche Routine verfallen: eine Kanne Tee, ein paar sorgfältig ausgewählte Fotos, und schon sprudelten die Anekdoten aus Elena hervor. Aber heute überraschte sie Cesca mit einer ungewohnten Offenheit, ja Verletzlichkeit, anstatt immer nur in den schönsten Farben zu schwelgen. Cesca hatte das Gefühl, dass Elena ihr zu vertrauen begann, dass sie einander näherkamen. Ja, sie waren sogar schon zusammen ausgegangen! Elena hatte recht gehabt, als sie sagte, sie könne sich vorstellen, dass sie Freundinnen werden würden.

»Irgendwie unheimlich. Wir hatten ihn mal zum Dinner, und er saß den ganzen Abend lang nur in einer Ecke und starrte eulenhaft vor sich hin. Hat kein Wort gesagt.«

Cesca kicherte. »Wie unhöflich!«

Aber Elena zuckte nur die Achseln. »So sind Künstler nun mal. Man darf das nicht zu eng sehen.«

Draußen ertönte ein heftiges Krachen. Beide zuckten zusammen.

»Mein Gott, was war das?« Cesca rannte erschrocken zum Fenster.

Ein kleiner Lastkran, der dazu diente, das Stütz-Equipment in die Sinkhöhle hinabzulassen, war umgekippt und lag nun wie ein Käfer auf der Seite. Der Greifarm fuhr hektisch ins Erdreich und hinterließ tiefe Furchen in Elenas Garten – oder was davon noch übrig war.

»O nein! Mein schöner Garten!« Elena schlug entsetzt die Hände über dem Kopf zusammen. Erschrocken sahen sie zu, wie der Kranfahrer bedröppelt aus dem Kranhäuschen herauskullerte. »Glauben Sie, dass ihm was zugestoßen ist?«

»Ach nein, ich glaube, er hat bloß einen kleinen Schock«, meinte Cesca. Sie sah, wie Nico sich entschlossen ins Führerhaus schwang und die Zündung abstellte, damit der Kranarm nicht weiterhin wie wild um sich schlagen konnte. Dann befahl er seinen Leuten, dem Fahrer zu helfen, der sich auf den Boden sinken ließ, und ihm ein Glas Wasser zu bringen.

»Das wird zu weiteren Verzögerungen führen, Sie werden sehen«, bemerkte Elena bitter. Sie wandte sich vom Fenster ab. »Warum können die nicht einfach wieder alles zuschütten und verschwinden? Wenn ich nicht mit seiner Mutter befreundet wäre, ich hätte dem schon vor Wochen ein Ende gemacht. Die können mir doch nicht den ganzen Sommer lang meinen Garten besetzen.«

»Es ist nur zu Ihrer eigenen Sicherheit«, versuchte Cesca die Viscontessa zu beschwichtigen. »Rom sitzt effektiv auf einer durchlöcherten Wabe. Die Entdeckung dieser Tunnel unter dem Garten und wahrscheinlich auch unter dem Palazzo wirft Sicherheitsfragen auf. Das muss erst alles stabilisiert werden, ehe das Loch wieder geschlossen werden kann.«

Elena musterte Cesca interessiert. »Sie scheinen ja gut Bescheid zu wissen, Francesca. Verbringen Sie denn viel Zeit mit Signore Cantarelli?«

Cesca errötete. »Nein, natürlich nicht. Das hat er mir erklärt, als ich damals an Ihrer Stelle in den Tunnel hinabgeklettert bin.«

»Verstehe.« Aber ihre Miene, als sie sich von Cesca ab- und den Sofas zuwandte, ließ vermuten, dass sie noch weit mehr zu verstehen schien.

»Nic…, ich meine Signore Cantarelli sagte, Sie wüssten bereits von der Existenz des Servicetunnels.«

»Selbstverständlich. Vito hat mir gern Geschichten erzählt, wie er und sein Bruder als Kinder dort gespielt haben. Sie liebten es, sich abends vor dem Schlafengehen vor ihren Eltern zu verstecken, aus dem Ostflügel zu verschwinden und plötzlich im Westflügel wieder aufzutauchen. Darüber hat sich ihr Vater immer schrecklich aufgeregt, erzählte er. Er war offenbar ein sehr strenger Vater.«

»*Victorian Dad*«, bemerkte Cesca schmunzelnd.

»Hm? Wie meinen Sie?«

»Das sagt man bei uns über besonders restriktive Väter.«

Sie zuckte die Achseln. »Ist wohl typisch Englisch, nehme ich an.«

»Ach so.« Elena wirkte zerstreut.

»Haben Sie ihn je kennengelernt? Vitos Vater?«

»Nein. Er starb, als die beiden noch Teenager waren. Der arme Mann, ich hatte den Eindruck, dass ihn seine Pflichten genauso erdrückten wie später Vito.«

»Wie meinen Sie das?« *Erdrücken* war ein starker Ausdruck, wie Cesca fand.

»Die meisten Menschen denken, dass es herrlich ist, einen großen Titel und ein großes Vermögen zu besitzen, dabei ist es vor allem eine große Verantwortung, ja eine Last. Als Vito den Palast übernahm, belief sich das Personal noch auf an die hundert Beschäftigte. Man verliert das Menschliche, man wird zu einer Galionsfigur. Als ich herkam, dachte ich zunächst, der größte Vorteil, zur *nobiliá nera* zu gehören, bestünde darin, dass man eine Parkerlaubnis für den Vatikanstaat erhält.« Sie lachte trocken. »Dabei ist gesellschaftlicher Status hier das Allerwichtigste. Er untermauert alles in Rom, seine Bedeutung lässt sich nicht unterschätzen – selbst jetzt nicht, obwohl viele alte Adelshäuser verarmt, die Paläste veräußert sind. Die Verpflichtungen bleiben die alten: Wohltätigkeit, Pflichtgefühl und Diskretion.« Sie stieß einen erschöpften Seufzer aus. »Ich habe die Pflicht immer für etwas Langweiliges gehalten, über das man nicht weiter reden muss. Dabei ist sie im Gegenteil wie ein wildes Tier, das sich nicht bändigen lässt, wie eine Leidenschaft, die nie aufhört zu lodern.«

»Könnten Sie mir ein Beispiel geben?«

»Nun, nehmen wir Vitos Vater. Er war in der italienischen Resistance: Zuerst kämpfte er gegen Mussolini, der seine

Kunstschätze konfiszieren lassen wollte, und ab 1943 gegen die deutsche Wehrmacht, die sich in seinem Palast einquartiert hatte. Die Hakenkreuzfahne wehte in jedem Fenster und brachte Schande über den Namen Damiani. Aber Vitos Vater heckte einen teuflischen Plan aus, er schmuggelte Bomben in den Servicetunnel unter dem Palast. Er war bereit, sein geliebtes Anwesen, das sich seit Jahrhunderten im Familienbesitz befand, in die Luft zu jagen, nur um die schändlichen Besatzer zu vernichten. So weit ging sein Pflichtgefühl, so sehr liebte er sein Land, seine Stadt. Können Sie sich vorstellen, etwas so sehr zu lieben, dass man sich lieber selbst zerstört, als es zu verlieren? Eine Liebe, ein Pflichtgefühl, das so groß ist, dass man eine Bombe unter seinem Leben platziert?« Elena starrte gedankenversunken ins Leere. Sie regte sich so lange nicht, dass Cesca schon befürchtete, etwas könnte nicht stimmen. »Das meine ich damit, wenn ich sage, die Pflicht ist wie ein wildes Tier, wie eine lodernde, nie versiegende Leidenschaft.«

»Und was geschah dann?«

Aber Elena antwortete nicht sofort, sie schien wieder in ihre Erinnerungen abgetaucht zu sein. »Was sagten Sie?«, fragte sie schließlich.

»Na, er hat offenbar nicht ernst machen müssen, denn der Palazzo steht ja noch. Wurde Vitos Vater erwischt und gefangen genommen?«

»Nein. Nein.« Sie schüttelte lächelnd den Kopf, schleppte sich zu ihrem Sessel und ließ sich erschöpft darauf nieder. »Nichts so Aufregendes, fürchte ich. Die Alliierten kamen, und der Krieg war vorbei, das war alles. Vitos Vater musste seinen Plan am Ende doch nicht in die Tat umsetzen.« Sie schloss die Augen. »Aurelio hat immer gesagt, es sei die größte Tragik im Leben ihres Vaters gewesen, dass er auf seine große Tat verzichten und stattdessen ein braver und pflichtbewusster Ehemann und Vater werden musste.«

»Aurelio?«

»Vitos Zwillingsbruder.« Elena legte den Kopf zurück.

»Ach!«, rief Cesca überrascht aus. »Waren es eineiige Zwillinge?« Das Thema eineiige Zwillinge interessierte sie, seit sie irgendwo gelesen hatte, dass Linkshänder oft Überbleibsel eines Zwillingspärchens seien, dessen andere Hälfte durch einen Abgang verloren gegangen sei. Sie war selbst Linkshänderin. »… Elena?«

Aber Elena war eingeschlafen, wie Cesca überrascht bemerkte. Das Interview – und die Antworten auf alle Fragen – mussten auf ein andermal warten.

»*Einheitsgröße*, was?«, bemerkte Cesca verstimmt. Sie musste sowohl die Ärmel als auch die Beine des Blaumanns aufkrempeln. Er war nicht nur viel zu groß, er war außerdem auch noch viel zu heiß für dieses Wetter. »Meine eigenen Klamotten sind mir lieber, herzlichen Dank auch.«

»Nein, Sie müssen das anziehen. Sie müssen Ihre Haut schützen.«

Cesca schaute Nico verblüfft an. *Jetzt* sollte sie auf einmal ihre Haut schützen? Nachdem er sie zuerst über den Haufen gefahren und dann durch seinen Leichtsinn gezwungen hatte, ihn mit bloßen Händen aus einem Schutthaufen auszugraben? Da hätte er sich mal früher bemühen sollen.

Der Kran war wie durch Zauberhand wieder aufgerichtet worden und stand stumm in der Dämmerung.

»Es gab heute Nachmittag einen Unfall – ich hab's gesehen«, bemerkte sie.

Er hob überrascht den Kopf; er war mit der Überprüfung der Leiter, die ins Loch hinabführte, beschäftigt gewesen. »Das haben Sie gesehen?«

»Ja. Es war sehr mutig von Ihnen, ins Führerhaus zu klettern, als dieser Greifarm noch herumfuhrwerkte.«

Er wandte missbilligend den Blick ab. Sie seufzte. Wie war der denn wieder drauf! Was immer sie sich von diesem Treffen erhofft hatte, es würde ein Wunschtraum bleiben, das merkte sie jetzt schon. Nico wirkte düster und distanziert, er sah sie kaum an, hatte kaum den Kopf gehoben, als sie auftauchte, ja sogar überrascht gewirkt, dass sie überhaupt kam. Seitdem hatte er die meiste Zeit damit verbracht, an seinem Laptop zu kleben und irgendwelche Aufnahmen zu studieren, anstatt sich mit ihr zu unterhalten.

»Also gut, bringen wir's hinter uns«, sagte sie genervt.

Er blickte verblüfft zu ihr auf, aber sie verlor keine Zeit und kletterte die Leiter hinab. Unten angekommen wartete sie auf ihn, knipste aber ihre Stirnlampe diesmal lieber selber an. Dann folgte sie ihm durch den holperigen Schlauchgang ins Innere der Höhle und in den Servicetunnel.

Stumm bewegten sie sich durch den niedrigen Gang; ab und zu machte Nico sie auf Hindernisse aufmerksam, aber sonst wurde nichts gesprochen. Er machte erneut einen Steigbügel für sie und gab ihr einen Schubs hinauf in den Kriechgang. Sie ließ sich auf der anderen Seite geschickt wieder hinunterfallen und wartete auf ihn. Wie riesig es hier war! Fast wie in einer U-Bahn-Station. Wie konnte so etwas mehrere Tausend Jahre alt sein?

Sekunden später tauchte auch er auf. Ein Grinsen lag auf seinem Gesicht, wie bei einem kleinen Jungen in einem Süßigkeitenladen. Dieses Grinsen sah man oberirdisch nur selten bei ihm, und sie ertappte sich dabei, wie sie unwillkürlich ebenfalls grinste. Dieser Mann ließ ihre Stimmung auf und ab hüpfen wie ein Jo-Jo.

»Bist du bereit?«

»Klar«, antwortete sie, und das Du kam ihr auf einmal genauso selbstverständlich vor wie ihm.

Er ging voran. Als sie an einem Tunneldelta ankamen, blieb er stehen und zeigte auf ein Stück Schnur, das durch einen der Tunnel verlief. »Siehst du das?« Er zupfte an der Schnur, und sie hinterließ einen blauen Kreidestrich an der Wand. »Das ist unser Sicherheitsgurt, damit wir uns nicht verirren, falls die Schnur versagen sollte.«

»Und warum sollte sie versagen?«

»Ratten«, meinte er achselzuckend.

Sie schüttelte sich. »Igitt, hätte ich doch bloß nicht gefragt.« Sie gingen weiter.

»Siehst du, wie breit es hier ist?« Er streckte beide Arme aus, konnte die Wände aber dennoch nicht berühren. »Das hat man wahrscheinlich so angelegt, um hier auch mit Schubkarren und kleinen Fahrzeugen durchzukommen. Zum Transport von Brennholz, vermutlich.«

Cesca fand, dass hier sogar ein Kleinwagen spielend durchgekommen wäre. Vielleicht sogar was Größeres.

Sie gingen weiter, Nico voraus, obwohl sie locker nebeneinander hätten gehen können. Es war so dunkel, dass sie nur den Bereich unmittelbar vor ihrer Stirnlampe sehen konnte.

»Alles klar?«, rief er immer wieder mal nach hinten.

»Hmh«, antwortete sie. Bloß gut, dass sie keine Angst vor Dunkelheit hatte oder vor engen Räumen. Oder davor, sich metertief (kilometertief?) unter der Erde zu befinden.

Allein mit dem misslaunigsten Mann, der ihr je untergekommen war.

Ein Rumpeln ertönte, und der ganze Tunnel vibrierte. Cesca kreischte erschrocken auf, hielt sich aber sogleich den Mund zu. Es dauerte nur ein paar Sekunden, dann war's vorbei.

Nico war sogleich zu ihr zurückgerannt.

»Sorry«, quiekte sie, »das … das hat mich jetzt echt erschreckt.«

Nicos Stirnlampe blendete sie. »Das war bloß die U-Bahn, keine Sorge.«

»Ach so. Es hat mich einfach überrascht, ich hab nicht damit gerechnet.«

»Nein.«

Er zögerte, dann wandte er sich wieder ab und ging weiter.

»Und wohin führt dieser Tunnel?«, erkundigte sie sich.

»Das ist eine Überraschung.« Es hörte sich an, als würde er grinsen.

»Und was ist das da hinten?«, erkundigte sie sich und blieb an einer Abzweigung stehen, die sich rechts von ihr auftat.

»Wissen wir noch nicht. Das muss erst noch untersucht werden.«

»Der Tunnel macht eine Krümmung, als ob er fast in dieselbe Richtung wieder zurück läuft.«

»Cesca, komm weiter. Dieser Tunnel hier ist sicher, alles andere aber nicht. Wart's ab. Du wirst dich freuen, wenn du siehst, was …«

»Aber …« Sie runzelte die Stirn, dann knipste sie ihre Stirnlampe aus. Ja, tatsächlich, da war was. Eine Art Licht, ein unmerklicher Schein, der nie und nimmer zu sehen gewesen wäre, wenn hier nicht Stockfinsternis geherrscht hätte.

Nico stand noch an derselben Stelle. Er schüttelte den Kopf. »Cesca, da geht's nirgends hin, zumindest nicht, bevor wir alles abgesichert haben.«

»Aber wieso denn nicht? Dieser Teil des Tunnels ist doch auch sicher und in ausgezeichneter Verfassung. Relativ, meine ich.«

»Aber das muss nicht heißen, dass der dort auch in Ordnung ist. Ich hab's doch schon gesagt, wir müssen uns das erst mal mit den 3D-Scannern ansehen. Mit bloßem Auge mag es gut aussehen, aber das muss nicht so sein. Und jetzt komm.« Er setzte sich ungehalten in Bewegung.

»Aber es kommt gleich von da um die Ecke«, beharrte sie. »Es ist nicht weit, und der Weg ist frei, das kann ich sehen – kein Schutt, keine Einstürze … glaube ich jedenfalls.«

»Hier entlang«, sagte Nico bestimmt. Er ging weiter, überzeugt davon, dass sie ihm folgen würde. Aber da kannte er sie schlecht.

Sie war schon fast bei der Biegung angekommen, als er merkte, dass sie ihm nicht folgte.

»Cesca!« Mit laut hallenden Schritten rannte er ihr hinterher, dabei hüpfte der Strahl seiner Stirnlampe auf und ab. »Was zum Teufel machst du da?« Er packte sie zornig beim Arm, sodass sie stehen bleiben musste. »Hast du auch nur eine Ahnung, wie leichtsinnig das ist? Das ganze Zeug hier könnte jeden Moment auf uns runterkrachen.«

»Wenn du weiter so brüllst, vielleicht schon«, meinte Cesca trotzig. »Außerdem, wenn's zweitausend Jahre gehalten hat, wird's ja wohl noch ein paar Tage länger halten.«

»Es hat zweitausend Jahre gehalten, weil es von niemandem gestört wurde. Du hast kein Recht, hier überall reinzukriechen. Du dürftest gar nicht hier unten sein. Ich hab dich nur mitgenommen, weil …« Er brach ab und verstummte. Sein Atem ging keuchend.

»Ja? Warum hast du mich denn überhaupt mitgenommen?«, giftete sie. »Nico?«

Er starrte sie wortlos an. Dann schüttelte er den Kopf. »Das war ein Fehler. Wir kehren um und gehen wieder zurück.« Er wandte sich zum Gehen.

»He, da war schon jemand vor uns«, rief Cesca überrascht aus.

Er blieb stehen und schaute sich stirnrunzelnd, ja fast böse zu ihr um. »Was?«

Sie deutete zur Decke. »Da ist ein Zugang, glaube ich … Ich höre Stimmen.«

»Was? Wo? Lass sehen.« Er drängte sich an ihr vorbei und richtete den Strahl seiner Stirnlampe nach oben. Tatsächlich befand sich nicht weit über seinem Kopf ein Loch, das nach oben führte. Es war mit einem Brett oder einer Klappe abgedeckt. An der Wand bildeten Metallgriffe eine Art Leiter. Nico streckte sich und hängte sich an die untersten Griffe, um ihre Festigkeit zu prüfen. Sie knirschten, Staub rieselte herab. Er blickte sich zu ihr um. »Zurück, los, geh ein Stück zurück.«

»Aber …«

»Cesca, das ist keine Bitte. Los, zurück.«

Sie wagte es nicht, noch einmal zu widersprechen, und wich gehorsam ein Stück zurück.

»Noch weiter.«

Sie wich etwa zehn Meter zurück und verharrte in der feuchten Finsternis. »Was hast du vor?«

»Ich will sehen, wo's da hingeht, was sonst. Falls alles einbrechen sollte, gehst du den Weg zurück, den wir gekommen sind. Klar? Folge einfach der Schnur.«

»He, vielleicht war das doch keine so gute Idee.« Ihr gefiel das Ganze plötzlich überhaupt nicht mehr. Immer mehr Steinchen kamen von oben herabgerieselt. Noch waren es nur kleine, aber hatte er nicht erwähnt, wie bröselig das alles im Laufe der Jahrtausende geworden sei? Die U-Bahn hatte sich angehört, als würde sie in unmittelbarer Nähe vorbeidonnern, und dazu diese Vibrationen … Das war wahrscheinlich auch die Ursache für den Einbruch, für die Sinkhöhle. Die Wände dieses Tunnels waren möglicherweise papierdünn … Er hatte recht. Was zum Teufel dachte sie sich dabei, hier rumzuschnüffeln, wie es ihr beliebte? Als wäre das ein Abenteuer der Fünf Freunde. »Es tut mir leid, okay? Komm, lass uns wieder …«

Aber er hievte sich bereits mit einem Ächzen hinauf. Der Strahl seiner Stirnlampe verfing sich in dem Loch und reichte jetzt nur noch als unbestimmter Schein zu ihr nach unten. Sie hörte das Klirren seiner mit Nägeln beschlagenen Stiefel, als er sich vorsichtig von Sprosse zu Sprosse hochhangelte und dabei immer erst den Halt der Stange prüfte, ehe er ihr sein Gewicht anvertraute.

»Nico?«

Keine Antwort. Er war außer Sicht. Auch seine Stiefel waren nicht mehr zu vernehmen. Sie hörte ihn abermals ächzen und etwas hochstemmen, wie ihr schien. Sie warf einen ängstlichen Blick zurück, aber hinter ihr war nichts als Dunkelheit, der Strahl ihrer Lampe zeigte nur das Nichts. Was auch sonst? Sie befanden sich schließlich in einem geheimen Tunnel. Da war Einsamkeit garantiert. Trotzdem war es unheimlich, so ganz allein hier unten herumzustehen.

Als sie sich wieder umdrehte, war der Schein seiner Stirnlampe verschwunden. »Nico, wo bist du?« Sie trat ein paar Schritte näher. »Nico …?«

»Ich bin hier.«

Cesca blieb unter dem Zugangstunnel stehen und blickte nach oben. Nico lag weiter oben im Dunkeln auf dem Bauch und blickte zu ihr hinab. »Komm rauf.« Er packte ihr Handgelenk, und sie ließ sich von ihm hochziehen, bis sie die unterste Sprosse erreichte.

»Pass auf bei der zweiten Sprosse, die ist ziemlich lose«, warnte er sie. Wie auf Kommando rieselten ein paar Steinchen herab.

Sie machte sich beim Hochklettern so leicht, wie sie konnte, und ihr Herz schlug dabei einen Wirbel wie eine Marschtrommel. Nico half ihr halb aus dem Loch. Sie blickte sich, in Schulterhöhe aus dem Einstieg ragend, interessiert in dem finsteren kleinen Raum um. Es schien sich um einen Keller zu handeln: Es roch feucht und staubig, und es gab zahlreiche Regale, in denen Weinflaschen lagerten, von denen sie angestarrt wurden wie von den fluoreszierenden Augen eines nachtaktiven Tieres. Unmittelbar über ihren Köpfen donnerten Schritte hinweg und Stimmen erklangen; eine Tür vibrierte ratternd in ihrem Rahmen.

Nico schritt bereits die Ecken ab. Er nahm eine Flasche Chianti heraus und begutachtete das Schildchen.

»Wo sind wir hier?«, fragte sie verblüfft. In diesem Moment wurde unmittelbar hinter der Kellertür ein lauter Ruf ausgestoßen. Cesca schnappte erschrocken nach Luft. Im nächsten Moment wurde die Tür aufgestoßen, und eine Gestalt zeichnete sich im Rahmen ab. Nico rutschte aus Versehen die Weinflasche aus der Hand, die auf dem Steinfußboden in tausend Scherben zersprang. Ein spitzer Schrei ertönte. Das Licht wurde angeknipst und blendete sie.

»Francesca?«

Cesca schaltete hastig ihre Stirnlampe aus und blickte hoch.

»Signora Accardo?«

Dinner hatte heute zwar nicht auf dem Plan gestanden, aber genauso wenig ein Einbruch in die Osteria der Accardos. Außerdem bestand Signora Accardo darauf, sie nach dem Schreck zu bewirten, und sie war eine Frau, der man nicht so leicht widersprach.

Sie mussten drinnen Platz nehmen, da draußen bereits sämtliche Tische besetzt waren. Cesca schaute sehnsüchtig zum sich gemächlich drehenden Deckenventilator hinauf, aber er verschaffte ihr kaum Kühlung. Sie kam um vor Hitze in dem dicken Arbeitsoverall. Vielleicht sollte sie rasch nach Hause laufen und sich umziehen, sie wohnte ja nur fünfzig Meter von hier …

Nico, der darauf bestand, die zerbrochene Flasche zu ersetzen, hatte noch eine weitere bestellt und hielt sich nun am Stiel seines Weinglases fest, während er sich grimmig in der düsteren kleinen Osteria umsah. Er sprach kein Wort, und sie wusste, dass er sauer auf sie war, weil sie sich seinen Anweisungen widersetzt und auf eigene Faust Erkundungen angestellt hatte. Er war nervös und ungeduldig, wie sie merkte, wollte dringend mit Signora Accardo über die Tunnel reden, aber die war mit der Bedienung ihrer Gäste beschäftigt. In regelmäßigen Abständen kam sie an ihrem Tisch vorbeigewuselt und nickte ihnen zu, als wolle sie sagen, *ich komme ja gleich, ich komme gleich …*

»Tja, was für ein Abenteuer«, bemerkte Cesca, um das Gespräch in Gang zu bringen. »Wer hätte gedacht, dass der Tunnel ausgerechnet hierher führt, was?«

Er musterte sie mit undurchdringlichen dunklen Augen. »Irgendwohin musste er ja führen.«

»Ja, aber … Glaubst du, Signora Accardo hat davon gewusst?«

»Natürlich hat sie davon gewusst. Wie denn nicht? Die Bodenklappe befand sich doch direkt in ihrem Keller.«

»Ja, aber die meisten Leute kümmern sich doch nicht um so was, oder? Sie halten es für einen Zugang zur Kanalisation und achten nicht weiter darauf. Und irgendwann haben sie es ganz vergessen …« Ihr war selbst bewusst, dass sie nervös vor sich hin plapperte.

»Ja, ja, ich kann's mir vorstellen«, fuhr er sie an.

Cesca ließ die Schultern hängen. »Hör zu, es tut mir leid. Ich hätte nicht einfach so auf eigene Faust losgehen sollen.«

»Nein, allerdings nicht«, schoss er mit blitzenden Augen zurück.

»Aber es ist doch alles gut gegangen, oder?«

»Das war reines Glück«, entgegnete er hitzig. »Du hast Wahnsinnsglück gehabt, dass dir nichts passiert ist.«

»Okay, sorry, ich seh's ein.« Sie wandte den Blick ab. Warum musste ihr sein Zorn nur immer so an die Nieren gehen? Sie hasste das.

»Nein, das glaube ich nicht. Glaubst du denn, dass diese Sicherheitsvorschriften nur so zum Spaß gemacht wurden? Glaubst du, ich hätte nicht schon Leute verloren, weil sie dachten, sie wüssten alles besser? Du hättest umkommen können, Cesca. Wir beide.«

»Okay, Nico! Ich hab's ja kapiert! Wie oft soll ich es noch sagen? Es tut mir leid, es tut mir leid!« Sie lehnte sich zerknirscht und gedemütigt zurück, hatte das Gefühl, gerade einen Hagel von Schlägen bekommen zu haben. »Herrgott, ständig bist du sauer auf mich.«

»Ja! Weil …« Er stockte, wandte den Blick ab. Sein Zeigefinger trommelte gegen das Glas.

»Weil … was?« Sie zog die Augenbrauen hoch. »Weil's dir Spaß macht?«

Signora Accardo erschien mit zwei vollen Tellern, die sie vor sie hinstellte. »Bitte. *Osso bucco.*« Sie zog sich einen Stuhl heran und setzte sich zu ihnen.

Cesca lächelte kläglich. Nicos Zorn hatte ihr komplett den Appetit verdorben, und ihr war ohnehin viel zu heiß in diesem schweren, klobigen Kleidungsstück. Könnte sie nicht einfach nur einen schönen Salat bekommen?

»Danke, Signora. Das riecht köstlich«, sagte Nico, und sein Gesicht hellte sich auf. »Bitte – ich weiß, dass Sie sehr beschäftigt sind, aber könnten Sie uns etwas über diesen Tunnel erzählen? Wussten Sie davon?«

»Natürlich! Er wurde im Krieg als Luftschutzkeller benutzt.«

»Sind Sie selbst je unten gewesen?«

»Ich? Nein. Aber Umberto … er hat dort eine Zeitlang, äh, Pilze gezüchtet …«, gestand Signora Accardo betreten.

Nico, der Cescas Frage vorausahnte, erklärte ihr: »Derartige Pilzfarmen waren natürlich illegal, wurden aber zuhauf in den unterirdischen Tunneln eingerichtet. Nicht nur in Rom, auch in anderen alten Städten Europas, in den Katakomben von Paris, beispielsweise. Dunkelheit und Feuchtigkeit boten ideale Zuchtbedingungen und waren außerdem schwer auffindbar für die Behörden. Aber in den Achtzigerjahren wurden einige große Razzien durchgeführt, und danach lohnte sich das Geschäft nicht mehr.«

»Und seitdem … warum sollte man noch da runtergehen?«, meinte Signora Accardo achselzuckend. »Dunkel, schmutzig, kalt.«

»Wann war Ihr Mann das letzte Mal in den Tunneln?«, erkundigte sich Nico und nahm ein Stück Fleisch auf die Gabel.

»Er ging nicht mehr runter, es kam nur noch ab und zu jemand herauf.«

»Wer denn?«

Signora Accardos Blick huschte hinaus auf die Piazzetta.

»Vom Palazzo?«, riet Nico.

»Die Prinzen. Als Kinder sind sie ständig da unten herumgestreunt. Wir konnten sie manchmal vom Keller hören.« Sie schüttelte schmunzelnd den Kopf. »Sie schlichen sich auf diesem Weg aus dem Palast, ohne dass es einer merkte. Wir haben sie nicht verraten.«

»Vito kannte also die Gänge?«, hakte Cesca nach. »Interessant. Elena sprach nur von dem Servicetunnel.«

»Das stimmt. *Dieser* Tunnel« – Signora Accardo stampfte leicht mit dem Fuß auf – »wurde vor achtundzwanzig Jahren vom Visconte selbst zugemauert. Das war nach dem Tod seines Bruders.«

Nico runzelte die Stirn. »Und wieso?«

Sie zuckte die Achseln. »Die Erinnerungen waren wohl zu schmerzhaft.«

»Aber es bestand doch gewiss auch ein Sicherheitsrisiko für den Palast«, warf Cesca ein. »Wenn die Prinzen unbemerkt rauskonnten, konnte doch sicher auch jemand unbemerkt eindringen? Und im Palast befindet sich schließlich eine der kostbarsten Kunstsammlungen Europas.«

»Wohin führen die Tunnel, wissen Sie das?«, erkundigte sich Nico interessiert.

»Überallhin. Einige in den Garten …«

Nicos Blick huschte zu Cesca.

»… und einige auch zur Piazzetta.«

»Sie meinen, es gibt noch mehr Gebäude mit Zugang zu den unterirdischen Gängen?«, wollte Cesca wissen.

»Ja, natürlich.« Signora Accardos Blick verdüsterte sich. »Unter deinem Haus, zum Beispiel.«

»Unter meinem?« Dann musste der Zugang in Signora Duttis Räumen liegen, da sie das Erdgeschoss bewohnte.

»Den Damianis gehören bis heute alle Häuser an der Piazzetta Palombella.«

»Das wusste ich nicht«, gestand Cesca verblüfft.

Signora Accardo zuckte die Schultern und rieb sich die Hände an ihrer Schürze ab. Draußen winkte ein junges Pärchen nach ihr. »Esst. Ich bringe später *secondi*.« Damit erhob sie sich und ging.

»Also, das war ziemlich interessant, was?« Cesca blickte ihr nach.

»Ja.«

»Aber du siehst trotzdem enttäuscht aus.«

»Nur weil die Tunnel doch nicht so unberührt sind, wie ich gehofft hatte.«

»Du meinst vom archäologischen Gesichtspunkt?«

Er zuckte nur die Achseln.

»Na, wenigstens kannst du sie jetzt in deine tolle 3D-Mappe aufnehmen. Und die Löcher stopfen.« Sie lachte über ihren kleinen Scherz.

Nico starrte sie unverwandt an.

Sie wurde verlegen. »Was ist?«

Er wandte kopfschüttelnd den Blick ab, schaute hinaus zum Palazzo. »Nichts.«

Sie seufzte frustriert. »Doch, du hast doch was, ich weiß es genau. Wie du mich ansiehst … als ob du … mich nicht leiden könntest.«

»Ach, Unsinn. Es ist nur …« Er stockte, seufzte frustriert. »Ich verstehe dich einfach nicht.«

»So, wie du meine Kleidung nicht verstehst?«, fragte sie spitz.

Er beugte sich jäh über den Tisch zu ihr hin. »Du kannst nicht sagen, was du neulich gesagt hast, und glauben, dass es egal ist«, zischte er. »Was soll ich denn davon halten, Teufel nochmal?«

Sie stöhnte. »Mann! Ich hab mich doch deswegen schon entschuldigt. Du nervst eben. Wie du es mir gerade mal wieder beweist. Ich war betrunken. Ich wusste nicht, was ich rede.«

»Das nicht.«

»Was dann?« Wie er sie ansah … Cesca erstarrte. Kalte Finger schienen über ihre Haut zu krabbeln. »Was habe ich denn gesagt, Nico?«

»Du hast gesagt …« Er holte tief Luft und hielt den Atem an. »Du hast gesagt, dass du jemanden getötet hast.«

Cesca blieb die Luft weg, und der Raum geriet ins Schwanken, der Ventilator über ihr dröhnte auf einmal so laut wie ein Düsenflugzeug. Sie schlug die Augen nieder, blickte überallhin, bloß nicht auf ihn und auf den Ausdruck auf seinem Gesicht.

»Cesca? Das ist doch Unsinn. Ich kann es nicht glauben. Warum sagst du so was?«

Sie zitterte am ganzen Leib, ihre Augen füllten sich mit Tränen. Es war ein langer, harter Tag gewesen. Sie war müde. Das war einfach alles zu viel. »Hab ich gar nicht. Wieso sollte ich so was sagen?«

»Cesca, du hast es gesagt.«

»Nein, hab ich nicht. Das weiß ich ganz genau«, widersprach sie. Sie sprang so heftig auf, dass ihr Stuhl umkippte, und rannte davon, aber nicht hinauf zu ihrer kleinen Wohnung, denn dort hätte er ihr nachgehen können, sondern um die Ecke, wo sie im Gewirr der kleinen Gassen untertauchen konnte. Wo sie niemand fand.

Sie wusste, dass sie das nicht gesagt haben konnte. Denn es stimmte nicht.

Sie hatte nicht nur *jemanden* getötet. Es waren zwei Personen, die sie auf dem Gewissen hatte.

30. Kapitel

Rom, Mai 1982

»Ist das dort in der dritten Reihe nicht Phillipe Santana?«, bemerkte Vito leise.

Elena musste nicht erst den Hals recken, um ihn sehen zu können. Von der Loge der Damiani hatte man einen perfekten Überblick. Aber sie sah gar nicht richtig hin. Der Zweck der Loge war es schließlich, dass man gesehen wurde. Nicht, dass man sich selbst den Hals verrenkte. »Ja?«

»Glaube schon.« Er schwieg einen Moment. »Ich dachte, sie wären in Verona.«

»Wie das?«

»Wegen der feindlichen Übernahme. Ich hab dir doch davon erzählt.«

Sie rutschte unbehaglich auf ihrem Platz hin und her. »Ja, natürlich.«

»Wir sollten versuchen, nachher kurz mit ihnen zu reden.«

»Hm.«

Die Lichter gingen aus, und der Vorhang hob sich. Die Menge verstummte bei den ersten Geigenstrichen des Orchesters.

»Möchtest du das Programm?«, erkundigte er sich und beugte sich zu ihr vor.

»Es ist *Così fan tutte*, Vito, das kenne ich auswendig«, erwiderte sie seufzend. »Besser jedenfalls als diese Sopranistin da unten.«

Die Bühnenbeleuchtung wurde heller, und Elena neigte stumm den Kopf, wie sie es immer tat, wenn es etwas zu erdulden galt. Sie hatte die Kunst des Stillsitzens mittlerweile so perfektioniert, dass sich nichts mehr bei ihr regte, außer ihr Herzschlag – was ironisch war, da gerade dieses Organ seit anderthalb Jahren wie tot war. Manchmal hatte sie das Gefühl, sich in einem Winterschlaf zu befinden wie ein Braunbär und ihren Herzschlag auf das Allernötigste reduziert zu haben, lebendig, aber doch nicht ganz wach.

Hinter ihr ging diskret die Tür auf und schloss sich wieder. Vito legte eine kleine Toilettenpause ein, was ihm während der Pausen unmöglich war, weil da jeder mit ihm reden wollte; ein Lichtstrahl fiel kurz herein und auf ihren Sessel, auf einen Teil des Balkongeländers.

Sie ließ ihre Gedanken schweifen, achtete nicht auf Despinas Kapriolen unten auf der Bühne. Sie dachte an den morgigen Tag und was geplant war. Ein Treffen mit dem Roten Kreuz zur Besprechung von Hilfsmaßnahmen in der sich verschärfenden Äthiopienkrise. Lunch mit ihrem Verlegerfreund, Max Everstein, der sie bestimmt wieder anflehen würde, ihm zu erlauben, eine Biografie über sie zu veröffentlichen – was sie, wie sie beide wussten, wie immer ablehnen würde. Dann um fünfzehn Uhr eine Anprobe bei Mr Armani für die AIDS-Benefizveranstaltung im nächsten Monat; um neunzehn Uhr Drinks mit Christina und Sigmundo, danach ein Dinner mit dem neuen amerikanischen Botschafter in Rom. Sie hoffte, dass Maria ihr den weißen Hosenanzug rausgehängt hatte; er musste immer erst ein paar

Stunden aushängen, ehe man ihn tragen konnte. Sie würde sie bei der Rückkehr danach fragen.

Sie legte den Kopf auf die andere Seite. Ob Vito wohl heute Nacht zu ihr kommen würde? Hoffentlich nicht. Heute war schließlich Donnerstag, da kam er fast nie. Seine bevorzugten Tage waren Dienstag, Freitag und Sonntag. Aber seit einiger Zeit machte er sich Sorgen, weil sie noch immer nicht schwanger geworden war. Er hatte sie in letzter Zeit ein paarmal mit Besuchen überrascht – und auch mit ungewöhnlichen Stellungen –, denn er war der Meinung, es könne möglicherweise daran liegen, dass sie beim Sex nur noch selten zum Höhepunkt kam. Mit der Tatsache, dass sie mittlerweile fast siebenunddreißig war, hatte es natürlich nichts zu tun …

Ob Vito schon die Weinkarte für das Dinner am Samstag in einer Woche ausgewählt hatte? Der Koch konnte sich erst festlegen, wenn er die Weinkarte kannte, und das Essen musste morgen bestellt werden. Eine Dinnerparty für siebzig Personen ließ sich schließlich nicht einfach so aus dem Ärmel schütteln.

Und wie waren sie mit Cannes verblieben? War die Jacht schon aus Mustique hergebracht worden? Denn falls nicht, hätte es wohl wenig Zweck …

Ein überraschender Duft stieg ihr in die Nase, und sie schnupperte wie ein Hund, der Witterung aufnahm. Sie drehte den Kopf ganz leicht zur Seite. Was war das?

Auf der Bühne alberten ein paar junge Frauen herum, aber sie achtete nicht auf sie. Es war, als ob sich dröhnend eine Stille über sie gesenkt hatte, ihre anderen Sinne jedoch gleichzeitig um ein Vielfaches schärfer wurden als zuvor. Farben erschienen hell und grell, sie spürte jede Wollfaser ihres Polstersessels unter ihren Schenkeln, den Apfelgeschmack des Proseccos, den sie zuvor getrunken hatte, auf der Zunge. Sie roch Shalimar und Poison und Zigaretten; und einen Hauch von Zimt und Leder.

Sie zuckte zusammen, erstarrte zur Salzsäule. Sie spürte seinen Blick wie Hunderte von krabbelnden Fingern, am ganzen Körper und auch im Haar.

Die Tür ging auf, und Vito ließ sich mit einem diskreten Hüsteln leise auf seinen Sessel sinken, der ein wenig hinter dem ihren stand. Er war immer so höflich und zuvorkommend.

Ohne den Kopf zu bewegen, zuckte ihr Blick über die Zuschauerreihen, hielt Ausschau nach dem Gesicht, von dem sie jede Nacht träumte und das sie dennoch jeden Tag sah. Das Gesicht, in das sie sich auf den ersten Blick verliebt hatte. Und auch auf den zweiten.

Er saß im ersten Rang, ungefähr gegenüber, aber nicht ganz, und seine Augen brannten sich in die ihren. Sie erfasste alles mit einem Blick – seinen Zorn, seine Lust, seine Verzweiflung darüber, dass alles, selbst nach anderthalb Jahren, noch genauso war wie zu Anfang. Nichts hatte sich geändert. Sein Opfer war umsonst gewesen.

Er war tief gebräunt, wie Elena auffiel. An seiner Seite saß eine Blondine in einem mitternachtsblauen Chiffonkleid. Sie beugte sich zu ihm und flüsterte ihm etwas ins Ohr. Er musste den Blickkontakt lösen, um sich auf sie konzentrieren zu können. Elena hatte das Gefühl, plötzlich aus großer Höhe abzustürzen. Sie fühlte sich innerlich leer und hohl, wurde von Panik ergriffen. Beide befanden sich in einer festgefahrenen, ja ausweglosen Situation, wurden von Kräften zerrissen, die sie nicht loslassen wollten.

Denn sie war der Grund, warum er gegangen war.

Und er war der Grund, warum sie geblieben war.

»Darling, du bist heiß wie ein Backofen.« Vitos Hand lag kühl auf ihrer Stirn.

»Ich weiß, ich … es tut mir leid.«

»Sei nicht albern.« Er beugte sich vor und gab ihr einen zärtlichen Kuss auf die trockenen Lippen. »Du kannst doch nichts dafür. Wir können ein andermal gehen. Ich werde anrufen und absagen. Sie werden das verstehen.«

»Nein!« Sie lächelte zerknirscht. »Nein, geh du, du solltest wirklich gehen. Wir müssen ja nicht beide den Spaß versäumen. Sicher hat er jede Menge zu erzählen. Und ihr habt euch so lange nicht mehr gesehen. Außerdem weiß man nie, wann Aurelio wieder verschwinden wird. Trefft euch, solange ihr die Gelegenheit dazu habt.«

Vito ließ sich auf die Bettkante sinken. »Aber ich will dich in diesem Zustand nicht allein lassen.«

»Ach, mir geht es gut. Ich habe ja Maria. Die kümmert sich um mich.«

»Na gut… wenn du dir sicher bist.« Er musterte sie zweifelnd.

»Das bin ich.« Sie drückte seine Hand. »Außerdem musst du mir alles über seine neue Flamme erzählen. Aber dass du dich ja nicht auch noch in sie verliebst!«, scherzte sie.

Er lachte leise. »Als ob es für mich je eine andere geben könnte.« Er gab ihr einen Kuss auf die Stirn.

»Glaubst du, es ist was Ernstes?«

Vito seufzte. »Vielleicht, wer weiß. Er hat sich bisher jedenfalls noch nie die Mühe gemacht, mir eine seiner Freundinnen vorzustellen. Vielleicht hat sie ihn ja gezähmt. Irgendwann muss das schließlich mal geschehen.«

»Lassen sich Tiger überhaupt zähmen?«, scherzte sie.

Er tätschelte ihre Hand und erhob sich. Er sah wieder

einmal fabelhaft aus, in einem blassgrauen Jackett von Zegna und marineblauen Gabardinehosen, ein marineblaues Pünktchentaschentuch in der Brusttasche. »Ich bleibe nicht lang.«

»Ach, lass dir ruhig Zeit. Ich werde sowieso in einer Stunde eingeschlafen sein.«

»Kein Wunder, dass du völlig erschöpft bist. Du hast dich in letzter Zeit wie eine Besessene verausgabt.«

»Tja … das wird mir eine Lehre sein.«

Die Tür fiel hinter ihm zu, und sie lauschte seinen sich entfernenden Schritten, die entweder laut (auf Parkett) oder gedämpft (auf Teppichboden) an ihr Ohr drangen. Daran konnte sie erkennen, in welcher Galerie er sich gerade befand. Schließlich wurde es still.

Sie starrte zur Decke, auf der sich ein Fresko befand, mit dicken Putten, die sich auf einem Bett aus rosa Wölkchen rekelten – sie konnte es nicht ausstehen.

Sie drehte sich seufzend zur Seite und starrte durch die Fensterfront nach draußen, auf den gegenüberliegenden Westflügel. Der seit drei Tagen dunkel geblieben war, seit drei *langen* Tagen. Er hatte seine Rückkehr zunächst vor Vito geheim gehalten, war nach der Oper sogleich verschwunden und hatte sich nicht mehr gemeldet. Bis er gestern auf einmal anrief und sie fröhlich zum Dinner in das Apartment seiner neuen Freundin, Milana Novelli, einlud, die auf dem Aventin lebte, einem der sieben Hügel Roms. Sie war Anfang/Mitte zwanzig und feierte gerade einen Achtungserfolg mit einer Nebenrolle im neuesten Fellini-Film.

Elena schloss die Augen, und eine einzelne Träne kullerte auf ihren Kissenbezug von *Frette*. Glaubte er ernsthaft, sie würde kommen und sich sein neues Liebesglück ansehen?

Würde ihm gegenüber an einem Tisch sitzen und zusehen, wie sich Milanas schlanke, faltenlose junge Hand auf seinen Oberschenkel stahl?

Wahrscheinlich nicht. Sie wusste ebenso gut wie er, was das alles in Wahrheit zu bedeuten hatte: eine Absichtsbekundung. Er hatte den Fehdehandschuh geworfen. Milana war eine schöne Ablenkung, die schönste, die es derzeit auf dem Markt gab. Sie mussten ganz einfach Distanz gewinnen. Er hatte recht. Er musste es tun. Sie wollte es nicht anders.

Aber gefallen musste es ihr deshalb noch lange nicht.

31. Kapitel

Rom, August 2017

So langsam bekam Cesca jedes der fast tausend Zimmer des Palazzos zu Gesicht. Das heutige Interview würde in Elenas Privatgemächern stattfinden, die sie bisher noch nie betreten hatte. Der »weiße Salon« war, wie sich herausstellte, nicht ihr eigentliches Wohnzimmer, sondern eher so etwas wie ein Empfangszimmer für Gäste.

Es war auf den ersten Blick klar, dass sich hier ihr inneres Sanktum befand. Durch einen Türspalt erhaschte Cesca einen Blick auf Elenas Schlafzimmer und auf ein prächtiges Napoleon-Bett mit einem zeltartigen Baldachin. Ihr privates Wohnzimmer war in weichen Pastellfarben gehalten: enteneierblaue Seidentapeten, hellgraue Vorhänge und blassrosa Sofas. Cesca kam es wie ein Traum vor. In einer hohen, schlanken Lalique-Vase stand ein Strauß altmodischer Rosen, und überall im Raum waren Gruppen von Schwarzweißfotos in glänzenden Silberrahmen aufgestellt. Auf einer großen, quadratischen, mit Troddeln behängten Ottomane lag ein Stapel Bildbände: *Richard Avedon, Royal Gardens of England, Bulgari-Juwelen, Delfter Porzellan, Modernes Wohnen in Paris …* Dieser Raum war ebenso unerwartet wie der weiße Salon, er war mehr ein Statement über Elena als über das Gebäude, das ihn beherbergte. Ein Raum wie dieser hätte sich ebenso gut im Londoner Chelsea oder an der Upper East Side von Manhattan befinden können – geschmackvoll, sanft und diskret. Ihm fehlte die überbordende Opulenz der barocken Säle des Palazzos, und Cesca hatte das Gefühl, hier leichter atmen zu können. Hier lauerte nicht hinter jeder Marmorstatue, jedem Gemälde oder jedem Gobelin ein Geheimnis. Die waren an diesem Zufluchtsort ausgesperrt worden.

Elena saß mit einer Kaschmirdecke über den Knien auf dem Sofa, obwohl draußen fast dreißig Grad herrschten. Sie trug eine weiche helle Hose und einen leichten marineblauen Pulli. Sie habe sich erkältet, erklärte sie. »In meinem Alter kann man sich beim geringsten Anlass eine Erkältung zuziehen, wirklich lästig«, bemerkte sie, während Alberto den Tee servierte.

»Also, wo sind wir jetzt?«, erkundigte sie sich und warf einen flüchtigen Blick auf die Fotos, die Cesca vor ihr auf dem Tisch ausgebreitet hatte.

Cesca lächelte. »Vito.«

Elena ließ sich aufatmend in die Kissen zurücksinken. »Endlich!« Sie strahlte. »Darling Vito. Als mein Leben erst richtig begann. Alles davor war nur die Generalprobe.«

Cesca lehnte sich ebenfalls gemütlich zurück. Tee und ein Schwätzchen – kaum zu glauben, dass sie dafür auch noch bezahlt wurde. »Erzählen Sie mir, wie Sie einander begegnet sind.«

»Formell an Weihnachten. 1980. Ja, ich erinnere mich, dass es 1980 war, weil Yves gerade seine Djagilew-Kollektion herausgebracht und ich mir fast jedes Teil davon gekauft hatte.« Sie schüttelte reumütig den Kopf. »Ich bin sonst eigentlich nicht so verschwenderisch.«

»Er scheint die Liebe Ihres Lebens gewesen zu sein, so wie es sich anhört.«

»Wer? Yves?«, scherzte Elena und lachte.

»Vito«, grinste Cesca. »Hat es sofort gefunkt?«

»Ach, es war Liebe auf den ersten Blick, Francesca! Wenige Wochen später waren wir verheiratet. Wir sind nach Venedig durchgebrannt. Wir konnten es nicht abwarten zu heiraten, wissen Sie.«

»Was, Sie sind durchgebrannt? Da muss er Sie ja wirklich von den Füßen gerissen haben. Und wo fanden die Flitterwochen statt?«

»Auf Mustique. Lord Snowdon, ein guter Freund, hat uns freundlicherweise seine Villa zur Verfügung gestellt. Das war so reizend von ihm.«

Cesca runzelte die Stirn. »Hm, davon gibt es gar keine Fotos – jedenfalls habe ich keine in den Schachteln gefunden, und ich bin inzwischen bis 1985, 1986 vorgedrungen.«

»Eigenartig. Ich werde Alberto bitten, noch einmal nachzusehen«, meinte auch Elena stirnrunzelnd. »Der Archivar hat sie möglicherweise woanders aufbewahrt, obwohl ich mir keinen Grund dafür denken kann … Ach, hoffentlich sind sie nicht verschwunden, das wäre wirklich schade.«

»Bestimmt nicht. Ich werde nochmal sämtliche Schachteln durchforsten, vielleicht habe ich ja eine Mappe übersehen. Der Archivar war unglaublich gewissenhaft. Alles wurde in separaten, mit Datum versehenen Umschlägen abgelegt.«

»Nun, er wurde ja auch gut dafür bezahlt. Ehrlich, es war ein Martyrium.« Sie schloss kurz die Augen. »Ich musste über jedes einzelne Jahr Rechenschaft ablegen: wo wir wann waren und so weiter. Können Sie sich das vorstellen?«

Bei einer Globetrotterin wie Elena? Nein. »Wie haben Sie das denn hingekriegt?«

»Ich musste meine alten Tagebücher zu Rate ziehen. Das war eins der wenigen Dinge, auf denen Mutter immer bestand: dass ich jeden Abend festhalte, was ich an dem Tag gemacht hatte. Sie meinte, es würde irgendwann einmal von historischer Bedeutung sein. Aber ich fürchte, sie hat die Bedeutung unserer Familie überschätzt.«

Cesca horchte auf. »Sie besitzen Tagebücher? Aber das ist wundervoll, wir …«

»Himmel, nein, die können Sie auf keinen Fall verwenden«, blockte Elena sogleich ab. »Sie würden sterben vor Langeweile, wenn Sie sich das durchlesen müssten. Nichts als das Gekritzel eines reichen kleinen Mädchens, das eines Tages Prinzessin wurde.«

»Sie sagen es!«

»Nein, nein, Sie schmeicheln mir, aber das wollen die Leute nicht lesen – die Alltagstrivialitäten. Menschen wie ich haben nicht das Recht, sich zu beklagen, Francesca. Wer das große Los gezogen hat, beschwert sich nicht. Alles andere wäre geschmacklos.«

Das sah Cesca ein – wer hätte schon Mitleid mit jemandem, dem auf der Luxusjacht die Milch ausging. Trotzdem würde das Buch dringend eine Art Gegengewicht brauchen, oder es würde nur eine unrealistische, zuckersüße, ichbezogene Schwärmerei, die ihnen kein Leser abkaufen würde. Sobald sie mit den Foto-Interviews fertig und einen groben Überblick über Elenas Leben gewonnen hatte, würde sie sich ernsthaft hinsetzen und mit der Überprüfung der Fakten beginnen müssen. Die Tagebücher wären ihr dabei natürlich eine unschätzbare Hilfe, würden den Hintergrund liefern, den sie brauchte, um der Wahrheit ein Stück näher zu kommen. Das Problem mit Lebenserinnerungen, die teilweise weit zurücklagen, war, dass man dazu neigte, das Ganze durch die rosa Brille zu betrachten.

»Ich finde wirklich, dass es sich lohnen würde, wenn Sie mir einen Einblick in Ihre Tagebücher gewähren würden, Elena. Sicher stehen darin jede Menge Anekdoten, die Sie vielleicht vergessen haben und die dem Ganzen mehr Farbigkeit verleihen könnten.«

»Francesca, seien Sie mir dankbar, wenn ich Ihnen das erspare, im Ernst. Darin würden Sie nichts von Bedeutung finden.«

Sie lächelte nicht, ganz im Gegenteil: In ihren Augen lag etwas Stählernes, und Cesca wusste sofort, dass es besser war, nicht darauf zu beharren. Trotzdem – ihr war eine Idee gekommen. Könnte das nicht etwas für ihren Blog sein? Auszüge aus den Tagebüchern einer Society-Ikone? Ein Leckerbissen für ihre Leser, da war sie sicher.

Aber sie beschloss, für den Moment ihre Zunge zu hüten und den Vorschlag ein andermal, zu einer günstigeren Gelegenheit vorzubringen. Stattdessen deutete sie auf ein Foto von Elena und Vito auf der silbernen Motorhaube eines Ferraris. Elena saß halb hinter ihrem Mann und hatte ihr Kinn in seine Halsbeuge geschmiegt. Beide blickten direkt in die Kamera. Sie trug ausgestellte Jeans und einen Streifenpulli, dazu hatte sie einen Schal um ihr langes Haar gewickelt. Ihre Augen leuchteten, und sie sah glücklich aus, wirklich glücklich. Vito hatte lässig einen Fuß auf die Stoßstange gestellt und umklammerte den Arm, den sie von hinten um seinen Hals geschlungen hatte. Beide wirkten, als könnten sie kaum die Hände voneinander lassen.

»Was für ein wunderschönes Paar Sie waren.«

Elena beugte sich vor und nahm das Foto zur Hand. Ihre Augen wurden feucht. »Ja, danke. Das bewirkt die Liebe, nicht wahr? Sie ändert alles. Man … man strahlt förmlich von innen heraus. Wir haben an dem Tag einen Ausflug nach Positano gemacht. Er hatte den Wagen kurz zuvor bei Maranello's abgeholt. Im Grunde seines Herzens war er immer noch ein kleiner Junge, der gerne mit Autos spielte.«

»Apropos kleine Jungen«, meinte Cesca, der soeben etwas eingefallen war. Sie hatten ihr Gespräch neulich nicht zu Ende führen können. »Sie sagten, dass Vito einen Zwillingsbruder hatte?«

»Das stimmt. Er hieß Aurelio. Ganze vierzehn Minuten jünger.« Sie schüttelte bedauernd den Kopf. »Schon seltsam, nicht? Neun Monate haben sie zusammen im Mutterleib verbracht, und dann erbt der eine alles, das Haus, das Vermögen, *alles*, bloß weil er ein paar Minuten früher zur Welt kam als der andere. Diese vierzehn Minuten Unterschied haben beider Leben von Anfang an bestimmt.«

»Womit hat sich Aurelio beschäftigt? Er hatte keinen Beruf, nehme ich an? Keine Arbeit im eigentlichen Sinne?«

»Nein, und das ist für keinen Menschen gut. Ja, eine berechtigte Frage … Was hat er eigentlich mit sich angefangen? Lassen Sie mich überlegen … Am Ende war er als Banker in Hongkong tätig, doch bevor Vito und ich uns kennenlernten, war er Rennfahrer für Alfa Romeo, und er hat auch mal als Stuntman beim Film gearbeitet. Vito hatte ihn eine Zeitlang als Leiter der Weingüter in Chianti angestellt, aber das hat er nicht lange durchgehalten, er ist nach einem Jahr oder so wieder verschwunden. Zu der Zeit, als Vito und ich uns kennenlernten, besaß er eine Safari-Lodge in Kenia, aber da hat man offenbar hauptsächlich auf Aussichtsdecks herumgesessen und Cocktails geschlürft, und er hatte Affären mit den Ehefrauen seiner Bekannten.«

»Wie nett«, bemerkte Cesca trocken.

»Ach, so waren damals alle – Sie wissen ja, wie's in den Kolonien zuging. Am Ende musste er gehen, weil er von einem erzürnten Ehemann angeschossen wurde. In die Brust.«

»Du liebe Güte.«

Elena seufzte. »Ja. Er hatte Glück, dass er das überlebte.«

»Und wurde der Ehemann, der ihn anschoss, vor Gericht gestellt?«

»Himmel, nein. Für Reli war es selbstverständlich, dass der Mann jedes Recht besaß, auf ihn zu schießen. So war er nun mal. Er besaß diesen gefährlichen Glamour.«

»Dann war das nicht der erste derartige Vorfall?«

»Nein, ganz und gar nicht. Er war noch kaum neunzehn, als er aus Argentinien fliehen musste, weil er etwas mit der Tochter eines Drogenbarons angefangen hatte. In einem Kartoffellaster, wenn ich mich recht entsinne. Das heißt, die Flucht, nicht die Affäre.« Elena musste schmunzeln. »Danach konnte er Kartoffeln nicht mehr ausstehen. Ach ja, er hat ein aufregendes Leben geführt. Anders als die meisten.«

»Haben Sie sich gut mit ihm verstanden?«

»Er konnte mich die Wände hochjagen – mich und Vito. Er war arrogant und selbstsüchtig. Aber das ist das Problem mit Menschen wie ihm: Man darf sie nicht mit normalen Maßstäben messen. Die arme Maria, unsere damalige Haushälterin, er hat sie förmlich in den Wahnsinn getrieben. Offenbar war er unfähig, auch nur ein Hemd in den Schrank zu hängen. Sie sagte immer, sein Zimmer sehe aus, als hätte der Blitz eingeschlagen. Oder ein Überfall stattgefunden.«

»Standen er und Vito sich nahe?«

»Nun, sie klebten nicht aneinander oder sprachen den Satz des anderen zu Ende, wenn es das ist, was Sie meinen. Tatsächlich waren sie in gewisser Weise wie Feuer und Wasser. Vito musste erst zu dem werden, der er war, ich meine, er musste erst er selbst *werden*. Aurelio dagegen hatte die Freiheit, er selbst zu sein und zu leben, wie er wollte. Fair ist das nicht. Ihre Mutter pflegte immer zu sagen, sie hätten ein Gesicht, aber zwei Herzen. Trotzdem bestand eine starke Bindung zwischen den beiden, stark wie ein Stahlseil. Kein Zweifel, sie haben einander mehr geliebt als jeden anderen Menschen auf der Welt.«

Cesca zog die Augenbrauen hoch. »Auch mehr als Sie?«

»Absolut. Ich kam erst weit abgeschlagen an zweiter Stelle.«

»Hat Sie das nicht gestört?«

»Es hätte mich gestört, wenn ich erst an dritter Stelle gestanden hätte, wenn Sie verstehen, was ich meine.« Sie zog lachend ein Taschentuch aus dem Ärmel und tupfte sich damit die Nase ab. »Nein, im Ernst, so ist das nun mal mit Zwillingen. Man muss beide lieben oder keinen, denn sie sind sozusagen nur als Set zu haben.«

Cesca blickte auf das einzige Foto, das sie gefunden hatte, auf dem beide Zwillinge zusammen abgebildet waren. Elena saß im Damensitz auf einer blauen Vespa hinter Vito, und eine junge blonde Frau saß rittlings auf einer roten. Aurelio stand etwas abseits an eine Säule gelehnt und rauchte eine Zigarette. Sein Blick war nicht in die Kamera gerichtet, sondern auf die beiden auf der Vespa: auf Elena und seinen Bruder.

Cesca konnte selbst bei genauem Hinsehen keinen äußerlichen Unterschied zwischen den Zwillingen feststellen. Beide hatten denselben Körperbau, dieselbe Größe, denselben, der Zeit entsprechenden Haarschnitt. Vielleicht waren Vitos Augen ein wenig länglicher? Aber das konnte daran liegen, dass er lachte. Und Aurelio war vielleicht ein wenig cooler? Aber möglicherweise lag das nur an der Zigarette, die er lässig zwischen den Fingern hielt.

»Erzählen Sie mir etwas über dieses Foto«, forderte sie Elena auf und tippte auf das Bild.

»Ach.« Elena erbleichte, als ihr Blick darauf fiel. Sie griff mit zitternder Hand danach. »An diesem Tag … an diesem Tag hatten Vito und ich einen fürchterlichen Streit, wenn ich mich recht erinnere.«

»Ach, das tut mir leid«, sagte Cesca mitfühlend. Innerlich stöhnte sie. Sie wusste jetzt schon, worauf das hinauslief. Dabei war das so ein tolles Foto.

Elena starrte schweigend darauf, und die Stille dehnte sich. Ihr Gesicht war … bekümmert und traurig.

»Brach der Streit aus, nachdem das Foto aufgenommen wurde?«, erkundigte sich Cesca, um das Gespräch wieder in Gang zu setzen. Der Ausdruck auf Elenas Gesicht – auf dem Foto – war entrückt, abwesend, als hätte sie das »Cheese!« des Fotografen nicht gehört.

»… was? Ja, ich glaube schon.«

Worum es bei dem Streit wohl gegangen sein mochte, dass sie sich noch nach Jahren so gut daran erinnerte? »Wissen Sie, es wäre toll, wenn wir das Foto verwenden könnten. Es ist das einzige, das ich finden konnte, auf dem Vito und sein Bruder zusammen abgebildet sind.«

Elenas Blick huschte zu ihr hin. »Ach, das ist doch unwichtig, jedenfalls für die Biografie. Wen kümmert's schon, dass mein vierter Mann einen Zwillingsbruder hatte.«

»Mag sein«, räumte Cesca widerwillig ein. »Aber es ist trotzdem ein wundervolles Foto. Es fängt irgendwie die Quintessenz Ihres Lebens in Rom, in Italien ein. Sie sehen darauf so glamourös aus. Wir haben die Jachtfotos in Newport, die Surfszenen von den Stränden in Malibu, die Schnappschüsse aus den New Yorker In-Discos und das hier, das …«

»Nein.«

Das war's? Einfach so? Cesca spürte, wie ihr Blut in Wallung geriet. Ein Nein? Ohne jede Diskussion? Das war keine Teamarbeit, genauso wenig wie vorhin bei den Tagebüchern. Der Geldgeber traf die Entscheidung, und sie hatte zu gehorchen. Aber sie war es nun einmal nicht gewohnt, sich nach den Anweisungen anderer zu richten. Ihr professioneller Stolz regte sich. Sie war kein Jasager.

»Dann legen wir das doch vorerst auf den ›Vielleicht-Stapel‹, ja?«, beharrte sie.

»So einen Stapel gibt es nicht, Francesca, es gibt nur die Fotos, die wir verwenden werden. Und ich will kein Foto in einem Buch über mein Leben haben, das so schmerzhafte Erinnerungen hervorruft.«

»Entschuldigen Sie, aber …«

Plötzlich drang Lärm ins Zimmer, eine Art Handgemenge, das sich vor der Tür zu Elenas privatem Wohnzimmer abzuspielen schien. Albertos zornige Stimme erklang – und im nächsten Moment flog die Tür auf, und Nico stolperte herein, der Alberto förmlich vom Rücken schütteln musste. In der Sekunde, in der der Butler zurückwich und Nico noch gebückt und zerzaust dastand, fiel sein Blick auf Cesca, und sie sahen einander einen Moment lang an. Sie wurde natürlich sogleich an das Dinner in der Osteria vor drei Tagen erinnert und an das Desaster, in dem es geendet hatte. Seitdem versteckte sie sich vor ihm. Und war hin- und hergerissen zwischen der Erleichterung darüber, dass sie ihm bis jetzt nicht mehr begegnet war, und der Enttäuschung, weil er gar nicht mehr versuchte, mit ihr zu reden. Sein Gesicht verfinsterte sich. *Du hast jemanden umgebracht.*

»Signore Cantarelli!«, rief Elena erschrocken aus. »Was ist denn los, um Himmels willen?«

Nico musste seine Augen förmlich von Cesca losreißen und wirkte fast überrascht, Elena ebenfalls hier vorzufinden – obwohl er beinahe die Tür eingerannt hatte, um sie zu sprechen. »Entschuldigen Sie mein Eindringen, aber ich muss unbedingt mit Ihnen reden.«

»Kann das nicht warten?«, fragte sie verärgert.

»Nein.« Er richtete sich auf und wehrte den Butler ab wie eine lästige Fliege. Alberto konnte der Principessa nur einen hilflos-entnervten Blick zuwerfen.

Elena nahm Nico scharf ins Visier, doch dann seufzte sie. Schiere Neugier veranlasste sie, sich geschlagen zu geben. »Nun gut. Sie können gehen, Alberto.«

Sie wartete, bis sich die Tür hinter ihm geschlossen hatte, dann sagte sie: »Was gibt es denn so Dringendes, dass Sie sich mit Gewalt Zugang zu meinen Gemächern verschaffen?«

Nico warf einen kurzen Blick auf Cesca. »Wir sollten dieses Gespräch vielleicht besser unter vier Augen führen.«

Cesca richtete sich empört auf. Er schnitt sie jetzt also, ja?

»Ach, um Himmels willen«, sagte Elena entnervt, »Francesca ist meine Biografin, ich habe keine Geheimnisse vor ihr. Das sollte doch wohl inzwischen klar sein.«

Sie schien zu übersehen, dass sie ironischerweise vorhin genau das Gegenteil bewiesen hatte.

Nicos Blick huschte zwischen beiden Frauen hin und her. Er wirkte heute besonders übellaunig, fand Cesca. »Nun gut, wie Sie wollen. Ich dachte, Sie würden vielleicht gerne erfahren wollen, dass wir … das hier gefunden haben.« Er griff in die tiefe Cargo-Tasche an seinem rechten Oberschenkel und holte ein kleines, in ein Tuch eingewickeltes Objekt hervor. Er schlug das Tuch auf.

»Ach du heilige Scheiße!«, entfuhr es Cesca. Sie hielt sich die Hände vor den Mund und starrte mit großen Augen auf den Gegenstand, der auf Nicos Handfläche lag: ein Ring mit zwei riesigen dreieckigen Steinen, ein Diamant und ein blasser Saphir. So etwas hatte sie noch nie gesehen: weder was die Größe der Steine betraf, noch wie sehr sie funkelten. Selbst in verdrecktem Zustand waren sie atemberaubend.

Nico hielt den Ring ins Licht und ließ Elena dabei nicht aus den Augen. »Der gehört Ihnen, nehme ich an?«

Elena war bereits aufgesprungen und stand zitternd und aschfahl vor dem Sofa. »Wo haben Sie den her? Sagen Sie mir sofort, wo Sie den herhaben!«

»Wie gesagt, wir fanden ihn im Tunnel, Principessa. Da muss er viele Jahre gelegen haben.«

»Ja«, flüsterte Elena. Sie sah aus, als würde sie gleich in Ohnmacht fallen. So bleich hatte Cesca sie noch nie erlebt. Elena nahm den Ring und steckte ihn sich an den Finger. Er saß ein wenig locker, aber die Steine waren zu groß, als dass er sich hätte verdrehen können.

»Wenn das Ihr Ring ist, Principessa, dann verstehe ich so einiges nicht. Wie zum Beispiel können Sie behaupten, dass

Sie nichts über die Tunnel wussten? Wie kam der Ring dann dorthin?«

Eine gute Frage, fand auch Cesca und musterte die Principessa interessiert.

»Nun, jemand muss versucht haben, mich zu berauben, ist das nicht offensichtlich?«, entgegnete Elena gepresst.

»Sie berauben?«

»Ja. Man hat wohl versucht, den Tunnel als Fluchtweg zu benutzen und … hat den Ring irgendwo dort unten verloren.«

»Und ist umgekehrt, als man feststellte, dass es keinen anderen Ausgang gab?«, schlug Nico vor.

»Genau.«

»Nein.«

»Nein?«

»Denn es gibt einen anderen Ausgang, mehrere sogar. Wir wissen nun, dass einer der Tunnel in den Keller unter der Osteria auf der Piazzetta Palombella führt.« Sein Blick richtete sich kurz auf Cesca, die merkte, wie sie unwillkürlich den Atem anhielt.

Elena zog die Augenbrauen hoch. »Ah, verstehe.« Sie schwieg einen Moment lang. »Wenn ich es recht bedenke, dann ist es vielleicht doch besser, wenn wir das allein besprechen, Signore Cantarelli. Francesca, wenn Sie uns bitte entschuldigen würden? Wir reden später weiter.«

»Ja … ja, natürlich«, stammelte Cesca. Sie blickte den beiden nach, als Elena den Höhlenforscher in einen angrenzenden Raum führte. Nicos finsterer Blick war das Letzte, was sie sah, ehe sich die Tür hinter ihnen schloss.

Was sollte das schon wieder? Cesca blieb frustriert und zappelig zurück. Anscheinend war sie Nico jetzt vollkommen gleichgültig. Außerdem hätte sie zu gerne gewusst, was die beiden hinter verschlossenen Türen zu bereden hatten. Sie raffte die Fotos auf dem Tisch zusammen und steckte sie wieder in den Umschlag, schaltete ihren Digitalrekorder ab. Das Foto der vier mit den Vespas lag noch auf der Sitzfläche von Elenas Sofa, wo sie es bei Nicos plötzlichem Auftauchen fallen gelassen hatte. Cesca ging hin und nahm es an sich. Dabei fiel ihr Blick auf die vielen gerahmten Schwarzweißfotos auf dem Beistelltisch daneben. Von dort, wo sie gesessen hatte, hatte sie nur deren Rückseite gesehen.

Aber jetzt nicht mehr. Cesca erstarrte. Sie wusste, dass sie nicht für ihre Augen bestimmt waren, sonst hätte die Principessa sie ja nicht weggedreht. Wenn sie jetzt trotzdem hinsah, überschritt sie ihre Kompetenzen, das war klar. Die Fotokartons waren ihr von Elena ausdrücklich zur Verfügung gestellt worden, aber das hier, das war nicht mehr Recherche. Das war Schnüffelei. Das war Elenas Privatbereich. Cesca war nur hier, weil sich die Principessa nicht wohlfühlte und sie deshalb in ihren ganz persönlichen Räumen empfangen hatte.

Mit zitternden Händen nahm sie einen der massiven Silberrahmen zur Hand. Von Tiffany's, wenn sie sich nicht irrte. Es war eine Gegenlichtaufnahme von Mutter und Kind, das Licht fiel durch ein Fenster im Hintergrund und umgab die beiden fast wie mit einem Heiligenschein. Elena hielt einen neugeborenen Säugling im Arm. Sie hatte die Augen geschlossen und gab dem runzeligen kleinen Wesen einen zärtlichen Kuss. Auf dem Rahmen befand sich eine Gravur: *Stevie Easton, 14. März 1974.*

Cesca ließ sich erschüttert auf einen Sessel sinken. Sie wusste sofort, was das bedeuten musste. Elena hatte bereits ein Kind – mit ihrem dritten Mann. Und sie hatte kein Wort darüber verloren. Da saß sie und sollte eine Biografie über das Leben dieser Frau verfassen, und die fand es nicht der Mühe wert zu erwähnen, dass sie ein zweites Kind hatte?

Cesca schaute sich jetzt mit ganz anderen Augen in dem hübschen, dezenten Zimmer um. Sie hatte unrecht gehabt, als sie glaubte, in diesem Raum gäbe es keine Geheimnisse. Das Gegenteil war der Fall: Hier begannen sie erst, die Lügen.

32. Kapitel

Rom, Juni 1982

»… ein Anruf von meinem Agenten. Sie wollen, dass ich in dem neuen Film von Scorsese mitspiele«, plapperte Milana und zog an ihrer Zigarette, deren Spitze rot aufglühte. Sie nahm noch einen tiefen Zug und hinterließ scharlachrote Lippenstiftspuren am weißen Papier. »Ach, ich weiß nicht …«

»Du *weißt* nicht«, fragte Vito fassungslos, »ob du in einem Film von Scorsese mitspielen sollst?«

»Ich weiß nicht, ob es gut wäre, hier alles stehen und liegen zu lassen und für sechs Monate nach New York zu gehen. Ich traue deinem Bruder nicht.«

Vitos und Elenas Blick richtete sich auf Aurelio, von dem sie jetzt einen seiner typischen jähzornigen Ausbrüche erwarteten. Aber er dippte gelassen ein Stück Weißbrot in ein Schälchen mit Olivenöl. »Was ist?«, sagte er, als er ihre besorgten Mienen bemerkte. »Was soll ich dazu schon sagen?« Er warf einen Blick auf seine Geliebte. »Du musst tun, was du tun musst, Baby.«

Milana zog eine Augenbraue hoch. »Seht ihr, was ich meine?« Sie wandte ihm den Oberkörper zu, um ihn besser ansehen zu können. »Nie bestärkst du mich, Reli. Nie sagst du mir, dass ich dir vertrauen kann. Was bedeutet, dass ich's *nicht* kann.«

»Nicht das schon wieder«, erwiderte er seufzend und legte den Rest der Brotscheibe in den Korb zurück. Er nahm stattdessen eine Zigarette aus dem Päckchen neben seinem Teller. Sein Blick huschte kurz zu Elena und gleich wieder weg, was er in letzter Zeit immer öfter machte, fast wie ein Tick.

»Wieso tust du das?«, kreischte Milana in schrillem Ton. »Andauernd wimmelst du mich ab. Immer …«

Ein junges, vielleicht dreizehn- oder vierzehnjähriges Mädchen trat mit einem Stück Papier an ihren Tisch, das sie Milana mit einem flehenden Lächeln hinstreckte. »Bitte verzeihen Sie die Unterbrechung, Signorina, aber ich bin ein großer Fan von Ihnen. Würden Sie mir ein Autogramm geben?«

Milana blies lächelnd ihren Zigarettenrauch von dem Mädchen weg und griff zum Stift. »Gern. Wie heißt du denn, Schätzchen?«

»Domenica.«

»Domenica? Was für ein hübscher Name.« Milana unterschrieb das Blatt mit einem anmutigen Strich, der verriet, dass sie viel Zeit mit der Perfektionierung ihrer Unterschrift zugebracht hatte.

Elena, die spürte, dass das Ende in Sicht war, wandte den Blick ab. Gleich würde wieder einmal Streit unter den Liebenden ausbrechen. Sie gab den beiden höchstens noch fünf Minuten, ehe einer – oder beide – aufstehen und aus dem Restaurant stürmen und Vito auf der Rechnung sitzen lassen würden. Egal, dann kehrte wenigstens Ruhe ein, und sie und Vito könnten ihre Mahlzeit in Frieden beenden.

Aber der Himmel hatte sich verdunkelt, schwere schwarze Wolkenbänke zogen brodelnd über ihren Köpfen dahin. Gleich würde es einen Platzregen geben – einen von Roms typischen Platzregen, ganz anders als der Nieselregen Londons oder die Graupelschauer in New York. Hier öffnete der Himmel tatsächlich seine Schleusen, und die Regentropfen prasselten wie Pistolenkugeln herab. Elena liebte diesen Regen, denn er bot eine willkommene Erlösung von der drückenden Hitze. Der Regen gehörte zu den Dingen, die sie am meisten an der Ewigen Stadt liebte.

Der Teenager ging wieder. Milana lehnte sich zurück und streifte ihr Megawatt-Lächeln ab. Sie musterte Aurelio finster.

»Fang nicht schon wieder an«, befahl er knurrend und ohne sie auch nur anzusehen.

Vier Minuten.

Vito räusperte sich. »Wir sollten nächstes Wochenende nach Pienza fahren«, sagte er zu seiner Frau.

Elena blickte ihn an. »Warum?«

»Weil dort das jährliche *Cacio al Fuso* stattfindet. Der Wettbewerb im Käserollen.«

Milana brauchte eine Sekunde, ehe sie darauf reagieren konnte. Sie machte eine Miene, als habe sie noch nie von so etwas gehört. »Im Ernst?«, sagte sie zu Elena. »Ihr wollt zusehen, wie man einen Käse vom Hang rollt?«

»Es ist ein uralter Brauch«, entgegnete Vito steif. »Und es ist Tradition, dass einer aus der Familie in der Jury sitzt.«

»Aber nicht Aurelio, wette ich«, bemerkte Milana feixend.

Elena spürte, wie ein weiteres Stück von ihr abstarb. »Ja, natürlich müssen wir hin.«

»Brav, Elena. Man kann schließlich nicht mit der Tradition brechen«, spottete Aurelio und schlug seine Zigarettenasche im Aschenbecher ab. »Was würden die Leute sagen.«

»Es ist lustiger, als es klingt«, verteidigte sich Vito. Er nahm die Hand seiner Frau und drückte sie. »Stimmt's?«

Sie brachte ein Nicken zustande und spürte dabei, wie Aurelio sie anstarrte. Sie musste nicht hinsehen, sie wusste es einfach. Sie wusste es immer. Sie trug diese Last jetzt seit Monaten – wie einen Sommerschal, in dem ihr zu heiß wurde, der sie reizbar und ungeduldig machte. Sie hielt ihren Blick auf das grünkarierte Tischtuch gesenkt. Sie wusste mittlerweile, wie sie ihm und seinen Blicken ausweichen musste, wie sie sich klein und unauffällig machte. Ihm ganz aus dem Weg zu gehen war unmöglich – Vito wäre etwas aufgefallen –, aber sie war auch nicht mehr wirklich vorhanden. Sie sagte kaum etwas, blickte niemanden an.

Milana streckte sich wie eine Katze. »Ich will ein Eis.«

Aurelio seufzte. »Im Ernst? Du bist doch kein Kind mehr.«

»Es ist so heiß! Ich kriege kaum noch Luft«, beschwerte sich Milana und presste keuchend die Hand auf den üppigen Busen, der sich unter ihrem schulterfreien Top wölbte.

Aurelio verdrehte die Augen, drückte aber trotzdem seine Zigarette aus.

Zwei Minuten. Bald war's vorbei, bald waren sie weg. Elena hielt still.

Vito hob den Arm und winkte den Kellner herbei.

Aurelio schob seinen Stuhl kratzend zurück und nahm seinen Vespahelm vom Stuhlrücken, an den er ihn gehängt hatte. Er zog den Kinnriemen an und kramte in der Hosentasche nach dem Schlüssel seiner roten Vespa. Milana erhob sich ebenfalls.

Eine Minute.

»Wartet, wir kommen mit«, sagte Vito da plötzlich und

erhob sich ebenfalls. »Du übernimmst diesmal die Rechnung, wenn ich mich nicht irre, Reli?«

Was? Elena blickte erschrocken zwischen ihrem Mann und seinem Bruder hin und her.

»Milana hat recht, die Schwüle ist erdrückend«, erklärte Vito und setzte ebenfalls seinen Helm auf. »Wie wäre es mit einem Eis bei Giolitti?«

Aurelio zuckte nur die Achseln, schaute dabei aber Elena an. Er händigte dem Kellner seine Kreditkarte aus. »Du bist der Boss, großer Bruder.«

Erdbeere und Haselnuss für Milana, Pistazie für Vito, Zitronensorbet für Elena … und noch eine Zigarette für Aurelio. Sie aßen ihr Eis am Gehsteigrand, auf ihren Vespas sitzend. Vito bat ein vorbeikommendes Mädchen darum, sie alle zu fotografieren, was diese geschmeichelt tat.

»Weißt du, es gibt etwas, das du mich noch nie gefragt hast«, begann Milana und schleckte sinnlich an ihrem Eis. Mehrere vorbeigehende Männer verrenkten sich fast den Hals.

»Herrgott, Milana, ist das jetzt wirklich der richtige Zeitpunkt?«

Milana funkelte ihn zornig an. »Ich wollte doch bloß sagen, dass du noch nie gefragt hast, ob du nach New York mitkommen sollst. Aber ja, jetzt wo du das andere erwähnst, das natürlich auch …«

Aurelio schwang sich von der Vespa und ging aufgebracht auf und ab. »Hör auf damit!« Er schnippte finster Asche auf den Gehsteig.

Milana ließ ihn nicht aus den Augen. »Aber das wäre doch keine schlechte Idee, oder? Du und ich und Manhattan?«

»Weiß nicht. Vielleicht.«

»Es wäre ja bloß für sechs Monate«, sagte sie lachend, aber ihr Blick haftete besorgt an Aurelio. »Ich bitte dich ja nicht darum, hier alles aufzugeben. Oder – Gott bewahre! – mich zu heiraten.«

Aurelio hielt an, dann trat er zu ihr und gab ihr einen Kuss auf den Mund. »Na gut, darüber lässt sich reden. Sechs Monate … das ist ja keine Ewigkeit.«

Elenas Eingeweide krampften sich zusammen.

»Bloß gut, dass ich's nicht auf einen Heiratsantrag abgesehen hatte!« Milana lachte trocken. Sie sah, wie Aurelio seinen Helm vom Lenker nahm.

»Was soll das?«, fragte er zornig. »Ich hab dir nie was vorgemacht. Weder über meine Absichten noch über mein Leben. Ehe und Kinder, das ist nichts für mich.«

»Nein, offenbar nicht. Da hab ich mir wohl den falschen Bruder geangelt.« Milana warf einen Blick auf Elena und Vito. »He, Elena, wie wär's, wenn wir tauschen?«

Elena spürte erneut seinen Blick. Und wenn sie nun ganz einfach die Wahrheit sagen – wenn sie mit Ja antworten würde?

»Sorry, da ist nichts zu machen«, brachte sie in gelangweiltem Ton hervor.

»Stimmt ja«, warf Aurelio zynisch ein. »Sie hat den Mann und nicht das Gesicht geheiratet.«

Elenas Blick schweifte über die Vorbeigehenden, nur um ihn nicht ansehen zu müssen. Ihr fiel wieder einmal auf, wie die Leute zu ihnen hinsahen. Früher einmal hätte sie Angst gehabt, als Valentine erkannt zu werden oder dass man sich an die Paparazzifotos aus den New Yorker Nachtclubs erinnerte, an die wilden Zeiten mit Steve. Aber das war vorbei.

Sie wusste, dass es weder an ihrer zweifelhaften Berühmtheit lag noch an Milanas Schauspielkarriere, dass die Leute hersahen. Sie taten es wegen der Brüder. Beide groß und stattlich und vollkommen identisch. Ihr Gesicht fiel schon in einfacher Ausführung auf, viel mehr noch in doppelter. Das stolze Kinn, die römische Nase, die tiefliegenden, brütend-sinnlichen Augen. Sie sah, wie die Leute unwillkürlich nach Unterschieden suchten, wie sie sich fragten, wer wohl der ältere sei, wer der attraktivere von beiden (denn einen gab es immer, selbst bei eineiigen Zwillingen); wie sie sie, Elena, ansahen und sich fragten, warum sie Vito genommen hatte und nicht Aurelio, und dann dasselbe in Bezug auf Milana überlegten. Ob ihnen je der Gedanke kam, dass sie möglicherweise nie eine Wahl gehabt hatte? Dass es den Umständen, dem Glück, dem schieren Pech zu verdanken war, dass sie zuerst dem falschen Bruder über den Weg gelaufen war? Konnte man es ihr möglicherweise vom Gesicht ablesen, wie verzweifelt sie darüber war, nicht den richtigen zuerst kennengelernt zu haben?

Und dann fiel es ihr wie Schuppen von den Augen, und das Eis entglitt ihren leblosen Fingern: O Gott, es würde immer so sein. Es gab kein Heilmittel, kein Entrinnen. Sie hatte geglaubt, es würde reichen, wenn sie bliebe – dass es besser war, ihn nur zu sehen, selbst wenn sie ihn nicht haben konnte. Aber sie irrte sich. Ihn zu sehen, sein Geturtel mit seiner neuen Freundin ertragen zu müssen, ihre offensichtliche Leidenschaft, all das, was Vito und sie *nicht* hatten und das sie ihnen ins Gesicht rieben – es war, als würde man Säure in eine offene Wunde träufeln. Sie konnte nicht mehr essen, nicht mehr schlafen. Seit einiger Zeit ließ sie nachts sogar die Fensterläden offen, damit sie es gleich merkte, wenn drüben im Westflügel das Licht angehen sollte und ihr verriet, dass er wieder da war. Dass er ihr nahe, aber trotzdem nicht nahe genug war.

Und jetzt würde er erneut gehen. Aber es spielte keine Rolle, wie lange er diesmal fernbliebe – sechs Monate New York oder zwei Jahre Paris –, er würde immer heimkommen, denn hier war sein Zuhause. Und dann würde alles wieder von vorn beginnen. Es würde nie aufhören.

»Elena?« Vito blickte sich besorgt zu seiner Frau um. In diesem Moment klatschten die ersten Regentropfen aufs Pflaster.

»Scheiße«, murmelte Aurelio, trat seine Zigarette aus und schwang sich auf die Vespa. Milana rückte ein Stück beiseite, um ihm Platz zu machen. Er drehte an der Zündung. Nichts geschah.

»Ich …« Elena starrte blindlings an Vito vorbei. Sie bebte am ganzen Körper. Sie konnte nicht mehr, sie ertrug es nicht länger. Sie hatte geglaubt, es würde sie umbringen, wenn sie fortginge, aber jetzt wurde ihr klar, dass es sie umbrächte, wenn sie bliebe. Sie sprang von der Vespa und riss sich den Helm vom Kopf. Ihr Haar war innerhalb von Sekunden klatschnass.

»Liebling, was machst du? Komm, steig wieder auf. Wir müssen zurückfahren, bevor die Straßen zu glatt werden.«

»Ich fühle mich nicht besonders«, sagte sie mit seltsamer Stimme.

»Was, schon wieder?«, brummelte Milana.

Ein Donnergrollen in der Entfernung ließ sie alle instinktiv zum Himmel schauen. Dort ballten sich schwarzlila Wolken zusammen. Vito warf den Rest seiner Eistüte in den Abfalleimer und wandte sich auf der Vespa um. »Komm,

Elena. Wir müssen los. Es ist gefährlich mit der Vespa auf nassen Straßen. Ich bringe dich nach Hause, du siehst blass aus.«

»Nein …« Sie schüttelte hartnäckig den Kopf.

»Was stimmt nicht mit dieser Scheißkiste?«, schimpfte Aurelio und drehte vergebens an der Zündung, aber der Roller wollte nicht anspringen.

»Reli, ich werde ganz nass«, jammerte Milana.

»Was ist denn?«, fragte Vito seine Frau, während ihm das Wasser über den Helm und in den Hemdkragen lief.

»Ich will zu Fuß gehen«, beharrte Elena.

»Aber es schüttet wie aus Eimern!«, rief Vito überflüssigerweise.

Straßen und Gehsteige glänzten nass. Überall liefen Straßenhändler herum und versuchten, den Touristen billige Regenschirme anzudrehen.

»Ich muss … ich will einfach allein sein.« Sie lief los.

»Elena!«, rief er hinter ihr her. In diesem Moment zuckte ein Blitz hernieder, und kurz darauf donnerte es wieder.

»Ich muss nachdenken, Vito!«, schrie sie und wirbelte zu ihm herum, die Hände zu Fäusten geballt, das nasse Gesicht tränenüberströmt. »Lass mich allein!«

Aurelio hörte auf, den Roller zum Anspringen zu bewegen.

»Was soll der Zirkus?«, fragte Milana niemand Bestimmten.

Vito schaltete den Motor ab und sprang von der Vespa, um seiner Frau nachzulaufen.

Aber Aurelio hielt ihn am Arm fest. »Nicht, lass mich das machen«, bat er.

»Dich? Aber sie ist *meine* Frau!«, rief Vito erzürnt.

»Ja, aber mit dir will sie im Moment nun mal nicht reden, okay? Vielleicht kann ich ja was ausrichten.«

»Das bezweifle ich.«

»Vito.« Aurelio legte die Hand auf die Schulter seines Bruders. »Lass mich mit ihr reden. Irgendwas hat sie aus der Ruhe gebracht.«

»Weil sie sich ein Kind wünscht«, murmelte Vito gequält. Er blickte seiner Frau nach, die soeben um die Ecke verschwand. »Wir versuchen es schon so lange, und ... ich glaube, dass sie Depressionen bekommen hat.«

»Ich rede mal mit ihr«, versprach Aurelio. »Bring du Milana nach Hause.« Und schon rannte er durch den Regen davon. Ein Blitz zuckte herab, als wolle er den Himmel zerreißen.

33. Kapitel

Rom, August 2017

Cesca barg das Gesicht in den Händen. Sie gab sich alle Mühe, objektiv zu bleiben, aber das, was sie da las, ließ ihr keine Wahl, als es zu glauben. Als Rechtsanwalt musste man den Fall erst einmal im Ganzen betrachten, sämtliche Fakten sammeln, ehe man Stellung bezog und sich die Argumente zurechtlegte, die zu dem Ergebnis führten, für das man schließlich bezahlt wurde. Aber hier gab es keine andere Seite. Es gab nichts, das die Aussagekraft dieser Fotos, die auf ihrem Monitor flimmerten, entkräftet hätte. Keine andere Erklärungsmöglichkeit.

Sie stand auf und begann, auf und ab zu gehen. Konzentriere dich, Cesca, du musst dich konzentrieren, ermahnte sie sich. Sieh dir die Fakten in Ruhe an.

Aber das war leichter gesagt als getan, wenn jede Suche ein anderes Ergebnis brachte als das, was man ihr auf die Nase zu binden versucht hatte. Jack Montgomery war keineswegs der »liebe Junge«, als den Elena ihn geschildert hatte, im Gegenteil, er war mittlerweile mehrfach vorbestraft, neigte zu Gewalttätigkeit Frauen gegenüber und büßte deswegen sogar eine Freiheitsstrafe ab, nachdem er von seiner zweiten Frau angezeigt worden war. Und die Ehe von Elenas Eltern war auch nicht die Idylle, als die sie sie dargestellt hatte – laut den Klatschblättern war die Ehe eine einzige große Lüge, durchlöchert von Affären auf beiden Seiten. Sie endete erst, als sich George Valentine das Leben nahm, nachdem seine Frau mit einem Hollywoodproduzenten durchgebrannt war. Und Elenas heißgeliebte Winnie war verarmt und mittellos gestorben, in einem Obdachlosenheim für Frauen in Brooklyn. Was den kleinen Stevie anging … Sie hätte kaum geglaubt, dass es noch schlimmer kommen könnte.

Aber das tat es, dies ergaben jedenfalls weitere Recherchen. Wenn sie an dieser Stelle gestoppt hätte, wenn sie sich von da ab auf Elenas Aussagen verlassen hätte, dann hätte sie vielleicht glauben können, dass der Tod des kleinen Stevie der absolute Tiefpunkt in diesem von Tiefpunkten reichen Leben gewesen war. Aber nein. Es ging noch weiter. Cesca starrte auf das Bild des eingebeulten Alfa Romeo, der weniger auf den Pfeiler aufgeprallt war, als ihn lediglich geküsst hatte. Sie konnte begreifen, warum die Zeitungen von einem »Rätsel« um den Tod von Aurelio Damiani schrieben. Bei einem solchen Unfall konnte er einfach nicht ums Leben gekommen sein.

Aber es schien, nach den Spekulationen, die in den Zeitungen angestellt wurden, jemanden zu geben, den man für seinen Tod verantwortlich machte.

34. Kapitel

Rom, Juni 1982

Autoreifen glitten zischend durch die vom Regen überfluteten Straßen. Die Leute liefen mit Zeitungen über dem Kopf und hochgezogenen Jacken durch den Platzregen. Sie wusste nicht, wo sie hinging, und es war ihr auch egal. Von hier führten alle Straßen aus Rom hinaus. Sie hatte genug, sie würde gehen. Vito würde es zwar nicht begreifen, und erklären konnte sie es ihm nicht. Er würde sie eben hassen müssen.

Schluchzend rannte sie weiter und weiter, das Kleid klebte ihr am Körper, und sie rutschte in ihren Schuhen aus, wäre mehrmals beinahe hingefallen. Immer wieder stieß sie gegen entgegenkommende Menschen oder drängte sich rücksichtslos an ihnen vorbei, ohne zu merken, wie man ihr hinterherstarrte.

Die schmalen Straßen und Gassen bildeten ein Gewirr wie eine große Häkeldecke, ein verwirrendes Durcheinander, aber nur für die Touristen. Die Einheimischen hatten sich unter den Türsturz ihrer Behausungen zurückgezogen und beobachteten von dort aus die aufgescheuchten Besuchermassen. Ein Duft von Jasmin lag in der Luft, die Feuchtigkeit und Kühle des herabprasselnden Regens erweckten die Stadt zu neuem Leben. Auch Elena war jetzt wach, hellwach. Aus der Traum. Aus der Albtraum.

Plötzlich öffnete sich die Gasse, und vor ihr lag das Pantheon, groß und fett und rund wie Ella Fitzgeralds Santa Claus auf dem Kamin. Die uralten, dünnen roten Ziegelsteine, die tapfer die Jahrtausende überdauert hatten, ragten vor ihr auf. Der Platz, gewöhnlich voll von Touristen, die sich in langen, windungsreichen Schlangen vor den Ticketschaltern drängten, hatte sich fast geleert. Alle waren auf der Suche nach einer Zuflucht, einem gemütlichen Café, in dem sich das Gewitter gut überstehen ließ. Aber nicht sie. Entschieden rannte sie auf die historische Kirche zu und tauchte unter den Säulenvorbau, schlüpfte durch das massive Kirchentor.

Hier war die Akustik sofort eine ganz andere. Der Regen war hier nicht etwa ausgesperrt, sondern prasselte laut von oben durch den offenen Oculus ins Innere, auf den dreizehn Stockwerke tiefer befindlichen Marmorboden. Die Leute waren an die Ränder zurückgewichen, um keine Spritzer abzubekommen, aber Elena, die ja ohnehin nass bis auf die Knochen war, kümmerte sich nicht darum. Keuchend starrte sie hinauf zur Decke und ließ sich vom Regendunst besprühen, reinwaschen, erlösen.

»Elena.«

Seine Stimme war wie ein Glockenklang, der tief in ihrem Herzen anschlug.

Sie wandte sich nicht um, das brauchte sie nicht. Sie konnte seine Wärme im Rücken spüren, seinen Atem an ihrem Nacken. »Lass mich allein, Aurelio.«

Er nahm sie sanft bei den Armen, drehte sie zu sich herum. »Das hab ich ja versucht.« Sein Blick brannte sich in den ihren.

Sie blickte blinzelnd zu ihm auf, zu dem Gesicht, das ihr

Untergang war. »Was willst du hier?«, flüsterte sie und spürte, wie ihr erneut die Tränen übers Gesicht liefen. Für sie gab es nur Verzweiflung auf der einen und Ruin auf der anderen Seite.

»Dich aufhalten. Du darfst nicht gehen.«

»Aber ich kann nicht bleiben!« Sie schüttelte weinend den Kopf.

Er hielt ihre Oberarme umklammert, als wolle er sie festhalten, an der Flucht hindern. »Weggehen ist keine Lösung, das sollte ich am allerbesten wissen.«

»Aber Vito …«

»Ich weiß! Glaubst du, ich weiß das nicht? Er ist mein Bruder. Meine Seele. Mein Spiegelbild. Er ist meine bessere Hälfte. Ich bin mein Bruder – und bin es doch auch nicht. Es war nur richtig, dass du *ihn* geheiratet hast.« Sie weinte noch mehr, wandte den Blick ab, aber er packte ihr Kinn und zwang sie, ihn anzusehen. Sie spürte, wie etwas einrastete, wie sich die Welt auf einmal wieder auf der richtigen Achse befand, wie sie ihn auf sich zuzog. »Aber ich wünschte jeden Tag, du hättest es nicht.«

Er forschte in ihrem Gesicht, in ihren Augen. Alles Ungesagte, das nicht in Worte gefasst werden durfte, schwebte greifbar zwischen ihnen. Sie konnten sich nicht länger dagegen wehren, es war stärker als sie.

»Reli«, flüsterte sie, und auf ihrem Gesicht lag nackt und unverhüllt, was sie bisher zu verstecken versucht hatte. Er hielt unwillkürlich den Atem an, und sein Griff um ihre Arme lockerte sich. Sie waren machtlos dagegen.

»Nein!«, rief er heftig aus und ließ sie unter Aufbietung all seiner Kraft los. »Glaubst du, ich will das? Glaubst du, ich will den Menschen betrügen, der mir mehr bedeutet als mein Leben? Ich würde mich dafür hassen, Elena, und das will ich nicht.«

»Es tut mir leid«, schluchzte sie.

»Wirklich? Oder gefällt es dir nicht sogar?« Sein Ton war zornig, angewidert.

»Was?«, fragte sie mit schockiert geweiteten, dunklen Pupillen.

»Vielleicht … vielleicht willst du ja nur das, was du nicht haben kannst.« Er verzog die Lippen. »Vielleicht bin ich das Einzige, was du nicht mit deinem Geld kaufen kannst.«

Sie gab ihm ohne zu überlegen eine schallende Ohrfeige. Dann schnappte sie entsetzt nach Luft. Das hatte sie nicht gewollt, es war instinktiv geschehen. Er blickte sie mit zornfunkelnden Augen an. Das Versteckspiel war vorbei. Die Masken waren nicht nur verrutscht, sie waren abgerissen und auf den Boden geworfen worden.

Er packte sie bei den Handgelenken und küsste sie brutal. Hasserfüllt. Sehnsuchtsvoll … All das spürte sie in seinem Kuss, ihre nasse Haut stand unter Strom, es kribbelte an ihrem ganzen Körper.

Dann riss er sich von ihr los und stieß ihre Arme förmlich von sich. Keuchend presste er hervor: »Bist du jetzt zufrieden? Bist du glücklich? Hast du bekommen, was du wolltest? Reicht das jetzt?«

Mit Verachtung im Gesicht wandte er sich von ihr ab. Aber sie hatte die Antwort in seinen Augen bereits gelesen: Nein, es würde nie genug sein.

Oben im Westflügel brannten sämtliche Lichter. Elena saß im Dunkeln auf dem Bett und sah zu, wie er rastlos auf und ab ging, in der einen Hand ein Glas Whisky, in der anderen eine Zigarette nach der anderen. Er war spät nach Hause gekommen – zu spät zum Abendessen. Aber das war gut so, denn sie hatte ohnehin keinen Bissen runtergebracht und nur verzweifelt auf ihren Teller gestarrt, während Vito aufmerksam und fürsorglich war wie immer. Elena wusste, dass Milana ihn mal wieder rausgeworfen hatte, dass der Streit, der sich schon den ganzen Tag angebahnt hatte, endlich eskaliert war. Aber sie wusste ebenso gut, dass Milana es wahrscheinlich bereits bereute und auf Mittel und Wege sann, ihn zurückzubekommen.

Einen Mann wie Aurelio gab man nicht so leicht auf, er war wie eine Sucht, eine Droge.

Er trat ans Fenster und starrte zu den dunklen Fenstern ihrer Gemächer hinüber. Ob er wusste, dass sie ihn beobachtete? Spürte er ihren Blick?

Er hatte sie bei seiner Rückkehr kein einziges Mal angesehen, und sie hatte sich früh zurückgezogen und die beiden bei einem Spiel Backgammon zurückgelassen. Ihre Tür war unverschlossen, aber Vito würde heute Nacht gewiss nicht kommen. Er würde spüren, dass sie auf Distanz gegangen war, auch wenn er sich den Grund dafür nicht denken konnte.

Schließlich ging auch drüben das Licht aus, und Dunkelheit umhüllte das Gebäude. Sie konnte Fledermäuse sehen, die im Mondschein über den Nachthimmel flatterten. Sie blieb, wo sie war, und ließ in Gedanken noch einmal jede Sekunde ihrer Begegnung an sich vorüberziehen: Wie hart sich sein Körper angefühlt hatte, jeder Muskel, jede Sehne angespannt, in dem Versuch sie zu halten und gleichzeitig von sich zu stoßen. Die Gier, mit der seine Zunge ihren Mund erforscht, in Besitz genommen hatte …

Nicht genug. Nicht genug.

Sie schlug die Bettdecke zurück und schlüpfte aus dem Bett, aus dem Zimmer. Schatten huschten über die endlosen Korridore, ihre warmen Füße berührten kaum die kalten Marmorfliesen. Flink rannte sie an Königen, Päpsten und Herzögen vorbei, dann eine Hand am Geländer der geschwungenen Freitreppe, die ins Erdgeschoss führte. Unten angekommen rannte sie die gesamte Länge des Ostflügels ab, bis zur päpstlichen Suite am Ende, wo es hinter einem alten Gobelin eine Geheimtür gab, die hinab zum Servicetunnel führte. Ohne den zur Wand gekehrten Papststuhl auch nur eines Blickes zu würdigen, hob sie den riesigen Gobelin mit einem Bildnis des Letzten Abendmahls an und tauchte die Steintreppe hinab. Der Servicetunnel wurde vom Personal seltsamerweise nie benutzt, auch nicht von Maria.

Hier herrschte vollkommene Dunkelheit, es gab weder Fenster noch Licht noch irgendetwas. Und die modrige Feuchtigkeit kroch ihr bis in die Knochen. Sie schritt mit nach links und rechts ausgestreckten Armen dahin, tastete sich an den rauen, unverputzten Wänden des Ganges entlang. Gelegentlich stolperte sie über Steinchen und stieß sich die pedikürten Zehen. Wenn sie doch bloß Pantoffeln angezogen hätte! Aber wenn sie auch nur eine Sekunde lang nachgedacht hätte, wäre sie jetzt wahrscheinlich gar nicht hier.

Ein leises Geräusch weiter vorne brachte sie abrupt zum Stehen. Was war das? Eine Ratte? Eine ganze Horde von Ratten? Sie war starr vor Schreck. Aber jetzt war der Rückweg ebenso lang wie das, was noch vor ihr lag. Selbst wenn sie schrie, hier unten würde man sie nicht hören. Sie lauschte angestrengt, wagte kaum zu atmen. Wenn sie doch bloß etwas sehen könnte, aber es war so dunkel, man konnte nicht mal die Hand vor Augen erkennen.

Dann stellten sich ihre Nackenhärchen auf. Da war jemand. Sie war nicht allein.

Er war hier. Sie war sich sicher. Er war direkt vor ihr.

»Aurelio.« Sie spürte seine Hand an ihrer rechten Hüfte, und schon drückte er sie mit dem Rücken gegen die raue Wand. Sein Mund war an ihrem Nacken, mit den Zähnen fuhr er über ihre Haut. Sie stöhnte laut auf und bog den Rücken durch, presste sich an ihn. Er packte fester zu. Ein Träger ihres Nachthemds glitt herab und entblößte ihre Brust. Er fiel hungrig mit Lippen und Zähnen darüber her, saugte und knabberte an ihrer Brustwarze. Sie wand sich stöhnend, schlang ein Bein um seine Lenden. Es musste jetzt sein, sie konnte nicht länger warten. Er schob ihr Nachthemd hoch, packte sie und hob sie an, zog ihr anderes Bein heran und setzte sie auf sich.

Sie war verloren, als ihre Füße irgendwann später wieder den Boden berührten. Alles war anders geworden.

Und es würde nie wieder so sein wie zuvor.

35. Kapitel

Rom, August 2017

Ihre Augen brannten. Sie hatte achtzehn Stunden am Bildschirm verbracht, und jetzt brummte ihr der Schädel, und sie hatte einen steifen Nacken. Sie dehnte ihn, während sie in der Arrabiata rührte. Guido kam von der kleinen Dachterrasse herunter.

»Uns ist schon wieder das Eis ausgegangen«, sagte er und trat an den Kühlschrank, füllte eine kleine Schale mit Eiswürfeln.

»Du kommst gerade recht«, erwiderte sie und verteilte das Essen in Schalen. »Du kannst mir helfen.«

Beide nahmen je zwei Schalen und stiegen zur Dachterrasse hinauf. Alé und Matteo saßen bereits an einem kleinen quadratischen Tisch und unterhielten sich, während Spatzen hoffnungsvoll um ihre Füße herumhüpften.

»Cesca, du wirst von Tag zu Tag italienischer«, behauptete Alé und schnupperte an einem Basilikumblatt, das sie mit den Fingerspitzen zerdrückt hatte.

»Aber nicht mit diesen Sommersprossen«, wandte Matteo scherzend ein.

»He, wie würden eure Kinder wohl aussehen, wenn ihr welche zusammen hättet?«, überlegte Alé und blickte interessiert zwischen beiden hin und her.

»Alé! Du solltest ihm nicht noch mehr Munition liefern, ehrlich!« Cesca konnte nur den Kopf schütteln.

»Das ist leicht. Sie würden natürlich aussehen wie ich«, erklärte Matteo im Brustton der Überzeugung. »Der dunkle Typ ist nämlich dominant. Ich hätte deine Gene in null Komma nichts überwältigt und besiegt.«

»Es stimmt, die Gene von hellhaarigen Menschen werden tatsächlich rezessiv vererbt«, bestätigte Guido lachend.

Die Gruppe fiel über ihr Essen her.

»Ich kapiere nicht, wie du die Frauen dazu kriegst, mit dir auszugehen«, stöhnte Cesca.

»Und doch stehen sie reihenweise bei mir an«, meinte Matteo mit einem selbstgefälligen Schulterzucken.

»Schade bloß, dass aus dieser heißen Zahnärztin nichts wurde, was?«, bemerkte Alé süffisant. Sie schenkte allen Aperol Spritz nach.

»Für sie vielleicht.«

»Matti!«, schimpfte Cesca und warf mit ihrer Papierserviette nach ihm. »Gott, nicht zu fassen, dass Nico glaubt, du wärst mein Freund.«

Alle starrten sie an.

»Was ist?«, fragte sie unschuldig.

»Nico? Der Typ aus der Bar?«, erkundigte sich Matteo.

»Dieser Höhlenforscher?«, sagte Guido zur gleichen Zeit.

»Ja, genau«, meinte Cesca grimmig. »Dieser Arsch.«

Augenbrauen wurden hochgezogen.

»Ich wusste gar nicht, dass was zwischen euch läuft«, meinte Alé. Ihre Gabel stockte auf halbem Weg zum Mund.

»Tut es auch nicht. Wie kommst du darauf?«

Die Augenbrauen kletterten noch ein wenig höher.

»Ja, aber … Warum ist er dann ein Arsch?«, wollte Alé wissen.

»Und wieso erwähnst du ihn überhaupt, wenn er schon so ein Arsch ist?«, warf Matteo ein.

»Er ist älter, oder?«, erkundigte sich Guido.

»Ja, genau. Ließ sich kaum abwimmeln, neulich in der Bar. Wollte Cesca unbedingt selbst nach Hause bringen. Als ob!« Er verdrehte die Augen. »Das hab ich natürlich nicht zugelassen.«

»Uuh …«, säuselte Alé neckisch.

»Du sagst es«, erwiderte Matteo verstimmt.

»Er war ganz schön heiß – jedenfalls soweit ich mich erinnern kann …«, überlegte Alé stirnrunzelnd. »Er war doch heiß, oder? Das hab ich richtig mitgekriegt?«

»Ja, er ist nicht unattraktiv«, räumte Cesca widerwillig ein. »Aber ein Arsch ist er trotzdem. Das eine schließt das andere ja nicht aus. Im Gegenteil.«

»Und was ist so schlimm an ihm?«, wollte Alé wissen.

»Er ist ständig schlechter Laune, ein richtiger Miesepeter. Und er hält seine eigene Meinung für die einzig richtige. Eine andere lässt er nicht gelten. Und platzt überall rein, wo's ihm passt. Der reinste Albtraum. Man kann kaum noch in Ruhe arbeiten, seit er aufgekreuzt ist.«

»Aber du hast doch nichts mit ihm zu tun?«, fragte Guido. »Nicht direkt, meine ich.«

»Nee, das nicht, aber irgendwie laufen wir uns trotzdem andauernd über den Weg. Der Mann ist eine echte Plage.«

»Klar lauft ihr euch andauernd über den Weg – der Palast hat ja auch nur tausend Zimmer«, spottete Matti mit einem schelmischen Zwinkern.

»Ihr habt gut lachen! Ich krieg allmählich Zustände in

dem Kasten. Man fühlt sich beobachtet. Überall Augen. Direkt unheimlich«, murmelte sie verstimmt.

Guido blickte von seinem Teller auf. »Ja, weil da überall Augen *sind*: Velázquez, Caravaggio, Raffael, Leonardo ...«

»Sag ich doch«, fauchte Cesca. »Man kriegt direkt das Gruseln.«

»Denk einfach daran, dass du gut dafür bezahlt wirst«, wandte Alé ein. Sie warf den Männern einen warnenden Blick zu: besser das Thema wechseln.

»Ach, aber längst nicht genug für diesen Scheiß«, entgegnete Cesca wütend. Diese Recherchen machten sie echt fertig.

»Wie meinst du das?«, wollte Guido wissen. Er legte seine Hand auf die ihre. »Was ist, Schätzchen? Du bist heute Abend ja gar nicht du selbst.«

Cesca streckte stöhnend den Arm auf der Tischplatte aus und ließ den Kopf darauf sinken. »Argh! Tut mir leid, ich ... ich bin einfach nur fertig.«

»Wieso?«, fragte Alé.

Cesca stieß einen abgrundtiefen Seufzer aus, als würde ihr selbst das Luftholen schwerfallen. »Weil ich's hasse, wenn man mich anlügt. Und Elena hat mir von Anfang an einen Haufen Lügen aufgetischt. Sie hat mir Bockmist erzählt. Ein Märchen. Mit ihrem wirklichen Leben hat das so gut wie gar nichts zu tun.«

»Woher willst du das wissen?«

»Weil ich die letzten anderthalb Tage vor dem Computer verbracht und alles durchforstet hab, was im Internet über sie rumgeistert. Eins kann ich euch sagen: Es ist kein Wunder, dass die Medien sie so lieben. Sie wurde schon als Kind mit Schlagzeilen wie ›das glücklichste Mädchen auf der ganzen Welt« oder »Glückskind der Nation« betitelt. Und 1970, 1971 und 1973 wurde sie zur bestangezogenen Frau gewählt.«

»Aber nicht 1972?«, hakte Guido schelmisch nach. »Wie konnte das nur geschehen?«

»*Bad Hair Day?*«, vermutete Alé. »Haben wir doch alle mal.«

»Und 1980 hat sie dann auf einmal einen auf Grace Kelly gemacht und einen Prinzen geheiratet. Es gibt kaum einen Monat im Leben dieser Frau, der nicht dokumentiert wurde, kann ich euch sagen. Die war *jahrzehntelang* in den Schlagzeilen.«

»Und das ist so schlimm, weil …?«

»Ach, das nicht. Das ist die Sonnenseite, die Zuckerglasur. Aber ihr wollt gar nicht wissen, was sonst noch so über sie geschrieben wird.«

»Uuh … ich glaube doch!«, meinte Alé mit gierig funkelnden Augen.

»Hör mal, du weißt doch, dass man nicht alles glauben kann, was die Klatschblätter schreiben. Die saugen sich das doch aus den Fingern. Manchmal ist das regelrechter Rufmord. Gerüchte, üble Nachrede. Von ihr erfährst du mit Sicherheit mehr Wahres als von der Klatschpresse.«

»Ach, glaubst du?«, meinte Cesca zynisch. »Warum hat sie mir dann verschwiegen, dass sie mit ihrem dritten Mann ein Kind hatte?«

»Wie bitte?« Matteo lachte schockiert.

»Nichts, kein Wort davon. Null. Eine tolle Biografie wird das.«

»Aber so was kann man doch nicht einfach verschweigen. Oder verheimlichen!«, meinte Alé perplex. »Darüber gibt's doch sicher amtliche Dokumente. Das lässt sich nicht unter den Teppich kehren.«

»Du sagst es. Aber sie hatte tatsächlich ein Kind mit Ehemann Nummer drei. Was ihr aber offenbar keiner Erwähnung wert war. Ich bin nur zufällig drauf gestoßen, weil ein Foto von dem Säugling in ihren Privatgemächern stand. Das sie absichtlich zur Wand gedreht hatte, bevor ich kam, damit ich's nicht sehe.«

»Aber wieso denn? Wieso sollte sie das tun?«, rief Alé fassungslos.

Cesca seufzte traurig. »Ich denke, es liegt daran, dass sie das Sorgerecht verloren hat, als das Kind vier Jahre alt war. Das Gericht hat es dem Vater zugesprochen.«

»Im Ernst? Sie haben der Mutter das Kind weggenommen?«

»Ja. Der Richter hat sie als ›unzuverlässige Zeugin‹ bezeichnet, deren ›irrationales Verhalten eine Gefahr für das Kind‹ sei. Er hat sie als Alkoholikerin und als ›drogensüchtige Dilettantin‹ bezeichnet.«

»Wie? Als *drogensüchtige Dilettantin*?«, lachte Matteo ungläubig. »Deine Viscontessa ist gerade mächtig in meiner Achtung gestiegen!«

Aber Cesca konnte nicht lachen. »Nicht …« Sie schluckte. »Der kleine Junge ist im Alter von sechs Jahren in einem Swimmingpool ertrunken, auf dem Anwesen seines Vaters in Bel Air. Als gerade eine rauschende Party stattfand. Man fand hinterher Drogen auf dem Grundstück. Ehemann Nummer drei war wohl doch nicht so rein und unschuldig, wie er sich darstellen wollte.«

Eine entsetzte Stille trat ein.

»Scheiße«, murmelte Guido.

»Du lieber Gott.« Alé presste die Hand auf den Mund.

»Elena hatte ihn zu dem Zeitpunkt seit über zwei Jahren nicht mehr gesehen. Ihr wurde jedes Zugangsrecht verweigert. Es war eine ziemlich schmutzige Scheidung, kann ich euch sagen.«

»Mist, das ist ganz schön fies«, meinte Matteo kopfschüttelnd.

»Und von alldem hat sie kein Wort erwähnt?«, hakte Guido nach, der das kaum glauben konnte.

»Nichts, kein Wort. Obwohl, ich kann mir eigentlich schon vorstellen, warum sie's nicht getan hat«, meinte Cesca nachdenklich. »Wie kann man so etwas verwinden? Wie wird man mit so was fertig?«

»Ja«, stimmte Alé ihr leise zu. »Über so was kommt man nie wieder hinweg, schätze ich.«

Alle schwiegen. Man reichte Balsamico und Olivenöl herum.

»Hat sie dir sonst noch was verschwiegen?«, wollte Alé wissen.

»Ja – so ziemlich alles. Es ist fast gar nichts so, wie sie es dargestellt hat. Ehrlich, mir kommt's vor, als würde sie in ihrer eigenen Welt leben, die sie sich selbst zurechtgelegt hat. Aber wie soll ich da eine glaubwürdige Biografie von ihr schreiben? Unter solchen Umständen? Wenn ich es so niederschreiben würde, wie sie mir die Dinge geschildert hat, würde sie sich zum Gespött machen. Die Leser sind doch nicht blöd. Die würden das merken.«

»Und was willst du jetzt machen?«, fragte Alé.

Cesca zuckte die Achseln. »Ich werde sie wohl oder übel zur Rede stellen müssen. Schließlich kann ich das, was ich jetzt weiß, nicht mehr so einfach aus meinem Kopf löschen.«

Sie zog perplex die Nase kraus. »Ehrlich, ich kapiere das nicht. Sie musste doch wissen, dass ich die Wahrheit herausfinden würde – es ist schließlich alles online verfügbar, es lässt sich nachprüfen. Jedenfalls wenn man seinen Job ernst nimmt, so wie ich. Wieso versucht sie mir was vorzumachen? Wieso lügt sie mich an?«

»Ja, allerdings«, musste ihr Guido beipflichten. »Sie weiß doch, was du früher gemacht hast. Sie muss wissen, dass du die Fakten überprüfen wirst, die Spreu vom Weizen trennen, Lüge von Wahrheit. Du bist schließlich total überqualifiziert für diesen Job. Sie wird doch wissen, dass sie sich glücklich schätzen kann, jemanden wie dich dafür gefunden zu haben.«

Cesca zuckte die Achseln.

»Was glaubst du, wie sie's aufnehmen wird? Wir wissen ja bereits, dass sie Widerspruch nur schwer erträgt«, meinte Matteo.

»Also, entweder sie will, dass man eine Biografie über ihr Leben schreibt. Oder sie will es nicht.« Cesca seufzte. »Halbe Sachen sind nicht mein Ding.«

»Also, ich beneide dich nicht um diese Konfrontation«, sagte Alé. Dann wurden ihre Augen schmal. Sie hatte einen Blick auf die Uhr geworfen. »Los, Männer, esst schneller, wir kommen sonst zu spät«, forderte sie die beiden auf. »Ich wünschte, du würdest mitkommen«, fügte sie, an Cesca gewandt, hinzu.

»Ach, ich bin eigentlich ganz froh, dass ich heute Abend zu Hause bleiben kann«, gestand Cesca. »Ich muss das alles erst mal verdauen.«

Sie ließ ihren Blick über die Dächer Roms schweifen, die Kirchtürme und Kathedralenkuppeln, die malerischen roten

Ziegeldächer mit ihren kleinen Dachterrassen, auf denen Wäscheleinen flatterten und zwischen Geranientöpfen Fahrräder lehnten. Aber sie nahm nichts davon richtig wahr – denn etwas stimmte ganz und gar nicht mit Elenas Geschichte.

Guido hatte recht. Elena sollte wissen, dass sie alles über ihre Vergangenheit herausfinden würde. Wenn sie ihre Pflichten ernst nahm, würde die Wahrheit herauskommen. Was ihr außerdem Sorgen bereitete – jetzt, wo sie die Wahrheit kannte –, war, warum Elena diese Biografie überhaupt in Auftrag gegeben hatte. Sie gehörte schließlich zur *nobilità nera*, war mittlerweile ein vollwertiges Mitglied dieser illustren Adelsgemeinschaft, für die Diskretion über alles ging. Wieso also die Vergangenheit wieder aufwühlen? Ein Leben voller Partys und Drogen und drei gescheiterter Ehen? Und schließlich noch Mordgerüchte? Sie war jetzt immerhin eine Prinzessin und eine geachtete Philanthropin.

Cesca kapierte es einfach nicht. Mit dieser Biografie würde Elena gesellschaftlichen Selbstmord begehen. Cesca kam es fast so vor, als habe sich Elena mit Benzin übergossen und würde nun darauf warten, dass sie, Cesca, das Streichholz anriss.

Sie saß auf dem kleinen Quadrat oben auf der Treppe vor ihrer Haustür und ließ sich von der letzten goldenen Abendsonne bescheinen, die Beine von sich gestreckt, ein Weinglas in der Hand. Die anderen waren abgezogen, um ein Coldplay-Konzert zu besuchen, für das sie schon vor fünf Monaten die Karten gebucht hatten. Cesca hatte sich keine gekauft, weil sie an dem betreffenden Abend eigentlich eine Mitternachtsführung hätte machen sollen.

Aber ihr war es ganz recht so. Sie hatte keine Lust, die Arme zu schwenken und mit sechzigtausend Fremden zu jubeln. Ihr Kopf war zum Bersten voll mit Fakten und Gerüchten, Darstellungen und Gegendarstellungen. Sie konnte an nichts anderes denken. Je mehr sie entdeckte – *aufdeckte* –, desto unglaubwürdiger erschien Elenas Version der Geschichte. Und das betraf nicht nur ihre weit entfernte, sondern auch die nähere Vergangenheit. Sie musste an den herrlichen Ring denken, den Nico ihnen gestern präsentiert hatte. Irgendwas stimmte nicht. Elenas Verhalten war ihr schon da seltsam erschienen. Wie sie plötzlich doch unter vier Augen mit Nico reden wollte … Vertraute sie ihr, Cesca, etwa nicht? Aber wieso hatte sie ihr dann ihre kostbare Schmuckkollektion gezeigt und ihr dieses herrliche Collier geliehen? Nein, um fehlendes Vertrauen konnte es sich nicht handeln.

Dieser Ring wollte ihr einfach nicht mehr aus dem Kopf gehen. Etwas Derartiges war ihr noch nie untergekommen – nicht einmal auf der Bulgari-Vernissage. Wie konnte man so etwas einfach in einem Tunnel verlieren, der gar nicht mehr benutzt wurde? Und sich hinterher nicht mehr daran erinnern, dass man ihn verloren hatte?

Sie lehnte den Kopf an die Wand und ließ sich den weißen Hals von der Sonne wärmen. Dabei lauschte sie den Geräuschen von der Piazzetta: Nebenan in der Bäckerei wurde für heute Schluss gemacht, und die Jalousien wurden ratternd runtergelassen; von der Osteria war leises Stimmengewirr zu hören, die ersten Abendgäste trafen ein und besetzten die Tische; Vespas schossen knatternd auf den kleinen Platz und hielten vor der Pizzeria, wo man sich eine schnelle Pizza besorgte.

Und da waren Stimmen. Ganz in der Nähe.

Sie kamen … von unten, aus der Erdgeschosswohnung.

Signora Dutti unterhielt sich angeregt mit jemandem im *Türstock*.

»… *Sí, sí, Maria. Maria Dutti.*«

»Ich danke Ihnen, Signora Dutti. Sie waren mir eine große Hilfe. Bitte entschuldigen Sie, dass ich Ihr Wochenende unterbrochen habe …«

Cesca riss die Augen auf, als sie die Stimme erkannte. Sie krabbelte auf Händen und Knien ein Stück nach vorne und spähte durchs Treppengeländer. Unter ihr zeichnete sich ein Kopf ab, mit zerzausten, staubigen braunen Haaren, Schultern wie ein Freeclimber und Stahlkappenschuhen.

Nico?

»Ach, das macht für mich keinen Unterschied«, bemerkte Signora Dutti mit einem beinahe koketten Lachen. »Samstag, Donnerstag, das ist für mich alles gleich.«

»… melden uns gegebenenfalls noch mal bei Ihnen, falls wir noch Fragen haben.«

Er trat einen Schritt zurück und warf automatisch einen Blick nach oben, zu Cescas Apartment.

Ihre Blicke trafen sich. Cesca starrte ihn mit offenem Mund an. Es war ihr peinlich, beim Lauschen ertappt worden zu sein.

Er schaute sofort wieder weg. *»Buona notte, Signora.«* Er wandte sich ab und ging auf die Nordwestecke der kleinen Piazza zu, zwischen der Bäckerei und Franco's.

»Nico?« Es war ihr herausgerutscht, ehe sie es verhindern konnte. Aus schierer Neugier. Oder doch nicht? Aber sie wollte vor allem erfahren, was er mit Signora Dutti zu bereden gehabt hatte.

Er blieb stehen und drehte sich um. »Was ist?«, fragte er unwirsch.

»Was machst du denn hier?«, erkundigte sie sich mit einem überraschten Auflachen. Um neun Uhr an einem Samstagabend bei meiner Hauswirtin?, hätte sie am liebsten hinzugefügt.

»Geht dich nichts an«, erwiderte er und wandte sich zum Gehen.

»Ach so. Entschuldige.« Ihr Lächeln erlosch, und sie ließ sich enttäuscht auf die Hacken zurücksinken. Er war so feindselig. Offenbar war es mit der Freundschaft, kaum dass sie begonnen hatte, schon wieder vorbei. Sie hatte es sich mit ihrem eigenwilligen Verhalten in der Osteria wohl endgültig mit ihm verscherzt.

Ihre Augen füllten sich mit Tränen, was sie nun überhaupt nicht kapierte. Irgendwie klappte es einfach nicht mit ihnen, andauernd kam es zu Missverständnissen und Zankereien. Aber er war kaum zehn Schritte weit gekommen, als er erneut stehen blieb, wie sie bemerkte, weil sie ihm nachsah. Er stemmte die Hände in die Hüften und schüttelte frustriert den Kopf. Dann machte er mit einem Ruck kehrt und stapfte zu ihr zurück. Am Fuß der Treppe blickte er zu ihr auf. In seinen Augen lag alles, was er mit Worten nicht ausdrücken konnte oder wollte.

Cescas Magen krampfte sich zusammen. Und schon kam er mit großen Sprüngen die Treppe herauf. Auch sie sprang auf und blickte ihm mit großen Augen entgegen.

Und da war er endlich, als ob er hierhergehörte, als ob sie nur auf diesen Augenblick gewartet hätte. Seine Augen bohrten sich flammend in die ihren.

»Willst du … willst du ein Glas Wein?«, stammelte sie.

»Nein.«

»Ah.« Sie wagte nicht zu fragen, was er stattdessen wollte. Aber dafür blieb ohnehin keine Zeit, denn in diesem Augenblick machte er den letzten Schritt auf sie zu, überbrückte die Lücke zwischen ihnen und nahm ihr Gesicht in beide Hände. Küsste sie stürmisch. Sie umklammerte seine Hände und drängte sich an ihn, spürte den Staub auf seinen Lippen, spürte seinen drängenden Hunger.

Er wich kurz zurück und schaute sie an, bemerkte den Ausdruck auf ihrem Gesicht, der dem seinen glich. Dann küsste er sie erneut. Eng umschlungen stolperten sie durch die offene Wohnungstür. Ohne den geschockten Blick zu bemerken, mit dem Signora Dutti, die soeben vor ihrem Haus fegte, zu ihnen hinaufstarrte. Und ohne das Zucken des Vorhangs zu bemerken in einem der Fenster des himmelblauen Palazzos, des einzigen, dessen Fensterläden ausnahmsweise nicht geschlossen waren.

Ihr Blick glitt an ihren eng aneinandergeschmiegten Körpern entlang, seiner mokkabraun, ihrer vanille. Nico döste, eine Hand unter den Kopf gelegt, einen Arm um ihre Taille geschlungen. Sie hatte ihren Kopf auf seine Brust gebettet und bewunderte die Haarlinie, die sich von seiner Brustbehaarung bis hinab zu seinen Lenden zog. Sie streichelte seinen Nabel, hätte auch gern ein wenig geschlafen, konnte aber nicht.

Wie war das nur passiert?

Sie war überglücklich, ja ekstatisch, aber auch vollkommen verwirrt. So wie die Dinge nach ihrer Flucht aus der Osteria lagen … und wie finster er sie angesehen hatte, bei seinem überraschten Auftauchen in Elenas Privatgemächern … Sie hatte geglaubt, er hasste sie. Sie hatte geglaubt, er hielte sie für lächerlich. Er hielte sie für eine Mörderin.

Bei dem Gedanken daran zuckte sie unwillkürlich zusammen. Er hielt sie sofort fester, als wäre sie ein Kind, das aus dem Bett kullern könnte. Sie schmiegte sich seufzend an ihn, dann hob sie den Kopf, um ihn ansehen zu können. Endlich einmal konnte sie ihn nach Herzenslust bewundern, ohne sich vor seinem Zorn oder einer Zurückweisung fürchten zu müssen.

»Was ist?«, fragte er träge, schläfrig, aber mit einem leisen Lächeln um die Lippen. Seine Wangen waren rau und voller Stoppeln. So hätte er gut und gerne in einem Italowestern mitspielen können. Fehlte nur noch die dicke postkoitale Zigarre.

»Was ist da gerade passiert?«, wollte sie wissen. Sie wickelte sich eine Locke von seinem Brusthaar um den rechten Zeigefinger. »Ich hatte ja keine Ahnung, dass du so auf mich stehst.«

»Dann bist du blind.«

Cesca schmunzelte. Er nahm also nicht einmal nach dem Sex ein Blatt vor den Mund, was?

Wie um seine Direktheit abzumildern, drückte er sie sanft an sich. Cescas Herz klopfte schneller.

»Du hast Glück, dass du so blendend aussiehst. Sonst hätte ich's glatt geschafft, dich zu hassen. Ich war fest dazu entschlossen, das kannst du mir glauben.«

Er schaute sie mit einem zugekniffenen Auge an. »Ich weiß.«

»Das hast du nur der Tatsache zu verdanken, dass du so verdammt gut im Smoking aussiehst«, erklärte sie ihm ernsthaft. »Ich meine *verdammt* gut. Das haben italienische Männer anscheinend so an sich.«

»Und du siehst verdammt gut aus, wenn du nackt bist.« Seine Hand wölbte sich um eine Pobacke und griff zu. Dann gab er ihr einen kräftigen Klaps.

Sie fuhr auf und wand sich lachend. »Autsch!«

»Hm«, grinste er und gab ihr erneut einen klatschenden Schlag auf den Po, was sie zappeln ließ.

Sie lachte leise und küsste ihn auf die Brustbehaarung, direkt über dem Herzen. Dann bettete sie ihren Kopf zufrieden auf seine Brust.

»Ich bin so froh, dass Isabella bloß deine Schwester ist«, bemerkte sie seufzend. »Als ich sie zuerst sah, ist mir richtig übel geworden. Sie ist umwerfend, kein Vergleich zu mir.«

»Nein.« Als sie sich daraufhin versteifte, erklärte er: »Ich meine, du bist einmalig, Cesca. Keine ist wie du.« Er gab ihr einen zärtlichen Kuss aufs Haar. »Und ich bin übrigens sehr, sehr froh, dass Matteo – wie hast du's genannt? – so ein Weiberheld ist?«

»Ich hab doch gesagt, er ist nur ein Freund.«

»Aber er steht auf dich.«

»Ach quatsch, du spinnst doch.«

»Nein, ich weiß es, glaub mir. Männer haben einen Instinkt dafür.«

Sie hatte auf einmal Schmetterlinge im Bauch. »Warst du denn sehr eifersüchtig?«, fragte sie mit einem koketten Wimpernaufschlag und bettete ihr Kinn auf seine Brust.

Seine Augen loderten auf. »Das weißt du ganz genau.«

Sie seufzte zufrieden und musterte ihn hingerissen. Dass er hier war – hier bei ihr! »Und was war das vorhin? Du betrügst mich doch nicht etwa mit Signora Dutti?«

Er stieß ein kehliges Lachen aus. »Aha, ich verstehe. Du hast mich also nur zum Reden bringen wollen, was?«

»Im Gegenteil: *Du* bist über mich hergefallen, um mich von weiteren Fragen abzuhalten!«

Er lachte erneut, und ihr klang es wie Musik in den Ohren. Sie verschlang ihn mit bewundernden Blicken. Er erwiderte diese Blicke mit einem sanften, liebevollen Ausdruck, der ganz neu für sie war. »Du hast doch gehört, dass ein Tunnel zu ihrer Wohnung führt«, erklärte er dann und strich bewundernd über ihr langes rotes Haar, strich es ihr aus dem Gesicht. Sein Blick haftete an ihren Schläfen, ihren Wangen, ihren Sommersprossen …

»Du hast doch nicht etwa die Kronjuwelen da unten gefunden?«

»Leider nein«, erwiderte er grinsend. »Aber das nächste Mal werde ich nicht gleich mit meinen Fundstücken zur Principessa laufen. Ich werde einen Koffer packen und zur nächsten Grenze fliehen.«

»Vorher wirfst du mich aber noch über deine Schulter, will ich hoffen.«

»Ja, klar.« Seine Augen tanzten.

»Dann ist das also definitiv Elenas Ring?«

»Was sonst? Es ist ein sehr berühmter Ring. Er wird der Blaue Bulgari genannt.«

»Der Blaue Bulgari …?« Cesca überlegte stirnrunzelnd. Den Namen hatte sie doch schon mal gehört … Sie fuhr hoch und stützte sich auf den Ellbogen. »Aber das kann nicht sein.«

»Wieso nicht?«

»Weil sie gesagt hat, er befände sich in einem Schweizer Banksafe. Das hat sie zu Signore Bulgari selbst gesagt, auf dieser Vernissage neulich. Ich stand direkt daneben.«

»Nun, wenn es keine Fälschung sein sollte, dann ist es

definitiv der Bulgari Blue.« Nicos Augen blitzten auf. »Und mir hat sie gesagt, er wäre schon vor Jahren verloren gegangen.«

Cesca schwieg. »Warum sollte sie das Bulgari-Oberhaupt anlügen? Man vergisst doch nicht, dass man so einen Ring verloren hat, und glaubt stattdessen, dass er sich in einem Bankschließfach in der Schweiz befindet?« Sie biss sich auf die Lippe. »Vielleicht wollte sie nicht zugeben, ihn verloren zu haben? Vielleicht wegen der Versicherung …?«

Er musterte sie. »Da spricht mal wieder die Anwältin aus dir.« Cesca verkrampfte sich unwillkürlich, aber er nahm ihr Gesicht in die Hände und zwang sie, ihn anzusehen. »Das ist doch nichts Schlimmes, Cesca. Wieso tust du, als ob es ein Schimpfwort wäre?«

Sie schaute ihn nur an, und das Herz schlug ihr bis zum Hals – sie wollte so viel sagen, doch die Worte blieben ihr im Halse stecken. Er wartete ab, aber als nichts kam, beugte er sich vor und gab ihr einen sanften Kuss auf die Lippen.

Sie wechselte entschlossen das Thema. »Also führen zwei Tunnel zur Piazzetta, einer zur Osteria und der andere zu Signora Dutti. Und der dritte …?«

Er zog die Augenbraue hoch, denn er wusste genau, warum sie das Thema gewechselt hatte, ging aber dennoch auf ihre Frage ein. »Und der dritte führt zu einem Wasserspiel in der Südostecke des Gartens.«

»Ein Wasserspiel?«, wiederholte sie entzückt. »Das würde ich zu gerne sehen!«

»Das hättest du auch. Der Wein war schon kalt gestellt, dazu Oliven …«

Er sagte es mit einem eigenartig spöttischen, trockenen Unterton. Da fiel ihr der Mittwochabend ein. Er hatte so barsch und angespannt gewirkt – aber vielleicht war das nur Nervosität gewesen? Er hatte unbedingt gewollt, dass sie ihm folgte. Aber wenn er ein Picknick für sie geplant hatte … »Mein Gott, das war doch nicht etwa ein *Date*?«

»Zumindest ein erster Schritt. Ich wusste ja nicht, ob du dasselbe empfindest. Aber stattdessen …«

»Hab ich eine Abzweigung genommen«, ergänzte sie zerknirscht. Sie musste daran denken, wie sie sich geweigert hatte, auf ihn zu hören, wie zornig er geworden und wie das Ganze dann ausgegangen war. »Mann, das hab ich aber richtig verbockt, was?«

»Ja.« Er versuchte ein strenges Gesicht zu machen, aber der Ausdruck in seinen Augen verriet etwas anderes.

Ihre Hand tauchte unter die Bettdecke ab. »Könnte ich vielleicht irgendwas tun, um es wiedergutzumachen …?«

36. Kapitel

Rom, August 1982

Das satte Brummen des Motors vibrierte in ihrem ganzen Körper, und der Wind fuhr ihr in den Pferdeschwanz. Der Sportwagen nahm mühelos eine Serpentine nach der anderen. Sie befanden sich auf einer Bergstraße, und unter ihnen duckten sich pastellfarbene Dörfer wie Seepocken in Felsspalten und Abhänge. Darunter glänzte eine tiefblaue See. Sie stieß einen glücklichen Seufzer aus. Ja, sie war endlich glücklich. Auch wenn Aurelio wieder fortgegangen war. Und sie seitdem kein Wort von ihm gehört hatte. Obwohl er in jener Nacht, unten im Tunnel, kein Wort gesprochen hatte – außer ihren Namen, als er hinterher, ihre Beine noch um seine Hüften, abgekämpft den Kopf auf ihre Schulter sinken ließ. Obwohl er sie im Dunkeln zurückgelassen und sich stolpernd auf den Rückweg zum Westflügel gemacht hatte. »Du bringst mich noch dazu, mich selbst zu hassen, Elena«, hatte er gesagt, als sie im Regen standen, der auf das Pantheon herabprasselte.

Aber sie bereute nichts, auch wenn Aurelio es offensichtlich tat. Wie konnte sie etwas bereuen, das sich so gut und richtig anfühlte? Es war unvermeidlich gewesen, von Anfang an. Sie hatten sich lange dagegen gewehrt, hatten mit aller Kraft dagegen angekämpft, aber am Ende war es doch geschehen. Es war ein Krieg, den man nicht gewinnen konnte. Denn sie wurden von mehr angezogen als Chemie. Es war eine Art Schwerkraft, eine Gravitationskraft, die sie zueinanderzog. Sie waren nun einmal füreinander bestimmt.

Vito, neben ihr am Steuer, hatte seine Arme durchgestreckt und streichelte unbewusst das lederumwickelte Lenkrad. Er trug eine Sonnenbrille, ein hellblaues Leinenhemd und eine kurze marineblaue Hose, dazu seine Autoschuhe von Tod's. Er sah unglaublich gut aus. Er sah aus wie *er*.

Er wandte den Kopf zur Seite und schaute sie an. Sie strahlte. Seine Hand legte sich auf ihren Oberschenkel und drückte sie zärtlich. Seit der Nacht mit Aurelio war es auch zwischen ihnen wieder gut. Mehr als gut sogar. Aurelios Leidenschaft hatte auch ihrer Ehe Starthilfe gegeben, hatte ihre und Vitos Leidenschaft füreinander neu entfacht. Sie lachten und redeten wieder mehr. Auch nahm sie ihre Rolle als Damiani nun von ganzem Herzen an. Pflichten, die zuvor eine Last gewesen waren, tat sie nun mit Freude. Sie stürzte sich mit einem Feuereifer in wohltätige Projekte, der selbst Christina blass aussehen ließ.

Das alles konnte sie, weil sie wusste, dass Aurelio eines Tages zu ihr – zu Vito – zurückkehren würde. Und dann würde es wieder so kommen. Das Muster war vorprogrammiert. Er würde ihr vergebens zu widerstehen versuchen und nachgeben; dann würde er wieder gehen. Er würde zurückkehren und ihr erneut widerstehen und nachgeben. Und wieder fortgehen. Und wieder zurückkehren.

Er würde immer wieder zu ihr zurückkehren, denn ihre Liebe besaß nun eine greifbare, eine körperliche Form, sie wuchs und gedieh und wurde von Tag zu Tag größer. Unbewusst streichelte sie ihren Bauch. Ein ganz neuer, tiefer

Frieden erfüllte sie. Es war wie ein natürliches Beruhigungsmittel, das durch ihre Blutbahn strömte. Er wusste es noch nicht, aber in sieben Monaten würde sie ein Kind zur Welt bringen.

Und es würde aussehen wie sein Vater.

37. Kapitel

Rom, August 2017

Cesca klopfte an die Tür, ohne zu wissen, ob sich Elena überhaupt dort drinnen befand. Sie hatte im ganzen Palast nach ihr gesucht. Die einzigen Räume, in denen sie noch nicht nachgesehen hatte, waren ihre Privatgemächer.

»Ja?«

Die Stimme drang leise, aber klar an Cescas Ohr. Sie streckte den Kopf zur Tür herein. Elena saß auf einem Sofa, eine Decke über den Beinen, wie auch in der vergangenen Woche, als sie von Nico und dem Ringfund unterbrochen worden waren.

»Entschuldigen Sie, dass ich störe, aber könnten wir uns vielleicht mal unterhalten? Wir mussten unser Gespräch letzte Woche ja leider abbrechen.«

Elena sagte nichts, saß ganz still da. »Abbrechen …?«

»Ja, vergangenen Freitag. Als Signore Cantarelli so plötzlich hereinplatzte«, rief Cesca der Principessa in Erinnerung.

Bei dieser Erwähnung trat ein scharfer Ausdruck in ihre Augen. »Ah ja. Nun gut, kommen Sie herein. Signore Cantarelli wird mich in Kürze aufsuchen, um mir mitzuteilen, dass man jetzt mit dem Herumschnüffeln fertig ist. Dann wird dieses unselige Loch endlich wieder geschlossen, und ich erhalte meine Ruhe und meinen Frieden zurück.«

Das glaubte sie wirklich? Wie kam sie denn auf den Gedanken? Gerade hatte Nico einen äußerst wertvollen Ring dort unten gefunden – vielleicht gab es noch mehr? Vielleicht hatte ja tatsächlich ein Raub stattgefunden, ohne dass es bemerkt worden war? Wieso hatte sie es so eilig mit dem Zuschütten?

»Er wird jede Minute hier sein, aber wir können derweil miteinander reden. Es wird ja nicht lange dauern, oder? Wenn ich mich recht entsinne, waren wir ohnehin so gut wie fertig.«

»Ähm, gut, dann eben so lange, wie Sie Zeit für mich haben«, erwiderte Cesca. Obwohl sie jetzt mehr Fragen hatte denn je. Warum Elena versäumt hatte zu erwähnen, dass sie ein früheres Kind mit einem ihrer anderen Ehemänner gehabt hatte, beispielsweise? Dass sie es nicht von sich aus erwähnte, konnte Cesca ja noch nachvollziehen – die Erinnerungen waren einfach zu schmerzlich –, aber nachhaken musste sie als ihre Biografin, das konnte und durfte sie nicht ignorieren. Ja, es würde heute ein kniffliges Gespräch werden. Vielleicht sogar mehr ein Verhör.

Sie durchquerte den Raum. Elenas Blick huschte skeptisch über Cescas weite beige Leinenhose mit Hosenträgern im Stil der Zwanzigerjahre, und die ärmellose schwarze Weste, die sie dazu trug. »Wie fühlen Sie sich heute?«

»Bestimmt ausgeruhter als Sie, nehme ich an.«

»Wie bitte?« Cesca glaubte, sich verhört zu haben.

»Sie sehen heute ein wenig blass aus, Francesca«, bemerkte Elena, deren Blick unverwandt auf ihr ruhte. »Haben Sie nicht gut geschlafen?«

Cesca schluckte. »Doch, sehr gut, danke.«

»Ah.«

Sie musste an Nico denken und an das vergangene Wochenende. Er war bei ihr geblieben, und sie hatten den ganzen Sonntag im Bett verbracht. Erst heute früh hatten sie sich schweren Herzens wieder getrennt – er zehn Minuten früher, damit sie ihr Eintreffen im Palazzo staffeln konnten, um nicht aufzufallen. Nervös stellte sie das digitale Aufnahmegerät auf und legte die heutigen Fotos zurecht. Es war auf einmal alles so schnell gegangen zwischen ihr und Nico. Und ja: Sie hatte sich ziemlich heftig in ihn verliebt.

»Sprechen wir doch noch ein bisschen über Vito«, begann sie und blickte von den Fotos auf, die sie auf der Ottomane ausgebreitet hatte.

Elena nickte, ohne jedoch einen Blick darauf zu werfen.

»Also, äh … wir sprachen über das Verhältnis zwischen den Brüdern und wie sich das auf Ihre Ehe auswirkte.«

»Ah ja.«

Cescas Blick wurde wie magisch von dem Fotorahmen neben Elenas linkem Ellbogen angezogen, der immer noch abgewandt stand, sodass sie die Vorderseite nicht erkennen konnte.

»Lebt er noch?«

»Reli? Nein, er starb im November 1989.«

»Dürfte ich fragen, wie?«

Elena machte ein überraschtes Gesicht, als würde sie sich fragen, was das mit ihrer Biografie zu tun hatte. »Er starb bei einem Autounfall«, erklärte sie sachlich.

Cesca nickte, obwohl sie wusste, dass bei diesem »Autounfall« niemand ums Leben gekommen war. »Für Vito muss das furchtbar gewesen sein …« Sie ließ Elena nicht aus den Augen, aber es dauerte geraume Zeit, ehe diese antwortete.

»Ja. Vermutlich hätte es ihn sogar zerstört, wenn wir nicht Giotto gehabt hätten …« Sie verstummte.

Cesca nickte verständnisvoll. Obwohl »zerstört« ein ziemlich starker Ausdruck war. Aber sie wusste selbst, was Schuldgefühle anrichten konnten. »Giotto ist Ihr Sohn?«

»Korrekt.«

Cesca verstummte. Sie wollte jetzt Elena reden lassen. Das war ein Trick, den sie auch bei Gesprächen mit Zeugen oft angewandt hatte. Das Herz klopfte ihr bis zum Hals, und ihr Kopf fühlte sich heiß an. Gewiss hatte sie ganz rote Wangen. Ob Elena den Braten roch? Ob sie merkte, dass die Scheuklappen ab waren? Dass Cesca jetzt Bescheid wusste? Sie kam sich vor wie eine Richterin, wenn auch ohne Perücke und Robe, wie sie hier saß, um ihr endgültiges Urteil über Elena zu fällen.

Aber Elena schaute nicht einmal zu ihr hin. »Vito hat sich nach Relis Tod sehr verändert«, erzählte sie in abwesendem Ton. »Er wurde mehr wie sein Bruder – leichtsinniger, unberechenbarer. Er hatte den Menschen verloren, der ihm am allermeisten bedeutet hat. Alles war anders. Aber ich glaube, in gewisser Weise hat ihn das sogar befreit. Er konnte die Zwangsjacke des älteren Bruders ablegen. Er war ja jetzt der *einzige* Bruder, der noch übrig war.«

»Mir ist aufgefallen, dass Sie immer traurig werden, wenn Sie über Vito reden. Als ob ihm etwas Tragisches anhaftete.«

Elenas Blick wurde scharf. Das waren nicht die gemütlichen, unaufdringlichen Fragen, die sie gerne mochte. »Es ist ja auch nicht leicht, in einer Welt wie dieser ein guter Mensch zu sein, nicht wahr?«

Cesca nickte. »War das eine Belastung für Ihre Ehe? Dass er sich so veränderte?«

Elena ließ sich das kurz durch den Kopf gehen. »Das sollte man meinen, aber nein. Es hat uns sogar gestärkt, einander noch nähergebracht. Wir mussten uns beide den neuen Gegebenheiten anpassen. Wir erkannten, wie kurz, wie zerbrechlich das Leben sein kann. Man weiß nie, wann einen das Ende ereilt.«

»Dürfte ich fragen, wann Vito genau gestorben ist?«

Elena bedachte Cesca mit einem kühlen Blick. »Am 13. November 2002. Ein Herzinfarkt. Brauchen Sie auch noch die Todeszeit?«

Cesca stellte sich diesem kalten Blick, wich nicht aus. »Ich versuche nur, eine Zeitabfolge der wichtigsten Ereignisse in Ihrem Leben zu erstellen, das ist alles.« Sie lehnte sich kühl zurück. Jetzt war die Zeit für die eigentlichen Fragen gekommen. Die Fragen, die Elena nicht gestellt haben wollte. »Sie haben also sonst keine Kinder?«

Das Foto von Stevie stand nur wenige Zentimeter von Elena entfernt.

Elenas Blick huschte kurz zu Cesca hin. »Nein, Giotto war unser einziges Kind.«

Geschickt gemacht. *Unser* einziges Kind. Das war keine Lüge. Aber auch nicht die ganze Wahrheit.

Cesca beschloss, aufs Ganze zu gehen. Bei dieser Frau hatte es keinen Zweck, um den heißen Brei herumzureden.

»Ich habe das von Stevie gelesen«, gab sie unumwunden zu. »Es muss schrecklich für Sie gewesen sein.«

Indem sie zugab, dass sie es *gelesen* – und nicht, wie es eigentlich hätte sein sollen, von Elena selbst erfahren hatte –, machte sie klar, dass Elena ihr eine beschönigte Version aufgetischt hatte.

Elena zeigte keinerlei Regung, ihre Miene war wie eingefroren. Cesca fühlte sich förmlich von diesem Blick aufgespießt. Eine volle Minute verstrich, ehe sich die Principessa regte.

»Wir brauchten kein weiteres Kind. Giotto hat uns als Familie zementiert.«

Es war, als ob Elena sie überhaupt nicht gehört hätte! Als könne sie Mitgefühl oder Verständnis weder zulassen noch ertragen. Cesca schluckte. Ob sie zu weit gegangen war? Aber sie musste ein Zeichen setzen, musste Elena deutlich machen, dass sie ihr nicht länger etwas vormachen durfte. Es hatte keinen Zweck, Tatsachen auszuweichen, die der Öffentlichkeit längst bekannt waren.

»Elena, hören Sie, Sie müssen endlich ehrlich zu mir sein, wenn dieses Buch auch nur ansatzweise glaubwürdig sein soll. Und zwar in vollem Umfang, verstehen Sie? Halbwahrheiten und Ausweichmanöver nützen niemandem. Elena?«

Elena schaute starr vor sich hin. Ihr Gesicht war seltsam leer und ausdruckslos. Es war unmöglich zu entscheiden, was in ihr vorging. Sie hätte vor Wut schäumen oder vor Kummer am Boden zerstört sein können. Sie besaß eine phänomenale Körperbeherrschung.

Cesca versuchte es noch einmal. »Elena, ich kenne jetzt die Wahrheit. Ich weiß alles. Über Klein-Stevie. Über die Kontroversen um den angeblichen Autounfall Ihres Schwagers …«

Ein Klopfen ertönte. »Ah, das wird Signore Cantarelli sein. Herein!«, rief Elena beinahe triumphierend aus. Das Gespräch war damit wohl wieder einmal beendet.

Die Tür ging auf, und Nico trat ein. Als sein Blick auf Cesca fiel, geriet er unwillkürlich ins Stocken. Beide mussten an den gestrigen Tag und den heutigen Morgen denken.

Nico, der ein wenig rot wurde, wandte hastig den Blick ab. Sie spürte, dass auch ihre Wangen brannten. »Principessa? Falls es ungünstig ist …«

Aber Elena hob die Hand. »Nein, keineswegs. Francesca wollte ohnehin gerade gehen.« Sie musterte Cesca mit kalten Augen. »Das stimmt doch? Sie wollten doch gerade gehen?«

Cesca stieß den Atem aus. Nun gut, wenn sie es so wollte. Wenn sie die Wahrheit einfach nicht wahrhaben wollte … Obwohl sie für jeden, der Interesse daran hatte, jederzeit nachlesbar war. »Ja«, antwortete sie müde und erhob sich.

»Ich habe mir Folgendes überlegt, Francesca«, fuhr Elena fort und sah der anderen beim Einsammeln der Fotos zu. »Ich würde gerne einen ersten Entwurf von allem sehen, was Sie bis jetzt geschrieben haben.«

»Wie bitte?« Cesca war schockiert. Sie hatte bisher noch fast gar nichts niedergeschrieben, sie war ja noch beim Sammeln der Fakten und der Auswertung der Gesprächsaufnahmen.

»Sie haben richtig gehört. Giotto wird nächstes Wochenende zur Gala anreisen. Ich möchte gerne, dass er sich das bisherige Ergebnis Ihrer Arbeit ansieht. Nur um sicherzugehen, dass wir auf dem richtigen Weg sind, nicht wahr? Sie verstehen das? Wenn ich das Manuskript also bis dahin bitte haben könnte?«

Cesca zog die Augenbrauen hoch. *Bis dahin* blieben ihr gerade mal fünf Tage. Elena wollte, dass sie in fünf Tagen einen Bericht über die ersten vierzig Jahre ihres Lebens aus dem Boden stampfte? Wo sie gerade noch versucht hatte, ihr wieder einmal etwas vorzumachen?

»Ich hoffe sehr, dass Ihre Recherchen gewissenhaft und

umfassend waren. Mein Sohn ist sehr genau, wenn es um Tatsachen geht.«

»Sie wollen, dass ich alles niederschreibe, was ich bis jetzt erfahren habe? Wirklich *alles*?«

Elena nickte. »Selbstverständlich.«

Cesca blinzelte wie ein Mondkalb. Die Principessa wollte sie auf die Probe stellen, das war ihr jetzt klar. Sie wollte wissen, ob sie sich auf Cescas Loyalität verlassen konnte, was Cesca in das Buch aufnehmen würde – und was nicht. Zweifellos würde man sie sofort entlassen, wenn sie täte, was Elena scheinbar verlangte: die Wahrheit und nichts als die Wahrheit berichten – inklusive aller hässlichen Details. Wenn die Dinge nicht so liefen, wie sie, Elena, es wollte, wenn sie sich wegen des Buchinhalts streiten müssten, wäre eine weitere Zusammenarbeit ohnehin Zeitverschwendung. Ob es dem Archivar ebenso ergangen war? War auch er der Wahrheit ein wenig zu nahe gekommen? Jetzt war klar, dass Elena nie die Absicht gehabt hatte, ihr die Wahrheit über Stevie und Jack und den ganzen Rest zu erzählen.

»Na gut, ich werde mein Bestes geben«, erklärte sie tapfer.

»Gut. Tun Sie das.« Jetzt richtete Elena ihren Blick auf Nico, und ihr Gesicht erhellte sich schlagartig. »Sagen Sie, Signore, werden Sie auch zur Gala am Samstag kommen?«

»Ich weiß noch nicht«, wehrte er ab, ohne sich festzulegen. Cesca erkannte an seinem wachsamen Gesichtsausdruck, dass er die Spannungen zwischen den beiden Frauen ebenfalls spürte.

»Ach, aber Sie müssen unbedingt kommen. Giotto würde sich freuen, Sie zu sehen. Er wäre bestimmt sehr an Ihrer Arbeit interessiert. Und Sie müssen unbedingt Ihre wunderschöne Verlobte mitbringen.«

Eine eisige Stille trat ein. Dann sagte Nico: »Ich danke Ihnen, Principessa, aber …«

»Ich bestehe darauf! Vor allem, nachdem Sie sich solche Mühe gegeben haben, mich und den Palazzo zu schützen. Es wäre ein passender Abschluss für die Ereignisse des Sommers, finden Sie nicht?«

Cescas Blick war starr auf einen Strauß Rosen gerichtet, der auf einer Konsole hinter Elenas Schulter stand. Sie schwieg, aber ihr Herz klopfte so laut, dass man es gewiss hören musste. Nico warf ihr immer wieder unbehagliche Blicke zu, und Elenas Stimme drang nur noch wie aus weiter Ferne an ihr Ohr. Es gab vieles zu verdauen, aber es war das Wort »Verlobte«, das wie eine Bronzeglocke in ihrem Innern hallte.

»Ich lasse Sie dann jetzt allein«, erklärte Cesca leise. Nicos Blick im Rücken schlüpfte sie rasch aus dem Raum. Die plötzliche Verzweiflung auf seinem Gesicht war ihr nicht entgangen, aber sie wollte ihn jetzt nicht ansehen, keinen von beiden. Mit zitternden Händen zog sie die Tür hinter sich zu.

Elena war offenbar nicht die Einzige, von der sie zum Narren gehalten worden war.

»Ich bin so blöd! Wie konnte ich bloß so blöd sein?«, rief Cesca verzweifelt aus. »Ich konnte den Kerl nicht mal ausstehen! Bis jetzt jedenfalls nicht.« Sie schluchzte auf. Alé reichte ihr mitfühlend ein weiteres Papiertaschentuch.

»Was für ein Ekel! Wie kann er dich bloß so behandeln!«, rief die Freundin mitfühlend aus. »Glaubt wohl, er könnte sich alles erlauben, bloß weil er ein heißer Typ ist. Solche Kerle sind echt am schlimmsten.«

Cesca schüttelte schniefend den Kopf. »Nein, es ist meine Schuld. Ich hätte es kommen sehen müssen.«

»Wie denn?«

»... ach, ich weiß nicht!«, jaulte Cesca. »Aber das hätte ich nun mal. Klar ist er verlobt! Er ist sechsunddreißig. Wie sollte er da noch Single sein?«

»Sechsunddreißig, aber nicht sechsundsechzig. So alt ist er nun auch wieder nicht. Wie hättest du das wissen sollen?« Alé streichelte tröstend Cescas Arm. Die tupfte sich zum wiederholten Mal die Augen ab. »Du hast was Besseres verdient, Cesca.«

»Ich weiß.«

»Schlag ihn dir aus dem Kopf. Vergiss ihn.«

Cesca nickte. Ihn vergessen. Ja, genau das würde sie tun.

»Sieh's mal so: Immerhin hast du's noch rechtzeitig erfahren. Ehe du dich zu sehr auf ihn einlässt.«

»Hm.« Das hatte sich heute Morgen unter der Dusche aber ganz anders angefühlt.

»Und diese arme Sau von einer Verlobten kann einem leidtun! Die hat ja keine Ahnung, worauf sie sich einlässt. Das wird ein böses Erwachen geben, glaub mir! Wenn sie das rauskriegt ...« Alé fuhr sich mit dem Finger über die Kehle. »Mann, wer will schon heiraten!«

Cesca hob den Kopf und musterte ihre Freundin. Alés merkwürdiger Tonfall war ihr nicht entgangen. »Was ist mit dir und deinem Schulrektor?«

»Ach, ich hab ihm den Laufpass gegeben.«

Cescas Hand sackte kraftlos in ihren Schoß. »Wann?«

»Schon vor Tagen.«

»Aber wieso? Ich dachte, es läuft alles so gut – abgesehen

davon, dass er dein Vorgesetzter und außerdem viel zu alt für dich ist, meine ich?«

Alé stieß einen tiefen Seufzer aus. »Weil er Frau und Kinder hat, deshalb.«

»Ach, Alé.«

»Ich weiß. Aber er hat mich nicht reingelegt – ich hab mich sehenden Auges auf ihn eingelassen.« Sie biss sich kopfschüttelnd auf die Lippe. »Es war mir egal. Ich wollte bloß meinen Spaß haben. Mal was mit einem älteren Mann anfangen. Und dann fängt er plötzlich damit an, dass er Frau und Kinder verlassen will. Für mich!« Alé riss entsetzt die Augen auf. »So war das nicht geplant.«

»Dann sind wir also beide *die andere*«, schniefte Cesca.

»Nein. Du hattest keine Ahnung. Aber ich? Ich hab's trotzdem getan, obwohl ich es wusste. Ich bin Dreck, du nicht.«

Nun war es Cesca, die beruhigend eine Hand auf Alés Arm legte. »Aber jetzt hast du ja das Richtige getan. Ehe es zu spät war.«

»Ja, hoffentlich. Ich hab bereits gekündigt.«

»Alé! Wieso denn? Warum willst *du* gehen? *Er* ist doch derjenige, der seine Frau betrogen hat!«

Alé zuckte die Achseln. »Es ist einfacher so. Er hat schließlich Familie. Ich dagegen kriege leicht eine neue Anstellung. Ich hab wenigstens noch meine Freiheit.«

»Freiheit«, wiederholte Cesca trostlos. Sie musste daran denken, wie herrlich es gewesen war, in Nicos Armen zu schlafen, das Gewicht seines Beins auf ihrer Hüfte zu spüren. »Ich werde meine auch früher wiederhaben, als mir lieb ist.«

»Was meinst du damit?«

»Elena hat mich gebeten, einen ersten Entwurf zu schreiben, von allem, was wir bisher durchgegangen sind – also den ersten vierzig Jahren ihres Lebens. Ihr Sohn will's sich angeblich ansehen, wenn er am Wochenende wegen der Gala eingeflogen kommt.«

»Angeblich?«

»Es geht gar nicht um ihren Sohn. Sie will mich auf die Probe stellen, sie will sehen, ob ich es wagen würde, mich ihren Anweisungen zu widersetzen und tatsächlich die Wahrheit niederzuschreiben, nicht das Märchen, das sie mir aufzubinden versucht hat.«

Alé machte eine besorgte Miene. »Und wirst du es wagen?«

Cesca starrte ins Leere. Sie musste daran denken, wie ätzend Elena heute gewesen war, wie sie absichtlich Nicos Verlobte erwähnt hatte, als würde sie wissen, dass zwischen ihnen etwas lief. *Sie verbringen wohl viel Zeit mit Signore Cantarelli?*, hatte Elena einmal zu ihr gesagt. *Sie sehen müde aus.*

Cescas Augen wurden schmal. »Doch, ja, ich glaube schon.«

»Aber was ist mit Nico? Kannst du dort überhaupt noch arbeiten?«

»Ach, die sind so gut wie fertig. Sie haben die Tunnel kartografiert und die Untersuchungen abgeschlossen. Mehr gibt es nicht zu tun. Das Loch wird jetzt also wieder zugeschüttet. Bis Ende der Woche wollen sie fertig sein. Dann muss ich ihn nie wieder sehen!« Sie versuchte es fröhlich zu sagen, aber es kam kläglich heraus.

»Umso besser!«

»Ja.«

»Na ja, kannst ihm ja bis dahin aus dem Weg gehen, oder?«

Cesca dachte an den Palast mit den tausend Zimmern.

»Wenn du wüsstest …«, murmelte sie. »Dem geht man nicht so leicht aus dem Weg. Ich werde mich vielleicht selbst in diesen Tunneln verstecken müssen, damit er mich nicht findet. Hab ich schon erwähnt, dass einer der Tunnel zu meinem Haus führt?«

»Nein!«, rief Alé begeistert aus.

Cesca richtete sich jäh auf. Ihr war ein Gedanke gekommen. »Signora Dutti.« Sie überlegte scharf. »Nico hat sie am Samstag ›Maria‹ genannt.«

»Was hatte er denn mit deiner Hauswirtin zu schaffen?«, fragte Alé süffisant.

Cesca verdrehte die Augen. »Er wollte bloß, dass sie die Papiere unterschreibt, mit denen die Untersuchung ›ihres‹ Tunnels abgeschlossen ist. Aber das ist es nicht …« Ihr Blick richtete sich auf Alé. »Elenas frühere Haushälterin hieß auch Maria.«

Alé lachte laut auf. »Hey, es gibt eine Menge Frauen, die Maria heißen, vor allem in Italien.«

»Ich weiß, aber … sie wohnt direkt am Palazzo. Und sie kann Elena nicht ausstehen – also sie und Signora Accardo –, und sie liegt mir ständig in den Ohren, ich sollte mich von Elena fernhalten, sie sei eine üble Person, solche Sachen. Ich meine, wieso liegt ihr so viel daran?« Sie kniff die Augen konzentriert zusammen. »Außer natürlich, Signora Dutti ist die Maria, die früher einmal dort gearbeitet hat, und es ist irgendetwas passiert.«

»Was denn?«

»Ich weiß nicht. Aber es muss was Schlimmes gewesen sein. Du solltest mal hören, wie sie und Signora Accardo über sie herziehen. Als ob sie der Teufel wäre und man sich bei ihr anstecken könnte.«

Alé machte eine skeptische Miene. »Scheint mir weit hergeholt.«

»Meinst du? Finde ich nicht. Wenn ich's recht überlege, würde das sogar sehr gut passen. Vielleicht weiß sie ja was. Elena lügt jedenfalls, was ihre Vergangenheit angeht.«

»Hast du sie schon damit konfrontiert?«

»Allerdings. Heute.«

»Und wie lief es?«

»Die reinste Katastrophe. Hat mich einfach geschnitten. Ist überhaupt nicht drauf eingegangen. Hat nicht mal mit der Wimper gezuckt. Als ob ich gar nicht anwesend gewesen wäre. Aber deshalb lässt sie mich jetzt auch durch Reifen springen. Ich habe ihr offen auf den Kopf zugesagt, dass ich alles weiß: das mit ihrem kleinen Sohn, über den mysteriösen Tod ihres Schwagers …«

»Moment, was ist mysteriös daran?«

»Offiziell war's ein Autounfall. Aber ich habe die Unfallfotos selbst gesehen: Das war kein Aufprall, das war bestenfalls ein heftiger Stupser. *Kein Mensch* wäre dabei ums Leben gekommen. Da hätte man kaum einen Kratzer abgekriegt.«

»Und was soll deiner Meinung nach passiert sein?«

»Weiß ich nicht«, antwortete Cesca achselzuckend. »Aber vielleicht weiß es Maria. Elena hat ein Geheimnis, da bin ich sicher. Wenn du mich fragst: Als ehemalige Haushälterin weiß Maria möglicherweise etwas.«

»Wie kommst du darauf?«

»Meine Juristennase verrät mir das, Schätzchen. Es ist mein Job, der Wahrheit auf den Grund zu gehen.«

38. Kapitel

Rom, November 1989

Die Luft war kalt und schneidend, sie brannte in ihrer Kehle und machte ihre Ohren taub. Sie schritt raschelnd durch ein Meer brauner, trockener Herbstblätter. Giotto war vorausgerannt und sprang mit ausgebreiteten Armen zwischen den Blättern umher, scheuchte Tauben auf, die mit einem erschreckten Flattern aufflogen, und ließ mit den Stiefeln die Blätter aufstieben. Seine Wollhandschuhe baumelten an der Schnur aus den Ärmeln seines Mäntelchens, und der Bommel an seiner Mütze zitterte heftig. Auch er war, wie die meisten Sechsjährigen, Engel und Teufel zugleich.

Elena folgte ihm ein wenig langsamer. Das Herumtollen im Freien hatte sie müde gemacht. Ihre Wangen waren rosig von der Kälte und der Anstrengung, und der warme Schaffellmantel lag schwer auf ihren Schultern. Sie hatte wieder abgenommen, weil sie allmählich den Mut verlor – die Hoffnung verlor.

Sie sah Giotto im Gartenzimmer des Westflügels verschwinden. Er hatte die Glastür so heftig aufgerissen, dass sie gegen die Wand knallte, denn er freute sich schon auf die heiße Schokolade, die Maria, wie er wusste, für ihn bereithalten würde.

Sie zog beim Eintreten die Handschuhe aus und knöpfte ihren Mantel auf. Vito saß in seinem Sessel, aber seine Zeitung lag verstreut zu seinen Füßen, als sei sie ihm aus Versehen heruntergefallen. Als sei er überrascht aufgesprungen und habe dann aus irgendeinem Grunde vergessen, sie wieder aufzusammeln.

»Liebling! Da bist du ja!«, rief Vito mit leuchtenden Augen aus. »Schau mal, wer da ist.«

Ihr Blick richtete sich wie von unsichtbaren Fäden gezogen auf den dunklen Schopf, der sich nun langsam zu ihr umwandte. »Elena«, sagte Aurelio und erhob sich. »Wir haben schon auf dich gewartet.«

Er hatte gewartet? Was für ein Hohn!

»Ja, wir konnten dich nirgends finden, sonst wären wir dir nachgegangen«, fügte Vito hinzu. Aurelio kam über den Teppich auf sie zu, wobei er darauf achten musste, nicht auf die Legosteine zu treten, die Giotto beim morgendlichen Spiel dort liegen gelassen hatte. »Wir wussten nicht, wo genau im Garten du dich aufhältst.«

Jetzt stand er vor ihr und musterte sie, ihre rosigen Wangen, die schmeichelhafte weiße Fellmütze. »Du siehst fabelhaft aus, Schwesterherz«, bemerkte er leichthin. Aber seine Augen brannten sich in die ihren, so wie sie es immer tun würden. »Die Mutterschaft steht dir.« Er beugte sich vor und gab ihr einen sanften Kuss auf beide Wangen. Sie klammerte sich dabei an seinen Armen fest, und ihre Fingernägel gruben sich in sein Fleisch. Aber in wenigen Sekunden war es vorbei, die Distanz wurde wieder gewahrt.

»Schade nur, dass du dir so lange Zeit gelassen hast, um deinen Neffen endlich mal kennenzulernen. Er ist schon ein richtiger Junge, kein Baby mehr«, sagte sie mit spröder, zitternder Stimme. War er wirklich und wahrhaftig wieder hier? Sie hatte so lange gewartet, hatte gehofft und gebetet. Und plötzlich war er wieder da, einfach so, an einem ganz gewöhnlichen Montagvormittag im November. Und es war, als wäre er nie weg gewesen.

»Hab gehört, er ist seinem Vater wie aus dem Gesicht geschnitten«, witzelte er.

Vito lachte ebenfalls. »Komm, setz dich doch, Elena. Du musst müde sein. Ihr wart über eine Stunde draußen. Maria wird uns Kaffee bringen, sobald sie Gio versorgt hat. Er ist so schnell durchgezischt, dass er Reli gar nicht bemerkt hat. Er wird staunen.«

»Ja, es wird ihm seltsam vorkommen, jemanden zu sehen, der genauso aussieht wie sein Vater.« Elena setzte sich neben ihren Mann – auf diese Weise konnte sie Aurelio besser betrachten.

»Aber ihr habt ihm doch von mir erzählt, hoffe ich?« Aurelio nahm auf dem Sofa gegenüber Platz.

»Ja, natürlich. Aber es zu hören ist das eine. Es zu sehen ist etwas ganz anderes«, sagte Elena.

Aurelios Blick zuckte zu ihr hin. Sie zwang sich zu lächeln, aber das Ungesagte knisterte zwischen ihnen wie eine Hochspannungsleitung.

»Und wie ist Hongkong?« Gott, das interessierte sie jetzt am allerwenigsten.

»Aufregend. Geschäftig. Wie immer.« Er wollte offenbar auch nicht darüber reden.

»Warum ausgerechnet Hongkong?«, wollte Vito wissen. »Musstest du unbedingt so weit weggehen? Du hättest auch in London oder in Frankfurt arbeiten können. Nicht gleich am anderen Ende der Welt.«

»Vielleicht war das ja der Sinn der Sache?«, vermutete Elena mit einem gepressten Lächeln. »Er ist offenbar vor uns auf der Flucht, Liebling.«

Aurelio studierte einen Fleck auf seinem Knie, dann holte er scharf Luft. »Ach, du kennst mich ja, Bruder, ich bin nun mal eine rastlose Seele. Ich halte es nie lange an einem Ort aus.«

»Dort hast du's aber ziemlich lange ausgehalten«, meinte Vito freundlich. »Sieben Jahre! So lange bist du meines Wissens noch nie ausgeblieben.«

»Ja? Mag sein.« Aurelio streckte sich lässig und legte ein Fußgelenk auf sein Knie, machte sich breit, nahm Raum ein. »Aber so lange brauchte ich, um die Firma aufzubauen.«

»Wieso das denn? Du hast doch genug Geld. Wieso auch noch eine Firma?«, sagte Elena ergrimmt. Jetzt, wo sie den Schock seines überraschenden Auftauchens allmählich verdaute, kam die Wut in ihr hoch. Sieben Jahre!

Aurelio warf ihr einen scharfen Blick zu. »Es kann einen Mann in den Wahnsinn treiben, Elena, wenn er nichts Sinnvolles in seinem Leben zu tun hat.«

»Ah, das hast du also die letzten sieben Jahre gemacht: etwas Sinnvolles«, spottete sie. Sie wollte ihn anschreien, auf ihn einprügeln. *Sie* hatte ihre Tage auch mit etwas Sinnvollem verbracht: nämlich *seinen* Sohn aufzuziehen! Wie hatte sie sich danach gesehnt, dass er endlich zurückkehrte, dass sie ihm das Kind in die Arme legen konnte. Aber er hatte alles versäumt: die Säuglingszeit, die Kleinkinderjahre. Jetzt war Gio schon fast sieben, und er wurde Vito mit jedem Tag ähnlicher. Verlor seine jungenhafte Wildheit, wurde gedrillt und erzogen, musste Tischmanieren lernen und Gäste mit Handschlag und einem Blick in die Augen begrüßen. Er war der Kronprinz, der Erbe. Die Geschichte wiederholte sich.

»Freut mich zu hören, dass es so gut für dich läuft«, sagte sie zynisch. »Ein Banker, hm? Wer hätte das gedacht. So was hatten wir noch nicht in der Familie, oder, Vito?«

»Päpste. Kardinäle. Gutsherren. Winzer. Aber nein, einen Banker noch nie«, bestätigte Vito mit einem Achselzucken. »Da bist du der Erste, Reli.«

»O nein, ich bin definitiv der Zweite«, entgegnete Aurelio schlagfertig. »In jeder Hinsicht. Abgeschlagen auf jedem Feld. Immer derjenige, der um eine Kleinigkeit zu spät auf der Party erscheint.«

»Vierzehn Minuten zu spät?«, schlug Vito amüsiert vor.

Aber Aurelios Blick ruhte auf Elena. Nein, vier Monate. Vier Monate zu spät für *ihre* Party.

Elenas Verzweiflung wuchs. Sie konnte das nicht mehr, sie ertrug es nicht länger. Sie wollte ihn hassen, wollte es ihm heimzahlen, dass er sie so lange hatte warten lassen. Ihm ruhig gegenübersitzen und Smalltalk machen zu müssen brachte sie an den Rand ihrer Selbstbeherrschung. Alles, was sie sich wünschte, war, sich in seine Arme werfen zu können, seine Lippen auf den ihren zu spüren und ihn ihren Namen flüstern zu hören.

»Aber bald haben wir ja noch einen Banker in der Familie, dann sind es schon zwei«, fuhr Aurelio fort. »Zu zweit kommen wir besser gegen euch an.«

Elena blinzelte verstört. »Was?«

»Aurelio hat sich verlobt, kannst du dir das vorstellen?«, verkündete Vito und tätschelte Elenas Knie. »Unglaublich! Endlich steuert auch er den Hafen der Ehe an.« Er bemerkte ihren Gesichtsausdruck und musste lachen. »Liebling! Du siehst ja aus, als hätte der Blitz bei dir eingeschlagen!« Er schaute zu Aurelio hin. »Siehst du, was du angerichtet hast? Sie kann's nicht fassen, dass dich doch noch eine gezähmt hat.«

Aber Elena war nicht zum Scherzen zumute. Sie brachte keinen Ton heraus, ihr war fast das Herz stehen geblieben. Ihr Hirn war wie leergefegt, Schwärze, als habe man einen Computer heruntergefahren.

»Sie heißt Ling«, erklärte Vito vollkommen ahnungslos. »Sie arbeitet bei Reli. Fusionen und Übernahmen, stimmt's?«

Aurelio, der abermals an dem Fleck am Knie zupfte, nickte. »Stimmt.«

»Und wann kriegen wir sie mal zu Gesicht?«, drängte Vito. »Endlich werde ich auch eine Schwägerin haben!«

»Bald. Sie wollte eigentlich mitkommen, musste aber noch einen Deal zum Abschluss bringen.«

Vito räusperte sich. »Und die Hochzeit …? Sie wird doch hoffentlich hier stattfinden? Im Palazzo?«

»Nein, in Hongkong. Ihre ganze Familie lebt dort. Wir dachten, Februar wäre eine günstige Zeit.«

»Na ja, ich kann nicht gerade behaupten, dass ich nicht enttäuscht bin, dass es nicht hier stattfinden wird, aber Februar wäre prima – dann sind die Couture-Schauen bereits vorbei.« Vito drückte Elenas Oberschenkel. »Das sollte dich freuen, Liebling.«

Aber sie hatte das Gefühl, von einer Klippe zu fallen, in einen Abgrund zu stürzen. »… Gratuliere.«

»Danke. Wir sind sehr glücklich.« Aurelio sah ihr kurz in die Augen.

Es war mehr ein geäußerter Wunsch als ein Fakt.

»Elena.« Das Flüstern drang so deutlich an ihr Ohr, als würde er neben ihr stehen, aber sie eilte durch die Onyx-Galerie. Sie hieß nicht umsonst »Flüstergalerie«: Jedes Wort hier war deutlich vernehmbar. »Elena, halt an!« Aber sie rannte weiter.

»Warte!« Er hatte sie erreicht, hielt sie am Arm fest. Sie wurde herumgewirbelt und prallte gegen seine Brust. Auf der nachts eigentlich ihr Haupt ruhen sollte.

»Was ist? Was willst du noch von mir? Was soll ich sagen?«, zischte sie. Über ihre Wangen rannen Tränen. »Du bleibst sieben Jahre weg, und dann kommst du mit so was?«

»Pst, er wird dich noch hören«, fuhr er zornig zurück.

»Ach, der hört nie was, der telefoniert. Er kriegt nie was mit, nicht mal das, was direkt vor seiner Nase ist!«

Aurelio blickte sich in der langen Galerie um. »Ich will doch nur das Beste«, flüsterte er flehentlich.

»Für wen?«

»Für uns alle. Das weißt du. Es gibt keinen anderen Weg.«

Sie schluchzte auf. »Wie kannst du nur so was sagen!«

Er packte sie bei den Oberarmen, seine Finger berührten dabei fast seinen Daumen. »Weil es einfach nicht so weitergeht, Elena! Wir müssen damit aufhören, ein für alle Mal. Egal, wie oft ich weggehe, wie lange ich wegbleibe ... es ist immer dasselbe.« Sein Blick kroch über ihr Gesicht. »Ich vergesse mich. Und ich vergesse Vito. Ich kann das nicht länger zulassen, Elena. Ich kann nicht.«

»Dann willst du also für immer am anderen Ende der Welt leben? Ist das dein Plan?«

Er nickte. Ein Wangenmuskel zuckte. »Es ist leichter für mich, wenn du nicht in der Nähe bist. Dann kann ich fast glauben ...«

»Was? Dass es nie geschehen ist? Dass ich nicht existiere?«

»Ja.«

Oh, das tat weh, das tat sehr weh. Sie begann am ganzen Leib zu zittern. »Weißt du, dass ich jeden Tag, wenn ich Gio ansehe … immer nur dich sehe? Er ist ganz wie du.«

»Und wie Vito.«

»Nein! Wie du. Er hat dein Temperament.« Sie schaute mit tränenblinden Augen zu ihm auf, spreizte die Finger auf seiner Brust. »Reli, du fehlst mir so. Es gibt einen anderen Ausweg, ich weiß es.« Sie wurde von Schluchzern geschüttelt, zog die Schultern hoch. »Wir könnten weglaufen. Wir könnten irgendwo anders ein neues Leben anfangen – wo immer du willst. Du musst es nur sagen. Wir könnten noch heute Nacht fortgehen.«

»Nein, Elena.« Er sagte es entschieden, aber auch in seinen Augen standen jetzt Tränen. »Ich möchte einmal im Leben das Richtige tun!«

»Dann hasse ich dich dafür.« Sie wollte zurückweichen, denn sie spürte, dass sie jeden Moment zusammenbrechen würde, aber er hielt sie nur noch fester gepackt, hob sie beinahe auf die Zehenspitzen.

»Sag das nicht.«

»Doch. Ich hasse dich. Ich hasse dich. Ich hasse dich.« Sein Blick fiel auf ihren Mund. »Ich liebe dich.«

Da riss er sie an sich, er konnte nicht anders, es war wie ein Reflex. Schon waren seine Lippen auf den ihren, er drückte sie an sich, als wolle er sie nie wieder loslassen. Elena brach es fast die Rippen, und ihr Herz wollte schier zerspringen. Noch Jahre später überlegte sie, dass das der Moment war, an dem etwas Vollkommenes, etwas Wunderschönes zerbrach, ein kostbares Kristallglas, das sich mehrmals in der

Luft überschlägt, wie in Zeitlupe, ehe es am Boden zerschellt. Und sich selbst zerstört.

Er wich zurück. »Elena«, flüsterte er.

»... Mama?«

Gio kam durch die lange Galerie gerannt. Als er sie erreichte, hielt er sich an ihrer Hand fest und schaute blinzelnd zu ihr auf. Er hatte einen Kakao-Oberlippenbart.

»Liebling!« Sie lachte geschockt, fast ein wenig hysterisch auf. Ausgerechnet von ihm ertappt zu werden! »Sieh dich an! Du bist ja ganz mit Kakao verschmiert.« Sie rieb mit dem Daumen über seine samtweiche Haut, aber der Schokoladenschnauzer war bereits angetrocknet. »Ach, das lässt sich nicht mehr wegwischen. Ist schon angetrocknet.«

»Wer ist das?«, fragte Gio scheu und schaute zu seiner Mutter auf. Er klammerte sich noch immer an ihre Hand, wollte sie von dem Mann wegziehen.

»Aber das siehst du doch«, stammelte sie, »das ist dein Papa.«

»Nein.« Gio konnte – oder wollte – seinen Onkel nicht ansehen. Er starrte auf seine Hand, die sich in Augenhöhe befand.

»Doch, natürlich ist er das! Was soll das heißen? Willst du mich veräppeln, du Racker?«

Er schaute mit großen Augen zu ihr auf. »Warum weinst du?«

»Ach, Liebling, ich weine doch nicht.«

»Doch, ich hab's gehört.«

»Aber das sind Freudentränen, Liebling. Es gibt wundervolle Neuigkeiten: Der Bruder deines Vaters ist nach so vielen Jahren endlich zurückgekommen. Er freut sich schon so darauf, dich kennenzulernen.«

Gios Augen huschten jetzt endlich hinauf zu Aurelios Gesicht, ein Gesicht, das er gut kannte, das Haar, die Kleidung …

»Aber jetzt lauf und wasch dich, okay? Dann kannst du ihn gleich richtig kennenlernen.« Elena drehte ihren kleinen Jungen um und gab ihm einen Schubs. »Sonst denkt Onkel Reli noch, dass du ein Landstreicher bist. Los, lauf.«

Der Junge rannte mit quietschenden Gummisohlen den langen Korridor entlang und verschwand.

Elena wartete, bis er außer Sicht war, dann wandte sie sich atemlos Aurelio zu, wischte hektisch ihre Tränen ab. »Du musst dich sofort umziehen.«

39. Kapitel

Rom, August 2017

Es war erst das zweite Mal, dass sie Signora Duttis kleine Wohnung betrat. Beim ersten Mal hatte sie vor dem Einzug ihren Schlüssel abgeholt. Bei ihr oben war es zweifellos schöner, heller, luftiger. Und natürlich hatte man dort Zugang zu der winzigen Dachterrasse. Aber die steile Treppe wurde für die alte Dame mit den Jahren auch nicht leichter zu bewältigen.

Cesca saß an dem kleinen quadratischen Tisch, auf dem ein selbstgehäkeltes Deckchen lag. Eine Schale Orangen stand darauf und daneben eine halb abgebrannte rote Kerze mit einer Wachstropfenpyramide. Signora Dutti lehnte an der Anrichte und mahlte in ihrer schönen altmodischen Kaffeemühle Kaffee. Das wundervolle Aroma der Kaffeebohnen durchzog das Zimmer, durch die offene Eingangstür strich eine sanfte Brise herein.

»Ich sah neulich Signore Cantarelli«, begann Cesca, obwohl sie diesen Namen nur höchst ungern erwähnte. Sie wollte am liebsten gar nicht mehr an ihn denken.

Signora Dutti warf ihr einen Blick zu. »Ja?« Sie schmunzelte vielsagend. »Ich auch. Er war hier, hat Sie gesucht. Gestern Abend und nochmal heute früh. Ich hab gesagt, ich weiß nicht, wo Sie sind.«

»Ach.« Warum sah ihre Hauswirtin sie so an? Sie wusste doch nichts, oder? »Ich hab bei meiner Freundin Alessandra übernachtet.«

Signora Duttis Augen funkelten vergnügt, aber sie nickte. »Er war sehr hartnäckig. Ich musste ihm zeigen, dass die Wohnung leer ist, er wollte mir nicht glauben.«

Cesca unterdrückte ein Stöhnen. Musste ihre Wirtin jeden hinaufführen, der was von ihr wollte? Erst die Principessa und jetzt auch noch ihn.

»Ein attraktiver Mann.«

»Ach ja? Hab ich gar nicht …«

»Aber immer so ernst.« Signora Dutti schnalzte missbilligend mit der Zunge. »Er sollte ab und zu mal lachen.«

Cesca, die fest entschlossen war, ihn sich weder lachend noch ernst vorzustellen (oder nackt), versuchte das Gespräch wieder aufs richtige Gleis zu lenken. »Egal. Also … wie gesagt, äh, er hat mir erzählt, dass einer der Tunnel aus dem Palazzo hierher zu Ihnen führt.«

»Das stimmt.«

»Wussten Sie das?«

»Ja, natürlich!«

Cesca blinzelte perplex. Dann war Freda Accardo also nicht die Einzige – Maria Dutti wusste ebenfalls von den Tunneln! Und Elena selbst sollte sie nicht gekannt haben? »Waren Sie schon mal unten?«

»Einmal, aber das ist lange her. Da unten ist es dunkel und feucht. Außerdem führt er ja bloß zum Palazzo, und was soll ich dort?« Sie verzog verächtlich das Gesicht.

»Signora Dutti – haben Sie je im Palazzo gearbeitet?«

Die Handmühle stand plötzlich still. »Wieso fragen Sie das?«

»Weil …« Cesca entschloss sich, die Karten auf den Tisch zu legen. Sie schluckte. »Weil ich glaube, dass dort etwas Schreckliches passiert ist. Vielleicht wissen Sie ja etwas darüber?«

Eine lange Stille trat ein. Signora Dutti wandte sich ab und beschäftigte sich wieder mit der Zubereitung des Kaffees. Sie musste auf einen Fußschemel steigen, um an die Keksdose ranzukommen, die sich auf dem obersten Regal befand. Sie brachte alles zum Tisch und setzte sich zögernd. Es war ein starker Kaffee, ein richtiger italienischer Espresso, dick wie Sirup.

»Sie waren dort Haushälterin, stimmt's?«, hakte Cesca behutsam nach. Sie wärmte ihre Hände an der Tasse, obwohl es auch heute eine schwüle Nacht war. Es war anfänglich nur eine Vermutung von ihr gewesen, die aber zur Gewissheit wurde, als sie sah, wie die alte Dame reagierte. Sie wagte sich weiter vor. »Ich weiß es bereits, Signora Dutti.«

Die alte Frau starrte sie an und richtete den Blick dann durch die offene Tür hinaus auf den Platz und auf die himmelblaue Fassade des Palazzos, der ihrer aller Leben dominiert hatte und noch immer dominierte. »Das alles ist jetzt schon so lange her.«

Was alles? »Dürfte ich fragen, was Sie gegen die Principessa haben?«

Signora Duttis Blick huschte zu Cesca. »Weiß sie, dass Sie hier sind?«

»Nein. Sie ist in Florenz.« Cesca erwähnte das wie beiläufig, obwohl sie sich keinen Reim auf die jähe Abreise der Viscontessa machen konnte. Ihr gegenüber hatte sie jedenfalls nichts davon erwähnt. Sie hatte es erst von Alberto erfahren, der meinte, sie würde nicht vor Freitagabend zurückerwartet.

»Aber weiß sie, dass Sie mit mir reden?«

»Nein. Und ich möchte gern vermeiden, dass sie es erfährt.« Cesca biss sich auf die Lippe. »Ich habe da nämlich ein paar Dinge erfahren, die … auf die ich mir keinen Reim machen kann. Es geht um den Schwager der Viscontessa …«

»Aurelio!« Signora Duttis Lippen pressten sich grimmig zusammen. »Sie ist der Teufel! Ein Satansweib!«

»Das sagt Signora Accardo auch. Aber wie kommen Sie nur darauf?«, drängte Cesca.

»Wie soll man jemanden nennen, der eine Familie zerstört? Noch dazu das edle alte Geschlecht der Damiani!«

»Aber wie? Wie hat sie es zerstört?« Aber sie wusste es, ahnte es bereits. Die Männer waren eineiige Zwillinge. *Er besaß einen gefährlichen Glamour.* Wie konnte Elena – das frühere Partygirl, das jetzt eine echte Prinzessin spielte, ein Mitglied der *nobilità nera* – so einem Mann widerstehen?

»Ach du meine Güte.« Ihre Hand flog zum Mund. Wieso war sie nicht früher darauf gekommen? Es lag auf der Hand. »Elena hatte ein Verhältnis mit Vitos Bruder.«

»Sie hat einen Keil zwischen die beiden getrieben. Ehe sie auftauchte, waren sie unzertrennlich, ein Herz und eine Seele. Aber mit ihr änderte sich das alles.« Signora Duttis Stimme war heiser vor Zorn.

»Wissen Sie das bestimmt?«

Signora Dutti richtete sich stolz auf. »Ich habe es mit eigenen Augen gesehen.«

Cesca war wie elektrisiert. Eine Augenzeugin? »Bitte erzählen Sie mir, was geschah. Es ist sehr, sehr wichtig.«

Signora Dutti trommelte eine Weile nachdenklich mit den Fingern auf den Tisch. Dann entschloss sie sich zu reden. »Dieses Haus gehörte damals noch den Damianis, wie auch heute noch die meisten Häuser an diesem Platz. Es war früher ein Pferdestall, und die Wohnung darüber – in der Sie jetzt wohnen – diente als Unterkunft für Kutscher oder Stallburschen von Palazzogästen. In dieser Ecke da befand sich früher eine Treppe« – sie deutete auf eine Ecke, in der nun ein rot gestrichenes Besenschränkchen stand –, »aber das Gebäude wurde längst nicht mehr als Stall benutzt. Stattdessen kam nach dem Krieg der Visconte durch den Tunnel hierher, um, wie jeder wusste, seine Mätressen zu empfangen.«

»Okay.« Cesca versuchte sich ihre Befremdung nicht anmerken zu lassen. »Erzählen Sie weiter.«

»Die Zwillinge sind früher, als sie noch klein waren, ständig dort unten rumgestreift, haben sich versteckt, wenn Schlafenszeit war oder wenn sie Hausaufgaben machen sollten. Deshalb war es eigentlich nicht überraschend, dass sie sich dort trafen.«

Cesca, die nicht dumm war, kam sofort zum richtigen Schluss. »Elena und Aurelio, meinen Sie?«

Ein verächtlicher Ausdruck huschte über das runzelige Gesicht der Alten. »Aurelio wusste natürlich, dass sie dort vor Entdeckung sicher wären – niemand kam mehr hierher, weder das Personal noch der alte Visconte.«

»Aber Sie offenbar schon?«

Signora Duttis Miene verhärtete sich. »Ich kam ab und zu in meiner freien Zeit her, wenn ich Ruhe brauchte. Ich wohnte natürlich im Palazzo, aber da kann es manchmal … wie sagt man?« Sie machte eine Geste, als würde sie ihre Schädeldecke zusammenpressen.

»Klaustrophobisch sein?«

»Sie würden sich wundern, wie klein sich so ein riesiges

Gebäude anfühlen kann«, antwortete sie mit einem Achselzucken. »Man fühlt sich beobachtet. Als ob die Wände Augen hätten.« Sie schauderte.

Das konnte sich Cesca sogar sehr gut vorstellen. Ihr ging es in dem riesigen Kasten ganz ähnlich.

»Deshalb kam ich manchmal zum Ausspannen her. Ich las ein Buch. Oder machte ein Nickerchen, wenn ich besonders erschöpft war. Hier war ich ungestört. Unerreichbar.«

»Sie waren also hier, als … was geschah?«, drängte Cesca gespannt. Sie ahnte bereits, was sich abgespielt haben musste.

»Ich las gerade ein Buch, als plötzlich diese Bodenklappe aufging.« Sie stampfte mit dem Fuß darauf. »Ich bin vor Schreck fast umgefallen!« Sie presste sich eine Hand auf den Busen. »Es war der Visconte! Er war außer sich, er war … er tobte wie ein Wahnsinniger.«

»Warum? Was ist passiert?«

»Er befürchtete, dass etwas passieren könnte. Nein, er *wusste* es! Immer wieder fragte er: *Wo sind sie? Wo stecken sie?* Ich wusste nicht, was er meinte, aber dann lief er die Treppe hoch.« Sie deutete zur Ecke, in der sich nicht länger eine Treppe befand. Den Besenschrank schien sie nicht wahrzunehmen, ihr Blick war ins Leere gerichtet, auf längst vergangene Ereignisse. Auf die Ereignisse jener Nacht. »Er brach die Tür auf. Und dann hörte ich einen lauten Schrei. Und Gebrüll.« Sie zupfte nervös an dem Häkeldeckchen. »Ich rannte ihm nach. Ich wusste ja gar nicht, dass dort oben jemand war.«

»Vielleicht hatte man Sie gehört?«

Sie zuckte die Achseln. »Vielleicht. Aber da standen sie, dicht nebeneinander. Und Aurelio, er …« Sie schüttelte den Kopf. »Es war schrecklich. Ein Streit brach aus. Vito wollte sich auf seinen Bruder stürzen, Aurelio versuchte ihn zur Vernunft zu bringen. Die Principessa schrie und schrie. Ich warf mich dazwischen, und der Visconte traf mich mit der Faust. Es war ein Versehen, er wollte das nicht.« Sie schüttelte bekümmert den Kopf. »Er war so ein guter Mann. Er hat sich weinend bei mir entschuldigt, dann lief er davon. Aurelio rannte ihm nach – und das war das letzte Mal, dass ich ihn lebend gesehen habe.«

»Was geschah dann?«

»Vito brauste davon. Aurelio fuhr ihm hinterher, versuchte ihn einzuholen. Aber es gab einen Unfall.«

Ja, der berühmte Autounfall. Cesca schluckte. Blöd, dass Signora Dutti ausgerechnet zu dem Zeitpunkt nicht mehr dabei gewesen war, die Bühne sozusagen verlassen gehabt hatte. Cesca wusste bereits, wie es weiterging – dass Aurelio *nicht* bei dem Unfall ums Leben gekommen war. Nein, es musste noch etwas anderes geschehen sein. Signora Duttis Bericht untermauerte das, er lieferte jedenfalls ein Motiv. Das war kein Unfall gewesen. Sondern ein Mord aus Leidenschaft. Aber leider gab es keine Zeugen. Ob nach dem Unfall noch einmal Streit ausgebrochen, es zu einem weiteren, schlimmeren Kampf gekommen war?

»Aurelio kam ums Leben.« Signora Dutti stieß einen schweren, kummervollen Seufzer aus. »Und das war alles *ihre* Schuld. Sie ist dafür verantwortlich, und das weiß sie auch. Warum sonst hätte sie so reagiert? So verhält sich nur jemand, der sich schuldig fühlt.«

»Wie meinen Sie das?«

»Sie ließ den Tunnel zumauern. Und sie gab mir Geld und … und das hier.« Signora Dutti deutete auf ihre kleine Wohnung. »Im Gegenzug für meine Verschwiegenheit.«

»Sie hat Sie bestochen.«

»Ja, so könnte man es wohl nennen. Aber was sollte ich machen? Wenn ich erzählt hätte, was sich in jener Nacht wirklich abgespielt hat, hätte es Schande über den Namen Damiani gebracht, es hätte den Ruf der Familie ruinieren können. Das konnte ich dem Visconte nicht antun. Ich nahm das Geld. Aber ich setzte nie wieder einen Fuß in diesen Palast. Ich weigerte mich, weiter für dieses Weib zu arbeiten. Sie ekelte mich an.«

»Weiß sonst noch jemand Bescheid?«

Signora Dutti verschränkte trotzig die Arme und sagte nichts.

»Signora Accardo, nehme ich an?«, hakte Cesca behutsam nach.

»Selbstverständlich! Sie ist meine älteste und beste Freundin. Und es hat sie gar nicht überrascht. Sie kennt die Tunnel. Sie weiß, was früher dort vorging.«

Cesca nickte. Das Verhältnis der Zwillingsbrüder war zerstört worden, zerstört von ihrer Liebe zu ein und derselben Frau. Ihre Mutter hatte behauptet, dass sie zwar ein Gesicht, aber zwei Herzen hätten, aber da hatte sie sich geirrt: Die Brüder waren *ein* Herz und *eine* Seele gewesen.

40. Kapitel

Rom, November 1989

Elena stand am Fenster und schaute zum Westflügel hinüber. Er ging unruhig in seinen Gemächern auf und ab und redete am Telefon auf jemanden ein. Die Telefonschnur spannte sich und lockerte sich dann wieder. Sie wusste, mit wem er sprach, aber was wurde geredet? Erklärte er ihr, dass er die Hochzeit nun doch abblasen müsse? Weinte sie? Flehte sie ihn schluchzend an, appellierte sie an ihn, so wie sie es heute Vormittag selbst getan hatte?

Die arme Frau hatte keine Chance. Sie war nur eine weitere Milana.

Sie wandte sich ab und ließ sich auf die Bettkante sinken, nahm noch einmal den kleinen Zettel zur Hand, den man ihr unter der Tür durchgeschoben hatte: *Palombella-Ställe. In einer Stunde. Muss unbedingt mit dir reden.*

Mit Schmetterlingen im Bauch trat sie vor den Spiegel und prüfte ein letztes Mal ihre Erscheinung. Sie hatte sich umgezogen und trug jetzt ein seidiges, anschmiegsames Wickelkleid, das ihr eine gute Bekannte, Diane von Fürstenberg, entworfen hatte. Es war besonders praktisch, weil man es leicht ablegen und ebenso leicht wieder anlegen konnte (was wichtig war, wenn sie sich nicht zum Dinner verspäten wollte). Und sie trug ihre neue Unterwäsche, den atemberaubenden champagnerweißen Spitzen-BH von Janet Reger und das dazu passende Spitzenhemdhöschen. Sie hatte es einfach nicht über sich gebracht, sie für Vito zu tragen, wie es eigentlich vorgesehen gewesen war. Sie hatte rote Wangen und fiebrig glänzende Augen, als ob sie etwas ausbrütete.

Was sie in gewissem Sinne ja auch tat.

Sie legte zwei Finger auf ihren Puls. Hm, ganz schön hoch.

Dabei fiel ihr Blick auf den Ring, den Vito ihr zur Geburt von Gio zum Geschenk gemacht und den er extra hatte anfertigen lassen: ein klarer Diamant für ihre Liebe und der blaue Stein für das gemeinsame Kind, das »die kleine Familie vervollständigte«, wie Vito es ausgedrückt hatte. Sie hatte ihn in sechseinhalb Jahren kein einziges Mal abgelegt, aber jetzt wurde das Gewicht des Rings von Tag zu Tag schwerer – ebenso wie ihr sorgfältig gehütetes Geheimnis.

Aber bald nicht mehr. Bald war das alles vorbei. Heute Nacht brauchte sie sich nicht zu verstellen, heute Nacht brauchte sie nicht zu heucheln. Heute Nacht war sie frei, die Wahrheit zu leben. Sie nahm den Ring vom Finger und legte ihn auf ihre Ankleidekommode, neben den Zettel mit seiner Mitteilung, die sie unter einem Whiskyglas versteckte.

Sie warf noch einmal einen Blick über den Garten. Aurelio war immer noch am Telefon, gestikulierte heftig.

Sie verließ mit einem leisen Schmunzeln und auf ebenso leisen Sohlen das Zimmer. Es konnte nicht schaden, ein wenig früher da zu sein und sich auf ihn vorzubereiten …

Sie hatten lange genug gewartet.

Sie lief nervös auf und ab, nahm auf der Bettkante Platz, sprang dann erneut auf und lief wieder hin und her. Was für ein kärglicher kleiner, ja fast primitiver Raum: ein schmales

Bett, eine klumpige Matratze. Und auch der Stallgeruch hing noch in der Luft. Nicht das, was sie gewohnt war. Aber das, was sie gewohnt war, war ja auch nicht so aufregend wie dies hier. Sie war nicht wählerisch, was ihn anging, sie nahm, was und wie sie es kriegen konnte: in einem dunklen Tunnel, in einem alten Stall … Für ihn würde sie alles aufgeben. Das wusste sie jetzt. Lieber würde sie in Armut und Schande leben, als einen Tag länger ohne ihn auskommen zu müssen. Sie hatte genug Liebe im Leben verloren, um zu wissen, dass es das Einzige war, das das Leben lebenswert machte.

Sie hörte ihn die Holztreppe heraufkommen und konnte es kaum abwarten, ihn endlich zu sehen, ihren Blick auf sein Gesicht heften zu können.

Die Tür ging auf, und er blieb abrupt stehen – als habe er insgeheim damit gerechnet, dass sie nicht erscheinen würde. Er hatte etwas bei sich.

»Willst du nicht reinkommen?«, fragte sie leise.

Er schloss die Tür hinter sich.

»Was ist das?« Ihr Blick ruhte auf der dunkelgrünen Samtschatulle in seiner Hand.

»Es ist für dich.«

Er kam auf sie zu, und sie blickte ihm mit funkelnden Augen entgegen. Dann klappte er die Schmuckschatulle auf. Dort lag, auf einem Bett aus schwarzem Samt, eine schlichte Kette mit hellrosa Perlen. Sie rang nach Luft. Sie kannte sich mit Schmuck aus und wusste, dass dies hier nicht allzu wertvoll sein konnte. Aber weil es ein Geschenk von ihm war, war es ihr mehr wert, als ihr ganzer teurer Schmuck zusammengenommen.

»O Reli«, flüsterte sie, »wie wunderschön!«

»Es sind Opale.«

»Opale?«

»Hier, ich lege sie dir um.«

Sie kehrte ihm den Rücken zu und hob erwartungsvoll ihr Haar. Ihre Haut kribbelte an den Stellen, wo er sie berührte.

Dann drehte er sie wieder zu sich herum und bewunderte die Art, wie sich die Kette an ihren schlanken Hals schmiegte.

»Opale helfen, die wahre Liebe zu finden …«, erklärte er und schaute sie mit einem Blick an, in dem alles stand, was er fühlte. »Hättest du doch nur mich zuerst kennengelernt …«

»Oh, ich weiß, Liebster!« Sie warf die Arme um seinen Hals und presste sich an ihn, wärmte sich an seinem Körper. »Ich weiß …«

Er schob sie ein wenig zurück und küsste sie. Es war der Kuss ihres Lebens, überwältigend, seelenverzehrend, er machte sie zu der seinen, mehr noch sogar als in jener Nacht im Tunnel.

Aber als er wieder auftauchte, war sein Blick umschattet. »Ich hoffe, du denkst an mich, wenn du sie trägst, und weißt, was du mir bedeutest. Und wie sehr ich wünschte, die Dinge lägen anders.«

»Was meinst du?«, fragte sie erschreckt und verwirrt. »Aber Reli …«

Er schritt mit gesenktem Kopf durch den Raum, die Hände in die Hüften gestemmt, die Schultern fast bis zu den Ohren hochgezogen. »Ich habe dich hergebeten, weil ich dir sagen wollte, dass ich morgen abreisen werde. Ich werde den ersten Flug nehmen.«

»Was? Nein!« Er war doch gerade erst zurückgekehrt. Sieben lange Jahre war er weg gewesen, und jetzt wollte er schon nach einem einzigen Tag wieder abreisen? Unmöglich. »Du musst endlich damit aufhören! Du kannst nicht dauernd wegrennen, das bringt mich noch um!«

Er starrte sie an, besiegt, verzweifelt – aber fest entschlossen. »Ich dachte, diesmal könnte es vielleicht gehen, ich war ja lange genug weggeblieben. Der Himmel weiß, was ich alles getan habe, um mich von dir fernzuhalten. Aber jetzt muss ich der Wahrheit ins Auge sehen: Wenn ich dich nicht haben kann, dann darf ich dich auch nicht mehr wiedersehen.«

»Nein, Reli, bitte …«, protestierte sie panisch. »Das meinst du doch nicht ernst, oder? Du wirst wiederkommen. Du kommst doch immer zurück.«

»Ich weiß. Deshalb sage ich dir das ja jetzt auch persönlich. Diesmal renne ich nicht weg. Wenn ich morgen abreise, werde ich nicht mehr zurückkehren. Du wirst mich nie wiedersehen.«

»Nein!« Das Wort kam fast bellend herausgeschossen, voller Wut und Verzweiflung. Der Schock seiner Ankündigung traf sie bis ins Mark.

»Doch, Elena, doch!« Als er ihren Schmerz bemerkte, verzerrte sich sein Gesicht.

»Aber ich liebe dich. Und du liebst mich.«

»Ja«, räumte er ein. »Aber Vito liebe ich noch mehr.«

»Nein.« Ihr Gesicht fiel in sich zusammen, besiegt sank sie aufs Bett. Ein Schluchzen brach aus ihr hervor. Sie vergrub das Gesicht in der klumpigen Matratze, der Schmerz zerriss sie fast.

Er eilte an ihre Seite. »Elena …«

Sie packte sein Gesicht und küsste ihn, wild, verzweifelt. Er erwiderte den Kuss ebenso verzweifelt, doch in diesem Moment …

Beide zuckten zusammen, denn von unten war ein Geräusch heraufgedrungen wie das scharrende Zurückschieben eines Stuhls. »Was war das?«, flüsterte er. Sie hielten einander wie erstarrt umklammert.

Dort unten war jemand. Aurelio schaute sie an, ihre Nasen berührten sich fast, er verschlang sie mit Blicken.

Sie küsste ihn erneut, presste sich an ihn, sodass sie nicht mehr wusste, wo er anfing und sie aufhörte. Sie würde ihn umstimmen, sie wusste, dass sie es konnte. Sie würde diesem Wahnsinn ein Ende bereiten.

Sie legte seine Hände auf ihren Körper, und er stöhnte laut auf, sein Widerstand bröckelte.

Ja, sie …

Noch ein Geräusch von unten, diesmal war es ein Knall, wie von einer jäh zuschlagenden Tür. Erneut erstarrten sie.

Stimmen.

Aurelio blickte Elena entsetzt an. Vitos Gebrüll drang deutlich durch die zugigen Holzdielen zu ihnen hinauf. »Wo sind sie? Wo stecken sie?«, brüllte er.

Eine Frau versuchte ihn vergebens zu beschwichtigen, doch schon waren seine schweren Tritte auf der Treppe zu hören.

Und schon brach er durch die Tür.

Bei ihrem Anblick blieb er abrupt stehen, und sein Gesicht verzerrte sich vor Wut und Qual.

Nun war es heraus, das Geheimnis, das sie fast zehn Jahre lang vor ihm bewahrt hatten.

41. Kapitel

Rom, September 2017

»Ihre Gnaden sind indisponiert.«

Alberto hatte sich in der Tür zum »weißen Salon« aufgebaut, als wäre er ein Bodyguard und nicht ein untersetzter Butler mittleren Alters mit Schmerbäuchlein.

»Aber sie ist doch gestern Abend aus Florenz zurückgekehrt, das sagten Sie doch?«

»Gewiss.«

»Und dass ich sie heute sprechen könnte.« Das hörte sich fast winselnd an. Cesca richtete sich entschlossen auf. »Ich muss die Principessa unbedingt sprechen, bevor ich ihr dies hier aushändige.« Sie hielt einen dicken Papierstapel hoch. »Es gäbe da dringend noch ein paar Dinge zu klären.« Cesca spähte an ihm vorbei in den großen, luftigen weißen Raum. Sie bemerkte, dass die Tür zu Elenas Privatgemächern ein wenig offen stand. War Elena überhaupt dort drin? Konnte sie vielleicht alles hören?

Sie hatte die letzten fünf Tage und Nächte bei Alessandra verbracht und fast pausenlos (und nach bestem Vermögen) an dem Manuskript gearbeitet. Es war nun doch keine Lobeshymne daraus geworden, aber auch keine Verdammung. Sie hatte Elenas Leben gewissenhaft von allen Seiten beleuchtet, im Guten wie im Schlechten. Der Verlag würde tatsächlich einen Einblick in »die Frau hinter dem Enigma« bekommen, ja, Teufel nochmal, das würden sie. Sie hatte sämtliche Tatsachen mehrfach geprüft. Sie hatte all ihren juristischen Spürsinn eingesetzt, ihr ganzes Wissen und ihre ganze Erfahrung. Sie hatte Elenas Leben durchforstet und es nun in seiner Gänze dargestellt, als handele es sich um einen Gerichtsfall. Sie hatte nichts versteckt, nichts beschönigt. Sie war nicht an einer rosa Märchengeschichte interessiert. Es ging ihr einzig und allein um die Wahrheit. So war sie nun mal: Wenn jemand versuchte ihr Lügen aufzutischen, dann schaltete sie auf stur.

Was allerdings noch fehlte, war die Bilanz eines bewegten Lebens, die Schlussstriche. Aber die konnte sie erst anfügen, wenn sie mit Elena geredet, wenn sie es geschafft hatte, das Rätsel um Aurelios Tod aufzuklären. Sie hatte die Todesurkunde angefordert und herausgefunden, dass er an Herzversagen gestorben war, also nicht an einem Genickbruch, einer Kopfverletzung oder starkem Blutverlust, wie man es für gewöhnlich mit einem tödlichen Autounfall in Verbindung bringt und wie es die Zeitungen berichtet hatten. Nur Elena wusste, was sich in jener Nacht wirklich abgespielt hatte.

»Das muss warten, fürchte ich«, beharrte Alberto. »Ihre Gnaden muss sich ausruhen, denn sie erwartet heute Nachmittag Besuch von ihrem Sohn.«

Cesca reckte den Hals und warf erneut einen Blick zu der offen stehenden Tür, die in Elenas privates Wohnzimmer führte. Nun, sie konnte selbst eine Pause gebrauchen. Dieses Projekt war die ideale Ablenkung von ihren privaten Problemen gewesen. Solange sie sich ganz auf Elenas Leben konzentrieren konnte, musste sie nicht an Nico denken. Aber nun holte sie der Schmerz über seinen Verrat wieder ein. Sie war auf einmal unendlich müde und erschöpft, sowohl physisch als auch psychisch.

»Na gut. Aber dann richten Sie ihr bitte aus, dass ich sie dringend sprechen muss, ja?«, sagte sie laut. »Sagen Sie ihr … sagen Sie ihr, ich hätte mit Signora Dutti geredet.« Wenn das Elena nicht auf die Beine brachte, dann gar nichts.

Der Butler zog bei der Erwähnung seiner Vorgängerin perplex die Augenbrauen zusammen. »Ich werde es ausrichten. Und ihr *das hier* übergeben.« Ehe sie Einwände erheben konnte, riss er ihr das dicke Manuskript aus der Hand.

Und schlug ihr die Tür vor der Nase zu.

Cesca stand einen Moment lang verdattert da. Tja, jetzt war sie ihren Job wohl endgültig los. Sobald Elena einen Blick in ihr Manuskript warf, würde sie sie entlassen. Wegen Ungehorsam … oder … oder Verrat.

Nun, sie hätte es so schreiben wollen und nicht anders. Cesca wandte sich ab und schlenderte langsam durch die langen, langen Korridore, durch die Galerien voller alter Gemälde, deren Augen ihr zu folgen und deren Geheimnisse sich ihr an die Fersen zu heften schienen.

Sie wusste besser als jeder andere, dass es das Schweigen, das *Verschweigen* sein konnte, was am meisten Schaden anrichtete. Schweigen konnte tödlich sein.

Cesca blickte im Vorbeigehen zur rechten Fensterfront, wo draußen im Garten die Arbeiter damit beschäftigt waren, das Grabgerät und auch das Material, mit dem die Sinkhöhle in den letzten sechs Wochen stabilisiert worden war, wegzuschaffen. Stützbalken, Querbalken und Bretter wurden säuberlich getrennt auf dem Kies aufgeschichtet und dann durch den Hauptflügel zum Ausgang getragen, wo bereits Laster warteten, die über eine vorübergehende Parkerlaubnis vor dem Palazzo verfügten. Seltsamer Gedanke, dass nächste Woche keiner von ihnen mehr hier sein würde: weder die Arbeiter noch sie noch Nico.

Gott sei Dank war er nirgends zu sehen – wahrscheinlich kroch er irgendwo unten in den Tunneln herum und suchte ein letztes Mal nach seinem kostbaren Stadtkarten-Mosaik, das überall in der ganzen Stadt, in Palästen und Ruinen verstreut lag. Aber vielleicht war er ja auch bereits bei seinem nächsten Einsatz und hatte sie längst vergessen.

»... das klappt nicht. Du kennst sie doch«, flüsterte jemand erregt.

Cesca blieb abrupt stehen. Fünfzig Meter von ihr entfernt stand ein Mann, der ihr den Rücken zukehrte und aufgeregt in sein Handy sprach. Sie kannte ihn nicht. Er trug einen Anzug und hatte dunkles Haar.

Das musste Elenas Sohn sein, vermutete sie. Die Art, wie er sich beim Telefonieren mit gestrecktem Arm an einer Säule abstützte, verriet Vertrautheit mit seiner Umgebung. Aber die Anspannung in seiner Haltung warnte sie davor, sich ihm ausgerechnet jetzt vorzustellen. Sie wandte sich auf leisen Sohlen ab und suchte sich einen anderen Weg. Es gab ja genügend Ausgänge aus diesem Labyrinth von Palast.

»Christina, es ist mir egal, ob ...«

Sie blieb erneut stehen. *Christina?*

»Ich hab dir doch schon gesagt, was ich gehört habe ... nein, dann ist es zu spät.«

Eine Hand legte sich auf ihren Arm. »Cesca.«

Sie fuhr erschrocken herum und ... stand vor dem Mann, den sie am allerwenigsten sehen wollte. »Können wir reden?«

»Nein.« Sie riss sich los, das Herz klopfte ihr bis zum Hals. Weil er's war. Weil er sie beim Lauschen erwischt hatte. »Ich hab dir nichts mehr zu sagen.«

»Aber ich dir.«

»Pech für dich.« Sie hörte Schritte und drehte sich wieder um: Giotto verschwand mit dem Handy am Ohr im Gartenzimmer. »Mist, jetzt sieh, was du angerichtet hast!«

»Wo hast du gesteckt? Ich hab dich die ganze Woche gesucht.«

»Das geht dich nichts an! Ich war bei Bekannten, wenn du's unbedingt wissen willst.«

»Bei Matteo?«

»*Was?*«

Er fegte die Bemerkung mit einem Kopfschütteln beiseite. »Hör zu, wir müssen über neulich reden.«

»Nein, müssen wir nicht. Ist mir doch scheißegal.«

»Ich bin nicht verlobt.«

»Ist mir doch sch… *was*?«

»Sie hat sich nach der Party von mir getrennt.«

»Moment … nach welcher Party?« Was war los mit ihm? War er verrückt geworden? Sie war doch auf keiner Party mit …

Dann fiel der Groschen. Die Bulgari-Vernissage.

Und sofort fiel auch der andere Groschen.

»Isabella?«, flüsterte sie entsetzt. »Sie ist gar nicht deine Schwester?«

Er schüttelte den Kopf.

»Sie war deine Verlobte?«

Er nickte.

»Du hast mich angelogen!«, rief sie empört aus.

»Ja, ich wollte es dir zu dem Zeitpunkt noch nicht sagen.«

»Das kann ich mir denken!«, fauchte sie.

»Nein, so meine ich das nicht!« Er wirkte ungehalten. Frustriert. »Ich dachte, wenn du erfährst, dass ich verlobt bin – oder besser gesagt, verlobt *war* –, würde dich das möglicherweise abschrecken.«

»Das hätte es auch, verdammt nochmal!«, wütete sie. »Du bist ja praktisch verheiratet.«

»Nein, bin ich nicht«, entgegnete er gelassen. Wie konnte er nur so ruhig bleiben? Musste der Mann nie blinzeln? *Musste* er so schöne Augen haben?

Sie richtete sich auf. Nein, auf die Masche würde sie nicht nochmal reinfallen. »Bloß gut, dass sie's rechtzeitig erkannt hat. Sie hat was Besseres verdient.« Cesca ging der Dampf aus. »Immerhin ist sie dich jetzt los«, fügte sie lahm hinzu. Der Typ wartete einfach seelenruhig ab, bis sie fertig gesprochen hatte! War ihm eigentlich nichts peinlich? Schämte er sich nie? Schließlich siegte die Neugier, und sie fragte: »Warum hat sie sich eigentlich von dir getrennt?«

»Sie sagte, es sei offensichtlich, wie ich dich ansehe.«

Ach, Mist. »Echt?«

Er zuckte die Achseln. »Es war mir gar nicht bewusst, zumindest zu dem Zeitpunkt noch nicht. Sie wusste es noch vor mir.«

»Was denn?«

Das Hochziehen seiner rechten Augenbraue war Antwort genug.

»Aber du kennst mich doch kaum«, flüsterte sie perplex, »und damals sogar noch weniger.«

»Ich weiß, und das hab ich ihr auch gesagt. Ich habe ihr gesagt, dass nichts zwischen uns ist. Sie meinte, das sei offensichtlich. Du benimmst dich in meiner Gegenwart ja wie die sprichwörtliche Katze auf dem heißen Blechdach. Sie meinte, ich hätte keine Chance, dir zu widerstehen.«

Cesca seufzte. »Hör zu, das ist ja alles sehr schmeichelhaft, aber ich spiele nicht gern die andere …«

»Das bist du auch nicht«, unterbrach er sie. »Und du bist auch nicht der Grund, warum wir uns getrennt haben. Du warst nur der längst fällige Anlass. Es stimmte schon lange nicht mehr mit uns. Vielleicht ja noch nie.«

Cesca konnte das nicht begreifen. »Aber sie ist umwerfend schön.«

Er zuckte die Achseln, als wäre ihm das egal. »Stimmt.«

»Gott, sogar ich würde sie heiraten«, murmelte Cesca perplex. Nico sah sie verwirrt an.

»Liebst du sie denn?«, wollte sie wissen.

»Ja. Aber unser Verhältnis war schon immer eher freundschaftlich als … leidenschaftlich. Wir kennen uns schon unglaublich lange. Vielleicht haben wir es uns ja ein bisschen zu bequem gemacht.«

»Bequem? Wie ein Paar Pantoffeln?« Sie zog die Augenbrauen hoch. »Vielleicht war das ja das Problem.«

»*Du* dagegen bist alles andere als bequem.«

Sie erlaubte sich ein trockenes Grinsen und deutete auf ihre Erscheinung, auf die weite, schlabberige Annie-Hall-Trägerhose, das Hemd und ihren unentbehrlichen Panamahut. »Damit willst du doch hoffentlich nicht wieder meinen Kleidergeschmack beleidigen.«

Er schüttelte fast verzweifelt den Kopf, aber gleichzeitig begannen seine Augen zu funkeln. Jetzt glaubte sie zu wissen, was in ihm vorging. Er schlang vorsichtig den Arm um ihre Taille, als erwarte er nach wie vor eine Zurückweisung, und zog sie an sich, blickte ihr tief in die Augen.

»Ich weiß nicht, was das mit dir ist«, sagte er leise. »Aber du bist die frustrierendste und faszinierendste Frau, die mir je untergekommen ist.«

»Dito. Mann, meine ich natürlich.«

Er beugte sich herab, um sie zu küssen, doch in diesem Moment brandete draußen im Garten Applaus auf, Pfiffe und anzügliche Rufe ertönten. Sie fuhren erschrocken auseinander.

»Ach du liebe Güte«, murmelten beide, konnten angesichts der Begeisterung von Nicos Truppe ein breites Grinsen jedoch nicht unterdrücken. Nico setzte ein gespielt finsteres Gesicht auf und bedeutete mit einer energischen Geste, sie sollten wieder an ihre Arbeit gehen, was sie feixend taten. Nico blinzelte Cesca schelmisch zu.

»Wirst du mich heute Abend begleiten?« Er setzte seinen Helm wieder auf, der ihm so fabelhaft stand, dass sie weiche Knie bekam.

»Hmm?«, erwiderte sie zerstreut. Ihr war nach den Tränen und dem Kummer der letzten fünf Tage auf einmal federleicht und träumerisch zumute. »Nein, Moment, das geht nicht.«

»Wieso nicht?«

»Du meinst doch die Gala heute Abend?«

»Ja.«

»Da kann ich unmöglich hingehen.«

»Wieso nicht?«

»Na, weil das Elenas Feier ist und ich mittlerweile *persona non grata* bin.«

»Wieso?«

Sie verzog das Gesicht. »Ich fürchte, ich hab Elena mit ein paar unangenehmen Tatsachen konfrontiert.«

Er machte eine ratlose Miene.

»Glaub mir, die will mich ganz gewiss nicht dort haben.«

»Aber ich schon. Hör zu, ich kenne die Organisatoren. Du kommst als meine Begleitung.«

»Aber …«

Er schüttelte den Kopf und legte ihr einen Finger auf die Lippen. »Kein Aber, diesmal nicht. Ich habe das Warten satt. Wir gehen gemeinsam oder gar nicht. Ich werde dich um acht Uhr abholen.«

»Na gut, wenn du mir unbedingt Befehle erteilen willst …« Sie grinste glücklich. Es machte ihr zur Abwechslung mal nichts aus nachzugeben. Er ging, ohne sie aus den Augen zu lassen, und auch sie blickte ihm nach.

»Und zieh dir was Schönes an, ja? Es wird Abendgarderobe verlangt«, rief er ihr zu.

»Sagte der Typ im Blaumann«, entgegnete sie frech. Er warf ihr einen letzten Blick zu und verschwand um die Ecke.

Sie entschied sich für ein langes weißes Spitzennachthemd mit tiefem Rückenausschnitt und verkreuzten Rüschenträgern und einem bauschigen weiten Rockteil. Normalerweise trug sie dazu einen Gürtel und Riemchensandalen, aber diesmal hatte ihr Alé hochhackige rote Pumps geliehen, und sie legte eine Kette mit dicken Türkisen an, um das Ganze galatauglich zu machen. Sie hatte ihr Haar geföhnt und war nun dabei, es mit der Lockenschere in kleine Löckchen zu drehen. Sie band die Haare an den Schläfen zurück, der Rest fiel in Kaskaden über ihren Rücken.

Nico tauchte schon um zehn vor acht auf.

»He, weißt du nicht, dass es unhöflich ist, zu früh zu kommen?«, neckte sie ihn. Sie legte gerade Hand an die letzten Locken.

»Ach weißt du, ich hatte gehofft, dich noch unbekleidet vorzufinden.« Er streckte seinen Kopf durch die offene Tür herein, und seine Augen funkelten. Er hatte wieder einmal eine wundersame Verwandlung hinter sich: sauber geduscht, trug er einen fabelhaften Smoking und sah wirklich, *wirklich* umwerfend aus. Eigentlich eine Frechheit.

Sie legte kichernd den Lockenstab beiseite und ging auf ihn zu. Sein Blick klebte hungrig an ihr.

»Du siehst wunderschön aus – aber ist das nicht ein Nachthemd?«

Sie lachte. »Schon.«

Er schloss sie, ebenfalls lachend, in die Arme. »Na, dann wundert's mich nicht, dass ich das starke Bedürfnis habe, mit dir ins Bett zu gehen.«

Hand in Hand schritten sie über die kleine Piazzetta und dann über die Piazza Angelica, an deren unterem Ende sich der öffentliche Parkplatz befand. Nur Elena hatte die Erlaubnis, ihren Wagenpark am oberen Ende des Platzes, vor dem Palazzo, abzustellen. Cesca bemerkte, wie die Touristen ihnen mit Blicken folgten, ihre Abendgarderobe bewunderten, und sie bemerkte den farbigen Abendhimmel, der alles in ein sanftes Licht tauchte. Die Statuen an den Gebäuden traten vor dem dunkler werdenden Horizont in starkem Relief hervor und verschmolzen allmählich mit den herankriechenden Schatten.

»Da wären wir.« Er deutete stolz auf einen kleinen roten Fiat 500.

»Passt du da überhaupt rein?«, erkundigte sie sich verblüfft.

»Ich schon. Aber ich mache mir Sorgen, ob du reinpasst, du Bohnenstange.« Er schüttelte grinsend einen ihrer langen, schlanken Arme.

Dann hielt er ihr die Beifahrertür auf.

»Hoffentlich muss ich nicht die Beine aus dem Fenster baumeln lassen«, sagte sie lachend und raffte ihre Röcke zusammen, um sich in den Kleinwagen hineinzuzwängen. Dabei ließ sie ihre schlanken Fesseln und die sexy roten Schuhe aufblitzen.

»Hm, doch, ich hoffe schon!« Er zwinkerte ihr zu.

Der kleine Wagen senkte sich ächzend unter seinem Gewicht, dann fuhren sie holpernd übers Kopfsteinpflaster. Es ging nur langsam voran, weil die Touristen in der Mitte der kleinen Gässchen entlangschlenderten und die Auslagen der Boutiquen oder die vor den Restaurants ausgehängten Speisekarten bewunderten. Oder den spektakulären Abendhimmel. Als Fremdenführerin hatte Cesca die Stadt gut kennengelernt, aber Nico, als Einheimischer, kannte sämtliche Schleichwege. Cesca konnte am Ende einer Straße das Pantheon aufragen sehen, dann verschmolzen sie auf dem Corso Vittorio mit dem dröhnenden Feierabendverkehr und kamen an den Besucherschlangen vorbei, die noch immer vor dem Bocca della Verità anstanden und auf ihren ganz speziellen Audrey-Hepburn/Gregory-Peck-Moment warteten.

Sie hielten an einer Ampel. Aus den Kieferkronen drang das heisere Krächzen der Krähen. Die Stadt flimmerte in der Hitze. Sie sausten an beleuchteten Blumenständen vorbei und an antiken Kirchen, an herrlichen römischen Brunnen, die prächtiger waren als manche Kathedralen.

Das Kolosseum kam in Sicht, eingerüstet, aber tapfer die Jahrtausende überdauernd, ebenso tapfer wie die Gladiatoren, die einst in seiner Arena gekämpft hatten. Cescas Blick haftete im Vorbeifahren an dem grandiosen Gebäude. Links und rechts von ihnen knatterten Vespas vorbei.

Diese Stadt würde nie aufhören, sie zu beeindrucken, sie gefangen zu nehmen. Sie wurde nie langweilig.

Und auch der Mann neben ihr würde ihr nie langweilig werden.

Sie warf einen Blick auf Nico, der das Steuer sicher führte, selbst wenn sie in dem kleinen roten Wagen die Knie fast bis ans Kinn ziehen mussten. Der Nacht haftete etwas Funkelndes, etwas Verheißungsvolles an. Sie wusste nicht warum, hatte aber das Gefühl, dass ihnen etwas Bedeutungsvolles bevorstand, etwas Umwälzendes, das ihrer aller Leben verändern würde.

42. Kapitel

Massimos Forum lag in den Hügeln unweit des Kolosseums. Die Ruinen waren teilweise gigantisch: achtstöckige Steinblöcke, in Rot und Lila ausgeleuchtet. Baugerüste waren nirgends zu sehen, wie Cesca bemerkte. Ob Christina mit der Beseitigung der Trüffelknappheit ebenso viel Erfolg gehabt hatte? Auf der Rasenfläche in der Mitte waren Tische aufgestellt worden, und dahinter gab es ein Podium mit einer Leinwand, auf die man ein gigantisches Schwarzweißfoto von Vito in Abendanzug und Fliege projiziert hatte. Er sah auf dem Bild älter aus als auf jedem Foto, das Cesca bisher von ihm zu Gesicht bekommen hatte.

Cesca schätzte, dass an die fünfhundert Gäste hier waren. Und sie war wieder einmal die einzige Rothaarige! »Ich falle auf«, jammerte sie nervös. Tatsächlich reckten sich bei ihrem Erscheinen nicht wenige Hälse.

»Na, weil du nun mal auffallend bist.«

»Du beschönigst wohl gar nichts, was?«

»Nein.« Aber seine Augen, mit denen er sie ansah, funkelten hell. Sie konnte es kaum abwarten, mit ihm allein zu sein. Das erste Mal, als es passierte, war vollkommen spontan und unerwartet gewesen, sie waren einfach von ihren animalischen Trieben überwältigt worden. Diesmal wuchs die Vorfreude in unerträgliche Höhen.

Der Ehrengast war ebenfalls bereits eingetroffen: Elena

schritt am Arm ihres Sohnes durchs Willkommensspalier der Gäste. Giottos Ähnlichkeit mit seinem Vater (und, ergo, seinem Onkel) war geradezu verblüffend: Er sah aus wie der dritte Zwilling, mit tiefliegenden, ein wenig schrägstehenden braunen Augen, einer kühnen Adlernase und einem breiten Mund. Cesca war sicher, dieses Gesicht schon irgendwo in Öl auf Leinwand oder in Gips oder Marmor erblickt zu haben – im Britischen Museum, zum Beispiel, oder im Louvre. Es war ein altes aristokratisches Gesicht, das die Jahrhunderte überdauert hatte.

»Du kennst aber schrecklich viele Leute«, bemerkte Cesca, deren Lächeln sich allmählich verkrampfte. Nico wurde tatsächlich von fast jedem begrüßt, an dem sie vorbeikamen. Er stellte sie gewissenhaft vor, aber sie konnte sich die Namen und Gesichter bald nicht mehr merken. Sie hätte sich gern an seiner Hand festgehalten, wagte es aber nicht. Sicher kannten ihn die meisten in Begleitung von Isabella. Und wer wusste schon, dass die Verlobung gelöst war? Nicht viele, wie es schien. Jedenfalls wurde sie neugierig und interessiert gemustert.

»Freunde der Familie.«

Sie mischten sich unter die Leute, machten Smalltalk, aber irgendwann mussten die Feierlichkeiten ja beginnen. Es kam die Aufforderung, an den Tischen Platz zu nehmen.

Nico führte sie auf einen Tisch im Mittelpunkt des Kreises zu, an dem …

»O Gott«, stieß Cesca erschrocken hervor. Sie hatte Elenas auffallend kleine Gestalt an dem Tisch erspäht, an dem sie offenbar sitzen sollte! Selbst von hinten wirkte die Principessa unglaublich schick. Sie trug einen teebraunen Seidenkaftan mit Gürtel und Straußenfedern an Kragen und Ärmeln.

»Keine Sorge«, sagte Nico und drückte ihre Hand. »Ich bin ja bei dir.«

Der Mann, den sie in der Flüstergalerie hatte telefonieren sehen, begrüßte Nico mit einem zwar freundlichen, aber formellen Händedruck. »Nico, lange nicht mehr gesehen.«

»Zu lange. Du siehst gut aus.«

»Danke, du auch.«

»Giotto, darf ich dir Francesca Hackett vorstellen?«

Giottos Miene veränderte sich unmerklich bei der Erwähnung ihres Namens. »Signorina Hackett?«

»Hallo. Nennen Sie mich bitte Cesca.« Sie drückte ihm die Hand.

»Wenn ich mich nicht irre, schreiben Sie die Biografie meiner Mutter?«

Cesca schluckte. Präsens. Offenbar war sie noch nicht gefeuert worden. »Das ist richtig.«

»Und wie finden Sie diese Arbeit?«

»Faszinierend«, antwortete sie diplomatisch. »Ihre Mutter hat ein wirklich interessantes Leben geführt.«

»Das stimmt.« Giottos Stimme klang kühl. Er wirkte selbstbewusst und entspannt, aber auch distanziert, ohne wirkliche Wärme. Wahrscheinlich hatte er in seinem Leben schon Tausende solcher Events mitgemacht, ein erprobter Gastgeber-Drink in der Hand, Smalltalk auf den Lippen. »Ich gebe zu, ich war überrascht, von dem Projekt zu hören. Mutter war bisher immer mehr als diskret, was ihre Vergangenheit betrifft. Ich selbst weiß kaum etwas über ihr Leben, bevor sie meinem Vater begegnete.«

»Es ist … es ist ja auch nicht einfach, über sein Leben zu reden, es mit einem fast forensischen Blick in Augenschein zu nehmen. Ich weiß nicht, ob ich den Mut hätte, das mit meinem Leben zu tun – und es ist weit kürzer und weniger ereignisreich als das Ihrer Mutter. Da kommen Erinnerungen und Ereignisse hoch, die man lieber vergessen würde.« Wusste er überhaupt, dass er einen älteren Bruder gehabt hatte? Der gestorben war, ehe er zur Welt kam?

»Ja, mag sein.«

»Aber es kann auch erlösend sein, befreiend. Man kann sich Fehler eingestehen und sich und anderen vergeben. Reinen Tisch machen.«

»Nun, meine Mutter befindet sich im Winter ihres Lebens«, meinte Giotto und warf einen Blick auf die winzige Gestalt. »Sicher hat sie es sich gründlich überlegt, ehe sie den Entschluss fasste, dieses Projekt in Angriff zu nehmen. Bestimmt hat sie gute Gründe.« Sein Blick flackerte beinahe skeptisch zu seiner Mutter hin, als würde er gerade das bezweifeln. Befürchtete er, sie könne die Familie kompromittieren? Hatte ihm seine Mutter bereits das Manuskript gezeigt?

»Und es scheint in meiner Abwesenheit noch viel mehr im Palazzo Mirandola vorgefallen zu sein«, fuhr Giotto fort und wandte sich nun Nico zu. »Sinkhöhlen, Erdrutsche und unterirdische Tunnel. Das klingt ja beinahe apokalyptisch. Als würde sich die Erde auftun und die Vergangenheit versuchen, die Gegenwart zu verschlingen?«

»Mag sein«, meinte Nico.

»Ein Glück für uns, dass ausgerechnet du die Leitung der Grabungen übernommen hast. Da konnten wir sicher sein, dass jemand die historische Bedeutung des Ortes kennt und entsprechend behutsam vorgeht. Ich hatte ja keine Ahnung, dass du dich auf Spe… Speä…?«

»Speläologie«, antwortete Nico. »Ein spezialisiertes Fachgebiet.«

»Was hat dein Interesse an der Antike und an alten Ruinen geweckt? Der Aufenthalt in Athen?«

»Zum Teil, ja. Papa hat mich immer auf Exkursionen mitgenommen.«

»Athen?«, hakte Cesca nach.

Giotto bemerkte Cescas Verwunderung und erklärte: »Nicos Vater war im diplomatischen Dienst.«

»Ach!« Sie wusste – oder ahnte zumindest –, dass er aus wohlhabenden Verhältnissen kam, aber dass sein Vater Diplomat gewesen war, ging noch einen Schritt weiter. Sie nahm sich fest vor, ihn später gründlich zu verhören. Er war wie ein großes Glas Wasser in der Wüste: Alles über ihn zu erfahren war wie ein unstillbarer Durst. »Das wusste ich ja gar nicht.«

»Mein Vater bekam den Posten, als ich vier war, und wir blieben, bis ich siebzehn wurde«, erklärte Nico.

»Schade, eigentlich«, meinte Giotto. »Wir waren so gute Sandkastenfreunde.«

»Giotto, Liebling …«, unterbrach Elena ihr Gespräch, aber sie stockte, als sie nun zum ersten Mal bemerkte, mit wem sich ihr Sohn da eigentlich unterhielt. Es dauerte nur einen Lidschlag, ehe sie sich wieder fasste. »Ah, Francesca, wie schön, Sie auch hier zu sehen! Sie sehen wundervoll aus. Aber ich weiß nicht, wie Sie das anstellen: An mir würde dieses Kleid wie ein Nachthemd aussehen.«

Cesca gab ein nervöses Lachen von sich, und Elena beugte sich vor, um zwei Luftküsse auszutauschen. Cesca war ein wenig besorgt, es hätte sie nicht gewundert, wenn sie statt der Luftküsse zwei Ohrfeigen bekommen hätte. Aber so etwas würde Elena natürlich nie machen, so vulgär war man in ihren Kreisen nicht.

»Und Nico, ist Isabella denn nicht mit Ihnen gekommen?«, erkundigte sie sich stattdessen forsch.

»Isabella und ich, wir sind nicht mehr zusammen«, erklärte Nico schlicht.

»Ach?« Elenas Blick huschte zwischen ihm und Cesca hin und her. Sie sah, dass sie sich bei den Händen hielten, und konnte nun nicht mehr umhin, die Wahrheit zu akzeptieren. »Ah, verstehe. Nun, ich muss sagen, ich bedaure das sehr. Sie waren ein so schönes Paar! Ihre Mutter muss schrecklich enttäuscht sein. Isabella war ein atemberaubend schönes Mädchen.«

Nico ließ sich nicht anmerken, ob er sich über dieses unerwartete Interesse an seinem Privatleben wunderte. Er sagte nichts, wie es seine Art war. Eine verlegene Stille trat ein, in der die angebliche Enttäuschung über die gelöste Verlobung in der Luft hing.

Cesca schluckte. Sie hatte erkannt, dass dies Elenas Waffe war, ihre Art Rache zu üben: rasiermesserscharfe Bemerkungen, hinter einem Lächeln verborgen. Es spielte keine Rolle, ob Elena das Manuskript bereits gelesen hatte oder nicht, sie hatte gehört, wie Cesca Maria Duttis Namen ins Spiel brachte, wie sie ihn praktisch ins Zimmer hineinrief. Sie würde wissen, dass Cesca inzwischen mit der Haushälterin gesprochen und dass diese offenbar ausgepackt hatte. Ihr dunkelstes Geheimnis war nun ebenfalls ans Licht gekommen, das einzige, das sich nicht hätte googeln lassen, das nicht von Presse und Medien dokumentiert worden war, für das es nur eine einzige Augenzeugin gab. Allein ihre alte Haushälterin hatte die Macht, die angebliche Idylle ihrer glücklichen Ehe mit Vito zu entlarven, des Mannes, zu dessen Ehren sie heute Abend zusammengekommen waren. Ein Satz von ihr, und die Fantasiegespinste, die Elena so mühsam gewebt hatte, würden in der Luft zerreißen wie ein Segel im Sturm.

»Sollen wir?« Giotto deutete auf ihre Plätze. Cesca sah, dass sie zwischen Nico und Christina …

»Mutter«, sagte Nico und gab der großen, schlanken, gutaussehenden Frau, mit der sich Cesca vor Wochen getroffen hatte, einen Kuss. Sie trug ein graues Musselinkleid und hatte das Haar am Hinterkopf zu einem Knoten gebunden und mit Diamantnadeln festgesteckt. »Ich möchte dir Francesca Hackett vorstellen.«

»Ah! Aber wir kennen uns bereits«, erwiderte Christina lächelnd.

»Ach ja?«

»Ja. Francesca hat mich für dieses Buch, das sie für Elena schreibt, interviewt. Wir sprachen über Elenas Wohltätigkeitsarbeit.« Die beiden Frauen musterten sich, und jetzt erkannte Cesca den direkten Blick und das warme Lächeln, das auch Nico besaß. »Kommen Sie, Sie sitzen neben mir. Ich fürchte, ich bringe immer die Sitzordnung durcheinander, weil ich Witwe bin und mich weigere, einen … einen Kavalier, so nennt man das doch?, mitzubringen, bloß weil es so üblich ist. Ich bin eine erwachsene Frau, ich komme auf Dinnerpartys auch ohne Begleitung zurecht.«

Nico wurde vom Nebentisch aus angesprochen und wandte sich ab. Cesca nahm derweil neben seiner Mutter Platz. Sie nahm sich vor, ihm hinterher unbedingt den Hals umzudrehen, weil er sie nicht vorgewarnt hatte. Man konnte einem doch nicht einfach beim ersten Date die Mutter präsentieren!

»Sicher sind Sie an Anlässe wie diese gewöhnt?«, plapperte Cesca nervös. »Ihr Mann war Diplomat, wie ich gehört habe?«, kratzte sie das wenige Wissen über seine Familie zusammen. Es war eine Sache, mit Christina über Elena zu reden, aber mit *Nicos Mutter* …

»Ja. Wir haben in Costa Rica gelebt, in Oslo, Madrid und zuletzt in Athen. Ein glückliches, aufregendes Leben – wir haben die schönsten Orte der Welt kennengelernt, und das hatten wir nur Sigmundos privilegierter Stellung zu verdanken.«

»Aber Sie kommen ursprünglich aus Rom, nicht wahr?«

»O ja. Rom ist mein Herz und meine Heimat. Ich gehöre hierher.«

Cesca nickte, immer noch ein wenig schockiert darüber, dass Nicos Familie nicht weniger bedeutend war als die Damianis – ja, sie waren sogar entfernte Verwandte –, und dennoch verbrachte er seine Tage mit harter Arbeit und scheute sich nicht davor, sich die Hände schmutzig zu machen wie ein ganz normaler Mensch. »Ja, Rom ist wirklich etwas ganz Besonderes, nicht? Ich wurde zwar nicht hier geboren, aber ich habe mich sofort in diese Stadt verliebt. Elena scheint es ebenso zu gehen. Man hätte doch meinen können, dass sie nach Vitos Tod wieder nach Amerika zurückkehrt.«

»Ja, das hätte man meinen können.«

»Ich … ich wusste nicht, dass Nico Ihr Sohn ist. Seltsam, dass er ausgerechnet in den Tunneln gelandet ist, in denen sie als Kinder gespielt haben? Das ist fast poetisch, wenn man es sich recht überlegt.« Sie versuchte, sich nicht von den fabelhaft gekleideten Gästen, die an den anderen Tischen Platz nahmen, ablenken zu lassen. Es gab jede Menge kostbarer, farbenfroher Seidenstoffe und noch teureren Schmuck.

»Ja, absolut. Aber ich glaube an ausgleichende Gerechtigkeit im Leben. Nichts geschieht ohne Grund. Und dass sich dieses Loch ausgerechnet in Elenas Garten aufgetan hat, ist schon bezeichnend. Als ob sich die Vergangenheit mit Gewalt zurückmeldet, um verschüttete Wahrheiten ans Licht zu bringen.«

Cesca blinzelte verwirrt. Sie wusste nicht, was sie dazu sagen sollte. »Nun, Sie haben sich heute Abend jedenfalls selbst übertroffen«, lenkte sie ab. »Und die Baugerüste wurden ebenfalls entfernt, wie ich sehe.«

»Ja, Gott sei Dank! Aber Sie hätten mal heute Vormittag hier sein sollen, da hat es noch ganz anders ausgesehen.«

»Vito wäre jedenfalls stolz auf Sie.« Cesca blickte erneut auf das große Foto auf der Tribüne. Vito hielt den Körper leicht abgewandt, blickte den Betrachter aber direkt an, mit einem Blick der sanft, reserviert und gütig war.

»Das will ich hoffen. Wir standen uns wirklich sehr nahe. Ich hatte immer das Gefühl, das er mich irgendwie brauchte.« Ihr Blick huschte bei diesen Worten zu Elena, und Cesca schaute ebenfalls hin. Elena wäre wahrscheinlich wenig begeistert gewesen, wenn sie das gehört hätte. Ihre Liebe zu Vito hatte etwas Besitzergreifendes.

»Aber nicht Aurelio?«

»O nein, Aurelio konnte gut auf sich selbst aufpassen. Er hatte die Freiheiten, die Vito nie vergönnt waren. Auf ihm als dem zweiten Sohn lastete kein Druck. Er konnte nach Belieben herumreisen, mit Frauen anbandeln und sich volllaufen lassen … Aber das will nicht heißen, dass er auf seine Weise nicht auch verwundbar gewesen ist …«, sinnierte sie. »Er besaß immer diese innere Stärke. Der Vorfall in Kenia hat ihn jedoch schwer getroffen. Danach hat er sich verändert. Er wurde zornig, hat die Leute von sich weggestoßen. Er hat wohl geglaubt, dass er nicht lange leben würde.«

Cesca war verwirrt. Hatte ihr Elena nicht auch von der Geschichte erzählt? Von dem gehörnten Ehemann, der Rache übte? »Aber … er hat den Schuss doch überlebt.«

»Ja, aber die Kugel konnte nicht entfernt werden, weil sie zu dicht am Herzen steckte.«

»Ach du liebe Güte!« Das hatte Elena nicht erwähnt. Oder wusste sie es möglicherweise gar nicht? »Aber wie konnten Sie die Zwillinge auseinanderhalten? Ich habe nur ein einziges Foto von ihnen in Elenas Archiv gefunden und es mir lange angesehen. Aber ich kann die beiden beim besten Willen nicht auseinanderhalten.«

»Es stimmt, sie waren fast identisch. Aber ich kannte sie ja sehr gut – von klein auf –, deshalb war es für mich wohl ein bisschen leichter. Warten Sie, ich habe ein Foto dabei.« Christina nahm ihre gelbe Clutch zur Hand und holte ein Foto heraus. »Sehen Sie? Ich trage es immer bei mir. Das habe ich an ihrem einundzwanzigsten Geburtstag aufgenommen.«

Cesca nahm ihr das Schwarzweißfoto aus der Hand und betrachtete es. Das musste 1961 gewesen sein, wenn sie auf dem Foto einundzwanzig geworden waren, aber das Bild war zeitlos, es hätte ebenso irgendwann in den fünfzig Jahren danach aufgenommen worden sein können. Die Zwillinge trugen beide einen schwarzen Smoking und hatten das kurze schwarze Haar zurückgekämmt, ein Glas Wein in der Hand. Sie standen Seite an Seite in dem Raum, den Cesca als Spiegelgalerie erkannte. Eine beabsichtigte Ironie?

»Und welcher ist nun Vito?«, erkundigte sie sich. Sie selbst sah nicht den kleinsten Unterschied.

Christina deutete schmunzelnd auf den rechten. »Das ist er.«

Cesca studierte den Zwilling mit konzentriert verengten Augen. »Woher wissen Sie das?«

»Na, zum einen hat Vito eine Sommersprosse unter dem linken Auge. Hier, wenn Sie genau hinsehen, sieht man es.«

»Eine einzige Sommersprosse?«

»Ja, nur eine.«

»Aber das änderte sich doch sicher im Sommer, wenn er viel in der Sonne war?«

»Stimmt. Aber wenn ich mir nicht sicher war, habe ich ihnen einfach einen Ball zugeworfen, um zu sehen, mit welcher Hand sie ihn auffangen«, meinte sie achselzuckend. »Vito war Rechtshänder, Aurelio Linkshänder.«

Cesca betrachtete erneut das Foto und sah jetzt, dass sie die Weingläser tatsächlich in unterschiedlichen Händen hielten. »Wow, dann waren sie ja wirklich das Spiegelbild des anderen.«

»Ja. Äußerlich waren sie fast nicht voneinander zu unterscheiden, aber im Innern, im Temperament? Da waren sie komplett entgegengesetzt: Vito war still und ruhig, eine ›alte Seele‹, wie seine Mutter immer sagte. Aurelio dagegen war ein Wirbelwind, ein Tornado.«

»Ja, das hat Elena auch gesagt«, erwiderte Cesca. Ob Christina eine Ahnung hatte, was sich zwischen Elena und Vito und seinem Bruder abgespielt hatte?

»Höre ich da meinen Namen?«, erkundigte sich Elena.

Cesca blickte auf und bemerkte zu ihrem Schrecken, dass Giotto und sie ihnen zuhörten. Wie lange hatten sie ihrem Gespräch schon gelauscht?

»Wir unterhielten uns gerade darüber, wie schwer es war, die Zwillinge auseinanderzuhalten«, erklärte Christina.

»Ja, wenn man sie nicht gut kannte, vielleicht«, meinte Elena würdevoll.

»Ja, natürlich. Und Giotto sieht genauso aus«, sagte Christina und musterte ihn mit einem liebevollen Lächeln. »Dich anzusehen ist, als würde man einen Schritt in die Vergangenheit machen, Liebling.«

»Wem sehe ich ähnlicher, was meinst du?«, erkundigte sich Giotto interessiert.

Christina musterte ihn mit schräg gelegtem Kopf. »Schwer zu sagen. Die Manieren hast du jedenfalls von deinem Vater, das ist gewiss.«

Giotto nickte. »Wusstet ihr, dass man für einen gewöhnlichen Vaterschaftstest nur fünfzehn genetische Übereinstimmungen benötigt – wenn es sich jedoch um eineiige Zwillinge handelt, benötigt man sechs Milliarden genetische Übereinstimmungen.«

»Tatsächlich?« Christina war fasziniert.

»Woher weißt du denn so was?«, erkundigte sich Elena bestürzt. Sie war kreidebleich geworden.

Giotto zuckte die Achseln. »Weiß nicht. Ist aber so.«

Cesca verfolgte dieses Gespräch mit wachsendem Unbehagen. Ihr kam ein schockierender Gedanke – ein Gedanke, der Giotto möglicherweise ebenfalls gekommen war. Sie wusste, dass Elena und Aurelio eine Affäre gehabt hatten, kannte aber nur den Tag, an dem sie zu Ende ging – der Tag, an dem er getötet wurde. Was sie nicht wusste, war, wann es damit angefangen hatte. Vielleicht schon Monate vorher? Jahre? Wer hätte je unterscheiden können, ob das Kind von ihrem Mann stammte oder von dessen Bruder? Es würde aussehen wie sein Vater, egal, wer von beiden das sein sollte.

»Konntest *du* sie eigentlich als Kind auseinanderhalten?«, wollte Christina von Giotto wissen.

»Ja, klar.«

Elena richtete sich erschreckt auf. »Wie denn?«

»Ganz einfach: Ich habe mir ihre Siegelringe angesehen.«

»Ihre Siegelringe?«, fragte Elena in einem so ungläubigen Ton, als habe er »Nasenringe« gesagt.

»Ja. Papas hatte natürlich ein V und Onkel Relis ein A.« Er gluckste. »Weißt du noch, wie du versucht hast, mich reinzulegen, als ich Onkel Reli zum ersten Mal begegnet bin? Er war lang auf Reisen gewesen, glaube ich, und ihr habt beide so getan, als ob er Papa wäre. Ich war damals ungefähr sechs, glaube ich, nicht älter. Ich war mir nicht sicher, ob es ein Scherz war oder nicht. Du sagtest das eine, aber meine Augen verrieten mir etwas ganz anderes. Ich konnte nämlich direkt auf seinen Ring schauen, weißt du. Er war damals genau auf Augenhöhe für mich.« Er musterte seine Mutter durchdringend. »Weißt du noch?«

Elena regte sich nicht. »Tut mir leid, Liebling, aber daran habe ich keinerlei Erinnerung.«

Giotto schwieg einen Moment. »Warum solltest du auch?«, sagte er dann leise. »Du wolltest mir wahrscheinlich bloß einen Streich spielen. Ich weiß nicht, warum ich mich überhaupt noch daran erinnere. Vielleicht wegen des Rings. Danach habe ich immer zuerst auf den Ring geschaut, um mich zu vergewissern, wer es wirklich war.«

»Aber dein Onkel Reli ist doch noch am selben Tag bei diesem Autounfall ums Leben gekommen«, sagte Elena sanft und drückte Giottos Hand, als ob er noch ein Kind wäre. »Wieso solltest du hinterher noch auf die Ringe achten?«

Giotto zuckte lächelnd die Achseln. »Die irrationalen Ängste eines Kindes, nehme ich an. Aber es ist gut, dass du dich doch noch an einiges von diesem Tag zu erinnern scheinst.«

Elena zog ihre Hand zurück. »Wie sollte ich diesen Tag je vergessen!«, sagte sie vorwurfsvoll.

Christina richtete sich forsch auf. »Ich habe den Leuten immer gesagt, sie sollen einfach darauf achten, an welcher Hand der Ring steckt. Vito trug seinen immer an der linken und Reli an der rechten.«

»Ach ja?« Elena warf einen entsetzten Blick auf das Foto ihres Gemahls, das hinter Giottos Kopf aufragte. Tatsächlich steckte der Siegelring am kleinen Finger seiner linken Hand, und man konnte in der goldenen Oberfläche verschwommen ein verschnörkeltes V erkennen.

Cesca, die Elena genau im Auge behielt, bemerkte das winzige Zucken, das sie jedes Mal überlief, wenn Relis Name fiel. Es war nur sehr schwer zu erkennen, selbst für jemanden, der Ausschau hielt. Aber Elena hatte ja auch viele Jahre Zeit gehabt, ihre Liebe für den zweiten Bruder zu verbergen, während sie mit dem ersten verheiratet war.

»Ja, und ich könnte dir auch ein paar lustige Anekdoten darüber erzählen, wie dein Vater und dein Onkel ab und zu ihre Rollen getauscht haben«, sagte Christina mit einem liebevollen Lächeln zu Giotto. »Sie haben es in der Schule gemacht, um die Lehrer zu ärgern, oder auch schon im Kindergarten. Daran hatten sie einen Riesenspaß.«

»Ich wette, dass das alle eineiigen Zwillinge machen«, sagte Cesca.

»Ja, ganz bestimmt. Aber wie weit würden sie gehen? Das ist die Frage.« Christina wackelte verschmitzt mit den

Augenbrauen. »Und werden sie je zu alt dafür? Bestimmt bleibt die Versuchung, für eine Stunde oder für einen Tag das Leben mit dem anderen zu tauschen, unwiderstehlich. Das ist fast, als ob man Superkräfte besäße. Die Macht, sich unsichtbar zu machen. In jemand anderen zu verwandeln.«

Cesca nickte lächelnd, obwohl sie zu den zwei einzigen Menschen an diesem Tisch gehörte, die wussten, wie weit Aurelios Leben tatsächlich in das seines Bruders hineingereicht hatte.

»Glaubst du, dass sie auch dich mal reingelegt haben, Elena, meine Liebe?«, erkundigte sich Christina neckend. Sie blickte Elena über den Rand ihres Weinglases hinweg an.

Aber Elena schien nichts zu hören. Ihr Blick hing immer noch wie gebannt an dem riesigen Foto ihres Mannes.

»Elena!«

»Hm, was?« Elena gab sich einen Ruck und richtete ihre Aufmerksamkeit wieder auf die Tischgesellschaft.

»Ich fragte, ob du glaubst, dass die Zwillinge auch dich mal reingelegt haben? Die Rollen getauscht haben?«

»Niemals!«, rief Elena empört aus. »Wieso um …«

»Aber wie kannst du so sicher sein?«, unterbrach Christina, ohne ihr Lächeln abzustreifen.

»Weil ich's nun mal bin. Vito war mein Mann! Natürlich hätte ich das gemerkt. Keiner kannte ihn so gut wie ich!«

Christina zuckte lächelnd die Schultern, als wolle sie sagen: »Dann halt nicht. Wenn du keinen Spaß verstehen kannst …«

Elena ergriff jäh die Hand ihres Sohnes und sagte beschwörend: »Darling, habe ich dir eigentlich schon von deinem Großvater erzählt und was er im Krieg gemacht hat?«

Giotto unterdrückte einen Seufzer. »Er hat Bomben unter

den Palast geschmuggelt. Ja, das hast du mir schon unzählige Male erzählt, Mama.«

»Aber kannst du dir eine solche Liebe *wirklich* vorstellen? Wenn man lieber eine Bombe unter seinem Leben platziert, nur um diese Liebe nicht verlieren zu müssen? So sehr liebe ich dich, mein Junge. Und so sehr hat dein Vater …«

»Mutter, trink einen Schluck Wasser.« Giotto, dem der plötzliche Gefühlsausbruch seiner Mutter peinlich zu sein schien, reichte ihr ein Glas. »Du musst gleich aufs Podium. Du hast deine Rede doch hoffentlich nicht vergessen?«

»Oh, schaut mal! Du hast ja deinen wunderschönen Ring wieder an, Elena!«, rief Christina entzückt aus. »Wieso fällt mir das erst jetzt auf? Bitte, lass mich mal sehen. Du hast ihn so lange nicht mehr getragen.« Christina streckte die Hand über den Tisch, und Elena blieb nichts anderes übrig, als ihr den Ring hinzuhalten, den sagenhaften Bulgari Blue. »Weißt du, dass ich schon Angst hatte, du könntest ihn verloren haben?«, lächelte Christina ihre alte Freundin an. »Dumm, ich weiß. Wie kann man eine solche Kostbarkeit verlieren, ohne dass die Welt davon erfährt? Die Versicherungsbranche hätte Insolvenz anmelden müssen.«

Cesca hielt den Atem an. Was führte Christina im Schilde? Sie musste doch wissen, dass der Ring tatsächlich verloren gewesen war, ihr eigener Sohn hatte ihn schließlich wiedergefunden!

»Es ist kein alltägliches Schmuckstück, Christina. Einen solchen Ring trägt man nicht jeden Tag.«

»Doch, im Gegenteil, ich erinnere mich genau, dass du ihn früher, als Giotto noch klein war, so gut wie nie abgelegt hast. Vito hat ihn dir zur Geburt eures Sohnes geschenkt, weißt du noch?«

»Als ob ich so was vergessen würde«, entgegnete Elena kalt.

Christina strahlte Giotto an. »Ich ebenso wenig, Liebling. Ich war ja dabei, als dein Vater ihn in Auftrag gab. Wir haben die Diamanten gemeinsam ausgesucht.«

»Ihr habt …?« Elena sah sie geschockt an.

»Selbstverständlich. Es sollte ja eine Überraschung für dich sein, deshalb hat er mich gebeten, beim Aussuchen zu helfen. Er brauchte eine weibliche Perspektive – und dich konnte er ja schlecht fragen. Also ging ich mit. Ein unvergessliches Erlebnis. Ich erinnere mich bis heute gerne daran.«

»Kann ich mir denken«, sagte Elena finster.

Cesca verfolgte diesen Schlagabtausch mit wachsamer Aufmerksamkeit. Was ging zwischen den beiden Frauen vor? In diesem Moment ertönte ein schrilles Pfeifgeräusch aus dem Mikrofon, und alle wandten sich dem Podium zu. Ein grauhaariger Mann erklomm die Stufen und bat um ihre Aufmerksamkeit.

Nico drehte sich jetzt wieder zu ihrem Tisch um und rückte die Serviette auf seinem Schoß zurecht. »Entschuldigt, ich hatte mich nur kurz unterhalten. Hab ich was verpasst?« Die Frage war an die ganze Tischgesellschaft gerichtet, aber sein Blick ruhte dabei auf ihr, als wolle er sich vergewissern, dass es ihr gut gehe, dass sie sich nicht vernachlässigt fühlte. Dass sie immer noch ihm gehörte. Cesca dagegen war mit den Gedanken noch bei den beiden älteren Frauen und den unterschwelligen Antipathien, die von ihnen ausgingen. Sie lächelte ein wenig zerstreut.

»Wir haben gerade in Erinnerungen geschwelgt«, erwiderte Christina in vernehmlichem Flüsterton und lehnte sich ein wenig über Cesca hinweg. »Aber gut, dass du wieder hier bist, die Präsentation fängt gleich an.« Sie wandte sich ihrer alten Freundin zu. »Dein großer Moment ist gekommen, Elena.«

Elena antwortete nicht. Sie wirkte fast königlich, wie sie aufrecht auf ihrem Stuhl saß und erneut auf das Schwarzweißfoto von Vito starrte, das die Tribüne hinter dem Mikrofon ausfüllte. Mit feuchten Augen lauschte sie den Lobeshymnen auf ihren verstorbenen Mann, die immer wieder von Applaus, Gelächter oder mitfühlenden Lauten unterbrochen wurden.

»Giotto, du musst so stolz sein«, sagte Christina zu ihm. »Diese Ehrung für deinen Vater war längst überfällig. Wenn ich bedenke, was er in seinem Leben alles für diese Stadt getan hat … Lange bevor Fendi die Restaurierung des Trevi sponserte oder Tod's das Kolosseum oder Bulgari die Spanische Treppe. Vito war der erste Privatmann, der sich für den Erhalt alter römischer Bauten einsetzte.«

»Also ehrlich, Christina, man hat manchmal den Eindruck, als wärst du mit ihm verheiratet gewesen, nicht ich«, warf Elena, die sich vorübergehend aus ihrer Rolle der würdevollen Witwe löste, in spitzem Ton ein. »Vielleicht solltest du heute Abend auf die Tribüne treten und die Rede halten?«

»Dagegen hätte ich nichts einzuwenden, meine Liebe. Ich würde gern einspringen, wir sind schließlich alte Freundinnen. Brauchst es nur zu sagen, falls du dich unwohl fühlen solltest«, bemerkte Christina mit engelsgleichem Lächeln, aber stählernem Unterton.

Cescas Blick huschte nervös zwischen den beiden Frauen hin und her. Allmählich kamen ihr Zweifel an dieser »Freundschaft«. Die Pfeile, die hin und her flogen, waren jedenfalls nicht zu verachten. Wehe dem, der in ihr Kreuzfeuer geriet.

Elena wurde angekündigt. Man applaudierte, und Giotto sprang hilfsbereit auf, um seine Mutter zur Tribüne zu führen. Er bot ihr seinen Arm, und zusammen stiegen sie die Stufen hinauf. Ein paar Leute am Nachbartisch machten eine Bemerkung über Giottos verblüffende Ähnlichkeit mit seinem Vater. Oben angekommen, holte Elena ihre Rede-Notizen aus ihrer Handtasche. Dabei fiel ein kleiner blauer Briefumschlag heraus und flatterte zu Boden. Giotto trat einen Schritt vor und bückte sich, um ihn aufzuheben. Stirnrunzelnd las er, was in verblasster brauner Tinte auf dem Umschlag stand, händigte ihn aber wortlos wieder an seine Mutter aus.

Cesca blinzelte verdattert. Sie kannte diesen Umschlag. Es war der Brief, den sie in der Handtasche gefunden hatte, die in ihrem Mülleimer lag. Der Brief, den Vito angeblich auf dem Sterbebett geschrieben hatte, der Brief, der nach fünfzehn Jahren noch immer ungeöffnet war. Sie runzelte die Stirn. Den hatte sie vollkommen vergessen, genauso wie jene Nacht, in der alles angefangen hatte. Dieselben Fragen, die sie damals bewegt hatten, waren nun aktueller denn je. Wieso brachte es Elena nicht über sich, den Brief zu lesen? Was konnte darin stehen, vor dem sie solche Angst hatte? Aber jetzt glaubte Cesca eine Ahnung zu haben: Schuldgefühle. Elena graute vor dem letzten Urteil Vitos über ihre Affäre mit Aurelio, seinem geliebten Zwillingsbruder.

Elena begann ihre Rede auf Italienisch, und ihre Stimme mit dem amerikanischen Akzent hallte über die grasige Fläche. Die Leute lauschten aufmerksam, und ihre Blicke hafteten dabei immer wieder auf dem berühmten Blauen Bulgari an ihrem linken Ringfinger. Er war ja auch unübersehbar. Ob Giotto wusste, dass er ein Geschenk seines Vaters zur Feier seiner Geburt gewesen war? Er war immerhin den Großteil seines Lebens verschollen gewesen.

»Ach, was ich dafür geben würde zu wissen, was in diesem Brief steht«, sagte Christina leise, den Oberkörper ein wenig zu Cesca hingeneigt.

»Der Brief?« Cesca war nicht sicher, ob Christinas Worte ihr galten.

»Ja. Giotto ebenfalls. Es würde ihm großen Seelenfrieden schenken zu wissen, was drinsteht. Aber sie lässt ihn nie aus den Augen, diesen Brief. Sie hat ihn beim Schlafen sogar unter dem Kopfkissen.« Christina schwieg einen Moment, dann blickte sie Cesca an. »Ist Ihnen bewusst, dass Sie der erste Mensch in fünfzehn Jahren sind, der die Gelegenheit gehabt hätte, diesen Brief zu lesen?«

Cesca blinzelte ratlos, und ihr Herz klopfte schneller. Wieso sollte sie den Brief einer vollkommen fremden Person öffnen? Und was noch wichtiger war, warum erwähnte Christina das ausgerechnet ihr gegenüber? »Entschuldigen Sie, ich verstehe nicht ganz, was Sie meinen … Wieso würde es Giotto Seelenfrieden schenken, wenn er den Brief lesen könnte?«

Christina reckte das Kinn, ohne ihren Blick von der kleinen Gestalt auf der Bühne abzuwenden. Elena erzählte soeben mit bebender Stimme aus Vitos Leben, während hinter ihr eine Diaschau mit Bildern ihres Gatten über die Leinwand huschte. Dabei blitzte immer wieder der Liebesbeweis ihres Mannes, der Bulgari Blue, an ihrer Hand auf. »Ahnen Sie das noch immer nicht?«

Cesca zog sich der Magen zusammen. O Gott. Wusste

Christina etwa von der Affäre? Schlimmer noch: Wusste es Giotto?

Cesca lehnte sich ein wenig näher zu Christina hin, die gerade lächelnd in die Runde nickte, weil Elena ihren Namen erwähnt hatte und die große, schlanke Frau nun bewundernde und anerkennende Blicke erntete. Man merkte ihr mit keinem Zeichen an, dass sie Cesca soeben eine Granate in den Schoß geworfen hatte. »Warum fragt er sie nicht einfach danach?«, flüsterte sie, ohne konkret auszusprechen, was sie meinte. Falls sie sich irrte und Christina nichts von der Affäre wusste, durfte sie nicht ausgerechnet diejenige sein, die es ihr verriet.

»Das fragen Sie mich? Nachdem Sie einen ganzen Sommer lang die Gelegenheit hatten, sie kennenzulernen?«

Christina hatte recht. Cesca war nicht sicher, ob Elena überhaupt noch Lüge von Wahrheit unterscheiden konnte, Fantasie von Realität. Sie hatte ihren Mann – und ihren Sohn – so lange getäuscht, dass sie ihre Lügen allmählich selbst glaubte. Den Schein zu wahren war ihr das Allerwichtigste im Leben.

»Der arme Junge«, meinte Christina mit einem mitfühlenden Zungenschnalzen. Ihr Blick war auf Giotto gerichtet, der steif ein wenig seitlich hinter seiner Mutter stand, um jederzeit herbeispringen zu können, falls sie einen Schwächeanfall haben oder stolpern sollte. Die alte Dame wirkte aber auch unglaublich fragil. »Er ist jahrelang angelogen worden und kennt bis heute nicht die Wahrheit. Viel Zeit bleibt nicht mehr, jetzt, wo sie rapide abbaut.«

»Sie … *was*?«

»Sie hat nicht mehr lange zu leben. Sie leidet unter PSP; das ist eine spezielle Form von Alzheimer, die mit Paresen,

Bewegungsschwäche und Veränderungen der Persönlichkeit einhergeht. Sie lässt sich in Florenz behandeln, aber die Prognosen sind schlecht.«

In Florenz? *Deshalb* war sie also letzte Woche dort gewesen? Cesca hatte das Gefühl, einen Schlag auf den Kopf erhalten zu haben. Sie konnte die Neuigkeiten kaum fassen.

»Gerade deshalb verdient es Giotto, die Wahrheit zu erfahren. Elena ist der einzige Mensch, der ihm noch verraten kann, was wirklich geschehen ist.« Sie wandte den Kopf und blickte Cesca direkt an. »Bis auf Sie, natürlich.«

»Was, ich?«

»Ja. Ich habe versucht, ihm begreiflich zu machen, dass er mit Ihnen reden soll, aber … er ist ein sehr privater Mensch, es fällt ihm schwer, mit einem Fremden über … diese Dinge zu reden. Ich kann das verstehen, es geht mir ja ähnlich.«

Cesca fiel das Telefonat ein, das er neulich in der Flüstergalerie geführt hatte.

»Aber schließlich waren Sie den ganzen Sommer über mit ihr zusammen«, fuhr Christina fort. »Sie waren ihre Vertraute. Sie hatten Zugang zu sämtlichen Materialien: Fotos, Tagebüchern.«

»Aber sie hat mir nichts anvertraut, das ich nicht auch in Zeitungsarchiven oder im Internet hätte nachlesen können. Ganz im Gegenteil. Sie war äußerst knickrig mit Auskünften.«

»Ach! Tatsächlich?« Christina fiel es schwer, das zu glauben. »Aber warum will sie dann überhaupt dieses Buch herausbringen?«

Ja, warum? Das fragte sich Cesca schon die ganze Zeit. Tatsächlich war ihr dieses Phänomen jedoch aus ihrer Anwaltszeit vertraut: das anfangs übermächtige Bedürfnis, die

Wahrheit zu sagen, sich alles von der Seele zu reden. Und dann bekommt man kalte Füße und zieht seine Aussagen vor Gericht wieder zurück. Elenas sprunghafter Balztanz mit der Wahrheit war ganz ähnlich. Sie wollte ihr Leben in seiner Gänze dargestellt sehen, doch dann überlegte sie es sich wieder anders. Ungeschminkte Offenheit war leichter gesagt als getan. Das wiederum warf die Frage auf: Was war es, das Elena gestehen wollte, aber nicht konnte?

Wusste Christina überhaupt all das, worüber sie, Cesca, zufällig gestolpert war? Oder war das alles nur ein Bluff? Es wurde Zeit, die Karten offen auf den Tisch zu legen, und eine von ihnen musste damit anfangen.

»Sie wissen, dass die beiden ein Verhältnis hatten«, bemerkte Cesca sachlich, aber fast ohne die Lippen zu bewegen, falls man sie beobachtete.

Christina nickte. »Ja.«

»Und Sie glauben, dass Aurelio Giottos Vater ist.«

»Ja.«

»Glaubt Giotto das auch?«

»Ja.«

Cesca holte tief Luft und wappnete sich für das, was sie jetzt sagen musste. Sie war ihres Wissens die Erste, die je Einblick in den Totenschein beantragt hatte – alle anderen hatten die offizielle Erklärung geschluckt, nämlich dass Aurelio bei einem Autounfall ums Leben gekommen sei.

»… und Sie denken, dass Vito seinen Bruder getötet hat.«

»Nein.«

Moment – wie bitte?

»Was?«, flüsterte Cesca verwirrt. »Was glauben Sie dann, was in dem Brief steht?«

Christina gab den Versuch auf, so zu tun, als würde sie

sich für die Vorgänge auf der Tribüne interessieren, und blickte Cesca direkt an. Das eigentliche Drama des Abends spielte sich hier bei ihnen ab. »Giotto hat mir erzählt, dass er nach dem Unfall mehrfach gehört hat, wie seine Eltern im Schlafzimmer miteinander geredet haben.«

»Und?«

»Und seine Mutter nannte seinen Vater Reli …«

Cesca blinzelte verwirrt. Ihr Blick richtete sich auf die kleine alte Dame auf der Bühne, die – immer noch stolz und schön und beeindruckend – die Elite Roms gefangen nahm.

»Nicht Aurelio ist bei dem Autounfall ums Leben gekommen«, sagte Christina eindringlich, während Cescas Blick zu dem ein wenig zu schönen Antlitz auf der Leinwand flog, »sondern Vito.«

43. Kapitel

Sie war still, auf der Heimfahrt von der Feier und blickte stumm aus dem Fenster, das Gesicht von Nico abgewandt. Er hatte ihr zum Schutz vor den sinkenden Nachttemperaturen sein Jackett um die Schultern gelegt. Sie war so zornig, dass sie sich kaum wiedererkannte.

Als sie ihn selbst dann noch nicht ansehen wollte, nachdem er in einem Nebengässchen westlich der Piazzetta geparkt hatte, fragte er: »Darf ich mit raufkommen?«

»Wohl kaum«, entgegnete sie kalt. »Ich habe mich noch nicht vom ›Dinner mit deiner Mutter‹ erholt.« Sie schwang ihre langen Beine aus dem Wagen und kletterte ohne seine Hilfe hinaus.

»Cesca!«

Aber sie stakste bereits davon, ohne sich umzusehen. Dreißig Sekunden später, sie hatte gerade den Fuß ihrer Treppe erreicht, holte er sie ein. Er nahm sie bei der Hand und zog sie die Stufen hinauf. »Ich komme mit rein«, erklärte er entschlossen. »Wir müssen reden.«

»Nein, Nico!«, protestierte sie, aber er holte bereits den Schlüssel unter dem Blumentopf hervor.

Er schloss die Tür auf und gab ihr einen Schubs. »Rein mit dir.«

Sie stolperte in die Wohnung, die ihr in seiner Anwesenheit auf einmal viel zu klein vorkam. Sie wirbelte herum. Von ihm würde sie sich keine Vorschriften machen lassen! »Du hast es gewusst!«, warf sie ihm zornig vor.

Er nickte. »Stimmt.«

Sie riss den Mund auf. Er leugnete es nicht? Hatte er nicht mal genügend Anstand, um sich rauszureden? »Und es ist dir nie in den Sinn gekommen, es mir zu sagen? Deine Mutter hat mich praktisch aus dem Hinterhalt damit überfallen, Nico! Wusstest du, dass sie das vorhatte?«

»Nein. Aber es gibt oft Probleme zwischen ihr und Elena. Sie haben ein … schwieriges Verhältnis.«

»Ja, danke, das hab ich mittlerweile auch mitgekriegt. Es war nicht gerade toll, zwischen die beiden zu geraten, das kann ich dir versichern.«

»Hör zu, was immer sie gesagt hat, sie wollte dich nicht damit treffen. Sie will nur ihr Bestes für Giotto – er ist schließlich ihr Patenkind. Sie weiß das mit uns noch gar nicht. Sie hält dich für Elenas Biografin, nichts weiter.«

»Ach so? Und du glaubst, sie wäre ein wenig diplomatischer vorgegangen, wenn sie gewusst hätte, dass ich mit ihrem Sohn schlafe?«

»Wahrscheinlich nicht.«

»Wusstest du, dass sie praktisch von mir verlangt hat, Elena *auszuspionieren*? Sie will, dass ich mir diesen Brief beschaffe und ihn lese.« Aber selbst wenn sie das täte, bestand keine Garantie, dass wirklich darin stehen würde, was Giotto wissen musste – nämlich, wer wirklich sein Vater war. Und dass es Vito war, der umgekommen war, und Aurelio, der überlebt hatte.

Cesca konnte sich kaum vorstellen, wie schwierig es für die beiden gewesen sein musste, ihr Geheimnis so viele Jahre zu hüten und allen Leuten vorzumachen, dass er Vito war und nicht Aurelio. Er musste so tun, als wäre er Elenas Ehemann, musste seine Playboy-Gewohnheiten abstreifen und den Visconte mimen, musste Festlichkeiten vorstehen und bei Käserollwettbewerben den Schiedsrichter spielen. Wie hatte er das geschafft, ohne dass es herauskam? Hatte er sich in den vielen Jahren wirklich kein einziges Mal verraten? Nun, sie hatten es ja immerhin geschafft, den einzigen Menschen aus ihrem Leben zu verdrängen, der sie hätte auffliegen lassen können: Christina.

Er zuckte die Achseln. »Meine Mutter ist ein Mensch mit festen Prinzipien. Sie hat Vito wie eine Schwester geliebt und hält es für ihre Pflicht, seinen Sohn zu beschützen.«

»Ach ja? Du glaubst im Ernst, dass sie ihn ›wie eine Schwester‹ geliebt hat?«

Eine Ader in seiner Wange pulste, und ihr wurde klar, was das für ihn bedeuten würde. »Nico …«

»Das hat nichts mit mir zu tun, okay? Das ist etwas zwischen Mutter und Elena. Ich mische mich da nicht ein.«

»Aber du bist doch bereits in die Sache verwickelt! Du arbeitest im Palazzo! Du warst unten in diesen Tunneln …« Sie unterbrach sich.

»Was? Was ist?«

»Du warst in den Tunneln. Aber du hast sie nicht entdeckt, du wusstest bereits davon.«

»… was meinst du?«

»Deine Mutter hat gesagt, sie hätte dir Geschichten erzählt, wie sie als Kinder mit den Zwillingen dort unten herumtobte. Du hast längst gewusst, dass es diese Tunnel gibt. Und auch, wo sie sich befinden.« Sie riss die Augen auf, schnappte überrascht nach Luft. Jetzt wurde ihr alles klar. »*Deshalb* hast du den Erdrutsch noch vergrößert – du hast den Zugang zum Servicetunnel gesucht. Weil du wusstest, dass sich dort die zugemauerten Zugänge zu den anderen Tunneln befanden!«

»Ces…«

Aber sie hob gebieterisch die Hand. »Ich konnte anfangs nicht begreifen, warum du das Loch noch weiter aufgegraben hast. Als ob du *wüsstest*, dass sich mehr dahinter befand.« Sie sah ihn an. »Und so war es auch. Deshalb bist du an dem Freitagabend auf eigene Faust los; deshalb warst du auch so sauer, dass du dir von mir wieder raushelfen lassen musstest.«

Er fuhr seufzend mit den Fingern durch sein Haar. »Ja. Tut mir leid.«

Aber sie war nicht an seinen Entschuldigungen interessiert. »Aber wieso? Was hast du gehofft, in den Tunneln zu finden?«

Er bemerkte die Intensität auf ihrem Gesicht, die funkelnden Augen, mit denen sie ihn ansah, und da wusste er, dass sie nicht ruhen würde, ehe sie alles erfahren hatte. Seufzend gestand er: »Den Ring. Meine Mutter wusste, dass er sich dort unten befinden musste.«

Cescas Augenbrauen schossen in die Höhe. »Deine Mutter hat gewusst, dass der Bulgari Blue dort unten lag?« Dann hatte sie also auch gewusst, dass er verloren gegangen war, und hatte Elena absichtlich provoziert, um sie aus der Reserve zu locken.

»Ja.«

»Und sie hat dich runtergeschickt, um ihn zu suchen?«

»Sie hat mich nirgends hingeschickt«, widersprach er schroff. »Aber als ich ihr von der Sinkhöhle erzählte, sah sie eine Gelegenheit, ihre Theorie zu überprüfen, und ich erklärte mich bereit zu helfen. Ich wusste, wie wichtig es ihr war, Giotto zu helfen.«

»Und dir selbst, was?«, bemerkte Cesca ironisch. »Da konntest du gleich noch ein wenig länger nach dieser Karte suchen.«

Er nickte. »Ja. Aber du musst verstehen, dass …«

Cesca hob erneut gebieterisch die Hand, als wolle sie den auf sie einprasselnden Gedanken Einhalt gebieten. »Wie sollte der Fund des Rings Giotto helfen können?«

»Meine Güte!« Er stöhnte entnervt. »Jetzt verstehe ich, wo du herkommst! Hör zu, ich weiß es nicht genau; ich hab nicht nachgefragt. Ich dachte, es hätte was mit dem Autounfall zu tun, bei dem Aurelio ums Leben kam.«

»Vito, meinst du.«

Er zuckte die Achseln. »Ja.«

Cesca riss den Blick von ihm los und starrte sinnend die Wand an. Ihre Antennen vibrierten. Was hatte der Ring mit dem Autounfall zu tun? Da war etwas, aber … nein, sie kam nicht drauf. Sie biss sich nachdenklich in die Lippe. »Wieso ist deine Mutter nicht selbst in die Tunnel runtergestiegen und hat nach dem Ring gesucht?«

»Du meinst, abgesehen von der Tatsache, dass sie bereits Ende siebzig ist?«

Sie ignorierte seinen Sarkasmus. »Dieser Ring ging vor fast dreißig Jahren verloren, Nico. Wieso das plötzliche Interesse daran?«

Er seufzte. »Hör zu, was geht es uns an? Warum reden wir überhaupt darüber? Das sollte unsere ganz besondere Nacht werden!«

»Sag es mir.«

Er wandte sich ab und stemmte frustriert die Fäuste in die

Hüften. »Sie hat das mit der Affäre erst kürzlich rausgefunden, an Ostern, glaube ich. Sie begegnete zufällig Maria Dutti, und sie tranken zusammen einen Kaffee. Sie hatten sich immer gut verstanden. Signora Dutti hat Elena auch nie gemocht. Fand sie hochmütig.«

»Aber warum hat ihr Maria Dutti erst jetzt von der Affäre erzählt? Jahre später.«

»Weil sie sich seitdem nicht mehr gesehen hatten. Nicht mehr seit Aurelios Beerdigung.«

»Vitos«, beharrte sie pedantisch.

Er zuckte seufzend die Achseln. »Wie auch immer.«

»Warum hatten sie sich nicht mehr gesehen? Sie hätten sich doch über den Weg laufen können, wenn sie den Palazzo besuchte? Signora Dutti wohnt doch gleich nebenan.«

»Weil sie seit dem tödlichen Autounfall praktisch nicht mehr dort gewesen ist. Die Verbindung brach ab. Sie ist Elena zwar immer wieder auf dem gesellschaftlichen Parkett begegnet, wurde aber nie mehr in den Palazzo eingeladen. Ich glaube, sie hat sich noch einmal zum Lunch mit Vito getroffen – ich meine *Aurelio*.« Er verdrehte die Augen. »Das war kurz nach der Beerdigung. Aber danach hat sie sie nie wieder zu Hause besucht.«

»Wieso nicht?«

»Sie sagt, sie wären auf Distanz zu ihr gegangen – er hatte ja immerhin gerade seinen Zwillingsbruder beerdigen müssen –, aber es wäre mehr gewesen als die Trauer um seinen Bruder. Er hatte sich irgendwie verändert. Das hat sie sehr mitgenommen. Erst als Giotto dann irgendwann zu ihr kam und ihr anvertraute, was er gehört hatte, ergab alles schließlich einen Sinn.«

»Man hat sie zurückgewiesen, weil Aurelio wusste, dass

sie die Einzige wäre, die seine Maskerade durchschauen würde?« Cesca konnte es selbst nur schwer fassen. Dass *Vito* in jener Nacht umgekommen war und dass Aurelio seine Identität angenommen hatte. Und dass Elena getan hatte, als ob er ihr Ehemann wäre … Nein. Egal, wie oft sie sich diese Dinge vor Augen hielt, sie konnte sie nicht glauben. »Nein, das wäre einfach zu unsinnig gewesen! Monströs!«, rief sie kopfschüttelnd aus. Sie begann, wieder auf und ab zu gehen.

Nico ließ sie nicht aus den Augen. »Ja.«

»Wie konnten sie so was tun?«

Er zuckte die Achseln. »Aus Verzweiflung? Vielleicht war's ja wirklich die große Liebe.«

Die große Liebe. Cescas Augen verengten sich zu Schlitzen. Ihr war gerade ein Gedanke gekommen. »Weißt du, ich habe Elena neulich gefragt, ob ihre Ehe nach Aurelios Tod gelitten habe. Sie war schließlich so oft verheiratet gewesen, ich dachte, sie würde die Ehemänner wechseln wie ihre Handtaschen. Ich ging davon aus, dass der Verlust des Zwillingsbruders für Vito kaum zu verwinden gewesen wäre, und fand es erstaunlich, dass ihre Ehe das überlebt hatte. Und sie sagte etwas ganz Seltsames zu mir: Sie sagte, dass ihre Ehe im Gegenteil nur noch stärker geworden sei. Dass es sie einander noch näher gebracht habe.«

»Und jetzt weißt du auch, warum: Sie hatte endlich den Bruder, den sie wirklich haben wollte.«

»Mein Gott, dieser Unfall muss wie ein Gottesgeschenk für sie gewesen sein!«, rief Cesca aus. »Jetzt konnten sie als Mann und Frau leben, ohne den Skandal fürchten zu müssen, den es gegeben hätte, wenn die Welt erfahren hätte, dass Elena mit dem Bruder ihres toten Ehemanns zusammenlebt.« Sie schnalzte missbilligend. »Und was als ideale

Lösung erscheint, liefert gleichzeitig ein handfestes Motiv für Vitos Ermordung.«

Nico runzelte die Stirn. »Wieso Ermordung? Es war doch ein Unfall.«

»Nein. Ich habe eine Kopie des Totenscheins angefordert. Vito starb an Herzversagen.«

»An Herzversagen«, wiederholte Nico perplex.

»Genau. Nicht an den Folgen eines Autounfalls. Ich habe mir die Unfallfotos angesehen. Bei dem leichten Aufprall wäre niemand ums Leben gekommen. Es *muss* noch was anderes passiert sein.« Sie schlug sich mit der flachen Hand an die Stirn. »Mist! Ich habe das die ganze Zeit verkehrt herum betrachtet!«

»Ich verstehe nicht, was du meinst«, sagte Nico perplex.

»Als ich davon ausging, dass Aurelio umgekommen ist, nahm ich an, dass Vito ein Verbrechen aus Leidenschaft begangen hatte – er hatte gerade seinen Bruder mit seiner Frau im Bett erwischt. Totschlag ist das mindestens.« Sie holte tief Luft, versuchte ruhig zu überlegen. »Aber jetzt, wo es scheint, als ob Vito gestorben ist, sieht die Sache ganz anders aus. Wenn Aurelio Vito getötet hat, um mit seiner Frau zusammen sein zu können, dann … dann ist das Mord.«

Nico starrte sie an, beobachtete ihr Mienenspiel, die Art, wie ihre Theorie sie gefangen nahm, wie es sie förmlich elektrisierte. »Warum hast du aufgehört, Cesca?«

Sie blinzelte ihn verwirrt an, mit den Gedanken noch ganz woanders. »Hm?«

»Du bist richtig gut, weißt du? Ich kann sehen, wie gut du mal gewesen sein musst.«

»Was meinst du? Entschuldige, ich hab nicht richtig zugehört. Wovon redest du?«

»Von deinem früheren Beruf. Warum hast du bloß aufgehört?«

Ihre Miene wurde abweisend, verschlossen. »Nein, darüber will ich nicht reden.«

»Wieso nicht? Warum wehrst du jede Frage danach ab?«

»Weil's nun mal mein gutes Recht ist. Das ist vorbei, passé. Es war ein Fehler, den ich hinter mir gelassen habe.«

»Ach ja? Wirklich? Und was machst du dann gerade?« Er breitete vielsagend die Arme aus. »Sammelst du Informationen für eine Biografie? Oder rekonstruierst du nicht vielmehr ein Verbrechen?«

Cesca spürte, wie ihr das Blut in die Wangen schoss. »Es geht um die Wahrheit. Es ist etwas Schreckliches passiert, Nico, kapierst du das nicht? Darüber muss man doch reden.«

Er verlor plötzlich die Beherrschung. »Ach ja? Und was ist damit, dass *du* angeblich jemanden umgebracht hast, Cesca? Wann wollen wir endlich darüber reden?«

Sie hatte das Gefühl, als würde man ihr die Luft aus der Lunge pressen. Heiße Tränen sprangen ihr in die Augen, die sie verzweifelt zurückzuhalten versuchte. Sie starrte ihn an. »Wir … es geht hier nicht um mich. Hör auf das zu verdreh…«

Er wandte sich abrupt ab, holte mehrmals tief Luft und drehte sich dann wieder zu ihr um. »Hör zu: Es ist mir egal, was du gesagt hast, okay? Ich glaube es sowieso nicht. Du bist kein Mensch, der zu so einer Tat fähig wäre.« Er ging zu ihr, ergriff sie bei beiden Händen. »Aber du musst mir sagen, was passiert ist.«

»Nein.« Sie hielt das Haupt gesenkt, brachte es nicht über sich, ihn anzusehen, ihre Schuld, ihre Scham einzugestehen. Sie schüttelte den Kopf. »Ich kann nicht.«

»Doch, du kannst.«

Sie schüttelte den Kopf noch heftiger. Ihre Tränen spritzten auf ihre Wangen, ließen sich nicht mehr länger zurückhalten.

»Doch«, beharrte er. »Wenn wir beide wirklich eine Zukunft haben wollen, dann musst du jetzt mit mir reden.«

Er ließ sie los, trat zurück, gab ihr Raum, gab ihr Hoffnung. Sie sah zu, wie er ans Fenster trat und auf die Piazza hinausschaute, die um diese Nachtzeit im Dunkeln lag. Dann lehnte er sich geduldig abwartend ans Fensterbrett. Seine Smokingschleife hing offen herunter, der oberste Hemdknopf war geöffnet, der Mond ließ den Satinstreifen an seiner Hose aufschimmern. Seine Silhouette, sein Schweigen, seine Ruhe – all das verriet seine Stärke.

In diesem Moment wurde ihr klar, dass er recht hatte: Wenn sie weiter schwieg, war sie wie Elena, die sich vor unangenehmen Wahrheiten drückte und lieber eine Lüge lebte. Sie musste ihm alles sagen. Musste es irgendwie schaffen, die Finsternis, die wie ein hungriger Wolf nach ihren Fersen schnappte, in Worte zu fassen. Sie spürte, wie die Last der Geheimnisse nach Befreiung verlangte. Aber es auszusprechen … zuzugeben, was sie getan hatte … Wie konnte sie Elena verurteilen? Das, was sie getan hatte, war womöglich noch schlimmer.

Ihre Gedanken kehrten ins letzte Jahr zurück, und sie hielt unwillkürlich den Atem an, während die verdrängten Erinnerungen auf sie einprasselten. »Ich habe einen Mann vertreten, der wegen schwerer Körperverletzung vor Gericht stand«, begann sie. »Er hatte seine Frau jahrelang misshandelt. Es war … es war ein schwieriger Fall. Er hatte ein langes Vorstrafenregister. Aber ich hatte mir in der Kanzlei mittlerweile einen Namen dafür gemacht, den Knackpunkt eines Falles zu finden, selbst wenn er noch so klein war. So auch diesmal. Es gelang mir, ihn wegen einer Formsache frei zu bekommen.« Sie starrte zu Boden. Früher hätte sie diesen Satz stolz gesagt und nicht voller Scham.

»Es gibt einen großen Unterschied zwischen ›nicht schuldig‹ und ›unschuldig‹, weißt du«, fuhr sie fort. Er unterbrach sie nicht, sondern hörte immer noch aufmerksam zu. »Die Leute denken immer, das wäre dasselbe, aber das ist es nicht. Eine Bekannte von mir hat mich mal gefragt, wie ich es fertigbrächte, jemanden zu verteidigen, der offensichtlich schuldig sei. Meine Antwort lautete, dass das juristische System auf der Unschuldsvermutung beruhe: Eine Person ist so lange unschuldig, bis ihre Schuld bewiesen wurde. Es ist Aufgabe der Staatsanwaltschaft, die Schuld eines Menschen nachzuweisen, und nicht meine, seine *Unschuld* zu belegen. Meine Aufgabe war es, meinen Klienten nach bestem Vermögen zu verteidigen.«

»Und das hast du getan.«

Sie schüttelte den Kopf. »Nein, denn das juristische System kann und wird auch für Spielereien missbraucht, als Bühne der Selbstdarstellung oder Täuschung. Man hat nur noch den Ausgang vor Augen und den persönlichen Gewinn, der sich daraus ziehen lässt. Auch ich wollte zu dem Zeitpunkt hauptsächlich Karriere machen und konnte es mir schon aus diesem Grunde nicht leisten, den Fall zu verlieren. Es ging mir nicht mehr um Gerechtigkeit. Oder zumindest nicht mehr so sehr. Es ging mir um das ›richtige‹ Ergebnis, mit anderen Worten: ums Gewinnen.«

Sie hob den Blick, um zu sehen, ob er noch zuhörte, ja, ob er überhaupt noch da war. Es hätte sie nicht gewundert, wenn er jetzt Reißaus genommen hätte. »Zehn Tage später erhielt ich einen Anruf von einem Kollegen: Der Mann, den ich freibekommen hatte, sei festgenommen worden. Wegen Mordes.«

Sie schluchzte auf, presste den Handrücken an die Lippen, Tränen strömten ihr übers Gesicht. Das ganze Ausmaß des Horrors brach erneut über sie herein. »Seine Frau war mit ihrer Tochter in einen anderen Stadtteil gezogen. Sie hatten ihren Namen geändert, ihr Haar, alles. Sie hatten ein neues Leben angefangen, außerhalb seiner Reichweite. Dachten sie. Aber er hat sie trotzdem aufgestöbert. Er brach in die Wohnung ein, nachts, als sie schliefen. Er …« Sie vergrub das Gesicht in den Händen, konnte einen Moment lang nicht weitersprechen. »Er hat seine kleine Tochter erstochen. Und seine Frau danach sechs Stunden lang gefoltert, bevor er sie dann auch getötet hat.«

Nico war mit wenigen Schritten bei ihr und schloss die krampfhaft Schluchzende in seine Arme. »O *mia cara*«, flüsterte er. »Cesca, es tut mir ja so leid.«

»Ich kann nicht aufhören, an sie zu denken. Jeden Tag. Jede Stunde. Wenn ich nachts die Augen schließe, sehe ich sie vor mir und auch morgens beim Aufwachen.«

»O nein. Nein, nein, nein.«

»Doch«, widersprach sie. Sie wollte sich nicht trösten lassen, das hatte sie nicht verdient. »Das geschieht mir nur recht. Ich habe dafür gesorgt, dass er wieder auf die Gesellschaft losgelassen wurde. Auf *sie* losgelassen wurde, seine Frau und sein Kind. *Ich* bin für ihren Tod verantwortlich. Als ob ich sie selbst abgeschlachtet hätte.«

Er nahm ihr Gesicht in beide Hände und zwang sie, zu ihm aufzusehen, obwohl sie durch den Tränenschleier kaum etwas erkennen konnte. »Cesca, nicht! Du darfst dir das nicht länger vorwerfen.«

»Doch. Es ist meine Schuld, es war mein Fehler. Ich hätte diese Formsache einfach ignorieren können. Dann wäre er verurteilt und ins Gefängnis gesteckt worden. Aber das habe ich nicht getan. Obwohl ich wusste, was für ein Monster er war.« Ihr Mund verzerrte sich, als würde sie sich vor sich selbst ekeln. »Ich wollte unbedingt gewinnen, so einfach ist das. Ich wollte gewinnen, und zum Teufel mit den Folgen.«

Er wischte mit beiden Daumen ihre Tränen weg, aber sie flossen unaufhörlich. »Und dafür hast du jetzt genug gebüßt, Cesca. Selbstbestrafung ändert nichts. Du musst die Sache loslassen.«

»Ich kann nicht.«

»Doch, du musst. Du hast getan, was du für richtig hieltest, du hast deinen Job erledigt. Zu gut sogar.« Er gab ihr einen innigen Kuss auf die Stirn. Sie schloss unwillkürlich die Augen, entspannte sich, fühlte sich ein wenig leichter. Er richtete sich auf, und sie blickte zu ihm hoch. Hasste er sie denn gar nicht? Ekelte er sich nicht vor ihr?

»Aber leider machst du jetzt das Gleiche«, fuhr er fort. »Du verbeißt dich in eine Sache. Du musst lernen, auch mal loszulassen.«

»Versuche ich ja. Ich habe versucht, Distanz zu wahren«, protestierte sie. Und das hatte sie auch, sie hatte Tee getrunken und gemütlich in Fotos gestöbert …

»Anfangs, jedenfalls.«

»Anfangs?«

»Bis ich merkte, dass Elena mich anlügt«, schniefte sie. Sie rubbelte sich zornig die Tränen von den Wangen. Wie sie aussehen musste! Egal. »O Gott, was soll ich tun? Wenn ich die Sache an die Öffentlichkeit bringe, ist die Familie so gut wie erledigt.«

»Ja, das wäre sie«, bestätigte er ernst.

»Aber was ist mit Vito – hat er nicht auch Gerechtigkeit verdient? Und Giotto?«

Nico musterte sie. »Du musst dir Elena vorknöpfen. Sag ihr auf den Kopf zu, was du weißt.«

Cesca schüttelte den Kopf. »Hab ich bereits versucht. Sie ignoriert das einfach. Sie sieht nur, was sie sehen will. Außerdem fehlt mir noch jeglicher Beweis. Ich brauche handfeste Beweise, wenn ich sie festnageln will. Ein zufällig mitgehörtes Gespräch beweist gar nichts.«

Er machte einen Schritt auf sie zu, den Blick auf einen Träger ihres Kleids gerichtet, der sich verdreht hatte. Er rückte ihn sanft zurecht. Als sie seine Finger an ihrer bloßen Haut spürte, überlief sie unwillkürlich ein wohliger Schauder.

Das entging ihm nicht.

»Tja, du hast unbegrenzten Zugang zum Palazzo. Alberto macht dir keine Vorschriften, wo du hindarfst und wo nicht, oder?«

Sie schüttelte den Kopf.

»Es *muss* was in diesem riesigen Kasten geben, womit sie sich drankriegen lassen«, meinte er sinnend. »Es kann nicht sein, dass sie in den ganzen Jahren keinen Fehler gemacht haben.« Er vergrub seine Finger in ihrem Haar und strich es ihr aus dem Gesicht, bog es ein wenig zurück, damit sie ihn ansehen musste.

Die Tagebücher?, schoss es ihr durch den Kopf. Aber sie konnte sich gar nicht mehr richtig konzentrieren, seine Berührungen brachten sie ganz aus dem Konzept. »Okay, ich werde mal sehen, was ich finde«, murmelte sie. Was sie brauchte, war dieser Brief in dem pastellblauen Umschlag. Christina hatte recht. Er war der Schlüssel.

»Aber nicht jetzt«, sagte er leise. Und diesmal streifte er den Träger von ihrer Schulter.

»Nein«, flüsterte sie, »nicht jetzt.«

44. Kapitel

Albertos Miene, als sie kurz vor sechs Uhr morgens am Palazzo-Tor klingelte, war unbezahlbar. Früher hätte sie sich davon einschüchtern lassen. Aber jetzt nicht mehr. Denn jetzt befand sie sich auf einer Mission: Sie wollte sich Elenas Leben noch einmal gründlich zur Brust nehmen, und zwar mit den Augen einer erfahrenen Juristin. Vielleicht würde es ihr so gelingen, ein schreckliches Unrecht ans Tageslicht zu bringen.

Sie hockte auf dem Fußboden in der Bibliothek, um sich herum ein ganzer Karton Fotos ausgebreitet. Heute konzentrierte sie sich ganz auf die Zeit ab 1980. Dafür hatte sie die Fotos in zwei Häufchen aufgeteilt: alles vor 1989 – das Todesjahr von »Vito«, ergo Aurelio – und alles, was danach kam, bis 2002, als sein Bruder starb.

Zunächst ließ sie ihren Blick ziellos über die Fotos schweifen, versuchte ein Gefühl für das Dreiecksverhältnis zu bekommen, studierte Elenas Körpersprache und hoffte auf irgendwelche Unstimmigkeiten, auf irgendwelche krassen Fehler, die ihr, jetzt, wo sie wusste, wonach sie Ausschau halten musste, auffallen würden. Aber natürlich gab es nichts dergleichen. Gegen 8:30 Uhr tauchten dann Nico und sein Team auf. Die Betonmischer begannen sich zu drehen und die Sinkhöhle sich zu füllen. Zu dem Zeitpunkt war sie bereits dabei, alles noch einmal methodisch durchzugehen, das

Datum auf der Rückseite der Fotos zu überprüfen und nach etwas, irgendetwas zu suchen, das verraten würde, dass Vito in Wahrheit Aurelio gewesen war.

Eine gute Idee – die sich leider als fruchtlos erwies. Zumindest vorläufig.

Ihr Blick fiel auf das Foto, das sie so mochte und auf dem die Zwillinge mit Elena und Milana ein Eis schleckten. Es war der Inbegriff des italienischen *Dolce Vita*: Gelati und Zigaretten, finster dreinschauende Burschen und schmollmundige Mädchen, Vespas und Sonnenbrillen … Sie biss nachdenklich auf ihre Unterlippe. Warum hatte Elena dieses Bild nochmal abgelehnt? Wegen eines Streits, den sie an jenem Tag mit Vito gehabt hatte?

Sie nahm das danebenliegende Foto zur Hand und warf einen Blick auf die Rückseite: *Positano 1990*. Das musste demnach Aurelio sein. Aurelio, der sich als Vito ausgab. Er saß auf einer niedrigen Trockensteinmauer, hinter ihm das blaue Meer, den Wind im Haar, eine Zigarette in der Hand, kamelbraune Tod's an den Füßen. Sein Mund war zu einem ironischen Halblächeln verzogen, aber seine Augen … was war das? Wachsamkeit? Nein. Kummer? Auch nicht. Das Gegenteil: eine vollkommene Leere. Als wäre er zwar physisch präsent, aber nicht psychisch. War das der Preis, den er für seine Tat bezahlte?

Umso besser, dachte sie grimmig. Hoffentlich haben sie gelitt…

Die Härchen auf ihren Unterarmen sträubten sich. Sie rang nach Luft. Sie hatte doch etwas entdeckt! Rasch verglich sie die beiden Bilder, das »vorher« mit den Vespas und das »nachher« auf der Trockensteinmauer. Ihr Blick huschte vom einen zum andern. Und wieder zurück. Sie war hellwach, aufs Äußerste konzentriert. Sie vergewisserte sich noch einmal. Doch, da war es, für jedermann erkennbar, der wusste, wonach er Ausschau halten musste. Das einzige winzige Detail, das die Maskerade auffliegen ließ. Und jetzt wusste sie auch, wonach sie suchen musste.

Ihr Herz klopfte wie wild. Was hatte ihre Entdeckung zu bedeuten? Die Fakten begannen sich von selbst zu ordnen, wie ein verzaubertes Kartendeck. Gesprächsfäden, zufällig Aufgeschnapptes, kamen ihr in den Sinn und bestätigten ihre Theorie. *Der Bulgari Blue … der eine war das Spiegelbild des anderen … besaß einen gefährlichen Reiz … eine Liebe, die so groß ist, dass man lieber eine Bombe …*

»Großer Gott!«, rief Cesca aus. Sie griff hastig zum Handy und rief Nicos Nummer auf. Dann rannte sie damit zum Fenster. Sie konnte ihn unten sehen, im Gespräch mit einem seiner Arbeiter. Er holte sein Handy hervor und warf einen Blick aufs Display. Als er ihren Namen sah, entschuldigte er sich und ging ein wenig tiefer in den Garten hinein, um in Ruhe mit ihr reden zu können.

»Cesca?« Ein Schmunzeln lag in seiner Stimme.

»Nico, woher wusste deine Mutter, dass der Ring im Tunnel verloren gegangen war?«

Sie sah, wie er dort unten die Stirn runzelte. Eine Hand in die Hüfte stemmte. »Was?«

»Deine Mutter. Wer hat ihr das mit dem Ring erzählt?«

»… weiß nicht. Vito, nehme ich an.«

»Vito?«

Er schnalzte ungehalten mit der Zunge. »Nein, ich meine natürlich Aurelio. Wieso?«

»Dreh dich um.« Er tat es, und sein Blick huschte sofort über die Gebäudefront. Sie winkte ihm zu, und er sah sie oben am Fenster stehen. Lächelnd hob er ebenfalls die Hand. »Wir treffen uns oben an der Treppe des Hauptflügels, okay?« Sie hängte ein, hob die zwei Fotos vom Boden auf und rannte los.

Sie hörte Nicos Stahlkappenschuhe bereits die Treppe heraufkommen, zwei Stufen auf einmal nehmend. Er hatte den maßgeschneiderten Smoking wieder einmal gegen den Blaumann getauscht und küsste sie ein wenig atemlos, sobald er sie erreicht hatte. Dann musterte er sie fragend. Keine Zeit für Geschäker.

»Es kann nicht Aurelio gewesen sein, der deiner Mutter von dem verlorenen Ring erzählt hat«, kam sie direkt zur Sache. Sie musste es laut aussprechen, um sicherzugehen, dass es schlüssig klang, dass sie jetzt nicht komplett den Verstand verloren hatte.

»Hä?«

»Erstens gibt es keinen Grund, warum der Ring in seinem Besitz hätte gewesen sein sollen, oder? Der Unfall geschah gleich nach der Konfrontation mit Vito in den alten Ställen; sie sind nicht durch die Tunnel in den Palast zurückgekehrt, sondern auf den Platz hinausgelaufen und haben ihre Autos genommen. Aurelio hätte also gar nicht wissen können, dass sich der Ring dort unten befand, stimmt's?«

»Ja, kann sein«, erwiderte er zögernd.

»Und aus Elenas Reaktion, als du ihr den wiedergefundenen Ring zeigtest, ging klar hervor, dass sie ebenfalls nicht wusste, dass er all die Jahre dort unten lag. Sie hätte ansonsten danach gesucht, anstatt die Zugänge zumauern zu lassen.«

»Stimmt.«

»Und das bedeutet, dass der einzige Mensch, der gewusst haben kann, dass er dort unten ist, Vito sein muss. Vielleicht hatte er ihn bei sich, als er durch den Tunnel stürmte, um sie zu suchen. Signora Dutti sagte doch, er sei durch den Tunnel raufgekommen, richtig?«

»Richtig.« Aber Nico kam immer noch nicht ganz mit. »Ich verstehe nicht, worauf du hinauswillst.«

»Wenn Vito den Ring verloren, die anderen aber keine Ahnung hatten, dass er ihn überhaupt an sich genommen hatte, dann muss es …«

Sie brach abrupt ab.

Auf einmal hatte die Frage, wann er Christina das mit dem Ring erzählt hatte, keine Relevanz mehr. Ihr war etwas anderes eingefallen, etwas von gestern Abend, etwas Beunruhigendes. Es war ihr damals schon komisch vorgekommen, aber sie hatte nicht den Finger drauf legen können. Elenas seltsames Verhalten bei Tisch, ihre plötzliche Emotionalität, ihr scheinbar sinnloses Gefasel. *Kannst du dir eine Liebe vorstellen, die so groß ist, dass man lieber eine Bombe unter seinem Leben platziert, als sie zu verlieren …?*

War es das, was Vito getan hatte? Cesca erstarrte. … und Elena etwa auch?

»Was ist? Du bist ja kreidebleich«, sagte Nico erschrocken.

»O Gott, nein!« Sie schaute ihn mit riesigen Augen an. Und rannte los.

Alberto schritt weiter vorne durch eine Galerie. Er trug ein weißes Butlerjackett, hatte den frisch gebügelten *Corriere della Sera* unterm Arm und ein Silbertablett mit Elenas Frühstück in den Händen.

Cesca, die froh war, ein weites Kleid anzuhaben, das sie beim Rennen nicht behinderte, und dazu weiche Tennisschuhe, die auf dem harten Marmor keinen Lärm verursachten, holte ihn in der Imperiali-Suite ein und schoss an ihm vorbei.

»Stopp!« Alberto rutschte das Tablett aus den Händen, und es landete scheppernd auf dem Marmor.

»Alberto! Holen Sie einen Arzt!«, schrie Cesca über den Lärm des zerbrechenden Geschirrs hinweg. Sein erbostes Gebrüll war jetzt ihre geringste Sorge.

Sie platzte in den weißen Salon, vorbei am Orangenbäumchen, an den großen weißen Sofas, und hinein in Elenas privates Wohnzimmer, hinter dem sich ihr Schlafzimmer befand. Cesca wusste, dass Alberto Elena jeden Morgen pünktlich um neun Uhr weckte.

Sie blieb atemlos vor der Tür stehen und hob die Hand zum Klopfen. Nico, der ihr auf den Fersen geblieben war, zischte erregt: »Was tust du?« Er versuchte sie am Ellbogen festzuhalten, aber sie hatte bereits energisch angeklopft.

Voller Angst blickte sie zu ihm auf. »O Gott, bitte, bloß das nicht …« Ohne ein »Herein« abzuwarten, riss sie die Tür auf.

Zwei Sekunden später traf auch Alberto ein – aber da war bereits offensichtlich, dass sie zu spät gekommen waren.

Giotto lag mit tränenüberströmtem Gesicht neben seiner Mutter. Elena ruhte sauber gekämmt und zugedeckt im Bett – als hätte es ihre geliebte Winnie getan. Der Blaue Bulgari lag auf ihrer Schminkkommode, und auf dem Nachtkästchen stand ein halb leeres Tablettenfläschchen. Die Hälfte hatte offenbar gereicht. Cesca wunderte das nicht, denn die alte Dame hatte ja fast nichts mehr gewogen.

»Ach, Giotto«, flüsterte sie und lief zu ihm, nahm sanft

Elenas kalte Hand und suchte nach einem Puls. Es gab keinen. Bekümmert sagte sie: »Es tut mir so leid.«

»Ach Gott, Gio«, stieß auch Nico entsetzt hervor.

Cesca blickte sich zu Alberto um, der reglos wie eine der Marmorstatuen des Palazzos im Türrahmen stand. »Alberto, würden Sie bitte die Behörden verständigen?«

Sie wusste, dass er sich besser fühlen würde, wenn er etwas zu tun hatte. Sein leerer Blick richtete sich auf sie, doch dann nickte er und verschwand.

»Ich bin in der Nacht aufgewacht und sah noch Licht bei ihr im Schlafzimmer. Ich hatte Angst, ihr könnte etwas zugestoßen sein; sie war zuletzt so zerbrechlich.« Giotto schluckte. »Aber sie war bereits tot.« Er hob den Kopf und blickte sie an. »Warum hat sie das getan? Die Ärzte gaben ihr noch mindestens ein gutes Jahr.«

Cesca blickte auf Elenas friedliches Gesicht hinab. War sie jetzt frei? Frei von den Lügen? War es das wert gewesen? »Sie muss wohl das Gefühl gehabt haben, dass es Zeit war.«

»Zeit wofür? Mich zu verlassen?«, fragte Giotto erzürnt.

Cesca blickte ihn sanft an. »Zeit, der Wahrheit ins Auge zu sehen.«

Giotto musterte sie stumm, diese Fremde in ihrer Mitte. In ihrem Heim. »Was wissen Sie … über uns?«

»So ziemlich alles, würde ich sagen«, gestand sie.

Giotto starrte sie an, dann richtete sich sein Blick wieder auf seine Mutter. Er stemmte sich hoch und setzte sich auf, ließ aber den Kopf hängen, als wäre er ihm zu schwer. Er trug einen dunkelblauen Pyjama mit Monogramm, dessen Hosenbeine trotz der Nacht, die hinter ihm lag, noch eine saubere Bügelfalte aufwiesen.

»Ich glaube, dass sich Ihre Mutter gestern Abend, während des Galadinners, dazu entschlossen hat.«

Giottos Kopf schoss hoch. »Was? Hat sie Ihnen das etwa gesagt?« Entsetzen lag auf seinem Gesicht.

»Nein. Nicht direkt, jedenfalls«, entgegnete Cesca gelassen. »Erinnern Sie sich noch, als sie plötzlich Ihren Großvater zur Sprache brachte? Und das, was Ihr Vater immer über ihn gesagt hat?«

»... ja.« Er stieß ungehalten den Atem aus. »Als ob ich das je vergessen könnte. Er sagte es ständig, es war fast sein Mantra. Eine Art Familienmotto.«

»Weil er genau das selbst getan hatte – für Elena, für Sie. Und das ist ihr, glaube ich, letzte Nacht klar geworden.«

Giotto blinzelte verwirrt und zornig. »Ich begreife nicht, was Sie meinen.«

Cesca holte die beiden Fotos aus ihrer Rocktasche: das beim Eisessen auf den Vespas und das spätere mit »Vito« auf der Trockensteinmauer in Positano.

»Sehen Sie sich diese Fotos an. Sehen Sie hier, dass Vito seinen Siegelring an der linken Hand trägt?« Sie deutete auf das Eiscreme-Bild. »Sie haben mich gestern darauf gebracht, mit Ihrer Bemerkung über die Siegelringe: ein Siegelring wird immer an der nicht dominanten Hand getragen. Ihr Vater war Rechtshänder, und deshalb wissen wir, dass das hier Vito ist. Und der mit der Zigarette ist natürlich Aurelio. Sehen Sie? Sein Siegelring ist an der rechten Hand.«

Er nickte. Jetzt zeigte sie ihm das Foto, das Jahre später aufgenommen worden war.

»Und auf diesem Foto da – es stammt von 1990, also ein Jahr *nach* dem Unfall – befindet sich der Ring noch immer an der linken Hand. Das heißt, dass das Vito ist. Nicht Aurelio. Es war *doch* Aurelio, der bei dem Autounfall ums Leben kam.«

Giotto blickte sie an. »Aber ich weiß, was ich gehört habe, Signorina. Meine Mutter nannte ihn Reli. Der da« – er deutete zornig auf das Positano-Foto – »ist Reli. Nicht Vito. Er … er hat den Ring wahrscheinlich einfach an die andere Hand gesteckt, weil er wusste, dass Vito ihn da trug.«

Cesca nickte. »Daran habe ich auch gedacht. Aber sehen Sie sich nochmal dieses Foto an.« Sie zeigte ihm noch einmal das Eiscreme-Foto. »Er hält die Zigarette in der Linken, sehen Sie? Wir wissen mit Sicherheit, dass das da Aurelio war. Aber auf diesem Bild hier« – sie zeigte auf das Positano-Foto – »hält er die Zigarette in der rechten Hand.« Sie schaute Giotto an, um sich zu vergewissern, dass er begriff, worauf sie hinauswollte. »Verstehen Sie? Den Ring hätte er natürlich an den anderen Finger stecken können, aber eine feste Gewohnheit legt man nicht so leicht ab. Vito ist wahrscheinlich gar nicht bewusst gewesen, dass er die Zigarette mit der ›falschen‹ Hand rauchte.«

Nico trat fassungslos vor. »Willst du damit sagen, dass es doch *Vito* war, der überlebte? Nicht Aurelio?«

»Genau. Das wollte ich vorhin sagen, als wir über den Ring sprachen. Wie hätte deine Mutter erfahren können, dass der Ring im Tunnel verloren gegangen war? Wenn Vito gleich nach der Konfrontation mit seinem Bruder umgekommen wäre? Aurelio hätte es ihr nicht sagen können, er hätte es ja nicht wissen können. Und Elena ebenso wenig. Es *muss* Vito gewesen sein, eine andere Möglichkeit gibt es nicht. Du hast gesagt, deine Mutter hätte sich kurz nach der Beerdigung noch einmal mit ihm getroffen? Da wird er es wohl erwähnt haben.«

»Aber warum hat er sich dann von ihr distanziert?«

»Weil sie ihn besser kannte als jeder andere. Und weil er da gerade begonnen hatte, eine Lüge zu leben. Das hätte er vor deiner Mutter nie …«

»Aber das erklärt nicht, was ich gehört habe«, unterbrach Giotto. »Ich weiß genau, was ich gehört habe.«

»Ganz richtig. Sie haben gehört, wie Ihre Mutter ihn Reli nannte – denn genau das sollte sie auch *glauben*, das wollte Vito. Er wollte, dass sie glaubte, *er* sei bei dem Unfall umgekommen und sein Bruder hätte überlebt.«

Eine geschockte Stille trat ein.

»… aber es war natürlich *doch* Aurelio, der bei dem Unfall umkam«, beendete sie ihre These.

»Aber du sagtest doch, bei diesem Unfall hätte kein Mensch umkommen können«, widersprach Nico. Sie widersprachen ihr jetzt beide.

»Und das wäre auch normalerweise nicht der Fall gewesen. *Normalerweise*. Aber Aurelio war kein Normalfall. Er war in Kenia angeschossen worden. Deine Mutter hat mir selbst erzählt, dass die Kugel zu dicht am Herzen lag, sie hätte nicht entfernt werden können. Vermutlich hat der, wenn auch leichte, Aufprall genügt, um …«

»… um die Lage der Kugel zu verändern«, ergänzte Nico, der ganz blass geworden war. »Großer Gott.«

»Du sagst es. Deshalb lautete die offizielle Todesursache auch Herzversagen.«

Alle schwiegen. Sie mussten diese neue, verzwickte Lage der Dinge erst mal verdauen. Nach den vielen Theorien …

»Dann hat mein Vater also … seinen eigenen Tod vorgetäuscht?«, vergewisserte sich Giotto schließlich.

»Deiner Mutter gegenüber, ja.« Cesca nickte. »Vor der Welt war er noch immer Vito Damiani. Sie jedoch sollte glauben, dass er sein Bruder wäre.«

»Indem er so tat, als ob er tot wäre?«, fragte Giotto fassungslos. »Aber wieso sollte er so was tun?«

Cesca blinzelte langsam. »Weil er wusste, dass seine Frau in Wahrheit Aurelio liebte. Er muss wohl befürchtet haben, dass sie ihn nach Aurelios Tod verlassen könnte. Und Sie ihm wegnehmen, Giotto.«

Giotto schwieg. Sein Blick ruhte auf der stillen Gestalt seiner Mutter. »Und Sie glauben, dass das alles ... meiner Mutter gestern Abend klar geworden ist?«

»Ja, das glaube ich. Ich glaube, sie merkte es, als Sie das mit den Ringen erwähnten und an welchen Händen sie getragen wurden. Vito hätte nicht verheimlichen können, dass er Rechtshänder war. Normalerweise fällt einem das beim Zusammenleben gar nicht mehr auf, es wird eine Selbstverständlichkeit. Aber wenn man dann darauf hingewiesen wird, ist es unübersehbar.«

»Aber wie konnte sie dann gestern Abend vors Mikro treten und all die netten Sachen über Vito sagen?«, wandte Giotto ein. »Wenn sie, wie Sie sagen, wusste, dass er ihr all die Jahre etwas vorgespielt hatte?«

»Weil ihr, glaube ich, auch der Grund dafür klar wurde. Sie begriff, dass Ihr armer Vater eine Bombe unter seinem Leben platziert hatte, nur um sie und sein Kind nicht verlieren zu müssen.«

Giotto ließ den Kopf in die Hände sinken und begann haltlos zu weinen. Er tat Cesca unendlich leid. Wie schmerzvoll das alles für ihn sein musste: die Mutter zu verlieren und dann auch noch das Ausmaß der Liebe seines Vaters zu erfahren und welche Anstrengungen er unternommen hatte, um seine Frau an seiner Seite zu halten.

Mit rotgeränderten Augen blickte er schließlich hoch. »Das alles hat er getan, obwohl …« Seine Stimme brach. »… obwohl er vielleicht gar nicht mein richtiger Vater war? Sie wissen, dass es sehr wahrscheinlich auch Aurelio gewesen sein könnte?«

Sie schluckte und nickte. »Ja. Es tut mir leid.« Das war das Einzige, womit sie ihm nicht helfen konnte, was sich nicht mit Gewissheit sagen ließ.

Er stieß einen gequälten, besiegten Laut aus, wie ein verwundetes Tier, das sich nicht mehr gegen die Niederlage, gegen das Ende wehrt. Er erhob sich und lief rastlos auf und ab, fuhr sich mit allen zehn Fingern durch die Haare, schüttelte verzweifelt den Kopf. Es gab so viel, das er erst einmal verkraften musste. Wo anfangen?

Nico drückte Cesca anerkennend die Schulter, dann trat er ans Fenster und warf einen Blick zu seinen Arbeitern hinunter. Sie standen in einer Gruppe beisammen und hatten ehrerbietig die Schutzhelme abgenommen: Offenbar hatte sich die Nachricht bereits verbreitet.

Cesca fragte sich, wie schnell die Behörden hier sein würden, und mit ihnen, natürlich, die Medien. Sie beugte sich ein wenig vor, um Giotto ins Gesicht sehen zu können. »Giotto, verzeihen Sie, aber hat Ihre Mutter vielleicht einen Abschiedsbrief hinterlassen?«

Er blieb abrupt stehen, als wäre er gegen eine unsichtbare Wand geprallt. »Nein«, antwortete er mechanisch. »Das heißt, ich … ich hab gar nicht nachgesehen. Als ich reinkam und sie da liegen sah, da …« Seine Stimme brach, und er wandte sich rasch ab.

»Das macht doch nichts«, sagte Cesca begütigend. Sie bemerkte aus den Augenwinkeln, wie Nico eine plötzliche Bewegung machte.

»Moment, da ist was, glaube ich.« Sein Blick hatte sich auf einen Papierstapel auf der Ankleide gerichtet. Cesca erkannte jetzt auch, was das war: ihr Manuskript. Nico nahm das oberste Blatt zur Hand, und sie und Giotto traten eilig hinter seine Schultern, um mitlesen zu können.

Mein über alles geliebter Sohn,

verzeih, dass ich Dich auf diese Weise verlassen muss und dass Du die Wahrheit auf diese Weise erfahren musst. Ich war, bis heute Abend jedenfalls, einfach nicht stark genug, um mich ihr zu stellen. Mein Leben war nicht das, was ich gedacht hatte, und noch weniger das, was andere daraus machten. Es war kein leichtes Leben, ich habe viel Kummer und Verzweiflung erlebt und viele schreckliche Fehler gemacht. So schreckliche, dass mir heute fast unvorstellbar ist, wie es dazu kommen konnte.

Was Du auf den folgenden Seiten findest, ist mein Versuch, Dir das alles zu erklären. Es wird nicht leicht für Dich sein, das zu lesen, aber es war auch nicht leicht für mich, es zu erzählen, ebenso wenig, da bin ich sicher, für Francesca, es niederzuschreiben. Aber es soll mein letztes Geschenk an Dich sein – von einer Mutter für ihren Sohn.

Dies ist mein Vermächtnis, mein Rechenschaftsbericht über mein Leben und wer ich bin.

Es gibt so viele Dinge, die ich gern anders gemacht hätte! Was ich jedoch nie bereut habe und nie bereuen könnte, das bist Du. Wie könnte ich die Dinge bereuen, die dazu geführt haben, dass Du in mein Leben kamst?

Du wirst immer meine größte und wahrste Liebe bleiben, mein Trost und der Inhalt meines Lebens.

Sei nicht traurig, mein Liebling. Dieser Tag wäre ohnehin gekommen – erst zu schnell und dann nicht mehr schnell genug. Ich habe meinen Frieden gefunden. Denke daran, dass alles, was getan wurde, aus Liebe geschah: für mich, für Dich, für unsere Familie.

Liebe ist die Bombe, die wir unter unser aller Leben platzieren. Und so sollte es sein.

Deine Dich liebende Mama

Cesca blickte mit heftig klopfendem Herzen auf. Die Bedeutung ihrer Arbeit lag jetzt offen zutage. Sie hatte kein Buch im herkömmlichen Sinne geschrieben, keine Biografie. Sie hatte einen Rechenschaftsbericht hinterlassen, wie Elena es nannte. Ein zweihundertseitiges Geständnis, die Katharsis eines Lebens, eine Saga von Geld, Liebe und Schicksal. Eine Veröffentlichung war nie vorgesehen gewesen.

Sie musste an den Tag zurückdenken, an dem sie von der Entlassung heimkam und Elena in ihrer Wohnung vorfand. Ein bloßer Zufall? Christina hatte bei dem Lunchtreffen keinen Zweifel daran gelassen, dass sie das für unwahrscheinlich hielt. Cesca neigte mittlerweile zur gleichen Ansicht. Wahrscheinlich hatte sich Elena noch in derselben Nacht dazu entschieden, sie zu beauftragen, ihre Biografie zu schreiben. Noch ehe Cesca panisch erwacht und zur Arbeit gerannt war und dabei beinahe von einem attraktiven Mann auf einer Vespa überfahren worden wäre. Elena hatte Giovanni wahrscheinlich ein kleines Bestechungsgeld dafür angeboten, dass er sie entließ. Ein Glück (oder Pech), dass sie an dem Tag zu spät erschien, aber ansonsten hätte man sicherlich einen anderen Vorwand gefunden. Elena hätte auf jeden Fall ihren Willen durchgesetzt. Sie hatte nämlich erkannt, dass Cesca genau die Richtige für diese Aufgabe war. Denn was hatte *sie* vermutlich über Cesca herausgefunden, als sie im Internet nachgeschaut hatte – so wie Cesca es im umgekehrten Fall getan hatte? Sie war auf Berichte über einen tragischen Unglücksfall gestoßen, auf ein Verbrechen, das nur geschehen konnte, weil eine junge Strafverteidigerin ihre Aufgabe ein wenig zu ernst genommen hatte. Sie war auf den Blog einer Ex-Anwältin gestoßen, die sich mit Berichten über ihre kleinen Erlebnisse in Rom abzulenken versuchte, eine junge Frau in einem fremden Land, einer fremden Stadt, auf der Suche nach einem neuen Leben. Eine Frau mit einem scharfen Verstand und einem unstillbaren Bedürfnis nach Wahrheit.

Cesca konnte nun selbst nicht mehr still stehen und lief erregt auf und ab. Die Quadratur des Kreises war am Ende doch noch gelungen. Aber man hatte sie manipuliert, um dieses Ziel zu erreichen. Für dieses Plädoyer, diese Faktenanalyse, die sie ihrem Sohn präsentieren wollte, hatte Elena sich Cescas scharfen juristischen Verstand zunutze gemacht. Es war nicht Cescas Aufgabe gewesen, Elenas Unschuld zu beweisen, denn Elena *war* unschuldig – bis zum Beweis ihrer Schuld. Und das letzte Urteil darüber lag bei Giotto und bei keinem anderen. Es war das Vermächtnis einer Liebe, für die am Ende alle Beteiligten ihr Leben gegeben hatten: Aurelio, Vito und zuletzt auch Elena.

Ihr Blick fiel auf die stille kleine Gestalt auf dem Bett. Ein kleiner Körper, aber ein umso unbeugsamerer Geist. Kaum zu glauben, dass man sie einst für das glücklichste kleine Mädchen in ganz Amerika gehalten hatte.

In diesem Moment fiel Cesca etwas auf, ein Schatten, der unter dem Kissen hervorschaute – ein Briefumschlag?

»Giotto?«

Beide Männer wandten sich von dem Manuskript ab, in dem sie lasen, und sahen sie neben dem Bett stehen. Sie hielt einen Brief in der Hand, einen abgegriffenen alten Brief in einem kleinen blauen Umschlag.

Er war endlich doch noch geöffnet worden – und zwar am letzten Tag ihres Lebens, so wie Elena es vorausgesagt hatte. Nach fünfzehn Jahren hatte sie endlich den Mut gefunden, ihn zu öffnen und Vito das letzte Wort über eine Liebe, die ihrer aller Leben bestimmt hatte, zu überlassen.

Dieser Brief, überlegte Cesca, er war wie ein Bumerang, der immer wieder an seinen Ausgangsort zurückkehrte und in der Hand des Werfers landete, in diesem Fall, ihrer. Als ob sie ihn lesen *sollte*. Ob die Dinge anders verlaufen wären, wenn sie das tatsächlich getan hätte? Denn erst, indem sie ihn ungeöffnet zurückgebracht hatte, war ihr Schicksal mit dem Teppich dieses außergewöhnlichen Lebens, dieser außergewöhnlichen Dynastie, verwoben worden.

Aber das war natürlich nur eine hypothetische Frage. Sie war ein Mensch mit Prinzipien, sie hätte nie einen fremden Brief geöffnet – und genau deshalb hatte sich Elena gleich für sie entschieden. Außerdem war es ohnehin nicht nötig gewesen. Christina hatte es richtig ausgedrückt: Die Erde hatte sich aufgetan, um dieses Geheimnis ans Tageslicht zu befördern, um die Tunnel freizulegen, in denen, vergessen, ein Ring lag, das Symbol einer grenzenlosen Liebe.

Alles war genauso gekommen, wie es kommen sollte. Und es hatte nicht erst vor fünfzehn Jahren, mit Vitos Tod, begonnen. Auch nicht vor zweiundzwanzig Jahren, an einem

Weihnachtsabend, als Aurelio überraschend nach Hause zurückkehrte. Ja, nicht einmal vierzehn Jahre *davor*, als eine junge Laney auf dem Schwarzweiß-Ball von Truman Capote lachend den Kopf zurückwarf und dabei den feschen Italiener übersah, der in diesem Moment an ihr vorbeiging. Nein, das alles hatte bereits mit Elenas Geburt begonnen, mit einem Leben, in dem es alles gegeben hatte – großen Kummer und große Leidenschaft, Glück und Pech. Und es mündete alles in diesem Augenblick.

Giotto – ihr Sohn und Erbe, ihre Zukunft – nahm Cesca den Brief aus der Hand, holte tief Luft und begann ihn mit Tränen in den Augen zu lesen.

Epilog 1

13. November 2002

Geliebte Elena,

ich bin am Ende meines Weges angelangt. Diese Welt und unser wundervolles Leben darin sind zu viel für mein zerbrechliches Herz.

Ich habe alles getan, um das zu sein, was Du brauchtest, aber selbst diese Liebe genügt nun nicht mehr – denn ich vermisse ihn mehr, als ich sagen kann. So sehr, dass es mich innerlich verzehrt.

Seit er in Kenia angeschossen wurde, wusste ich, dass ich ihn viel zu früh verlieren würde – und er wusste es ebenfalls. Deshalb lebte er so ein wildes, ungezügeltes Leben. Er wusste, dass ein kräftiges Schulterklopfen, ein heftiges Niesen genügte, um sein Leben zu beenden. Aber ich war nie bereit dafür und stelle nun fest, dass ich es immer noch nicht bin.

Überrascht es Dich, dass es doch immer ich war? Ich habe mich manchmal gefragt, ob Du es nicht ahntest. Ich gebe zu, ich habe oft bereut, was ich tat, aber ich hoffe, Du wirst erkennen, dass ich an jenem Tag das Einzige tat, was es mir ermöglichte, weiterzuleben und unsere Liebe nicht zu verlieren: Denn Dein Glück bedeutete mein

Überleben. Nur so konnte ich Dich und unseren Sohn behalten. Jawohl, unseren *Sohn.*

An jenem Tag – erinnerst Du Dich? – als wir nach dem Lunch noch auf ein Eis gingen. Ich folgte euch zum Pantheon. Ich sah, wie ihr euch im Regen geküsst habt. Eure Verzweiflung, eure Leidenschaft waren unübersehbar. Ich wusste, was geschehen würde. Was vielleicht bereits geschehen war. Damals, in jener Nacht, wollte ich ihn im Servicetunnel abfangen, denn ich war sicher, dass er zu Dir gehen würde. Stattdessen kamst Du. Deine Leidenschaft war wie ein Feuer, das mich verzehrte. Du sagtest seinen Namen, aber ich konnte nicht anders, ich musste Dich haben. Und so habe ich Dich betrogen, mein Liebling, so wie Du gleichzeitig mich betrogen hast.

Es tut mir nicht leid. Wie könnte es auch, wenn wir dadurch unseren Sohn bekommen haben? Er ist der einzig Unschuldige in dieser Angelegenheit, der Einzige, den wir um Vergebung bitten müssen. Vielleicht wird er eines Tages, in vielen Jahren, wenn er ein erwachsener Mann ist, erkennen, wie hoch der Preis war, den wir für unsere Liebe bezahlt haben. Und uns vergeben, so wie Du mir hoffentlich vergibst.

Hör nie auf zu lieben und beschütze unseren Sohn,

Dein Dich liebender Mann, Vito

Epilog 2

Rom, Oktober 2017

»Das nennst du Spaghetti carbonara?«

Guido konnte es nicht fassen, als Cesca die Schüssel auf den Tisch stellte.

»Was sonst?«, fragte sie trotzig.

»Aber da sind Zwiebeln drin! Und kein Ei!«

»Eier?«, rief Cesca empört. »Du spinnst doch! Wieso sollte ich da Spiegeleier draufmachen? Das ist doch kein Frühstück.«

»Spiegel…?« Guido blieb das Wort im Halse stecken. Er kippte fast vom Stuhl. Die anderen bogen sich vor Lachen.

»So macht man Spaghetti carbonara in England«, erklärte Cesca würdevoll. »Und das ist, wie du wohl weißt, das Geburtsland des Chicken Tikka Masala und die wahre Heimat der Carbonara.« Jetzt musste selbst Guido lachen und ließ sich gutwillig den Teller vollhäufen. Cesca gab ihm einen liebevollen Schmatzer auf die Wange.

»Schmeckt gar nicht schlecht«, lautete Matteos Urteil, aber der fiel eh immer wie ein ausgehungerter Wolf über das Essen her, als habe er tagelang nichts mehr zwischen die Zähne gekriegt. »Ich meine, obwohl's natürlich nicht authentisch ist.«

»Apropos authentisch, was läuft zwischen dir und dieser

Galerieangestellten mit den falschen Titten?«, erkundigte sich Alé und reichte ihm den Pfeffer.

Matteo verdrehte die Augen und tippte sich mit dem Finger an die Schläfe. »Die hat sie nicht mehr alle.«

»Aber so verrückt wie Cescas Aufmachung kann sie gar nicht sein, oder?«, warf Guido ein.

»He! Lasst meine hübsche Kleidung aus dem Spiel!«, rief Cesca gespielt empört. »Wisst ihr denn nicht, dass Latzhosen jetzt wieder in sind?«

»Aber nicht in Gelb und nicht in Cord«, widersprach er. »Jedenfalls nicht für Menschen, die aus dem Kleinkindalter raus sind.«

Alle lachten, und Cesca bewarf ihn mit einer Erbse.

»Du sagst es!«, grinste Matteo. »Genauso verrückt ist die auch! Ich musste sie loswerden. Na, jetzt bin ich ja zum Glück wieder zu haben.«

»Matteo, du leidest unter pathologischer Bindungsangst, weißt du das?«, bemerkte Alé altklug. »Ehrlich, ich mache mir allmählich Sorgen um dich. Wann kommst du endlich mal zur Ruhe?«

»So wie du, meinst du?«

»Wie bitte? Ich hab mittlerweile doch nur noch den Bartender und den Erdkundelehrer.«

»Und für wen wirst du dich am Ende entscheiden?«, wollte Guido wissen. »Willst du 'ne Münze werfen?«

Alé zuckte nur die Achseln. »Wäre zumindest eine Möglichkeit.« Sie zwinkerte Cesca zu, die ihr einen vollgehäuften Teller reichte.

»Der Erdkundelehrer, wow!«, bemerkte Cesca grinsend. »Du lässt an deiner neuen Schule wohl auch nichts anbrennen.«

»Nun, mein Beruf ist schließlich nicht mein Leben. Ganz im Gegensatz zu manch anderen Leuten«, erwiderte Alé spöttisch. »Ich arbeite, um zu daten.«

Cesca nickte. »Aha, jetzt kapiere ich. Wie konnte ich mich bloß so irren!«

Ganz falsch war Alés Vorwurf nicht, wie sich Cesca eingestehen musste: Sie hatte im letzten Monat fast pausenlos gearbeitet. Ihre frischgebackene Online-Consultancy für englische Familien mit geringem Einkommen zog daheim in England bereits ihre Kreise. Cesca nahm eine kleine Provision von den Anwälten, an die sie ihre »Klienten« weiterempfahl, und die Anfragen nahmen täglich zu. Auch ihr Blog hatte Aufschwung erhalten, nachdem mehrere Zeitungen im Zuge ihrer seitenlangen Nachrufe auf Elena das Foto von ihr und Elena auf der Bulgari-Vernissage abgedruckt hatten. Infolgedessen war die Anzahl ihrer Follower über Nacht auf zweihunderttausend angestiegen. Wie sich herausstellte, brauchte sie Elenas Tagebücher nun doch nicht für ihren Blog – was, wenn sie darüber nachdachte, eigentlich ganz gut war.

Der vergangene Monat war der reine Wahnsinn gewesen. Elenas Tod ging durch sämtliche Medien, nationale wie internationale, und die Reporter kamen in Scharen, um den Palazzo zu belagern und Giotto um ein paar Worte zu seiner berühmten, einst skandalösen Mutter zu bitten. Natürlich hatten sie nichts Brauchbares erhalten – er war schließlich der Inbegriff eines *romano di Roma* und gehörte zum Schwarzen Adel: Diskretion lag ihm im Blut. Obwohl es Menschen gab, die einige von Elenas Geheimnissen kannten (Christina, beispielsweise, oder Signora Dutti), so waren diese Einblicke aus dem Zusammenhang herausgerissen und blieben deshalb obskur. Elena war und blieb ein Mysterium für die Öffentlichkeit und für die Presse. Nur Cesca glaubte die Hauptschlagader gefunden zu haben, die Elenas Leben durchzog: eine Liebe, die so groß war, dass drei der Beteiligten Bomben unter ihrem Leben platziert hatten, um sie zu schützen. Nur Giotto und sie kannten die ganze Wahrheit.

Und so würde es auch bleiben: Er und Cesca hatten es mit einem schlichten Handschlag besiegelt, und das Manuskript war bereits verbrannt worden.

Giotto hatte es zweimal gelesen, ehe er es den Flammen anvertraute. Für ihn war es ein Schock gewesen, zu begreifen, dass er, nach all den offenen Fragen um den Vater, nun feststellen musste, dass er vor allem seine Mutter nie richtig gekannt hatte. Cesca und Giotto hatten sich zwei Wochen lang jeden Abend zusammengesetzt und waren die letzten Monate im Leben seiner Mutter durchgegangen, die Fotos, die Cesca herausgesucht, und die Interviewaufnahmen, die sie während vieler Sitzungen gemacht hatte.

Bevor Cesca den Palazzo Mirandola dann zum letzten Mal verließ, hatte Giotto sie noch, wie es seine Mutter in ihrem Testament gewünscht hatte, in den abgesicherten Safe-Raum geführt und sie aufgefordert, sich ein Schmuckstück – egal welches – auszusuchen. Cesca, obwohl geschockt, entschied sich ohne zögern für die rosa Opale. Es war das bescheidenste Schmuckstück in der ganzen Sammlung, aber auch sie hielt, wie Elena, nicht viel von »Sonntagskleidung«, und das war eine Kette, die sie tragen konnte, wann sie wollte – und auch tatsächlich tragen würde.

»Eure Beziehung hat doch, genau genommen, auch als Romanze am Arbeitsplatz begonnen«, riss Guido sie aus ihrer Versunkenheit. Gerade hatten die Glocken Roms zu läuten begonnen, und ihr melodiöses Durcheinander schallte über den allmählich dunkler werdenden Abendhimmel, über den Schwalben zogen. Ja, die Nächte wurden jetzt kühler, und bald würde es zu kalt sein, um auf der Dachterrasse zu speisen. Das Leben ging weiter. »Was meinst du dazu, Nico?«

Nico, der stumm am Tisch saß und die Frotzeleien von Cescas Freunden wie immer mit langmütigem Humor verfolgte, richtete seinen intensiven Blick nun auf seine Liebste. »Ja, natürlich, es ist die klassische Liebesgeschichte: Junge geht zur Arbeit. Junge trifft Mädchen in verrückten Klamotten. Junge verliebt sich in Mädchen mit den verrückten Klamotten.«

Alle lachten, und Cesca versetzte Nico einen Hieb auf den Bizeps. Er zog sie auf seinen Schoß und küsste sie zum johlenden Vergnügen aller Anwesenden gründlich ab.

»Arme Cesca, dass du zu einem solchen Klischee verkommen musstest …«, neckte Guido seufzend.

»Von wegen Klischee!«

»Doch, das ist es. Als du herkamst, hast du noch ›die Spatzen und den bernsteinfarbenen Sonnenuntergang‹ bewundert. Deine Seele war voller Poesie! Und jetzt schau dich an: verliebst dich wie eine x-beliebige Touristin in einen unserer großen, schönen, dunkelhaarigen Männer!«

Dazu fiel Cesca nichts ein. Er hatte sie ertappt, denn es war die Wahrheit und nichts als die Wahrheit.

»Tja«, lachte sie und blickte Nico tief in die belustigt funkelnden Augen. »Habt ihr ihn schon mal im Smoking gesehen?«

Danksagung

Manchmal liegt die größte Schwierigkeit für einen Schriftsteller nicht darin, was er erzählen soll, sondern wie. Ich hatte seit Längerem vor, eine Geschichte zu schreiben, die sich auf zwei Zeitebenen abspielt, aber meine bisherigen Ideen passten nicht in dieses Format. Selbst als ich mit der vorliegenden Geschichte begann, glaubte ich nicht, dass es sich auf diese Weise realisieren ließe. Ursprünglich hatte ich eine Vier-Perspektiven-Story im Sinn, fühlte mich dann aber so von Elena und ihrem außergewöhnlichen Leben gefangen genommen, dass ich den Platz, den ich für ihre Geschichte brauchte, nicht um anderer Charaktere willen beschneiden wollte.

Ich habe so viel gelesen, wie ich konnte über die damaligen Society-Ikonen – Marella Agnelli, Lee Radziwill, Gloria Vanderbilt und andere – und musste feststellen, dass es, trotz kultureller Unterschiede, verblüffende Parallelen in ihrem Leben gab (sie alle stammten natürlich aus unermesslich reichen Familien), speziell was Sorgen und Interessen, den Ton und die sozialen Kreise betraf, in denen sie sich bewegten, und ich stellte Listen mit den Übereinstimmungen und Überschneidungen zusammen. Als ich mit meiner Lektüre fertig war, hatte ich Elena komplett vor Augen. Und als dann auf einer Dinnerparty das Gespräch auf eineiige Zwillinge kam, wusste ich, dass ich hier das eine, das Einzige hatte, was sie sich nicht mit ihrem Geld kaufen könnte. Und somit hatte ich meine Zwei-Zeitebenen-Geschichte.

Ich bin nach Rom gereist und habe dort wundervolle Rechercheexkursionen unternommen – da ist mir jeder Vorwand recht! Meine Absicht war es, den Palazzo und die Piazza zu finden, die mir vorschwebten. Ich wusste, dass ich, logistisch gesehen, einen großen Palazzo brauchte, dessen Vorderfront auf einen großen Platz ging und dessen Seitenflügel an einen kleineren angrenzte. Und obwohl ich meilenweit lief und lief, fand ich nicht genau das, was ich suchte. Deshalb sind der Palazzo Damiani, die Piazza Angelica und die Piazzetta Palombella leider fiktiv. Aber falls Sie sich für die echten Orte interessieren: Die kleine Bäckerei »nebenan« basiert auf der wundervoll nostalgischen Biscottificio Innocenti in Trastevere und die Front von Cescas Wohnung, mit der malerischen Treppe und den Blumentöpfen, basiert auf einem reizenden Häuschen unweit davon, ein paar Schritte die Straße entlang (man kann es nicht verfehlen). Die Piazza Angelica beruht lose auf der Piazza Navona, aber den Blumenmarkt habe ich vom Campo de' Fiori entführt und dorthin verpflanzt. Ich habe mich über Roms Paläste informiert, aber es war vor allem der Doria Pamphilj, der meine Aufmerksamkeit erregte – das ist der Palast, in dem der Papstthron in Abwesenheit des Pontifex zur Wand gedreht wird. Er ist für die Öffentlichkeit zugänglich, falls Sie ihn einmal besichtigen wollen. Und die Eisdiele, vor der die vier auf Vespas sitzen und Eis schlecken, wurde von Giolitti in der Via del Vicario, unweit des Pantheons, inspiriert.

Also: Für diese Geschichte habe ich Nachforschungen über Society-Berühmtheiten, römische Paläste und den Schwarzen Adel angestellt wie auch über Speläologie und über die raffinierten Streiche von Zwillingen (Danke, Justin und Nuala!). Ich hatte ein großes Vergnügen am Schreiben dieser Geschichte, aber es ist nicht mir allein zu verdanken, dass Sie sie jetzt in Händen halten: Viele Menschen haben geholfen, dieses Buch zur Welt zu bringen, darunter meine Superagentin Amanda Preston, die schon nach den ersten zwei Sätzen weiß, ob daraus ein Buch werden kann oder nicht, und meine unerschütterliche Lektorin Caroline Hogg, auf deren Tisch alle möglichen Ideen von mir landen – von verliebten Astronauten bis hin zu übellaunigen Speläologen – und die trotzdem immer die Nerven behält!

Mein Dank geht an die gut geölte Maschinerie im Hintergrund, die alles in Gang hält: Jeremy Trevathan, Wayne Brookes, James Annal, Katie James, Jonathan Atkins, Stuart Dwyer, Daniel Jenkins, Anna Bond, Alex Saunders, Amy Lines, Phoebe Taylor, Claire Gatzen und ganz besonders an meine Redakteurin Kate Moore und die Korrekturleserinnen Camilla Rockwood und Mary Chamberlain, die wohl den kniffligsten Job von allen haben: dafür zu sorgen, dass mein Geschreibsel einen Sinn ergibt!

Aber ohne meine wundervolle Familie würde ich natürlich nichts zu Papier bringen. Sie versorgen mich gewissenhaft mit Kakao, Tee und Sekt (manchmal alles gleichzeitig), wenn ich mal wieder kurz vor einer Abgabe fast den Verstand zu verlieren drohe. Ihr seid im Grunde alles, was ich brauche.

Karen Swan im Goldmann Verlag:

Sommerhaus mit Meerblick. Roman
Ein Sommer in den Hamptons. Roman

Ein Geschenk von Tiffany. Roman
Ein Geschenk zum Verlieben. Roman
Ein Weihnachtskuss für Clementine. Roman
Winterküsse im Schnee. Roman
Winterglücksmomente. Roman
Sternenwinternacht. Roman
Winterwundertage. Roman

(Alle auch als E-Book erhältlich.)

GOLDMANN
Lesen erleben

Unsere Leseempfehlung

480 Seiten
Auch als E-Book erhältlich

Cassie liebt Henry, Henry liebt Cassie – so viel ist sicher. Den funkelnden Verlobungsring von Tiffany hat er ihr schon angesteckt. Doch etwas lässt Cassie zögern. Als Henrys junge Cousine Gem verkündet, sie wolle im Eiltempo ihren Freund heiraten, lässt Cassie sich überreden, die Hochzeit zu verhindern. Insgeheim erhofft sie sich von der Reise nach Cornwall aber auch, Zeit zu finden, um über ihre Beziehung nachzudenken. Doch dann taucht zwischen malerischen Cottages und leuchtenden Blütenmeeren ein alter Bekannter auf, und Cassie erkennt, dass sie sich erst ihrer Vergangenheit stellen muss …

www.goldmann-verlag.de
www.facebook.com/goldmannverlag

GOLDMANN
Lesen erleben

Wilma Taubenberger

Charles' Tagebuch